Los JET de Plaza & Janés

BIBLIOTECA DE

JOHN LE CARRE

El amante ingenuo y sentimental

John le Carré

F

Plaza & Janés Editores, S.A.

Título original:

THE NAIVE AND SENTIMENTAL LOVER

Traducción de

CARLOS CASAS

Portada de

GS-GRAFICS, S. A.

Cuarta edición: Abril, 1992

Printed in Spain — Impreso en España

ISBN: 84-01-49099-5 (Col. Jet)
ISBN: 84-01-49980-1 (Vol. 99/10)
Depósito Legal: B. 14.141 - 1992

Impreso en Litografía Rosés, S. A. — Cobalto, 7-9 — Barcelona

El amante ingenuo y sentimental (The naive and sentimental lover, 1971) volvió a enemistar a John le Carré con sus lectores habituales, a los que ofrecía ahora un producto insólito; por primera vez se salía del marco de la novela de intriga, renunciaba a las fórmulas consagradas del entretenimiento, lo cual era difícilmente perdonable; más grave aún, en vez de un libro para leer, hacía una historia para rechinar de dientes, un extenso relato de humor desquiciado en el que la fantasía apenas velaba una semiconfesión. Buena parte del público se amoscó ante esas descaradas veleidades de analista de los sentimientos y de la sociedad moderna que exhibía un autor de aventuras.

Le Carré sólo se había permitido un alto en el camino para un arreglo de cuentas personal, y no tardaría en volver a urdir brillantes novelas sobre espías; no se abandona una vocación bien definida, pero parece como si antes de seguir adelante hubiera sentido la necesidad de administrarse a sí mismo una purga de sentimientos. Porque eso es su novela, un ajuste de cuentas con el amor y con las circunstancias que le rodean y que acaban de darle forma, algo parecido a una venganza que el carácter de sus libros de más éxito no le permitía exteriorizar.

El amor en Le Carré era siempre un fracaso oscuro, una cosa triste, *il n'y a pas d'amour heureux,* como afirmaba el famoso verso de Louis Aragon; el amor como algo muy distinto de lo que hace feliz, más bien como un sueño o pesadilla que hace las veces de una imaginada e imposible libertad. Todo esto se insinuaba ya con mucha tenacidad en sus novelas anteriores, pero aquí se hipertrofia grotescamente como en un intento de liberación por el absurdo. La realidad cotidiana sentimental se hincha a fuerza de sarcasmo, y lo que se llama amor se convierte en una caricatura espantosa que reconocemos como verídica.

Aldo Cassidy, «arquetipo arquitectónico del varón inglés de la clase media educado en escuelas de pago», es un monótono ciudadano y próspero industrial que pasó por Oxford y que aplica todo su ingenio a perfeccionar de un modo rentable el funcionamiento de los cochecitos y sillitas para niños. Quizá su drama estribe en su éxito económico, que le ahoga, ese vivir aburrido por el dinero y sin más aliciente que la dosis de esnobismo que se permite comprar. En su vida hay también una esposa histérica y pedante, dos hijos, una suegra, un padre excéntrico y vagas inclinaciones adúlteras que sofoca en cines pornográficos.

Esos infiernos conyugales, como tantos hay en las novelas de Le Carré, aunque siempre mostrados rápidamente por resquicios de la narración, son en él un círculo dantesco muy peculiar: horribles y salvando muchas apariencias de respetabilidad, el tedio y la incomprensión entronizados como ídolos hogareños que exigen reserva, paciencia y buenos modales. Aldo y Sandra viven así en un clima tenso y estúpido en el que parece influir cierto contagio social. A su alrededor no hay otros ejemplos, los padres de ambos fueron también parejas disparatadas, y los amigos componen un extraño museo de relaciones asfixiantes.

Una apetecible secretaria que está esperando la primera insinuación del jefe, una rubia divorciada que disimula intenciones lujuriosas tras la máscara de amiga de la familia, un compañero de trabajo homosexual, una cuñada jovencita que da facilidades para el incesto, un matrimonio «exuberante y traidor», que con el pretexto de la medicina cree poder dar soluciones a todo. Éste es su horizonte, que la terminología de hoy calificaría de frustrado o represivo, pero que podría llamarse simplemente idiota.

Hasta que su existencia es barrida por un ciclón que Aldo Cassidy acoge en el acto como una fuerza destructora que le libera. Conoce a un bohemio, Shamus, grosero y borracho, tal vez un genio incomprendido de la literatura, pero en cualquier caso un genio indiscutible en el arte de atormentar, humillar y pisotear a burgueses insatisfechos e intranquilos. Entre los dos surge una relación sadomasoquista teñida de homosexualidad latente (otro tema muy de Le Carré, siempre asomado a la cuestión homosexual aunque sin querer adentrarse en el tema), que tiene como un extraño sabor a libertad.

Y entre los dos hombres, Helen, la compañera de Shamus, completando un disparatado triángulo amoroso que transforma al protagonista. La supeditación a Shamus inicia una ventolera erótica que sacude toda la novela con un furor rabioso, encarnizándose con aquellos simulacros de felicidad con los que Aldo había amueblado su vida. Le Carré, desquitándose de los ajustadísimos argumentos a que le obliga el género de espionaje, se lía la manta a la cabeza y nos arrastra a una zarabanda casi surrealista en la que cuesta distinguir los hechos reales, de tan revueltos como están con sus fantasmas interiores, sus deseos inconfesables.

La diminuta y encogida realidad del pequeñoburgués esnob salta hecha añicos ante esa intrusión del capricho, de la arbitrariedad total en el vivir y el pensar. Luego el frenesí pasa y todo vuelve a su sitio. La pesadilla horrible y dichosa se esfuma, Cassidy recae en su apacible atonía, se instala de nuevo en su situación confortable y catastrófica; se acuesta esporádicamente con la rubia divorciada, acude a la biblioteca «a la que también iban muchachitas al salir de la escuela», frecuenta de tapadillo un sórdido cine para públicos rijosos y elementales. Todo vuelve a ser real.

El lector, que tal vez esperaba una historia más directa y explícita, si no de agentes secretos, tiene que encajar ese humor con el que Le Carré se ensaña con casi todo, y sin duda sin olvidarse de sí mismo; porque hay muchas cosas que suenan a intimidad en esos ataques devastadores, como si no pudiera seguir viviendo y escribiendo novelas de espías sin haberse tomado esta venganza que le ahogaba.

CARLOS PUJOL

Para John Miller
y Michael Truscott
en Sancreed, con cariño.

HAVERDOWN

1

Cassidy conducía satisfecho de sí mismo, con el rostro tan cerca del parabrisas como el cinturón de seguridad le permitía, alternando, tímidamente, la presión del pie sobre el acelerador y freno, mientras miraba fijamente la estrecha carretera, iluminada por el sol del atardecer, para reparar en el menor signo de peligro que pudiera surgir. En el asiento contiguo, cuidadosamente guardado en una bolsa de plástico, reposaba el mapa oficial de la región central de Sommerset. Pegada al salpicadero de chapa de roble había una brújula del más moderno diseño. En un ángulo del parabrisas, colocada de modo que Cassidy pudiera verla sin necesidad de torcer el cuello, y sostenida mediante una pinza en un soporte de aluminio ideado por el propio Cassidy, había una copia del itinerario e informaciones que le habían facilitado los agentes de propiedad inmobiliaria cuyos distinguidos apellidos y dirección constaban en el membrete: *Grimble and Outhwaite, Mount Street, W.* Como de costumbre, Cassidy conducía con suma atención, y, de vez en cuando, tarareaba con la vergonzante sinceridad de quienes carecen de sentido musical.

Cruzaba un paraje pantanoso. La fina niebla baja se arrastraba por las depresiones del terreno, se deslizaba por entre los escasos cipreses y, formando nubecillas, resbalaba sobre la brillante capota del coche, pero más allá el cielo estaba despejado, sin nubes, y el sol de primavera coloreaba de esmeralda las colinas hacia las que Cassidy avanzaba. Pulsó un botón y bajó el cristal de la ventanilla, accionado por un mecanismo eléctrico, e inclinó la cabeza a un lado para recibir la caricia del aire. En aquel instante, un fuerte olor a musgo y tierra húmeda le llegó al olfato. Superando el respetuoso ronquido del motor del coche, los sonidos que el ganado produce llegaron a sus oídos, y luego el insultante aunque innocuo grito de un vaquero. En voz alta, Cassidy dijo:

—Idílico... Realmente idílico...

Más aún, aquel paraje no sólo era idílico, sino también idílicamente carente de peligros, ya que a lo largo y ancho del hermoso mundo en que vivimos, Aldo Cassidy era el único hombre que realmente sabía dónde se encontraba.

Más allá de los sonidos reales que percibía, en una cerrada cámara de su mente sonaron los ecos de los torpes acordes interpretados por una aspirante a pianista. Venciendo al sonido de la música, Cassidy había dicho:

—He recibido buenas noticias de Bristol. Parece que pueden ofrecernos una finca. Desde luego, urbanizarla correrá a cargo nuestro.

—Magnífico —dijo Sandra.

Alzó las manos y, muy cuidadosamente, las colocó en posición sobre el teclado. Cassidy prosiguió:

—Está a un cuarto de milla de la más importante escuela primaria, y a unas ochocientas yardas de la secundaria. Las autoridades locales parecen dispuestas a construir un puente para peatones sobre la carretera si nosotros urbanizamos el terreno y donamos un vestuario para los chicos.

Sandra tocó un desafinado acorde, y dijo:

—Pero el puente ha de ser bonito. El cuidado del paisaje, ya sea urbano o rural, tiene *extremada* importancia.

—Sí, claro.

—¿Puedo ir contigo?

Con tímida severidad, Cassidy le recordó:

—Tienes que ir a la clínica.

Otro acorde. Sandra se mostró de acuerdo, aun cuando en su entonación hubo cierto retintín:

—Sí, sí, es cierto. He de ir a la clínica. Tendrás que ir solo. Pobre *Pailthorpe*...

Pailthorpe era el mote que Sandra le daba, sin que Cassidy supiera exactamente por qué. Probablemente se refería al popular personaje el «Oso Pailthorpe». Los osos eran los animales que más atraían a los cónyuges. Cassidy dijo:

—Así es. Y lo siento infinitamente.

—No es tuya la culpa, sino del alcalde.

El maldito alcalde.

Sandra se mostró de acuerdo:

—El maldito alcalde.

—Tendremos que darle unas palmadas en el culito.

Alegremente, intentando componer una expresión que superase las sombras que se cernían en su rostro, Sandra dijo:

—¡Pam, pam, pam...!

Era un hombre de cabello rubio, contaba treinta y ocho años de edad y, según como se le mirara, podía calificársele de apuesto. Lo mismo que su coche, su aspecto personal revelaba amor a la elegancia. Del ojal izquierdo de la solapa de su impecable chaqueta surgía una fina cadenilla de oro, evidentemente útil, aunque con finalidades un tanto indefinidas, que iba a parar al bolsillo superior. Desde un punto de vista estético, la cadenilla armonizaba perfectamente con la discreta tela con muestra de espiga; a nivel práctico, la cadenilla parecía cumplir la función de conectar la cabeza con el corazón, pero no había modo de decir cuál de los dos predominaba. Tanto por su expresión como por su estructura, el hombre constituía el arquetipo arquitectónico del varón inglés de la clase media, educado en escuelas de pago, durante el período que medió entre las dos guerras, el arquetipo del hombre que había sentido en su cuerpo el viento del campo de batalla, pero jamás el fuego. De piernas cortas, algo barrigudo, en perpetuo trance de convertirse en caballero, ostentaba aquellos indelebles rasgos amuchachados, que denotaban madurez e infantilismo al mismo tiempo, reveladores de la agonizante esperanza de que quizá los padres le sufraguen los gastos de sus diversiones. Pero no, no era afeminado. No cabía negar que tenía labios salientes, muy salidizos respecto al resto del rostro, y que el inferior colgaba un poco. Y tampoco cabía negar que, mientras conducía incurría en ciertas afectaciones un tanto feminoides, como la de echarse atrás el mechón de pelo que le caía sobre la frente, o alzar la cabeza entornando al mismo tiempo los ojos como si una repentina jaqueca hubiera interrumpido el curso de sus brillantes pensamientos. Sin embargo, caso de que estas afectaciones tuvieran algún significado, éste consistía en revelar una agradable sensibilidad con respecto a aquel mundo en torno que, alguna que otra vez, resultaba excesivamente turbulento, una sensual comprensión, tan paternalista como filial, pero jamás podían significar desagradables tendencias adquiridas en los viciados días del colegial.

Evidentemente, no era hombre que se inhibiera ante la posibilidad de gastar dinero. Esa opulencia, que no hay funcionario de Hacienda capaz de tener en cuenta a título indiciario, quedaba de manifiesto en el bulto que formaba la parte baja del chaleco (para conducir con más seguridad, y también para su personal comodidad, se había desabrochado el primer botón de los pantalones) y en la anchura de los blancos puños de la camisa que aislaban sus manos del trabajo manual. En el cuello y piel del rostro había un lujoso brillo, casi un color tostado, antes *flambé* que proporcionado por los rayos del sol, que, en realidad, tan sólo podía estar ocasionado por los grandes copazos de coñac, la buena calefacción y las *crêpes suzette.* A pesar de estos indicios de físicas bienandanzas, o quizás en marcado contraste con ellos, el aspecto externo de Cassidy tenía el poder, o tal vez la autoridad, de producir, por indirectos medios, cierta inquietud, cierta preocupación. Pese a que en modo alguno cabía calificarle de patético, había en aquel hombre algo que llamaba la atención y parecía pedir auxilio. Sin que se pueda decir exactamente cómo, Cassidy conseguía dar la impresión de que los dulces cuidados de la carne no habían dado muerte todavía a su espíritu. Su esencial desarraigo se notaba en la mirada inquisitiva, en los rápidos cambios de expresión que, como una brisa, pasaban sobre las blandas superficies de su rostro. La parte baja de sus mejillas vivía atormentada por un viento de voluntariosos empeños, de frustraciones todavía no superadas, de propósitos inconscientes que esperaban les tocara el turno de convertirse en realidad.

A modo de reflejo de aquella función protectora que Cassidy inconscientemente daba a cuanto le rodeaba, en el interior del coche se advertía la presencia de muchas e importantes modificaciones cuya finalidad era la de ahorrar a Cassidy las molestas consecuencias de las colisiones. El techo, las puertas y partes laterales estaban generosamente tapizadas con suplementarias capas de fieltro, y además el volante, las manecillas de las portezuelas con dispositivos ideados para prevenir las consecuencias de infantiles manipulaciones —manecillas que, por otra parte, se hallaban profundamente hundidas en cómodas cavidades en el fieltro—, la guantera, el freno de mano e incluso el discretamente disimulado extintor habían sido recubiertos con fundas de cuero cosidas a mano, y, entre las fundas y el instrumento, una materia que tenía, al tacto, agradable calidad de carne, convertía en casi en caricia el efecto del más brutal impacto. En la ventana trasera, una celosía que funcionaba eléctricamente, adornada con bolitas de seda, protegía el pescuezo de nuestro hombre de los rayos del ardiente sol, y su vista del posible deslumbramiento peligroso. El salpicadero era un verdadero muestrario de prevenciones físicas, y en él se veía desde el indicador de luces intermitentes hasta el indicador preventivo de hielo en la carretera, desde el de batería de reserva al de aceite de reserva, desde el del tanque de gasolina suplementario para recorrer grandes distancias en parajes desérticos, hasta el sistema auxiliar de refrigeración, de modo y manera que quedaban plenamente previstas todas las catástrofes naturales que la industria del ramo había alcanzado a imaginar. Era un coche para traslaciones en el tiempo y el espacio, antes que para el simple transporte. E incluso causaba la impresión de ser como una matriz, en cuyo acolchado interior el viajero esperaba el instante de salir al mundo exterior, siempre más duro y cruel.

—¿Está muy lejos Haverdown, por favor?

—¿Qué?

—Haverdown.

¿Es aconsejable que deletree el nombre? El tipo probablemente es analfabeto.

—Haverdown. La casa grande. La mansión.

La boca de lacios labios se abrió y, luego, casi se cerró pronunciando en silencio el nombre; levantó el brazo y la mano indicó tristemente la colina:

—Recto, allí, arriba.

En voz muy alta, como si hablara con un sordo, Cassidy le preguntó:

—Pero, ¿está lejos?

—Bueno, con este coche, me parece que tardará unos cinco minutos, ¿no cree?

—Muchísimas gracias, que usted lo pase bien.

En el espejo retrovisor vio el tostado rostro del palurdo que, con cuajada expresión de cómica incredulidad, miraba el coche, dispuesto a contemplarlo hasta que se perdiera de vista. Cassidy pensó: «En fin, el pobre tipo ha visto un insólito espectáculo mundano y seguramente ha quedado impresionado para el resto del día.»

Parecía que todos los elementos de la Naturaleza asomaran a la carretera para que Cassidy los viera a su paso. En los jardines de las humildes casitas, los bárbaros hijos de los campesinos abandonaban sus inmemoriales juegos y miraban hacia la carretera para contemplar el coche. En los árboles y arbustos asomaban, con la energía propia de la estación, brotes de muy diversos matices verdes, en tanto que en los campos los narcisos salvajes crecían mezclados con otras flores que Cassidy no podía identificar. Después de cruzar el pueblo, el coche de Cassidy inició el ascenso. Ahora pasaba por entre arboledas en cuesta. Abajo, las casas de campo, las iglesias, los campos y los ríos cubrían la tierra hasta perderse en lejanos horizontes. Tranquilizado su espíritu por tan delicioso panorama, Cassidy se abandonó a la contemplación de sus proyectos. De mis agradables proyectos de mis *muy agradables* proyectos, como diría aquel orador financiero que tanto le impresionaba.

Sin darle la menor importancia, Sandra le había preguntado:

—¿Pasarás la noche allí?

En aquellos instantes, habiendo interrumpido temporalmente las prácticas de piano, estaba terminando la cena. Cassidy soslayó la respuesta directa:

—Quizá llegue poco después de las cinco... Entonces todo dependerá de que el alcalde pueda recibirme.

Con ánimo conciliador añadió:

—He pensado que podría llevarme un libro para leer. Aconséjame uno.

Lentamente, cogiendo de la mano a su asesora cultural, Cassidy, el aspirante a lector, se paseó por delante de la biblioteca de Sandra, quien con voz pletórica dc intcnción dijo:

—No sé... No sé cuál es la lectura adecuada para los *Pailthorpes* que se van de picos pardos a Bristol...

Cassidy le advirtió:

—Ha de ser un libro que pueda leer en estado de leve borrachera.

Los dos rieron. Cassidy recordó un viejo consejo, en materia de literatura, y añadió:

—Y que no sea de Jane Austin.

Decidieron que lo mejor sería un libro no literario,

un libro serio y veraz, apto para un *Pailthorpe* de escasa fantasía.

Haverdown.

Confiaba en haber pronunciado correctamente el nombre. Esto siempre es importante cuando uno llega a una zona en la que es forastero.

Haverdown.

¿La «a» es larga o breve? ¿Será como en «*have*» o como en «*haver*»?

Una paloma le obstaculizaba el paso. Cassidy tocó la bocina. Prudentemente, la paloma se apartó.

¿Y el «down» de Haverdown qué significaba? Los señoriales terratenientes no pueden ignorar extremos como éste. ¿Significaría «abajo», tendría sentido de descenso, o acaso significaría «duna» o «loma», como en la expresión «las onduladas lomas de Inglaterra»? Se le ocurrió una tercera alternativa, lo cual motivó que en el rostro de Cassidy se dibujara esa exagerada expresión que altera el rostro de quienes gustan hablar consigo mismos. Estimulado por su propio ingenio, Cassidy alzó las cejas y esbozó una sonrisa de académica superioridad: el «down» también podía significar «pelusa», pelusa de patito. Señores Grimble y Outhwaite, de Mount Street, mis queridos agentes de la propiedad inmobiliaria, ¿pueden ustedes resolver mis dudas?

Haverdown.

A pesar de todo, el nombre tenía su encanto, pese a que en transacciones de esta naturaleza el nombre poco importa. Además, era preciso. No, no iba precedido de la palabra granja ni del vocablo mansión ni del de castillo. Haverdown a secas. Era un concepto soberano, como hubiera dicho su profesor de Oxford, un concepto que no necesitaba aditamentos. *Haverdown.* Era un nombre que incluso podía servir a modo de título, si llegaba el caso. «¿Conoces a Cassidy de Haverdown? Un tipo realmente interesante. Tenía un próspero negocio en Londres, y lo dejó para venir aquí. A los dos años de comprar la finca ya obtenía dinero con la agricultura. En un dos por tres se puso al corriente de todos los problemas agrícolas. Es un hombre muy listo. También se dice que es un mago de las finanzas. Desde luego, las gentes de la localidad le adoran. Es casi demasiado generoso.»

Se disponía a mirarse al espejo para, no sin cierta comicidad, poner cara de terrateniente, cuando Cassidy se vio obligado a tomar una curva cerrada. «*En la entrada a la finca hay dos columnas de piedra, bellamente labradas, y coronadas por sendas bestialías del siglo XVI.*» Ante él, a la verde sombra de una haya, se alzaban dos alargadas piedras, en trance de desintegración, con escudos nobiliarios. Parecían dos seres medio paralíticos, con los hombros agobiados por la fatiga. Con curiosa mirada, Cassidy examinó los escudos. Una erosionada cruz en aspa formaba el tema central; en el triángulo superior se veían unas formas que podían ser plumas o serpientes enroscadas. Perplejo, frunció el ceño. Las plumas eran el símbolo heráldico del País de Gales, pero, ¿no era aquélla la Cruz de San Andrés? ¿Y acaso esta cruz no correspondía a Escocia?

Puso la primera y el coche avanzó por el sendero. Paciencia. En su momento oportuno, efectuaría los pertinentes estudios para resolver el enigma. Esto podía mantenerle ocupado durante los meses del invierno. Siempre le había gustado imaginarse a sí mismo en el papel de historiador local, frecuentando las bibliotecas de los ayuntamientos, visitando posadas históricas, escribiendo postales a párrocos eruditos...

Mientras se disponían a acostarse, Sandra aventuró:

—Quizás en tu próximo viaje pueda acompañarte...

—Naturalmente. Podríamos organizar una excursión especial, así, algo un poco extraordinario.

—Me conformo con que la excursión sea ordinaria —repuso Sandra. Y, acto seguido, apagó la luz.

Ahora la vegetación rodeaba casi totalmente al coche. Al término de una extensión cubierta de campanillas, vio destellos acuosos entre los árboles. Cruzó una zona iluminada por el sol, pasó ante una casita medio derruida y avanzó a lo largo de una verja cubierta de orín. Ahora, un torcido poste con un letrero indicaba una bifurcación. Visitantes por la derecha; los hombres de negocios por la izquierda. Alegremente, Cassidy pensó que en su persona se reunían las dos calidades, y tomó el camino de la derecha. Junto al sendero crecían tulipanes. Pensó que allí podría tener ganado, siempre y cuando preparase adecuadamente el terreno. Alrededor de la alberca la vegetación era desbordante. Las libélulas formaban nubes sobre la superficie compuesta por las hojas de los lirios, y los juncos tapaban casi por entero la caseta. «Con cuánta rapidez imponía la Naturaleza su ley —pensó Cassidy, embargado por un creciente optimismo—. ¡Cuán inexorable y maternal era la voluntad de la Naturaleza!»

En una planicie cubierta de césped, entre una capilla en ruinas y el esqueleto de un invernadero, apareció bruscamente ante su vista la mansión de Haverdown.

«Histórica PLAZA FORTIFICADA Y MANSIÓN RESIDENCIAL, a treinta millas de Bath (desde Paddington, una hora y cuarenta minutos), Haverdown es una RESIDENCIA SEÑORIAL TOTALMENTE EQUIPADA PARA SU INMEDIATA OCUPACIÓN, CON CINCO EDIFICIOS MENORES INDEPENDIENTES Y CUARENTA ACRES DE EXCELENTES PASTOS. El estilo es en parte Tudor y en parte anterior, habiendo sido la Mansión restaurada en el período Georgiano, en cuyos años la planta principal fue casi totalmente reconstruida de acuerdo con las instrucciones de LORD Alfred de Waldebere. Entre las muchas meritorias adiciones llevadas a cabo por Lord Alfred debemos tener en cuenta la curva escalinata estilo Adam y varios bellos BUSTOS ITALIANOS, de gran valor, que se venden juntamente con la finca, al precio inicialmente solicitado por ella. Desde tiempos remotos, Haverdown ha sido la casa solariega y fortaleza de la familia Waldebere.

»PARTE GEORGIANA. Idealmente situada en un promontorio natural, el ala orientada al Sur domina uno de los más bellos paisajes de la región de Somerset. Los muros están construidos con ladrillos antiguos, a los que el paso de los años y la sucesión de las estaciones atmosféricas ha dado un agradable matiz pardusco. El bloque central queda coronado por un frontón construido con piedra de Bath. Ocho peldaños desgastados por los pies de los tiempos conducen a un impresionante porche arqueado, cuyo techo sostienen Seis Columnas. A Occidente, entre la Capilla y el Invernadero, una soberbia Cúpula, que requiere actualmente reparaciones de menor importancia, quiebra la simetría de la edificación. Las buhardillas, que se conservan en perfecto estado, tal como fueron construidas, proporcionan amplio espacio en el que acomodar a los huéspedes o en el que instalar UN ESTUDIO PARA CABALLERO. En el jardín trasero hay un Cupido, fundido en plomo, en la POSTURA TRADICIONAL, que es objeto de valoración aparte (ver hoja anexa).

»LA PARTE ANTERIOR DEL EDIFICIO consiste en una hermosa TORRE fortificada, con peldaños de origen, así como un campanario que se alza junto a una hilera de cobertizos Tudor. Junto a dichas edificaciones se alza el Gran Salón y el Refectorio, con sólidos y bellos sótanos, y rodeado de un VIEJO FOSO. En el Gran Salón, sin duda alguna uno de los más hermosos del oeste de Inglaterra, hay una Sala de Música, construida durante el reinado de Eduardo I, que constituye su principal característica. Según la tradición local, en esta Sala los trovadores y músicos rindieron homenaje a SIR Hugo de Waldebere, primer propietario conocido de Haverdown, hasta el año 1261, en que SIR Hugo fue declarado Forajido, por los delitos de Saqueo y Violación. La Mansión pasó a su hijo menor, a partir de cuyo momento no consta en registro alguno el nombre de sus sucesores, hasta el año 1760, en que Lord Alfred, al regresar de Tierras Extranjeras, reconstruyó el Hogar de sus Antepasados, tras la dispersión de éstos, debida probablemente a las Persecuciones Católicas. Los jardines están concebidos según el CLÁSICO Patrón inglés, consistente en no imponer a la Naturaleza formas innecesariamente estrictas, y exigen ciertas modificaciones.

»Interesados diríjanse EN EXCLUSIVA A LA

FIRMA ARRIBA CONSIGNADA. PREGUNTEN POR MÍSTER GRIMBLE.»

Después de dejar cuidadosamente la hoja descriptiva en su soporte y de descolgar un ligero abrigo de cachemira del ingenioso colgador situado junto a la ventanilla trasera del coche, Cassidy echó una ojeada hacia atrás, más allá de la sillita de niño acoplada en la parte trasera, y más allá de las bolitas de seda que adornaban la celosía, y fue víctima de un extraño espejismo. El sendero se había esfumado. Densos muros de verde vegetación, perforados por oscuros túneles, le aislaban del mundo exterior. Se encontraba solo en una mágica caverna verdeoscura, se creyó en el parque de atracciones acompañado por su padre, en la infancia, treinta años atrás.

Luego pudo explicar esta ilusión óptica. Se dijo que se había formado una nube de vapor, parecida a la niebla que cubría las tierras pantanosas por las que había pasado, y esta nube de vapor le impedía la visión en profundidad, en tanto que cierto raro juego de luces daba a la espesura de vapor un color verde. Había llovido (realmente así era), y la humedad sobre la tierra del sendero, en conjunción con los rayos del sol próximo a ponerse, había dado un tembloroso tinte verde a la tierra, que causaba la impresión de estar cubierta de alta hierba. También podía darse el caso de que al imprimir a su cabeza un rápido movimiento, después de lar largas horas al volante, hubiera superpuesto a su visión real imágenes de otros lugares que, en realidad, no estaba mirando... En consecuencia, no se trataba más que de un hecho natural, tan natural como todos los espejismos.

Sin embargo, durante un instante, y quizá durante mucho más que un instante si la duración se mide por el patrón de los efectos subjetivos experimentados por Cassidy, tuvo la impresión de haber penetrado en un mundo no tan susceptible al control como el mundo al que estaba habituado. Tuvo la impresión de haber caído en un mundo capaz de ofrecer alarmantes lagunas metafísicas. Y, aun cuando una segunda mirada bastó para devolver el sendero al lugar que le correspondía en el orden natural de las cosas, su movilidad, o, mejor dicho, el recuerdo de su movilidad, le obligó a permanecer sentado, quieto, durante unos instantes, a fin de serenarse, y no pudo evitar cierta desconfianza, así como una sensación de estar desconectado de la realidad, hasta que por fin abrió la portezuela y, cautelosamente, posó un pie en la caprichosa superficie de la Tierra.

Con su voz de oficial del Ejército, Sandra le aconsejó durante el desayuno:

—Diviértete, y no permitas que te avasallen. Recuerda que, a fin de cuentas, quien paga eres tú.

Con una sonrisa de héroe británico, Cassidy repuso:

—Se hará lo que se pueda.

Su primera impresión no fue en modo alguno placentera, ya que le pareció encontrarse en un lugar sometido a un bombardeo aéreo. De Oriente soplaba un violento viento crepuscular que agitaba las copas de los olmos produciendo ruido de ametralladora y dejando medio sordo a Cassidy. Sobre su cabeza, las cornejas volaban temerariamente en círculo y se dejaban caer en picado, como en señal de protesta por su presencia. El viento también se cebaba en la casa, cuyas puertas y vigas gemían desesperadamente, agitando sus inútiles miembros con rabia, y golpeando con ellos airadamente los indefensos muros. En el suelo, junto a la mansión, había restos de yeso y ladrillos. Un cable cruzaba laciamente el jardín, a la altura de la cabeza de Cassidy. Durante un instante repulsivo, Cassidy imaginó, mientras examinaba el cable, que de él colgaba una paloma muerta, pero aquella forma resultó ser una vieja camisa allí abandonada por un despreocupado vagabundo, a la que el despreocupado viento había dado extraña apariencia. Mientras recobraba el dominio de sí mismo, Cassidy pensó: «Es extraño, esta camisa parerece una de aquellas camisas que yo llevaba hace algunos años, una camisa a rayas, con cuello duro, y puños generosamente anchos.»

Tenía frío, mucho frío. El tiempo, que tan dulce y

benigno le había parecido desde el interior del coche, le atacó ahora con inusitada ferocidad, poniendo dentro de su ligero abrigo bolsas de aire helado y agitando los pantalones de su bien cortado traje de entretiempo. Tan violento y repentino fue el impacto que la realidad produjo en sus ensueños interiores que Cassidy sintió la tentación de regresar al cobijo de su coche, y únicamente el resurgimiento de su espíritu de luchador impidió, en el último instante, ceder a sus primeros impulsos. Al fin y al cabo, si iba a vivir el resto de sus días en aquel lugar, más valía que comenzara a acostumbrarse a él. Había recorrido un largo camino, quizás más de treinta millas, por lo que no iba ahora a emprender el regreso por temor a una simple brisa. Mientras alzaba el cuello del abrigo con ademán resuelto, Cassidy inició la primera fase de su inspección.

Cassidy comenzó con lo que él denominaba «obtener una impresión del lugar». Se trataba de un proceso que había ensayado, con carácter experimental, muchas veces, y cuya finalidad estribaba en la percepción de una multitud de factores inclasificables. Por ejemplo: el emplazamiento, ¿es agradable o no? ¿Ofrece independencia, lo cual es deseable, o bien impone aislamiento, lo cual es desagradable? ¿Protege al ocupante del lugar o le deja desamparado? Y, además, había también una cuestión de vital importancia: ¿hubiera podido él nacer en aquel lugar?

A pesar del frío, sus primeras impresiones no fueron desfavorables. El parque, sin duda alguna visible desde las principales ventanas de la mansión, ofrecía un ambiente pastoril muy tranquilizador. Los árboles tenían aspecto caduco (lo que constituía una ventaja, ya que Cassidy sentía repulsión hacia la fortaleza de los pinos), y su avanzada edad les daba aspecto de paternal dulzura.

Escuchó.

El viento había cesado, y las cornejas iban posándose, poco a poco, en sus habituales lugares. Desde las tierras pantanosas, todavía cubiertas por la niebla, a sus oídos llegaba el sonido de una sierra, mezclado con mugidos de ganado. Examinó el prado. Hacía falta poner una valla. Ofrecía amplio espacio para que pastaran unos cuantos caballos, siempre y cuando no hubiera tejo. Cassidy había leído en algún libro, no recordaba cuál, aunque probablemente se tratara de *Excursiones rurales*, de Cobbett, obra que había estudiado a fin de conseguir el título en la Universidad, que el tejo envenenaba a los caballos, inútil crueldad de la Naturaleza que quedó para siempre grabada en su memoria.

Palomas torcaces. Así se llamaban. Sí, señor.

Tendré palomas torcaces. No será necesario construir palomares, ya que vivirán en los robles. La mejor clase es la galesa. Eran aves resistentes, según le habían dicho mil veces, aves capaces de defenderse por sí mismas, y de bajo coste.

Olisqueó el aire.

Olor a bosque, a pinos húmedos y aquel indefinible olor a moho que suele acompañar cuanto ha sido descuidado durante largo tiempo. No, no tenía nada que objetar a ello.

Por fin, aparentando una absoluta serenidad, centró su atención crítica en la casa. Un profundo silencio envolvía la cumbre de la colina. Las copas de los árboles permanecían en una completa quietud. La camisa colgaba inmóvil. Durante largos minutos, Cassidy adoptó una postura de orante, con las enguantadas manos laciamente unidas sobre el estómago, los hombros echados hacia atrás, el rubio cabello un poco caído a un lado, como un superviviente llorando a sus camaradas muertos.

En el ocaso de la primavera número treinta y nueve de su vida, Aldo Cassidy contemplaba la mansión que había cobijado a gran número de generaciones británicas.

Caía la noche, y Cassidy seguía allí. Rojos rayos de sol tocaban la veleta y se reflejaban en los pocos cristales que quedaban en las ventanas, poco antes de expirar. Una corneja, se dijo Cassidy. El pico de una montaña destacando contra el cielo crepuscular, un pico inalcanzable e inmutable, un factor orgánico de la Historia de Inglaterra. Así era también aquella roca, surgida de la tierra, cuyo nombre es Inglaterra. Una roca formada por la mano de los siglos, labrada por los canteros del Señor, guardada por sus ejércitos.

¿Qué no daría yo por haber nacido en un lugar así? ¿Cuánto más vigoroso, cuánto más valeroso no sería? ¿Y si mi nombre, mi fe, mis antepasados e incluso, quizá, mi profesión hubieran tenido sus raíces en tamaño monumento de los tiempos heroicos? ¿Ser aún un cruzado, estar al servicio, no con temerario orgullo, sino con humilde valentía, de una causa tan evidente que no pudiera definirse? ¿Nadar en mi propio foso, guisar en mi propia cocina, cenar en mi Gran Sala, meditar en mi celda? ¿Pasear por mi sala de armas, entre los estandartes, desgarrados en cien batallas, sostenidos por mis antepasados? ¿Dar de comer a los aparceros, aconsejar a criados crápulas, y cultivar la tierra, vistiendo viejas y agradables prendas de *tweed*?

Gradualmente se formó la visión en la conciencia del soñador.

Esta noche es Nochebuena, y los desnudos árboles se recortan contra el cielo tempranamente crepuscular. La solitaria figura de un hombre que ya ha dejado de ser joven, ataviado con prendas muy caras pero discretas, cabalga por entre las largas sombras del robledal. El caballo, consciente de la preciosa carga que lleva en sus lomos, se comporta dócilmente, incluso ahora que se encuentra cerca de la cuadra. La luz de una linterna se balancea en el porche, y, alegremente, los criados acuden a la puerta. «Diría que ha tenido usted un agradable paseo a caballo, Mr. Aldo.» «No ha estado mal, Giles, no ha estado mal. No, no, yo mismo me encargaré de cepillar el caballo. Buenas tardes, Mrs. Hopcroft. Supongo que los preparativos marchan viento en popa...»

Y, dentro, ¿qué? ¿Hijos, nietos que acudirán corriendo a coger su mano? ¿Una dulce dama, con larga falda tejida en casa, que descendiera la hermosa escalinata curva, estilo Adam, con flores en sus delicadas manos? ¿Una especie de Sandra, diez o doce años más joven, sin piano, liberada de sus personales tinieblas, sin poner en entredicho la masculina superioridad de Aldo? ¿Una Sandra de elegante vestir, siempre renovada para él, ingeniosa, amena y enamorada? «Pobrecillo, estarás helado... He encendido el hogar de la biblioteca. Vamos, deja que te ayude a quitarte las botas.»

No, en el interior nada había. En ocasiones como la

presente, Cassidy se limitaba estrictamente a la parte exterior.

En consecuencia, mayor fue la intensidad de la sorpresa que recibió al alzar la vista para lanzar una irritada ojeada a una bandada de palomas cuyo inquieto aleteo le había distraído de sus meditaciones y advertir una leve pero innegable columna de humo que surgía de la chimenea situada a Occidente, y ver una luz, muy amarilla, como de lámpara de aceite, balanceándose suavemente en aquel porche que acababa de cruzar, imaginariamente, en aquel instante.

Una voz de agradable sonido dijo:

—Hola, muchacho, ¿buscas a alguien?

2

Cassidiy siempre se había envanecido del aplomo de que hacía gala en los momentos de crisis. En los círculos comerciales gozaba de la reputación de pisar siempre con firmeza, y Cassidy consideraba que se había ganado a pulso esta fama. En el curso de una reciente batalla librada para absorber a otra empresa, el Suplemento Económico del *Times* le había calificado de «hábil y noble guerrillero». Y la virtud antedicha tenía su origen en el hecho de negarse Cassidy a parar mientes en la gravedad del peligro, y estaba respaldada por un profundo conocimiento de los usos que se puede dar al dinero. Por lo tanto, la primera reacción de Cassidy fue hacer caso omiso de la rareza del saludo que se le acababa de dirigir, y desear buenas noches al individuo, cuya voz dijo, refiriéndose a las palabras «buenas noches»:

—¿Lo dice en serio?

La segunda reacción de Cassidy fue acercarse como si tal cosa a su coche, no con la finalidad de huir —acto que, por raro que parezca, no le tentó seriamente en el curso de los acontecimientos que sucedieron aquella noche—, sino con el propósito de quedar claramente clasificado como propietario del vehículo, y, en consecuencia, por definición, un posible comprador a tener muy en cuenta. Además, Cassidy también pensaba en los informes que le había dado el agente de la propiedad inmobiliaria, informes que se encontraban en el soporte de aluminio, y que podían demostrar, si la ocasión se terciaba, que él no era un vulgar intruso en propiedad ajena. Sintió una oleada de resentimiento contra los agentes de la propiedad inmobiliaria. Al fin y al cabo, ellos fueron quienes le dijeron que visitara la casa, asegurándole que estaba deshabitada, error que mañana pagarían muy caro. En aquel tono de avaricia y complicidad que, según parece, tan sólo los vendedores de fincas logran dominar, Outhwaite le había dicho con su voz de rana, por teléfono:

—Muchacho, venden la casa para liquidar una herencia, así es que alarga la mano, ofréceles la mitad de lo que piden, y lo cogerán con tanto entusiasmo que te arrancarán el brazo.

Bueno, ahora Cassidy temía realmente por la suerte de su brazo. Se apartó del coche, con los papeles de los agentes en la mano, y tuvo clara y desagradable conciencia de la fijeza con que aquel individuo le miraba, fijeza que quedaba representada por la inmovilidad del rayo de luz de la linterna.

—Estoy en Haverdown, ¿no es eso? —dijo Cassidy, empleando la «a» breve, mientras subía los peldaños. Había hablado con voz aguda y precisa, intrigado pero no desconcertado, con un leve matiz de indignación a fin de conservar su autoridad, la autoridad del respetable ciudadano a quien molestan en el normal desarrollo de sus perfectamente legales actividades. El de la linterna repuso, no sin cierta sorna:

—Eso espero, muchacho.

Sus facciones estaban todavía ocultas por la oscuridad de la linterna, pero por el lugar que su cabeza ocupaba con respecto al dintel de la puerta, Cassidy coligió que era un hombre de su misma estatura, y por la anchura de sus hombros, que resaltaban un poco contra la oscuridad del interior de la casa, dedujo que el individuo tenía asimismo una complexión aproximada a la suya. La restante información la logró Cassidy por el sentido del oído, mientras subía los ocho peldaños desgastados por los Pies de los Siglos. Aquel hombre tenía asimismo la edad de Cassidy, pero gozaba de más confianza en sí mismo, y parecía apto para mandar tropas y hacer lo oportuno con los muertos en combate. Además, la voz era notablemente agradable. Incluso dramática, a juicio de Cassidy. Era una voz tensa. Una voz en equilibrio sobre un peligroso filo. En dicha voz, Cassidy, que tenía un oído muy fino en lo referente a los aspectos sociales del habla, advirtió cierto dejo regional, probablemente de origen irlandés, lo cual en modo alguno disminuyó la excelente opinión que tenía de la alcurnia de su interlocutor. *La Cruz de San Andrés y las Plumas de Gales*; pues bien, no cabía duda de que también tenía que contar con el arpa de Irlanda. Había llegado al último peldaño. Agitó levemente las hojas, para indicar que tenía las pruebas en la mano, y dijo:

—Pues si estamos en Haverdown, tendré mucho gusto en examinar la casa. Los agentes Grimble y Outhwaite me han aconsejado que viniera. ¿Le han informado de mi visita?

—No han dicho ni mu —replicó el de la linterna.

—¡Hace casi una semana que les dije la fecha de mi visita! Imaginaba que le habrían avisado por teléfono, o que se lo habían comunicado de un modo u otro... Es lo correcto, ¿no cree?

—El teléfono está cortado, muchacho. Esto es el fin del mundo. Aquí no hay más que cuatro vacas y cuatro pollos. Y cornejas, desde luego. Cornejas que parecen estar buscando alguien a quien devorar, las hijas de la gran perra.

A Cassidy le pareció ahora extremadamente importante que la conversación no tomara derroteros ajenos a sus propósitos. En son de protesta, como si deseara ardientemente colocar entre aquel hombre y él el espectro de un enemigo común, dijo:

—¡Pero, por lo menos, le habrán escrito! Realmente, esa gente es el colmo...

El de la linterna tardó mucho en contestar:

—Bueno, quizá no sepan que estamos aquí.

Durante esta conversación, Cassidy había sido objeto de una cuidadosa observación. La luz de la linterna había recorrido lentamente su cuerpo, comenzando por los zapatos hechos a mano, pasando después al traje, y ahora se encontraba en la insignia bordada en la corbata azul oscuro. La suave voz preguntó:

—¡Dios mío! ¿Qué es esto? ¿Indios?

Satisfecho de que le hubieran formulado esta pregunta, Cassidy confesó:

—Bueno, en realidad es la corbata de los socios de un club gastronómico. Se llama el «Club de los Estrambóticos».

Larga pausa. Por fin, la voz, con acento de genuina repulsión, dijo:

—¡No puede ser! ¿Cómo se les ha ocurrido este horrendo nombre? ¿Qué diría Nietzsche, si levantara la cabeza? ¡Igual les da por llamarse los Sucios Caballeros!

Cassidy no estaba habituado a recibir este trato. En los lugares en que solía gastar su dinero, incluso la firma de Cassidy era formulismo innecesario, y, en circunstancias normales, hubiera protestado vivamente ante cualquier insinuación de que su solvencia o su persona —por no hablar ya de los clubes a los que pertenecía— suscitaban dudas. Sin embargo, ahora no se encontraba en circunstancias normales, y en vez de experimentar una oleada de indignación, Cassidy quedó avasallado, una vez más, por cierta sensación de aislamiento. Le parecía que la figura de detrás de la linterna no fuera una figura en sí, una figura separada, sino su propia figura misteriosamente reflejada en las profundidades de la líquida luz. Le parecía como si su más rápido y libre yo examinara, a la luz de aquella insólita linterna, los rasgos de su pedestre otro yo. Y, además, tampoco cabía negar que los «Estrambóticos» formaban un grupo un tanto trasnochado, idea esta que se le había ocurrido más de una vez. Después de hacer un esfuerzo para prescindir de tan poco saludables consideraciones fantasiosas, logró Cassidy dar muestras de su personal energía. Con entonación harto cortante dijo:

—Oiga, no tengo la menor intención de meterme en lo que no me importa, y si lo prefiere me voy y vuelvo otro día. Claro que estas palabras tan sólo son válidas para el caso de que usted quiera vender realmente.

La voz no se apresuró a ofrecerle consuelo. Por fin, como si dictara una sentencia largamente meditada, dijo:

—Pues sí, te estás metiendo en lo que no te importa, muchacho. En mi opinión eres una monada. Una monada con todas las de la ley, de pies a cabeza. Hacía años que no habíamos visto a un burgués.

La luz de la linterna se orientó hacia el suelo. En el mismo instante, un rojo rayo de sol, reflejado en los cristales superiores de la capilla, penetró como una minúscula aurora en el porche, permitiendo a Cassidy tener la primera visión del hombre que le había estado examinando. Tal como Cassidy sospechaba, era un hombre muy apuesto. En aquellas partes en que la persona de Cassidy se curvaba, la del otro se erguía; las debilidades de Cassidy eran firmezas del otro; su tendencia a acceder y plegarse era resolución en su interlocutor; su fluidez era solidez de roca en el de la linterna; y cuanto de palidez y rubia pigmentación había en Cassidy, era morenez, brusquedad y energía en el otro. En el bien parecido rostro brillaban con la más intensa vida dos ojos de negras pupilas. Una sonrisa irlandesa, rapaz y sabia a un tiempo, iluminaba los rasgos de aquel rostro.

Por el momento, hasta este punto había llegado el examen de Cassidy. Pero, incapaz de cejar en su búsqueda, Cassidy intentó clasificar a aquel hombre en una de las diversas categorías sociales en que el mundo se divide naturalmente, a cuyo efecto centró su atención en el atuendo del individuo. Iba con chaqueta negra, de esas que tanto gustan a los caballeros de la India, medio smoking, medio *blazer* militar, de corte vagamente oriental. Estaba descalzo, sin calcetines, y la parte inferior de su cuerpo quedaba cubierta con un prenda que parecía una falda. Involuntariamente, Cassidy dijo:

—Dios mío...

Y se disponía a añadir una frase de excusa, como «he llegado mientras se bañaba», o bien, «lamento mi monstruosa plancha, le he sacado de la cama», cuando la luz de la linterna se apartó de su persona e iluminó el coche.

En realidad, la luz de la linterna era superflua, ya que las pálidas planchas del coche resaltaban bellamente en la luz crepuscular —factor favorable del que Cassidy estaba plenamente consciente—, pese a lo cual el inquisitivo personaje utilizó la linterna, quizá no tanto con la intención de observar a sus anchas, cuanto con la finalidad de acariciar las puras líneas del vehículo con los lentos movimientos del rayo de luz, tal como momentos antes había estudiado a Cassidy.

—¿Es tuyo?

—Pues sí.

—¿De veras? ¿Totalmente tuyo?

Cassidy emitió una elegante carcajada, ya que las palabras del otro parecían insinuar la posibilidad de que él hubiera comprado a plazos el coche, forma de pago que (por no tener necesidad alguna de ella) Cassidy consideraba como una de las plagas que afectaban a los hombres de su generación.

—Sí, sí. Siempre me ha parecido el único modo de adquirir algo. ¿No opina igual?

Durante unos instantes el inquisitivo tipo no contestó, quedando en estado de profunda concentración, el cuerpo inmóvil, balanceando levemente la linterna, fija la mirada en el coche. Por fin, en un susurro, dijo:

—Dios mío, Dios mío... Menudo féretro para un «Estrambótico»...

En anteriores ocasiones, Cassidy había visto el espectáculo de la admiración que su coche suscitaba en la gente; y esta admiración le levantaba los ánimos. Era hombre perfectamente capaz de regresar, el sábado por la mañana, de efectuar algunas compras o de hacer otras gestiones de carácter semirrecreativo, y al hallar a un grupo de entusiastas congregado alrededor de las alargadas formas de su vehículo, ofrecer a los reunidos un sucinto relato de la historia y cualidades del coche, así como de exhibirles sus más insólitas innovaciones. Cassidy pensaba que esta democrática franqueza era uno de sus más simpáticos rasgos. La vida trazaba tajantes y justas distinciones entre los individuos, pero, en cuanto tocaba a la hermandad entre conductores de coche, Cassidy observaba la más impecable conducta, y no se consideraba superior a nadie. Sin embargo, el interés mostrado por su anfitrión era de diferente naturaleza. Una vez más, parecía tratarse de un examen, primordialmente, de una fundamental búsqueda de ciertos tácitos valores inherentes a la existencia del coche, lo cual produjo el efecto de aumentar la inquietud de Cassidy. ¿Consideraba su anfitrión que el coche era vulgar? Cassidy sabía muy bien que las clases altas tenían muy arraigadas convicciones en cuanto hacía referencia a exhibiciones de opulencia, pero, ¿acaso el *especialísimo* carácter de su coche no lo situaba más allá de tan superficiales acusaciones? Al fin y al cabo, alguien tenía que comprar aquel tipo de coche. Del mismo modo que alguien tenía que ser propietario de Haverdown. Ja, ja... Quizá lo oportuno sería decir algo, pronunciar una frase de excusa. Había varias frases que, en otras circunstancias, Cassidy hubiera aventurado: «En realidad no es más que un juguete para mayores... Es, para un hombre, lo que un abrigo de visón para una mujer... Naturalmente, si no fuera por mi empresa, ni siquiera podría soñar en tenerlo; en el fondo no es más que un regalo del actual sistema tributario...» Todavía pensaba Cassidy en la posibilidad de soltar una frase de este estilo, cuando sintió que el otro le cogía el brazo con sorprendente fuerza, y la voz dijo con autoridad:

—Vamos, muchacho, entra. Me estoy poniendo morado de frío.

Mientras avanzaba a trompicones por el piso casi en ruinas, Cassidy dijo:

—Bueno, si no es molestia para usted...

Jamás llegó a saber si era molestia o no. La pesada puerta se había cerrado a sus espaldas. Se encontraba en la total oscuridad de un interior desconocido, guiado únicamente por la fuerte y amistosa mano de su anfitrión.

En tanto esperaba que sus pupilas se acostumbrasen a las tinieblas, Cassidy padeció muchas de las alucinaciones que atormentan a quienes se quedan temporalmente ciegos. Primero, se encontró en el «Scala Cinema» de Oxford, pasando de lado junto a una hilera de invisibles rodillas, pisoteando, entre excusas, pies invisibles. Algunos pies eran duros y otros suaves, pero todos hostiles. En los tiempos en que Cassidy tuvo el privilegio de cursar estudios superiores, en Oxford había siete cines, a los que iba —a todos— sin el menor esfuerzo, en una semana. En aquellos instantes, Cassidy pensó que no tardaría en aparecer ante su vista el gris rectángulo, y que una muchacha de negro cabello, con vestido de época, se desabrocharía la blusa, sin dejar de hablar en francés, entre los silbidos de entusiasmo del culto público formado por los camaradas de Cassidy.

Sin embargo, antes de que pudiera gozar de tan deliciosa escena, Cassidy se sintió transportado al Museo de Historia Natural de South Kensington, en el que una de sus madrastras le había amenazado con encerrarle permanentemente, como castigo por sus excesivas masturbaciones. Esta madrastra le aseguró furiosamente:

—Eres como un animal. Por lo tanto, más valdrá que vivas con los animales. Para siempre.

Pese a que esta visión se estaba desvaneciendo en los presentes instantes, Cassidy percibía elementos más que suficientes para dar lógica base a sus pesadillas: muebles que olían a cine, olores a piel curtida y formol, cabezas cortadas de alces y otros animales salvajes que le contemplaban desde lo alto, en el helado terror de la agonía, formidables formas elefantíacas cubiertas con fundas blancas.

Con alivio, fue dándose cuenta gradualmente de la presencia de objetos más conocidos, indicativos todos de que se encontraba en un habitáculo humano. Un viejo reloj de péndulo, un aparador de roble, una mesa jacobina, un hogar de piedra adornado con dos mosquetones cruzados y el ya conocido y agradable escudo de armas de los Waldebere.

Por fin, con acento que esperaba expresase admiración, Cassidy dijo:

—Dios Santo...

Su compañero paseó negligentemente el haz de la linterna por las piedras del hogar, y preguntó:

—¿Te gusta, muchacho?

—Soberbio... Verdaderamente soberbio.

Estaban en la Gran Sala. Grises rayas de luz marcaban los contornos de las ventanas cerradas. Lanzas, venablos y cornamentas de ciervo adornaban la parte alta; en el suelo se veían cajas de embalaje y libros con las tapas cubiertas de moho. Ante ellos, en la pared, había un friso de denso roble, y, bajo el friso, arcos de piedra daban entrada a tenebrosos corredores. Se percibía el inconfundible hedor de la podredumbre ya seca.

—¿Quieres ver el resto?

—Me encantaría.

—¿Todo? ¿Buhardillas y demás?

—Todo, del tejado al sótano. Es fabuloso. ¿De qué período es el friso? Debiera saberlo, pero lo he olvidado.

—Del tiempo del Arca de Noé. Al menos eso me dijeron.

Cassidy rió amablemente, mientras percibía, por encima de los conocidos olores propios de lo antiguo, aroma a whisky en el aliento de su interlocutor.

Con una sonrisa mental, pensó: «Vaya, vaya... Los aristócratas. Míreseles como se les mire, siempre igual. Decadentes, despreocupados, pero magníficos en su estilo de gente de otro mundo.»

En el momento en que doblaron otra esquina, quedando con más oscuridad al frente, Cassidy preguntó cortésmente:

—Dígame, ¿venden también el mobiliario?

Su voz había adquirido un nuevo acento británico, al ofrecer aquellas palabras al aristócrata para que las considerase debidamente.

—Hasta que nos hayamos mudado no están en venta, muchacho. En algún lugar hemos de sentarnos, ¿no crees?

—Naturalmente, pero luego, ¿sí los van a vender?

—Naturalmente. Y podrás quedarte con lo que te dé la gana.

Con cautela, Cassidy le advirtió:

—Me interesan principalmente las piezas pequeñas. Ya tengo demasiados muebles que no me sirven para nada.

—Conque coleccionista, ¿eh?

—Un poquito.

E inmediatamente, en tono defensivo, añadió:

—Aunque sólo cuando el precio es justo.

Si algo hay que los aristócratas ingleses no comprenden, este algo es el valor del dinero. Se dirigió a su anfitrión, una vez más:

—¿Le molestaría levantar un poco la linterna? Apenas veo.

En una y otra pared del corredor colgaban retratos de amables militares y patibularios civiles. El haz de luz de la linterna los iluminaba a retazos tan sólo, lo cual no dejaba de desagradar a Cassidy, quien tenía la certeza de que, si se le daba ocasión, identificaría en sus diversas facciones rasgos del rostro de su anfitrión, como, por ejemplo, los labios cuando formaban su excéntrica sonrisa, la mirada de pirata iluminada por una luz interior, los mechones de negro pelo que con tanta nobleza caían sobre la poderosa frente...

La luz de la linterna volvió a descender, y Cassidy se encontró, una vez más, sumido en tinieblas, mientras los dos bajaban lo que parecía ser una corta escalera. Con una nerviosa risita, Cassidy dijo:

—Es interminable. Estando solo, jamás he sido capaz de afrontar la oscuridad. Para ser sincero le diré que temo a la oscuridad. Siempre la he temido. Hay gente que siente repulsión hacia las alturas. A mí, me pasa con la oscuridad.

En realidad, a Cassidy tampoco le gustaban las alturas, pero prefirió callarse para no estropear la analogía que se le había ocurrido. Sin que su acompañante le absolviera de la confesión que acababa de efectuar, Cassidy le preguntó:

—¿Cuánto tiempo llevan aquí?

—Diez días.

—Me refería a su familia.

El haz de luz iluminó brevemente un colgador de hierro enmohecido, y se clavó en el suelo:

—¡Qué sé yo...! ¡Desde siempre, muchacho, desde siempre!

—¿Y fue su padre quien...?

Durante unos instantes, Cassidy pensó que había penetrado una vez más en terreno peligroso. Al fin y al cabo no se debe hablar de una defunción reciente, cuando se está en la oscuridad. La contestación tardó mucho en llegar:

—En realidad, fue *mi tío*.

Tras emitir un suspiro de alivio, la voz añadió:

—Sin embargo, mi tío y yo nos queríamos mucho.

—Mi más sentido pésame —murmuró Cassidy.

En tono más alegre, recargando las tintas de su acento irlandés, el otro dijo:

—Lo mató un toro. Fue muy rápido, y nos ahorramos toda la lata de la agonía y demás. También nos evitamos las visitas de los aparceros y los incordios de este género.

—No deja de ser un consuelo. ¿Era muy viejo?

—Mucho. Me refiero al toro, claro está.

Intrigado, Cassidy dijo:

—¿Ah, sí?

La linterna se estremeció en lo que parecía ser un repentino paroxismo de dolor.

—Pues sí, el toro era terriblemente viejo. Con esto quiero decir que fue una muerte así, como a cámara lenta. Bueno, pero el caso es que, en el fondo, no sé cómo coincidieron aquel par, mi tío y el toro.

No cabía duda de que los aspectos cómicos del hecho predominaban ahora sobre los trágicos, ya que, en las tinieblas, una carcajada de muchacho se elevó hacia el invisible techo, las traviesas se estremecieron en consonancia, y una fuerte y alegre mano se posó en el hombro de Cassidy:

—Bueno, de veras, me alegra mucho que hayas venido, muchacho. Mucho. No puedes imaginar lo que representa para mí. Te lo digo en serio. ¡Cómo me he aburrido! Me he pasado días y días leyendo cosas de John Donne a las gallinas. ¡Menuda vida! Un gran poeta, John Donne, desde luego, pero ¡qué público...! ¡Y cómo me miraban las gallinas...! Oye, tengo todavía un poco de bebercio. Supongo que te gustaría tomar un par de tragos.

Con gran sorpresa, Cassidy se dio cuenta de un agradable cosquilleo en aquel lugar que los jueces y magistrados denominan «parte superior del muslo». Oyó la voz:

—No te sentará nada mal echarte un poco de alcohol al coleto, supongo.

—No, no, desde luego que no.
—Esto siempre sienta bien cuando uno está solo o con la suerte de espaldas.
—Y en otras ocasiones tampoco molesta, se lo juro.
Secamente, cambiando súbitamente de humor, el otro dijo:
—No vuelvas a decir eso. No jures jamás.
Bajaron dos escaleras más. Volviendo a adoptar el tono jocoso, el anfitrión de Cassidy dijo:
—Aquí, uno no trata a la gente. No, no trata a nadie. Ni siquiera los vagabundos le dirigen a uno la palabra. Siempre, siempre existe la barrera de la clase social.
—¡Dios...!
La mano estaba aún en el hombro de Cassidy. Por lo general, a Cassidy no le gustaba que le tocasen, sobre todo cuando eran hombres quienes lo hacían, pero aquel contacto le molestó menos de lo que esperaba. Preguntó:
—¿Y los terrenos? ¿No le ocasionan quebraderos de cabeza?
El olor a humo de leña, cuya rural fragancia tanto había admirado Cassidy hasta aquel instante, se hizo ahora, de modo repentino, insoportable.
—¡Que se vayan a la mierda los terrenos! ¿Quién coño quiere ser terrateniente en nuestros días? Llenar formularios..., alimañas por todos lados..., contaminación..., bases norteamericanas. Se acabó el ser terrateniente. A no ser que uno se dedique a la cría del visón. El visón sí, eso vale la pena.
Bastante desorientado por esta reveladora visión de los problemas agrícolas, Cassidy observó:
—Sí, me han dicho que el visón da *mucho* dinero.
—Oye, ¿eres religioso?
—Bueno, a medias...
—Pues ahí, en el condado de Cork, hay un tipo que dice que es Dios hecho hombre. ¿No has leído nada sobre ese pájaro? Se llama J. Flaherty, y vive en Hillside, Beohmin. Salió en todos los periódicos. ¿Crees que puede haber algo de verdad en eso?
—Realmente, no lo sé.
Obediente a los menores caprichos de su compañero, Cassidy se detuvo. El moreno rostro se acercó al suyo, y, súbitamente, Cassidy se dio cuenta de que se había

creado una indudable tensión.

—Bueno, pues le escribí a ese tío, desafiándole a un duelo. Y cuando te vi llegar, pensaba que eras él.

—¡Oh...! No, no, me temo que no lo soy.

—Sin embargo, te pareces a él. En tu persona hay algo así, como divino. Se huele a la legua.

—¡Oh...!

—¡Sí, sí!

Habían doblado otra esquina y penetrado en otro corredor más largo y más oscuro que los anteriores. A su término, muy lejos, el fuego de un hogar lanzaba luces y sombras contra un muro de piedra, y bocanadas de humo avanzaban retorciéndose sobre sí mismas, hacia los dos hombres. Víctima de un súbito ataque de cansancio, Cassidy tuvo la alucinante impresión de que avanzaba sumergido en el mar, y contra corriente. La oscuridad le frotaba los pies, como si fuera una corriente de agua caliente. Pensó: «El humo, el humo es lo que me tiene mareado.»

—¡Maldita chimenea! ¡Está hecha un auténtico asco! Hemos llamado al tipo ese que dice las arregla, pero no nos ha hecho ningún caso.

Cassidy se animó un poco al poder abordar uno de sus temas favoritos, y, mostrándose de acuerdo con su anfitrión, dijo:

—En Londres ocurre lo mismo. Se les llama por teléfono, se les escribe, se les visita, pero no vienen, no acuden ni a tiros. Vienen cuando les da la gana, y cobran lo que les da la gana.

—¡Cabrones! ¡Cristo, si mi abuelo lo viviera, les daría una buena tanda de latigazos!

En el tono de quien también desea ardientemente la implantación de un orden social más sencillo, Cassidy dijo:

—No, no se puede hacer esto en nuestros días. ¡La que se armaría!

—Bueno, pues voy a decirte una cosa, muchacho: creo que ya es hora de que volvamos a tener una buena guerra. Oye, dicen que el tipo tiene unos cuarenta y tres años.

—¿Quién?

—Dios. El tipo ese de Cork. No sé, pero me parece que ha escogido una edad muy rara, ¿no te parece? Lo que quiero decir es que Dios ha de ser joven o viejo, y precisamente esto es lo que le dije al tipo. ¿Quién coño creerá que el tipo es Dios, si tiene cuarenta y tres años? Sin embargo, cuando he visto el coche, y luego te he visto a ti... Bueno, tampoco se me puede acusar de haber reaccionado como un idiota, ¿verdad? Quiero decir que si a Dios le da algún día por conducir, ese «Bentley» tuyo...

Cassidy le cortó con sequedad:

—¿Y la servidumbre? ¿Crea muchos problemas aquí el asunto de los criados?

—Terribles. Sólo les interesa el fumar puros, ver la tele y fornicar.

—Es la soledad. Me parece que a usted le ocurre algo parecido.

Ahora, Cassidy había superado su inicial nerviosismo. El alocado parloteo de su anfitrión, produciendo ecos allí, al frente, era, pese a lo insólito de su significado, agradablemente tranquilizador. La luz del fuego estaba ahora muy cerca, y esto, después del viaje a través de los sucesivos espacios en tinieblas de la enorme mansión, levantó los ánimos de Cassidy. Sin embargo, apenas había alcanzado ese estado de equilibrio, un nuevo y totalmente imprevisto fenómeno dio al traste con él. De una puerta lateral surgió súbitamente el sonido de una música metálica, y una muchacha cruzó su camino.

En realidad, Cassidy la vio dos veces.

La primera vez, vio la silueta recortada contra el humeante fuego, al final del corredor, y la segunda vez la vio a la luz directa de la linterna, en el instante en que la muchacha se detuvo y volvió la cabeza para mirarles, primero a Cassidy, y luego, en fría interrogación, al portador de la linterna. Su mirada era franca, y en modo alguno acogedora. La muchacha llevaba una toalla en un brazo y un transistor en la mano del otro. Iba con la abundante cabellera castaño rojiza apilada sobre la cabeza, como para evitar que se mojara, y Cassidy se dio cuenta, mientras intercambiaba una rápida mirada con ella, de que estaba escuchando el mismo programa que él había sintonizado con la radio del coche, a saber, una selección de canciones de Frank Sinatra, que tenían como tema la soledad del varón. Estas impresiones, pese a ser fragmentarias debido al movimiento del haz de la linterna, de los altibajos de las llamas y de las nubes de humo, en modo alguno fueron consecutivas. La aparición de la muchacha, su instante de duda, su doble mirada, fueron tan sólo como relampagueos en la aguda percepción de Cassidy. En el instante siguiente, la muchacha había desaparecido por otra puerta, aunque no antes de que Cassidy se fijara, con esa inevitable frialdad que suele ser aneja a las experiencias totalmente imprevistas, de que la muchacha no sólo era muy hermosa, sino que iba desnuda. Tan extraña fue aquella aparición —hogareña y desconcertante a un tiempo—, tan absurdo su efecto en la atormentada fantasía de Cassidy, que éste la habría borrado de su conciencia, la hubiera arrojado a la boca de su siempre dispuesto aparato de incredulidad, si no hubiese sido por el haz de luz de la linterna, aseverando firmemente la terrenal existencia de aquella mujer.

Cruzó de puntillas. Seguramente estaba muy habituada a ir descalza, ya que cada dedo de los pies había dejado una húmeda huella redondeada en las losas, una huella parecida a la que un animal pequeño deja en la nieve.

3

Años atrás, hallándose Cassidy en un restaurante, una señora le robó el pescado. Esta señora estaba sentada en una mesa contigua a la de Cassidy, de cara a la sala del restaurante, y con un solo movimiento echó el pescado de Cassidy, lenguado a la Walewska, con abundante queso y mariscos, del plato a su amplio bolso de tartán. Lo hizo con increíble limpieza y rapidez, en el momento oportuno. Cassidy había alzado la vista, impulsado por una intuición —probablemente suscitada por la presencia de una muchacha, aunque también podía ser el paso de un camarero con un plato que Cassidy hubiera debido pedir en vez de su lenguado a la Walewska—, y cuando miró de nuevo el plato, el pescado había desaparecido y sólo quedaban restos de salsa rosácea, un rastro harinoso, queso y trocitos de gamba, todo ello marcando la dirección seguida por el lenguado en su trayecto. Su primera reacción fue de incredulidad. Parecía que se hubiera comido el pescado sin tan siquiera advertir su sabor. El Gran Inquisidor que Cassidy llevaba dentro de sí le preguntó: ¿*Cómo* te lo has comido? ¿Con los dedos? La pala y el tenedor estaban limpios. Quizás el pescado había sido un espejismo, y el camarero aún no se lo había servido. Cassidy seguramente debía estar mirando fijamente el plato sucio del cliente que se había sentado a aquella mesa antes que él.

Entonces vio el bolso de tartán. Estaba cerrado, pero en una de las doradas esferas del cierre había una reveladora mancha rosácea. Cassidy pensó en llamar al camarero y decirle: «Esta señora me ha robado el lenguado.» Había que desenmascarar a la ladrona, llamar a la Policía y exigir que aquella señora abriese el bolso.

Sin embargo, la perfecta compostura de solterona de la mujer, que tomaba sorbitos de aperitivo, mientras con la otra mano, en leve forma de garra, sostenía la servilleta, fue demasiado para Cassidy. Pagó, salió del restaurante y jamás volvió.

Mientras penetraba en la sala de estar rebosante de humo, siguiendo la luz de la linterna, Cassidy experimentó unos síntomas de desequilibrio psíquico semejantes a los padecidos en el restaurante antedicho. ¿Existía realmente aquella muchacha o era fruto de su vivaracha fantasía erótica? ¿Era la muchacha un fantasma? ¿Era, por ejemplo, una heredera Waldebere asesinada en el baño por el malvado y audaz sir Hugo? Sin embargo, también era cierto que los fantasmas de familia no dejan huellas ni llevan radios o transistores en la mano y, asimismo, nunca están constituidos por una carne tan eminentemente persuasiva. En consecuencia, dando por sentado que la muchacha era real y verdadera y que él la había visto, ¿estaba obligado, en virtud del protocolo, a hacer una distraída manifestación indicativa de que no la había visto? ¿Debía dar a entender que estaba contemplando absorto un retrato al óleo o un detalle arquitectócnico en el preciso instante en que la muchacha había aparecido? ¿Debía preguntar a su anfitrión si vivía solo o si había alguien que le atendiera?

Se hallaba todavía dando vueltas a este problema, cuando oyó que alguien se dirigía a él, en un idioma al parecer extranjero:

—¿Alc?

Para aumentar todavía más su sensación de irrealidad, Cassidy tuvo la intensa sensación de haber quedado aislado por la niebla, ya que el fuego del enorme hogar lanzaba densas bocanadas de humo, a modo de cañonazos, sobre las grandes losas del suelo, y en el techo, junto a las traviesas, se cernía una pesada humareda en forma de nubes. El fuego, que parecía alimentado con una gran cantidad de teas, era la única luz, puesto que la linterna estaba ahora apagada, y las ventanas, al igual que las de la Gran Sala, permanecían firmemente cerradas. Contestó a la pregunta formulada en aquel extraño idioma:

—Lo siento, pero no sé lo que quiere usted decir.

—¡Alc, muchacho! ¡Alcohol! ¡Whisky!

—¡Oh, gracias! Alcohol. Alc.

Se echó a reír.

—Pues sí, tomaré un poco de alc. La distancia entre Bath y Haverdown es considerable. Es fatigoso conducir por este trayecto, con sus carreteras vecinales, callejas y curvas. Alc... ¡Ja, ja...!

¿Amante? ¿Lúbrica criada? ¿Hermana incestuosa? ¿Una prostituta gitana surgida del bosque? ¿Mujer de cinco peniques y baño gratis, por una vez?

La alta figura, con el vaso en la mano, como surgida del humo, dominaba a Cassidy. ¿Cómo es posible que teniendo los dos la misma estatura me sienta por debajo del nivel de su cabeza?

—Pues hubieras debido intentarlo a pie, muchacho. Ocho malditas horas tardamos nosotros, mientras los cabrones de los automovilistas nos obligaban a tirarnos a la cuneta cada dos por tres. Es una experiencia que basta y sobra para que un hombre se entregue a la bebida. Palabra de honor.

Ahora, su acento irlandés era más claro:

—Sí, señor. Pero tú eres incapaz de viajar a pie, muchacho. Tú eres de esa clase de tipos que le obligan a uno a tirarse de cabeza a la cuneta, y que ni siquiera paran el coche para ver si te has roto algún hueso.

¿Quizás una muchacha enviada por una agencia de mala nota? Pregunta: ¿Cómo se las arregla uno para conseguir una prostituta por teléfono, concretamente una prostituta telefónica, cuando a uno le han cortado la línea?

—No, no soy de ésos. Al contrario, confío mucho en la prudencia del conductor.

—¿De veras?

Al formular el anfitrión esta pregunta, sus oscuros ojos parecieron penetrar todavía más en la indefensa sensibilidad de Cassidy, quien, antes para recobrar la seguridad en sí mismo que para informar al individuo, dijo:

—Me llamo Cassidy.

—¿Cassidy? ¡Es el apellido provinciano, el apellido del terruño más hermoso que he oído en mi vida! Oye, ¿no serás tú el tipo que se dedicó a atracar Bancos, hace algún tiempo? ¿Has sacado de eso tu dinero?

Muy suavemente, Cassidy repuso:

—Me temo que no. Ganarlo me cuesta mucho más trabajo.

Envalentonado por esta oportuna contestación, Cassidy comenzó a observar a su interlocutor con tanta franqueza como éste le había observado a él poco antes. La prenda que cubría parcialmente sus morenas piernas no era una falda, ni una toalla de baño, ni un faldellín escocés, sino una viejísima cortina bordada con serpientes de marchito color, con los bordes rasgados por manos airadas. La llevaba liada a la cintura, y el borde inferior delantero estaba más alto que el trasero. En conjunto tenía el aspecto de un hombre dispuesto a bañarse en el Ganges. Bajo la chaqueta negra, mostraba el pecho desnudo, aunque adornado con matas de lujuriante vello negro que descendía, transformándose en un fino hilillo hasta llegar al bajo vientre, antes de adquirir calidad claramente pública.

—¿Quieres? —dijo el anfitrión ofreciéndole un vaso.

—¿Mil perdones? —dijo Cassidy.

—*Shamus*, muchacho. Shamus es mi nombre.

—Shamus. Shamus de Waldebere... Consultaré el *Debrett*, mi guía nobiliaria favorita.

Proveniente de la puerta, a los oídos de Cassidy llegó la voz de Frank Sinatra cantando algo acerca de una muchacha que había conocido en Denver. Por encima del hombro de Cassidy, Shamus gritó:

—¡Helen, el tipo ese no es Flaherty! ¡Es un tal Cassidy! ¡*Butch Cassidy*, el salteador de Bancos! Ha venido a comprar la casa del pobre tío Charlie, que en paz descanse.

Dirigiéndose a Cassidy, añadió:

—Y ahora, muchacho, estrecha la mano de esta hermosa señora, habituada a vivir en Troya, pero que ahora se ve reducida al abominable estado de...

—Mucho gusto —dijo Helen.

Shamus terminó:

—...mujer casada.

Iba cubierta, si bien no totalmente vestida todavía.

Lúgubremente, Cassidy pensó: *esposa*. Hubiera debido adivinarlo. Lady Helen de Waldebere. Todas las puertas cerradas.

Ni siquiera para un hombre tan amante de los formulismos como Cassidy hay una manera específica unánimemente aceptada de saludar a una dama de alta alcurnia a la que uno acaba de ver desnuda en un corredor. Lo único que a Cassidy se le ocurrió fue emitir un gruñido cerduno, acompañado de una turbia mirada y una aguada y académica sonrisa, con la intención de dar a entender que era hombre corto de vista, dotado de muy débiles impulsos sexuales, y que se hallaba ante una persona que, hasta el presente momento, le había pasado totalmente inadvertida. Por su parte, Helen, quien contaba con las ventajas de poseer belleza y la educación propia de una dama de gran familia, así como con la de haber dispuesto del tiempo suficiente para recapacitar un poco mientras se vestía, hizo gala de una perfecta y señorial compostura. Casi cabía decir que estaba más bella vestida que sin vestir. La parte superior del vestido le cubría el noble cuello, y puños de encaje adornaban sus gráciles muñecas. Los pechos de Helen, en los que Cassidy no pudo dejar de fijarse, a pesar de su simulada miopía, no contaban con el apoyo de prenda alguna, y temblaban delicadamente cuando la joven se movía. La parte media de su cuerpo se hallaba tan libre de sujeciones como los pechos. En cada grácil paso que la joven daba, una blanca rodilla, suave como el alabastro, aparecía por entre la partición del vestido. Aliviado, Cassidy pensó que aquella mujer era inglesa de la cabeza a los pies y que acababa de efectuar una sensacional entrada en escena. ¡Qué formidable impresión hubiera causado en Ascot! Después de apagar el transistor mediante un sencillo movimiento del índice y pulgar y de dejar el aparato en el sofá, Helen alisó la funda de éste como si fuera de la más rica y suave tela. Acto seguido, con grave expresión ofreció su mano al visitante y le invitó a tomar asiento. Aceptó una bebida y, en voz baja y humilde, pidió excusas por el desorden en que la casa se encontraba. Cassidy dijo que comprendía perfectamente las razones, y que conocía las molestias que toda mudanza comportaba, por cuanto que en el curso de los últimos años se había mudado varias veces. De un modo misterioso, Cassidy consiguió causar la impresión de que cada mudanza había significado para él un paso al frente, una mejora en su vivir.

—Dios mío, si incluso mudar las oficinas con las secretarias y el personal asesor es tarea que requiere meses... ¡Literalmente meses! No, no es difícil imaginar lo que supone trasladar todo el mobiliario de esta casa...

Cortésmente, Helen le preguntó:

—¿Dónde están sus oficinas?

En aquel instante, la opinión que Cassidy tenía de Helen mejoró muy notablemente. Repuso con gran diligencia:

—South Audley Street, W. 1. Junto a Park Lane. Nos trasladamos la pasada primavera.

De buena gana, Cassidy hubiera añadido que la noticia se publicó en el *Times Business Supplement*, pero, modestamente, prefirió abstenerse.

—Un sitio maravilloso... —comentó Helen, mientras se cubría castamente sus piernas sin par con la falda y se sentaba en el sofá.

Helen trataba a su marido con gran reserva. Casi sin cesar mantenía la mirada fija en el rostro de Shamus, y Cassidy observó cierta expresión de aguda preocupación en Helen. Como de costumbre, Cassidy se pasmó ante lo bien que comprendía los sentimientos que experimentan las mujeres bonitas. Desde luego, un marido borracho siempre constituye un peligro. Pero además, ¿qué otros golpes no habría sufrido en su orgullo aquella mujer, en el curso de los últimos meses, tales como agrias conversaciones con los abogados, el pago de terribles impuestos sucesorios, la dolorosa despedida de los viejos criados de la familia, los viejos objetos, recuerdo de toda una vida, sobre la mesa, en el silencioso escritorio? ¿Y cuántos posibles compradores habrían invadido brutalmente las amadas estancias de su juventud, yéndose después tras formular groseras objeciones, sin pronunciar ni una sola palabra de esperanza? Cassidy decidió aliviar la carga que pesaba sobre los hombros de aquella mujer, y se dijo: «Voy a encargarme de dirigir la conversación.»

Después de haber expresado las razones de su imprevista visita, puso de relieve que, en el fondo, los únicos culpables eran los agentes Grimble y Outhwaite, añadiendo:

—En realidad son excelentes personas, a su manera. Les he tratado durante años y pienso seguir sirviéndome de ellos, desde luego. Sin embargo, debo reconocer que, lo mismo que todas las agencias antiguas y con solera, se abandonan un poco, en ciertos aspectos. —Bajo las aterciopeladas palabras de Cassidy se advertía el acero de su personalidad—: Desde luego, pienso decírselo, así, lisa y llanamente.

Shamus, quien había cruzado las piernas cubiertas con el pedazo de vieja cortina y reclinaba el tronco hacia atrás, en actitud de crítica reflexión, se limitó a mover enérgicamente la cabeza, en señal de asentimiento, y a decir:

—¡Duro con ellos, Cassidy!

Pero Helen le aseguró que su visita no les había causado molestia alguna, que en aquella casa sería siempre bien venido y que estaban encantados de tenerle allí.

—¿Verdad, Shamus?

Con gran entusiasmo, Shamus repuso:

—Naturalmente. Lo estamos pasando en grande, teniendo a este tipo aquí.

Y reanudó el examen de su inesperado visitante. Lo hizo con aquella satisfacción que casi se puede confundir con orgullo de propietario.

—Lamento que haya tanto humo —dijo Helen.

Haciendo un esfuerzo para reprimir la tentación de enjugarse una lágrima, Cassidy repuso:

—No tiene importancia. En realidad, me gusta. Un buen fuego de leña, en un hogar como éste, es algo que en Londres no se puede comprar. Sea cual fuere el precio, está fuera del alcance de los londinenses.

Shamus confesó:

—Me parece que yo soy quien tiene la culpa de que haya tanto humo. Nos quedamos sin leña y no me ha quedado otro remedio que aserrar la mesa.

Shamus y Cassidy recibieron a carcajadas la ingeniosa frase, y Helen, tras unos instantes de duda, también rió. Con satisfacción, Cassidy notó que la risa de Helen expresaba modestia y admiración. A Cassidy no le gustaba, por regla general, que las mujeres tuvieran sentido del humor, por cuanto creía que este humor iba dirigido contra su persona. Sin embargo, el humor de Helen era diferente. Helen sabía cuál era el lugar que le correspondía, y reía cuando lo hacían los hombres.

Shamus se puso en pie de un salto y se dirigió a toda prisa hacia la botella, mientras decía:

—La caoba tiene un terrible inconveniente, y este inconveniente consiste en que no arde tan fácilmente como las maderas más humildes. Se resiste al martirio. De todos modos, y aunque ello sea indicio de pésimos modales, debo recordarle que todos acabaremos ardiendo, para transformarnos después en cenizas. ¿No opinas lo mismo, muchacho?

Pese a que había formulado la pregunta con un acento jocoso, también lo hizo con expresión de gran avidez en el rostro, y se quedó mirando a Cassidy, en espera de la respuesta. Cassidy dijo:

—Sí, claro. Eso parece.

Muy tranquilizado, Shamus exclamó:

—¡Está de acuerdo conmigo! ¡Helen, este tipo piensa igual que yo!

—Lo hace porque es un hombre cortés, querido —repuso Helen.

Se inclinó hacia Cassidy, y, en tono confidencial, le dijo:

—Hace semanas que no trata ni a una alma. Me parece que comienza a acusar los efectos de la soledad.

Cassidy murmuró:

—Es un hombre encantador.

Shamus habló con formidable acento irlandés. Parecía que el alcohol hubiera sacado a la superficie su más genuina personalidad.

—Cassidy, anda háblale a Helen de tu «Bentley». ¿Me has oído, Helen? Cassidy tiene un «Bentley», un trasto repulsivo, largo como un tren, y con una figurita de plata en la punta. ¿Verdad que tienes un «Bentley», muchacho?

Manteniendo el vaso junto a sus labios, Helen dijo:

—¡Magnífico! ¿De veras que tiene usted un «Bentley»?

—Pues sí, aunque no es nuevo, desde luego.

—Pero ha de ser muy valioso, ¿verdad? En fin, ya se sabe que los «Bentley» viejos son mejores que los nuevos, en muchos aspectos.

Cassidy dijo:

—Desde luego, son mejores. Al menos, esto es lo que yo creo. Los anteriores al modelo sesenta y tres son *muy* superiores. Y el que yo tengo está dando un excelente resultado.

Y sin apenas darse cuenta, únicamente en virtud del estímulo que le había dado Shamus, Cassidy se encontró en trance de relatar a Helen la historia del «Bentley», de cabo a rabo. Le contó que, en cierta ocasión, mientras conducía su «Mercedes» por Sevenoaks —sí, en aquellos tiempos tenía un «Merc», marca muy práctica y funcional, desde luego, aunque no se trataba de coches que pudieran calificarse de auténtica artesanía— descubrió un «Bentley» en la sala de ventas de «Caffyns». En este momento, Shamus gritó:

—¿Has oído, Helen? ¡Un «Bentley» en Sevenoaks! ¡Dios mío!

—Efectivamente, es una graciosa circunstancia, pero las hay más raras todavía. Por ejemplo, entre los mejores modelos hay muchos que provienen de la India. Los maharajás los compraban para ir de safari.

—¡Alto ahí, muchacho! Quiero preguntarte una cosa.

—¿Qué?

—¿No serás un maharajá, por casualidad?

—Me temo que no.

—Bueno. Te lo he preguntado porque aquí hay tan poca luz que ni siquiera sé de qué color es tu piel. ¿Eres católico, quizá?

Con una amable sonrisa, Cassidy repuso:

—No. Se ha equivocado otra vez.

Volviendo a abordar un tema anteriormente tocado, Shamus le preguntó:

—¿Pero eres religioso? ¿Rindes culto?

Dubitativo, Cassidy contestó:

—Bueno, celebro la Navidad y la Pascua de Resurrección. En fin ésta es mi clase de culto.

—Oye, ¿te consideras un tipo, así, partidario del Nuevo Testamento?

Helen dijo, dirigiéndose a Cassidy:

—Por favor, continúe. Lo que ha dicho me fascina.

Shamus insistió:

—¿O bien eres más adicto a las bárbaras y groseras doctrinas de los primitivos judíos?

—Bueno, pues, francamente, no creo identificarme con ninguno de los dos testamentos.

—Pues, ahora, este tipo llamado Flaherty, del condado de Cork...

Dirigiendo otra mirada de reproche a su marido, Helen dijo:

—Por favor...

Cassidy decidió proseguir el relato de la adquisición del «Bentley». Pues sí, tuvo la impresión de que se trataba de un excelente ejemplar, por lo que, después de haberse alejado de la tienda, no pudo evitar la tentación de volver para echar otra ojeada al vehículo. Bueno, el caso es que el joven vendedor no cantó las excelencias del coche ni intentó convencer a Cassidy de que debía comprarlo, sino que comprendió que se encontraba ante un entendido, y en cinco minutos se cerró la venta. Cassidy extendió un cheque de cinco mil libras esterlinas, con fecha del día, subió a borde del «Bentley», y se fue. Con un suspiro de admiración, Helen dijo:

—¡Hace falta valor...!

—¿Valor? —dijo Shamus—. A este tipo, el valor le sale por los poros. ¡Es un león! Si le hubieras visto ahí fuera, en el porche... Ha conseguido aterrorizarme. Me ha hecho temblar de miedo. Palabra.

Cassidy cometió la imprudencia de advertir modestamente:

—Bueno, pero tampoco hay que olvidar que podía dar órdenes al Banco de que no pagara el cheque, ya que tenía todo el final de semana por delante...

Y hubiera seguido hablando de las incidencias de la adquisición del «Bentley» —por ejemplo, el informe de la Asociación de Automovilistas, que había sido un largo canto a las excelencias técnicas del vehículo, y el árbol genealógico del «Bentley» que había caído en sus manos meses después de haberlo comprado...— si Shamus, súbitamente aburrido, no le hubiese dicho a Helen que enseñara la casa a Cassidy. A este respecto, Shamus comentó:

—Parece que el tipo es un comprador nato, un comprador irreprimible, lo cual significa que igual nos compra la casa. En fin, quiero decir que debemos aprovechar la ocasión. A propósito, Cassidy, ¿te has traído el talonario de cheques? Oye, si no lo has traído, lo mejor que puedes hacer es volver a subir a esta especie de lata en que has venido e irte a toda pastilla a buscarlo a tu oficina del West End o donde sea. Sí, porque, aunque no te lo haya dicho, nosotros no enseñamos la casa al primer desgraciado que llega, ¿comprendes? Y, además, si no eres Dios, ¿se puede saber quién eres?

Una vez más, el espíritu de Cassidy, sensible como un sismógrafo, registró la reticencia de Helen, y la comprendió. La misma mirada preocupada turbó las graves pupilas de Helen, y la misma innata elegancia le impidió expresar en palabras su ansiedad. Helen dijo:

—Querido, apenas hay luz... Más valdrá que se la enseñe en otra ocasión.

—¡Pues claro que se la podemos enseñar! ¡Por algo tengo la maldita linterna esa! ¡Cristo, el tipo es capaz de comprar la casa por el sistema Braille! ¿Verdad que sí, pequeño? Oye, Helen, Cassidy es un hombre muy influyente, y los hombres muy influyentes capaces de andar vagando por Sevenoaks y firmando cheques de cinco mil libras esterlinas no sienten la menor afición a perder el tiempo. Helen, son muchas las cosas que la vida todavía no te ha enseñado, y...

Cassidy comprendió que debía terciar:

—Por favor, no quiero causar molestias. Puedo volver en otra ocasión. Realmente, se han portado maravillosamente...

En un intento de dar más verismo a sus palabras, Cassidy se puso en pie, con inseguros movimientos. El humo y el whisky le habían producido efectos mucho más fuertes de lo que él sospechaba. Insistió tercamente:

—Puedo volver en cualquier otra ocasión. Seguramente están ustedes muy fatigados, después de todos los preparativos para mudarse.

Shamus también estaba de pie, con las manos en los hombros de Helen, observando fijamente a Cassidy, con la introspectiva mirada de sus negras pupilas. Cassidy propuso:

—¿Por qué no concertamos una entrevista para la semana próxima?

En tono amenazador, con gran frialdad, Shamus dijo:

—Lo cual significa que la casa no te ha gustado.

Cassidy se dispuso a protestar, pero Shamus se lo impidió:

—No es lo bastante buena para ti, ¿verdad? No hay calefacción central, ni baños hundidos en el suelo, ni todas las virguerías que se encuentran en las casas de Londres, ¿verdad?

—No es eso, es que...

—Por los clavos de Cristo, ¿se puede saber qué quieres? ¿Un pisito de fulana?

En sus buenos tiempos, Cassidy se había encontrado en situaciones parecidas. Airados sindicalistas habían pegado puñetazos sobre su mesa de caoba, competidores arruinados habían agitado el puño a dos dedos de sus narices, criadas borrachas le habían llamado gordo asqueroso... Pero Cassidy siempre había logrado dominar la situación, debido a que, en la mayoría de los casos, las escenas tenían lugar en sus propios dominios y con individuos a quienes todavía no había pagado lo que les debía. La presente situación era totalmente diferente. Por otra parte, el whisky ingerido y la nebulosa visión de sus ojos, en nada contribuían a mejorar sus reacciones.

—*Desde luego*, la casa me gusta. Pensaba que ya lo había dicho con la debida claridad. Y me atrevo a añadir que es la mejor casa que he visto en muchos años. Tiene lo que busco..., paz..., aislamiento..., espacio para los coches...

Shamus le exigió:

—Di más cualidades.

—Antigüedad... ¿Qué más quiere que diga?

—En este caso, ven conmigo, muchacho.

Una alegre y contagiosa sonrisa había sustituido la expresión de ira. Shamus cogió la botella de whisky con una mano y la linterna con la otra, se acercó a la gran escalinata, y desde allí les indicó con un ademán que le siguieran. De esta manera, por segunda vez en aquella tarde, Cassidy tuvo que efectuar, no totalmente en contra de su voluntad, una obligada expedición que, ante su conciencia alterada, parecía ser un constante tránsito del pasado al futuro, de la ilusión a la realidad, de la embriaguez a la serenidad. Shamus le gritó:

—¡Adelante, Flaherty! ¡La casa de Dios tiene muchas mansiones, y Helen y yo te las enseñaremos todas! ¿Verdad, Helen?

Con encantadora sonrisa de azafata de compañía de aviación, Helen dijo a Cassidy:

—Sígame, por favor.

Sir Shamus y Lady Helen de Waldebere. El hecho consistente en que Cassidy no se hubiera preguntado si la casa era propiedad de Shamus o de Helen, revelaba el estado de confusión mental en que se encontraba.

Tras considerar a Shamus como una especie de oficial de caballería retirado de la carrera, dedicado a beber para olvidar la humillación de llevar una existencia sin caballo entre las piernas, atribuyó a Helen la fortaleza y elegante resignación que deben encontrarse en el proceso de desaparición de una Gran Familia, y en momento alguno se preguntó cómo era posible que aquellos dos seres, unidos por el aceptado vínculo matrimonial, hubieran pasado la infancia en la misma casa. E incluso en el caso de que Cassidy se hubiera formulado este interrogante, el comportamiento de Helen hubiese aumentado todavía más su perplejidad. Helen parecía encontrarse en su elemento. Daba la impresión de ser una joven española escapada de un cuadro, en el momento de mostrar sus dominios a un visitante. La inhibición de que había dado muestras en la sala de estar había quedado superada por la evidente entrega y unción con que cumplía su cometido. Solemne, nostálgica y realista, guiaba, con amorosa familiaridad, a Cassidy a lo largo de los húmedos corredores. Cassidy la seguía muy de cerca, atento al olor a jabón para bebé y a las contrarrotaciones de las bien moldeadas caderas; Shamus iba algo rezagado, con la botella y la linterna, ajeno a la conversación entre los dos, o bien diciéndoles a grito alguna frase jocosa:

—Cassidy, dile a Helen que te cuente lo del ama de llaves Higgins, cuando la encontraron con el vicario, en el comedor de los criados.

En la Gran Sala, Shamus cogió una lanza y libró un duelo con el espectro de su padre; en el invernadero, se emperró en regalar a Helen un cactus en flor, y cuando Helen aceptó el obsequio, Shamus le dio un prolongado beso en la nuca. Helen, siempre serena, no se mostró reticente.

Mientras Shamus entonaba cantos gregorianos en la cripta, Helen le dijo a Cassidy:

—Las preocupaciones y las constantes esperas le tienen un poco alterado. El pobre Shamus se siente muy frustrado.

—Por favor, no es necesario que me lo diga. Lo comprendo perfectamente.

Helen le dirigió una mirada de gratitud.

—Ya me lo imaginaba.

—¿Y qué hará? ¿Buscará un empleo? —preguntó Cassidy en un tono que daba a entender que trabajar significaba la última degradación para un hombre como Shamus.

Helen se limitó a preguntar:

—¿Es que hay alguien capaz de ofrecerle trabajo?

Helen le mostró la mansión entera. Cuando en el cielo nocturno aparecían las primeras estrellas, Helen y Cassidy contemplaron maravillados, desde los torreones, el foso seco. A la luz de la linterna, contemplaron antiguas camas con dosel recomidas por la carcoma, penetraron en polvorientas alcobas, acariciaron viejos paneles de madera labrada por los que correteaban las cucarachas... Se refirieron a los problemas de la calefacción, y Cassidy dijo que la instalación de tuberías no podía dañar la mansión. Determinaron cuáles eran las habitaciones cuyas puertas podían condenarse, sin alterar la estructura de la casa. Estudiaron el modo de montar una nueva instalación eléctrica, con los hilos de conducción ocultos, y la manera de evitar la humedad. Cassidy dijo:

—Se puede dejar todo en perfectas condiciones. Costará algún dinero, pero hoy en día todo es caro.

—Sabe usted mucho de esas cosas, ¿no será arquitecto, por casualidad?

—No, pero me gustan las casas antiguas, todo lo antiguo.

Shamus, tras ellos, con las manos unidas por las palmas, entonaba el *Magnificat*.

4

Ofreciéndole la botella para que se tome un trago, Shamus le dice dulcemente a Cassidy:

—Eres un hombre adorable, digno de ser amado. En este aspecto eres perfecto, Cassidy. A propósito, ¿tienes alguna teoría sobre la naturaleza del amor, del amor en general?

Los dos hombres se encuentran en la Sala de Música. Helen está detrás de ellos, mirando a través de la ventana la larga avenida flanqueada de nogales.

—Bueno, pues tengo la impresión de saber cuáles son sus sentimientos con respecto a esta casa. Creo que con esto basta, por el momento.

Y al decir estas palabras, Cassidy esboza una sonrisa. Shamus dice:

—Pero, para ella, es mucho más duro que para mí. Sí, mucho más duro.

—¿Sí?

—En fin, ya sabes, nosotros los hombres somos luchadores, luchamos para sobrevivir. Nos acostumbramos a todo. Pero ellas, ellas...

Helen sigue de espaldas a los dos hombres. La luz de la noche atraviesa la fina tela del vestido y pone de relieve el cuerpo desnudo. Con filosófico acento, Shamus afirma:

—Toda mujer necesita un hogar. Sí, un hogar, coches, cuentas corrientes... Hijos. Es un crimen privarlas de esto. En mi opinión, así es. Si no, ¿cómo pueden autorrealizarse? Sí, es la pura verdad.

Shamus ha enarcado una de sus negras cejas, y Cassidy sospecha, aunque no con demasiada convicción, que Shamus se está burlando un poco de él, aunque Cassidy no pueda determinar la razón de la burla. Con inexpresivo acento, Cassidy dice:

—Todo saldrá bien.

—Oye, ¿has tenido alguna vez dos al mismo tiempo?

—¿Dos qué?

—Mujeres.

Muy desagradablemente sorprendido, no por el sentido de la pregunta, sino por las circunstancias en que ha sido formulada, Cassidy responde:

—Me temo que no.

¿Es posible que un hombre que tiene la dicha de ser el esposo de Helen albergue tan bajos pensamientos?

—¿Y tres?

—Tampoco.

—¿Juegas al golf?

—Alguna que otra vez.
—¿Y a los bolos? ¿Eres capaz de jugar a los bolos?
—Sí, ¿por qué?
—Es que me gustaría jugar a algo, para mantenerme en forma.
—¿Bajamos? Me parece que Helen nos está esperando.
Shamus bebe amorrado, y, en voz suave, dice:
—Muchacho, no seas tonto. Una chica como Helen es capaz de esperar durante toda la noche, cuando se trata de unos tipos como tú y yo.

Mientras bajaban las deterioradas escaleras, Cassidy preguntó en voz muy alta, en la voz que solía utilizar en los consejos de administración:
—¿Y no podrían hacer entrega de la mansión al Patrimonio Nacional? Si no me equivoco, en estos casos el Patrimonio Nacional toma a su cargo la conservación de la finca y autoriza a los donantes a que vivan en ella, con tal que la abran al público cierto número de días al año.
Shamus repuso:
—¡No, qué va! No interesa. Esa gentuza deja la casa que da asco. Ya lo probamos una vez. Los niños se meaban en la Gran Sala, y los padres fornicaban en el invernadero.
Acompañando sus palabras con otra mirada enternecida a Shamus, con una de aquellas miradas que tan claramente expresaban su infelicidad, Helen dijo:
—Además, los donantes también tienen que contribuir al mantenimiento de la finca.

«Alto para mear», fue la denominación que Shamus dio a lo que ahora estaban haciendo. Habían dejado a Helen en la sala de estar, ocupada en avivar el humeante fuego, y los dos hombres se encontraban al borde del foso, hombro contra hombro, escuchando el sonido del líquido por ellos expelido al chocar contra las secas piedras. La noche tenía majestad alpina. Con decrépita belleza, la negra mansión coronada por innumerables torreones se recortaba contra el pálido cielo nocturno, en el que multitud de estrellas, cual polvillo blanquecino, bordeaban las crestas, iluminadas por la luna, de nubes cual libélulas presas en el eterno cielo. Sobre el amplio y descuidado césped brillaba un blanco rocío. Shamus dijo:

—Del celestial árbol de estrellas cuelgan los húmedos frutos del árbol de la noche.

En tono reverente, Cassidy comentó:

—Hermosa frase.

—Es de Joyce. Vieja novia. No puedo arrancármela de la piel. ¡Muchacho, ten cuidado, no se te vaya a helar! Métetela dentro inmediatamente.

Cassidy soltó una carcajada:

—Gracias. Procuraré hacerlo.

Shamus se le acercó todavía más y, en un tono de íntima confidencia, le preguntó:

—Oye, dime, ¿crees que te interesará? Me refiero a la casa. ¿Crees que te interesa comprarla?

—Pues la verdad es que todavía no lo sé. Espero que me interese, desde luego. Como es natural, tendré que asesorarme. Y también será cuestión de contratar a un agrimensor. Tampoco debemos olvidar que poner la finca al día costará una fortuna.

—Muchacho, he de decirte algo. Escucha.

—Ya escucho.

Larga pausa.

—¿Para qué quieres la finca?

—Tengo cierto interés en incorporar un poco de tradición a mi vida. Mi padre se forjó a partir de cero.

—*¡Dios!* —exclamó Shamus en un gruñido.

Y, como si con ello quisiera poner de manifiesto lo mucho que la revelación le había impresionado, dio unos rápidos pasos hacia atrás, para quedar fuera del alcance de Cassidy. Shamus añadió:

—De todos modos, la casa es un excelente escondrijo para pasar el fin de semana. Hay veinte dormitorios o más...

—Sí, eso parece.

—Conste que no pretendo sonsacarte. Puedes hacer lo que te dé la gana en esta casa, siempre y cuando pagues lo que vale. Es más, no me molestaría que alquilaras algún que otro piso de la casa.

—Si no me queda más remedio, lo haré.

—Y puedes sacar beneficios de la tierra. Los campesinos de los alrededores se matarán para que les arriendes parcelas, te las quitarán de las manos.

—Sí, eso creo.

—Pero la verdad es que yo siempre había pensado en la posibilidad de montar una buena escuela aquí.

—Tampoco estaría mal.

—O un hotel.

—Sí, claro.

—Oye, ¿y un casino de juego? Me parece una gran idea. Sí, un casino de juego con unas cuantas fulanas como las que se ven en Londres... Para que vinieran viejos verdes, a escondidas...

Secamente, Cassidy manifestó:

—No, eso no.

Se encontraba en perfecto estado de sensatez, pero el whisky alteraba sus movimientos.

—¿Y por qué no?

—Porque no me gusta, y esto es todo.

Con un acento exasperado, Shamus dijo:

—Por el amor de Dios, no me digas ahora que eres un puritano. De todos modos, a nosotros tampoco nos gustaría entregar Haverdown a los enemigos de Inglaterra, o algo por el estilo. No, señor, no lo haríamos aunque rabiáramos de hambre.

Las palabras de Shamus sonaban muy lejanas a los oídos de Cassidy, quien dijo:

—Me parece que no ha comprendido el sentido de mis palabras.

Con los pantalones bien abrochados, Cassidy mantenía la mirada fija en la mansión, y de un modo especial en la ventana iluminada por la temblorosa luz del fuego. Allí vio la silueta de Helen, perfectamente recortada cruzando silenciosamente la estancia, para cumplir con alguna de sus labores domésticas. Dijo:

—Tenemos ideas muy diferentes respecto a este asunto. Yo pretendo dejar la finca en buen estado y conservarla tal como era en sus mejores tiempos.

Una vez más, Cassidy tuvo la certeza de que los ojos de Shamus le examinaban fijamente, en la oscuridad, por lo que elevó la voz, con el vago propósito de sacudirse la desagradable sensación:

—Con esto quiero decir que me propongo hacer algunas de las cosas que usted hubiera hecho en el caso de que hubiese tenido..., la oportunidad. Imagino que le parecerá un poco tonto mi propósito, pero realmente esto es lo que pretendo hacer.

Bruscamente, Shamus dijo:

—¡Escucha! Silencio...

Los dos se quedaron muy quietos, mientras Cassidy aguzaba el oído para oír algún insólito sonido rural —el paso del viento por entre las copas de los árboles o el grito de un animal de presa, natural producto de la Naturaleza—, pero solamente oyó los gemidos y chirridos de la casa y un apagado rumor de hojas. Suavemente, Shamus dijo:

—Me ha parecido oír algo así como voces cantando.

Cassidy prestó atención, pero nada oyó. Shamus dijo:

—No importa. Quizás era un canto de sirena solamente.

Estaba inmóvil, y en su voz ya no había ninguna intención agresiva. Dijo:

—¿Qué estabas diciendo, muchacho, cuando te he interrumpido?

—Nada, no tiene importancia.

—Vamos, hombre, vamos, sigue. Me gusta oírte.

—Pues intentaba decir que tengo fe en la continuidad, en conservar lo mejor que la vida ofrece en determinado momento, lo cual, a su juicio, seguramente será una estupidez.

Shamus, sin dejar de mirarle en la oscuridad, musitó al cabo de unos instantes:

—¡Qué maravilla! Eres una monada, muchacho...

—Realmente, no sé qué pretende decir con eso.

—Da igual. ¡Helen! ¡Helen!

Se subió los faldones de la chaqueta negra y echó a correr en zigzags irregulares, como un murciélago, hacia la casa. Después de cruzar la zona cubierta de césped, llegaron al porche. Shamus entró en tromba y gritó:

—¡Helen! ¡Escucha! Acaba de ocurrir lo más fantástico que quepa imaginar, algo increíble. ¡Estamos redimidos! ¡Cassidy se ha enamorado de nosotros! ¡Somos el primer matrimonio del que se enamora!

Helen estaba arrodillada ante el fuego del hogar, con las manos cruzadas sobre el regazo y la espalda erguida. Tenía aspecto de haber adoptado una decisión mientras los dos hombres se encontraban fuera. Shamus añadió, como si sus palabras fueran un complemento de las buenas noticias que acababa de dar:

—Y tampoco se le ha helado, al mear, la mejor parte de su persona. Me he fijado, y he visto que no.

Con la mirada fija en el fuego, Helen dijo:

—Shamus, creo que Mr. Cassidy ha de irse ya.

—¡Y una mierda! Está demasiado borracho como para conducir el «Bentley». Piensa en el escándalo.

—Shamus, deja que se vaya —dijo Helen.

Dirigiéndose a Cassidy, y todavía jadeante a causa de la carrera, Shamus dijo:

—Anda, muchacho, dile a Helen lo que me has dicho. Dile lo que me has dicho mientras meábamos. Helen, este tipo no quiere irse. ¿Verdad que no, muchacho? Quieres quedarte y jugar con nosotros. ¡Como si no te conociera...! Y, en realidad, el tipo es Flaherty. Me consta. Helen, le amo, palabra de honor.

—No me importa lo que haya podido decir —replicó Helen.

—¡Vamos, muchacho, díselo! Helen, no se trata de guarradas, te lo juro. Es el evangelio de Cassidy, en lo referente a cómo conservar debidamente una casa. ¡Adelante, Cassidy, díselo!

El sudor perlaba la frente de Shamus, cuyo rostro había quedado congestionado por el esfuerzo realizado en su carrera. Jadeante, insistió:

—Lo que ha dicho equivale a una bendición papal. Cassidy nos admira. Ha quedado profundamente conmovido. Tú y yo, Helen, somos la espina dorsal de su imperio. Somos la flora de la maldita Inglaterra. Somos rosas virginales. Somos lirios. Y él es Flaherty, Flaherty dispuesto a comprar el Paraíso. ¡De verdad, es así! Cassidy, por el amor de Dios, abre la boca de una vez, deja de chuparte el dedo, y dile a Helen lo que me has dicho.

Shamus agarró a Cassidy por el hombro y lo empujó hasta colocarlo en el centro de la estancia:

—Di a Helen lo que harás con la casa, tan pronto la hayas comprado.

Rápidamente, Helen terció:

—Buenas noches, Mr. Cassidy. Conduzca con cuidado.

Entre jadeos, Shamus insistió:

—*Cuéntaselo. Cuéntale lo que harás con la casa. ¡Maldita sea, has venido para comprarla! ¿No?*

Sintiéndose terriblemente cohibido —por no decir amenazado— por la vehemencia de Shamus, Cassidy intentó recordar las líneas principales de su tesis. Comenzó:

—De acuerdo. Si compro la mansión prometo esforzarme en conservarla respetando su genuino estilo, con el estilo propio de una gran familia británica, de una antigua familia británica. Prometo honrar y respetar la casa. Me propongo hacer en ella lo que ustedes hubieran hecho, caso de disponer del dinero suficiente...

El silencio quedaba roto únicamente por los largos jadeos de Shamus. Incluso las gotas de agua que se desprendían del techo caían sin producir sonido en la jofaina puesta en el suelo. Helen seguía con la vista baja. Cassidy tan sólo se percató del dorado resplandor con que el fuego iluminó durante unos instantes la nuca de Helen, así como del rápido movimiento de sus hombros, en el instante en que se levantó, para acercarse a su marido y posar la cabeza en su pecho. Helen musitó:

—¡Por favor! ¡Por favor...!

Con un alegre movimiento esquinado de la cabeza, Shamus dijo a Cassidy:

—Te has expresado muy bien, muchacho. Sí, señor, has dicho unas palabras de gran belleza.

Dirigiéndose a Helen añadió:

—Y quiero que sepas, Helen, que nuestro maharajá es un gran admirador de Joyce. Mientras estábamos fuera, ha citado una larga frase de Joyce, así como si tal cosa. Me gustaría que se la oyeras decir.

Cassidy protestó:

—Ha sido usted quien ha citado a Joyce. Usted, no yo.

—Y oye el canto de sirenas, Helen, y se sabe de memoria a todos los grandes poetas ingleses...

—Shamus, *Shamus*... —suplicó Helen.

—Oye, Cassidy, se me acaba de ocurrir una gran idea.

¡Pasa el fin de semana con nosotros! Te prestaremos un caballo e iremos de caza.

—Es una lástima que no sepa montar. Si supiera iría de caza con mucho gusto.

—¡Da igual, hombre! Oye, te queremos mucho y no nos molesta en absoluto el que no sepas montar. Por otra parte, al caballo tampoco puede molestarle. Además, tienes unas piernas que lucirán una burrada con las botas. ¿Verdad, Helen? De veras, muchacho.

En voz baja, Helen dijo:

—Shamus, si no se lo dices, se lo diré yo.

El entusiasmo de Shamus por su nuevo amigo aumentaba a medida que acudían nuevas imágenes a su mente:

—Y, al atardecer, jugaremos al mah-jong, y nos leerás poesías, y te dejaremos que nos hables del «Bentley». No será preciso que nos vistamos de etiqueta, bastará con que te pongas el smoking. Y bailaremos, sí, señor. No se tratará de una fiesta grandiosa, ni mucho menos, con unas veinte parejas habrá bastante y de sobra. Invitaremos a las autoridades del condado y a unos cuantos amigos aristócratas rurales, para dar tono al asunto, y, cuando por fin el último coche de caballos haya desaparecido balanceándose en el sendero, entonces...

—Shamus...

Helen cruzó la estancia y se quedó inmóvil ante Cassidy, con los brazos caídos a los costados, y el cabello liso, igual que una niña que va a dar las buenas noches a sus padres, antes de acostarse. Shamus aullaba:

—¡E invitaremos a los Montmerency! ¡A Cassidy le entusiasmarán los Montmerency! ¡Tienen *dos* puercos «Bentley»!

Con mucha dulzura, la mirada de las ambarinas pupilas valerosamente fijas en los ojos de Cassidy, Helen comenzó a hablar:

—Cassidy, quiero que sepa una cosa. Shamus y yo somos una pareja de vagabundos, de vagabundos voluntarios. Shamus no cree en el derecho de propiedad. Dice que no es más que un instrumento para ignorar la realidad, y por eso vagamos de un lado para otro y vivimos en casas deshabitadas. Shamus ni tan siquiera es irlandés, pero sabe imitar acentos graciosos, y tiene una teoría según la cual Dios vive en el condado de Cork, bajo las apariencias de un taxista de cuarenta y tres años. Shamus es escritor, el mejor escritor de todas las épocas. Con sus obras está cambiando el curso de la historia de la literatura mundial, y estoy terriblemente enamorada de él. Pero a pesar de todo esto, debo decirte, Cassidy...

Helen se puso de puntillas, rodeó con sus brazos el cuello de Cassidy, apoyó el cuerpo en el suyo, y prosiguió:

—...debo decirte que Shamus es el hombre más bueno y más dulce que hay en todo el mundo, sean cuales fueren sus creencias.

Shamus gritó:

—Pregúntale qué hace, a qué se dedica. Pregúntale de dónde saca su dinero.

—Fabrico piezas y accesorios de cochecitos para niños, tales como frenos de pie, toldillas y chasis —contestó Cassidy.

Shamus tenía ahora la boca seca y le dolía el estómago. Dijo:

—¡Que suene la música! Que venga Helen a mi lado, me enlace con sus brazos, que los músicos no toquen, y que todos los presentes digan que estamos locamente enamorados...

—Mi industria se llama «General de Elementos Cassidy». Nuestras acciones se cotizan en Bolsa, y ahora están a cincuenta y ocho con seis.

Helen está en brazos de Cassidy, y el movimiento de sus senos indica a éste que la muchacha ríe o llora. Shamus está ocupado en quitar el tapón de la botella de whisky. En la conturbada imaginación de Cassidy bullen imágenes de toda laya. La pista de baile ha desaparecido. El suave vello le acaricia a través de la sutil tela del vestido de la muchacha. Cascadas suizas alternan con derruidos castillos y cotizaciones en baja; en la cuneta hay dos soberbios «Bentley» hechos cisco. Cassidy se encuentra en Carey Street, en la antesala del juzgado de quiebras; furiosos acreedores le arrojan duros objetos, y Helen intenta calmarlos. Cassidy se encuentra desnudo en un cóctel, y el pelo púbico le llega al ombligo, pero Helen le cubre con su vestido de gala. Sin embargo, a través de estas imágenes heraldo de catástrofes, una sensación predomina y le dirige señales como las de un faro: el cuerpo de Helen es cálido y vibra en sus brazos.

Cassidy dice:

—Me gustaría mucho invitaros a cenar, y así lo haré si me prometéis ir decentemente vestidos. Supongo que no atentará a vuestra religión el vestir de manera normal.

Bruscamente, alguien le arranca a Helen de los brazos, y en lugar del cuerpo de la muchacha, Cassidy siente el alocado latir del corazón de Shamus a través de la negra chaqueta. Huele a sudor y a humo de leña, así como a aroma de whisky que empapa la suave tela. Oye la oscura voz, de amoroso aliento:

—Ni por un momento has tenido la menor intención de comprar la jodida casa, ¿verdad, muchacho? Todo ha sido un sueño, una diversión que se te ha ocurrido, ¿no es eso?

Ruborizándose intensamente, Cassidy confesó:

—Es verdad, nunca he tenido intención de comprarla.

Un mismo impulso les indujo a volver la cabeza para mirar a Helen, pero ésta se había ido, llevándose la radio. A través de la puerta, a sus oídos llegaba la música. De repente, Shamus dijo:

—Pobre muchacha, por un momento llegó a creer que realmente era la propietaria de esta casa.

—Me parece que ha ido a ponerse los zapatos —dijo Cassidy.

—Vamos, saquémosla a pasear en el «Bentley».

—Sí, creo que le gustará.

5

Al emprender el viaje de regreso a Londres, a primera hora de la mañana siguiente, animado por la euforia de una indolora resaca, Cassidy recordó todos los acontecimientos de aquella mágica noche.

Primeramente, y a fin de vencer la normal timidez, todos bebieron más whisky. Sólo Dios sabía de dónde lo sacaba Shamus. Parecía tener botellas y más botellas en el bolsillo, y las sacaba siempre que los ánimos decaían un poco, igual que un prestímano. Dubitativamente al principio, pero con creciente entusiasmo, recordaron el momento más brillante de lo que Cassidy dio en llamar «pequeña confusión», y pidieron a Shamus que hablara con acento irlandés más marcado, a lo que éste se prestó con la mejor voluntad, y Helen dijo que resultaba pasmoso que Shamus, quien jamás había visitado Irlanda, fuese capaz de imitar el acento de los irlandeses, igual que muchos otros acentos. Dijo que, en realidad, era un don del cielo.

Luego rogaron a Cassidy que se quitara los tirantes y jugaron al billar, iluminados por una vela. Tenían un taco, que compartían, una vela y una bola, por lo que Shamus tuvo que inventarse un nuevo juego, al que dio el nombre de «la polilla». A Cassidy le gustaban mucho los juegos, por lo que no tuvo inconveniente alguno en mostrarse de acuerdo con Helen, cuando ésta dijo que Shamus había dado muestras de gran inteligencia al inventarse un juego sobre la marcha. Shamus proclamó las normas del juego, con acento de sargento del Ejército, y Cassidy (hombre extremadamente mimético, también) aún podía recordarlas a la perfección:

—En el juego denominado «la polilla», se coloca la vela en el centro, exactamente *aquí.* Entonces se impulsa la bola para que corra alrededor de la vela, en el sentido de las agujas del reloj. He dicho en el sentido de las agujas del reloj, y cuidadito con equivocarse. Los puntos se consiguen del siguiente modo: cada circuito completo alrededor de la vela representa un punto; y se impondrá una penalización de cinco puntos cada vez que la bola rebase los límites naturales de la mesa. ¡Helen, dale a la bola!

Helen ganó por seis puntos, pero Cassidy, en su interior, estimó que él era quien había ganado la partida, puesto que Helen había lanzado en dos ocasiones la bola fuera de la mesa, sin ser penalizada por ello. Sin embaro, tal injusticia no molestó a Cassidy, ya que consideraba que todo era una broma. Además, se trataba de un juego para hombres, en el que las mujeres sólo podían ganar en virtud de la caballerosidad de ellos.

Después de jugar a «la polilla», Shamus fue a vestirse, y Helen y Cassidy se quedaron solos, en un diván «Chesterfield», terminándose sendos vasos de whisky. Helen iba con un vestido negro y botas de cuero también negras, lo que hizo pensar a Cassidy que se parecía a la Anna Karenina de la película.

—En mi opinión eres un hombre maravilloso —dijo Helen—. Y Shamus ha estado sencillamente inimitable.

Con total sinceridad, Cassidy contestó:

—Nunca he conocido a nadie como vosotros. Si me hubieses dicho que eras la reina de Inglaterra, no me hubiera sorprendido ni así.

Shamus regresó, con aspecto increíblemente lozano, y, con acento del Far West, dijo:

—¡Quita las manos de encima de mi mujer!

Subieron todos al «Bentley» y fueron a una posada llamada «El Pájaro y el Nene», que era el nombre que Shamus daba a un establecimiento llamado «Cuervo e Hijo». Tenían la intención de cenar allí, pero Helen explicó confidencialmente a Cassidy que seguramente no lo harían debido a que Shamus no toleraba los lugares en los que no había estado anteriormente. Helen dijo:

—Le gusta pisar terreno firme cuando comienza una noche fuera de casa.

Shamus pretendió conducir el «Bentley», pero Cassidy dijo que, desgraciadamente, el seguro tan sólo cubría los riesgos cuando era él quien iba al volante, lo cual no era la pura y escueta verdad, aunque no dejaba de constituir una saludable precaución, por lo que Shamus se sentó al lado de Cassidy, y, cuando éste cambiaba la marcha, Shamus le hacía el favor de pisar el embrague, de manera que bien podía decirse que actuaba de copiloto. Según Shamus, esto era algo muy parecido a intercambiar esposas. La primera vez que practicaron este modo de cambiar de marchas, yendo a veinte por hora, produjeron un horrendo chirrido, pero Cassidy logró poner el pie en el embrague, y la caja de cambios no sufrió grandes daños. Shamus no era un hombre especialmente dotado para conducir coches, pero se notaba que lo pasaba en grande. No dejaba de decir:

—¡Dios, esto sí que es vida! Helen, ¿me oyes? ¡Que se vaya al cuerno la literatura! ¡A partir de hoy voy a ser un burgués gordo, dedicado a vivir como una bestia! Oye, Cassidy, ¿no te habrás olvidado del talonario de cheques? ¿Dónde llevas los habanos?

Y decía todo lo anterior en un monólogo ininterrumpido, tan entusiasta que Cassidy se maravillaba de que un hombre con tal amor a la riqueza hubiera tenido el valor suficiente para renunciar a ella.

Efectivamente, apenas llevaban diez minutos en el mostrador, cuando Shamus se dirigió a la puerta. En voz muy alta, manifestó:

—Este sitio apesta.

Helen se mostró de acuerdo.

—Sí, apesta.

—El dueño también apesta —añadió Shamus.

Dos o tres parroquianos le miraron sorprendidos. Helen también convino con él:

—El dueño es un asqueroso proletario.

—Oye, tú, dueño, eres un plebeyo y un patán y has nacido en Gerrard Cross.

Helen dijo a Cassidy:

—Cuando Shamus se pone así, no se le puede contradecir.

Helen y Cassidy se dirigieron hacia el coche, con la esperanza de que Shamus les siguiera. Helen dijo:

—Prométeme que nunca discutirás con él, cuando se encuentre en estas circunstancias.

—Lo prometo. Ni siquiera lo intentaré. Sería un crimen.

—Tienes mucha consideración hacia los demás, ¿verdad? Siempre tienes en cuenta lo que los demás piensan y sienten, ¿no?

—¿Por qué le ha dicho que había nacido en Gerrard Cross, precisamente? —preguntó Cassidy, para quien este lugar era únicamente una ciudad residencial, agradablemente cuasi-campestre, cerca del límite occidental del Gran Londres.

—Porque en este sitio es donde han nacido los más repugnantes proletarios. Shamus ha vivido allí, y lo sabe muy bien —repuso Helen.

A sus espaldas, Shamus gritaba:
—¡Chippenham!
En la estación de ferrocarril de Chippenham bebieron más whisky. Helen dijo que Shamus sentía especial debilidad por las estaciones de tren, por cuanto consideraba que toda vida estaba constituida por una serie de llegadas y de partidas, de viajes a destinos sin nombre. Helen dijo:
—Tenemos que seguir moviéndonos, ¿no te parece, Cassidy?
—Claro que sí —repuso Cassidy, mientras pensaba (mejor dicho, mientras el psicoanalista que llevaba dentro pensaba): «Sí, esto es lo que más atrae en esta pareja, los dos comparten el deseo de que constantemente ocurra algo.»
—Las horas normales para los demás no le bastan. Necesita también las horas de la noche —dijo Helen.
—Sí, lo comprendo. Ya lo he notado.
La máquina de expender billetes de andén estaba estropeada, pero el encargado de coger los billetes en la puerta era escocés, y les dejó pasar, debido a que Shamus dijo haber nacido en la isla de Skye, y que el «Talisker» era el mejor whisky del mundo, y que tenía un amigo, llamado Flaherty, que seguramente era Dios. Shamus bautizó al empleado con el nombre de Alastair y se lo llevó al bar. Mientras Shamus y Alastair, en el extremo opuesto del bar, comentaban los aspectos comunes que tenían sus respectivas profesiones, haciéndolo con fuerte acento escocés. Helen le explicó a Cassidy:
—Shamus carece en absoluto de sentido clasista. En realidad, es una especie de comunista. Sí, es como un judío.
—Realmente fantástico... Supongo que a esto se debe el que sea escritor.
—Y tú también eres así, en el fondo, ¿verdad? Al fin y al cabo estás obligado a llevarte bien con tus obreros, y cosas por el estilo. Y los obreros tampoco toman partido en favor o en contra de las clases sociales, ¿verdad?
—No sé, no he pensado demasiado en el asunto.
Mientras estaban bebiendo, llegó el tren, la estación siguiente era Bath, y, de repente, se encontraron todos

en pie, en un vagón de primera, diciendo adiós con la mano a Alastair. Helen dijo:

—¡Adiós, Alastair, adiós...! ¡Que Dios te ampare, Alastair! ¡Hay que ver qué cara tiene, así en la oscuridad! ¡Parece inmortal!

Cassidy se mostró de acuerdo:

—¡Fantástico!

—¡Pobre desgraciado! ¡Qué triste manera de morir! —exclamó Shamus.

Luego, cuando hubieron cerrado la ventanilla, Helen dijo:

—¿Sabías, Shamus, que Cassidy *se da realmente cuenta* de lo que ocurre a su alrededor?

Pasándose los brazos por debajo de las piernas, Helen logró colocarlas sobre el asiento, y añadió:

—Es un hombre hipersensible, cuando le da la gana.

Y momentos después, comenzaba a dormir.

Los dos hombres estaban sentados frente a frente, se pasaban la botella, y contemplaban a Helen, a la luz de sus distintas experiencias. Helen yacía de costado, en una postura tan clásica como fácil, con las rodillas levantadas, desnuda y completamente vestida a un tiempo, como la *Maja* de Goya. Cassidy dijo:

—Es la esposa más hermosa que he visto en mi vida.

Shamus se amorró a la botella y dijo:

—Está trompa. Absolutamente letárgica.

Con voz quejumbrosa, Helen dijo:

—Shamus asegura que, si él me dijera cómo hacerlo, me dedicaría a la prostitución.

—¡Dios mío! —exclamó Cassidy, como si la sola idea le horrorizara.

Helen le preguntó:

—¿Verdad que no, Cassidy?

—No, jamás.

—Pues yo creo que sí —dijo Helen dando media vuelta. Tras unos instantes de silencio añadió—: Shamus siempre sabe más que yo, mucho más. Me gustaría tener un amante *amable y dulce.*

En una reflexión dirigida a los almohadones, dijo:

—Amable y dulce como Cassidy o Mr. Heath.

Cassidy, sin dejar de mirar el largo cuerpo de Helen, dijo:

—Bueno, la verdad es que no me importa en absoluto el que seas la propietaria de Haverdown o el que no lo seas. Esta casa te pertenecerá para siempre.

—Para siempre significa ahora —dijo Shamus. Y acto seguido, bebió más whisky.

Cassidy, embargado por visiones de ensueño, comenzó a decir:

—Shamus...

—¿Qué te pasa, muchacho?

Y como que el amor no tiene un idioma propio, Cassidy tuvo que contestar:

—Nada.

En la estación de Bath, donde el aire fresco tuvo la virtud de recordar a Cassidy que había bebido muchos whiskys, Shamus experimentó uno de aquellos súbitos cambios de humor que le habían cualificado como molesto interlocutor en Haverdown. Se encontraban en el andén, y Helen mantenía la vista fija en un montón de sacas de correo, mientras lloraba e intentaba atajar las lágrimas con un pañuelo de Shamus. Cassidy insistió por enésima vez:

—¿Se puede saber qué te ocurre, Helen? Debes decírnoslo. ¿Verdad, Shamus?

Por fin, Helen contestó:

—Estos sacos están cosidos por prisioneros de guerra.

Y siguió llorando. Shamus, furioso, gritó:

—¡Por el amor de Dios, Helen!

Y, después, atacó a Cassidy:

—¡Y tú, haz el favor de dejar de meter los dedos engarabitados en el cuello de la camisa! Los héroes han muerto todos. ¿Comprendes, Helen? ¡Están todos muertos!

—Lo lamento infinitamente —dijo Cassidy.

Y así se olvidó el incidente.

Las comidas en el mundo de Cassidy eran sagradas. Representaban treguas de conversación cordial o de silencio. Representaban tiempo de descanso, en el que la hostilidad y la pasión no estaban autorizadas a interrumpir el sentimiento de tranquila comunidad.

Comieron en un establecimiento denominado «Bruno's», situado en una pendiente, debido a que Shamus estaba de humor italiano y no tenía el menor deseo de hablar en inglés, y a que las pendientes (según explicó Helen) eran realidades tensas, opinión, esta última, extremadamente profunda, en opinión de Cassidy. Shamus dijo que Bath apestaba. Bath era el poblado más asqueroso del mundo. Bath era de juguete, y se encontraba a mitad de camino entre el Vaticano y un pueblo de veraneo. Parecía un pueblo inventado por Beatriz Potter, para enmarcar en él historias de palurdos.

Helen dijo a Cassidy:

—En el fondo, Shamus es un hombre terriblemente inocente. Bueno, en el fondo, todos los que buscan amor sin cesar son terriblemente inocentes, ¿no crees?

Atónito ante la profundidad, así como la cortesía de la observación, Cassidy no pudo sino mostrarse plenamente de acuerdo. Helen dijo:

—Shamus odia la sordidez. Es lo que más odia.

Cassidy afirmó con gran vigor:

—Y es lo que yo más odio también.

Tras decir estas palabras, Cassidy miró subrepticiamente el reloj, y pensó que debía llamar por teléfono a Sandra o, de lo contrario, comenzaría a inquietarse.

En «Bruno's» jugaron a otro juego, inventado por Shamus, que llevaba el nombre de «la bragueta», cuya finalidad era desconcertar a los palurdos locales y poner la sordidez al descubierto. Shamus eligió a la víctima en el preciso instante de entrar en el local. La eligió entre hombres jóvenes, con aspecto de directivos de negocios, a los que clasificó en categorías de su propia cosecha: los nacidos en Gerrard Cross, los lectores del *Guardian*, los editores, y, en atención, a Cassidy, los fabricantes de cochecitos para niños. Estos últimos, afirmó Shamus, eran los componentes del grupo «Demasiados», los que llegaban a una solución transaccional con respecto a todo, debido a que la libertad les aterrorizaba; éstos constituían el telón de fondo del drama de la vida. La finalidad del juego inventado por Shamus era poner de relieve la uniformidad de las reacciones. Tan pronto como Shamus diera la consigna, los tres estaban obligados a clavar la mirada en la bragueta del individuo objeto del experimento. Shamus la miraría con fijeza, Helen con tímido e intermitente interés, y Cassidy con un fingido escándalo que resultaría extremadamente eficaz. Los resultados fueron muy variados, pero todos interesantes: violentos sonrojos, rápidos recorridos de la línea de botones con el pulgar, apresurado cruce de los faldones de la chaqueta. En un caso —caso de pudibundez disfrazada, dijo Shamus, característica de la presente época de fabricantes de cochecitos para niños, ya que la verdadera pudibundez nunca se oculta—, la víctima salió musitando una excusa acerca de si se había dejado o no las luces del coche encendidas, y regresó minutos después, tras haber efectuado, al parecer, un exhaustivo análisis de sus pantalones. Shamus preguntó gravemente a Cassidy:

—¿Cómo reaccionarías, muchacho, si fueras objeto de un experimento así?

Por ignorar cuál era la respuesta que Shamus deseaba escuchar, Cassidy se refugió en la sinceridad:

—Me iría pitando, sin la menor duda.

Se hizo un largo silencio, mientras Helen jugueteaba con la cuchara. Luego, Cassidy preguntó, súbitamente dubitativo:

—¿Cuál es la reacción correcta? ¿Qué es lo que tú consideras correcto?

—¡Desabrocharte la bragueta! —dijo Helen sin dudarlo un instante, ante la consternación de Cassidy, quien no estaba acostumbrado a que las mujeres hicieran gala de ingenio, y menos aún de grosería, ni tan siquiera de la inocente grosería masculina.

Después, Shamus dijo, mientras alargaba el brazo por encima de la mesa y ponía la mano sobre la de Cassidy:

—En resumen, ¿no sabrías cómo reaccionar? Estás totalmente a oscuras, ¿verdad, muchacho? Dios mío, había olvidado que eres Flaherty...

Modestamente, Cassidy procuró tranquilizarle:

—No, no, yo no soy Flaherty.

—Cassidy no deja de pensar ni un instante. Se le nota —dijo Helen.

Sin dejar de tener cogida la mano de Cassidy, mientras, con mirada intensamente interrogativa contemplaba su rostro, Shamus le preguntó:

—¿Se puede saber qué diablos eres? ¿Cómo eres?

Cassidy, con tímida expresión en el rostro, repuso:

—No lo sé. Estoy así, esperando, esperando que llegue el momento de enterarme.

—Y esta espera te mata, muchacho. No esperes más, muévete, actúa y entérate.

Helen le exhortó:

—Fíjate en Alastair. Alastair se ha pasado la vida esperando el tren. Los trenes llegan y se van, pero Alastair no sube. ¿Verdad, Shamus?

Sin dejar de examinar atentamente el rostro de su nuevo amigo, Shamus contestó:

—Quizá Cassidy sea Dios, a fin de cuentas.

Helen le recordó:

—No. No es lo bastante mayor. Dios tiene cuarenta y tres años. Cassidy es mucho más joven. ¿Verdad, Cassidy?

Al no encontrar una adecuada respuesta a estas preguntas, Cassidy las soslayó mediante una fatigada y mundana sonrisa, dando a entender que sus problemas eran demasiado complejos para poder resolverlos en una sola sesión. Dijo:

—Da igual. La verdad es que estoy muy contento de estar con vosotros.

Tras una breve pausa, Helen dijo:

—Y nosotros estamos muy contentos de encontrarnos aquí contigo, ¿verdad, Shamus?

—Sí, en éxtasis —repuso Shamus.

Y besó a Cassidy.

6

Y fue en «Bruno's», poco antes de que emprendieran la búsqueda de otras sensaciones, donde por primera vez hablaron del tema de la nueva novela de Shamus y del prestigio de éste, en cuanto a escritor. Cassidy recordaba este instante con gran vividez.

Hablaba Helen:

—Te lo digo totalmente en serio, Cassidy, es algo tan fantástico que ni siquiera puedes hacerte una idea. Con esto quiero decir que, después de ver las *mierdas* que son recibidas con críticas elogiosas, vas y lees este libro, basta leerlo solamente y comprendes que es ridículo que este hombre tenga dudas. En fin, salta a la vista.

—¿De qué trata? —pregunta Cassidy.

—¡Dios mío, de *todo*! ¿Verdad, Shamus?

Shamus ha fijado su atención en los comensales de la mesa contigua, en la que una rubia señora de Gerrard Cross escucha a un caballero de parecida catadura que habla sobre el Vertedero de Ideas, término con el que Shamus designa a la política. Vagamente, Shamus dice:

—Sí, claro, la Visión Total.

Y mueve la silla para poder observar mejor a sus víctimas. Helen prosigue su explicación:

—Shamus ha puesto toda su vida, todo cuanto es y tiene al servicio de la literatura. Me ha puesto a mí... En fin, todo. Quiero decir que se encuentra en el dilema de los verdaderos artistas, necesita a la gente de veras, a la gente *real*, y, claro, quiero decir que necesita a seres como tú y como yo, para poder contrastar su personalidad.

Cassidy la anima:

—Sigue, por favor. Lo que dices me fascina. Palabra de honor. Nunca había conocido a un hombre así.

—Bueno, supongo que ya sabes lo que dijo Henry James...

—Sí, pero no sé exactamente a qué frase de James te refieres.

—*Nuestra duda es nuestra pasión, y nuestra pasión es nuestra duda. Lo demás es la locura del arte.* Esta frase expresa el modo de ser de Shamus, ¿verdad, Shamus? Estaba hablando de Henry James, Shamus.

—No sé quién es ese tipo —dice Cassidy.

El individuo de la mesa contigua ha cogido la mano de la dama de Gerrard Cross, y, al parecer, se esfuerza en reunir el valor suficiente para darle un beso. Helen, dirigiéndose a Cassidy, sigue adelante:

—Y, luego, viene el problema de la identidad. En fin, ya sabes, ¿quién soy? Bueno, en realidad estas páginas se parecen bastante a la literatura de Dostoievski. No es que lo fusile, ni mucho menos, sino que las directrices básicas son así, dostoievskianas. ¿Verdad, Shamus?

Distraído aún, Shamus no le hace el menor caso. Helen habla:

—Realmente, considerándolo tan sólo a este nivel, es increíble, pero hay muchos otros niveles, hasta el punto que he leído estas páginas seis o siete veces, y todavía no he llegado a percibir todos los niveles simbólicos.

Por encima del hombro, Shamus mira a Cassidy y le dice:

—¿Lo comprendes, muchacho? ¿Has comprendido el meollo del asunto?

Aburrido, al fin, por las costumbres de los individuos de la Mayoría-demasiado-mayoría, acerca la silla a la mesa y coge la carta, que lee moviendo los labios en un dulce murmullo de italianos sonidos. Interrumpe la lectura para exclamar en voz baja, para sí:

—¡Increíble! ¡Qué convencido estaba de que *cacciatori* significaba loro!

Helen baja la voz:

—Y lo mismo ocurre con los sufrimientos. Acuérdate de Pascal, acuérdate de..., en fin, de todos. Sí, es preciso que suframos profundamente. Si no sufrimos, ¿cómo diablos podemos llegar a superar los sufrimientos? ¿Cómo diablos podemos crear? ¿Cómo? Y ésta es la razón por la que Shamus tanto odia a la clase media. Creo que tiene razón. La clase media no hace más que claudicar constantemente. Claudica ante la vida, ante la pasión..., ante todo.

Shamus la interrumpe con sus aplausos. Bate palmas con gran vigor, y muchos clientes vuelven la cabeza para mirarle, por lo que Cassidy cambia el tema de la conversación, escogiendo, a este efecto, el de la política. Dice que piensa presentarse a las elecciones, que su padre fue un apasionado miembro del Parlamento y que, pese a estar retirado, sigue fiel a la causa, y que cree en una libertad bien entendida que permita a cada cual ayudarse a sí mismo, antes que en el liberalismo al viejo estilo.

Shamus grita:

—¡Miaaau...!

Deja de escuchar a Cassidy, y comienza a escribir en el dorso de la carta. Helen musita:

—Escribe en todos los sitios, sobre cualquier cosa, en sobres, facturas... ¡Es fantástico!

—En una época, también me dediqué a escribir, sí, escribía publicidad —confiesa Cassidy.

—Entonces ya sabes lo que significa —dice Helen—. También has estado en el fondo de la mina.

Helen y Cassidy observan cómo Shamus escribe, con la cabeza inclinada, a la luz de las velas.

Sin dejar de observar a Shamus, Cassidy le pregunta:

—¿Cuánto tiempo tarda en escribir una obra?

—¡Años! En el caso de *Luna* fue diferente, desde luego, ya que *Luna* fue su primer libro. Éste lo despachó en cuatro meses, más o menos. Pero ahora Shamus es plenamente *consciente*. Es mucho más exigente consigo mismo. Sabe a lo que va, quiere justificar su éxito. Y, como es natural, escribir le cuesta más tiempo.

Pasmado, Cassidy preguntó:

—¿*Luna?*

Y todo comenzó a aclararse un poco.

Antes de contestar a la irreverente pregunta de Cassidy, Helen dirigió una atemorizada mirada a Shamus, para tener la certeza de que seguía escribiendo en la carta. Luego, dijo en un susurro:

—¿Es que no lo sabías?

—¿Que no sabía qué?

—Que *Luna de día* es la primera novela de Shamus, que Shamus es el autor de *Luna de día*.

—¿De veras? ¡Dios mío!

—¿Por qué «Dios mío»?

—¡Pero si hicieron una película! ¡La recuerdo perfectamente!

Cassidy estaba muy excitado. Insistió:

—¡Una película! Trataba de la Universidad y de los universitarios, de lo repulsivo que es encontrarse en la flor de la vida y tener que dedicarse a actividades comerciales... Y trataba de un estudiante y de una chica de la que estaba enamorado, y la chica representaba para él cuanto había deseado en sus sueños, y...

Con expresión de alivio y orgullo en su solemne mirada, Helen dijo:

—Bueno, pues la chica era yo.

Con creciente admiración, Cassidy dijo:

—¡Santo cielo! ¡Es un auténtico escritor! ¡Santo cielo! ¡Lo escribió él, él solito!

Clavó su mirada en Shamus, examinó su perfil iluminado por la luz de la vela. Observaba con creciente respeto el perfil del maestro, mientras el lápiz resbalaba suavemente por la carta. Cassidy volvió a decir:

—¡Santo cielo! ¡Es maravilloso!

Para Cassidy, la revelación había tenido extremada importancia. Si, hasta aquel momento, había tenido Cassidy alguna nube de reserva mental con respecto a sus nuevos amigos, esta nube cubría precisamente la faceta profesional de Shamus, ya que, si bien Cassidy no era un snob, tampoco cabía negar que, desde hacía varios años, no se sentía a gusto cuando se encontraba en compañía de gente sin éxito. Y pese a que tampoco cabía calificarle de cínico, no era menos cierto que Cassidy nunca había llegado a superar la creencia de que la renuncia al derecho de propiedad era un gesto propio de quienes a nada podían renunciar. Saber que Shamus no sólo gozaba de prestigio —su novela tuvo bastante difusión durante el último año que Cassidy pasó en Oxford, e incluso recordaba haber sentido cierta comezón de envidia hacia aquel individuo que había alcanzado tan pronto el éxito—, sino que sus excentricidades se basaban en un sólido logro, fue motivo de que Cassidy experimentara una rara e interna alegría, que no tardó en comunicar a Helen:

—¡Todos hemos oído hablar de él! Todos le admirábamos. Recuerdo que uno de mis profesores estaba entusiasmado con *Luna de día.*

—Sí —dijo Helen.

En este instante, Cassidy recordó que habían transcurrido dieciocho años desde aquel en que salió de Oxford.

—¿Y qué ha hecho durante estos años?

—Lo normal. Guiones de cine y televisión. E incluso un horroroso libreto de revista...

—¿Y novelas?

—Los buitres querían que volviera a escribir *Luna*. Cualquier otra *Luna*, querían: *Hijo de la Luna, Luna de verano, Cuando la Luna sale*... Como es natural, Shamus no podía hacer tal cosa, no podía *repetirse*.

Dubitativamente, Cassidy dijo:

—No.

—Shamus jamás será vulgar. Es incapaz. Está obligado a ser íntegro. Honrado.

Helen le dirigió una profunda mirada, y Cassidy comprendió que la honradez era algo fundamental en el vínculo entre Helen y Shamus. Con reverencia, dijo:

—No cabe duda de que es un hombre íntegro.

—Y, claro, al fin, Shamus lo mandó todo al cuerno.

Helen pronunció estas palabras al tiempo que abría las manos, expresando así que la actitud de Shamus constituía la evidente solución a sus problemas. Añadió:

—Hizo lo mismo que Gauguin, con la salvedad de que yo fui con él. Esto pasó hace tres años...

—¿Y qué hicieron los editores, la gente, los buitres...? ¿No le buscaron por todas partes?

Helen contestó muy brevemente, sin dar importancia a sus palabras:

—Les dije que Shamus había muerto.

En esta ocasión, lo digno y justo era que Cassidy pagara el gasto. Invitar era un acto que tenía gran importancia en el noble mundo espiritual de Cassidy, acto que le producía una sensación de protección y justificación de su opulencia, reportándole asimismo los placeres del sacrificio público. Para pedir la cuenta utilizó el innumerables veces ensayado ademán de los ricos —consistente en trazar unas rayas con un imaginario lápiz sobre un imaginario papel—, mientras discretamente hurgaba en el bolsillo interior de la chaqueta, a fin de sacar el talonario de cheques, y se disponía a esperar, algo agazapado, aprestándose a abalanzarse sobre la cuenta y ocultar su importe, no fuera que Shamus (si resultaba ser invitado de tal especie) tuviera ocasión de protestar. Sin dejar de seguir al camarero con la mirada, Cassidy dijo a Helen:

—¡Cómo envidio a Shamus!

—Bueno, al principio hay que tener mucho valor para llegar a ser libre. Pero a Shamus el valor nunca le ha faltado. Luego, poco a poco se cae en la cuenta de que el dinero no es necesario, de que nadie necesita dinero. El dinero no es más que un cuento chino.

Esperando todavía la llegada del camarero, y sacudiendo la cabeza ante el absurdo que sus palabras expresaban, Cassidy dijo:

—A veces me pregunto para qué me sirve el dinero.

—Nosotros incluso renunciamos a nuestro piso en Dulwich.

Prestamente, Cassidy dijo:

—¿Qué dices? ¿Renunciasteis a un piso para ser libres?

No sin ciertas dudas, Helen repuso:

—Me temo que así fue. Pero, desde luego, tan pronto salga el nuevo libro, nos forraremos. Es fabuloso, realmente fabuloso...

Llegó la cuenta, y Cassidy la pagó. Sin embargo, lejos de oponerse a que Cassidy interpretara el papel de anfitrión, Shamus pareció no darse cuenta de la operación que se llevó a cabo ante sus narices. Siguió escribiendo, absorto, en la carta. Helen y Cassidy, temerosos de interrumpir la catarata de inspiración, lo contemplaron en silencio. En un aparte, Helen dijo:

—Seguramente escribe sobre Schiller.

—¿Sobre quién?

En voz muy baja, para no interrumpir aquel momento de inspiración de su marido, Helen explicó sus palabras a Cassidy.

Shamus había elaborado una teoría que iba a incorporar a su nueva obra. Dicha teoría se basaba en un individuo famoso, aunque desconocido en Inglaterra, debido a los insulares que los ingleses son, y que había dividido el mundo en dos bandos. Helen afirmó:

—La teoría se basa en ser ingenuo o en ser *sentimental.* Son dos cosas diferentes, pero se da una interacción entre una y otra.

Cassidy se daba cuenta de que Helen se esforzaba en expresarse con la mayor sencillez posible, a fin de que él comprendiera la teoría. Preguntó:

—¿Y yo qué soy?

Con cautela, como si recordara una lección dolorosamente aprendida, Helen repuso:

—Bueno, Shamus es ingenuo, y lo es porque vive la vida, en vez de imitarla.

No muy segura de sí misma, añadió:

—Sentir es conocer.

—Y yo soy lo otro.

—Sí, tú eres sentimental. Y esto significa que ansías ser como Shamus. Has dejado atrás el estado natural y te has convertido en..., bueno, en parte de la civilización, en un ser no sé..., así, corrupto.

—¿Y Shamus no es corrupto?

En un tono concluyente, Helen dijo:

—No.

—Oh...

—Tú has perdido lo que Nietzsche llamaba inocencia. El Antiguo Testamento es terriblemente inocente, ¿sabes? Pero el Nuevo Testamento no lo es, está muy liado, y por esta razón Nietzsche y Shamus lo odian, y por esta razón Flaherty ha llegado a ser un símbolo de extremada importancia. Es necesario *desafiar.*

—¿Desafiar qué?

—Los convencionalismos, la moral, los modales, la vida, a Dios... Es necesario desafiarlo todo. Todo. Flaherty tiene importancia debido a que *contradice.* Y por esta razón Shamus lo desafió a un duelo. ¿Comprendes *ahora*?

En un estado de total confusión, Cassidy preguntó:

—¿Esto quién lo dice, Schiller o...?

Helen, haciendo caso omiso de la pregunta, prosiguió:

—Y Shamus, por ser ingenuo, por ser parte de la Naturaleza, ansía llegar a ser como *tú.* Los polos opuestos se atraen. Él es natural y tú eres corrupto. Por esto le gustas.

—¿Le gusto, de verdad?

—Naturalmente. Se nota a la legua. Has hecho una conquista, Cassidy.

Sin conseguir ocultar totalmente su inmensa satisfacción, Cassidy preguntó:

—¿Y tú? ¿En qué categoría estás? ¿En la de Shamus o en la mía?

Después de guardar unos instantes de silencio, Helen contestó:

—Creo que esta clasificación no se puede aplicar a las mujeres. La mujer es, sencillamente, lo que es.

Mientras, por fin, se levantaban para irse, Cassidy se mostró de acuerdo con Helen:

—Efectivamente, la mujer es eterna.

En justa compensación, Cassidy, ya en el bar al que fueron los tres, le explicó a Helen el asunto de los accesorios y elementos para cochecitos de niño.

Ahora, al recordarla, Cassidy se daba cuenta de que únicamente esta conversación bastaba para que la noche fuera inolvidable.

Incluso en el caso de que Cassidy no se hubiera fijado en Helen antes de entrar en el bar, incluso en el caso de que no la hubiese vuelto a ver después de salir del bar, incluso en el caso de que se hubiera limitado a invitarla a un whisky doble y a charlar con ella, aquellos diez minutos, equivalentes a una eternidad, transcurridos en Bath, hubiesen constituido la más maravillosa experiencia de su vida.

El bar se encontraba en lo alto de una cuesta— una pendiente de tensión, tal como ahora Cassidy conceptuaba las cuestas—, y era un establecimiento con un mirador desde el que se divisaba el valle con sus luces nocturnas. Las luces del valle alcanzaban hasta los confines de la tierra y, juntándose, formaban un dorado resplandor junto al suelo, antes de unirse a las estrellas bajas. Shamus se había encaminado directamente al mostrador, sentándose luego en la sala principal para jugar al dominó con hombres de la clase ingenua, por lo que Cassidy y Helen se encontraron solos en el mirador, contemplando la noche con ojos iluminados por la sabiduría y compartiendo la infinita visión. Durante unos instante, Cassidy tuvo la impresión de que estaba contrayendo una especie de matrimonio. Cassidy hubiera jurado que, durante unos instantes, antes de que ninguno dijera nada, los dos percibían, secretamente, en el aire inmóvil de la noche, que se estaba produciendo una unión de sus respectivos destinos y ansias, de sus sueños y encantamientos. Tan fuerte era la sensación experimentada por Cassidy, que volvió la cabeza para mirar a Helen, con la esperanza de descubrir en su devota expresión rastros de aquella compartida experiencia. Pero en este instante, unas groseras carcajadas emitidas en el interior del establecimiento le recordaron la existencia de Shamus.

Con un suspiro, aunque no en son de crítica, Helen dijo:

—A Shamus le encanta tener público, gente que le escuche. En realidad, a todos nos gusta. En el fondo, lo que buscamos es el calor del contacto humano.

—Eso creo —dijo Cassidy, quien, hasta el presente momento, no había creído que cualquier excusa bastara para permitirse uno el lujo de lucirse.

Como ensoñada, Helen dijo:

—Desde que le conozco, Shamus ha maravillado a la gente. Cuando éramos ricos, maravillaba a la criada, a los empleados del garaje, al lechero... Y, cuando decidimos volver a ser pobres, maravilló a todos los hombres y mujeres que trataba. Ésta es su cualidad más adorable.

Cassidy insinuó:

—Pero su público, su verdadero público, tanto cuando erais ricos como cuando erais pobres, has sido tú, siempre tú, ¿no es eso?

Helen no aceptó de inmediato la insinuación, sino la meditó como si fuera un nuevo enunciado, y quizás excesivamente fácil para que su naturaleza reflexiva le diera el asenso. Dijo:

—No siempre. No. A veces. A veces, yo he sido su público. Al principio, quizá.

Bebió y, valerosamente, repitió:

—Al principio.

—Pero seguramente eres una ayuda formidable para él. Tus conocimientos le tienen que ser terriblemente valiosos. Tus lecturas, por ejemplo. ¿No es así?

En el mismo tono dubitativo, sin darle demasiada importancia, Helen dijo:

—Un poco. De vez en cuando.

—¿Qué estudiaste en Oxford? Estoy seguro de que tienes títulos y certificados como para parar un tren.
Modestamente, Helen propuso:
—Hablemos de ti, ¿quieres?
Y así ocurrió.

Para empezar, y con toda premeditación, Cassidy se había esforzado en poner de relieve el aspecto humano de sus productos, o sea, lo que los industriales del ramo denominaban la «llamada a la madre». Al fin y al cabo, no había ninguna razón para que las madres se interesasen por los aspectos meramente técnicos. La clientela femenina nunca muestra interés por eso. Muelles de ballesta, suspensión, mecanismos de freno..., hablar de tales problemas a una mujer es lo mismo que hablarle de las diversas clases de tabaco para fumar en pipa. Por lo tanto, al conversar con Helen, Cassidy comenzó contándole, en una simple narración, un tanto falseada, cómo se le ocurrió su industrial idea. Le explicó que un sábado por la mañana, en los tiempos en que la única diversión que sus ingresos le permitían era la de conversar —acababa de iniciar su carrera publicitaria, aun cuando por vocación siempre había sido hombre mañoso, capaz de cualquier cosa, siempre y cuando tuviera un destornillador en los dedos—, y alentaba la vaga idea de tomarse una copa antes de almorzar (Helen le interrumpió, diciendo: «Muchas gracias, me parece una buena idea, pero sólo tomaremos una copa más, una y basta»), cuando vio a una madre disponiéndose a cruzar la calle. Helen le corrigió:
—Una *joven* madre.
—Ciertamente, ¿cómo lo has sabido?
—Lo he adivinado.
Cassidy sonrió con desgana, y confesó:
—Sí, es verdad, era joven.
—Y bonita. Una madre bonita —añadió Helen.
—¿Cómo diablos sabes...?
—Sigue, sigue —apremió Helen.
Naturalmente, dijo Cassidy, en aquellos tiempos no había pasos de cebra, sólo clavos de cabeza grande en forma de disco, y el tránsito estaba mal regulado, por

lo que los coches pasaban ininterrumpidamente y zumbando. Dijo:

—En fin, la madre en cuestión intentaba cruzar, pero tropezaba con grandes dificultades.

—Intentaba cruzar, empujando el cochecito.

—Exactamente. Se encontraba en el bordillo de la acera, en esa actitud que algunos adoptaban al borde de la piscina, cuando temen que el agua esté demasiado fría. De vez en cuando empujaba el cochecito y lo metía en la calzada, y tenía que tirar del cochecito y volverlo a subir a la acera, esperando que los coches dejaran de pasar. *Y lo único que protegía al cochecito con el niño dentro era un débil freno.* Un mísero instrumento metálico, con una pieza de caucho en su extremo.

—¡Dios mío...!

—En fin, esto es lo que pensé en aquellos instantes.

—Es natural. Siempre he pensando que una puede jugarse el pellejo si le da por ahí, pero que no tiene derecho a arriesgar la vida de un hijo.

—Tienes toda la razón. Eso mismo opino yo. En resumidas cuentas, aquella escena me horrorizó.

Gravemente, Helen dijo:

—Te sentiste responsable.

Sí, ésta fue la reacción de Cassidy. Hasta el momento, nadie había sabido expresar su reacción con tanta justeza como Helen lo había hecho. Se sintió *responsable.* En consecuencia, no se tomó la copa, y se fue a casa, para pensar un poco, para pensar con sentido de la responsabilidad. Helen le preguntó:

—¿Dónde vivías?

Con una entonación que daba a entender pudorosamente el largo camino recorrido y las muchas penalidades sufridas, Cassidy dijo:

—¡Qué sé yo...! En aquellos tiempos podía vivir en cualquier lugar... Realmente, poco importaba.

Helen asintió lentamente con un movimiento de cabeza, dando a entender que comprendía muy bien las contradicciones de la vida.

—Y quizá, por unos instantes, pensaste que aquella joven madre podía muy bien ser tu propia esposa... —dijo Helen sin dar importancia a sus palabras, sin acusar a Cassidy del delito de haber contraído matrimonio, sino tan sólo teniendo en cuenta un posible estado civil.

—¡Cristo, no! —exclamó Cassidy, como queriendo decir que incluso en el caso de tener esposa, y de que la esposa tuviera un cochecito con un niño dentro, no hubiera él perdido el tiempo contemplándola.

Prosiguió el relato. En fin, Cassidy tuvo la siguiente idea: si conseguía fabricar un freno, un freno verdaderamente logrado, insuperable, capaz de incorporarse a cualquier cochecito de niño, fuese cual fuere el modelo, un freno que dejara a los cochecitos *clavados*, en lugar de permitir que siguieran arrastrándose por el asfalto, como si de un viejo carro se tratara... Helen gritó:

—¡Un freno de disco! ¡Has inventado el freno de disco...! Cassidy...

Después de una breve pausa, y sin saber exactamente si la palabra *analogía* era la adecuada al caso, Cassidy dijo:

—Es una perfecta analogía.

—Tuviste una idea genial —comentó Helen.

Cassidy le recordó:

—Bueno, en realidad se trataba sólo de coches de niño, no de coches para gente mayor...

Helen le preguntó:

—¿Acaso los niños no son mucho más importantes que los adultos?

Un tanto sorprendido, Cassidy confesó:

—La verdad es que, en aquel entonces, no me planteé este problema...

—Pues yo me lo hubiera planteado.

Después de ir al mostrador para buscar más bebidas, Cassidy prosiguió su relato. En resumen, durante los días siguientes, Cassidy se dedicó a tareas de investigación. Desde luego, no reveló abiertamente sus proyectos, pero sí formuló alguna que otra pregunta a personas dignas de la mayor confianza. La cuestión vital: ¿cabía la posibilidad de que un freno de primerísima calidad fuese universalmente aceptado? ¿Por ejemplo, un freno doble que pudiera incorporarse a todas las ruedas? Helen dijo:

—Como Shamus, también tú triunfaste en plena juventud.

—Eso creo —reconoció Cassidy.

Bueno, el caso es que no tardó en encontrar la solución. Si conseguía construir un freno que *verdaderamente* frenara, un freno seguro en un ciento por ciento, basado en la idea de aplicación directa en el centro de las ruedas, entonces estaría en situación de suscitar tal campaña publicitaria, de conseguir el apoyo de la Liga en Pro de la Seguridad en la Carretera, de la Real Sociedad de Prevención de Accidentes y de la Sociedad Nacional de Prevención del Trato Cruel a los Niños, para no hablar ya de los grandes medios de difusión masiva, así como de la Hora de la Mujer, y otros programas similares, que no encontraría dificultad alguna en procurarse la imprescindible ayuda financiera, y podría ganar una fortuna, de la noche a la mañana, sólo con la patente. Helen le recordó:

—Y prestar un inmenso servicio a la sociedad.

Con unción, Cassidy dijo:

—Sí, sobre todo esto. El caso es que la idea cuajó, contraté empleados, ampliamos el negocio, crecimos, nos diversificamos... Mucha gente vino a nosotros para plantearnos otros problemas, y no tardó en llegar el momento en que... Oye, ¿soy pedante?

Helen no contestó inmediatamente. Fijó su vista en el vaso, miró al otro extremo de la sala, donde se encontraba Shamus, y, por fin, dirigió a Cassidy una mirada larga, franca y valiente, una mirada de mujer con sentido práctico, que sabe muy bien lo que quiere.

—Sólo te diré una cosa: si algún día necesito un cochecito de niño, lo cual nunca ocurrirá si de Shamus depende, no lo dudaré ni por un instante, y compraré uno de tus cochecitos.

Durante unos instantes guardaron silencio. Con cierta timidez, pero con la seguridad de que la conocía lo bastante como para poder formularle la pregunta, Cassidy dijo:

—¿Realmente, nunca, nunca ocurrirá?

Helen se echó a reír.

—¿Puedes imaginar a Shamus padre? Enloquecería en menos de una semana. Los artistas no pueden aceptar estas servidumbres.

—Sí, tienes razón.

Y, después de pronunciar estas palabras, Cassidy volvió a mirar subrepticiamente el reloj. Podía seguir durante diez minutos más. ¿Que cómo el negocio había crecido hasta el punto de llegar a comprar sus propios productos, de convertirse en cliente de sí mismo? (Helen dijo: «Es una brillantísima idea, ya que de esta manera percibís dos veces los beneficios.») ¿Que cómo habían sembrado los beneficios en el fecundo campo de la investigación, buscando más profundas aplicaciones de los mismos principios de seguridad, hasta que llegó el instante en que el nombre de Cassidy fue sinónimo de seguridad y comodidad en el mundo del transporte de niños de corta edad, ampliamente conocido en todas partes, desde los grandes hospitales hasta la madre más humilde? Cassidy lo contó todo, de pe a pa, sin perdonar ni una coma. Le explicó todo lo referente a la lubrificación de las ruedas, a los dobles circuitos de frenaje, y sin apenas tiempo para respirar, pasó a poner a Helen al corriente de las complejidades de la barra manillar doble y articulada, así como las de la suspensión variable. Helen le escuchó impertérrita. A juzgar por la serena expresión de las pupilas de Helen, Cassidy comprendió que ésta absorbía todas sus palabras. Nada, ni tan siquiera los problemas de la articulación universal, enturbió la perfecta comprensión que reinaba entre Cassidy y Helen. Cassidy trazó dibujos para que Helen comprendiera los hallazgos técnicos, y no se hizo esperar el momento en que la mesa quedó cubierta de servilletas de papel con complicados trazos. Con grave expresión, sin dejar de tomar sorbos de su bebida, Helen afirmaba solemnemente con la cabeza. Dijo:

—Sí, ya veo que pensaste en todo. —Y añadió—: ¿Cómo reaccionó la competencia?

—Como era de suponer, los japoneses intentaron copiarnos y desbancarnos.

—Pero no pudieron —dijo Helen, no como una pregunta, sino como una afirmación de algo evidente.

—Francamente, no, no pudieron —repuso Cassidy. Lo dijo con la convicción de quien antes prefiere obedecer al espíritu de la verdad que a la verdad misma. Añadió:

—Las mejores empresas e ingenieros japoneses pusieron manos a la obra, en un intento realmente temible. Pero fracasaron.

—¿Y cómo reaccionaste?

—¿Yo?

—Sí, ¿cómo reaccionaste ante la riqueza, la fama, el reconocimiento de tu valía...? ¿No enloqueciste un poco, Cassidy?

Varias veces, en el curso de los últimos años, había tenido que contestar Cassidy a esta pregunta, formulada de diferentes modos, y lo hizo también de diferentes maneras, según fuera su humor y el público que le escuchara. A veces, principalmente cuando le escuchaba su mujer, Cassidy afirmaba que seguía imperturbable, ya que su natural sentido de la correcta escala de valores era lo bastante fuerte como para superar todo género de tentaciones materiales, que el ganar dinero le había demostrado cuán trivial era el hecho de los beneficios económicos y que, en realidad, su persona en nada había cambiado. En otras ocasiones, cuando hablaba con amigos íntimos o con compañeros de viaje en el tren, confesaba que había sufrido un cambio profundo y trágico, una terrible disminución de sus deseos de vivir. En estos casos afirmaba: «Nada me divierte; tener dinero quita los alicientes del éxito.»

También había ocasiones, sobre todo en momentos de grave miedo, en las que Cassidy negaba que tuviera dinero. El sistema tributario británico era extremadamente rapaz. Ningún hombre honrado podía quedarse con más de una pequeña parte de lo que realmente ganaba, y quien intentaba hurtarse a este imperativo se colocaba inmediatamente en situación comprometida. Pero dicha pregunta adquiría nuevos matices al ser formulada por Helen y, por otra parte, tenía el carácter de pieza fundamental en la relación entre Cassidy y Helen. En consecuencia, Cassidy, después de haber considerado diversas respuestas, decidió encogerse de hombros y, súbitamente inspirado, repuso:

—Helen, a los hombres hay que juzgarlos por lo que buscan, no por lo que encuentran.

—¡Dios...! —exclamó Helen en voz baja.

Durante largo rato, Helen miró a Cassidy, le fue difícil sostener aquella mirada. Sin querer, desviaba la vista, y, en otros momentos, el humo del cigarrillo de

Helen le hacía parpadear. Así estuvieron hasta que Helen tomó un sorbo de whisky y, como si quisiera poner de relieve un importante aspecto, hasta el momento olvidado, preguntó:

—¿Y cómo reaccionó tu mujer?

También le habían formulado muchas veces estas preguntas: «¿Gasta mucho en comprar? ¿Le regalaste un abrigo de visón?» Y una vez más, Cassidy se encontró con grandes dificultades. Pensó que lo mejor sería eliminar del cuadro a su mujer, decir que se habían divorciado, que era viudo, que su mujer murió en trágicas e inolvidables circunstancias, que se había fugado recientemente con un gran pianista. Pero el regreso de Shamus le evitó el tener que contestar.

Ahora hacía ya bastante rato que Shamus había dejado de prestarles atención. Ya durante la cena, el primer y efusivo interés que Shamus había mostrado hacia la persona de Cassidy se había desvanecido, siendo sustituido por un general interés en el prójimo o prójimos alrededor. Helen le explicó a Cassidy que, como sea que Shamus apenas salía de casa cuando se hallaba en vena de escribir, se veía obligado a sacar el máximo partido, en cuanto a trato social hacía referencia, a todas sus salidas. Dijo:

—Los artistas han de vivir con una terrible intensidad, ya que, de lo contrario, se estancan.

Cassidy se mostró de acuerdo:

—Lo cual es lo peor que les puede pasar.

De todos modos, no cabía la menor duda de que Shamus no estaba inactivo. Se acercó en compañía de una muchacha, a la que tenía cogida por la cintura, por la parte alta de la cintura, de modo que la mano de Shamus reposaba cómodamente en el pecho izquierdo de la muchacha. También es preciso consignar que Shamus se balanceaba un poco.

—¡Cassidy, mira qué te traigo! —gritó Shamus.

Pero apenas hubo hecho Shamus la oferta, ésta quedó cancelada, por cuanto dos hombres se acercaron a la muchacha y se la llevaron, mientras una voz dotada de gran autoridad aconsejaba a Shamus y a Cassidy que salieran a tomar un poco el fresco. Y, de repente, se encontraron jugando a un extraño juego, que les obligaba a saltar como las ranas sobre una extensión de césped, ante la sorprendida mirada de un joven guardia.

Mientras se dirigían a otro bar, Helen dijo:

—De todos modos, esa chica era demasiado joven para Cassidy.

Abnegado, con el firme deseo de que sus apetitos íntimos no hiriesen la sensibilidad de *nadie,* Cassidy dijo:

—Efectivamente.

Cassidy recordaba muy vagamente los hechos que sucedieron a partir de aquel instante. Por ejemplo, el viaje a Bristol no había quedado grabado con demasiada nitidez en su memoria. Tenía la impresión de que habían ido en auto-stop, y que un conductor de camión llamado Aston había intervenido de un modo u otro en el asunto. Al día siguiente, Cassidy advirtió que sus ropas desprendían un fuerte olor a gasoil. Fueron allá —y esto lo recordaba Cassidy con gran precisión— debido a que Shamus necesitaba agua, y fuentes dignas de crédito le habían dicho que Bristol era puerto de mar. Helen le explicó a Cassidy:

—Shamus no puede vivir sin agua.

—Sí, el sonido del agua es importante —repuso Cassidy.

Helen le recordó:

—Y la perseverancia del agua tampoco es moco de pavo. Acuérdate de las olas.

Shamus insultó a Aston, a quien llamó «aguafiestas», debido, probablemente, a que Aston era metodista y criticó el que Shamus tomase bebidas alcohólicas. Fuera lo que fuese, el viaje terminó con graves disensiones, de las que Cassidy guardaba recuerdos muy confusos. Sin embargo, la cervecería quedó claramente grabada en su memoria. Recordaba con gran precisión el blanco contorno del escote de la camarera —iba con un vestido tradicional bávaro que tenía la virtud de elevar las níveas protuberancias hasta casi el cuello—, y Cassidy también recordaba la sorpresa del acordeonista cuando Shamus cantó, lenta y sentimentalmente, el *Horst-Wessel Lied.*

Pero fue Bath, y no Bristol, el lugar desde el que Shamus, tras una última mirada a su costoso reloj de oro, inició por fin el breve viaje hacia un mundo que, durante varias horas, había mantenido rigurosamente alejado de su pensamiento.

7

Estaban en otro bar, que no se encontraba en una pendiente sino en un complejo de edificios vaticanos. La sala del bar estaba repleta de gentes de Gerrard Cross.

Helen y Shamus jugaban a arrojar dardos. Se habían puesto a competir entre Cursis y Bestias. Shamus había dibujado un sombrero hongo en uno de los márgenes de la pizarra en que se consignaba la puntuación, y un cerdo en el otro margen. Dirigiéndose al público que contemplaba la exhibición, Shamus dijo:

—¡Muchachos, no os pido que votéis, sino que os voy a enseñar a leer!

Helen tiró los dardos. No dio en el blanco, pero atravesó la cajita de cartón, colgada en la pared, destinada a recoger limosnas para los pobres. Una oleada de carcajadas estremeció el bar.

En tono confidencial, Cassidy dijo al dueño:

—Usted perdone, ¿hay teléfono?

—¿Es usted amigo de esta pareja?

—Hasta cierto punto.

—Pues oiga, yo no quiero líos en mi bar, ¿comprende? Me gusta que la gente se divierta, pero con moderación, ¿sabe?

—No se preocupe, pagaré todo lo que rompan.

—Bueno, reconozco que el muchacho parece muy simpático. En estos tiempos no se encuentran tipos así, tan agradables. Y la chica es una monada. Hacía años que no había visto una pareja tan agradable.

Cassidy, adoptando intuitivamente la personalidad de Shamus a las intelectuales exigencias de su interlocutor, aseguró:

—Es un famoso guionista de televisión. Ahora están echando tres seriales escritos por él. Gana el dinero a patadas.

—¿De veras?

—¡Hombre, y tanto! Me gustaría que viera su «Bentley». Es de color tórtola, y tiene ventanillas eléctricas.

—¡Caray...! No creo que haya muchos «Bentley» de este tipo circulando por ahí...

—Es un ejemplar único. ¿Le gustaría tener uno? Puedo proporcionárselo... Puedo proporcionarle lo que quiera... ¿Le gustaría un reloj de oro?

—¿Un qué?

En voz baja, Cassidy rectificó:

—¿Por qué no se toma un whisky a mi salud?

—Gracias, muchacho, con mucho gusto. Sí, me tomaré un dedito a tu salud.

—¡A la tuya! El teléfono debe estar allí, ¿verdad?

La comunicación telefónica desde Bath es directa. Cassidy dice:

—Hola, ¿qué tal lo has pasado hoy en la clínica?

Sandra no es una mujer de mente ágil. La primera diferencia que Cassidy advierte es la alteración en el ritmo. Sandra tarda más en percibir los sonidos, especialmente a través del teléfono.

—Bien, normal. ¿Dónde estás?

—En un bar. ¿Qué pasa? ¿Me oyes? ¿Oyes? ¿Oyes?

«Puede muy bien ocurrir exactamente todo lo contrario, que la voz de Sandra no llegue hasta aquí. Quizá me haya contestado ya, pero que las palabras estén aún recorriendo el hilo.»

—Lo siento, señor, pero la línea M4 tiene sobrecarga. Será mejor que vuelva a llamar dentro de unos minutos.

Seguramente hay demasiados maridos excusándose ante gran cantidad de esposas, precisamente en este instante en que las tarifas aún son bajas. También podría ser que hubiera caído una bomba atómica en cualquier sitio. De repente las siguientes palabras llegan al oído de Cassidy:

—¿Con quién?

Sandra ha heredado de su padre la virtud militar del laconismo. Las cinco preguntas básicas del mariscal Montgomery eran: ¿quién?, ¿por qué?, ¿cuándo?, ¿dónde? y ¿cómo? ¡Y qué respeto inspiraba el tipo! Cassidy contesta:

—Con los tipos del municipio, con el Ayuntamiento en pleno. Estamos proyectando la manera de firmar un contrato con la compañía de aguas, un contrato especial. Los tipos del Ayuntamiento son formidables. Te encantará conocerlos. La reunión oficial ha terminado hace apenas una hora...

No, no son palabras que inspiren confianza. Son palabras que vuelan, que no arraigan en la mente. Cassidy procura inyectar entusiasmo a sus explicaciones:

—Oye, todo marcha de maravilla. La finca está situada en un lugar excelente, céntrico a más no poder, y apenas hace falta urbanizar los alrededores. Los tipos del municipio me han jurado que tan pronto soltemos las veinte mil del ala nos pondrán un puente para peatones. Gratis. Al parecer les he causado una impresión excelente. Apenas puedo creerlo.

Silencio. «¿Me cree? Por el amor de Dios, Sandra, éste es nuestro único punto de contacto. ¿Qué importa que sea verdad o no? Di que sí, da muestras de admiración, maldita sea.»

—También he conocido a un tipo que arrienda maquinaria pesada. Se encargará de allanar el terreno, y nos hará el presupuesto de la construcción de los vestuarios para los chicos de la escuela.

Silencio.

—Realmente, todos se portan maravillosamente.

«Pero Sandra no me oye, Sandra se ha quedado sorda. Su madre ha movido la clavija y ha desconectado el teléfono de Sandra. Ahora hablo a una extensión.»

—¿Sandra?

En el bar suena el tocadiscos. Difunde música lenta. En el teléfono suenan los ladridos de un perro doméstico y con buenos modales. Sandra tiene varios perros,

perros grandes y de buena raza. Animado por este seguro de vida, Cassidy vuelve al ataque:

—Incluso han trazado un plano, una cosa así, improvisada, pero muy interesante... Sí, el puente tendrá una gracia loca... Ideal para los niños... Como de juguete.

Oye la voz de Sandra:

—¡Mamá, no armes tanto ruido! Lo siento, era mamá dando la lata con los perros.

—¿Estás contenta, Sandra?

—¿Contenta? ¿De qué?

—Por lo del puente. Por lo del campo de deportes. ¿Me oyes? ¿Me oyes?

—No grites.

—¿Hablan? —pregunta la telefonista.

Bruscamente, y después de haber elegido, impulsado por la ira, un tema vidrioso, Cassidy pregunta:

—*¿Llevaste a Hugo al especialista?*

Oye un sonido de aliento bruscamente expelido. Los suspiros de frustración de Sandra son más fuertes que sus suspiros de impaciencia. El suspiro de impaciencia comienza con un líquido «clic» en el paladar, seguido de la decisión de no respirar, de una decisión parecida a la de la huelga de hambre, aunque centrada en el aire, en vez de tener por objeto la comida. Sandra habla muy de prisa, pero con gran énfasis, en defensa de los desheredados:

—El hecho de que un médico no gane lo suficiente para tener el consultorio en Harley Street y el hecho de que sus clientes no sean individuos dispuestos a pagar *veinte guineas* por no esperar, en modo alguno significa que un especialista sea mejor que un honrado, normal y corriente médico poco interesado en ganar dinero.

—En resumen, que no le has llevado al especialista.

Sandra decide condenarse al silencio.

Shamus dice:

—¡A ocho peniques!

Shamus estaba en la puerta, cubría su cabeza con una gorra color castaño y llevaba un periquito en el dedo. Se apoyaba en el marco de la puerta, tenía una pierna doblada, con el muslo cubierto por los faldones de su cumplida chaqueta, e interpretaba el papel de buhonero cojo. Dirigiéndose al pájaro, repitió:

—¡A ocho peniques!

Desde el bar, el dueño del establecimiento gritó:

—¡Hora de cerrar!

Y agitó una campana de barca de pesca: ¡dong, dong! Cassidy se despidió de Sandra:

—Buenas noches.

—¿Eso era todo cuanto tenías que decirme? Francamente, no creo que valiera la pena llamarme...

Shamus arrancó el teléfono de la mano de Cassidy, y dijo con su mejor acento italiano:

—¡Buenas noches y muchas gracias! ¿Diga, diga, diga...?

Cassidy recuperó el aparato y se lo llevó al oído, pero se había cortado ya la comunicación. Lo colgó.

Esbozó una sonrisa y dijo:

—Hola, Shamus. Tomemos un trago.

Se encontraban aún en la habitación trasera. De todas partes les llegaba bullicio de jarana, pero en la habitación trasera había silencio. Sobre la mesa cubierta con un hule había una máquina de sumar y varias cajas de caramelos. Shamus preguntó:

—¿Era la vaquera?

—¿La qué?

—Tu mujer. La vaquera. La reina del rebaño.

—Sí, era mi mujer. La he llamado para controlarla un poco, no sea que haya metido a un hombre en casa.

De repente, el ruido en el bar aumentó hasta llegar a resultar ensordecedor, pero los dos hombres no levantaron el tono de voz. Shamus preguntó:

—¿Tienes problemas?

El periquito también miraba a Cassidy. Tenía los ojos muy brillantes. Cassidy dijo:

—Pobre, pobre cretino...

—De todos modos, está en manos de especialistas.

—¿Estás seguro de que no eres tú quien se ha roto la pierna? —preguntó Shamus.

En el bar, alguien tocaba el piano con gran entusiasmo. Cassidy dijo:

—No sé qué quieres decir con eso.
—Medítalo un poco y lo comprenderás.
Mientras procuraba moverse con la debida soltura, Cassidy dijo:
—Oye, quiero decirte una cosa. Tengo una casa en Suiza, un chalet. Se trata de una casita modesta, pero en la que dos personas pueden vivir muy cómodamente. Está en un lugar llamado Sainte-Angèle. Está desocupada la mayor parte del año. Si te gustan las grandes pendientes, tal como me has dicho, puedes ir allá, y verás lo que es bueno.
Shamus no rió. Cassidy dijo:
—Con esto quiero decir que si quieres aislarte para trabajar, tendré mucho gusto en invitarte a vivir en esa casa, totalmente gratis. Puedes ir con Helen.
—O una sustituta de Helen, muchacho —insinuó Shamus.
—¿Sí?
—Oye, hubieras tenido que enfadarte conmigo por haber hecho cisco tu llamada telefónica. Ha sido una grosería *intolerable.*
—¿De veras?
—Sí, hubieras tenido que atizarme, muchacho. Siempre he confiado en la disciplina. Es una gran cosa. Ésta es la gran finalidad de la burguesía: atemorizar a los groseros como yo.
Cassidy soltó una tímida carcajada.
—Eres demasiado fuerte para nosotros, los burgueses.
Metió la mano en el bolsillo, en busca de calderilla, y avanzó hacia la puerta.
—Oye, muchacho.
—¿Qué pasa?
—¿Has matado alguna vez a alguien?
—No.
—¿Ni siquiera en el sentido físico de la palabra?
—No comprendo lo que quieres decir.
—Apostaría a que la vaquera sí. Oye, muchacho.
Resignadamente, como corresponde a un hombre sometido a duras pruebas y con un hijo tullido, Cassidy dijo:
—¿Qué?
Shamus abrió los brazos de par en par.

—¡Dame un abrazo, muchacho! Lo necesito de mala manera.

—He de pagar la conferencia telefónica.

Shamus se quedó con los brazos abiertos, bajo el dintel, contemplando con expresión atónita a Cassidy, mientras éste pagaba en el mostrador. De repente, olvidándose del abrazo, Shamus se dirigió a los malhumorados clientes:

—¡Asquerosos palurdos! ¡Palurdos apestosos y repulsivos! ¡Abrochaos el capote porque el salteador Cassidy acaba de entrar en el pueblo!

Inmediatamente, el dueño gritó:

—¡Es hora de cerrar! ¡Esta vez va en serio!

Después del bar, el taxi. ¡Oh, Dios!, el taxi.

Habían perdido el último tren que salía de Bristol, por lo que Shamus, utilizando su acento italiano, pidió un taxi por teléfono, desde una cabina en la que se metieron los tres. Shamus se sentó delante, para poder hablar con el taxista, un viejo que parecía bastante divertido por el hecho de llevar en su coche a unos señoritos borrachos. La radio —emisora-receptora— del taxi no tardó en atraer la atención de Shamus. Subió el volumen del aparato, y dijo:

—Escuchemos, escuchemos la voz de la operadora.

Todos prestaron atención:

—Peter Uno, cambio... Atención, llama control... Peter Dos, hay un grupo de cuatro en la estación, van sin maletas, tres pueden sentarse detrás. El grupo está ya esperando. Peter Tres..., atención, habla control...

Para Cassidy, la voz de la mujer es tan mandona, inexperta, estridente y reiterada como la de cualquier operadora de radio de este tipo, pero Shamus escucha fascinado. Con acento muy respetuoso, Shamus le pregunta al taxista:

—¿No será su hija esta señorita?

—Dificilillo sería. Pasa de los cincuenta.

Shamus dice:

—¡Es maravillosa! ¡Esta señora es un ser excepcional, palabra de honor!

Cassidy, próximo a caer dormido, le da la razón:

—Sí, es maravillosa.

Helen apoya la cabeza en el hombro de Cassidy, y ha enlazado sus dedos con los de éste. Cassidy experimenta una insuperable inclinación a mostrarse de acuerdo con todo, cuando de repente oye a Shamus hablando junto al micrófono de la radio, con acento italiano, en ardiente voz baja:

—¡Te deseo! ¡Te amo y te deseo! ¡Te necesito!

Acto seguido, pregunta al conductor:

—¿Es morena?

—Tirando a morena.

Shamus musita entre suspiros, con la boca junto al micrófono:

—Quiero acostarme contigo... Quiero que me violes...

El conductor dice:

—Agárrense.

Descienden una pronunciada pendiente. Todos esperan la respuesta de la operadora. Cassidy dice:

—Seguramente está llamando a la Policía.

—Estará haciendo las maletas —dice Helen.

—¡Dios, qué mujer! —exclama Shamus.

En tono de incipiente histeria, la voz de la operadora dice:

—Peter Uno... Peter Uno... ¿Qué pasa?

—¡Ni Peter Uno ni ocho cuartos! ¡Peter Uno ha muerto! Me apellido Dostoievski.

Con gran eficiencia, Shamus adopta una profunda voz rusa:

—Acabo de asesinar a Peter Uno, sin sentir ni pizca de remordimiento. Ha sido un *crimen pasional.* Quiero que seas mía y solamente mía. Te amo. Una noche contigo vale el resto de mi vida en Siberia.

La radio emite extraños sonidos en modo alguno relacionados con palabras.

—También soy Nietzsche. No soy un hombre. Soy dinamita.

Vuelve a adoptar el acento ruso:

—¿No comprendes que la inmoralidad es una condición imprescindible para la implantación de una nueva escala de valores? Tú y yo, juntamente, fundaremos una nueva clase social, engendraremos un mundo formado por niños inocentes, asesinos y hermosísimos. Tú y yo...

El taxista quita suavemente el micrófono de las manos de Shamus. Con amabilidad, dice:

—Bueno, ya vale. Ha sido divertido, pero basta.

La operadora grita:

—¿Divertido? ¿A eso le llama divertido? ¡Un maldito extranjero asesinando a mis conductores en plena...!

El taxista cierra la radio. Sin la menor preocupación, afirma:

—Mañana por la mañana, la operadora me asesinará... Sí, a fin de cuentas la víctima seré yo.

Shamus, medio dormido, musita:

—Es mucha mujer...

—Me gustaría volver a jugar a la polilla —dice Cassidy.

—La polilla es formidable —dice Helen, dando un cariñoso apretón a la mano de Cassidy.

En la última etapa del camino de regreso al hogar, detuvieron el «Bentley» junto a una cabina telefónica y llamaron por teléfono a Flaherty, a fin de que Shamus pudiera comprobar una vez más la sinceridad de las convicciones de éste. Helen, citando una frase del maestro, explicó:

—Todo hombre es lo que piensa ser. Cuando Shamus habla de fe, se refiere a esto.

—Y tiene razón —afirmó Cassidy.

Fue Cassidy quien efectuó la llamada, debido a que tenía una carta de crédito de la Dirección General de Teléfonos. Ante la sorpresa de Cassidy, Shamus se sacó del bolsillo un recorte del *Daily Mail*, en cuyo margen había escrito, con gran claridad, un número de teléfono. Dijo:

—Es el de la taberna de Beohmin. Se pasa casi todas las noches en la taberna.

El titular del recorte decía: «FLAHERTY CANDIDATO A DIOS.» Se metieron los tres en la cabina telefónica y, para mayor comodidad, cerraron la puerta. Pero no lograron comunicar con Flaherty. Durante cinco minutos o más escucharon el sonido del timbre del teléfono. Esto alegró mucho a Cassidy, ya que temía que la conversación fuera un tanto embarazosa. Sin embargo, Cassidy no manifestó su alegría. Shamus se quedó triste y defraudado. En el trayecto hacia el coche, adelantó a los otros dos, y se sentó detrás, sin decir palabra. Durante largo rato, viajaron en silencio. Helen, sentada al lado de Shamus, le consolaba con besos y otras pequeñas atenciones. Por fin, Shamus declaró con voz rota:

—Es un farsante. Ni siquiera debería necesitar un teléfono.

—Desde luego, no debería necesitar el teléfono —dijo Helen con ternura.

De repente, Shamus se irguió y contempló la sobrenatural luz lunar en la carretera, diciendo:

—¡Faros de luna!

Cassidy aclaró:

—No, son de cuarzo. Helogen. Es la última palabra en faros

—¡Miaaau...! —exclamó Shamus, tras lo cual volvió a prestar atención a Helen.

De nuevo en Haverdown, y después de una pausa para tomar un trago, se dedicaron al juego de las carreras de caballos. Shamus era Nijinsky, en tanto que Cassidy era Dobbin. Tenía Cassidy un recuerdo muy confuso del juego, pero recordaba nítidamente el sonido de los pies galopando por las escaleras sin alfombrar, bajándolas a toda velocidad, y también se acordaba de Shamus en el momento en que, con voz de mayordomo, embistió una puerta cerrada:

—¡El dormitorio de mi ama y señora!

Volvió a arremeter contra la puerta:

—¡Oh, dulce y alegre Inglaterra! ¡Derribaremos la maldita puerta!

Cassidy murmuró:

—Helen, temo que Shamus reviente en una de esas embestidas.

Pero no fue Shamus quien reventó, sino la puerta. Y, en el instante siguiente, los tres se encontraron corriendo dentro de la estancia, chocando con colchones desnudos que olían a lavanda y a naftalina.

—Shamus, ¿te encuentras bien? —preguntó Helen.

Sólo el silencio respondió a su pregunta. Sin la más leve señal de alarma, Helen anunció:

—Shamus ha muerto.

Shamus estaba debajo de los otros dos, gimoteando.
—Por los gemidos, parece que se ha partido la nuca —dijo Helen.
—¡Es llanto del corazón, cretina! Llanto por la muerte de mi próxima novela, a manos de la crítica —aclaró Shamus.

Cuando Cassidy abandonó la estancia, para ir a dormir en el diván «Chesterfield», Helen estaba ya desnudando a Shamus. Durante un rato, Cassidy permaneció despierto, escuchando los chirridos de la cama, producidos por Helen y Shamus en una consumación más de su perfecto vínculo. En el instante siguiente, Helen le despertaba sacudiéndole suavemente, y a los oídos de Cassidy llegaba música de incineración, difundida por el radiotransistor que Helen llevaba en el bolsillo de la bata.

En voz baja, Helen dijo:
—No, no puedes despedirte de él porque se dedica todas las mañanas a trabajar.
Le había servido un desayuno completo, en una bandeja de madreperla: un huevo duro, tostadas y café. Helen iba provista de la linterna eléctrica, ya que aún no había amanecido. Iba arreglada, pero sin maquillaje. Parecía que hubiera dormido doce horas y que acabara de dar un paseo por el campo. Cassidy preguntó:
—¿Cómo se encuentra Shamus?
Alegremente, Helen repuso:
—Tiene el cuello tieso. Pero el dolor le gusta.
Sabiendo que, ahora, era ya miembro del clan, Cassidy preguntó:
—¿Le ayuda en su trabajo el dolor?
Helen afirmó en silencio, y preguntó:
—¿Has tenido frío, aquí?
—No.
Cassidy estaba incorporado, cubriéndose parcialmente la barriga con los abrigos que se había puesto sobre la parte media del cuerpo. Helen, sentada a su lado, lo contemplaba con maternal benevolencia. Dijo:

—No le abandonarás, ¿verdad, Cassidy? Hacía mucho tiempo que Shamus no tenía un amigo.

—¿Qué les pasó a los que tenía antes? —preguntó Cassidy con la boca llena de tostada. Los dos se echaron a reír, evitando mirar el estómago de Cassidy, quien dijo—: ¿Y por qué se ha hecho amigo mío, precisamente de mí? Quiero decir que yo puedo servirle de gran cosa...

Después de una pausa, Helen explicó:

—Shamus es muy religioso. Cree que se te puede redimir. Realmente, ¿eres redimible, Cassidy?

—No sé a qué te refieres.

Helen guardó silencio, por lo que Cassidy preguntó:

—¿Redimible de qué?

—Shamus dice que cualquier tonto es capaz de *dar*, y que aquello realmente importante es lo que tomamos a la vida. Ésta es la manera como descubrimos nuestros principales rasgos, nuestro perfil.

—Oh...

—Es decir..., nuestra identidad..., nuestra pasión.

Cassidy recordó, en voz alta:

—Y nuestro arte.

—A Shamus no le gusta que la gente ceje en la lucha, tanto si se trata de Flaherty como de Cristo, como de Cassidy. Pero tú no has abandonado la lucha, ¿verdad, Cassidy?

—No, no la he abandonado, y a veces incluso pienso que solamente la he comenzado.

En voz muy baja, Helen dijo:

—Éste es el mensaje que hemos recibido.

Helen se levantó, con lo que la luz de la linterna iluminó su rostro desde abajo. Cogió la bandeja de madreperla y se la llevó al otro extremo de la estancia. Cassidy recordó la postal que Mark le había enviado desde Roma y pensó que el rostro de Helen hubiera podido ser pintado por Caravaggio. ¡Cuánto amaba la pintura!

—Le he dicho a Shamus lo que dijiste sobre el dinero.

—Oh... —exclamó Cassidy sin recordar lo que había dicho sobre el dinero, pero con esperanzas de haber emitido una frase que le honrase.

—Los hombres deben ser juzgados por lo que buscan, y no por lo que encuentran —sentenció Helen.

—¿Y qué le ha parecido la frase?

Con sencillez, como si no cupiera mayor elogio, Helen repuso:

—La está aplicando.

Después de una breve pausa, siguió diciendo en tono rebosante de optimismo:

—¿Sabías que Shamus ha escrito ya su propio epitafio? Dice: «Aquí yace Shamus, quien tanto quiso tomar.» Me parece el epitafio más formidable que se ha escrito.

—Es una maravilla. Estoy totalmente de acuerdo. Es muy hermoso. Me gustaría que lo pusieran en mi tumba.

—Shamus ama a la gente. De veras. En Shamus se ve la diferencia que media entre remar y nadar. Es como Gatsby. Cree en el faro que brilla en la punta de la escollera.

Mientras se preguntaba quién diablos era Gatsby, Cassidy dijo:

—Me parece que yo también creo en eso.

—Y por esta razón le gustó lo que dijiste sobre el dinero —explicó Helen.

Helen le acompañó hasta el coche.

—Shamus incluso creería en Flaherty, si éste le diera la más mínima ocasión.

—Pensaba que quería matarle.

Helen le dirigió una profunda mirada.

—¿Acaso no es lo mismo?

Cassidy concedió:

—Eso supongo.

—Recuerdos a Londres.

—Se los daré, Helen.

—¿Sí?

—¿Puedo prestaros algún dinero?

—No. Shamus ya dijo que acabarías pidiendo eso. De todos modos, muchas gracias.

Helen le dio un beso, no un beso de despedida, sino un beso de gratitud, rápido y eficiente, en plena mejilla.

—Dice que debes procurar conocer a Dostoievski. No sus obras, sino su vida.

—Lo haré. Esta misma noche comenzaré.
Añadió:
—No leo mucho, pero cuando lo hago le dedico mucho tiempo.
—Shamus reaparecerá en el mundo dentro de una semana o quince días. Tan pronto termine su libro reaparecerá y visitará a todos los editores, agentes literarios, y demás. Cuando se dedica a esto le gusta estar solo.
Helen rió con resignación, y añadió:
—A esto le llama cargar las baterías.
—Los buitres.
—Los buitres.
Los rayos del sol del amanecer se colaron bruscamente por entre las copas de los árboles y dieron al color de los ladrillos de la mansión una cálida tonalidad de carne. Cassidy dijo:
—Dile a Shamus que me llame a la oficina. Estamos en el listín telefónico. Que llame a cualquier hora, y que esté seguro de que me pondré.
—No te preocupes, puedes tener la seguridad de que te llamará.
Dudó unos instantes y añadió:
—A propósito, ¿recuerdas que anoche le ofreciste a Shamus tu chalet de Suiza, para que trabajara allí?
—¡El chalet...! Sí, claro. Desde luego, lo recuerdo. Hay grandes pendientes allí. Ja...
—Dice que quizás acepte tu oferta.
Agradecido, Cassidy dijo:
—Sería maravilloso.
—De todos modos, Shamus dice que todavía no puede prometértelo.
—Es natural, lo comprendo.
Después de unos momentos de silenciosa súplica, Helen dijo:
—Cassidy.
—¿Qué?
—¿No te echarás atrás?
—Claro que no.
Helen volvió a besarle, sin la menor espectacularidad, aunque esta vez en los labios, como una hermana puede llegar a besar a su hermano cuando la cuestión del incesto ha dejado de preocuparle.

De esta manera, Cassidy salió de Haverdown con el sabor de la pasta de dientes en los labios y el olor de su sencillo talco en el olfato.

8

Bohemia.

Esto fue lo primero que Cassidy pensó, y el pensamiento persistió en su mente durante todo el trayecto hasta Bath. «He efectuado una visita al mundo de la bohemia y he salido de él sano y salvo.» En sus tiempos de Oxford, había una casa, cerca de Folly Bridge, en la que, según se decía, se alojaban muchos bohemios, y, algunas veces, Cassidy al pasar por delante de esta casa, camino del cine «Scala», había visto las ropas de los bohemios colgadas para que se secaran en el balcón de hierro, o bien había reparado en la gran cantidad de botellas vacías en los cubos de basura. También le habían dicho que, los domingos, los bohemios se reunían en el bar «George». Los hombres lucían pendientes y las mujeres fumaban cigarros. Cassidy imaginaba que los bohemios se decían las más pasmosas frases acerca de sus partes íntimas. En la escuela secundaria, Cassidy había conocido a un profesor de pintura, conocido por el mote de *Encalado,* que era un hombre de delicados modales, de avanzada media edad, que llevaba cuello de puntas vueltas, y que obligaba a los muchachos a que posaran para sus compañeros, ataviados con pantalones de gimnasia. Un miércoles, Cassidy tomó el té mano a mano con *Encalado,* pero el tipo apenas habló, dedicándose principalmente a sonreír con tristeza, mientras Cassidy comía tostadas. A excepción de estas fugaces experiencias, el conocimiento que de los bohemios tenía Cassidy era muy deficiente, pese a que, durante largos años, se consideró un miembro honorario de la especie.

Se detuvo en Bath y fue al hotel para recoger las maletas y pagar la factura.

En el hotel se había inscrito como el vizconde Cassidy de Mull. El recepcionista, permitiéndose más confianza de la que Cassidy estimaba oportuna, le preguntó:

—Le ha resultado agradable la estancia, *my Lord*?

—Muy agradable, gracias —repuso Cassidy, mientras daba dos libras esterlinas al conserje.

El proceso de enfriamiento que Helen había previsto con tanta clarividencia no comenzó hasta que Cassidy se encontró en las cercanías de Devizes. Durante la primera hora del viaje, antes de que la resaca entrara en la fase de castigo, Cassidy tuvo la mente confusa, pero sin dejar de sentirse placenteramente excitado por su encuentro con Helen y Shamus. Apenas sabía cuáles eran sus sentimientos. Tenía la impresión de que su estado de ánimo cambiaría al compás de los cambios del paisaje. Mientras rodaba por la ancha carretera, camino de From, con llanuras azules a uno y otro lado, vio cuanto le rodeaba teñido de un dorado color, inocente e infantil. Todo su futuro se reducía a una larga aventura con sus nuevos amigos. Juntos recorrerían el mundo, navegarían por lejanos mares, ascenderían al cielo impulsados por las alas de la risa. En Devizes llovía y el sistema digestivo de Cassidy quedó atenazado por un sordo dolor, lo que moderó muy notablemente el estado de beatitud de Cassidy. Sin embargo, el espectáculo de los ciudadanos que iban a hacer la compra de la mañana, así como el de varias madres, le dio materia en la que pensar. Cuando llegó a Reading, la cabeza le dolía terriblemente, y había logrado convencerse de que Helen y Shamus o bien formaban parte de un sueño, o bien eran un par de impostores que fingían ser celebridades.

Cassidy se dijo: «A fin de cuentas, si fueran quienes dicen que son, ¿a santo de qué tendrían que mostrar interés hacia mí?»

Luego añadió: «Soy uno entre muchos, y los individuos como yo no pueden formar parte de la vida de los artistas.»

Al recordar la explicación que Helen le había dado acerca de la teoría de Shamus sobre las relaciones entre los artistas y los burgueses, Cassidy tuvo la impresión de que tal teoría era frágil, confusa y débilmente razonada.

Pensó que si él sostuviera tal teoría, que en realidad no era más que una tontería, sería capaz de exponerla de una forma más convincente.

Cuando llegó a las afueras de Londres, Cassidy había dado con unas cuantas conclusiones muy útiles. Jamás volvería a saber de Shamus y Helen. Aquella pareja seguramente estaba formada por un par de estafadores, especializados en abusar de la confianza del prójimo, y él, Cassidy, podía considerarse afortunado por haber salido del trance sin que le robaran la cartera. Y tanto si volvían a aparecer en su vida como si no, pertenecían, juntamente con otros fenómenos, a una zona del mundo de Cassidy que, en interés de la paz general, prefería no volver a visitar.

En aquel instante, Cassidy se hubiera olvidado para siempre de los dos si un pequeño incidente no le hubiese obligado a recordar las desagradables opiniones que Shamus tenía del prójimo.

Detuvo el coche en una zona de aparcamiento, junto a la carretera, a fin de eliminar comprometedores rastros que pudieran hallarse en los compartimentos del salpicadero, y encontró una arrugada hoja en la guantera. Era la carta del restaurante «Bruno's» de Bath en la que Shamus escribió lo que Cassidy creyó, en su candidez, prosa inmortal. En un lado del papel había un retrato a lápiz de Cassidy, dibujado por Shamus, rodeado de palabras con fechas que indicaban el rasgo correspondiente al que las palabras hacían referencia.

> «Mejillas de niño, propensas al rubor; frente noble, surcada por vagas angustias; ojos de impreciso mirar, pero muy que muy móviles.»

Sobre la cabeza, en mayúsculas, se leía: ORDEN DE BUSCA Y CAPTURA. Y debajo constaban más datos sobre Cassidy.

«NOMBRE: Cassidy, *el Atracador*. También se le conoce con los nombres de Hoppalong, Christopher Robin y Paul Gety.

»DELITO: Inocencia (ver Greene: Leproso sin campana).

»RELIGIÓN: Primera Iglesia del Cristo Pesimista.

»PENA: Supervivencia a perpetuidad.»

En la otra cara de la carta había una nota dirigida a MUCHACHO, que decía:

«Querido muchacho: Espero que te encuentres bien, tal como yo me encuentro. En dos o tres ocasiones te he amado, antes de ver tu rostro o de saber tu nombre. Por esto te pido, querido muchacho, que me perdones por haberte hecho un retrato tan malicioso. La vista es impecable, pero mi corazón te pertenece. Te amo, te amo, te amo.

»*P. Scardanelli, alias* Flaherty, *alias* Shamus.»

Indignado, Cassidy pensó que lo que Shamus decía en la carta era algo increíblemente propio de un estudiantillo adolescente. Era algo molesto e insoportable. Lanzó un suspiro, y arrojó la carta por la ventanilla. Y que luego vinieran a hablarle de talentos ocultos...

En su interior sonó una voz: «¿Has matado a alguien, muchacho?» Enchufó la radio, y tomó la curva para avanzar por el tramo que le llevaría a Acton. Pensó que nada podía objetar al Arte, pero que, a veces, se exagera mucho en materia de Arte.

En Acton, Cassidy desarrolló breves pero fructíferas actividades comerciales. Un mayorista llamado Dobbs, de trato notoriamente difícil, pero influyente en el ramo, había puesto ciertas pegas a los nuevos cochecitos ligeros tapizados, imitación cuero, y estaba coqueteando con la competencia. Cassidy nunca se había mostrado demasiado partidario de este tipo de cochecito, al que consideraba un poco afortunado cruce entre la simple sillita de ruedas y el cochecito a todo tren. Sin embargo, los cochecitos intermedios tenían bastante salida en primavera, época en que la demanda era muy caprichosa. Certeramente, Cassidy había previsto que las discrepancias con el mayorista en cuestión quedarían resueltas si le visitaba en persona.

Un tanto nervioso, Dobbs confesó:

—Bueno, la verdad es que no esperaba que el Gran Jefe viniera a verme personalmente. ¿Qué ha sido de su valioso representante?

Cassidy se dio cuenta de que Dobbs había perdido mucho pelo. Su segundo matrimonio le estaba matando. Dobbs era un hombre de aspecto descuidado, siempre sudoroso. El escándalo iba unido a su nombre. No sin severidad, Cassidy dijo:

—Me gusta resolver personalmente los problemas. Y cuando un cliente importante se queja, voy a verle.

—Oiga, Mr. Cassidy, en realidad no me he quejado. El cochecito intermedio es un trasto realmente elegante, y pueden ustedes estar orgullosos de la calidad de su chasis. Se lo juro, sí, el señor chasis es digno de su firma.

—Andy, las quejas no pueden retirarse tan pronto han recibido su oportuno curso.

No muy convencido. Dobbs protestó:

—Lo que no gusta es el modo como el cochecito se pliega, ¿sabe usted, Mr. Cassidy? Sí, porque cuando las madres llevan el cochecito plegado en la mano, se cargan las medias con un hierro que sobresale, ¿comprende?

—¿Le parece bien que echemos un vistazo al cochecito, Andy?

Subieron la escalera con peldaños de madera que conducía al almacén. Cassidy se arrodilló en el suelo para examinar un ejemplar especialmente logrado, y dijo:

—Sí, ya veo la pega.

Dobbs gritó:

—¡Cuidado! Se va a manchar los pantalones. El suelo está sucio.

Pero Cassidy fingió no oír la advertencia. Se tumbó cuan largo era en el suelo de madera, y en un amoroso ademán recorrió con las puntas de los dedos la parte inferior del cochecito.

Mientras volvían a la oficina del mayorista, Cassidy dijo:

—Andy, verdaderamente le estoy muy agradecido. Mandaré que se efectúen las correspondientes modificaciones.

Débilmente, mientras cepillaba el traje de Cassidy, Dobbs volvió a insistir:

—Es que les estropea las medias, ¿sabe? Por lo menos eso ocurrió con los cochecitos del último lote.

En tono despreocupado, mientras sacaba del portamaletas del «Bentley» una caja de botellas de jerez —le habían dicho que vivía entregado al jerez—, Cassidy dijo:

—¿Sabe qué le dijo una media a otra, Andy?

—¿Qué?

—Tan pronto como nos separamos un poco, pasan cosas entre tú y yo.

Estallaron en carcajadas. Y mientras Cassidy le entregaba la caja de jerez, dijo:

—Es un regalo de Pascua de Resurrección. Hemos dedicado a eso una parte de los beneficios del pasado ejercicio.

—Me parece un bonito detalle, Mr. Cassidy.

—Nada, es una tontería. Muchas gracias por habernos informado de esa deficiencia de los cochecitos intermedios.

Mientras le acompañaba al «Bentley», Dobbs confesó:

—A veces estoy muy preocupado porque tengo la impresión de que ustedes se olvidan de mí...

—Lo comprendo. A propósito, ¿cómo sigue su esposa?

—Bueno, ya sabe, como siempre.

—Sí, claro.

Alterando sus planes, Cassidy decidió ir al cine. Las películas que más le gustaban eran aquellas que ensalzaban el heroísmo británico en la última guerra y las que se centraban en la Valerosa Franqueza de la Vida Íntima Sexual de los Adolescentes Escandinavos. En la presente ocasión, Cassidy tuvo la gran fortuna de ver un programa doble en el que se tocaban ambos temas.

Sandra no estaba en casa. Había dejado un plato de *quiche lorraine* en la mesa de la cocina y una nota en la que decía que había ido a la clínica de rehabilitación de alcohólicos. El vestíbulo olía a aceite de linaza. Vio sábanas protectoras y escaleras de pintor, lo que le trajo el desagradable recuerdo de Haverdown. Pero, comparando una y otra cosa, ¿cuál salía mejor parada? Intentó recordar. Los paneles de madera de su casa eran inferiores a los de Haverdown y tenían que ser desmontados. ¿Y el hogar? Hacía uno o dos meses, habían comprado un hogar en Mallets, un hogar del siglo XVIII, que le había costado trescientas libras, y que estaba adornado con maderas talladas. El arquitecto les aseguró que un hogar es un «rasgo distintivo», y a Cassidy le constaba que lo que su casa necesitaba sobre todo era eso, rasgos distintivos.

La madre de Sandra estaba en su dormitorio. Desde muy lejos, a los oídos de Cassidy, llegaba la meliflua voz de John Gielgud recitando *Eloísa y Abelardo,* a través del altavoz del gramófono para ciegos que la madre de Sandra utilizaba. La voz de John Gielgud tuvo la virtud de desencadenar un vendaval de temblorosa furia en el ánimo de Cassidy. Aquella mujer era una perfecta *idiota,* una *cretina de babero,* y podía ver perfectamente cuando le daba la gana.

Evitando hacer ruido, fue al cuarto de Hugo y, al resplandor que se colaba por la ventana sin cortina, avanzó hasta la cama, por entre montones de discos de gramófono. ¿Por qué no había una lámpara en la mesita de noche? Cassidy estaba convencido de que tenía miedo a la oscuridad. El niño dormía como si estuviera muerto. El yeso que le aprisionaba la pierna brillaba pálidamente a la luz anaranjada, y la chaqueta del pijama estaba desabrochada hasta la cintura. En el suelo, al lado de la cama, reposaba la pipa que el muchacho utilizaba para formar pompas de jabón cuando le bañaban. Cassidy abrochó cuidadosamente la chaqueta del pijama de Hugo y, después, con gran suavidad, puso la palma de su mano en la seca frente. Por lo menos no estaba acalorado. Aguzó el oído y miró atentamente a la débil luz moteada. Destacando de entre el insomne rumor del tránsito, percibió el regular ir y venir de la respiración del chico. Al parecer, respiraba normalmente. Sin embargo, ¿por qué se chupaba el pulgar? Los niños de siete años no se chupan el pulgar, a menos que se sientan privados del debido amor. En su fuero interno, Cassidy lanzó un suspiro. Pensó. «Hugo, hijo mío, créeme, entre tú y yo superaremos todos los obstáculos.» Se arrodilló y examinó meticulosamente la superficie del yeso, en busca de reveladoras fisuras que delataran fracturas del hueso cubierto de carne. Pero la luz de la ventana era insuficiente, y lo único que Cassidy vio fueron imágenes de casitas dibujadas con bolígrafo, y unas cuantas palabras.

Un camión subía la cuesta. Cassidy se puso rápidamente en pie y cerró la ventana para evitar que el humo del motor contaminara la atmósfera del dormitorio. El muchacho se agitó, y se puso el antebrazo sobre los ojos.

Sin poderlo remediar, Cassidy pensó: «¡Cuánta inocencia, cuán trágica inocencia la que tendré que proteger del cruel grito de la vida!»

Oyó la puerta de entrada a la casa, y la voz de Sandra:

—¡Hola, viajero!

Sí, era una frase hecha, una muestra de humor a la moda. Cassidy contestó:

—Hola.

Los pasos de Sandra se detuvieron. Desde el vestíbulo, Sandra preguntó:

—¿Sólo se te ocurre decirme esto?

—¿Qué más quieres que diga? Tú me has dicho hola, y yo he contestado hola. Yo creo que deberíamos llevar a Hugo a un especialista y tú crees que no.

Cassidy esperó. Sandra era capaz de estar así, quieta y en silencio, durante largos minutos. En estos enfrentamientos, siempre perdía quien primero se movía. Aceptando la derrota, Sandra subió las escaleras, camino del dormitorio de su madre.

LONDRES I

9

«Querido Mark.»

El membrete decía *«12 Abalone Crescent»*, mas para mayor tranquilidad, Cassidy escribía la carta en la oficina de la calle South Audley. La oficina de Cassidy no se diferenciaba gran cosa de su coche. Era aquélla una fortaleza de caoba que le protegía de los peligros nonegociables de la existencia terrenal. En la oficina de la calle Audley los pies no se asentaban en el mero y duro suelo, y las puertas tampoco encajaban en su duro marco. Todo estaba acolchado para suavizar el impacto. Incluso los teléfonos —sobre las mesas estilo reina Ana— habían quedado atenuados en su agresividad. En vez del feroz relincho femenino que tanto había inquietado a Cassidy desde los días de su más tierna infancia, los instrumentos emitían un agradable ronroneo de satisfacción sexual que no suscitaba la ira ni el terror, sino que era una caricia transmitida a lo largo de sus largas y obedientes espinas dorsales.

«Bueno, hijo mío, ¿cómo estás? Confieso que envidio tu vida en el tranquilo y bucólico Dorset, desde aquí, desde este bullicio y esta lucha que de día en día, en estos tiempos de dura competencia, parece ser la herencia del honrado comerciante que lucha para ganar su pan. Por lo menos, nos queda aquí el consuelo de gozar de un tiempo benigno (lo cual no significa, en modo alguno, temperaturas ardientes, sino templadas y agradables), pero todo lo demás es actividad, rutina y, además, la dura lucha para triunfar sobre la competencia extranjera. A veces, cuando me encuentro en la paz del hogar, pienso si realmente vale la pena realizar tantos esfuerzos para conseguir tan menguado premio. Incluso mis empeños para beneficiar a quienes gozan de menos beneficios en nuestra sociedad parecen condenados al fracaso. Sentirías auténtico pavor si tuvieras ocasión de percatarte del egoísmo y las ansias de dinero de las personas de la Administración local, cuando se les pide que colaboren en un plan de ayuda a los jóvenes miembros de la comunidad. Incluso el municipio de Bristol, en cuya corporación había yo puesto mis mejores esperanzas, se ha permitido el lujo de darnos esquinazo y dejarnos en la estacada. A pesar de todo, sigo el antiguo lema de nuestra Universidad: ¡Soldado, siempre adelante! Estamos realizando un gran esfuerzo para presentarnos con toda dignidad en la Feria Internacional de París, dicho sea de paso. Si alguna vez decides formar parte de nuestra empresa, a lo que como bien sabes, nunca te obligaré, pese a mis deseos, creo que el departamento de Relaciones Exteriores sería un buen puesto en el que iniciar tus actividades, siempre y cuando, desde luego, mejores un poco tu francés...»

Cassidy se fijó en un montón de documentos que sus abogados le habían enviado. Los papeles tenían los bordes verdes y estaban liados con cinta de color de rosa. Sin detenerse a meditar, abordó el segundo párrafo de su carta.

> «En fin, querido Mark, seguramente habrás leído que, en el mundo del comercio, estamos todos muy preocupados con el problema de la inflación. Por esto creo conveniente recordarte que el Patrimonio de los Hijos, del que Hugo y tú sois beneficiarios por igual, está constituido por valores de diversas anónimas, todas ellas en privilegiada situación económica, totalmente al margen de la presente locura que estremece al mercado. Te lo digo de un modo meramente incidental.»

Después de leer lo escrito, Cassidy emitió un suspiro, dejó sobre la mesa su pluma de oro y fijó su mirada en la cortina de encaje a través de la que podía ver las sombras de peatones elegantemente vestidos y de relucientes automóviles. ¿Realmente los valores cotizados en Bolsa tenían para Mark alguna importancia? ¿Sabía Mark lo que significaban? ¿Era de desear que llegara a saberlo? Vagamente, ya que no era hombre propenso a recordar cuando se trataba de datos de los primeros años de su vida, Cassidy intentó saber si le habían informado acerca de estas cosas cuando contaba once años de edad. A los once años, si no recordaba mal, todavía vivía en casa de tía Nell, gritona y grosera dama, que ocupaba un *bungalow* cerca de Pendeen Sands. ¿Había estudiado ya aquel niño las páginas financieras de los periódicos? ¿Era la tía Nell una mujer capaz de inducir a dicho niño a interesarse por asuntos de esta naturaleza? Cassidy solamente recordaba la ropa interior de esta señora, cuando, cogiéndole de la mano, le arrastraba hacia el mar, le llevaba a una muerte cierta. Era aquella ropa como marchitos pétalos, de color rosa y negros, en torno a unos muslos sin sol. Y Cassidy, en aquel tiempo, si no estaba en casa de tía Nell estaba en casa de Spider, una amante de su padre retirada, que permanecía constantemente en cama para evitar que fuera víctima de infecciones.

No, su caso en nada se parecía al de Mark.

«Una profunda inquietud atenaza el panorama nacional. Cada cual se preocupa de lo suyo, mientras los políticos se esfuerzan en resucitar el espíritu de Dunquerque. Anoche, el Primer Ministro pidió a la nación que trabajara más arduamente, en pro de la economía nacional. Pocos son quienes creen que este discurso producirá los deseados frutos. Los sindicatos han vuelto firmemente la espalda al espíritu de la reconciliación. Tan sólo cabe esperar la discordia.»

Dejó la pluma.

Era ridículo.

Más valía que rompiera la carta.

«Aquí estoy, sentado ante este escritorio, profundamente aburrido, ¿y qué es lo que se me ocurre hacer? Resumir por escrito los editoriales del *Financial Times*. Los negocios me han corrompido. Entre mi hijo y yo no queda ya vínculo alguno.»

Pocos años atrás hubiera dibujado, para que su hijo los viera, osos y cerditos en el papel, e incluso tenía en una cajón una cajita de lápices suizos, a este fin. Pero Mark ya no estaba en edad de deleitarse con los dibujos de cerdos, y era muy difícil saber qué era lo que ahora le gustaba. Quizá la solución radicase en el dinero. Prometer seguridad económica nunca sienta mal. Incluso en el caso de que no comprendiera los detalles, en su espíritu arraigaría la idea básica. Sí, esto le consolaría durante las largas noches de pesimismo, cuando el mundo de sus padres le pareciera incomprensible.

«Mamá seguramente, te habrá dicho que ahora está empeñada en organizar una segunda clínica, juntamente con Heather Ast, para atender a desgraciados. Heather ha descubierto un almacén abandonado, en el que muchos desgraciados pasan la noche, abrigados con periódicos y sumidos en un atormentado sueño. Como tú sabes, Heather sufrió un golpe muy duro cuando su marido la abandonó, sin ninguna razón. Ahora, tu madre la ayuda a sobreponerse...»

Oyó unos pasos leves en el cálido pavimento, fuera, y allí dirigió esperanzado la mirada. Pero vio a una pelirroja. Las pelirrojas siempre le habían inspirado desconfianza. Además, caminaba con excesiva firmeza. Bastaba con oír el sonido de sus pasos para saber que la pelirroja en cuestión no era mujer fácilmente influenciable. Aquellos pasos se basaban —no cabía ninguna duda— en un muy firme apoyo de los talones en el suelo, y exigían un enérgico braceo, revelando un propósito moral de venganza.

Cassidy suspiró. Así caminaba Sandra.

¿Era aconsejable que llamara por teléfono a Sandra? En gran parte, sus relaciones se desarrollaban a través del teléfono. Cassidy albergaba la vana idea de que, con el paso del tiempo, lo único que su esposa y él necesitarían para la felicidad conyugal sería un par de teléfonos. Decidió que no, que no era aquél momento oportuno para telefonear.

¿Era aconsejable que le mandara flores?

«Amor mío, te ruego que me perdones, lo hice con la mejor de las intenciones y sólo quiero que seas feliz, Aldo.»

¿O sería mejor el tono de amenaza: «Sonríe o lárgate»?

«Sandra, estás atormentando mi corazón. Por favor, por favor, por favor...»

Por favor, ¿qué? ¿Qué favor puede hacerme Sandra?

> «En lo que a mí respecta, debo confesarte, querido Mark, que apenas he tenido tiempo para nada, como no sea los papeles de la oficina, el teléfono, y esa banal existencia humana...»

¿Sí, de veras?

Lúgubremente, con la inacabada carta ante sus ojos, Cassidy sacó conclusiones. Habían transcurrido cuatro semanas desde su visita a Haverdown. Había asistido a juntas, leyó incluso los periódicos especializados en finanzas y economía, redactó un mensaje titulado «Unas palabras de nuestro presidente» referente a la próxima Feria Industrial de París, había adoptado nuevas decisiones acerca de la asistencia médica, jubilación y muerte repentina, estudió también juntamente con los contables las cifras del mes de abril incluidas en el ejercicio financiero que iba a terminar, y había escrito varios borradores del discurso que iba a pronunciar con ocasión de la Junta General de Accionistas. Había almorzado con altos directivos de diversas instituciones benéficas, a quienes, con carácter exploratorio, había ofrecido altas sumas, siempre y cuando aceptaran ciertas oscuras condiciones. Había cenado con los «Estrambóticos», en cuya ocasión repitió, con gran éxito, el chiste referente a lo que le dijo una media a otra. Había asistido a un espectáculo teatral en uno de los más pequeños teatros de Soho y había reanudado su inacabable y costosa correspondencia con Sommerset House acerca de su árbol genealógico. Las investigaciones se centraban en un tal Cassidy que participó en la carga de caballería que las tropas de Cromwell dieron, en Marston Moor, contra las fuerzas del príncipe Ruperto. Sin embargo, este esfuerzo parece que dejó exhausto al Cassidy en cuestión, ya que nunca más se supo de él. Después de seis años de correspondencia genealógica, Cassidy tenía la impresión de que el asunto se prolongaría tanto como las guerras de la época en que su antepasado anduvo por el mundo. Había dejado el «Bentley» en manos de mecánicos especializados para que, con todos los respetos, siguieran la pista de cierto imaginario ruidito producido por una puerta. Había jugado al golf con sus competidores y al *squash* con sus jóvenes empleados recién salidos de Oxford. Los competidores se burlaron de su manera de jugar, y los jóvenes no hacían más que decirle: «Cuánto lo siento, señor...», y explicarle lo mucho que Oxford había cambiado. Había dictado cartas a su secretaria, Miss Mawdray, cuya juvenil silueta no dejó de observar por encima de los cristales de sus superfluas gafas. Estas gafas en modo alguno cumplían la misma función que las usadas por la madre de Sandra. Las gafas de Cassidy tenían como fin dar sensación de poder, en tanto que las de Mrs. Groat eran como un anuncio de la fragilidad de dicha señora.

Cassidy frunció todavía más el ceño.

Sí, evidentemente, tenía que confesar que su sismógrafo particular había registrado ciertos agradables temblores. Miss Mawdray era una muchacha esbelta y atractiva, con el cabello negro, igual que Sandra, aunque más alta que ésta; además, Miss Mawdray tenía cuerpo de nadadora y amaba con pasión a Grecia. Los viernes, Miss Mawdray llevaba un poncho con borlas de lana de chivo, y los martes le leía el horóscopo a Cassidy, con las rodillas juntas, como dos minúsculas nalgas, y las puntas de las orejas asomando por entre el largo cabello.

El día antes, Cassidy, enterrando la lujuria bajo una actitud de paternal benevolencia, le había preguntado a Miss Mawdray:

—¿Qué horrendas desdichas me ocurrirán esta semana, Angie?

Y escuchó atentamente las audaces previsiones que la muchacha había leído en un periódico cuyos lectores estaban muy por debajo de la categoría social de Cassidy. Recientemente, Miss Mawdray había comparecido con un anillo de compromiso, cuyo origen se negó tozudamente a revelar. Con altanera censura, Cassidy pensó: «El tipo en cuestión seguramente está casado; las chicas de hoy son todas iguales.» Además, para colmo de males, aquel día Miss Mawdray pidió permiso para salir de la oficina y no volver en todo el día.

Tan sólo en otra ocasión, durante este período, tuvo Cassidy conciencia de haber recibido un *impacto*. Durante la junta ordinaria de la asociación de fabricantes del ramo, nuestro distinguido miembro de la misma dirigió un virulento ataque, sin que supiera exactamente por qué, a la Dirección General del Comercio. Unánimemente se estimó que este discurso había sido improcedente, y, durante varios días, Cassidy acarició la idea de suicidarse. Pero, afortunadamente, el sentido común prevaleció, y, en vez de suicidarse, Cassidy se zampó una gran cena. Había descubierto un nuevo restaurante en Lisle Street, en donde hacían *mille feuilles* con chocolate, y en esa ocasión se tomó dos raciones con el café.

Su vida cotidiana actual tan sólo se diferenciaba en una cosa de la de los años anteriores: había dejado de recibir información inmobiliaria de Grimble y Outhwaite. Cassidy le había dicho al viejo Outhwaite:

—Me han defraudado ustedes. Esa última finca era un verdadero desastre.

Mientras miraba con triste expresión la calle, a través de la ventana, Cassidy se preguntó: «¿Qué sensaciones he experimentado?, ¿qué he aprendido?, ¿qué beneficios he aportado a la Humanidad?, o —lo que era todavía más importante— ¿qué beneficios me ha proporcionado la Humanidad?» La respuesta era: nada, un vacío, Cassidy vive en un vacío. Pobre Cassidy, pobre oso, pobre oso *Pailthorpe*.

Cassidy pensó: «Y si ahora he pecado, seguramente lo he hecho para llenar este vacío; sí, porque he pecado gravemente; madre, he pecado contra el cielo y contra ti, he pecado contra Sandra y (sí, estaba dispuesto a confesarlo) contra mi propia carne...»

Aquello era demasiado para Cassidy. Apartó de su mente el vergonzoso recuerdo de su más reciente y flagrante transgresión marital, cogió la pluma y prosiguió la redacción de aquel monumento de prudencia paternal.

> «Hugo sigue de vacaciones, feliz y contento, aunque, desde luego, espera con gran ilusión que llegue el momento de ir, como tú, al colegio de Hearst Leigh, el próximo año. Hace un par de días le llevé al cine. Antes, llamé por teléfono para pedir que nos dieran una butaca de pasillo, y así lo hicieron. Vimos *High Noon*. A Hugo le gustaron mucho las escenas de tiros, pero, no obstante, se aburrió un poco en las de amor.
>
> »Hugo: —Papá, ¿este señor está matando a la señora?
>
> »Yo: —No, Hugo, se están besando.
>
> »Hugo: —¿Y por qué no pegan tiros, en vez de besarse?
>
> »Yo: —Ya los pegarán tan pronto como acaben.
>
> »Risas de los espectadores vecinos.
>
> »Hugo se ha habituado mucho a llevar la pierna enyesada, hasta el punto que, me parece, cuando le quiten el yeso tendrá un disgusto. Sin embargo, algunas veces, especialmente cuando hace buen tiempo, como ahora, y sus compañeros y ami-

gos salen de excursión, Hugo se pone triste, y yo tengo que jugar con él...»

—¡Adelante!

Habían llamado a la puerta. A Cassidy se le heló el estómago. ¿Sería un telegrama de Sandra? *«Me voy de tu lado para siempre. Encontrarás la cena en la nevera. Sandra.»*

Quizá se tratara de una visita del inspector de Hacienda: «He venido para efectuar una inspección, aquí está la orden.»

Quizá se tratara de su madre, y Mrs. Groat estuviera allí, después de haber recorrido el pasillo golpeando el suelo con un engañoso bastón blanco, para decirle entre risitas: «Tu madre ha muerto, querido, ha muerto, ha muerto...»

Pero no. Era Meale, el licenciado de Oxford que iniciaba su carrera comercial. Estaba allí, dubitativo, bajo el dintel. Era un muchacho con aspecto de chivo, nada atractivo, que Cassidy había robado a Bealine, su principal competidor. Cassidy decidió tratarle lo mejor posible. Meale no gozaba de esas ventajas indefinibles de que algunos gozan, por lo que Cassidy consideró que debía adoptar una actitud benévola para con él. No, no estaba dispuesto a regatearle amabilidades. Al fin y al cabo, ¿dónde estaría ahora Cassidy si no hubiera tratado con amoroso cuidado el mercado? Además, la visita de Meale suponía una distracción, y esto era lo que Cassidy más necesitaba en aquellos momentos.

Fingiendo un leve gesto de sorpresa, el Presidente del Consejo y Director General abandonó sus profundas meditaciones.

—Hombre, Meale... Buenos días, Meale. Siéntese, siéntese, por favor... No, aquí no. Eso. ¿Café?

—Muchas gracias, señor, pero no tomaré.

—Yo sí, precisamente iba a pedirlo.

—Bueno, pues muchas gracias. He venido a verle porque he pensado que quizás haya leído mi proyecto, señor.

«Ante todo hay que cuidar los modales, Meale, los modales, y debes esperar a que tomemos el café.» Con gran amabilidad, Cassidy le preguntó:

—¿Azúcar?

—Pues, sí, señor.
—¿Y leche?
—Creo que sí, señor.
Cassidy habló por el intercomunicador:
—Café, Miss Orton, por favor. Que sean dos, uno con azúcar y leche, y el otro para mí, como siempre.
Cierra el intercomunicador. Se ajusta las gafas. Manosea unos documentos confidenciales. Mira fijamente el caro candelabro. Y piensa que nunca jamás defraudará a los hombres que acuden a él en busca de consejo.
—Pues sí, me ha gustado su proyecto, Meale. Me parece *sólido* y *oportuno*.
—¿De veras, señor?
—Sí, sí... Me parece muy bueno. Debería usted estar orgulloso de sí mismo. Yo lo estoy. Quiero decir que estoy orgulloso de usted, no de mí, claro... Ja, ja...
Una nube de insatisfacción, de sospecha, se cierne sobre los pensamientos de Cassidy. Acerca la mano al tentador botoncito que le pone en comunicación con Miss Orton:
—¿No preferirá usted tomar té en vez de café, Meale?
—¡No, no, señor, de ninguna manera!
—Bueno...
Vuelve a poner las manos en esa postura entre judicial y benévola, recuerda el retrato que le hicieron y que publicó el *Times* en su sección comercial el pasado ocho de marzo del presente: *Rápido pero seguro. Aldo Cassidy en su puesto de mando, en las oficinas de Audley Street.*
—En fin, creo que lo mejor que podemos hacer es poner en práctica su proyecto, Meale. ¿Qué opina?

La puerta se había abierto.
Nada.
Ni siquiera una depresión en el sillón tapizado de cuero negro indicaba el lugar en que el agradecido muchacho había estado sentado. ¿O quizá no había estado sentado allí? ¿Quizá ni siquiera le había visitado?, ¿ni siquiera había hablado?

Con una leve sonrisa de simpática superioridad, el doctor en filosofía y derecho Aldo Cassidy, miembro de All Souls, más conocido por su cargo de Director General, formuló, para sí, los problemas planteados por la no-visita del individuo llamado Meale.

«Hay filósofos, querido muchacho, y, sin duda alguna, también psiquiatras y místicos, que rechazan tajantemente la idea de trazar una línea divisoria entre nuestros deseos, por una parte, y sus correspondencias externas, por otra. Si aceptamos lo anterior, querido muchacho, ¿acaso tal doctrina no puede también aplicarse a los seres humanos? En cuyo caso, si aquellas personas con las que nos reunimos quedan separadas de nosotros por un acto de olvido, ¿acaso de ello no se sigue, querido muchacho, que aquellas otras que retenemos junto a nosotros siguen siendo, en virtud de actos de *recuerdo*, actos nuestros? Y si así es —¿complico en exceso mi tesis?—, si así es, ¿acaso tal sistema no nos impone la terrible responsabilidad de la creación? Con esto quiero decir: si me olvido de Sandra, ¿seguirá Sandra existiendo?»

Cassidy perdió el hilo de su razonamiento, se bebió el café frío y, asumiendo su personalidad literaria, reanudó la crónica de su mundo doméstico.

> «En fin, querido Mark, los trabajos de decoración de nuestra casa prosiguen, lentos pero seguros. El hogar de mármol de la sala está ya *in situ* (¿cuarta o quinta declinación?), y Mr. Mud, el albañil, ha logrado, no sin el severo estímulo de mamá, colocar perfectamente horizontal la pieza de mármol, sin aserrar las columnas en que se apoya. Aunque te parezca increíble, Mr. Mud pretendía *cortar, cortar* físicamente, parte de las columnas de madera tallada, pero mamá le pilló *in fraganti* y le dio la merecida reprimenda.»

Aquí, en casa, en el hogar.

Lanzó una fatigada mirada a la estancia. En otros tiempos, este lugar había sido su casa. Mi *dulce domum*, mi santuario, mi refugio. Su compensación de todas las desagradables estancias de la infancia. Aquí, yo administraba, daba y alababa; y aquí recibía a cambio aquel calor de maternal seguridad que ninguna mujer, entre todas las que Cassidy había conocido, pudo proporcionarle. Tiempo hubo en que tan sólo acercarse a la casa bastaba para conocer la paz. Los muros de ladrillo, con su mate y oscuro rojo color de entrañas, los aleros pintados de color de crema, como anónimas enaguas levantadas, en espera de que él penetrara, la brillante placa de latón en la puerta de entrada, la puerta de palisandro, y la placa era más luminosa que una sonrisa femenina... Todo esto le tentaba con agradables sensaciones de compra, conquista y expansión. Todos le decían: «Tienes mucho, y lo administras muy bien.» Y cuando Miss Mawdray murmuraba: «Buenos días, Mr. Aldo», parecía que las palabras surgieran de las profundidades de sus juveniles senos, y esto traía a la memoria de Cassidy las muchas partidas de su activo que todavía no había convertido en dinero contante y sonante. Aquí, prescindiendo de cuanto se quedaba en la casa número 12 de Abalone Crescent, aquí, en este dulce y profundo féretro, durante casi siete horas diarias y cinco días a la semana Cassidy gozaba de paz. Podía reclinarse en el sillón o permanecer sentado con la espalda erguida. Podía fruncir el entrecejo, sonreír, tomarse una copa o un baño, todo en la intimidad, y, así, protegido, desarrollar libremente las abundantes cualidades de mando, iniciativa y encanto con que Dios le había dotado graciosamente.

Pero ahora es mi cárcel. *Lamentable* Cassidy. *Abyecto* sapo. *Pobre* Pailthorpe.

Hubiéramos debido quedarnos en «Acton», pensó mientras bostezaba después del copioso almuerzo —el «Boulestin» no estaba mal, ni mucho menos, y debería ir más a menudo, puesto que era uno de los pocos restaurantes que se ocupaba del cliente que iba solo—, jamás hubiéramos debido convertirnos en sociedad anónima. Entonces éramos pioneros, aventureros del comercio, soñadores. Lemming, el segundo de abordo, ahora hombre corpulento, era flaco como un galgo, rápido e incansable. Faulk, el jefe de publicidad, hoy casi calvo y marica perdido, era en aquellos tiempos un hombre de palabra persuasiva, un talento rebosante de originalidad. Ahora, amparados por el éxito, obligados a rendir cuentas públicas, avanzaban pesadamente, con lentitud, y parecía que una difícil digestión comercial hubiera sustituido su juvenil entusiasmo.

Apenas hacía unos seis meses, el propio Cassidy había sido el primero en cantar alabanzas a esta madurez. En el curso de una larga entrevista, afirmó que estaban en trance de «sedimentarse», de «fortalecer los cimientos», y dio ejemplo con su comportamiento personal. «La batalla ha terminado, y hemos penetrado en las tranquilas aguas de una próspera y duradera paz», aseguró a los accionistas en la junta central del año anterior. Magnífico. Sí, pero, ¿cuándo te sedimentaste?, ¿cuándo fortaleciste tus cimientos?, ¿qué es lo que tienes ahora? Recuerdos y poco más. Sí, Cassidy le había dicho a Lemming, en la celebración de la última Navidad:

—¿Recuerdas la noche en que soldamos nuestro primer prototipo, allí, en el taller de bicicletas, detrás de la tienda de juguetes? ¿Recuerdas que se nos acabaron las bebidas y tuvimos que despertar a tu mujer? ¿Te acuerdas, Arthur?

Y Lemming se quitó lentamente el cigarro de la boca, mientras los jóvenes empleados esperaban sus palabras y dijo:

—¡Dios, claro que me acuerdo! ¡Y cómo se puso mi costilla!

Sí, cómo gozaban al recordar el ayer.

> «Ahora he de terminar la carta, porque tengo que visitar al abuelito tal como hago cada quince días, y después ir a casa, al lado de mamá. No sé qué habrá hecho para cenar... Oye, Mark, se me acaba de ocurrir una idea: ¿no sería divertido que algún día, sentado ante esta misma mesa en que ahora estoy, escribieras estas mismas palabras a un hijo tuyo? Bueno, Mark, diviértete y recuerda que la vida es un regalo maravilloso, y no una carga, y que ahora tú apenas has comenzado a abrir el paquete que la contiene.
>
> »*Papá.*
>
> »P.S. ¿Has leído el extraordinario caso de un irlandés llamado Flaherty, en el condado de Cork, que anda diciendo que es Dios? No creo que sea verdad, pero en estas materias nunca se sabe... Su-

pongo que no te has enterado, ya que solamente recibes el *Telegraph*, a pesar de la carta que tu madre envió a Mr. Grey.»

Dijo al conductor:

—No corra.

Los sentimientos que Cassidy experimentaba con respecto a su padre estaban sometidos a muchas variaciones. El padre de Cassidy vivía en un ático, en Maida Vale, piso que formaba parte del capital de la empresa, que lo había cedido a dicho señor gratuitamente y en pago de no concretados servicios de asesoramiento. Cassidy tenía la impresión de que a través de las muchas y amplias ventanas, su padre le vigilaba, mientras él andaba por el mundo, tal como Dios vigiló a Caín en el desierto. Cassidy no podía hurtarse a la vigilancia de su padre, cuya inteligencia era poderosa; el cual, cuando la inteligencia no le bastaba, la complementaba con la intuición. En los malos momentos, Cassidy consideraba que su padre era un indeseable, y tramaba complicados planes para asesinarlo. En los buenos momentos, lo admiraba grandemente, en especial por su olfato. En su juventud, Cassidy llevó a cabo abundantes investigaciones acerca de la vida y milagros del viejo Hugo, e interrogó a sus viejos y olvidados amigos en diversos clubs, además de consultar cuantos documentos escritos pudo conseguir. Sin embargo, era muy difícil conseguir datos de su padre, tal como es muy difícil conseguir datos de Dios. Al parecer, durante la primera infancia de Cassidy, el viejo Hugo era ministro de cierta religión, probablemente no-conformista. Como confirmación de lo anterior, Cassidy podía basarse en aquel antepasado partidario de Cromwell y en cierto recuerdo de un púlpito de madera de pino, en un día muy frío, estando el tierno niño Cassidy sentado solo en el primer banco, como Jesús entre los doctores de la Ley. Sin embargo, pasado cierto tiempo —y el tiempo era un factor muy importante en las diversas encarnaciones del viejo Hugo— el Señor apareció en un sueño ante su pastor, y le dijo que más valía alimentar el cuerpo que la mente, por lo que el honesto varón decidió, en consecuencia, abandonar los hábitos y dedicarse a la industria de la hostelería. Como no deja de ser lógico, la fuente de esta información fue el propio Hugo, ya que sólo él había tenido el sueño. El viejo Hugo afirmaba que a menudo lamentaba haber tomado aquella decisión inspirada por el Señor, aunque en otras ocasiones la clasificaba de acto de valor. Otras veces, cuando se quejaba de sus desdichas, se arrepentía profundamente de los años malgastados al servicio de la predicación.

—Vivía yo entregado a predicar la sabiduría a aquellos palurdos, ¿y qué conseguía? ¡No lograba quitarme de encima a cuatro beatas y a un cretino!

En cierto momento de su vida, el viejo Hugo había ocupado un escaño en el Parlamento, pero las investigaciones efectuadas por Cassidy en la Cámara de los Comunes no habían confirmado tal extremo. Además, según los archivos de todos los partidos políticos de la Gran Bretaña, no había participado en campaña electoral alguna. Sin embargo, las iniciales P.M. —Miembro del Parlamento— seguían a su apellido por todas partes, incluso en las facturas, y constaban, en gruesos caracteres, en la placa que, con su nombre, estaba clavada en la puerta de su casa.

Aquel día correspondía comprar el «Hotel Savoy». El viejo Hugo insistió:

—Es un negocio que no puede fracasar. Al fin y al cabo, ¿qué es un hotel? Anda, dime qué es un hotel.

En tono de admiración, ya que sabía muy bien cuál era la respuesta, Cassidy dijo:

—Prefiero que lo digas tú.

—Pues un hotel es ladrillos y cemento, comida y bebida. ¡Esto es un hotel! Los elementos básicos, los hechos básicos de la vida. ¡Alimento y cobijo! ¿Qué más quieres?

—Es una gran verdad —dijo Cassidy, mientras *in mente* se preguntaba, como solía hacer en el curso de estas conversaciones, de qué modo se las había arreglado su padre, sabiendo tanto como sabía en materia de negocios, para no ganar ni un real en veinte años. Con obediente entusiasmo, Cassidy añadió—: Es muy interesante lo que has dicho.

—Hijo mío, olvídate del arraigo. ¡El arraigo ha muerto! ¡Y los cochecitos de niño también han muerto! ¡Todo eso ha muerto! Acuérdate de la píldora. Acuérdate del Vietnam. ¿Serías capaz de sostener ante mí, hijo mío, que este mundo actual en el que vivimos es un mundo en el que los hombres y las mujeres educan a sus hijos tal como tu madre y yo te educamos?

Complaciente, Cassidy se mostró de acuerdo:

—No, creo que no.

Acto seguido, extendió un cheque por importe de cien libras esterlinas, y preguntó a su padre:

—¿Te bastan para ir tirando?

Mientras leía el cheque íntegramente, cifras y palabras por igual, el padre observó:

—Jamás olvides los sacrificios que hice por ti.

—Sería imposible.

Tapándose cuidadosamente las blancas y peladas rodillas con los faldones de la bata, el viejo Hugo se acercó a la ventana y contempló el borroso paisaje de los tejanos del Londres dickensiano.

—¡Propinas! —exclamó con súbito desprecio, mientras quizá veía salir de las chimeneas largas generaciones de impagados camareros, chipriotas del «Waldorf de Yarmouth», anglosajones del «Gran Pier de Pinner»—: ¡Propinas! ¡Mierda! ¡Esto son las propinas! Lo he podido comprobar una y mil veces. Cualquier puñetero imbécil puede dar propinas si tiene algo de calderilla y un chaleco!

—Bueno, si te he dado el cheque ha sido porque me consta que, de vez en cuando, necesitas un poco de dinero extra.

—¡*Jamás* podrás pagarme lo que he hecho por ti! *¡Jamás!* Tienes cualidades a las que ningún hombre, y tú menos que nadie, puede poner precio. ¿Y de dónde vienen estas cualidades? ¡De tu padre! Y cuando sea juzgado, tal como con toda certeza algún día lo seré, con la misma certeza con que la noche sigue al día, me juzgarán, hijo mío, no olvides, no cometas tamaño error, *única y exclusivamente* en méritos de los muchos y maravillosos talentos y atributos que te he transmitido, pese a que de nada te han servido y eres un perfecto inútil.

—Es una gran verdad —dijo Cassidy.

—Tu educación, tu brillantez, tu inventiva... ¡Todo! Fíjate en tu disciplina... Fíjate en tu religiosidad... ¿Tendrías todo eso si no te lo hubiera dado yo?

—No, papá.

—¡Un delincuente! ¡Esto es lo que serías! Un lamentable delincuente, igual que tu madre... Pero yo pagué fortunas, auténticas fortunas, a esa gente de Sherborne para que te enseñaran a ser un hombre virtuoso y un buen patriota. Has tenido las mejores oportunidades del mundo. A propósito, ¿cómo va tu francés?

—Bien, como siempre.

—Pues esto se debe a que tu madre era francesa. Y no hubieras tenido una puñetera madre francesa, si no hubiera sido por mí.

—Es verdad. A propósito, ¿tienes idea de dónde se encuentra mamá?

El viejo Hugo hizo un amplio y generoso ademán con su mano gruesa y exangüe, indicando que la pregunta carecía de importancia, e insistió:

—¡Pues procura no olvidar el francés, muchacho! Si sabes idiomas, puedes ir a cualquier parte. ¡A cualquier parte! ¿Sigues rezando todos los días, supongo?

—Naturalmente.

—¿Sigues arrodillándote al lado de la cama y poniendo las manos juntas, igual que un niño?

—Sí, todas las noches.

Con amargura, el viejo Hugo gritó:

—¡Y una mierda! ¡Embustero! Vamos a ver, reza las oraciones que te enseñé.

—Ahora no es el momento apropiado, papá.

—¿No? ¿Y por qué no?

—No me encuentro con el estado de ánimo adecuado.

—Dice que no se encuentra en el estado de ánimo adecuado, el cabrón... ¡Cristo!

El viejo Hugo bebió un trago y se apoyó en el marco de la ventana para mantener el equilibrio. Repitió:

—Hoteles. A esto deberías dedicarte, tal como yo hice. En la industria hotelera, tan sólo tus modales valen más de cinco mil libras esterlinas anuales. Y si no lo crees, pregúntaselo a Hunter.

Hunter, ya fallecido, era un constante punto de referencia. Cassidy se había entrevistado secretamente con él, en el «Club Liberal Nacional», pero nada logró sonsacarle. Padre e hijo asistieron al entierro de Hunter. Cassidy dijo cortésmente:

—Bueno, pero estos modales los he heredado de ti.

El viejo afirmó solemnemente con un movimiento de

cabeza, y durante unos instantes pareció olvidarse de la presencia de su hijo, entregándose por entero a profundas meditaciones sobre el cielo de Londres. Una sonrisa iluminó súbitamente el rostro de Cassidy, quien dijo:

—En el condado de Cork hay un hombre que dice ser Dios.

Con aquella rapidez y certidumbre que tanto admiraba Cassidy en su padre, éste dijo:

—Es un farsante. El más viejo farsante que en el mundo ha sido.

Al darse cuenta de que todavía sostenía el cheque en la mano, el viejo Hugo lo volvió a leer. Cassidy pensó: «Esto es lo único que lee, lo único que ha leído en toda su vida, periódicos de la tarde, cheques, y unas cuantas cartas, leídas en diagonal, para enterarse en líneas generales.» Por fin, sin dejar de mirar el cheque, el viejo Hugo dijo:

—No te separes de ella. Hubieras sido un delincuente si no te hubieses casado con esa bestia.

—Pero es que no me quiere —objetó Cassidy.

—¿Y por qué diablos habría de quererte, imbécil? Al fin y al cabo, todavía eres más embustero que yo. *Tú* fuiste quien se casó con una mujer honrada, y no yo. En consecuencia, aguántala y calla.

Con ironía, Cassidy dijo:

—Ya callo. Y tanto que callo... Llevo una semana sin hablarle.

El viejo dio media vuelta y le miró.

—¿Y qué quieres decir con eso? ¡Una semana sin hablarle! ¡Dios mío, yo pasé meses y meses sin dirigir la palabra a la mala bestia de tu madre. *¡Meses!* Y todo por ti. Todo porque te había dado la vida. ¿Comprendes? ¡Sin mí, ni siquiera existirías!

Volvió a la ventana y añadió:

—De todos modos no hubieras debido hacerlo.

Obediente, Cassidy dijo:

—De acuerdo, no hubiera debido hacerlo.

Lúgubremente, el viejo Hugo dijo:

—Mala zorra.

Pero Cassidy no pudo saber con certeza si su padre se refería a Sandra o a alguna otra dama. El viejo volvió a murmurar:

—Mala zorra.

Inclinó hacia atrás el vasto torso cubierto de tela de color lila, lo inclinó cuanto pudo, y se echó al coleto el brandy que quedaba en el vaso, como si llenase una lámpara de petróleo. Advirtió a su hijo:

—Y no te líes con maricas, muchacho.

Parecía como si también los aludidos le hubieran traicionado.

Kurt era suizo, hombre natural y amable, cautelosamente vestido en tonos grises. Llevaba corbata de deslucido color castaño, su cabello era de deslucido color de miel, y llevaba un anillo con piedra de tono pastel en una de sus manos de médico. Sin embargo, el resto de su atuendo parecía de pizarra, de un color de final de estación, y los zapatos eran de mate cuero gris. Estaban sentados en un despacho todo él de plástico, al lado de un globo de plástico, hablando de las grandes escaladas que efectuarían durante el inmediato verano y consultando prospectos de sacos para dormir, clavos y cuerdas de alpinismo. A Cassidy las alturas le causaban un miedo terrible, pero consideraba que, por ser propietario de un chalet de montaña, ahora podría dar el asalto a los altos picos. Kurt estaba plenamente de acuerdo.

—Sí, has nacido para la escalada. Basta con ver tus hombros —afirmó Kurt mirando con escaso placer los hombros de Cassidy.

Los dos proyectaban comenzar sus actividades con los picos más bajos, para acometer después mayores empresas. Kurt dijo:

—Y quizá llegue el día en que puedas escalar el Eiger.

—Pues sí, me gustaría mucho.

A continuación, Cassidy dijo que él pagaría los gastos, siempre y cuando Kurt se encargara de planear el viaje y cuidar todos los detalles. Después hubo un breve silencio que rompió Kurt:

—¿Te apetece un kirsch?

—No, gracias.

—Más vale que empieces a acostumbrarte.

—Sí, tienes razón —repuso Cassidy, y acto seguido se echó a reír tímidamente, imaginando ya sus triunfos alpinos. Pensó: «No creo que Kurt me desee; no, porque es un marica así; estoy seguro de que no localiza sus tendencias...»

Bajando la voz para que estuviera a tono con aquel momento de intimidad, Kurt preguntó:

—¿Y cómo está ahora?

—Bueno..., ya sabes. Tiene altibajos. Ahora está en un bajón. La pobrecilla vuelve a aprender a tocar el piano.

—Ah... —dijo Kurt.

Fue un «Ah...» de complaciente comprensión, como si un cachorro intentara atacar a un San Bernardo. Preguntó:

—¿Y toca bien?

—No mucho.

—Ah...

Cassidy añadió:

—Casi nunca hablamos, excepto de obras benéficas y cosas por el estilo... ¿Comprendes?

—Sí, claro.

Una sonrisa separó los pálidos almohadones del morro de Kurt, quien pálidamente dijo:

—Dios mío... ¿El piano?

—Sí, el piano. ¿Y tú qué tal?

La pregunta le desconcertó.

—¿Yo?

Cassidy pensó que en Suiza hay muchos suicidios y muchos divorcios, y que, muchas veces, Kurt parecía personificar la explicación de todos ellos.

Kurt tenía un bolígrafo de plata. Ahora reposaba como una brillante bala sobre la mesa de fibra de vidrio. Kurt cogió el bolígrafo y contempló largamente la punta, como si buscara defecto de fabricación. Por fin dijo:

—Gracias, sigo bien.

—Magnífico.

—¿Puedo ayudarte en algo más, Cassidy?

—Hombre... Si pudieras proporcionarme unos quinientos francos más...

—No es problema. ¿Te parece bien a diez? Desde luego, pierdes unos cuantos centavos...

—Bueno. Te voy a dar el cheque.

Y acto seguido, Cassidy extendió el cheque, utilizando el bolígrafo de Kurt, quien dijo:

—La verdad es que no me gusta criticar al gobierno de tu país, pero hay que reconocer que ha establecido unas normas ridículas en lo referente al cambio de moneda.

—Sí, estoy de acuerdo.

El viejo Hugo dejaba los cheques tal como se los daban, disponibles para ser presentados al cobro sin perder ni un segundo, pero Kurt los doblaba, manejándolos tal como un jugador maneja los naipes, es decir, los ocultaba en la palma de la mano y los entregaba pasándolos por entre dos dedos. Preguntó:

—Entonces, si reconocéis que estas normas son ridículas, ¿por qué no las modificáis?

—Sí, creo que deberíamos modificarlas. Pero me parece que no lo hacemos debido a esa peculiar idiosincrasia de los ingleses. Las leyes forman parte de nuestras tradiciones. Primero dictamos las leyes, y luego nos enamoramos de ellas.

Kurt no alteró la expresión de su rostro durante varios segundos cronométricos, y, por fin, repitió interrogativamente:

—¿Nos enamoramos?

—Hablo en sentido figurado.

Kurt le acompañó a la puerta.

—Muchos recuerdos de mi parte.

—Gracias, se los daré. Incidentalmente, no sé si lees los periódicos ingleses, pero hay un individuo de Irlanda del Sur que dice ser Dios. No dice que sea un nuevo Cristo, no, señor. Dice que es Dios.

La arruga que fruncía la frente de Kurt era tan sutil como una raya trazada a lápiz y, después, borrada. Dijo:

—Los irlandeses son católicos.

—Sí.

—Lo siento, pero yo soy evangélico.

—Buenas noches —dijo Cassidy.

—Buenas noches —repuso Kurt.

Durante una hora, o quizá más, fue en diferentes taxis a diversos sitios. Algunos olían a los cigarros que el viejo Hugo fumaba, y otros a perfume de mujeres a las que Cassidy amaba pese a no haberlas conocido jamás. Cuando llegó a las inmediaciones de Crescent era ya casi noche cerrada, a uno y otro lado brillaban las luces en el interior de las casas. Se apeó y recorrió a pie los últimos cien metros. Crescent tenía el mismo aspecto que ofrecía aquella noche en que Cassidy se fijó en la calle por vez primera en su vida. Era una maravillosa alineación de puertas en tonos pastel y faroles antiguos, de libros encuadernados en cuero, de mecedoras y parejas felices.

—Puedes quedarte con cualquiera de las tres. Ésta, ésa o aquélla.

Estaban los dos en la calle, bajo la lluvia. Sandra le cogió la mano, se la oprimió y, utilizando el vocabulario del que se servía para hablar entre sí, dijo:

—¿Por qué no nos quedamos con las tres? ¡Qué tremebundez, Palithorpe...! ¿Cómo nos las arreglaremos para llenar tantas habitaciones?

Con orgullo, Cassidy repuso:

—Fundaremos una dinastía. Formaremos pueblos, pueblos como el romano, el griego, el de Mesopotamia. Habrá grandes masas de pequeños Pailthorpes, todos ellos gordos como cerdos.

Sandra llevaba guantes de lana y un turbante también de lana, empapado por la lluvia. Gotas caídas del cielo formaban en su rostro lágrimas de esperanza. También con orgullo, dijo:

—Entonces, nunca tendremos suficientes habitaciones. No, porque tendré camadas y camadas de Pailthorpes. Igual que Sal-Sal, *los tendré de diez en diez. Tropezarás con ellos, al bajar la escalera.*

Sal-Sal era una perra de la raza Labrador, la primera que tuvieron, ahora ya muerta.

Sandra había corrido las cortinas tempranamente, como si temiera ser testigo de la muerte del día. Cuando los dos eran más jóvenes, a Sandra le gustaban los atardeceres, pero ahora las cortinas adelantaban la noche, y los ocasos quedaban fuera. La casa estaba a oscuras, era como una gran columna de color verde oscuro, una columna de seis pisos, con una esquina que avanzaba sobre la calle, como la proa de un buque. Ahora, Cassidy apenas se daba cuenta del andamiaje de la fachada, ya que las tareas de remozamiento se habían prolongado durante largos meses. La fachada de la casa le parecía un rostro en parte cubierto por el cabello formado por el andamiaje, y este rostro sólo cambiaba en los lugares en que los albañiles lo alteraban al sustituir los aleros de madera por otros de piedra labrada.

—La dejaremos en perfecto estado. La dejaremos tal como era en el siglo XVIII.

Sandra dijo:

—Y si decides entrar en religión, la alquilaremos por cuatro reales a un club de muchachos.

Cassidy se mostró de acuerdo.

—Sí, me parece bien.

Agachándose para no darse de cabeza contra un tablón del andamiaje, Cassidy abrió la puerta y entró. En el vestíbulo vio grandes paquetes de material de insonorización y a un lado, un minúsculo bote salvavidas, de plástico, que en realidad era una hucha.

Música.

Sandra ensayaba, al piano, un sencillo himno. Tocaba tan sólo la melodía, sin pretender conseguir armonías.

«*El día que nos diste, Señor, ha terminado.*»

Buscó con la mirada el abrigo de Heather. No estaba.

Cassidy pensó: «¡Dios mío! ¡Ni un testigo, ni un fedatario, tardarán meses en descubrir nuestros cadáveres!»

Dirigiendo la voz al piso superior, gritó:

—¡Hola!

La música no cesó.

Sandra tenía su propia sala de estar, en la que apenas cabía el piano. El instrumento se encontraba entre la casa de muñecas de Sandra y una caja de embalaje, todavía cerrada, conteniendo cacharros y objetos diversos que Sandra había comprado en las galerías Sotheby. Parecía que el piano hubiera sido colocado allí desde lo alto, como un bote salvavidas que nadie supiera adónde dirigirlo. Estaba Sandra sentada ante el piano, con la espalda muy erguida, tripulándolo sola, con la ayuda de una luz y de un metrónomo que emitía leves señales.

En la proa del instrumento, allí donde por fin terminaba su volumen, había un montón de circulares que hablaban de Biafra. Bajo el título «La verdad sobre Biafra», un niño negro, esquelético, dirigía insonoros gritos al candelabro de cristal. Sandra iba en bata, y su madre le había apilado el cabello en lo alto de su cabeza, expresando con ello que el pelo no tenía que cumplir función alguna en el resto de la jornada. En la pared contra la que se recortaba la figura de Sandra había un boquete de bordes irregulares, como si hubiera sido producido por una explosión. Los albañiles habían cubierto el suelo con lienzos, y un corpulento perro afgano contemplaba a Sandra desde el fondo de un sillón reina Ana.

—Hola. ¿Cómo va eso? —dijo Cassidy.

Sandra concentró aún más su atención. Era una mujer todavía joven, de cuerpo ligero y duro, con ojos masculinos, de pupila castaña, y, lo mismo que la casa, causaba cierta impresión de melancolía, de estar deshabitada, lo cual constituía como un lamento de soledad y, al mismo tiempo, un prohibitivo aviso. Allí, algo había germinado y luego se había marchitado. Mientras la contemplaba, temiendo que de un momento a otro estallase la tormenta, Cassidy tuvo la desagradable impresión de que aquel algo era él. Durante años, Cassidy se había esforzado en desear lo que Sandra deseaba, y no se le ocurrió razón alguna para desear cualquier otra cosa. Pero durante estos años, Cassidy no llegó a saber exactamente qué era lo que Sandra deseaba. En los últimos tiempos, Sandra había adquirido algunas habilidades y conseguido algunos pequeños logros, pero no lo había hecho en su propio beneficio, sino con la intención de transmitir estos valores adquiridos a sus hijos, antes de que le llegara la hora de la muerte. Sin embargo, sus hijos la fatigaban y, a menudo, los trataba con dureza espiritual, del mismo modo como los niños se tratan con dureza entre sí.

«*Las tinieblas se hacen, según tus deseos.*»

Amablemente, y sin necesidad de estímulo exterior, Cassidy dijo:

—Veo que progresas. ¿Alguien te da clases?

—Nadie.

—¿Qué tal tus negocios?

—¿Qué negocios?
—Los de la clínica. ¿Muchos clientes?
—¿A esto le llamas negocios?
«El día que nos diste, Señor, ha terminado.»
—Ni uno —dijo Sandra.
Con lentitud, acoplando el ritmo de su habla al de la música, Cassidy dijo:
—Quizá todos se hayan curado.
«Las tinieblas se hacen, según tus deseos.»
—No. Andan sueltos por ahí.
El sonido del metrónomo cesó. Cassidy dijo:
—¿Quieres que le dé cuerda?
—No, gracias.
«El día que nos diste, Señor, ha terminado.»
Con torpeza, esforzándose por no molestar al perro afgano, Cassidy apoyó una nalga en el sillón. Era muy incómodo, y los bordados de la tapicería de origen pinchaban la tierna piel de Cassidy. Preguntó:
—¿Qué has hecho durante el día?
—Cuidar niños.
—¿Niños? ¿De quién?
«Las tinieblas se hacen, según tus deseos.»
—De los Elderman.
Sandra había pronunciado estas palabras en tono de infinita paciencia, en triste aceptación de un insondable misterio. Los Elderman eran el doctor Elderman y su esposa, pareja exuberante y traidora, y los más activos aliados de Sandra. Muy afablemente, Cassidy dijo:
—¡Vaya, me alegro! ¿Fueron al cine? ¿Qué película han visto?
—No lo sé. Querían salir juntos. Esto es todo.
Con gran rigidez, Sandra tocó una escala descendente. La terminó en tono muy bajo, y el afgano lanzó un gruñido de incomodidad. Cassidy dijo:
—Debo pedirte disculpas.
—¿De qué?
—Respecto a Hugo. Comencé a preocuparme, ¿sabe?
Sandra frunció el ceño.
—¿A preocuparte? No comprendo lo que quieres decir.
«El día que nos diste, Señor, ha terminado.»
En el fondo de su corazón, Cassidy estaba dispuesto a confesar cualquier cosa. Los delitos humanos eran

incomprensibles para su mentalidad, y presumía, sin la menor dificultad, que los había cometido todos. Sin embargo, confesarlos paladinamente le molestaba, y era contrario a los criterios básicos que regían su comportamiento. Con desgana, comenzó a explicar:

—Bueno, la verdad es que te he engañado. Le llevé a un especialista. Dije que le llevaba al cine, pero en realidad le llevé a un especialista.

Al no recibir respuesta, y mucho menos todavía el perdón de su pecado, Cassidy añadió con cierto acento cortante:

—Pensé que ésta era la causa de nuestras peleas de los últimos ocho días.

Haciendo un ruido de chapoteo, el afgano comenzó a mordisquearse la pata delantera, como si intentara alcanzar algo profundamente hundido en ella. Sandra le chilló:

—¡Deja ya de morderte la pata!

Y añadió, dirigiéndose a Cassidy:

—¿Peleas? No sabía que hubiéramos tenido peleas.

El afgano no le había hecho el menor caso. Cassidy dijo:

—Pues me alegro mucho.

Para evitar que la ira le dominase, prestó atención al himno, a los dos versos. Después, preguntó:

—¿Dónde está Heather?

—Ha salido con un amigo.

—Ignoraba que tuviera un amigo.

—Pues lo tiene.

«El día que nos diste, Señor, ha terminado.»

—¿Es simpático?

—La adora.

—Magnífico...

El boquete en la pared comunicaba con otra estancia que, en el pasado, había sido un estudio. El proyecto consistía en unir las dos habitaciones, lo cual, según Cassidy y Sandra acordaron, había sido la idea originaria del arquitecto. Sandra preguntó:

—¿Y qué ha dicho el especialista?

—Le ha hecho unas radiografías. Mañana me llamará por teléfono y me dirá el resultado.

—Una vez lo sepas no dejes de decírmelo.

—Siento mucho haberte engañado, Sandra. Tuve una

reacción, así, puramente emotiva. Quiero mucho al muchacho, ¿sabes?

Sandra tocó otra escala lenta. Como si fuera una aceptación de lo inevitable, dijo:

—Sí, desde luego, le quieres. Quieres mucho a tus hijos. Es natural y no tienes que disculparte de ello.

Después de una pausa, Sandra preguntó con mucha cortesía:

—¿Has tenido un *buen* año? Si no me equivoco, primavera es la estación en que hacéis el balance, ¿verdad?

Cautelosamente, Cassidy contestó:

—Ha sido un año útil.

—¿Con esto quieres decir que habéis conseguido muchos beneficios?

—Bueno, pues sí, aunque sin descontar los impuestos.

Sandra cerró la partitura, se acercó a la alta ventana y contempló lo que Cassidy no podía contemplar desde donde se encontraba. Desde el piso superior, con acentos de reproche, la madre de Sandra gritó:

—Buenas noches, hija.

Sandra dijo:

—Subo en seguida.

Dirigiéndose a Cassidy, preguntó:

—¿Has comprado el periódico de la tarde?

—Lo siento, pero no.

—¿Has oído el boletín de noticias?

Cassidy se sintió tentado de hablarle de Flaherty, pero decidió no hacerlo. El tema de la religión era uno de los que habían decidido no abordar, por mutuo acuerdo. Cassidy contestó:

—No.

Sandra lanzó un suspiro y guardó silencio. Por fin, Cassidy le preguntó:

—¿Ha pasado algo?

—Los chinos han lanzado un satélite artificial.

—¡Dios mío! —exclamó Cassidy.

Cassidy estaba convencido de que la política nada significaba para Sandra y ni para él. Lo mismo que una lengua muerta, la política les ofrecía la oportunidad de estudiar indirectamente su propio lenguaje. Si Sandra criticaba a Norteamérica, en realidad no hacía más que criticar el modo de ganar dinero de Cassidy, quien contestaba en consonancia, hablando de la constante devaluación de la libra esterlina, cuando Sandra hablaba de la pobreza mundial, no hacía más que recordar los primeros tiempos de su matrimonio, tiempos en los que los escasos ingresos les habían obligado a adoptar una resignada postura de austeridad. Cuando Sandra hablaba de Rusia, país al que profesaba la más profunda admiración, Cassidy comprendía que su mujer expresaba tan sólo el deseo de plegarse a unas más sencillas y vigorosas normas de vida sexual, que quería vivir en un imaginario país en el que los refinamientos de Cassidy quedaran desbordados por una pasión que ya no sentía hacia ella.

Sin embargo, Sandra no había penetrado en el terreno de la política de Defensa hasta hacía muy poco tiempo, por lo que Cassidy ignoraba cuál era el significado de las palabras que su mujer acababa de decirle, por lo que decidió salirse por la tangente de la jovialidad:

—Supongo que el satélite chino será amarillo...

—Lamento no poder informarte del color.

—Espero que hayan fracasado en su intento.

—Pues no. Ha sido un éxito. El observatorio de Jodrell Bank ha confirmado íntegramente el comunicado oficial difundido por los chinos.

—Bueno, en este caso la hazaña animará mucho la situación internacional, supongo.

—Seguramente. Es gracioso, había olvidado tu pasión por el sensacionalismo.

Sandra se había acercado más a la ventana. Su rostro se encontraba tan cerca del vidrio que parecía iluminado por la oscuridad, y su voz tenía un acento tan desolado que parecía hablase de un amor perdido. Como si el día que le diste, Señor, hubiera terminado.

—Imagino que ya sabrás que el peligro de una guerra, según las estimaciones llevadas a cabo por el Pentágono, aumenta en un dos por ciento todos los años.

Con la yema del meñique, Sandra trazó un triángulo en la ventana, y luego lo tachó con una cruz.

Concluyó:

—Lo cual nos garantiza el estallido de la guerra antes de cincuenta años.

En un intento de aligerar la conversación, Cassidy observó:

—No digas *nos* garantiza.

—Me refería a nuestra civilización, a nuestros hijos. ¿Te habías olvidado ya de ellos? No es una perspectiva demasiado halagüeña, ¿verdad?

Dos gatos que hasta el presente momento habían estado durmiendo el uno en brazos del otro, despertaron y comenzaron a maullar. Cassidy insinuó:

—Quizá se produzca un cambio, quizás el porcentaje de riesgo disminuya, en vez de aumentar, tal como ocurre con las cotizaciones de Bolsa.

Con una sacudida de la cabeza, Sandra desechó toda posibilidad de supervivencia. Cassidy, con mucho sentido común, observó:

—De todos modos, pase lo que pase, no podemos hacer gran cosa para torcer el curso de los acontecimientos.

Sandra alzó un poco la voz, al contestar:

—Por tanto, más vale que nos dediquemos a amontonar dinero. A los hijos les encantará morir rodeados de riqueza. Nos lo agradecerán mucho, ¿verdad?

—No, no, no quería decir esto, ni mucho menos. Hablas de una forma como si yo fuera un monstruo...

—De todos modos, no propones nada para evitarlo. Nadie propone nada.

—Bueno... Están los clubs juveniles..., los campos de juego..., la Fundación Cassidy... Bueno, por el momento todo eso no es más que un proyecto, pero espero convertirlo en realidad.

—¿De veras?

—¡Claro que sí! Se convertirá en realidad si le dedico la energía suficiente, y si tú me apoyas suficientemente. Al fin y al cabo, poco nos falta para que sea un hecho, en Bristol.

Cassidy dijo lo anterior pensando que si su mujer creía en Dios, bien podía creer en unas cuantas mentirijillas como las que él le decía. Sandra necesitaba la fe. El escepticismo no le iba.

Sandra dijo:

—De todos modos, no creo que un campo de deportes pueda evitar la guerra. A pesar de todo, algo es algo.

—Pero tú, sí, haces cosas. Biafra..., los borrachos..., el Vietnam... Y esa petición que firmaste contra el gobierno griego... Lo que haces forzosamente ha de producir sus efectos.

—¿Sí? —preguntó Sandra a la empañada ventana, mientras las lágrimas comenzaban a rodar por sus infantiles mejillas. Añadió—: ¿A eso le llamas tú hacer algo?

Cassidy había logrado cruzar la estancia, pasando muy apuradamente por entre el piano y la pared, y había tomado el ya casi desconocido cuerpo de Sandra en sus brazos. Desconcertado, la retuvo mientras Sandra lloraba. Cassidy solamente sentía una tristeza que nada podía dulcificar y un vacío que con nada podía colmar, como el hambre del niño que gritaba sobre el piano. Por fin, apoyando la cabeza en el hombro de Cassidy, y sin dejar de llorar, Sandra dijo:

—Llévale al especialista que te dé la gana. Me da igual. Que le visiten todos. Es de ti de quien estoy harta, no de él.

Cassidy dio unas palmaditas en la cabeza de Sandra, y musitó:

—No te preocupes. El especialista no estaba mucho más enterado que John Elderman. De veras. En realidad, era un viejo chocho. John le seguirá atendiendo. Y bien. Ya lo verás.

Durante largo rato, Cassidy tuvo a Sandra en sus brazos, hasta que ésta, suavemente, se liberó de la estancia, arrastrando el borde de la bata, como si de una cadena se tratara. Al abrir la puerta, en la habitación entró el sonido de la radio de su madre. Dejaba oír música de baile de la época de entreguerras. Los gatos y el perro la miraron mientras salía.

La mañana siguiente, durante el desayuno, en un intento de ahuyentar la tristeza de las pupilas de Sandra, Cassidy le propuso que fuera con él a París, con motivo de la Feria. Dijo:

—Es un viaje de negocios, pero también podremos divertirnos *un poco.*

—Sí, diversión es lo que precisamente necesitamos —dijo Sandra, dando un distraído beso a Cassidy.

10

La espera. El momento de las flores.

Virtuosamente, Lemming dijo:

—*En principio* estoy totalmente de acuerdo. Sí, totalmente. Pero..., pero los detalles me preocupan. Con toda franqueza, los detalles me preocupan.

Y ahora, con la astucia de un gran veterano, Lemming se disponía a lanzar su ofensiva contra los detalles.

Era lunes, un lunes todavía más templado, si cabía, que el lunes anterior, y más templado aún que el anterior al anterior lunes; se celebraba la sesión en la que Mr. Aldo oficiaría; y todos, muy correctos, estaban allí; era un día en el que esperar era soñar, creer en Nietzsche y en J. Flaherty.

Faulk dijo:

—Bonita flor la que lleva en el ojal, Mr. Aldo.

—Muchas gracias, Clarence.

Groseramente, Lemming preguntó:

—¿La robaste de un cubo de basura?

Para recordar a Lemming que también formaba parte de la clase directiva, Cassidy le dijo:

—Moyses, Stevens, por favor.

Sin embargo, la sesión no ha sido convocada para tratar de flores, sino de la próxima Feria Industrial de París, que se inaugura dentro de quince días. Lemming odia a los franceses en general, los odia más que a cualquier otra cosa. Y, después de los franceses, lo que más odia son las exportaciones, que, para él, son el más claro ejemplo de mala dirección comercial, temeridad y locura. La luz dorada del Sol, cae a rayas sobre la líquida superficie de la mesa del siglo XVIII, y el polvo forma constelaciones en el aire dorado. Miss Mawdray, vestida como una flor de verano, sirve café y tarta de frutas. El lúgubre monólogo de Lemming es un atentado contra la belleza del día.

—Por ejemplo, fijémonos en el nuevo prototipo de chasis construido exclusivamente con aluminio. ¿De acuerdo? Realmente, es un chasis admirable. Y debidamente comercializado, este chasis puede invadir el mercado nacional. De acuerdo. Ahora bien, lo que yo quiero decir es que este chasis no invadirá ningún mercado mientras esté desmontado y tirado en el suelo del taller.

Y atiza una palmada en la mesa, no demasiado fuerte, dejando lagos de sudor sobre la antigua superficie. Cassidy protesta:

—Vamos, vamos, no digas tonterías... Tendremos el chasis terminado, puedes estar seguro. Llevan meses trabajando en él.

Lemming se siente herido en su honestidad, en su objetividad y en su alta categoría dentro de la empresa. No está dispuesto a tragarse tanta ofensa. En consecuencia, saca la mandíbula y habla con voz de directivo de sindicato laboral. Con agresividad, y en aquellos términos atentatorios a la gramática que han sido aprobados por catorce comités, Lemming anuncia:

—Pues ambos, Fábrica y *también* Ingeniería me han comunicado que, en estos momentos del período, no hay esperanza *ninguna* de montar el chasis *previamente* a la última fecha de embarque. Muchas gracias.

Y coge otra porción de tarta, en la bien surtida bandeja servida por Miss Mawdray.

La rosa que Cassidy lleva en el ojal huele a paraíso y a muchachas pecosas con uniforme verde arbóreo. Gaylord Cassidy, el conocido donjuán del West End, firma un cheque, animado por propósitos que no manifiesta, y dice: «*Por favor, ponga también esto en la batea.*» La muchacha pecosa vestida de verde dice: «*Muchas gracias, le voy a dar una rosa para el ojal.*»

En un cloqueo, el gran marica Clarence Faulk, que estos días vive bajo la influencia de Lemming, afirma:

—Bueno, creo que realmente no podemos superar los obstáculos...

Y acto seguido se hace una *cosa* —como él dice— en el pelo. Kurt también la hace. Es un súbito y lacio movimiento de la mano, con el que se pretende corregir, en el peinado, un detalle que tan sólo existe en el espejo.

—Lo siento, Mr. Aldo, creo que le he interrumpido.

Cassidy dice:

—No, creo que no. Bueno, ¿qué es lo que tiene ahí, en la mano, Mr. Meale?

—Un informe bastante pesimista sobre los amortiguadores herméticos. Parece que también han dado malos resultados en las pruebas prácticas.

Con una sonrisa de estímulo, Cassidy dice:

—Pues más valdrá que nos enteremos cuanto antes, Meale. Y tómeselo con calma y tranquilidad.

Meale, cuando trata mano a mano a los grandes, todavía muestra predisposición a tartamudear y a perder la serenidad. Hace una profunda inspiración, y comete el error de comenzar por el título la lectura del informe:

—El fácil y limpio amortiguador Cassidy. Este aparato está alojado en un receptáculo original, y puede adaptarse a todos los cochecitos y sillitas para niños. La patente se está tramitando, el precio será de cincuenta chelines, y se venderá solamente a los industriales y comerciantes del ramo.

Deja de leer, y, un tanto inhibido, pregunta:

—¿Lo leo todo?

—Por favor, Meale, sí.

Sí, Meale, por favor. Tu voz, Meale, no es tan ofensiva como imaginas, y es mucho más agradable que la voz de ese grosero, Lemming, o de este degenerado, Faulk. En tu voz hay esperanza, Meale, ¿sabes? Hay vida, hay mañana, Meale. Continúa, con mi bendición.

—La acción del muelle, encerrado en un receptáculo hermético, produce recalentamiento, y, en un caso, incluso combustión. Sometido a una velocidad simulada equivalente a las cinco millas por hora, máxima que desarrolla un peatón, el muelle estalla, rompiendo el receptáculo, con el consiguiente deterioro del plástico...

De lo cual se deduce, Meale, que el muelle quedó liberado, tal como tú has insinuado con gran tino, liberado de su alojamiento contranatural, quedando convertido en un muelle saltarín, alegre y vibrante, con toda una vida por delante y un corazón generoso.

—Miss Mawdray.

—Sí, Mr. Aldo.

Te he pillado *in fraganti*, mala zorra.

Miss Mawdray ha levantado la cabeza tan bruscamente que parece que Cassidy la haya pellizcado, en vez de dirigirle la palabra. Miss Mawdray estaba de espaldas a Cassidy. Estaba con el torso inclinado al frente, generosamente inclinado —¡bendita criatura!— para poner más café en la taza de Meale, operación improcedente si tenemos en cuenta que la taza de Cassidy estaba vacía, y los senos de Miss Mawdray quedaron peligrosamente adelantados, casi rozando el cuello de Meale, en el momento en que Cassidy mencionó su nombre, recordándole la lealtad que le debía. ¿Ha sido ésta la causa de la sorpresa de Miss Mawdray? ¿Ha sido éste el motivo por el que se ha vuelto bruscamente, quedando de cara a Cassidy, así, a bocajarro, de pecho a Cassidy, también a bocajarro, con la falta prietamente arrugada en la parte de la pelvis, las cejas enarcadas con gracia, y la punta de la lengua asomada? ¿Acaso en la voz de Cassidy hubo una involuntaria nota de mando, de celos desatados, al ver cómo se estrechaba la franja de luz que mediaba entre los suaves senos y el recio hombro de muchacho? *Bromeaba tan sólo, Mr. Aldo.*

—Miss Mawdray (disculpe, Meale), Miss Mawdray, el correo. ¿Está segura de que me ha dado todo el correo recibido?

—Sí, Mr. Aldo.

—¿No había nada personal? Quiero decir algo personal, aunque no fuera una carta...

¿Como una rosa, por ejemplo?

—No.

—¿Lo ha comprobado en recepción de paquetes?

—Sí, Mr. Aldo.

Vuelve. Vuelve a esperar. Tenemos tiempo para esperar, tiempo para esperar.

Satisfecho, indicando con un dedo demasiado bien retribuido el informe de Meale, Lemming dijo:

—Esto deja el muelle fuera de combate, supongo.

Cassidy dijo:

—No del todo. Meale, ¿quiere seguir, por favor? Despacio, Meale, tenemos tiempo de sobra.

Esperar.

Como una muchacha eduardiana, languidecía Cassidy en los jardines de sus recuerdos. Paseaba por matutinos parques y contemplaba los primeros tulipanes abiertos a la luz del quieto Sol; llevaba otras rosas en el ojal, dormía en el «Savoy» so pretexto de una reunión de beneficencia, compraba caros regalos para Sandra entre los que se contaban altas botas a lo Anna Karenina, y ceñida bata casera que moldeaba suficientemente, pero más, el cuerpo de Sandra, y llevaba a Hugo al zoológico.

Mientras en la barca pasaban bajo las colgantes ramas de los sauces, Hugo preguntó:

—¿Dónde vive Heather?

Estaba Hugo sentado en el regazo de Heather, con la pierna rota colgando concienzudamente entre los grandes muslos de la mujer. Heather contestó:

—En Hampstead, en un piso pequeñito, pequeñito, junto a una lechería.

En tono de reproche, Hugo le dijo:

—Deberías venir a vivir con nosotros, Heather. Sí, porque tú y yo somos amigos, ¿verdad, Heather?

—Casi vivo con vosotros.

Acto seguido, Heather pegó un mordisco a una roja manzana que extrajo de un cesto, y oprimió el cuerpo del muchacho contra el suyo, suave y blando.

Heather era una mujer afectuosa y rubia, de unos cuarenta años, ex esposa de un editor. Ahora estaba divorciada y desempeñaba la función de hada madrina de parejas casadas. Al parecer, Hugo quería más a Heather que a Sandra, y, en cierta manera, lo mismo cabía decir de Cassidy, debido a que el cuerpo de Heather, ancho y cómodo, tenía cierta cualidad que Cassidy calificaba de decente paz, pastoral reposo. Sandra aseguraba que el divorcio había destrozado para siempre el corazón de Heather, aseguraba que Heather lloraba mucho y que sufría arrebatos de ira dirigidos, muy especialmente, contra los hombres, pero Cassidy no percibió ninguna señal de lo anterior en su trato con Heather.

—Mira, garzas —dijo Heather.

—Las garzas me gustan mucho. ¿A ti no, papá? —preguntó Hugo.

—Muchísimo —repuso Cassidy.

Heather sonrió, y, una vez más, la luz del Sol trazó una curva línea dorada en su pómulo. Dijo:

—¡Qué bueno eres, Aldo! ¿Verdad que sí, Hugo?

Hugo se mostró de acuerdo.

—Es el mejor papá del mundo.

—Siempre piensas en los demás, Aldo. No sabes cuánto nos gustaría ayudarte a ser feliz.

Cassidy dijo:

—Me gusta contribuir a la felicidad de los demás. En realidad, es lo único que me importa.

Desde una cabina telefónica, observado por los gibones, Cassidy llamó a su oficina. Nada, le dijeron. Nada, salvo las habituales transacciones comerciales.

—¿Tiene usted las instrucciones?

—Sí, Mr. Aldo, todos las tenemos.

Al salir de la cabina, le explicó a Heather:

—Son los problemas de la exportación. Estamos esperando un pedido urgente.

—¡Trabajas demasiado! —dijo Heather, con una sonrisa más luminosa que el Sol.

Y todavía a la espera, Cassidy fue a Sherborne, lugar en el que, gracias a los pagos efectuados por el viejo Hugo, había sido educado y refinado.

Se sentó en un banco de la abadía, en donde, bajo estandartes desgarrados en famosos combates, estandartes de regimientos patrios ya disueltos, leyó los nombres de las grandes batallas: Alma, Egipto, Sebastopol y Plassey, y amó apasionadamente blasones que nunca había tenido.

Y sentado allí, oró.

Señor, este que aquí está es Aldo Cassidy, quien ante ti rezó por última vez a la edad de quince años. A la sazón, yo era un mediocre estudiante, nada feliz. La ocasión en que oré fue el Día del Recuerdo. El amor humedeció mis mejillas, y te pedí que me concedieras el privilegio de una rápida y útil muerte, luchando contra terribles peligros. No quiero ahora analizar aquella petición. Ya no quiero morir, sino vivir, y tan sólo Tú, oh Señor, puedes darme lo que quiero. Por favor, no permitas que la espera sea demasiado larga, amén.

Asistió a un encuentro de rugby y animó con sus gritos al equipo de su colegio, mientras pensaba en Sandra, y se preguntaba si había pecado en contra de ella, y se decía que sí. Después, mientras miraba a los alumnos, con la vaga esperanza de encontrar a un muchacho que fuera tal como él hubiera podido ser, años atrás, se tropezó con Mrs. Harabee, una profesora más entre las muchas que intentaron enseñarle música.

Mrs. Harabee, mujer pequeñita, morena, con el pelo corto y boina, exclamó:

—¡Ahí va! ¡Pero si aquí tenemos a Dudoso! ¡Y con una flor en el ojal! ¿Qué es de tu vida, muchacho?

Le llamaban Dudoso porque Cassidy siempre fue un muy dudoso voluntario —cuando pedían voluntarios para algo—, y siguió siéndolo hasta que defraudó las esperanzas de quienes en él las habían depositado.

Le llamaban Dudoso porque el viejo Hugo formuló al colegio una extraña propuesta que escandalizó al administrador. Entre los diversos puntos de esta oferta se contaba una segunda hipoteca sobre un hotel de Henley. Pero el administrador no era hombre interesado en la hostelería.

Le llamaban Dudoso porque...

Cassidy dijo:

—Buenos días, Mrs. Harabee, ¿cómo está usted? *¿Ha oído hablar de Flaherty, Mrs. Harabee?*

Y Cassidy también recordó que Mrs. Harabee se había portado como una madre para con él, dándole alojamiento en un dormitorio con paredes de ladrillos rojos, en una casa de Yeovil Road, durante unos días en que Cassidy estaba mortalmente enemistado con el viejo Hugo. Como si su encuentro tuviera lugar en el otro mundo, Mrs. Harabee le preguntó:

—¿Cómo te ha ido en la vida?

—Bastante bien. Primero me dediqué a la publicidad, y luego inventé unas cuantas cosas y formé mi propia empresa.

En el tono que utilizaba para elogiar una airosa interpretación musical, Mrs. Harabee exclamó:

—¡Bravo! ¿Y qué ha sido del tramposo de tu padre?

—Murió —repuso Cassidy, quien consideró que era más fácil matar al viejo Hugo que explicar sus hazañas. Añadió—: Le metieron en la cárcel y murió.

—¡Pobrecillo! Siempre sentí hacia él *mucha* simpatía.

Avanzaban lentamente por el sendero, dejándose llevar por la corriente de vacilantes sombreros de paja.

—Si quieres, podemos tomar el té juntos —dijo Mrs. Harabee.

Pero Cassidy, que se había dado cuenta de que Mrs. Harabee era demasiado vieja para él, dijo:

—Mucho me temo que deba regresar. Estamos esperando cerrar una transacción muy importante con los norteamericanos, y, si llaman, quiero contestar personalmente al teléfono.

Antes de despedirse, Mrs. Harabee se puso muy seria.

—Vamos a ver, Dudoso, ¿tienes hijos varones?

—Sí, Mrs. Harabee. Dos.

—¿Ya los has matriculado en nuestro colegio?

—Todavía no, Mrs. Harabee.

—Pues debes hacerlo.

—Lo haré.

—Ésta es nuestra única solución, Dudoso. Si los ex alumnos no nos son fieles, ¿quién diablos lo va a ser? Además, se nota a la legua que puedes pagar el gasto.

—Los matricularé la semana próxima —aseguró Cassidy.

—¡Ahora! Ve corriendo a la administración e inscríbelos antes de que se te olvide.

—Lo haré —prometió Cassidy.

Después observó a Mrs. Harabee, que ascendía por el sendero a paso firme, con aspecto saludable.

Al atardecer, mientras paseaba, descubrió las estrechas calles que se extendían detrás de Digby, y percibió el olor de humo de leña, así como el húmedo y penetrante aroma de la piedra inglesa. Recordó el dolor de amar y de no tener a nadie a quien amar. Y envidió la manera de amar de Mrs. Harabee, aquella manera de amar tan individualizada y tan difusa al mismo tiempo.

Entre los rostros más y más oscuros, buscó el de la hija del policía.

¿Bella? ¿Nellie? ¿Ella? Lo había olvidado. La muchacha tenía quince años, la edad eterna, y Cassidy dieciséis. Desde entonces, los gustos de Cassidy no habían efectuado progresos dignos de tal nombre, tanto en lo referente a la edad de la muchacha como en materia de experiencias de ella recibidas. Tenía pechos indómitos, nalgas espesas como el pan de los campesinos, y pelo largo y rubio que olía a champú de niño de corta edad. En verano, los días laborables, se reunía con ella, después de jugar al cricket, en las más remotas casetas del campo de golf de Sherborne, y yacían el uno al lado del otro, limitándose a las manos. La muchacha jamás había permitido a Cassidy que llegara a más. A juzgar por lo que Cassidy sabía, la muchacha seguramente era virgen todavía, y tenía ideas muy exageradas sobre la velocidad de los espermatozoides. En cierta ocasión, mientras yacían en su minúsculo refugio, la muchacha, con las verdes pupilas agrandadas por la sinceridad, le dijo: «*Caminan.* De verdad, Aldo. Y se orientan por el *olor.*»

Pese a dichas restricciones, Cassidy jamás había poseído tan plenamente a mujer alguna ni tampoco había deseado con tanto ardor a otra mujer. La muchacha sabía acariciar tan bien como sabía el propio Cassidy. A cambio de esto, Cassidy estaba autorizado para hacer cuanto quisiera, a pasarse horas y horas gozando del regalo de su carne. Su cuerpo de redondeadas líneas, sin una sola arruga, era adolescente y maternal al mismo tiempo; los húmedos muslos de la muchacha, aprisionados por la membrana de la seda barata, eran como incubadoras de la vida y pasión de Cassidy; y en cuanto a la cautela con que la muchacha consideraba las posibilidades fecundadoras de Cassidy, es preciso hacer notar que tan sólo servía para dar mayor profundidad a su relación. De la misma forma que la muchacha le había dado nacimiento, podía concebir de él. Había tomado posesión de él, como madre y como hija.

En la taberna, la televisión proyectaba su luz azulenca, y un perro pequeño pedía a ladridos patatas fritas con jamón.

Telefoneó, y Angie le dijo:

—Nada. Ni media palabra.

Fingiendo que llamaba desde Reading, Cassidy comunicó a Sandra:

—No hay la menor esperanza. La Asociación Nacional

de Campos de Juego se ha quedado con el único terreno adecuado.

Luego se bebió seis whiskys, marca «Talisker», que últimamente se había convertido en su favorita.

Y compró una botella de malta, de forma aplanada, para poder metérsela en el bolsillo.

11

Aquella noche, ya en cama, en un hotel barato de Marlborough, Cassidy escribió las palabras «Querido Mark» en las páginas de su embriagada fantasía. Para que nunca tengas que preguntarte quiénes fueron tus padres o de qué manera llegaste al mundo, te voy a hacer breve mención de cómo ocurrió todo, y así podrás decidir por ti mismo cuánto debes al mundo, y cuánto el mundo te debe a ti.

Tu papá y tu mamá se conocieron en Dublín, en un baile. Tu papá vestía el primer *smoking* de su vida, y el abuelito Cassidy era el camarero jefe...

Volvió a comenzar. No. Dublín no. Oxford. ¿Cómo diablos se le había ocurrido Dublín? *Hijo mío, por las venas de los Cassidy no corre ni una gota de sangre irlandesa, son todos ingleses por los cuatro costados.*

Oxford, sí, Oxford, ya que Sandra estaba estudiando Ciencias del Hogar en un oscuro caserón de Woodstock. Sí, fue en Oxford, en un baile celebrado el primer día del mes de mayo, y la entrada valía cinco guineas. En cuanto al viejo Hugo, más valía olvidarlo.

Tu mamá era una muchacha delgadita, de aspecto preocupado, pero muy linda, con una gracia así, como si tuviera constantes deseos de morirse, y llevaba un vestido de Cenicienta, que según se mirase parecía de plata, y según se mirara parecía cubierto de cenizas.

Papá honró a mamá con su conversación y mamá

le escuchó con melancólica intensidad. Después, cuando papá se alejó de mamá a fin de bailar con una chica que fuera un poco más alegre, mamá se sentó y rechazó todas las invitaciones a bailar que le formularon otros muchachos. Cuando papá regresó a su lado, mamá bailó con él, manteniendo en su rostro una expresión de gravedad y obediencia. A primeras horas de la madrugada, en parte por buenos modales y en parte para sacar el máximo partido de la ocasión, y quizá también, en parte, para intentar alterar un poco aquel evidente aplomo, papá invitó a mamá a subir a un bote sin quilla, de fondo plano, que se hace avanzar por el medio de hundir un palito en el agua y empujarlo hacia atrás, y le dijo, en una larga serie de frases dulcemente humildes, como excusándose, que se había enamorado de ella. Papá eligió, para dicha declaración, un estilo inspirado en el actor de cine francés, muy romántico, llamado Jean Gabin, a quien había visto recientemente en una película proyectada en el cine «Scala». Era un estilo que se basaba en cierta sensación de pérdida, en vez de hacerlo en cierta sensación de ganancia. Papá aseguró a mamá que no debía preocuparse, que no debía sentirse culpable ni obligada, porque, a fin de cuentas, él era un hombre y sabría solucionar el problema planteado. Antes de que papá hubiera terminado, mamá le dio un abrazo de refugiada, y le dijo que también ella se había enamorado de él, por lo que los dos yacieron en el botecillo sin quilla, besándose, y contemplando cómo el sol salía de detrás de la capilla de la Magdalena, mientras aguzaban el oído para percibir los cánticos del coro, en la torre. Sí, porque no sé si sabes que todos los años, el día primero de mayo, todo el coro sube a lo alto de la torre y canta un himno, pero en esa ocasión, a los oídos de papá tan sólo llegaron los rumores de los camiones matutinos cruzando el puente y las risas de los estudiantes de familias de la clase alta arrojando botellas al agua.

Un camión cambió la marcha. El techo de la estancia se estremeció en la penumbra. Cuidado con este cielo, Flaherty.

Mamá cerró los ojos y pronunció las siguientes palabras tragándose el aliento, en vez de soltarlo, como si fueran una droga:

—¡Te amo!

Papá le aseguró:

—¡Y yo a ti! —añadiendo acto seguido—: ¡Jamás se lo había dicho a ninguna mujer!

Lo cual, sin que se sepa exactamente por qué, suele aumentar los visos de verosimilitud de las declaraciones como la mencionada. Metiendo la mano dentro del vestido de Cenicienta, papá tentó los helados pechos de mamá, y tuvo la extraña sensación de tocar a un huérfano, de tocarse quizá a sí mismo, de tocar tan sólo a una señora. Entonces, papá vio la luz de la eternidad brillando en las virginales pupilas de mamá, y quedó muy satisfecho al pensar que, de los dos, únicamente él era quien tenía grandes energías instintivas.

Flaherty vagaba por la estancia entonando frases del Antiguo Testamento y moviendo sus labios brillantes, como los de los alcohólicos. Valiéndose del sencillo medio de abrir los ojos de par en par, Cassidy logró que Flaherty desapareciera.

Si no recuerdo mal, durante el resto del curso nos vimos muy a menudo. Mamá parecía esperar que así fuera, y papá (hombre por naturaleza muy cortés) estaba siempre dispuesto, si sus ocupaciones se lo permitían, a recibir tributos de admiración, fuera quien fuese la persona que se los prodigara, tal como nos ocurre a todos. El caso es que nos encontrábamos en el Boveney Lock los domingos por la mañana, cuando mamá salía de la iglesia, y también nos encontrábamos los viernes por la tarde, al salir yo del cine, en el restaurante Raquet. A veces, mamá llevaba unos deliciosos bocadillos preparados por ella misma en las cocinas de la institución de enseñanza de Ciencias del Hogar. Papá no decía a mamá que había ido al cine porque temía que mamá le afeara su comportamiento, por lo que le aseguraba que había ido a tomar el té, en la universidad de All Souls, con *A. L. Rowse.* A. L. Rowse es un gran historiador y, además, su nombre goza de cierta popularidad, por lo que papá pensó que era muy aconsejable ampararse en él. Rowse se había fijado en papá, gracias a unos cuantos ensayos que éste había escrito, y no sería de extrañar que le *recomendara para una beca, lo cual es algo que todo estudiante está en la obligación de desear.*

—¿Verdad que en All Souls sólo admiten solteros? —preguntó mamá.

—Esto está cambiando —repuso papá, debido a que, como es bien sabido, los solteros no están casados, y mamá y papá tenían que estar casados para tenerte a ti y a Hug, ¿verdad?

Ahora quizá te preguntes de qué hablaban papá y mamá. Pues bien, te lo voy a decir: hablaban de sus mamás y de sus papás. El abuelito Groat se encontraba en el Afganistán (en donde aún sigue), dedicado a cumplir años de servicio, a fin de jubilarse con una pensión. La sola mención del abuelito Groat bastaba para que mamá se pusiera furiosa. Atizaba una patada al suelo y decía:

—¡Es un perfecto estúpido! ¡Y mamá, igual!

Al decir «mamá» se refería a la abuelita. En realidad, mamá despreciaba todos los valores por los que los abuelitos se regían. Aseguraba que el abuelito Groat sólo se interesaba por su pensión de retiro, que la abuelita Groat sólo hablaba de criadas, y que tanto el uno como la otra nunca habían llegado a saber, pese a que se lo preguntaban a sí mismos, en qué consiste la vida. Mamá tenía esperanzas de que los abuelitos se quedaran en el Afganistán para el resto de su vida, lo cual sería un buen castigo por habérseles ocurrido la idea de ir allí.

Para no quedar en mal lugar, papá le contó a mamá unas cuantas cositas del abuelito Cassidy. Le contó que él —tu papá— jamás había vivido en una casa y que sólo había acampado en ellas, presto en todo instante a huir de las iras de los acreedores del abuelito. Le dijo que uno de sus ayos de Sherborne le había dicho que el abuelito era el mismísimo diablo, y que el abuelito solía decir lo mismo de este ayo, lo cual indujo a papá a preguntarse muy seriamente cuál de los dos estaba en lo cierto. Papá exclamó:

—¡Dios mío, qué educación tan lamentable!

—¡Y cuánto siento que hayas sido tú, precisamente tú, la víctima de esta educación! —exclamó mamá.

Tras lo cual los dos convinieron en que sus hijos, y ahí es donde entráis tú y Hug, tendrían mejores oportunidades de formarse debidamente. Como puedes ver, tu mamá y tu papá eran jóvenes mártires del mundo de sus mayores, y esto es lo que nunca permitiré seas tú, siempre que esté en mi mano, lo cual te prometo en este instante. Tu mamá y tu papá querían ser mejores y, en cierta manera, siguen queriéndolo. Lo malo es que nunca llegaron a descubrir la manera de ser mejores, ya que uno no puede comunicar amor a su alrededor, a no ser que, de un modo muy extraño, se ame a sí mismo. Siento mucho decir frases tan solemnes, pero es la pura verdad.

En consecuencia, mamá y papá se vigilaban muy estrechamente, y tanto la una como el otro temían ver cómo el otro o la otra volvía a caer en las insensateces de sus padres. Y precisamente esto es lo que los dos hicimos, debido a que éramos los sucesores de nuestros padres, igual que todo hijo de vecino, y debido a que, a veces, la única manera de castigar a los padres estriba en imitarles. Pero esto ocurrió más adelante.

Bueno, el caso es que un buen día la abuelita Groat se personó en Inglaterra con un gran baúl, después de haber cruzado el África, y sin presentar en modo alguno ese aspecto de viejecita de cuento para niños que ahora tiene. No, no. Cuando llegó, la abuelita Groat estaba dotada de esa muda y marchita belleza que tu papá siempre ha confundido con la inteligencia. Inmediatamente, papá sintió un gran afecto por la abuelita Groat, un afecto más intenso que el que sentía por mamá, debido a que se enfadaba menos que ésta, y le propuso que en el futuro vivieran todos juntos, lo cual fue muy imprudente. A mamá le constaba que esta propuesta era una temeridad, pero papá no quiso escuchar las razones de mamá, porque necesitaba vivir rodeado de amor. Desde luego, la abuelita quedó muy complacida, debido a que no había tenido hijos varones, y también le gustó, de modo *muy especial*, que papá fuera rubio, ya que estaba harta de ver niños morenos.

Con una risita terriblemente inteligente, la abuelita le preguntó a papá:

—¿Estás seguro de que quieres casarte con Sandra? No sé, es tan insignificante.

—¡La amo! —repuso papá, ya que estas palabras, cuando uno es joven, parecen audaces e importantes, y uno se siente mejor después de haberlas dicho, en especial cuando uno duda que sean verdad.

—¡Lárgate, Flaherty!

Flaherty se negó a irse. Cassidy se sentó en la cama, y gritó:

—¡Fuera de aquí!

Alguien golpeaba el tabique. Por tercera vez, Cassidy aulló:

—¡Fuera!

Y la figura desapareció.

Querido Mark, pese a lo que te hayan dicho, quiero que sepas que la boda no fue excesivamente brillante. Tu mamá quería contraer matrimonio en la iglesia de Boveney, que se encontraba junto a aquel sendero en el que ella y papá tanto habían hablado de amor. Mamá no quería invitar a nadie, salvo al dueño de una floristería, llamado Bacon, que vivía en Bagshot, y que había sido jardinero en su casa, cuando ella era pequeñita. Y tampoco quería que papá invitase a gente, salvo a A. L. Rowse, y a los imprescindibles testigos, que podía encontrar sobre el terreno. Por fin, nos casamos en Bournemouth, en donde la abuelita Groat había alquilado un piso, y la boda se celebró en una iglesia de ladrillos rojos, mayor todavía que la abadía de Sherborne, mientras un viejo organista interpretaba los pertinentes himnos. Creo que Mr. Bacon no asistió. Quizá no podía abandonar la floristería, quizás había ya muerto. En fin, no sé...

Quizá, pensó Cassidy, mirando fijamente los grabados que representaban deformes caballos de carreras, el tal Bacon únicamente había existido en los tristes e imaginarios lugares de la infancia de Sandra.

El profesor Rowse tampoco fue. Se encontraba en Norteamérica, dictando un ciclo de conferencias. El profesor Rowse no mandó regalo de bodas, pero papá (que se había encargado de interceptar la participación de boda dirigida a dicho profesor) dijo a todos que A. L. Rowse y él era tan amigos que podían saltarse los pequeños formulismos, como el de ofrecer regalo de boda. La dama de honor de tu mamá fue tu tía Snaps, es decir, la hermana de mamá, quien tenía quince años, y se puso un vestido de terciopelo, rojo oscuro que era impropio de su edad, y se pasó toda la ceremonia llorando. Pocas semanas después, hallándose de vuelta en el pensionado, tu tía Snaps entregó la flor de su virginidad a un obrero agrícola, en el barracón del jardín del pensionado, y dijo a tu mamá:

—Si tú lo haces, ¿por qué no puedo hacerlo yo?

En cuanto a la ceremonia religiosa, la boda le trajo a la memoria de tu papá el acto de su confirmación. Le pareció un aterrador contrato con un ser desconocido. Y mientras los himnos se sucedían a medida que la ceremonia avanzaba, papá no pudo evitar el deseo de haberse abstenido, en el oportuno momento, de imitar a Jean Gabin.

Dime, Mark: ¿qué es el amor? Al fin y al cabo, tú eres *inocente* y *debes* saberlo. Probablemente, el amor es lo único que hay en el mundo, es lo mejor del mundo, y el resto no es más que espera, espera tal como ahora tu papá espera.

Buenas noches, Mrs. Harabee.

Buenas noche, Flaherty.

Buenas noches, Sandra.

Amor, buenas noches.

12

Y, aunque parezca incleíble, cuando llegó a Londres, Cassidy siguió esperando.

Miss Mawdray le dijo:

—Su horóscopo dice cosas maravillosas esta semana.

Pechos como palomas, pensó Cassidy, entreteniendo su ocio en la lujuria, y centrando la lujuria en Miss Mawdray. Piernas de muchacho, trasero de ramera. Quién sabe lo que lleva ahí. Ni blanco ni negro marca el lugar, y sólo se ve la borrosa sombra de las fotografías retocadas, un vaginal fantasma aún no percibido... ¡Ah...! ¡Cómo cruza las piernas para abrazar lo nunca visto!

—Tengo un nuevo libro —dijo Angie para comunicarle que se había comprado un semanario.

Cassidy estaba de pien ante la conocida ventana. La mesa escritorio, símbolo de su sedentaria inercia, le repugnaba. Miss Mawdray, que no experimentaba este género de inhibiciones, se balanceaba en la menuda silla. Cassidy confesó:

—Un poco de buena suerte no me iría mal.

Miss Mawdray comenzó a leerle una larga profecía. Seguramente ocupaba media página. Sin creer ni media palabra, Cassidy la escuchaba desde muy lejos. Miss Mawdray decía que los nacidos bajo su signo estaban de enhorabuena, y que Libra ejercía preponderante influencia. Le prometió que el Dinero le sonreiría y la Amistad florecería. Le exhortó a tener valor y a ir siempre adelante, sin miedo, con arrogancia y empuje. No permitas que insignificantes obstáculos te impidan avanzar, que las cargas frenen tu marcha, que las circunstancias obstruyan tu camino. Todas sus iniciativas serían favorecidas por una insólita conjunción zodiacal.

Zumbón, Cassidy preguntó:

—¿Todas, realmente?

Y añadió:

—Pues será cuestión de intentar alguna nueva aventura.

Miss Mawdray, con la cabeza gacha, siguiendo con la punta del índice las líneas impresas, y en voz un poco más alta, leyó:

—En el terreno del Amor, Venus y Afrodita favorecerán su más audaz empeño.

—No está mal. No, señor.

Dio un tirón a las cortinas y preguntó:

—¿Por qué no manda estas cortinas a la tintorería? Están sucias.

Sonriente, Angie repuso:

—Ya lo hicimos, acaban de ponerlas limpias. Y lo sabe usted muy bien. La semana pasada se quejó de estar sin cortinas.

A Cassidy le molestaban este tipo de respuestas. De espaldas a la muchacha, y como qiuen no quiere la cosa, Cassidy preguntó:

—Oiga, ¿qué pasó con su anillo de compromiso?

Cassidy se lo hubiera preguntado mucho antes, si no hubiese temido que la muchacha tomara represalias. Se volvió dándole la cara a Miss Mawdray, indicó el cuarto de pulgada de desnudez añadida al dedo, e insistió:

—Su anillo de compromiso. ¿No lo habrá perdido, Angie?

—No lo he perdido. No lo llevo, y esto es todo —repuso Miss Mawdray en voz baja, y sin levantar la cabeza, pese a que seguramente se había dado cuenta de que Cassidy se había vuelto.

—Le ruego me disculpe, no era mi intención meterme en sus asuntos —dijo Cassidy.

Cassidy se volvió hacia la ventana. Lúgubremente, pensó: «Una escena, vamos a tener una escena. Me he portado como un grosero, una vez más, y la chica se ha ofendido.» En la última escena que tuvieron, Meale fue el elemento de discordia. Angie le pidió a Cassidy que le proporcionara una excusa para no aceptar una invitación de Meale, y Cassidy se había negado a ello. Cassidy, el defensor del juego limpio, le había contestado a Angie:

—Debe usted salir del apuro por sus propios medios. Si Meale no le gusta, dígaselo lisa y llanamente. Si no lo hace así, seguirá invitándola.

Y ahora Cassidy se había inmiscuido una vez más, torpemente, en la vida privada de la muchacha, por lo que tendría que pagar las consecuencias.

Esperó. Por fin, oyó la voz de Angie, hablando todavía en voz baja, pero con visos de ira:

—Lo llevo cuando me da la real gana, y si no me da la real gana de llevarlo no lo llevo y me importa un pito lo que algunos groseros piensen.

El presidente del Consejo de Administración recordó a Miss Mawdray:

—Ya le he pedido disculpas.

—Me importa un pito que me haya pedido disculpas o no. Las disculpas no me interesan. He plantado al tipo, lo he plantado de una vez para siempre, y esto es solamente asunto mío, y no suyo.

Cassidy procuró tranquilizarla:

—Bueno, estoy seguro de que se trata de una pelea de novios... Una nube de verano. En seguida pasará.

Furiosamente, Miss Mawdray insistió:

—No, señor, no pasará. No me da la gana de que pase. El tipo es un perfecto inútil en la cama, y un perfecto inútil fuera de la cama; en consecuencia, no tengo motivo alguno para casarme con él.

Dudando si creer o no lo que sus oídos acababan de oír, Cassidy guardó silencio. Angie se golpeó la rodilla con el semanario, y dijo:

—¡Son demasiado jóvenes! ¡Estoy hasta las narices de ellos! ¡Todos se creen maravillosos, pero no son más que *críos*! ¡Puñeteros, egoístas y estúpidos *críos*!

Buscando un refugio seguro en su mesa escritorio, Cassidy dijo:

—Bueno, en realidad no sé gran cosa acerca de lo que me acaba de decir...

Y se echó a reír como si la ignorancia fuese un chiste. Preguntó:

—Angie, ¿acostumbra usted utilizar palabras gruesas, tal como ha hecho ahora?

Miss Mawdray se levantó de sopetón, cogiendo la taza de café con una mano y tirando de la falda hacia abajo con la otra. Repuso:

—Sólo las empleo cuando alguien me cabrea.

Con la esperanza de restablecer el imperio de los buenos modales, Cassidy cambió de tema de conversación:

—¿Qué tal el dentista?

Súbitamente, una tierna sonrisa apareció en el rostro de Miss Mawdray:

—¡Está cañón! ¡Me lo hubiera comido vivo, palabra de honor!

Se trataba del dentista de Cassidy, que prestaba sus servicios al personal de la empresa debido a un plan de atenciones médicas ideado por el propio Cassidy. Era un hombre de cuarenta y cinco años, y casado.

—Me alegro.

Al formular la pregunta siguiente, Cassidy empleó un tono todavía más intrascendente:

—¿Mensajes, llamadas por teléfono, cartas...? ¿No ha pasado nada que merezca un poco la atención?

—Ha llamado un cura chiflado. Quería que le regaláramos cochecitos para huérfanos. He dejado una nota en su mesa. Parecía irlandés.

—¿Y nada más?

Miss Mawdray le miró, con la mano en el tirador de la puerta, con un gesto angelical de pasmada compasión, y, por fin, en voz muy baja, dijo:

—Si me dijera qué es lo que espera que ocurra, le podría informar mejor.

El resentimiento, la agresividad, habían desaparecido. Ahora, en la actitud de Angie solamente quedaba una súplica infantil.

—Soy digna de toda confianza. Puede decírmelo todo. Nadie me sonsacará nada. No, nadie, si se trata de algo referente a usted.

Después de hablar, la lengua produjo a Cassidy un molesto chasquido al chocar contra el reseco paladar.

—Es algo personal. Algo muy personal. De todos modos. Muchas gracias.

—¡Oh...! —exclamó Angie.

—Lo siento —dijo Cassidy, y volvió junto a la ventana, con la cortina que ocultaba un mundo indiferente a Cassidy.

Y, esperando todavía, fue a una crucial cena, en el poco señorial hogar del doctor John Elderman y de su esposa, Nosequé Elderman.

Mrs. Elderman tenía estudios superiores, a los que daba gran importancia, y dirigía un grupo de actores aficionados. Su marido desempeñaba el importante papel de asesor médico de Cassidy. El matrimonio Cassidy, antes de conocer al matrimonio Elderman, había descendido sobre la pareja, había regresado a ella, y valga la expresión, cuando sus más altas esperanzas de brillo social quedaron extinguidas. John Elderman era, físicamente hablando, un hombre pequeño, y aun cuando se mantenía inquebrantablemente fiel al ejercicio de la medicina general, se sabía que estudiaba sin cesar los problemas de la mente. Hacía unos cuantos años, el doctor Elderman había escrito un artículo titulado «El divorcio positivo», y los recortes podían verse todavía en sitio visible en las salas de estar de la gente de mentalidad avanzada. A partir de entonces, el matrimonio Elderman era muy a menudo consultado por las gentes de Crescent —no sólo por los Cassidy—, y gozaba de gran reputación en el campo del consejo matrimonial, así como en todos los asuntos relacionados con el amor. Por lo que Cassidy sabía, el principio básico aplicado por los Elderman era el de estimular la autoexpresión en beneficio de la autodisciplina. Insistían en que nadie tiene la obligación de ser desdichado y en que el amor era un don de la Naturaleza.

La oscuridad de este principio aumentaba gracias a la figura de Mrs. Elderman, mujer muy corpulenta que solía ataviarse con vestidos de parda estameña, y tenía el jardín organizado en maraña, siguiendo las directrices establecidas por Rudolph Steiner. Su pelo, en gran parte gris, recordaba el jardín. Cassidy sentía repulsión hacia esta mujer, por lo que había olvidado, de una vez para siempre, su nombre de pila.

Incluso antes de que el matrimonio Cassidy llegara al hogar de los Elderman, la noche tomó para Aldo Cassidy caracteres de horrenda pesadilla. Llegó tarde a casa, después de haber celebrado una larga y fatigosa junta con su Grupo de Exportaciones, pasando luego por un bar en el que se quedó algún tiempo, y Sandra le acusó de apestar a alcohol.

—¿Cuántas copas te has tomado?

—Una, y ha sido de tintorro.

—¿Cómo puedes ser tan vulgar?

—¿Por qué no tomas tú también un poco de tinto, guapa? En la despensa encontrarás todo el que quieras.

—Me gustaría saber cuál es la razón de que estés tan insoportablemente irritable.

Sin dejar de cepillarse los dientes, Cassidy repuso:

—Es la primavera.

Desde la principal sala de estar, a sus oídos llegó el ruido de fuego de ametralladora.

—¿Se puede saber qué diablos pasa en esta casa?

—No sé a qué te refieres.

—A los martillazos. Por el amor de Dios, ¿es que intentan echarla abajo?

Pese a sus preguntas, Cassidy sabía muy bien de qué se trataba.

—Los operarios están colocando una moldura del siglo XVIII que Heather y yo compramos, *hace dos meses*, en una empresa de derribos, por diez chelines, cosa que te he dicho unas cincuenta veces y de la que todavía no te has enterado.

Con voz de comerciante judío, Cassidy dijo:

—Diez chelines. Una moldura por diez chelines. Sí,

no tengo nada que objetar... Sí, puedo pagar los diez chelines sin arruinarme. Pero, por Dios Santo, ¿qué me dices del trabajo para colocar la moldura?

—¿Te importaría hablar con mayor claridad?

—Son las ocho de la tarde, y estos tipos cobran más de veinte guineas por hora.

Sandra prefirió callar. Y Cassidy volvió a hablar con acento de judío del West End:

—Y, además, me gustaría mucho saber qué diablos tiene que ver una moldura del siglo dieciocho en una casa del siglo diecinueve. Todos, menos nosotros, saben que esta casa es de la época victoriana. Y si no lo crees pregúntaselo al rabino.

Sandra siguió prefiriendo el silencio. Cassidy exclamó, dirigiéndose al espejo, en el que, como un centinela femenino ante las puertas de Downing Street, Sandra esperaba derecha e inmóvil:

—¡Cristo!

Con aquel acento irlandés que Cassidy había ensayado durante los últimos días, prosiguió:

—¡Cristo! ¿Y se puede saber por qué razón no podemos vivir en el siglo veinte, aunque sólo sea para variar un poco?

Sandra contestó secamente:

—Porque no eres digno de este siglo.

Y Cassidy, en secreto, reconoció que Sandra le acababa de dejar fuera de combate. Maliciosamente, Sandra añadió:

—Además, te diré que no hay correo para ti, si es esto lo que te tiene tan preocupado.

Cassidy se aplicó muy cuidadosamente más jabón de afeitar y no contestó. Sabedor de la respuesta, preguntó:

—¿Por qué no está Hugo en la cama?

—Porque le han invitado.

—¿Quién?

—Los Elderman. Y también nos han invitado a nosotros, tal como ya sabes.

Sandra echó una ojeada al reloj y añadió intencionadamente:

—Aunque no sé si vale la pena ir.

Los Elderman tenían un regimiento de hijos y cenaban temprano, a fin de que sus invitados pudieran gozar de las delicias de mezclarse con su prole.

Cassidy dijo:

—¡Qué estupidez! ¡Dar de cenar a los niños a las siete! ¡Exponer a nuestro hijo a riesgos innecesarios! Y pensar que el tipo es médico... Un médico con todas las de la ley, un médico bien pagado a pesar de que parece originario de Gerrard Cross. ¿Y qué dirías si Hugo se cayera? ¿Y si tropezara? ¿Y si le dan una patada? Sabes que Hugo odia a muerte a esos niños. Y yo también. ¡Odiosos pedantes! ¡Lectores del *Guardián*!

La madre de Sandra, bajo el dintel de la puerta del dormitorio conyugal, flaca, con gafas de cristales levemente azulencos y con un vestido de muchachita, amarillo, pronunció una frase de aterrorizada buena voluntad:

—¿Sabéis qué pienso? Pues que la verdad y la caridad van siempre juntas.

—¿Quieres hacer el favor de callarte, mamá? —dijo Sandra.

La madre suplicó:

—Vamos, pequeños. Daos un beso. Esto es lo que yo hubiera hecho, a vuestra edad.

—¡Mamá! —exclamó Sandra.

—Hija, ¿no crees que deberías dar algo a los operarios?

Muy secamente, Sandra le notificó:

—Ya lo ha hecho mi marido. Les ha dado cinco libras. ¡Es de una grosería increíble!

Salieron de casa en orden de procesión, con cinco metros de pavimento entre cada uno. Cassidy llevaba en brazos a Hugo, como si hubiera sido herido en una batalla, y la madre de Sandra iba en retaguardia, haciendo tintinear sus joyas de vaca. Por encima de la cabeza de Sandra, dirigiéndose en tono de consuelo a Cassidy, la madre dijo:

—Bueno, pero por lo menos es médico.

Sandra repuso:

—Aldo odia a los médicos, y lo sabes. Los odia a todos, menos a los especialistas, naturalmente. Los especialistas no pueden errar. Los especialistas son perfectos, aunque te cobren cincuenta guineas por una radiografía.

Desde el interior de la manta en que iba envuelto, Hugo preguntó:

—¿Por qué está tan enfadada mamá?

—Porque tu padre ha estado bebiendo —repuso Sandra.

Cassidy le explicó:

—Mamá no está enfadada. Lo único que pasa es que la abuelita le ha alterado los nervios.

Y acto seguido oprimió el timbre con el letrero que decía: «Casa.» Sandra dijo:

—Seguro que te has equivocado y que la invitación no es para hoy.

—¡Bien venido, viejo! —exclamó John Elderman.

Quizá con la intención de elevar un poco su altura, Elderman llevaba un gorro de cocinero. Bajo el blanco gorro, los ojos orlados de una carne rosácea, y con pupilas del más pálido azul que quepa imaginar, contemplaban con inocente sagacidad a Cassidy. Estaba Elderman muy erguido, con los hombros echados violentamente hacia atrás, pero se notaba que el esfuerzo le causaba dolor. Cassidy se excusó:

—Lamento que hallamos llegado un poco tarde.

—¡Bonita flor la que llevas en el ojal! —comentó Elderman.

Sandra, como si se refiriera a una manía de enfermo mental, dijo:.

—La ha llevado durante toda la semana.

Cassidy pensó: «Sandra les ha hablado de mi conducta actual y, ahora, este par me va a observar.»

Heather Ast ya había llegado. Cassidy la vio arrodillada en el suelo, con su agradable grupa levantada hacia él, jugando con los repulsivos niños de los Elderman. Alegremente, Cassidy gritó:

—¡Hola, Heather!

Heather, fingiendo que no le había oído, también gritó:

—¡Sandra! ¿Qué tal?

Cassidy se dijo que se encontraba en una jaula de antropoides humanos. En una jaula de simios carentes de inteligencia, dedicados a adoptar poses. Hasta aquel instante no se había dado cuenta de que los Elderman eran así, pero ahora comprendía que no cabía calificarles de seres humanos: eran gibones, y sus hijos eran capullos de gibones que se convertían velozmente en flor. Solamente el matrimonio Niesthal escapaba a la censura de Cassidy. Los Niesthal eran un anciano y señorial matrimonio, vestidos los dos de negro, que celebraba veladas musicales, a las que invitaba a amables liberales, en una casa de alto valor que estaba a la venta, situada en St. John's Wood. Cassidy les tenía gran simpatía debido a que eran amables y parecían desamparados. Los Niesthal habían llegado un poco tarde, debido a que el viejo no cerraba su sala de exposiciones «El Viejo Maestro» hasta las siete de la tarde. Ahora estaban entre los peleones niños, y adoptaban la actitud propia de visitantes de un asilo que estuviera bajo su protección.

Cogiendo valerosamente a un niño Elderman, Mrs. Niesthal gritó:

—¿Quién es éste? ¡Naturalmente, éste es un Cassidy! Mira, Friedl, se le ve en los ojos que es un Cassidy.

Cassidy se dirigió a Elderman:

—Oye, John.

—Dime, viejo.

—Me parece que a los Niesthal no les gustan los críos.

—Da igual. Ahora daremos de cenar a los niños, y luego les encerramos arriba, en los dormitorios.

«No permitiré que hagas semejante jugada a Hugo, asesino.»

Malintencionadamente, torciendo la boca, Heather le dijo a Cassidy:

—Me han dicho que has estado apagando un poco la sed, antes de venir. A propósito, ¿qué obra de beneficencia te ha puesto esta flor en el ojal?

En voz más fuerte de lo que hubiera querido, Cassidy dijo:

—Miaaau...

Dos niñas de Elderman le oyeron, y repitieron a gritos:

—¡Miaaau! ¡Miaaau!

Mrs. Niesthal le dijo a su marido:

—Igual que un gato.

E irrumpieron en masa en el comedor, pisoteando los juguetes tirados en el suelo.

Cassidy se encontraba mal, pero nadie se preocupaba por ello. Tenía la seguridad de que estaba pálido, le constaba que padecía fiebre, y, sin embargo, nadie le consolaba, y ninguno de los que estaba próximo a él se tomó la molestia de bajar la voz.

Había comido lengua hervida, lo que le trajo recuerdos del ejército, y había bebido vino, destilado en casa por los Elderman, que no le recordó brebaje alguno entre todos los que había bebido en su vida. Al parecer hacían aquel vino con ortigas, robadas en Burnham Beeches, y transportadas en su camioneta, orgullosamente decrépita. Refiriéndose al brebaje, las mujeres decían:

—¡Dios mío, si hasta tiene alcohol! De veras, John, me siento borracha como una cuba.

—¿No tendrá canela? —preguntó alarmada Mrs. Groat, quien no probaba la canela debido a que le daba diarrea.

—No —contestó Cassidy, causando así un embarazoso silencio.

En la cocina, John Elderman se dedicaba a añadir Marc de Borgoña a un pastel que nadie quería probar.

Cassidy se sentaba entre dos divorciadas, estado que gozaba de las preferencias de los Elderman. A mi izquierda, tengo a Heather Ast, con quien normalmente me llevo bien, pero que está insoportable, y se nota a la legua que ha sido corrompida por el «Frente de Liberación Femenina» de Abalone. Y a mi derecha, una desconocida planta marina llamada Felicity, que también hace vino en casa, también divorciada, también de la «Izquierda No Alineada», estrella de la agrupación teatral de Abalone, y muy destacada en la interpretación de papeles voluptuosos. Sin embargo, quienes dirigen la conversación son un hombre y una mujer, casados, del Ministerio de Asuntos Exteriores. Han venido con una criatura que sólo habla portugués; la criatura en cuestión está sentada al lado de Hugo, viste el atuendo nacional y luce pendientes. La esposa es una veterana que ha vivido en todos aquellos remotos lugares en los que ha habido grandes cotarros, y se ve que está muy desengañada de todo. Casi gimiendo dice:

—Y ahora me encuentro con el problema de encontrar a alguien que enseñe inglés a Libby.

Sí, está pagando el precio de convertir en británica a la criatura. La escuela inglesa de Angola era demasiado reaccionaria. Mrs. Niesthal, pletórica de confianza, asegura:

—Lo aprenderá de oído, se le pegará. También nosotros tuvimos este problema.

Los Niesthal se miran y ríen; nosotros, es decir, todos los demás, somos demasiado progresistas para deconocer que los judíos europeos no son descendientes de Oliverio Cromwell.

Como muestra de su admiración, la Ast dice:

—Es para mí una enorme satisfacción ver que un hombre sabe guisar de veras.

La *Planta Marina,* ondulándose en la lenta corriente, sentada al otro lado de Cassidy, comenta:

—En su mayoría, los hombres que guisan no son más que impostores.

—Todos lo somos —respondió Cassidy.

El viejo Niesthal decide decir algo gracioso:

—¿Impostores? ¡No me hable de impostores! ¡El mundo está lleno de ellos! ¡Es lo único que no escasea! ¡Todos los días se pueden comprar impostores a docenas!

Iniciada por John Elderman, suena una benévola risa general. Mrs. Niesthal asegura alegremente:

—A veces, Friedl dice cosas realmente *terribles.*

—Y Heather también —afirma Cassidy.

Acto seguido se arrepiente de sus palabras. Pero ya es demasiado tarde.

Los niños habían sido colocados en un extremo de la mesa, en donde Hugo leía el *Evening Star,* con uno de los pulgares metido en la boca, a modo de pipa. Dos niñas Elderman, repletas de comida, permanecían unidas en un triste abrazo.

Animado por los vapores de su brebaje, y refiriéndose a una conversación sostenida anteriormente, acerca del Este Libre, John Elderman afirmó:

—¡Varsovia! ¡Ésta es la ciudad! ¡Jamás he visto medicina como la polaca!

Iba con una camisa de manga corta, que dejaba al descubierto unos brazos delgados y de piel sedosa como la de una muchacha. Echando atrás la cabeza, John Elderman exhortó a los presentes:

—¡Bebed, bebed de corazón! ¡Alegrémonos!

Mrs. Groat, siempre ansiosa de demostrar que estaba presente, dijo:

—Bueno, bueno, pero no nos excedamos.

Soltó una risita y miró a todos a través de las azules ventanas de sus superfluas gafas. Cassidy dijo:

—Bien, *bien*...

Sandra le dirigió una mirada asesina, y Cassidy insistió:

—Bien, bien, bien, bien, *bien*...

La hembra Elderman dijo que la medicina privada debería ser prohibida. No estaba sentada en la mesa, sino en el suelo, medio recostada, como una víctima de los guisos de su marido, y, al hablar, se acariciaba el largo y enmarañado cabello, imitando horriblemente el ademán de una princesa medieval. Lucía un broche de plomo sin pulir. Rehuyendo fijar la vista en Cassidy, añadió:

—Y lo primero que habría que prohibir es el especialista privado. Me parece sencillamente vergonzoso que cualquiera pueda *comprar* los cuidados médicos de un especialista, así, como si tal cosa, siempre y cuando este cualquiera sea rico. Es algo contrario a toda lógica. Es algo tan *antiorgánico*... Al fin y al cabo, si la selección natural es una realidad, tal selección nunca se efectuará mediante el dinero.

Las ortigas le habían hecho enrojecer el rostro.

—Tienes toda la razón —dijo Sandra.

Y cerró la boca rápidamente para no perder las energías que reservaba para el próximo asalto. La madre de Sandra abrió la boca, dejando caer laciamente la quijada, en una expresión de terror, y preguntó a su hija:

—¿Estás segura de lo que dices, hija? En África, no hubiéramos podido sobrevivir sin especialistas.

Con rabia, Sandra dijo:
—*¡Mamá...!*
Para animar la conversación, Cassidy dijo:
—Sandra nació en África, ¿verdad, Sandra? Mamá ¿por qué no cuentas lo que pasó en África, con aquel médico que iba enyesado?
Hugo volvió una página del *Evening Star*, estornudó y se dio de narices contra el puño.

Mrs. Groat comenzó a explicar, inmediatamente, a la *Planta Marina:*
—Estábamos en Nebar, que antes era la Costa de Oro y luego fue Liberia. ¿Liberia es, hija? Nunca recuerdo estos nombres nuevos. ¿O es al revés, y Liberia es el nombre de antes? Desde luego, en nuestros tiempos no existía Liberia...
Lo dijo como si hablase de la penicilina. Prosiguió:
—Por esto forzosamente tenía que ser la Costa de Oro. No teníamos Liberia, no.
Y anunciando el chiste que se avecinaba, sonrió astutamente. Dijo:
—No teníamos Liberia, pero teníamos el Ejército.
Triunfal, silbando como una serpiente, Sandra se dirigió a su madre:
—¿Lo ves? ¡Nadie se ríe! ¡No tiene ni pizca de gracia! ¡Y tú, Aldo, no hables! ¡Cállate!
Pero era demasiado tarde. Cassidy estaba ya aplaudiendo alborozado. Los aplausos de Cassidy no fueron una deliberada provocación, sino que, contrariamente, se produjeron como si las manos, cansadas de reposar en la mesa, hubieran decidido por sí mismas alzarse y hacer algo. Hasta que Cassidy no hubo absorbido la desagradable sensación que le había producido la mirada de Sandra, no se acordó de otro par de manos, aplaudiendo a Helen, en un restaurante de Bath.
Cuando el aplauso hubo terminado, la madre de Sandra le contestó a ésta:
—Pues cuando tu padre dice estas mismas palabras, todos se ríen.
Y se ruborizó.
Del cacharro puesto al fuego, en la cocina, se levan-

taba una densa columna de humo. Desde allí, John Elderman gritó:

—Estoy a punto de terminar. ¿A quién sirvo primero?

Ignorando el gozoso anuncio de John Elderman, su innominada esposa dio un cuarto de vuelta sobre sí misma, apoyándose en el eje de su rolliza cadera, metió una botella en la boca del niño que estaba junto a ella, y abordó el tema del Sudeste asiático. ¿Se habían enterado los presentes de las noticias? Mencionó el nombre de un país que Cassidy jamás había oído nombrar. Pues no, no se habían enterado de las noticias. ¿No? Pues los norteamericanos habían invadido el país en cuestión, debido a una calurosa petición del gobierno local. Los norteamericanos lo habían invadido a las cinco de la mañana, y los rusos amenazaban a tomar represalias.

—¡Vivan los «marines»! —exclamó Cassidy en voz tan baja que sólo Heather le oyó.

Suavemente, y poniendo la mano en la rodilla de Cassidy, a título de precaución, Heather le advirtió:

—Ten cuidado, no vayas a echarlo todo a rodar.

En aquel instante, Hugo formuló una pregunta. Hasta entonces, Hugo no había intervenido en la conversación, por lo que su intervención tuvo la virtud de la novedad.

—¿Por qué no se puede querer a la nieve?

Mantenía aún el pulgar metido en la boca y estaba con las cejas fruncidas, mirando a todos con sus ojos de pupila gris, sin pestañear.

Un concentrado silencio sucedió a la andanada. Prunella Elderman gritó:

—Porque se funde, porque es fría, porque es blanca y porque está mojada.

Las hermanas de Prunella dieron otras respuestas, a coro. Un niño de teta comenzó a berrear. Otro niño golpeaba la mesa con la cuchara, otro saltaba, de pie sobre la silla. Cassidy cogió la garrafa de ortigas y volvió a llenar su vaso. Las hermanas aullaban:

—Porque no está viva, porque no se puede comer... ¿Y por qué más?, ¿por qué más?, ¿por qué más?

Hugo tardó en contestar. En silencio acomodó mejor la pierna enyesada, luego volvió la página del periódico y contestó:

—Porque uno no puede casarse con la nieve.

Mientras todos expresaban con gruñidos su asombro, Shamus entró en la estancia.

Shamus, en aquellos instantes, no podía estar más lejos del pensamiento de Cassidy. Como éste recordó posteriormente, sus pensamientos se centraban en las lamentables consecuencias de la contestación de Hugo, y Cassidy se preguntaba si ésta entrañaba una íntima preocupación por la tensión doméstica imperante en su hogar, si era el reflejo de los dolores causados por la pierna rota, dolores que habían alterado temporalmente el tierno equilibrio mental del niño, o qué. Y si Cassidy pensaba en alguna otra cosa, además de lo dicho, esta otra cosa era la mano de la Ast sobre su rodilla. ¿Era un gesto que pretendía refrenar sus naturales impulsos? ¿Sabía aquella mujer que su mano aún estaba allí? ¿La había dejado sobre la rodilla tal como se deja un bolso en cualquier lugar? Quizá buscando la ayuda de un aliado masculino, en aquel momento de incertidumbre sexual, Cassidy fijó su atención en John Elderman, mientras buscaba en su mente un tema que interesara a los dos, tal como los partidos de fútbol o la fascinante furgoneta de John, por lo que se quedó muy sorprendido al advertir que sus ojos no veían la imagen de John, sino la de Shamus, quien no estaba en pie sino suspendido en el humo, dedicado a toquetear el apestoso producto culinario de Elderman con la cuchara de madera de éste, mientras sus negros ojos miraban fijamente a Cassidy, iluminado por la luz de las velas, y en su húmedo rostro resplandecía una expresión de canallesca complicidad.

Shamus decía:

—Hola, muchacho. Parece que la reunión es aburrida hasta el vómito, ¿verdad, muchacho? Es una orgía organizada por lectores del *Guardián*. Oye, muchacho, ¿por qué no dejas de dar tanto y comienzas a tomar un poco?

Simultáneamente, o quizás un poco después, ya que las experiencias psíquicas no pueden proyectarse en el tiempo, oyó que alguien, a su izquierda, pronunciaba temerariamente el nombre y los apellidos de Shamus. La Ast, con la mano ya en el muslo de Cassidy, y subiendo poco a poco, manifestó:

—¡Qué lástima que haya muerto tan joven! Al fin

y al cabo, él era el único escritor moderno que podíamos leer.

Entonces, John Elderman le sirvió una ración del postre recién hecho, y Cassidy se quemó la lengua.

Como es natural, después, al analizarlo retrospectivamente, Cassidy pudo comprender más claramente lo ocurrido. Sus sentidos, con el funcionamiento un tanto alterado por la frase de Hugo y por la comprensiva mano de la Ast, no se habían percatado de que las dos mujeres situadas a uno y otro lado sostenían una segunda e independiente conversación. Es decir, quienes la sostenían eran la Ast y la *Planta Marina.* Como recordó después, las dos mujeres habían estado murmurando vulgaridades intelectuales, sacadas de los suplementos dominicales de los diarios, sobre el tema de la novelística moderna. Por esta razón, la súbita e imprevisible mención del nombre de Shamus, que penetró violentamente en un desamparado rincón de su mente, le había causado ese espejismo, el espejismo de imaginar, superpuestas sobre la viva imagen de John Elderman, las características físicas de Shamus. También era preciso tener en cuenta que los cuatro whiskys largos que había tomado antes de ir a casa —para no mencionar su reciente visita al lavabo, en donde tomó unos tragos de la clandestina botella que llevaba en el bolsillo— habían tenido la virtud de alterar un poco la monotonía de la noche.

También había abusado de las ortigas.

Pero Cassidy comprendió todo lo anterior demasiado tarde, ya que, si bien su natural discreción le pedía encarecidamente que guardara silencio, también era cierto que Cassidy, superando su primera experiencia con los fantasmas, había comenzado a dar unas cuantas claras, aunque imprudentes, explicaciones acerca del gran autor.

—¿Muerto? —repitió, tan pronto hubo vaciado el vaso.

—¿Muerto? No, no ha muerto. Lo que pasa es que recibió tantas patadas en el trasero que decidió desaparecer del mapa. No creo que se le pueda hacer ningún reproche. Bueno, la verdad es que, según tengo entendido, está a punto de publicar otro libro.

—Este postre da vómito —exclamó Hugo.

Pero nadie le hizo el menor caso. La mano de la Ast había llegado, a juicio de Cassidy, a un punto al que ninguna mano de mujer puede llegar inconscientemente, por distraída que sea la hembra en cuestión. Y, en aquel instante, la Ast retiró bruscamente la mano. Cassidy siguió adelante:

—Y esta novela, dicho sea de paso, será mil veces superior a toda la producción anterior de este autor, incluyendo *Luna*.

Cassidy jamás consiguió aclarar cómo pudo reunir el valor suficiente para hablar tan pronto, y con tanta audacia, después de haber padecido la terrible impresión de ser testigo de la fantasmal reaparición de Shamus —o quizá, como ahora parecía verosímil, de su reencarnación—, aun cuando en sus momentos más optimistas Cassidy se preguntaba si acaso Shamus no pertenecía a un selecto grupito de fantasmas, a los que tan sólo él —Cassidy— conocía, que tenían la virtud de infundir confianza, en vez de alarmar.

Pronunciando con gran claridad toda y cada una de las sílabas, como si los demás fueran sordos, la Ast afirmó:

—Murió en el año mil novecientos sesenta y uno.

Sus anchos pechos, levantados por el enojo, parecían a punto de rebosar por el escote adornado con un imitado tallo de enredadera. Cassidy dijo:

—Está escondido.

Sandra le preguntó:

—¿Sí? ¿Y cómo te has enterado? Es curioso, porque no has leído una novela en tu vida.

—Tiene petróleo —repuso Cassidy.

Y de un empujón mandó el plato del postre al centro de la mesa. Sandra le gritó a su hijo:

—¡Niño, cállate ya!

—Pues a mí me parece muy bueno —dijo Prunella Elderman.

Y sacó la lengua al ser angloportugués. En este instante, Cassidy se acordó del ex marido de Heather Ast, flaco individuo con corbata de pajarita, que según la Ast, un buen día se había despertado con la firme convicción de que era marica. Siempre que Cassidy pensaba en este hombre, lo imaginaba en pijama y con gorrito de noche en el momento de sentarse sobresaltado en la cama, al entrar su mujer en el dormitorio, para servirle el té. Y en aquel momento, el tipo decía:

—A propósito, Heather, he de darte una noticia: soy marica.

Este retrato imaginario obligó a Cassidy a soltar una estridente risita, que produjo el efecto de provocar un ataque de ira en Sandra. Recobrando por fin la compostura, Cassidy dijo:

—Lo sé y basta. Estoy muy al tanto de lo que ocurre en el mundo de las letras.

Sandra, con las manos crispadas, exclamó:

—¡Oooh...!

Prunella Elderman, con indudable valentía, dijo:

—Quiero más postre.

Desde el seguro puerto en que se encontraba —el suelo—, Nosequé Elderman dijo:

—Pues cómete lo que ha dejado Hugo.

—Murió en Francia —dijo la Ast, con la baja y trémula voz de la mujer que apenas puede contener la impaciencia, dejando su errabunda mano sobre la mesa de madera sin pulir, y aprisionando dicha mano con la otra.

Con una sonrisa de clara superioridad, Cassidy preguntó:

—¿Y de qué murió? ¿Qué diagnosticaron los médicos?

Secamente, la Ast contestó:

—Supongo que tisis. Todos los escritores mueren tísicos, ¿verdad?

Cassidy dijo:

—¡Miaaau...!

Y los niños, a coro, le imitaron:

—¡Miaaau... miaaau... miaaau!

La Ast comenzaba a perder su precaria serenidad. Bajo el palio de rubio cabello, el rostro de la Ast, marchito por una inteligencia absolutamente inútil, iba adquiriendo tenebrosa expresión.

—No tienes la menor idea de lo que sufre esa gente. Eres tan rico que no puedes comprender lo que significa morir en tierra extraña, sin un céntimo..., que te nieguen un entierro decente, porque así lo decide un pobre cura católico medio idiota, y *pudrirte* en la fosa común.

Cassidy, alegremente, se mostró de acuerdo:

—Es cierto, nunca he tenido una experiencia así.

Tras meditar durante unos instantes, prosiguió en su más suave tono de reunión de directivos:

—Sin embargo, mucho me temo que estés totalmente equivocada. Dispongo de información fidedigna. Quizá sea cierto que el autor de quien estás hablando se le considere muerto. E incluso es posible que él mismo se haya encargado de difundir este rumor. La razón de esta última posibilidad es muy clara: poco faltó para que los editores le hicieran perder la razón.

Con el rabillo del ojo vio cómo el cuerpo de la Ast, otrora tan deseado, rebullía, para quedarse inmóvil después. Cassidy prosiguió:

—Buitres y nativos de Gerrard Cross les llama, así como otros nombres injuriosos, cualquier nombre injurioso que se le ocurre. Le persiguieron hasta el punto de dejarle imposibilitado para pensar con claridad, y, desde luego, para escribir. Era la gallina de los huevos de oro para esa gente, y esa gente mató a la gallina.

Cassidy se sirvió más ortigas.

—Lo único que podía hacer era huir.

Se bebió el vaso de ortigas.

—Y lo consiguió.

Volvió a llenar el vaso y dijo:

—¡Brindemos por la reina!

Sólo los Niesthal se unieron al brindis. El viejo murmuró:

—Por la reina.

Bebieron con la mirada gacha, en íntima comunión. Cassidy, haciendo un esfuerzo para que su mirada fuera neblinosa, imprecisa, observó cómo los dedos de Nosequé Elderman se engarabitaban alrededor de su collar de cuentas de color castaño y arrugadas como nueces. Su marido dejó de comer. En el mismo instante, la madre de Sandra comenzó a hablar de la lluvia en África, diciendo que allí llovía mucho más de lo que la gente creía, pero que la lluvia no bastaba para limpiar cosa alguna.

—En realidad, parece que la lluvia sólo sirva para aumentar el hedor del país.

Dijo que el único lugar en que realmente se podía vivir eran las zonas situadas en lo alto de las colinas, pero que al brigadier —su marido— no le gustaban las alturas. Añadió:

—Por esto tuve que encargarme yo solita de atender a Sandra. Sólo contaba con la ayuda de una enfermera y de aquel *horrendo* médico borracho que de vez en cuando el Comisario me mandaba. Recuerdo que este médico tenía perros, e iba con las mangas de la camisa cubiertas de pelo de los perros. ¿Verdad, John, que un médico no puede permitirse esto?

Todos guardaron silencio, por lo que la madre prosiguió:

—Sandra era una niña muy pequeñaja y divertida. Con la piel roja, y estaba siempre enfadada. Hugo es igual que ella. ¿Verdad, Hugo?

—No —dijo Hugo.

Evidentemente, Sandra había decidido que era ya hora de acostar a Hugo. Lo cogió por la muñeca y lo arrastró hacia la puerta. John Elderman pasó el brazo por los hombros de Sandra, lo cual reservaba tan sólo para las mujeres desdichadas, y le dijo:

—Cuídate, Sandra, cuídate. Diría que está pasando un período de tensión nerviosa.

Se refería a Cassidy, no a Hugo. Añadió:

—Dale un poco de «Valium», de vez en cuando. Esto le calmará. Y, con el «Valium», poco importa que beba.

—¡Matasanos! —dijo Cassidy—. Te crees un gran especialista, pero eres una mierda. ¡Una mierda! ¡Esto es lo que eres!

Elderman esbozó una noble y deportiva sonrisa.

—Muchacho, creo que lo mejor es que duermas la borrachera. En tu lugar, esto es lo que yo haría.

Valerosamente, prescindiendo de las torturas que le esperaban, Cassidy dijo:

—Flaherty es Dios. Flaherty rige el mundo. Todo hombre es lo que cree ser.

Y arrojó a la Ast la rosa que llevaba en el ojal.

13

El cuarto de los niños también estaba atestado de flores, de lacias flores azules, con diferentes tonalidades pastel. La cama de Mark era muy estrecha, en realidad no se trataba más que de un colchón puesto sobre el linóleo, cubierto con una manta de suave lana. Cassidy pensaba con placer que aquella cama tenía aspecto monacal y que inspiraba sombríos pensamientos a su usuario. El armario con los juguetes de Mark estaba cerrado y en él guardaba Cassidy sus libros de bolsillo, formularios para formarse una secreta cultura. Algunos trataban de la Grecia clásica, otros del alto mando militar alemán, y otros versaban sobre conocimientos y habilidades que Cassidy esperaba adquirir algún día, como, por ejemplo, el arte de navegar a vela, o de guisar para una sola persona, o de reparar el coche, o de lograr una perfecta vida matrimonial. En la seguridad del dormitorio, Cassidy abrió el armario y cogió la obra *El profeta,* de Khalil Ghibran. Buscó las páginas que trataban de amor.

Adormilado, Hugo dijo:

—Papá...

—Sí.

—Papá...

—*Sí,* Hugo.

—Si mamá se va, ¿yo me iré con ella o me quedaré contigo?

Era una pregunta de carácter eminentemente práctico.

—Nadie se irá de esta casa, Hugo.

Arriba sonó el teléfono de Sandra. Era la tía Snaps, que llamaba desde Newcastle. Sandra le ofreció pagarle el billete de tren si venía a Londres.

Cassidy pensó: «Eso, lo que faltaba.»
—Papá.
—Sí.
—Quiero que seas Shane.
Cassidy habló con voz del lejano Oeste:
—¡Soy el *sheriff* de estos contornos, y éstos son mis poderes!
Sandra decía, arriba:
—Tonterías. Ni siquiera ha oído hablar de este escritor. Y, desde luego, no ha leído ni una sola línea escrita por él. No, aunque quisiera no podría leer. Es demasiado perezoso para esto... ¡Qué tontería! ¡No padece tensión nerviosa, ni nada! Sus parásitos dirigen la oficina, y yo rijo la casa. Cuando quiere hacer una escapada, se inventa cualquier excusa tonta, amparándose en sus proyectos benéficos. No, lo hizo solamente para molestar a Heather, a Beth, a Mary, a... ¡Naturalmente, claro que odia a las mujeres! Comprendo que se debe a la educación que ha recibido, pero, a pesar de todo...
—Papá...
—Sí, Hug.
—Tú conoces a Shane, ¿verdad?
—Claro que sí.
—¿De veras?
—Palabra de honor.
—Sí, es lo que yo pensaba. Buenas noches, papá.
—Buenas noches, pescadito.
—Papá...
—Sí, Hug.
—Haz lo de Sturrock.
Otra vez el lejano Oeste.
—¡Sturrock, rastrero yanqui embustero! ¡Sal en seguida de mi plantación!
Hugo dijo:
—¡Bang!
Volvió a oír un retazo de conversación telefónica:
—John, no sabes cuánto siento lo ocurrido. Realmente, no sé cómo excusarme...
Bueno, la realidad también es un problema. No para ti, desde luego, sino para mí. Los Elderman. Los Elderman me tienen sin cuidado. Pero, ¿quién les prestó seis mil libras esterlinas para indemnizar a aquellos inamovibles inquilinos?, ¿quién les prestó el chalet, el año

pasado, para que sus odiosos hijos lo dejaran hecho trizas? ¿Quién...?

Se acercaban pasos marciales. Hugo dijo:

—Es mamá.

Y procedió a recoger lo imprescindible para pasar la noche. Cassidy pensó: «Progrom al canto.» Y se ocultó rápidamente bajo la manta. Sandra dijo:

—Ven conmigo, hijo mío, que tu papá está borracho.

Y desde la puerta, lugar preferido por Sandra para lanzar los proyectiles de su artillería pesada, gritó:

—¿Cómo puedes tener la *cara dura* de *fingir* que quieres a tus *hijos*, cuando lo único que haces es *emborracharte* en su presencia, soltar todo género de *tacos*, y formular *las más sucias y groseras acusaciones contra personas a quienes los niños respetan...*?

Agotada por el énfasis puesto en sus palabras, Sandra se calló. A través de las mantas, Cassidy dijo:

—De acuerdo, compremos un libro que explique cómo deben comportarse los padres, compremos una gramática que diga cómo hay que hablar, demos ejemplo a nuestros nenes...

Sandra emitió un suspiró y acercó la puerta a su cuerpo, como si quisiera utilizarla a modo de escudo. Cassidy le aconsejó:

—Y ahora, anda, haz el favor de decir que todavía soy peor que mi padre.

Por fin, Sandra repuso:

—Si a Hugo no se le cura la pierna, tuya será la culpa.

—Buenas noches, Sturrock —dijo Hugo.

Amablemente, Cassidy repuso:

—Buenas noches, Shane.

—Y mañana por la mañana, te abandonaré para siempre —concluyó Sandra.

Poco a poco, la casa se durmió. Uno a uno, los peldaños de la escalera crujieron y quedaron en silencio. La madre de Sandra fue al retrete. Durante un rato, Cassidy permaneció despierto, contando los minutos en el reloj de cucú de Hugo, esperando que Sandra acudiera a su lado. Durante un instante, mientras Cassidy se encontraba en duermevela, creyó oír el rítmico gemido de la solemne cama con dosel y el largo grito de placer de Helen, despertando ecos en la hermosa escalera curva, estilo Adam. Y, en otro instante, mientras Cassidy luchaba con los postreros efectos del brebaje de ortigas, descubrió que el brazo de Shamus le oprimía las costillas, abrazándole, mientras la voz de Helen, desde lejos, le explicaba las razones del ataque.

—Es que Shamus ama a la gente. En esto estriba la diferencia entre remar y nadar.

El profeta había escrito: «Cuando el amor te hace una seña de invitación, debes ir hacia él y seguirle, aun cuando sus sendas sean estrechas y empinadas; y cuando el amor despliega sus alas, debes someterte a él, aun cuando la espalda oculta en ellas pueda herirte.»

Al caer dormido, soñó en el infierno y en el viejo Hugo, quien pisoteaba su calavera, la de Cassidy.

Por la mañana, Sandra dijo:

—De todos modos, no iré a París contigo.

—Estupendo —repuso Cassidy.

—Te lo digo para que no te hagas ilusiones.

—No me las hacía.

—No te preocupes, ya verás como va contigo a París. ¿Verdad, mamá? —dijo Hugo.

Antes de que la Policía le atrapara, alcanzó las noventa millas por hora. Por razones desconocidas, la Policía le creyó cuando Cassidy dijo que jamás había conducido un coche a tal velocidad. Añadió:

—Es que mi madre está agonizando.

También le creyeron. Dijo Cassidy:

—Está en el hospital de Bristol. No habla ni media palabra de inglés, y se encuentra muy asustada.

El mayor de los dos policías, con cierta timidez, dijo:

—De todos modos, recuerde, señor, que la carretera no es exclusivamente suya.

El policía más joven le preguntó:

—¿Y qué idioma habla su madre?

—Francés. Ha vivido toda su vida en Francia, pero siempre quiso morir aquí.

El policía más viejo, haciendo un valeroso esfuerzo

para no dar muestras de la emoción que le embargaba, dijo:

—En fin, no corra tanto.

—Así lo haré.

El policía más joven preguntó:

—¿Para qué sirve este indicador? El de la luz anaranjada.

—Para avisar la presencia de hielo en la carretera.

Y se disponía ya Cassidy a hacer una demostración práctica, cuando el sargento dijo:

—Deja que siga su camino, Syd.

El número dijo:

—Naturalmente. Mil perdones.

Y se ruborizó.

Incluso antes de entrar en casa, Cassidy supo que la habían abandonado. La camisa ya no colgaba del alambre y las palomas paseaban inquietas por el porche, buscando alimento. Con yeso, algún vagabundo había pintado en la puerta una flecha con la punta hacia abajo y un par de cruces a uno y otro lado. Tiró de la cadena de la campanilla de hierro, y la oyó sonar en la gran sala. Esperó, pero nadie abrió la puerta. Únicamente los establos daban testimonio de su presencia. Un batallón de botellas de whisky yacían en la húmeda paja, yacían hombro contra hombro, puestas allí por la cuidadosa mano de Helen. Cogió una. En el cuello vio restos de cera de vela, una leve película cubría la boca de la botella, un grano de negro carbón recordaba la extinción de la mecha.

Las flores que había mandado descansaban junto a la puerta trasera. Cassidy había dicho a la florista:

—Si no hay nadie en casa, déjenlas delante de la puerta.

Y allí estaban, como una fuente de marchito color rojo, envueltas en celofán, como un ramo depositado en honor de los héroes de un regimiento de infantería, a juzgar por el volumen del ramo. Llevarían allí más de quince días, pero la lluvia las había mantenido vivas. Rosas, había dicho Cassidy, tupidas rosas, tres docenas de las más bellas rosas —una docena para cada uno de nosotros, ¿sabes?—, y recordó el momento de escribir en la tarjeta, con la pluma que rascaba el papel.

Sacó la tarjeta del sucio sobre, y leyó sus propias palabras:

«Para Shamus y Helen. En recuerdo de las horas más divertidas de mi vida. Por favor, volved.
»*Cassidy.*»

Luego venía el número de su teléfono de Londres y las palabras:

«Llamad a cobro revertido.»

Cassidy conocía un lugar, una verde colina, allí en el lejano Kensal Risa, lugar que había descubierto cinco años atrás, mientras esperaba que le comunicasen el resultado de la operación quirúrgica de Mark. El lugar se encontraba entre un cementerio y una escuela para niños, y se llamaba la Valhalla. No fue un impulso lo que le indicó el camino, sino cierta sensación de vacuidad, de nada, de estar disponible y sin contacto alguno. Sí, con la ayuda de Dios, esta sensación fue la que guió los pasos del angustiado padre. Desde Marble Arch había llamado por teléfono al hospital y le dijeron que volviera a llamar a las siete, hora en que sabrían el resultado.

Echó a andar, y se encontró en un cementerio, inclinándose sobre las lápidas, en busca de los Cassidy allí enterrados. Y mientras buscaba cayó en la cuenta de que la multitud se movía en cierta dirección bastante determinada. Jóvenes vestidos con el uniforme de los sábados, formando, hasta aquel instante, grupos sin propósito alguno, miraban el reloj, parecía que formasen filas y se ponían en marcha. Poco después, un hombre de muy buen porte, con un smoking color malva, bajó de un taxi y avanzó rápidamente por entre la avalancha de jóvenes, llevando en la mano una alargada caja negra.

Entonces ocurrió el milagro.

Apenas el hombre de la chaqueta malva hubo desaparecido, tras cruzar la puertecilla de mimbre, surgió un rebaño de jovencitas, saltando y temblando sobre sus largas y dubitativas piernas; lucían todas brillantes colores, como pájaros tropicales, gracias a sus sutiles blusas y faldas acampanadas; iban sin medias, y quizá sin bragas. A Cassidy le parecía que las muchachas hubieran caído del cielo, aleteando, para posarse en el suelo, a sus pies. Y ahora las muchachas avanzaban en su misma misteriosa dirección e iban rebasándole. Como encantado, Cassidy siguió adelante, mientras locas visiones aparecían en su mente, una tras otra, sin interrupción. ¿Qué rito, qué ceremonia se celebra allí? ¿Un ahorcamiento? ¿La aparición de un profeta? ¿Una orgía al estilo de las de los Adolescentes Escandinavos? Cassidy había perdido la noción del tiempo y del lugar, e incluso la de su natural cautela. Tan sólo tenía una sensación de próxima conquista, una sensación que le había dejado la lengua reseca y que le acariciaba las suaves ingles. Flotaba en el aire. Con vértigo sexual avanzaba por el recinto municipal. Árboles, lagos, empalizadas y madres desfilaban por los márgenes de su visión y le guiaban a lo largo de su secreto itinerario. Se olvidó del peligro de peritonitis. Mark se había curado ya. Cassidy únicamente vivía allí en el colorido escuadrón que avanzaba ante él, en las móviles caderas, en el olor de talco infantil que las muchachas dejaban tras sí, como una estela. Una vez tropezó, otra oyó que un perro le ladraba, otra un hombre gritó: «¡A ver si mira por dónde va!», pero de repente se encontró dentro, con el ticket de tres chelines descansando en la palma de la mano, como una hostia. En el interior, estrellas de colores cruzaban aquella iglesia sin ventanas. En un altar elevado se balanceaban los sacerdotes que producían una música percutiva que Cassidy casi podía tararear.

Estaba bailando.

Bailando distanciado, con muchachas mudas. Trazando círculos alrededor del montón de bolsos. Jamás supo Cassidy el nombre de aquellas muchachas. Como monjas que hubieran hecho votos de silencio le prestaban su atención, le consolaban con la fría pasión de unos sentimientos basados en más altos empeños, y le abandonaban para dedicarse a otros pacientes. Unas cuantas, muy pocas, le rechazaron so pretexto de su edad. Otras le abandonaron acusándole de torpe, o debido a la súbita intervención de un paciente preferido. Pero esto en nada molestaba a Cassidy. Aceptaba el rechazo como si de una disciplina se tratara, como algo que le acercaba más y más a aquella impenetrable comunidad.

Una muchacha de pelo castaño le dijo:

—¡Eh...! ¿Por qué pones esta cara tan larga?

—Mil perdones —repuso Cassidy.

Y sonrió.

Aquéllas eran las muchachas a las que Cassidy podía amar, las muchachas que pasaban en autobús junto a él, las que montaban escaparates en las tiendas, las que trabajaban de secretarias en su oficina, las que desde las aceras le miraban cuando él iba en taxi, las muchachas como mascarones de proa eternamente hermosos en el mar cambiante.

Una rubita le dijo:

—Si quieres iré a tu casa, siempre y cuando me hagas un bonito regalo.

Pero Cassidy declinó la oferta. En el mundo en que Cassidy las imaginaba, la única casa en que las muchachas podían estar era aquel lugar.

Desde Haverdown se dirigió allá. Fueron cuatro horas y media en las que Cassidy estuvo condenado a mirar a través del parabrisas. Iba para curarse, para seguir el mismo tratamiento que le curó en aquella ocasión de Mark. Condujo sin parar, sin tomar bocado y sin pensar en nada porque nada tenía que pensar, ya que nada quedaba. Detuvo el coche ante un parquímetro y recorrió a pie los últimos doscientos metros, como un desconocido, un desconocido incluso para sí mismo.

La Valhalla había desaparecido. No, no estaba cerrada por la Policía. No, no había sido comprada por una Universidad o por unos grandes almacenes. Había sido bombardeada. Arrasada. El contratista de derribos había limpiado el lugar, con sus amarillas máquinas, llevándose la carne y dejando el hueso, y ni tan siquiera quedaba un peldaño en el que dejar un ramo de rosas.

14

El día de la junta general anual amaneció con la terrible tensión de las noches de estreno de una obra teatral, en las que la mitad del vestuario está todavía en poder de las Líneas Férreas de la Gran Bretaña.

A las tres de la tarde, los primeros en acudir fueron avistados en la planta baja, y una serie de shakespearianos mensajeros comunicaron la noticia a Cassidy. El inevitable aristócrata de la junta, un magnate del acero retirado, que había venido en avión desde Escocia, llevaba media hora sentado en la sala de espera cuando fue reconocido. Y, ahora, estaba en la sala de juntas, bebiendo agua de una garrafa. Meale (a fin de que se puliera un poco, pobre cachorro con el pelo de la dehesa) recibió instrucciones de acudir al lado del aristócrata en cuestión y conversar con él, para entretenerle. En la cantina, probando la calidad del té, fue avistado un retirado directivo sindicalista, llamado Aldebout, que Cassidy mantenía en la firma, con la única finalidad de que le ayudara a solventar los problemas planteados por el personal del taller.

Lemming, muy orgulloso de sí mismo, dijo refiriéndose al ex directivo sindical:

—Le he dicho que tomara el té aquí. Estos desgraciados son capaces de cualquier cosa con tal de echarse al coleto una taza de té.

La Policía Municipal se llevó el utilitario de dos señores de pardos abriguitos, procedentes de Shepton Mallet. Angie Mawdray, quien había observado los correspondientes trabajos de la grúa desde la ventana de su despachito, dijo:

—Y, además, le han arrancado el parachoques delantero.

Por orden superior, un mozo del almacén se encargó de ir a buscar el utilitario, así como de pagar la multa.

Entre bambalinas imperaba un ambiente de caos, más o menos dominado. Era viernes. La Feria se inauguraba el lunes siguiente. El nuevo chasis, montado por fin, pese a las maniobras de sabotaje llevadas a cabo por Lemming, había sido enviado por vía aérea a Le Bourget, pero el representante en Francia había notificado que el chasis había sido trasladado a Orly. Al cabo de una hora, el representante en cuestión volvió a telefonear. Las autoridades francesas habían entrado en sospechas de que el chasis fuera un instrumento bélico —opinión del representante— y habían confiscado el chasis —hecho real—. Cassidy, habiéndose olvidado totalmente el francés heredado de su madre, aulló en inglés:

—¡Soborne inmediatamente a las autoridades! ¡Por los clavos de Cristo, sobórnelas!

Dirigiéndose a Angie, quien estaba al lado de Cassidy, diccionario en mano, preguntó:

—¿Cómo diablos se dice sobornar en francés?

Sin dudarlo un instante, Angie repuso:

—*So-bor-ner.*

Cassidy aulló:

—¡Corrómpalas! *Corruptez!*

Pero el representante dijo que no podía porque ya lo estaban.

Poco después se cortó la comunicación. Se efectuó una desesperada llamada telefónica a Bloburg, el agente en París, pero no se consiguió ningún resultado positivo. Era la festividad de Saint Antoine, y monsieur Bloburg observaba fielmente las costumbres locales. A las cuatro de la tarde, cuando se inició la sesión, todavía no habían llegado noticias del frente de batalla. En todos los despachos del edificio se luchaba para conseguir el folleto de la empresa, debidamente revisado. La primera edición de dicho folleto, impresa en el último instante, tras prolongadas discusiones entre el departamento de Promoción y el de Exportación, tuvo que ser devuelta a la imprenta. Mientras todos esperaban ansiosamente la segunda edición, Cassidy descubrió que en él no había la versión alemana del texto, lo cual le produjo un ataque de rabia. Gritó:

—¡Por el amor de Dios! ¿Es que tengo que ocuparme de todo?

¿Quién hablaba alemán? Lemming había luchado contra los alemanes en la última guerra y los odiaba a muerte. Se negó a colaborar. Faulk era servicial hasta la histeria, pero no sabía alemán. Dijo que sabía un poco de italiano, pero que ignoraba si ello podía ser útil. Una oficina de traducciones, radicada en Soho, envió a una señora con pelo azul, pero que no sabía inglés, señora que en aquellos instantes estaba encerrada en el despacho de redacción, mientras Angie Mawdray, a quien las crisis le entusiasmaban, buscaba un diccionario técnico alemán-inglés.

En consecuencia, la sesión comenzó con retraso, lo que a nadie sorprendió. En un esfuerzo para calmar el ambiente, Cassidy abordó en primer lugar una serie de cuestiones de escaso interés. Dijo que la señora Cassidy no asistiría a la junta y que rogaba la disculparan. También la empresa General Hearst-Maundy, de Jamaica, rogaba excusaran su asistencia, ya que recientemente había fallecido la señora Bannister, antigua y fiel miembro de la junta. Cassidy comunicó que la señora Allan, tras siete años de servicios, había aceptado un puesto de superior categoría en una empresa de la competencia. Cassidy propuso que se le diera una gratificación de un mes de salario por cada año de servicios a la empresa. Esta moción fue aprobada sin la menor resistencia. Lemming, quien había conseguido que la señora en cuestión se fuera, después de haber soportado largos meses de venenosas intrigas organizadas por el propio Lemming, dijo:

—Es una gran pérdida para la empresa. ¡Era un valioso elemento, la pobre mujer!

Y se pasó la mano por el rostro, como si se enjugara una lágrima.

En consecuencia, poco faltaba para las tres y media cuando Aldo Cassidy, hijo del distinguido industrial hotelero, reverendo Hugo Cassidy, miembro del Parlamento y del Colegio de Abogados, se encontró en situación de iniciar, en su calidad de Presidente del Consejo de Administración, su tan esperado discurso sobre el tema de las exportaciones. Comenzó a hablar con fluidez y arrítmicamente, lanzando un ardoroso grito de batalla que hubiese paralizado el corazón del príncipe Ruperto. A este efecto, empleó un símil muy amado por el gran industrial hotelero, su padre:

—Los ideales son como las estrellas. No podemos alcanzarlos, pero nos beneficiamos de su existencia.

Haciendo caso omiso —o casi— de la ovación, Aldo Cassidy prosiguió:

—El Mercado Común (¡gracias, muchas gracias!), el Mercado Común, decía, es un hecho, un hecho de la vida. Debemos ingresar o hundirlo. Ésta es la alternativa. Por tanto, señores accionistas, antiguos y nuevos accionistas, la firma Cassidy está preparada para las dos cosas.

Después de pintar un paradójico cuadro de Europa desmoronándose bajo el empuje de la firma Cassidy, aun cuando sosteniéndose misteriosamente gracias a ciertos milagrosos agarraderos, Cassidy abordó, al fin, el tema de la Feria:

—Ahora bien, voy a mandar un muy fuerte grupo de ventas a París, y no pretendo excusarme por haber tomado tal decisión. No, porque no sólo tenemos los cañones, ¡sino que también disponemos de las necesarias tropas!

Más vítores. Cassidy bajó la voz:

—Esto quiere decir que nos vemos obligados a gastar dinero, y a gastar mucho dinero. Nadie ha hecho grandes negocios con cuatro reales. Cuento con dos equipos. A uno de ellos lo he denominado equipo A, y, al otro, equipo B. El equipo A, bajo la jefatura de Mr. Faulk, cuyo brillante historial de promoción de ventas tanto nos enorgullece...

Una salva de aplausos ahogó durante unos instantes las palabras de Cassidy.

—...partirá esta noche. Es un equipo joven...

Hizo una breve pausa para dirigir una malévola mirada a Meale, quien recientemente había cogido el mal vicio de calzar zapatos puntiagudos y de tararear por los corredores, y prosiguió:

—Un equipo joven y duro. Este equipo es el que se

encargará de las ventas, de dirigir el *stand*, de efectuar demostraciones del prototipo, de despertar el interés. Pero, ante todo y sobre todo, este equipo *venderá*. Y tengo esperanzas de que, cuando la Feria se inaugure oficialmente, el próximo lunes, tendremos uno o dos talonarios de pedidos que no estarán tan impolutos como ahora se encuentran. Esto es lo importante. Son muchos los compradores extranjeros que disponen de recursos limitados. Llegan con cierta cantidad disponible, y se van cuando la han gastado.

Cassidy levantó en el aire una hoja de papel en blanco, doblada, y la exhibió ante la encandilada mirada de los presentes.

—Además, hemos efectuado cierta labor de espionaje. Aquí tengo una lista de los principales compradores que asistirán a la Feria, así como las señas de sus alojamientos en París. Estoy convencido de que si estos señores no disponen de mucho dinero para gastar...

Hizo una sabia pausa, y siguió:

—Lo mejor que pueden hacer es gastarlo en productos Cassidy, antes de que se lo gasten en otras cosas.

Cuando las risas y los aplausos comenzaron a extinguirse, la expresión del presidente se endureció, y el tono de su voz adquirió severidad.

—Señores accionistas, señores miembros del Consejo, voy a terminar con las siguientes palabras.

Levantó lentamente una mano, con los dedos un poco arqueados, como si se dispusiera a impartir una bendición.

—Los hombres deben ser juzgados (y todos lo seremos, ineludiblemente, queridos amigos) por lo que buscan, no por lo que encuentran. Que nunca se diga que la empresa Cassidy no destacó por su iniciativa. Buscaremos... ¡y encontraremos! Muchas gracias.

Y se sentó.

Durante la pausa para tomar el té, el aristócrata con aires de veterano político se llevó a Cassidy aparte. Era un hombre decrépito, con el pelo blanco, que había almorzado en el Connaught a expensas de la empresa. Hablando muy lentamente, animado por los vapores de un whisky de rara calidad, dijo:

—Escuche el consejo de un viejo, amigo Cassidy. Es algo que he visto en la industria del acero, y que también he visto en el deporte de la caza. No se queme usted, no intente almorzar antes de desayunar.

Cassidy puso su mano, en un ademán tranquilizador, sobre el hombro de su consejero.

—No tema, lo que usted dice nunca ocurrirá.

—Lo que uno hace cuando tiene veinte años lo paga cuando tiene treinta, y lo que hace cuando tiene treinta lo paga a los cuarenta, y...

—Sí, de acuerdo, pero escuche lo que voy a decirle.

Habían llegado a la puerta de los retretes para la Dirección.

—Jamás, en momento alguno, olvido que mi deber es proteger los intereses de los accionistas. ¿Comprende?

El aristócrata le preguntó:

—Oiga, ¿no habrá estado usted bebiendo, por casualidad?

—¡Cielo santo, no!

—Bueno, la verdad es que le he estado observando, Cassidy, y he visto que es usted uno de los mayores embusteros con que me he topado en la vida.

El aristócrata acercó la cabeza a Cassidy, mientras fingía que se lavaba las manos, y dijo:

—Oiga, francamente, ¿no querrá usted que le demos un poco más de capital? Podemos arreglarlo de modo que Hacienda no nos pille...

Después del té, en la sala había menos público, y la verborrea de Cassidy había disminuido un poco. Pasándose como sobre ascuas el tema de la función del equipo B (encargado de la *logística de la segunda fase*), se desvió Cassidy de la línea recta, para hablar lúgubremente de los problemas anejos a la creación de nuevas sucursales y almacenes. Dijo:

—Incluso cabe la posibilidad, y hablo, desde luego, de posibilidades a largo plazo, lo cual digo para que no haya confusiones, de que la empresa Cassidy, en un lejano futuro, conceda licencias para la fabricación de sus productos en fábricas regionales, sobre la base de participación en los beneficios.

En esta ocasión, nadie sintió la tentación de aplaudir.

—Incidentalmente, diré que el equipo A se alojará en el centro de la ciudad, en donde gozará de las ventajas de una mayor movilidad, comunicaciones independientes, y todo lo demás, y está formado casi íntegramente...

Hizo una pausa, ya que Cassidy había proyectado decir estas palabras a modo de chistecito, e incluso había ensayado la cadencia. Volvió a abordar la frase.

—Casi íntegramente por mí. Y si digo «casi», ello se debe a que tengo el placer de anunciarles que mi esposa me acompañará.

Esta revelación de la intimidad conyugal sólo despertó un levísimo murmullo. En voz quizá demasiado alta, que casi todos oyeron, Lemming dijo:

—¿Vas a seguir diciendo más memeces o qué? Creo que ya les has dado bastante la lata.

Oyeron pasos apresurados en el corredor. Alguien iba, corriendo, a coger el teléfono de la Dirección General. Faulk se levantó y dijo:

—¡París!

—Por favor, Mr. Faulk, siga donde está. Mi secretaria se encargará de avisarme, si hace falta.

Furioso, aunque disimulándolo, Cassidy cogió la orden del día y miró cuál era el próximo asunto a tratar. En voz alta, y con un desagradable estremecimiento interior, leyó:

—Atenciones al personal.

Ahí estaba el asunto del dinero que daba al viejo Hugo para pequeños gastos. Debía andar con tiento, hablar en tono firme y ligero a un tiempo, mirar a cualquiera menos al aristócrata, quien tenía la manía de formar objeciones a esta partida de gastos.

—Atenciones al personal. En vista de nuestros beneficios, propongo efectuar, por una sola vez, con carácter retrospectivo, y sin que ello entrañe contracción de obligación alguna, un pago...

Inhaló aire, y alzó la vista al techo como si, de repente, hubiera olvidado el nombre de la persona en cuestión.

—...a nuestro valioso asesor en materia de alimentación Mr. *Hugo* Cassidy, cuyos prudentes y oportunos consejos tanto han mejorado el ambiente de la cantina de la fábrica.

Alguien llamaba a la puerta. Cassidy dijo:
—¿Aprobada la propuesta?
Aldebout preguntó:
—¿De cuánto será el pago?
Se abrió la puerta, y Angie Mawdray asomó la cabeza. Cassidy repuso:
—Mil libras. ¿Alguna objeción?
Larry Faulk dijo:
—Ninguna, en absoluto.
Con el rabillo del ojo, Cassidy vio que el aristócrata alzaba su blanca cabeza, juntaba las blancas cejas y levantaba una blanca mano, en ademán de tardía objeción. En aquel instante, Angie dijo:
—Mr. Aldo: París.
Muy suavemente, Cassidy dijo:
—Les ruego me disculpen durante unos instantes. Se trata de un asunto que requiere mi atención personal.
Hizo una pausa, inspirada pura y simplemente en la cortesía, y añadió:
—Señoras y señores, supongo que, cuando vuelva, podremos abordar, el punto siguiente de la orden del día, Mr. Lemming, ¿consta este punto en las minutas que hemos repartido? Mr. Faulk, si lo desea, puede sustituirme durante mi ausencia. Quizá sería oportuno que expusiera nuestros planes de promoción en Escocia... Mr. Meale, ¿puede acompañarme, por favor? Quizá le necesite.
Lemming abrió la puerta para que los dos salieran. Cuando Cassidy pasó junto a él, le susurró al oído:
—Los franchutes nos han echado de la Feria. Me apuesto diez contra uno a que nos han echado.
Triunfalmente, Angie Mawdray dijo:
—¡Es un francés! ¡Parece excitadísimo!
—¿Encontró el diccionario técnico?
—No.
—Lástima.
Meale le dio el teléfono. Cassidy dijo:
—¿Diga? ¿Diga?
—¡Oiga, oiga, oiga!
Cassidy alzó la voz para que pasara el Canal de la Mancha, y dijo:
—¿Diga? *¿Diga?*
—¡Oiga, oiga, oiga!

—¿Me oye? Meale, llame a la centralita y diga que nos pasen la comunicación a otro teléfono.

Meale levantó otro teléfono.

—*Cassidí?*

—*Oui*

—*Comment ça va?*

—*Oiga, écoutez, avez vous le pram?*

—*Oui, oui, oui, oui. Tous les prams.*

—¿Dónde están? *Où?*

Muy excitado, Cassidy se dirigió a Meale:

—Déjelo. Oigo perfectamente.

—*Cassidí?*

—*Oui?*

—*Comment ça va?*

—Magnífico, hombre, magnífico. Pero, oiga, ¿dónde está el cochecito?

—*Ici* Shamus.

—¿Quién?

—Muchacho, ¿no me irás a decir que ya te has olvidado de nosotros?

Lemming había seguido a Cassidy hasta el piso superior y escuchaba desde la puerta. Con ardientes esperanzas de recibir malas noticias, Lemming le preguntó:

—¿Qué, qué?

Cassidy miró a Lemming y luego al teléfono. Tapó con la mano la boquilla de éste y, con gran firmeza, le dijo a Lemming:

—¿Te molestaría cerrar la puerta? Has de comprender que no puedo sostener dos conversaciones al mismo tiempo. Estaré con vosotros dentro de un instante. Anda, ve a entretener a esa gente. Haz algo útil, hombre.

Lemming frunció el ceño y se fue. Meale salió trotando, tras él. Cassidy bajó la voz.

—Shamus, ¿dónde estás?

La respuesta tardó un poco, y, durante esta breve espera, Cassidy creyó oír otra voz, muy apagada, como si Shamus estuviera consultando con alguien. Por fin, Shamus contestó:

—En la cama. En una cama de Ladbroke Grove.

—¿Está Helen contigo?
—No, muchacho. Esta vez te llamo yo solito. Anda, ven.
Más consultas, seguidas de unos sonidos extraños, como los que a veces intercambian amo y perro. Luego:
—Anda, saluda a Cassidy, el atracador... Corre, dile hola qué tal a Cassidy...
En voz mucho más alta, Cassidy oyó:
—Anda, Cassidy, saluda a Elsie.
Oyó un roce suave, al cambiar de manos el teléfono. Y, después, una risita femenina. Elsie dijo:
—Hola, Cassidy.
—Hola, Elsie... ¿Cómo está Shamus? No le pasará nada malo, ¿verdad?
Shamus dijo:
—Estoy perfectamente. Anda, ven corriendo, muchacho.
—Estoy en una junta.
—Yo también.
—Una junta de accionistas. Soy la estrella del espectáculo, ¿comprendes? Y me están esperando.
Estas palabras en modo alguno impresionaron a Shamus, quien habló en tono lastimero:
—Te he estado llamando toda la semana, ¿no te lo han dicho? Oye, ¿quién era esa fulana tan atractiva con la que he hablado antes?
—Mi secretaria.
—No, hombre, ésa no. La otra.
Temiendo lo peor, Cassidy dijo:
—Seguramente sería mi esposa.
—Hay muchas mujeres por ahí. Ésa con la que he estado hablando es muy ingenua. Y admira a los rusos. Debes vigilarla, muchacho.
—Oye, Shamus, la verdad es que pensaba escribirte. ¿Cuándo podemos vernos?
—Esta noche.
—Esta noche no puede ser. El lunes salgo para París, en donde tengo una especie de convención. Ahora tenemos un montón de problemas que resolver.
—¿Adónde has dicho que vas?
—A París.
—¿A París vas, muchacho?
—Sí, el lunes.

—¿A vender cochecitos?

—Eso.

—Pues iré contigo. Tráete el «Bentley». Necesitamos el asiento trasero.

15

Cuando regresó, la casa estaba a oscuras. Mientras Cassidy subía la escalera, se acordó del día en que murió el padre del viejo Hugo, día en que sus tías pusieron la casa de luto. Las tías de Cassidy nunca habían tenido un muerto en casa, pero sabían exactamente lo que debían hacer para vestirse de luto ellas mismas y el hogar, dónde encontrar telas negras, hasta qué punto debían correr las cortinas, cómo encontrar programas religiosos en la radio y qué hacer con las revistas festivas.

La puerta del dormitorio estaba cerrada. Desde la cocina, Mrs. Groat gritó:

—Me parece que Sandra está durmiendo ya.

En la cama del dormitorio de los niños había una toalla, con un cepillo para los dientes al lado. Hugo dormía. Cassidy se desnudó despacio, con la esperanza de que Sandra acudiera, y luego decidió afeitarse para molestar a su suegra. Las causas de la irritación se remontaban al día del nacimiento de Mark, a quien Sandra dio a luz en casa. Sandra aseguraba que no padecería dolores —había leído unos cuantos libros que proscribían los dolores del parto—, pero su confianza resultó infundada. La casa pronto se estremeció a causa de los chillidos de Sandra, quien tozudamente se negó a aceptar el penthotal, mientras su madre lloraba en la cocina y revivía sus avatares de parturienta, igual que un retirado boxeador revive sus pasadas peleas. Mientras la madre de Sandra hervía agua, para utilizarla con unos fines que Cassidy ni tan siquiera se atrevía a imaginar, gritó dirigiéndose a éste:

—¡Dios! ¡Los hombres! ¡Si supierais lo que hacéis!

Anonadado por un sentimiento de culpabilidad, pero furioso a causa de lo que él consideraba odioso abandono a los impulsos primarios femeninos, Cassidy decidió ejercer la única prerrogativa masculina que le quedaba. Se afeitó.

Por razones parecidas, sintió ahora deseos de afeitarse. Se desabrochó la camisa, hundió la navaja en agua caliente, hizo un poco de ruido al dejar la brocha en la estantería de vidrio, y afeitó, innecesariamente, sus mejillas increíblemente juveniles.

Sandra le tuvo esperando durante largo rato. Dijo:

—Estoy segura de que estás despierto. Lo noto por tu forma de respirar.

Sandra estaba de pie bajo el dintel de la puerta del cuarto de los niños, su silueta se recortaba contra la luz exterior, y Cassidy imaginaba que el rostro de su mujer estaba atenazado por la tensión de un resentimiento ciego. Calculó que Sandra llevaba bastante rato allí, ya que había oído el primer suspiro hacía unos diez minutos. Con voz de Ofelia, Sandra prosiguió:

—Careces de todo género de nobleza de alma, careces de decencia, de moral y de comprensión humana. Ni uno tan solo de tus instintos es siquiera remotamente honorable. Me consta que estás mintiendo una vez más. ¿Por qué no lo reconoces?

Cassidy soltó un gruñido y movió un brazo, como entre sueños, pese a que su mente trabajaba a toda velocidad. «Miento, sí. Siempre te he mentido y siempre te mentiré, y siempre que me pilles *in fraganti* me negaré a decir la verdad, porque tú, lo mismo que yo, no sabes enfrentarte con la verdad. Pero en esta ocasión, se da la paradójica casualidad de que te miento porque comienzo a descubrir la verdad, y esta verdad, querida, no se encuentra entre nosotros, sino que está fuera de nuestro ámbito.»

Cassidy esperó.

Silencio.

«O, si lo prefieres emplearé la lógica tradicional, aunque dudo que sea procedente, ya que tú, querida, careces de título de enseñanza superior. En fin, vamos allá. Si carezco de las cualidades que acabas de enumerar, y a efectos dialécticos estoy plenamente dispuesto a reconocer que así es, ¿a santo de qué he de tener la nobleza, decencia y moral de reconocerlo?»

Silencio.

Con la peor de las intenciones, Sandra insinuó:

—Supongo que harás el viaje con A. L. Rowse, y por esto no puedo acompañarte.

Cassidy se quitó las mantas de encima e inició aquellos movimientos de cisne propios del despertar. Sandra le preguntó:

—¿Se puede saber quién era el ruso que te ha llamado por teléfono?

—No lo sé.

—¿Quién era ese ruso que te ha llamado por teléfono? ¡Quiero saberlo!

—Lenin.

—¡Aldo...!

—Algún hombre de negocios, supongo. ¿Cómo diablos quieres que lo sepa?

Con gran tristeza, Sandra dijo:

—En realidad, parecía un tipo bastante divertido.

Cassidy pensó: «Y en realidad lo es.» Sandra afirmó:

—Eres un niño, y precisamente esto es lo que les ocurre a los homosexuales. Eres incapaz de comprender y aceptar la menstruación, los partos, la muerte o cualquier otra cosa. Careces, *en absoluto*, del sentido de la realidad. Quieres un mundo lindo, limpio y ordenado, rebosante de amor hacia el pequeño Aldo.

Sandra siguió hablando con un tono de gran amargura:

—Pues bien, siento mucho decírtelo, pero el mundo no es así, y esto, querido muchacho, tendrás que aprenderlo algún día. Sin embargo, no te da la gana. ¿Aldo?

Miaaau.

Utilizando el tono de su padre, el brigadier, cejas y pies separados, Sandra continuó:

—El mundo es duro, *muy* duro, y amargo. Aldo, me consta que estás despierto.

Creo en Flaherty, Padre, Hijo y Muchachito.

—Aldo, he decidido separarme de ti. Me llevaré a los

niños a Shropshire. Mamá ha encontrado una casa cerca de Ludlow. Es una casita muy sencilla, pero, sin ti, nos bastará. Cuando tú no estás, vivimos con gran sencillez. En cuanto a los hijos, reconozco que necesitan a alguien que sustituya la imagen paterna. De esto me encargaré tan pronto estemos en Ludlow. *Thisbe* y *Gillian* pasarán una temporada en una perrera, hasta que nos hayamos mudado.

Thisbe y *Gillian* eran los perros afganos. Hembras, desde luego. Sandra prosiguió:

—Lo siento por ti. No sabes nada acerca del amor, de la vida y, sobre todo, de las mujeres.

Cubierto con las mantas, Cassidy se mostró plenamente de acuerdo. «Sí, señora, y precisamente por esto voy a París. Y precisamente por esto no quiero que me acompañes. Voy allá para ver si aprendo eso que tú dices saber tan bien. Así que fastídiate, guapa.» Habló Sandra:

—John Elderman dice que subconscientemente has jurado vengarte de tu madre. La odias porque se acuesta con tu padre. Y ésta es la razón por que también me odias a mí.

«Dios mío, ¿no pretenderás decirme que te has acostado con el viejo Hugo? Bien, bien, bien... Parece que la lujuria campea por sus fueros en esta casa.»

Sandra repitió:

—Te compadezco profundamente, sí, porque no se te puede culpar de nada, y nada puedes hacer para remediar tu modo de ser. He intentado ayudarte, pero he fracasado.

Levantando mentalmente una mano, Cassidy pensó: «Eso es. No pases adelante, quédate en esta afirmación. Has fracasado totalmente. Has sido incapaz de comprender mi manera de pensar, mi manera de expresarme, y lo muy desgraciado que he sido viviendo contigo. Imaginas que monopolizas cuanta metafísica hay en esta casa, pero te digo, pequeña, que serías incapaz de reconocer la existencia de Dios incluso en el caso de que bajara de los cielos y te atizara un directo en la mandíbula.»

Volviendo a machacar un punto anteriormente tocado, Sandra dijo:

—Tus reacciones son totalmente homosexuales. Sin embargo, tu homosexualidad se centra en tu padre y en tus hijos. No les amas como parientes próximos, sin embargo...

«¿Parientes? ¿Por qué no los llamas "padre" e "hijos", igual que antes? Además, no haces más que repetir argumentos que ya has utilizado. No tardará en llegar el momento en que no podré aguantar más la lata que me estás dando, y caeré dormido como un tronco.»

—No les amas en cuanto a parientes, les amas en cuanto a *hombres.*

Cassidy pensó: «Pero, a pesar de todo, no te vas de mi lado, ¿verdad?»

—Y, entretanto, me mientes hablándome de estas increíbles obras benéficas. Me consta que es todo mentira. A mamá también le consta. A todos nos consta. No son más que estúpidas excusas. *¡Bristol...!* ¿Crees realmente que la gente de Bristol necesita que les regales un campo de deportes? ¡Nadie iría a este campo de deportes si fuera donación tuya! *¡Un puente para peatones! ¡Un pabellón para los muchachos! ¡Allanar el terreno! ¡Uf...!*

Sandra regresó a su dormitorio.

Nada, repitió Cassidy.

«Nada, nada, nada, nada, nada, nada. Lávate el cerebro bien lavado. Déjalo en blanco. Cassidy lava más blanco. Las mentiras y las verdades no existen, sólo existe un imperativo, sólo existe la supervivencia, sólo existe la fe. Flaherty, te necesitamos.» Protegiéndose con las manos los ojos de la oscuridad, Cassidy pensó: «Y si mi mente no estuviera en blanco, te diría que eres una pelma insoportable. Me dejas en un buen estado. Sin ti, hubiera podido ser escritor; sin embargo, vivo encadenado a los cochecitos de niños.»

Volvieron a brotar las lágrimas y saltaron por entre sus dedos. Cassidy dio nombre a cada una de ellas: remordimiento, rabia, impotencia, la Santísima Trinidad. Os bautizo en nombre de la apatía. A punto estuvo de acudir al lado de Sandra y enseñarle las lágrimas. Al fin y al cabo, esto era lo que ella hacía. Sandra esperaba el momento de tener gran cantidad de vapor acumulado, y, entonces, iba y lo vertía íntegramente sobre él, gota a gota. De buena gana, Cassidy le hubiera gritado: ¡Odio tus repugnantes lágrimas! En consecuencia, ¡mira, mira las mías!

Hugo dijo:

—Buenas noches, papá.

Como solía ocurrir, después de escenas como la anterior, Sandra estuvo extremadamente agradable durante el desayuno. Besó maternalmente a Cassidy, le dirigía profundas miradas de complicidad, obligó a su madre a que se quedara en cama un rato más, y obsequió a Cassidy con té, en vez de darle café, brebaje que Sandra consideraba de poca categoría.

Mientras Sandra permanecía a su espalda, con las manos apoyadas en sus hombros, Cassidy se atrevió a decir:

—Con respecto a lo que John Elderman dijo...

—Bah... No hagas caso. Anoche estaba de muy mal humor —contestó Sandra quitándole importancia al asunto, y dándole un beso en la cabeza. Cassidy dijo:

—¿Dormiste bien, por lo menos?

Sandra contestó:

—Sí, muy bien. ¿Y tú?

—Bien. Siento mucho lo de París.

Sandra sonrió.

—¡París...! ¡Qué crío eres!

Volvió a besarle.

—Para ti será toda una batalla comercial, ¿verdad?

—Es posible que la cosa sea dificililla.

—No seas tonto, no me gusta que le quites importancia a las cosas. Me consta que tendrás que luchar con dureza. A las mujeres nos gustan los luchadores.

Sandra volvió a besarle, pero Cassidy no había terminado aún el tema de John Elderman.

—Bueno, Sandra, la verdad es que no lo hago con entusiasmo, no tengo ninguna ilusión, ¿sabes?

—Lo comprendo.

Más besos. Cassidy volvió a la carga:

—Ni siquiera tengo motivaciones subconscientes. Bueno, con esto quiero decir que podría muy bien desvirtuar estas argumentaciones de John Elderman, de manera que, sobre la misma base de hecho, demostraran exactamente lo contrario.

—Claro que podrías. En el fondo no son más que alardes científicos de John, alardes para presumir. Tú eres mucho más inteligente que John, y él lo sabe.

—Bueno, lo que pasa es que de vez en cuando me encuentro con problemas, y reacciono agresivamente. Pero esto nada tiene que ver con ser marica.

—¡Claro que no!

Tras una breve pausa, Sandra añadió con gran benevolencia:

—Y te portaste muy bien cuando prestaste dinero a John. Pero reconozco que, de vez en cuando, no comprendo tus motivaciones. Desde luego, estoy convencida de que lo de tus campos de deporte es verdad. Y quisiera que esa gente repugnante te diera facilidades, de una vez para siempre.

—Son tan corruptos, Sandra...

—Sí, lo sé.

—Convencerles es cuestión de *años*...

Hábilmente, Cassidy comenzó a erigir sus defensas. Estaré fuera día y noche... La Embajada enviará un automóvil para que me recoja en el aeropuerto... Y, tan pronto entre en el automóvil, dejaré de ser dueño de mis propias decisiones... No me llames, ya lo haré yo, a cuenta de la firma...

—Vaya, vaya... Me parece muy bien que la Embajada mande un automóvil. Debería mandar todos sus automóviles, organizar una caravana para Aldo. Sí... Vaya, vaya, vaya...

Cuando Cassidy salió de casa ya comenzaban a llegar las mujeres de la limpieza, algunas de ellas en taxi y otras en automóviles conducidos por sus maridos. Los perros ladraban en el vestíbulo, y los teléfonos sonaban en las diversas plantas de la casa. Los operarios habían comenzado su trabajo. El albañil preparaba una taza de té.

Cassidy prometió a Sandra:

—Si veo que puedo solucionar pronto los problemas, te llamaré, y tú vas y tomas el primer avión para París. Bueno, el primero no, el siguiente.

—Adiós, *Pailthorpe*, monada.

Apartó la vista del rostro de Sandra y vio, tras ésta, a su madre política que, como una niñera senil, vigilaba a su hija, cual si se aprestara a agarrarla, caso de que se cayera. Poco faltó para que Cassidy, después de salir de casa, regresara a ella. Poco faltó para que entrara en una cabina telefónica y llamara a su mujer. Poco faltó para que perdiera el avión. Sin embargo, siempre había faltado muy poco para que Cassidy hiciera cosas que nunca hizo. Ahora sí, ahora las haría.

Las haría en París de Francia.

PARÍS

16

Cassidy siempre supo que las aventuras amorosas están fuera del tiempo, por lo que difícilmente pueden estructurarse en secuencias. Pasan, si es que pasan, más allá de las ramas de nuestros habituales árboles, en ciertas nubes medio iluminadas en las que no se encuentran seres diurnos; pasan en instantes en que el alma es más sublime que el más bello de los parajes, y cuanto la vista percibe ilumina nuestro mundo interior.

Así ocurrió en París.

Haverdown duró una noche, y la Feria de París duró cuatro días, según la información facilitada por la Asociación de fabricantes de cochecitos para niños, aun cuando Cassidy no pudo ratificar este hecho, mediante corroboración de fuentes independientes.

Sin embargo, tanto Haverdown como París produjeron en Cassidy un mismo efecto de ritmo ineludible: el mismo primer encuentro dubitativo, el mismo imprevisible trayecto a ciegas desde lo previsible a lo inimaginable, la misma penetración en las más cerradas cámaras de su corazón, en los cerrados lugares de una población... Todo estaba dominado por una primera sensación de fracaso, todo quedaba coronado por el mismo clímax triunfal, todo le instruía y todo le dejaba con muchas cosas por saber.

Tal como habían convenido, se encontraron en la terminal número dos, concretamente en la sala de salidas. La Mayoría - demasiado - mayoría estaba en todas partes, pero Shamus había encontrado un rinconcito aislado. Cassidy tardó en descubrirle, y estuvo a punto de perder la serenidad. Shamus estaba sentado en una retorcida postura, en una silla de inválido, propiedad del aeropuerto, como si hubiera recibido una herida terrible, llevaba gafas oscuras y se cubría la cabeza con una boina. Sus anchos hombros estaban echados hacia delante. Iba con la vieja chaqueta negra y no llevaba equipaje. En la mano sostenía una naranja a la que daba vueltas y más vueltas, pasándosela a la otra mano, como si quisiera recuperar la fortaleza de los músculos del antebrazo. Habló en un ronco susurro. Elsie tenía la culpa, dijo Shamus. Elsie le había obligado a fortalecerse los brazos. Era exigente Elsie. Además, tenía la costumbre de beber una solución de formol, lo cual producía espasmos en las vértebras, además de perjudicar la glotis. Era la primera vez que Cassidy veía a Shamus a plena luz del día.

—¿Cómo va el libro?

—¿Qué libro?

—La novela. Me dijiste que la presentarías a los editores de Londres. ¿Qué? ¿Les gustó?

Shamus dijo que no sabía de qué le hablaba. Dijo que quería tomarse un café y cruzar el vestíbulo para que le empujaran de un lado para otro, de manera que pudiera ver a gente sana y oír las risas de los niños de corta edad. Mientras se tomaban el café —los camareros dieron muestras de gran diligencia: limpiaron la mesa y quitaron sillas superfluas—, Cassidy preguntó por Alastair, el ferroviario, así como por otros personajes de la gran noche, pero Shamus se mostró remiso a facilitarle información. No, Helen y él no habían vuelto a Chippenham; el taxista había desaparecido de sus vidas. No, no recordaba cuándo abandonaron Haverdown. Se fueron porque unos hijos de mala madre les cortaron el agua. En consecuencia, emigraron al East End de Londres y vivieron en casa de dos amigos llamados Hall y Sal. Hall era boxeador. Un tipo formidable. Shamus añadió:

—Me atizaba.

Lo dijo como si fuera un elogio. Y nada más dijo. Explicó:

—Muchacho, no te quedes jamás anclado en el pasado. El pasado apesta.

Con temblorosas manos se acercó la humeante taza al pecho. Únicamente la mención de Flaherty produjo una chispa de vida en sus pupilas mortecinas. La correspondencia con Flaherty iba viento en popa, afirmó. En la actualidad pocas dudas podía albergar acerca de la veracidad de las afirmaciones de Flaherty. Se comieron la naranja. Cada uno una mitad. En el avión —al que Shamus fue transportado por dos corpulentos camareros, ya que seguía sentado en la silla de inválido—, Shamus se echó a dormir, colocando la boina, a modo de almohada, contra el cristal de la ventanilla. Y en Orly se produjeron un par de situaciones embarazosas. La primera de ellas fue debida a que los empleados franceses acudieron junto al avión con una silla de inválidos que Shamus rechazó con gran dignidad. Y la segunda se centró en el equipaje. Cassidy se había comprado un maletín de piel de cerdo que hacía juego con su abrigo de piel de camello, abrigo de viajero empedernido, y estaba muy inquieto —ya que sabía el modo de ser de los franceses— mientras esperaba que el maletín apareciera en la cinta transportadora. Tras haber recobrado sin mayores dificultades su maletín de piel de cerdo, encontró a Shamus, junto a la salida, con las manos vacías.

—¿Y tu equipaje?

—Nos lo hemos comido —repuso Shamus.

Una azafata, atraída por el llamativo aspecto de Shamus, le miró y frunció el seño. Shamus le gritó:

—¡Zorra!

La azafata se ruborizó y se largó. Cassidy, un tanto inhibido, le dijo:

—Ten cuidado, hombre...

A lo que Shamus contestó con un gran maullido.

Subieron a un hermoso coche, y durante un rato los dos guardaron silencio, asombrados por tanta belleza. Una perfecta luz solar bañaba la ciudad. La luz parecía incendiar el río, destellaba en las rosadas calles, y convertía las águilas de oro en fénixes de presente alegría. Shamus iba sentado en su lugar favorito, es decir, al lado del conductor, y saludaba con lentos ademanes a la multitud, quitándose de vez en cuando la boina. Algunos contestaron sus saludos, y una muchacha muy linda le lanzó un beso con las puntas de los dedos, lo cual jamás le había ocurrido a Cassidy. En el «Hotel St. Jacques», fueron recibidos con la ostentosa tolerancia que los hoteleros franceses reservan para los homosexuales y las parejas que no están unidas por el vínculo matrimonial. Los empleados presumieron que quien mandaba era Shamus. Cassidy había reservado una *suite* con dos camas, para prevenir cualquier eventualidad, y el gerente les obsequió con un cuenco de fruta variada. La cartulina decía: «*Pour monsieur et madame, avec mes compliments les plus sincères.*» Shamus pidió champaña por teléfono, en francés, pronunciando champú en vez de champaña, lo cual hizo mucha gracia a la telefonista, quien dijo, como si ya hubiera oído hablar de Shamus:

—*Ah...! C'est vous?*

Se bebieron el champaña caliente debido a que, cuando se lo bebieron, el hielo ya se había fundido, y luego descendieron por la rue Rivoli, en donde compraron —para Shamus— un traje, tres camisas y un par de hermosos zapatos charolados.

—¿Cómo está el «Bentley»?

—Bien, gracias.

—¿Y la vaquera, es feliz?

—Sí, sí...

—¿Los críos?

—También.

—¿La pata?

—La pata, bien. Arreglándose.

Shamus le recordó a Cassidy: un cepillo para los dientes. En consecuencia, compraron un cepillo para los dientes, puesto que Shamus había dejado el suyo en casa de Elsie, no fuera que el marido de ésta lo necesitara cuando saliera de presidio.

—¿Cómo está Helen?

—Bien.

Entraron en una pequeña floristería para comprar dos claveles, en donde Shamus dio un beso en el cogote a la dependienta, muestra de afecto que ésta recibió con gran compostura. Shamus trataba a las mujeres de un modo que, hiciera lo que hiciera, no se sentían ofendidas. Era algo parecido al modo como Sandra trataba a los perros. Shamus le explicó a Cassidy, mientras se ponía el clavel en el ojal:

—Procura conquistar a las compradoras y verás como ganas fortunas.

A las seis en punto, Bloburg, el agente de Cassidy en París, hombre de terrible corpulencia, entró en el vestíbulo del hotel, comenzando a pronunciar enloquecidas frases de halago, incluso antes de salir de la puerta giratoria. Shamus se retiró al dormitorio a fin de leer información técnica acerca de cochecitos para niños.

—¡Cassidy! ¡Dios, Cassidy! ¡Pareces doscientos años más joven, muchacho! ¡Cómo te las arreglas, mi querido amigo, para tener aspecto tan juvenil! En cambio, yo... ¡Mírame! ¡Parezco un agonizante! Cassidy, querido, ¿cómo estás? Oye, mañana damos una fantástica cena en tu honor, una cena en un restaurante que sólo los parisienses conocen.

Al día siguiente gozaron de la hospitalidad de Bloburg, hombre triste y vocinglero que lo había perdido todo en la guerra. Había perdido el hogar, padres, hijos, todo. En anteriores visitas, Cassidy le había ayudado grandemente, incluso le dio unos cuantos consejos para que llevase un poco mejor su desdichada vida sexual.

—¡Cassidy, eres el número uno! ¡Todo París habla de ti! ¡Te lo juro! ¡Cassidy, eres un artista! ¡Y París desde siempre se ha rendido ante los artistas!

París es fantástico, los artistas son fantásticos, Cassidy es fantástico. Pero ni siquiera Cassidy, hombre capaz de aceptar gran cantidad de lisonjas y halagos, creía en las palabras del triste Bloburg, su propagandista. Cassidy propuso:

—Tomemos un trago.

—¡Cassidy, qué generoso eres! Todo París dice que...

Bloburg tardó mucho en irse, ya que albergaba esperanzas de que le invitaran a cenar, pero Cassidy lo trató con dureza. Quería cenar con Shamus, y el tiempo era oro.

Cenaron en el hotel, tanteando el camino que debía llevarles a una recíproca comprensión, y sin encontrarlo, Cassidy brindó por el libro. Shamus bajó el vaso, y preguntó:

—¿El libro? ¿Qué libro?

—Tu libro. Tu nuevo libro, hombre. Para que sea un éxito de masas.

—Oye, muchacho.

—¿Sí?

—Tus folletos son una maravilla. Son orondos, persuasivos y pletóricos de seguridad. Lo he pasado bomba, leyéndolos.

—Muchas gracias.

—¿Los escribes tú?

—En gran parte, sí.

—Demuestran un gran talento. Me gustaría trabajar en eso.

—Gracias —repitió Cassidy, y volvió a atacar la langosta.

Pensó que estaba muy bien guisada, con su mantequilla aromatizada con ajo y romero. Shamus le preguntó:

—¿Cuánto hace que inventaste el sistema de frenaje?

—Diez años ya.

—¿Algo más, desde entonces?

—Bueno, me he ocupado del asunto de ventas. Y también de fabricación, mercadeo, explotación... Incluso hemos comenzado a montar sucursales, aunque en pequeña escala, ¿sabes?

—Sí, claro, claro...

Al verse reflejado en el espejo, Shamus dejó de comer para admirar su traje nuevo, alzó el vaso, brindó por sí mismo, volvió a bajar el vaso y a levantarlo, correspondiendo así al brindis. Se reclinó en la silla.

—Pero, ¿no has hecho nuevas invenciones que asombren al mundo?

—No, creo que no.

—¿Y el chasis plegable? ¿No fue invento tuyo?

Cassidy emitió una carcajada confidencial.

—Le di mi apellido, pero en el fondo fue la sección de diseño la que se lo inventó.

—Sí, pero tú lo convertiste en realidad.

Cassidy volvió a mencionar a Helen. Y Shamus dijo que Helen estaba bien. Ahora vivía con su madre. Las princesas debían quedar encerradas en altas e impenetrables torres. Explicó Shamus:

—Últimamente Helen había cambiado un poco, y se estaba convirtiendo en una caradura.

—¿Lo pasó bien en Londres, cuando vivías con Hall y...?

Cassidy estuvo a punto de decir Hall y Sal, pero supo callarse a tiempo.

—Sí, sí, claro —contestó Shamus, y, dando por terminado el tema Helen, se embarcó en un aburrido interrogatario acerca de los peligros que presentaba la competencia extranjera en el asunto de la fabricación y venta de cochecitos para niños.

¿Eran los cochecitos franceses más atractivos, sexualmente hablando? ¿Eran los alemanes más sólidos? ¿Y qué tal andaban los rusos, en materia de cochecitos? Mientras formulaba estas preguntas, la atención de Shamus iba centrándose más y más en una muchacha sentada en un rincón. Esta muchacha tendría unos doce años, a lo sumo. Estaba junto a un candelabro y llevaba un vestido plateado, igual que el de Sandra el día del baile de primero de mayo, en Oxford. Había pedido algo *flambé* que exigía fruta y gran cantidad de licores. Dos jóvenes camareros, estrechamente vigilados por el *maître d'hotel*, organizaban la cosa en un carrito. De repente, Shamus dijo:

—Cristo no dijo nada sobre nosotros, ¿verdad? Ni una sola palabra suya se refiere a nosotros. Parece que lo único que podemos hacer es seguir las reglas del juego.

—¿Nosotros? —preguntó Cassidy sorprendido.

Shamus seguía observando a la muchacha, pero la expresión de su rostro no era amistosa ni de curiosidad, y en su voz había un leve rastro de acento irlandés. Dijo:

—Los vendedores de cochecitos para niños sois gente afortunada. Vuestro destino es muy triste, aquí, en este mundo, pero estáis preparados para dar el gran salto. Sabéis dónde os encontráis. Vivís en este mundo preparándoos para gozar del otro.

La muchacha escogía botellas. Ésta no, aquélla. Y la indicaba con la mano enguantada en blanco. Lucía una cinta negra alrededor del cuello, con un diamante en medio.

Shamus dijo:

—Los negociadores de la paz ríen, son los hijos de Dios, y nadie puede pedir mejor padre. Pero yo no soy un puñetero negociador de la paz. ¿O sí?

—Sin duda alguna, no lo eres —repuso muy sinceramente Cassidy, quien todavía no se había acostumbrado del todo al cambio de tono de voz de Shamus.

—Soy un hombre de choque, un hombre que canta las verdades claras. Sí, señor, eso es lo que soy.

Cassidy le recordó:

—Y un hombre del Antiguo Testamento, como Hall.

¿Habría boxeado Shamus? Cassidy había practicado el boxeo en la escuela. Cometió el error de tomarse un baño antes de la pelea, debido a que quería dejar complacido a su ayo, quien tenía muy alta opinión del potencial religioso de Cassidy. Y Cassidy, pese a que aguantó muchas bofetadas en el curso de la pelea, fue obligado, por fin, a tumbarse en el tercer asalto, y, desde entonces, durante largos años, la sola visión del cuero de los asientos de los coches le producía mareos.

—Mierda —dijo Shamus.

—¿Qué?

—Que mierda. Que no quiero que hables de Hall —le contestó irritado Shamus.

Intrigado, Cassidy dijo:

—Lo siento.

La niña seguía centrando la atención de Shamus. El *maître d'hotel* escanció unas gotas de zumo de limón en el vaso de vino de la niña, y la frágil mano de ésta dijo: ¡Basta! Los camareros se llevaron la botella. Shamus prosiguió, refiriédose todavía al tema de la redención y los redimidos:

—Y esta pequeña zorra es pura y aceptable sólo porque es una niña. Los niños gozan de total inmunidad. Y conste que no me parece mal. Soy un ardiente defensor de esta clase de individuos, aun cuando creo que la edad límite debería rebajarse un poco. Sin embargo, ¿cuál es el trato que recibimos los escritores? Te diré una cosa: los escritores no somos mansos, ni mucho menos, pues estamos seguros de no heredar la tierra. Y tampoco somos pobres de espíritu, por lo que no podemos contar con el Reino de los Cielos.

La expresión del rostro de Shamus, al borde de la ira, fluctuó durante unos instantes. Cogió la mano de Cassidy y la acarició devotamente, lo cual le calmó. Dijo:

—Calma, muchacho, calma... No te enfades... Calma...

Sonrió tranquilizado, y en voz más suave le explicó a Cassidy:

—En mi opinión creo que no tenemos cuanta información hace falta. Así se lo dije a Flaherty la semana pasada. Le dije: Flaherty, ¿qué vas a hacer con los escritores? ¿Gozan de la gloria ahora o gozarán de ella después? ¿Comprendes lo que quiero decir, muchacho? Al fin y al cabo, tú eres el Amo. Tú eres quien paga.

Cautamente, Cassidy insistió:

—Bueno, los escritores gozáis de libertad...

Shamus le atacó:

—¿Libertad? ¿De qué coño, libertad? ¿Libertad de dinero, libertad de estar exentos de la necesidad de dinero? ¿Ésta es la libertad a que te refieres? ¿O no te referirás por casualidad a la insoportable servidumbre de la admiración del público?

Demasiado tarde, Cassidy utilizó la voz que reservaba para las juntas del consejo de administración.

—Creo que me refería a la liberación de la servidumbre del aburrimiento.

Con el rostro iluminado y acento marcadamente irlandés, Shamus dijo:

—¿De verdad? Pues mira, creo que en eso llevas razón. Reconozco que no había pensado en esta clase de libertad. Y realmente existe, ya que, a fin de cuentas, si me da la gana, puedo pasar todo el día durmiendo sin que venga ningún cabrón a darme la lata. No todos pueden decir lo mismo, ¿verdad? Quiero decir que los carceleros no pueden venir a golpear la puerta de mi celda, y decirme que debo vaciar el cubo de mear. La verdad es que yo sólo escucho sonidos de risas y el de mis compañeros tomando el fresco en el patio de ejercicio, juntamente con sus novias quizá... Nuestro problema estriba en que las noches son un verdadero problema, ¿no crees?

Cassidy se mostró plenamente de acuerdo.

—Y tanto...

Con infantil admiración, Shamus observó cómo Cassidy daba la propina al camarero. Fue una propina formidable, ya que Cassidy creía que, en el extranjero, es preciso erigir fuertes barreras que impidan los ataques de la falta de respeto. Shamus le preguntó, cuando la ceremonia de la propina había terminado:

—¿Qué harás, el año 1980?

—¿Perdón?

—La población mundial aumenta en setenta millones de habitantes al año. Ni siquiera tú podrás dar tantas propinas. Demasiada gente a la que dar propina...

Su partida fue igualmente enigmática. En el vestíbulo, Cassidy preguntó dubitativo a Shamus:

—¿Te encuentras bien?

—No te preocupes, muchacho. No tardaré en encontrarme perfectamente.

—Demasiadas raciones de Elsie, supongo...

—¿De qué?

—De Elsie.

—Ah, sí, claro que sí, muchacho.

—¿Sí?

—Oye, ¿me dejarás probar suerte con los cochecitos de niño?

Una extraña indefensión había sustituido a su anterior tono de amenaza. Shamus añadió:

—Bueno... No sé si lo sabes, pero he venido para esto. Creo que puedo conseguirlo, ¿sabes? Creo que soy capaz de vender. Me parece que podría convertir el arte de vender en mi vocación. ¿No crees?

—Claro que sí.
—Gracias por la *suite.*
—De nada, hombre.
—La langosta está buenísima.
—Me alegra que te haya gustado.
—Y el pan, también. Tierno por dentro, y crosta crujiente...

De repente, Shamus puso la mano sobre el hombro de Cassidy, y añadió:

—Muchacho, puedes servirme de mucho.

Hizo una pausa. Dijo:

—Oye, presta atención.

Cassidy prestó atención. Shamus dijo:

—Es preciso que nos amemos los unos a los otros, como esa cosa de que los blancos y los negros se amen, y demás chorradas. Éste es el gran experimento, ¿comprendes? Ahora bien, si tú no te entregas a mí totalmente es lo mismo que si no entregaras ni pizca. Eres un tipo muy resbaladizo. Sí. Te pongo las manos encima, te toco, pero no sé nunca dónde terminas. Eres un tipo horroroso. Palabra de honor.

Cassidy soltó una cohibida risita:

—Quizá todo se deba a ti, que no quieres enterarte.

Y se apartó un poco, no fuera que a Shamus le diera por abrazarle públicamente. Cassidy preguntó:

—Oye, ¿no habrás traído una copia de tu libro, por casualidad?

En las pardoscuras pupilas de Shamus se encendió una luz de aviso, y la luz quedó allí.

—¿Y si la he traído, qué?

—Nada, que me gustaría leerla. Esto es todo. ¿Está muy adelantado?

Al darse cuenta de que Shamus no iba a contestar, Cassidy consideró que el tacto aconsejaba formularle una pregunta de carácter incidental.

—¿Van a hacer una película, como en el caso de *Luna?* Supongo que esto da dinero... Las ventas del libro, la película, los derechos de la edición de bolsillo...

Y siguió hablando, mientras Shamus se colocaba en el fondo del ascensor, cuando Cassidy aún no había entrado en él. Los pies de Shamus ascendían y, faltando ya poco para que desaparecieran, dijo a Cassidy:

—Oye, si fuera Flaherty haría subir y bajar el ascensor por medio de un acto de pura voluntad, tan sólo.

Era ya medianoche cuando Cassidy volvió a reunirse con Shamus. Había celebrado una reunión de negocios en el «Bristol Bar», había sostenido una conversación con Bloburg y, a las once, se entrevistó con una muchacha encargada de relaciones públicas que le recordó los actos del día siguiente. Shamus, en posición yacente, parecía un vendedor ambulante de cebollas, muerto. Se había puesto de nuevo la chaqueta negra, estaba tumbado boca abajo sobre la colcha y apoyaba el rostro en la boina. Su traje nuevo se encontraba cuidadosamente colgado en el armario, y en la solapa lucía la tarjetita de expositor en la Feria. Los folletos yacían en el suelo, al lado de la cama. En la repisa del hogar había un papel escrito que decía:

> «Honorable Señor: le ruego tenga la bondad de despertar al infrascrito mañana por la mañana, con la debida antelación para acudir puntualmente a la Feria. Su seguro servidor,
>
> »*Shamus P. Scardanelli (Vendedor)*.»

La posdata decía:

> «*Por favor*, muchacho, *por favor*. Es asunto importante. Y, muchacho, por favor, olvida, olvida.»

El camión estaba aparcado ante la ventana, y los mozos descargaban cajas de embalaje, que dejaban en el suelo adoquinado, mientras bromeaban entre sí, sin que él pudiera comprender sus palabras.

Cassidy pensó: «Hubiera debido comprarle un pijama también, no hay ninguna razón para que duerma con la chaqueta negra... Duerme igual que Hugo, pero con mayor quietud. Igual que Hugo apoya una mejilla en el antebrazo, y en su rostro se dibuja un mohín.»

En la calle, una mujer gritaba. Por el tono de su voz parecía una meretriz borracha. ¿Es esto lo que pretendo de Shamus? ¿Actuar de proxeneta en mi beneficio? *Olvida, muchacho, olvida.* Cassidy pensó: «Cuánta razón tienes, Shamus. Le miró otra vez. ¿Y qué es lo que debo olvidar?»

—¿Dale?

Shamus murmuraba en sueños, pero Cassidy no podía comprender las palabras. Pensó, volviéndose para mirarle una vez más: Sueñas, sueñas en Elsie y en vender cochecitos para niño. ¿Por qué no soñaba con Helen?

De repente, con voz estrangulada, en un breve grito, Shamus dijo «¡No!», y sacudió los hombros en movimiento de airada denegación.

Cassidy puso la mano sobre el hombro de Shamus, y con una dulce voz le dijo:

—Shamus... Shamus, no pasa nada malo. Soy yo, Cassidy. Estoy aquí, Shamus.

Cassidy pensó, mientras Shamus se calmaba en su sueño: «No, mejor que estemos solo tú y yo; sueña con Helen en otra ocasión.»

—¡Dale, hijo de la gran perra!

—No es Dale, es Cassidy.

Largo silencio.

—¿Puedo ir a la Feria?

—Sí, puedes ir cuando quieras.

—¿Con el traje nuevo?

—Con el traje nuevo.

Minutos después, Shamus despertaba bruscamente, y preguntaba:

—¿Dónde está mi clavel?

—Lo he puesto en el vaso del cepillo de dientes.

—Me lo pondré para gustar a las compradoras, ¿sabes?

—Sí, ya lo sabía. Les entusiasmará.

—Buenas noches, muchacho.

—Buenas noches, Shamus.

17

Aquel día fue paradójico. Triste para Cassidy, dulce para Shamus. El fabricante y vendedor de cochecitos para niños se despertó tardíamente, con los oídos todavía repletos de las frases hechas, avariciosas e improductivas, empleadas en su comercio. Pero el gran escritor estaba ya en pie cuando el vendedor despertó. Estaba en pie, totalmente vestido, aunque descalzo. Paseaba por la estancia con el nerviosismo del joven directivo dispuesto a aumentar sus beneficios. Un mozo le devolvió, limpios, los zapatos charolados, en los que el polvo se pegaba pertinazmente. Cassidy había planeado salir tarde del hotel, pero Shamus le dijo que se olvidara de tales planes. Insistió en que era día de grandes logros. Cassidy y Shamus debían estar a primera hora en el campo de batalla, para infundir entusiasmo a las tropas.

Cuando llegaron lloviznaba. Las banderas se estremecían tristemente. El lugar olía a vestuario. Indignado, Shamus gritó:

—¿Bea Line? ¿Bea Line? ¿Quién es esa gente? Jamás he oído este nombre.

—Son nuestros principales competidores —dijo Cassidy.

Los alabarderos estaban de guardia en la entrada. Unos camareros servían cerveza en jarras de peltre. Shamus dijo:

—¿Significa esto que compartes el mismo campamento con el enemigo? Muchacho, deberías incendiar sus tiendas, violar a sus mujeres, ensartar en la pica a sus hijos.

Cassidy dijo:

—Cálmate un poco. ¿Qué tal, Mr. Stiles?
—Buenos días, Mr. Cassidy. ¿Cómo van las ventas? ¿Progresamos, progresamos?
—No mucho. Creo que hay poco movimiento.
Con satisfacción, Stiles observó:
—Sí, ésa es la tónica general. Me parece que la devaluación no ha producido los efectos deseados.
—Desde luego.
Mientras se alejaban de Mr. Stiles, Shamus dijo:
—¡Traidor! ¡Sapo asqueroso!
Cassidy le explicó:
—Es necesario mantener buenas relaciones con esta gente. Al fin y al cabo, aquí la competencia es con las industrias extranjeras.
El tenderete de la empresa de Cassidy devolvió a Shamus el buen humor. Shamus fue presentado como un «importante colaborador del presidente». Luego se dedicó a comprobar la fortaleza del chasis, probó una sillita de niño, bromeó con las chicas y habló acerca de San Francisco con Meale, quien en los últimos tiempos se mostraba de un humor lúgubre, e incluso había manifestado deseos de entrar en religión. Cassidy pensó que todos *aceptaban* a Shamus. Esta idea le desconcertó, puesto que si él hubiese estado en la situación de Shamus, seguramente le hubieran echado antes de que transcurrieran cinco minutos. Afortunadamente, gran número de visitantes comenzaron a entrar en el tenderete, y la mayoría de ellos eran mujeres escandinavas de cierta edad. A la hora del almuerzo, Shamus trabó amistad con una cierta Froken Luritzen, de Stavangar, y le vendió cien chasis a trece la docena, diciéndole que podía pagar cuando le diera la gana, ya que la empresa Cassidy tenía puntos de vista muy liberales en este asunto. En voz baja, Cassidy le dijo a Meale:
—Vaya a buscar a Lemming y dígale que se encargue de rescindir esta venta.
En tono agresivo, Meale preguntó:
—¿Y cómo quiere usted que la rescinda?
—Meale, ¿se puede saber qué diablos le pasa?
—Nada. Admiro a este hombre que ha venido con usted, y esto es todo. Creo que es un hombre que posee entereza y buenos modales.
—Meale, rescinda este pedido. ¿Comprende? Entié-

rrelo. Esta mujer no ha firmado nada, y nosotros tampoco.

En el coche que los devolvía al centro de la ciudad, Shamus gritó:

—¡Lo he conseguido, muchacho, lo he conseguido! ¡Dios mío, sé hacerlo! ¿Te has fijado en la manera en como he convencido a esa bendita mujer?

Cassidy se mostró de acuerdo.

—Has estado maravilloso, increíble...

—Este lugar me ha entusiasmado. Me gustaría morir en él. No creo que se pueda hacer mayor elogio de la Feria, ¿verdad? El tenderete, la música, las banderas... Dime una cosa, muchacho, antes de que me embriague de entusiasmo, ¿he cometido algún error, he hecho algo que no sea correcto?

—Nada, en absoluto.

—¿No he estado demasiado exuberante?

—No.

—¿Demasiado confianzudo quizá? ¿No me he excedido al coger a la gente por el brazo?

—Eso es exactamente lo que hay que hacer.

Cuando llegaron al «St. Jacques», Shamus se encontraba incluso en disposición de ánimo para formularle reproches a Cassidy.

—Francamente, muchacho, creo que no hubieras debido permitir que los japoneses entraran. Han entrado y han comenzado a sacar fotografías de tus cochecitos. Y esto no me ha gustado ni pizca. Recuerda lo que hicieron los japoneses en la exposición automovilística. Con toda sinceridad, creo que hubieras debido echarlos. En tu lugar, yo pondría un cartelito que dijera: «No se admiten nipones.»

Mientras se encontraba en el baño, jugando con los claveles, Shamus expresó sus particulares opiniones sobre las tendencias generales del mercado de cochecitos:

—Oye, muchacho, creo que Paisley es un peligro. Con esto quiero decir que si el tipo asesina a todos los católicos capaces de procrear, no habrá niños a los que llevar en cochecito, ¿comprendes?

—Sí, es una incógnita grave. Yo, en tu lugar, se lo preguntaría a Flaherty.

—La verdad es que, a poco que lo pienses, el mundo de los cochecitos para niños es maravilloso. Los cochecitos. En el fondo, tú, Cassidy, trabajas para un mundo mejor. Con esto quiero decir que hay muchos cabrones dedicados a fabricar espadas, millones de espadas; sin embargo, tú y yo nos encontramos en el campo de los amantes de la paz. ¿Verdad?

En tono condescendiente, Cassidy dijo:

—Bueno, me voy a la recepción. Hasta luego.

Un poco amoscado, Shamus le preguntó:

—Oye, ¿y por qué no puedo ir contigo? Al fin y al cabo, no has sido tú quien ha vendido los cochecitos, sino yo.

—Lo siento, pero sólo pueden asistir los directivos.

—Miaaau...

Después de reflexionar durante unos instantes, Shamus dijo:

—Esa gente a la que he tratado me ama, y yo la amo a ella. Formamos un matrimonio perfecto. Es un buen augurio para mi futuro.

Cantó unas cuantas estrofas de una melodía irlandesa, y dijo:

—Oye, muchacho, todavía no has contestado mi pregunta.

—¿Qué pregunta?

—En cierta ocasión te pregunté qué opinabas del amor.

Cassidy se echó a reír:

—Parece que siempre escoges el momento más oportuno para preguntar cosas de este tipo.

Con la punta del dedo gordo del pie, Shamus apartó del chorro de agua que caía del grifo uno de los dos claveles. Dirigiéndose, al parecer, a la flor, recitó:

—Oh, no, no mueras, porque odiaré a todas las mujeres cuando tú hayas partido. Adiós, muchacho.

—Adiós.

Cuando Cassidy se fue, Shamus estaba sentado en el baño, con la negra boina puesta, estudiando las cotizaciones de Bolsa del *Herald Tribune*. Al parecer, Shamus había gastado íntegramente el frasco de sales de baño de Cassidy. El agua tenía color verde oscuro, y los claveles flotaban como en una charca.

El comisario (económico) que el gobierno había enviado a la Feria era uno de esos hombres pequeños, de trato desagradable, muy rico y de escasa mundología que, según la experiencia había enseñado a Cassidy, el Ministerio de Asuntos Exteriores escoge siempre para las ferias. Estaba dicho individuo en el fondo de una larga estancia, protegido por la presencia de su fornida esposa, al lado de un hogar de mármol, con celofán rojo para evocar la imagen del fuego, y recibía a sus invitados uno a uno, después de que una especie de jefe de ceremonias les hubiera dado entrada, tras cuidadosa selección. Cassidy llegó pronto. En realidad sólo le precedió McKechnie, de la empresa «Bea-Line», y el comisario estrechó la mano de uno y otro con aire neutral, como si se dispusiera a arbitrar un combate de boxeo entre los dos.

La esposa del comisario, después de haber escuchado atentamente la voz de Cassidy y de haberla encontrado fonéticamente aceptable, dijo:

—Conocemos a unos Cassidy de Aldborough. ¿No serán parientes suyos, por casualidad?

Cassidy reconoció amablemente:

—Hay muchos Cassidy en nuestro país, y parece que todos estamos más o menos emparejados.

En son de queja, el comisario preguntó:

—¿Y de dónde procede el apellido?

—Creo que es de origen normando.

McKechnie, quien no había sido distinguido por el comisario con tan íntima conversación, se mantenía algo apartado, echando chispas por los ojos. Había acudido acompañado de su mujer, a la que Cassidy había conocido por la mañana, en la Feria. Era una dama pelirroja y con pecas, vestida de amarillo y verde, que se parecía a todas las esposas que Cassidy había conocido desde que se dedicó a vender cochecitos para niños. Por la mañana, esta señora le había dicho a Cassidy:

—Usted es quien nos robó a Meale.

Y ahora parecía dispuesta a decirlo de nuevo. Para la recepción, la mujer se había apilado el cabello en lo alto de la cabeza y mostraba un hombro al descubierto. Llevaba un bolso con cadena, una cadena tan larga como para inmovilizar a un preso, por lo menos, y mantenía un brazo algo separado del cuerpo, presto

a atizar un directo si la ocasión se terciaba.
El comisario preguntó:
—¿Y cómo va la Feria?
Para mantener a su esposa informada, el comisario le dijo:
—Es que se está celebrando una Feria, ¿sabes querida? La han montado ahí, cerca de Orsay, donde la pobre Jenny Malloy solía pasear a su perro.
Dirigiéndose a Cassidy, Mrs. McKechnie dijo, sin el menor preámbulo:
—En ocho horas hemos vendido por valor de diez mil del ala.
La señora era de Manchester y no se andaba con rodeos. Añadió:
—Y lo hemos conseguido sin tener a licenciados de Oxford en la empresa. ¿Verdad, Mac?
Como si hubiera perdido fundadas esperanzas, el comisario dijo:
—Pensaba que llegarían todos juntos, en una caravana de coches o algo por el estilo. Es increíble. ¿Qué? ¿Toman una copa?
Su esposa le advirtió:
—Mira, ahí llegan dos más.
El maestro de ceremonias anunció la presencia de Sander y Meyer, de la «Everton-Soundsleep». El comisario preguntó a Cassidy:
—¿Normando, ha dicho? ¿Normando, *francés?*
—Eso parece.
—Pues dígaselo a los franceses, hombre. Les encantará. Nosotros nos defendemos porque mi mujer es medio francesa, ¿sabe? La verdad es que los franceses nos odian a muerte. Nos odian de mala manera a todos, salvo a los que son medio franceses.
Por otra puerta entraron unos cuantos jóvenes diplomáticos, formando manada. Escogiendo a la mujer menos atractiva, como la experiencia les aconsejaba, le propusieron a Mrs. McKechnie:
—¿Una copita, quizá?
Uno de los diplomáticos sostenía una bandeja, propiedad del Estado, repleta de canapés, y otro le preguntó a la McKechnie si se había reservado algunas horas para divertirse durante su estancia en París.
En un aparte, McKechnie dijo a Cassidy:

—Mi mujer ha exagerado un poco. En realidad hemos vendido por valor de unas dos mil libras.

Cassidy observó:

—Bueno, creo que el mercado nos permite vivir y dejar vivir.

—Mi mujer lo ha dicho porque es terriblemente solidaria conmigo...

—Sí, sí, claro... ¿Dónde se alojan ustedes?

—En el «Imperial». A propósito, creo que los japoneses han visitado su *stand*, ¿verdad?

—Sí, esta mañana.

—Hay que acabar con esto.

Se dirigió a Sanders, quien acababa de unirse al grupo.

—Decía al joven Cassidy que tenemos que hacer algo para impedir que los japoneses se nos coman vivos.

Desorientado, Sanders preguntó:

—¿Japoneses? ¿Qué japoneses?

McKechnie miró a Cassidy, Cassidy miró a McKechnie, y los dos miraron a Sanders, esta vez con lástima. McKechnie dijo:

—Parece que sólo se interesan por las firmas importantes.

—Es lo que creo —repuso Cassidy, y se apartó del grupo como si tuviera que contestar una importante llamada telefónica.

En la estancia había unas doce personas, quizá catorce contando a los anfitriones, pero iban llegando refuerzos. El principal tema de conversación era el de los transportes. Bland y Cowdry habían compartido un taxi; Crosse había llegado a pie, y las prostitutas callejeras casi se lo habían comido vivo, a cuyo respecto dijo:

—Algunas de ellas eran monísimas. Eran crías, crías de diecinueve o veinte años. ¡Una vergüenza!

Poco faltó para que Martenson no acudiera a la recepción, para protestar contra el embajador, quien, a su juicio, hubiera debido asistir al acto de la inauguración. Dijo que tan pronto regresara a Leeds protestaría ante el correspondiente diputado. Martenson comentó:

—¡Vanidoso repugnante! ¡Al tipo ese lo voy a castrar! Nosotros ganamos el dinero, y él se lo gasta. Mirad,

mirad esta enorme habitación... Un hombre, un comerciante. Con esto basta y sobra. Si un buen comerciante se encargara de la Embajada, se podría prescindir de todos los demás.

Mientras escuchaba estas sabias palabras, Cassidy oyó la voz del maestro de ceremonias pronunciando un nombre que no le resultaba familiar. No lo oyó claramente, pero le sonó parecido a Zola. Desde luego, el nombre iba precedido por los títulos *comte et comtesse,* por lo que Cassidy se volvió a fin de mirar a los recién llegados. Luego dijo que lo había hecho instintivamente. Arguyó que únicamente el instinto podía explicar su reacción, al apartarse de Crosse y Cowdry y dar un paso atrás, a fin de poder contemplar más claramente a Shamus en el momento de inclinarse cortésmente sobre la mano de la esposa del comisario.

Vestía Shamus el traje azul comprado en la rue de Rivoli y lucía una camisa de pálido color salmón, propiedad de Cassidy, prenda muy apreciada por éste, quien la reservaba para una ocasión especial. Shamus iba con una muchacha de pelo negro, que apoyaba levemente la mano en su brazo. Era una muchacha muy hermosa, de expresión serena y se encontraba exactamente debajo de una lámpara. Desde su privilegiado punto de observación y con aquella finura de percepción que suele darse en los momentos de sorpresa, Cassidy vio en el cuello de la muchacha la marca de un amoroso mordisco.

McKechnie, que se encontraba de nuevo a su lado, le preguntó:

—¿Qué, no ha sentido dolor de cabeza con ese tipo? Mi mujer dice que es un marica como una casa.

—¿Quién?

—Meale.

—Tengo la absoluta seguridad de que no es así. En realidad, diría que peca por todo lo contrario.

La mujer del comisario, con voz que parecía un gemido, decía:

—Me parece terriblemente ambicioso por su parte el tener agente exclusivo en Varsovia. ¿Y cómo emplea su tiempo ese hombre?

Modestamente, Cassidy confesó:

—Bueno, la verdad es que vendemos mucho a los polacos. Se sorprendería si le dijera las cifras.

Helen le susurraba al oído: *No cohíbas a Shamus; prométeme que nunca le frenarás.*

Shamus estaba obteniendo un gran éxito social. Todos se mostraban encantados con él. Discreto y seguro de sí mismo, iba elegantemente de una mesa a otra, hablando o escuchando, o departiendo con la muchacha que le acompañaba, mientras le ofrecía canapés o un vaso de whisky. Para quienes le conocían bien, quizá sus ademanes resultaban un poco untuosos; y su acento polaco tenía, cuando las palabras de Shamus llegaban a los oídos de Cassidy, ciertos matices irlandeses, pero el encanto de Shamus era avasallador. El más favorablemente impresionado era el propio comisario. Con un tono quejumbroso, dijo:

—Ojalá fueran más los industriales del ramo que prestaran atención a los países del Este. ¿Quién es la señora que acompaña a su agente en Polonia?

La esposa del comisario dijo:

—Es una mujer con una gran dignidad natural. Cumpliría de maravilla el papel de esposa de un diplomático, incluso en París.

Shamus advirtió a Cassidy, mientras pasaba junto a él, procedente de una admirada esposa para ir al lado de otra:

—Está borracha como una cuba. Si no la saco de aquí inmediatamente se va a caer de culo.

—Deja que me cuide de ella —dijo Cassidy.

Cassidy le ofreció el brazo a la muchacha, quien se apoyó en él con todo su peso, y la sacó de la sala. Oyó la voz de McKechnie:

—¡Éste! ¡Éste es el tipo que se ha metido con mi *stand!* ¡Sí, éste es el que ha dicho a Stiles que nuestros productos son pura porquería! ¡No, no es extranjero! ¡Es irlandés!

—La Tour d'Argent —dijo Shamus.

Estaban los dos en la acera, contemplando cómo se alejaba el taxi en el que habían metido a la muchacha.

Shamus presentaba un aspecto un tanto desordenado, como si hubiera sido estrujado por una multitud.

—¿Estás seguro, Shamus?

Atenazando con tremenda fuerza el antebrazo de Cassidy, Shamus repuso:

—Muchacho, en mi vida había tenido tanto apetito.

—Brindemos por nuestra aventura —dijo Shamus.

—Por la aventura —repuso Cassidy.

—Que Dios la bendiga y que bendiga a cuantos se embarcan con ella.

—Amén.

Una vez más lo imprevisible se convirtió en norma. Cassidy se sentó en la mesa situada en un rincón, embargado por los más negros presagios. Ignoraba cuánto había bebido exactamente Shamus, pero sabía que era mucho, y se preguntaba si sería capaz de manejarle, sin la ayuda de Helen. Tampoco sabía Cassidy si alguien había jugado a «la bragueta» en la Tour d'Argent, pero intuía con bastante claridad lo que ocurriría, caso de intentarlo. En el taxi, Shamus había dormido un poco como solía hacer siempre que se encontraba un tanto bebido, y Cassidy había tenido que despertarle ante las narices del portero.

Ahora, contrariamente a todo lo que cabía esperar, se encontraron en pleno paraíso, en un paraíso al estilo de los imaginados por el viejo Hugo, con comida, camareros, fragancia de ángeles y de celestiales flores.

Estaban rodeados de diamantes, diamantes arracimados en las ventanas que destellaban en el anaranjado cielo nocturno, y que brillaban en los ojos de enamoradas parejas y en la seda de las cabelleras femeninas. A los oídos de Cassidy solamente llegaban sonidos de amor y de guerra, suspiros de parejas entusiasmadas y el lejano rumor producido al afilar un cuchillo. Se sintió presa del vértigo, de un vértigo más fuerte que el experimentado en Haverdown, más fuerte que el sentido en Kensal Rise. De entre todos los lugares en que Cassidy había estado, aquél era el más excitante, el más embriagador. Y lo mejor era la compañía de Shamus. Algo desconocido —quizá las copas, quizá la muchacha, o su conquista de la Embajada, o la magia de la ciudad—, algo había liberado a Shamus, le había tranquilizado y suavizado, convirtiéndole en un hombre más joven. Estaba animado y equilibrado a un tiempo, así como milagrosamente sereno.

—Shamus.

—¿Qué pasa, muchacho?

Las velas ocultaban los ojos de Shamus, pero Cassidy podía darse cuenta de que sonreía.

—Shamus, lo que has hecho ha sido sencillamente maravilloso, fantástico. Han creído en ti mucho más que en mí. Hubieras podido decirles cualquier cosa, lo que te hubiera dado la gana. Podrías dirigir mi negocio sin el menor esfuerzo, con la mano izquierda.

—Formidable. Y, entonces, tú te encargarías de escribir mis libros.

Brindaron para que este proyecto se convirtiera en realidad. Cassidy dijo:

—Me gustaría que Helen estuviera aquí.

—No te preocupes, muchacho, ya encontraré una sustituta.

—¿Qué se siente cuando se está casado con una mujer como Helen? ¿Cuando se está casado con alguien a quien realmente se ama?

—Adivínalo.

Pero Cassidy, que en estas materias no carecía de intuición, consideró más prudente guardar silencio.

Shamus habló.

En el ambiente de manteles de hilo, luz de velas, cálices y platos, Shamus habló del mundo y de sus riquezas. Habló de amor y de Helen, de la búsqueda de la felicidad y del don de la vida. Y Cassidy, como un discípulo predilecto, escuchó todas las palabras de Shamus y las olvidó casi todas, pero recordó su sonrisa y la delatora suavidad de su voz. Helen es el espíritu que nos anima. Nosotros hablamos, pero Helen actúa. Helen es nuestra constante. Nosotros damos vueltas y más vueltas, pero Helen permanece inmóvil. Cassidy confesó:

—Jamás he conocido a una mujer como Helen. Podría ser... Podría ser...

Shamus le corrigió:

—Es.

Helen carecía de potencia. Helen era acto, era un logro. Cassidy preguntó:

—¿Le afecta la existencia de... Elsie y otras personas, Shamus?

Contestó que no la afectaba en absoluto, siempre y cuando esta otra persona se llamara Elsie.

Shamus habló de la obligación de vivir románticamente y de sentir intensamente, habló de lo que significa escribir y de la escasa importancia que ello tiene en comparación con las ansias de vivir, de adquirir experiencia.

—Un libro... ¡Qué pequeñez! Sólo representa un puñado de días. Un libro está inspirado en la idea de conseguir tan sólo lo *suficiente*. De emborracharse lo suficiente, de tener los suficientes remordimientos, de que a uno lo fastidien suficientemente... Es algo muy vulgar, muchacho. De veras.

Shamus dijo que la creación no es más que un acto de moderación, en cambio, la vida, *la vida*, solamente existía en el exceso. ¿Quién se contenta con *bastante* vida? ¿Quién pide crepúsculos, cuando puede tener un sol esplendoroso?

Lealmente, y convencido de que decía la verdad, Cassidy repuso:

—¡Nadie!

Shamus habló de la inspiración, diciendo que en su mayor parte era sincera pero inútil. Uno dejaba el alma a la intemperie, sometida a las inclemencias del tiempo, los pájaros defecaban en ella, la lluvia la lavaba, pero a uno no le quedaba más remedio que dejarla allí, porque no había modo de desandar lo andado, de emprender la retirada, por lo que más valía mandarlo todo al cuerno. En cuanto a la igualdad tan sólo cabía decir que no existía, y de la libertad sólo se podía decir lo mismo, era todo una porquería, por lo que el acto de la creación sólo servía para convertir a una y a otra en mayores porquerías, en la mayor porquería, tanto si se trataba de la creación de Shamus como si se trataba de la de cualquier otro. Y así era por cuanto que la libertad significaba el logro del genio, y la existencia del genio eliminaba la igualdad. Por lo tanto, todos los clamores de libertad no eran más que tonterías del Antiguo Testamento y los clamores de igualdad eran los aullidos de a Mayoría-demasiado-mayoría. Shamus escupía en la libertad y la igualdad. Odiaba profundamente a la juventud por cuanto convertía en artista a cualquier cerdo capaz de comprarse un pincel. Y también odiaba a los mayores porque obstaculizaban el genio de la juventud. Y el mundo existía, Shamus era su testigo, y tan pronto él faltara, el mundo desaparecería.

Y después de hablar de la vida, Shamus habló del arte. No habló del arte vaticano, ni del arte de los libros de la historia del arte, ni del arte para conseguir certificados académicos, ya que todo lo anterior atenta contra el arte, según los dos conceptos siguientes:

El arte como destino. El arte como vocación y dulce sufrimiento.

Y por pura intuición, gracias a los indefinibles filos de las mágicas palabras de Shamus, Cassidy comprendió que éste era un elegido.

Shamus había sido maravillosa y fatalmente elegido.

Pertenecía a un grupo de individuos que jamás estaban reunidos, pertenecía al grupo de los dotados que mueren prematuramente. Y el abrazo de esta gente rodeaba ya a Cassidy.

Eran los hombres a quienes los camareros adoraban, pese a que nunca recibían ninguna propina suya.

Era un miembro del pequeño grupo, de los Pocos que luchaban contra la Mayoría-demasiado-mayoría. Pero cada uno de los miembros de este grupo cazaba solo, y la única ayuda que recibía en los momentos de necesidad era el consuelo del saber.

—¿De saber qué, Shamus?

Que uno es lo que es, y nada más.

Que uno es el mejor, y que únicamente uno puede determinarlo. Que Flaherty es el único Dios verdadero, porque Flaherty se había nombrado Dios a sí mismo y el Hombre-que-se-nombra-a-sí-mismo es divino, inconmensurable, y está fuera del tiempo, como el amor.

En cuanto a qué era aquello que unía a Shamus con los demás, esto, como diría cierto profesor de Cassidy antes era un concepto que un hecho. Consistía en ele girse a uno mismo desde la primera juventud, lo antes posible, y en estar precozmente familiarizado con la muerte, con la muerte prematura, romántica y brusca, con una muerte muy destructora de la carne. Consistía en vivir comprobando siempre los límites de la vida, las últimas fronteras de la propia identidad. Consistía en necesitar agua, y no aire. El agua le define a uno. Hubo un poeta alemán que se bañaba siempre en las fuentes. El hombre es invisible hasta el momento en que las frías aguas de la experiencia le han revelado quién es; de ahí la inmersión total, la violencia, el pelear con Hall, a la Iglesia Baptista, y (en cierto modo) Flaherty otra vez.

Poco a poco, con la ayuda de una tercera botella de vino y de varios nombres que le dijo Shamus, Cassidy se formó una idea de la maravillosa banda de hermanos que formaban el grupo de los Pocos. Era un escuadrón no-volador de la Batalla de Inglaterra, capitaneado por Keats e integrado por una larga lista de hombres jóvenes.

No todos eran ingleses.

Más que un escuadrón británico era un escuadrón de la Europa Libre, entre cuyos pilotos se contaban Novais Kleist, Byron, Pushkin y Scott Fitzgerald. El enemigo era la sociedad burguesa, las gentes de Gerrard Cross: los malditos obispos revestidos, los médicos, los abogados y los conductores de «Jaguars» que embestían a los elegidos, con sus negras y mecánicas flotas, mientras los elegidos, en cualquier lugar de Inglaterra, esperando el momento de la última embestida, escribían elegías y versos de amor a la paz.

Por definición, los hombres así vivían mejor con las promesas que con los logros. E inspiraban más respeto por lo que habían dejado de hacer que por lo hecho. También tomaban mucho, ya que no tardaría en llegar el momento en que ellos serían tomados.

Shamus preguntó:

—¿Es que alguien puede escribir sobre la vida y, al mismo tiempo, huir de la vida?

—Nadie —repuso Cassidy.

Aquella noche, así como todas las demás, Shamus sería el único superviviente de este escuadrón. Cassidy así lo creía. Y a Cassidy le constaba que siempre lo creería así, ya que aquella noche, Shamus se había colado en la infancia de Cassidy, y quedaría para siempre en ella, como un paraje querido o como un tío muy amado. En cuanto a Cassidy, Shamus dijo que era el escudero de los miembros del escuadrón, era el que les preparaba los huevos fritos con jamón, el que les abrillantaba los cascos y les limpiaba las botas, el que echaba sus cartas al correo, el que entregaba sus anillos a sus Helens, y el que borraba sus apellidos de la pizarra cuando palmaban.

Mucho después —estando los dos remando, con un remo cada uno— Cassidy le dijo:

—Quiero que sepas una cosa, Shamus. Siempre que me necesites, estaré a tu lado.

Lo dijo con gran seriedad. Era una promesa mucho más real, para Cassidy, que la del matrimonio, debido a que se trataba de una idea, una idea que, no obstante, Cassidy había descubierto por sí mismo, con la ayuda de Shamus, aquella noche en la Tour d'Argent, en París, de Francia.

Cuando se iba, Cassidy preguntó:

—Shamus, ¿por qué lloras?

—Lloro de amor. Algún día lo comprenderás.

—¿Quién es Dale?

—¿Quién?

En coche, iban al distrito séptimo, en donde Shamus tenía unos amigos.

—Dale, le has mencionado mientras dormías, en sueños. Has dicho que era un hijo de la gran perra.

—Y lo es.

La cabeza de Shamus se estaba muy quieta, junto a la ventanilla, pero las luces de la calle se proyectaban en ella como monedas de oro, acercándola y alejándola, de modo que la silueta tenía el aspecto pasivo propio del hombre incapaz de controlar los efectos que la realidad exterior produce en él.

—Entonces, ¿por qué no te olvidas de él?

—Porque él se olvidó primero de mí, y los que hacen

esto son aquellos a los que uno no puede olvidar.

—¿Te quería?

—Eso parece.

—Tanto como...

Shamus tomó en las suyas una mano de Cassidy, y le aseguró dulcemente, mientras descubría la palma de la mano de Cassidy y depositaba allí un beso:

—No, muchacho, no tanto como tú. No tanto como tú llegarás a quererme. Serás el que más. El número uno. Palabra.

Cassidy habló impulsado por la intuición. Fue un momento de profunda identificación, de profética ansiedad.

—Shamus, eres el escritor más grande de nuestro tiempo. Estoy absolutamente seguro, y me siento muy orgulloso.

El rostro de Shamus se apartó. Era muy hermoso y destacaba en medio de la noche contra el móvil resplandor de la calle. Soltando la mano, en voz muy baja, Shamus dijo:

—Te equivocas, muchacho. Sólo soy un frustrado hombre de negocios.

Y hallándose todavía en el paraíso, fueron a París.

No al París de Cassidy, al París de puertas automáticas y mal acento norteamericano, sino al París de Shamus, al París de calles empedradas, verduras podridas, bocas de riego y puertas sin nombre, a un París en el que Cassidy no había soñado, al que Cassidy no había aspirado, ya que satisfacía apetitos que Cassidy no había sentido, y le mostraba individuos que ni siquiera había imaginado, individuos tranquilos y alegres, de extraña sabiduría, que estrechaban gravemente la mano de Shamus, y le llamaban *maître* y le preguntaban por su obra. Fueron al Sulpice, a una plaza con numerosas librerías, cruzaron un oscuro patio de aire estremecido por la música, pasaron por una puerta que les dejó ante un ascensor y salieron para sumergirse en un océano de conversaciones, de muchachas que reían y de hombres de torso desnudo, con cuentas de abalorios.

Mientras bebían whisky y contestaban preguntas sobre Londres, Cassidy murmuró al oído de Shamus:

—Te quieren, Shamus. Eres *famoso*.
Sin la menor amargura, Shamus dijo:
—Sí. Me recuerdan.

Fueron a una isla, a una alta casa gris, propiedad de un norteamericano, y alguien puso en manos de Shamus su libro, *Luna*, para que lo firmara. Era un ejemplar de la primera edición. Shamus subió a una especie de púlpito y leyó en voz alta unas páginas de su libro, mientras, en la oscuridad, le escuchaban parejas medio dormidas. Indios, chicas blancas, murmuraron su aplauso. Shamus leyó en voz muy baja, de modo que Cassidy, pese a sus esfuerzos, no alcanzó a oír las palabras. Sin embargo, por su ritmo, sabía que eran las palabras más bellas que había escuchado en su vida, unas palabras más bellas que las de Shakespeare, Kahlil Gibran o el Alto Mando Alemán. Sentado, solo, con los ojos entornados, dejaba que las palabras le penetraran como un lenguaje de amor, y sentía un orgullo desmedido, el orgullo de la posesión, de la creación, del amor.
—Shamus, quedémonos. Por favor, quedémonos.
—Denegada la petición.
—¿Entonces, ella...?
Sí, porque Shamus había encontrado una chica, a la que tocaba suavemente los pechos, después de haber metido la mano dentro del vestido. Shamus repuso:
—No, ni hablar. Ésta es su casa.
Tras una breve pausa corrigió la frase:
—Mejor dicho, la casa de este hombre.
Y, con la mano, indicó al marido de la muchacha.
El norteamericano les dio sendos vasos de whisky. Era un hombre corpulento y amable, de simpatía muy agresiva y ferviente adversario de todo género de agresiones. Les aconsejó:
—Mejor será que os larguéis de una vez. Tomaos el whisky y largaos.
Dirigiéndose a Cassidy dijo:
—Llévate a tu amigo porque, de lo contrario, lo voy a crucificar. Es un gran muchacho, pero me lo voy a cargar.
Cassidy dijo:
—Así lo haré. Muchas gracias, has sido muy amable.

En un resplandeciente bar, mientras bebían chartreuse, debido a que Shamus aseguraba que era la bebida más letal, y mientras se protegían los ojos del resplandor de los neones, entraron, por primera vez, en contacto con una ramera.

—Shamus, ¿por qué vives tan solo, cuando todas te quieren tanto?

Vagamente, Shamus repusó:

—He de seguir adelante. No puedo quedarme quieto. Y las mujeres te dejan clavado. ¡Veinte años hace que escribí ese libro!

Shamus observaba a la muchacha. Era morena, linda pero austera. Una especie de Angie Mawdray en el momento de pedir aumento de sueldo. Durante unos instantes, Shamus la observó en silencio. Después, muy despacio, levantó el vaso, en dirección a ella. La muchacha se acercó sin sonreír. Cuando se fueron, el barman ni siquiera los miró.

18

Sentado en la acera, esperando que su señor regresara de las Cruzadas, el fiel escudero contemplaba el río y pensaba en el amor ideal. Pensaba en grandes camas construidas ex profeso para Shamus, él, y la muchacha de los ojos negros, pensaba en barcazas adornadas con luces de colores, repletas de cuerpos desnudos que jamás se marchitaban y nunca se cansaban. Soñaba en blancas barcas que flotando ascendían hacia un Cielo de Hollywood, con una Aurora Interminable, que se mecía a los sones de la música de Frank Sinatra.

Querido Hug, para Shamus y los franceses es muy diferente. Aman porque creen en el amor, no porque crean en la gente, ¿Verdad que es una postura inteligente, Hug? Aman impulsados por la alegría, no porque teman quedarse solos.

—Necesito dinero —dijo Shamus.

Se balanceaba un poco y tenía el rostro muy expresivo.

—¿Cuánto?

Shamus aceptó cien francos. Muy satisfecho, Cassidy le advirtió:

—La entrega de dinero es una transacción muy sexual.

—Anda y que te zurzan —exclamó Shamus.

Mientras se alejaban caminando despacio, Cassidy le preguntó:

—¿Ha sido amor lo que acabas de hacer?

Sonrió Shamus a su modo, y dijo:

—Lo nuestro es eterno, Cassidy.

Puso el brazo sobre los hombros de Cassidy y dijo:

—Muchacho.

—Sí...

—Vayámonos pronto. París apesta.

Cassidy se echó a reír.

—De acuerdo. Iremos adonde quieras.

Ahora caminaban de prisa, irritados, y con una buena dosis de alcohol en sus cuerpos. El joven escudero tenía que efectuar un esfuerzo para mantener la misma velocidad a la que caminaba su emprendedor y errante señor. Le duelen los pies, calzados con delgados zapatos ciudadanos, mientras los dos suben la larga escalera de piedra. Sobre sus cabezas, la blanca e incandescente cúpula ofrece su forma de pecho único al cielo iluminada por las estrellas. Luces y ventanas les invitan, pero el caballero se dirige a un lugar, y sólo a este lugar, a un lugar verde con una puerta verde. Doblan una esquina, los peldaños les han obligado a hacerlo, y, de repente, desaparecen las casas, ni siquiera hay baranda para que en ella se apoye el escudero, propenso al vértigo. Sólo hay oscuridad de cueva, y las luces de París esparcidas en ella, esparcidas por los muros, el techo y el suelo, como riquezas de reyes ya enterrados. Pero Shamus carece de sensibilidad para percibir la magia de este entorno, el pasado es su enemigo, y, al frente, ve un nuevo Vaticano. Casi corriendo, asciende la interminable escalera, y, cuando lo iluminan las luces de las farolas, se ve que tiene el rostro húmedo. Parece que tenga toda la fuerza en los hombros y que éstos arrastren el resto del cuerpo.

—Shamus, ¿adónde vamos?

—Arriba.

Un día quizás escalemos el Eiger. Y en su cima una luz verde nos estará esperando. Una más, dijo Shamus. Una prostituta más y saldremos de esta ciudad.

Era demasiado temprano para aquel negocio, o demasiado tarde. Un silencio de sueño arropaba el verde resplandor de las lámparas de sobremesa, y las muchachas de Kensal Rise estaban sentadas, soñolientas, como si hubieran perdido el último tren que debía llevarlas a casa, escuchando los acordes que Sandra tocaba en un piano invisible. Shamus, a quien le gustan las estaciones de tren, ha entrado antes que Cassidy, con los brazos levantados hasta la altura de los hombros, como si se dispusiera a quitarse la chaqueta. Las muchachas rebullen para darle la bienvenida, como un rebaño ante el pastor.

Una señora de mediana edad pregunta cortésmente, de un modo parecido al de la esposa del comisario, aunque con mayor interés:

—*Monsieur ne veut pas? Vous voulez quelque-chose à boire?*

«Normando», piensa Cassidy. Francés normando. Esto quizá no sea real, esto quizás *es* un sueño.

¡Shamus!

Todas las muchachas le rodean. Shamus, el impecable caballero. Tiene los brazos levantados por encima de la cabeza, y, de repente, el tema de tantos sueños ocurre, se convierte en realidad. Las manos de las muchachas se posan sobre Shamus, le convierten en su prisionero, invaden su camisa de caballero, luchan con su cinturón francés, ceñido a la inglesa, le roban, le desnudan, mientras se eleva la música, arrojan al suelo sus absurdas ropas de varón, se parten la capa, y es un martirio. Algunas son feas, otras están desnudas, pero la verde luz las convierte en vírgenes a todas, oculta los lugares sombreados de sus cuerpos y da a sus movimientos un entusiasmo infantil.

De repente, al sordo y lento sonido del piano de Sandra, Shamus agarra a la más alta de las muchachas, enemigo de anchas nalgas y negra cabellera, con enorme boca y mostacho, y sólidos muslos. Y Shamus se le echa encima. Ha conseguido derribarla, y cogiéndole los brazos logra colocárselos a la espalda. Ahora, la muchacha mueve las caderas para hurtarse a la espada de Shamus, pero éste, sirviéndose de la cabeza, igual que un tiburón, a guisa de martillo consigue dominar la blanca carne de la muchacha.

¡Qué oscuro es Shamus en contraste con los pechos, el vientre e incluso los infernales lugares, de la muchacha! Ahora la tiene dominada, mientras ella gime y grita, mientras la retiene obedientemente con las tijeras de sus muslos.

—*¡Shamus!*

Es la voz de Cassidy. ¿Quién ha tocado la luz? ¡Falta! ¡Penalty a favor de Inglaterra! La luz se ha apagado sobre los cuerpos unidos. ¡Es el abrazo, la presa! Esperemos. La muchacha se mueve. Gime, respira, ¡la espada está en su sitio! ¿Se resistirá la mujer? Se retuerce, mueve sus rodillas separadas, pero lo hace tan sólo para recibir más a Shamus.

Silencio y música, uno encima de la otra.

El público se ha acercado para contemplar mejor la crisis. La parte derrotada comienza a hablar.

¡Escuchad! ¡Ah...! ¡La ramera confiesa su infamia! ¡Cede, pide perdón, alaba al eterno rey! Pero en vano. No hay quien quiera ayudarla. No hay segundos ya para arrojar la toalla, no hay árbitro que cuente los segundos, que ahogue los chillidos, que administre morfina. A la mujer le queda un grito.

Un largo suspiro inhalado.

Acompañado del fruncimiento de las cejas; una parrilla de confusión sexual, dibujada con profundos y finos trazos en la gálica frente. Mi dios francés. Mi Flaherty.

¿Ha terminado? ¿No ha terminado? ¿Podemos acercarnos sin peligro? La típica confusión francesa.

Perdón, Madame, ¿le molesta?

Por favor, las luces. Las luces.

Un momento, por favor, si no le importa.

—Yo me encargo de ello —dice Cassidy, y avanza rápidamente para ayudar al empapado cruzado a ponerse en pie.

—*Monsieur ne veut pas?* —vuelve a preguntar la Madame, tocando la afilada pero aún no utilizada arma del escudero, a través del sufrido estambre.

Helen le explicó que Shamus necesita tener público. Cuando éramos ricos, la criada le servía de público. Ahora que somos pobres, su público es Cassidy.

Quinientos francos. Se aceptan cheques de viajero. Luz verde para emprender la retirada.

Shamus musita, a la luz nocturna de la ciudad dormida:

—Muchacho, necesito una iglesia. ¡Rápido! ¡Necesito a Flaherty, y lo necesito con toda urgencia!

Durante la Misa Solemne en el Sacré Coeur, entre más velas que las que tuvieron en el Tour d'Argent, más velas todavía que las que ardían en la abadía de Sherborne, Shamus y Cassidy observaron las devotas actitudes de puros adolescentes, mientras con disimulo, se pasaban el uno al otro la botella de whisky.

Dios mío, este que está ante ti es Aldo Cassidy, quien oró por última vez, cuando Helen y Shamus desaparecieron, y sospechaba que habían sido asesinados, por lo que me enfrentaba con el crimen de la inocencia para el resto de mi vida, de una vida larga y aburrida. Pues bien, he de decirte, Señor, que desde entonces has escuchado mis oraciones, y que tengo para contigo una cuantiosa deuda de gratitud. En realidad, necesitaré mucho tiempo para valorar las muchas experiencias que este encuentro promete poner en el camino de mi vida, y a su debido tiempo tendremos que reunirnos una vez más con el viejo Hugo, el conocido miembro del Parlamento, a fin de averiguar entre todos cuál es la naturaleza del amor, qué es bueno y qué es malo, y cuál es el significado e importancia de nuestro Plan Comunitario de Vida. Entretanto, una vez más, y con carácter personal, «muchas gracias» por haberme elevado unos cuantos peldaños en la Escala de los Seres y, afortunadamente, sin correr los peligros que conllevaría el que Sandra se enterase.

Cassidy explicó:

—Es para que paguen las reparaciones, para que reconstruyan la iglesia. No sé si te has fijado, pero se está cayendo a pedazos.

Con la mirada fija en la muda boca de la cajita destinada a recoger las limosnas, Shamus dijo:

—¡Dios! ¡Ha de haber alguien a quien no des dinero, muchacho!

No es fácil abandonar París cuando se está borracho, cansado y sin otro medio de locomoción que las propias piernas, cuando uno avanza por entre columnas de cemento amarillento en busca del campo, cuando no hay rameras que indiquen el camino, y cuando los taxistas se niegan a llevarle a uno. Primeramente intentaron encontrar la Feria, a fin de entrar en el tenderete y dormir en cualquier cochecito de niño. Pero la Feria se había trasladado a otro lugar. Dos veces reconocieron el camino que conducía a ella, pero en las dos ocasiones el camino resultó ser falso. En consecuencia decidieron buscar un río que les condujera al mar, pero el camino que avanzaba por la orilla del río terminaba en un puente, y más allá del puente se alzaba un horrendo bosque de edificios que les impedía la huida. En una parada de tranvías vieron un tranvía vacío, pero Cassidy no pudo hallar el mando que lo pusiera en marcha, y, a este efecto, de nada le sirvieron las oraciones. Shamus propuso:

—Bailemos. Quizá lo que el tranvía quiera es que bailemos.

En una calleja adoquinada, dos hombres de la misma estatura, diferenciados tan sólo por su color, están bailando. Uno de ellos es Shamus; el otro, tal como el implacable observador Cassidy constata, es el propio Cassidy.

Es el amanecer, y no el anochecer; sin embargo, nadie les presta atención, debido a que nadie se ha levantado aún, y que aquí no hay nadie. De vez en cuando, desde los cielos, voces se dirigen a ellos en un lenguaje materno, y parece que sean voces de Flaherty, e incluso de la señora Flaherty, que están aquí, de incógnito, en viaje de inspección del comportamiento de sus fieles francoirlandeses. Pero el contenido del mensaje de Dios, tal como ocurre muy a menudo, les llega de un modo tan confuso que sería temerario regular el comportamiento por su tenor. Los movimientos de Shamus y Cassidy se dirigen a un público, y son complejos aunque perfectamente ejecutados. Es un público divino, un público que les sacará de una ciudad que ya ha dejado de agradar a Shamus. Han terminado ya la interpretación de *El lago de los cisnes,* y ahora interpretan *Sombras,* y las sombras de sus respectivos cuerpos se cruzan y entrecruzan sobre un estoico y húmedo muro. Sin embargo, este número no divierte a Shamus, quien, después de haber propinado, sin razón alguna, una patada al muro, invita a Cassidy a secundarle en una danza de su invención. Cassidy, siempre deseoso de complacer a Shamus, procura seguir su ritmo, mientras manda muchos y muy cordiales saludos a sus jubilados profesores de música, entre los que se cuenta Mrs. Harabee de la escuela de Sherbone, en Dorset.

Ahora, Dudoso, piensa.

Ya pienso, Mrs. Harabee.

Pues piensa más, Dudoso.

Sí, Mrs. Harabee.

Sandra dice: *Vamos, Pailthorpe, si sabes imitar voces, también puedes imitar canciones, es fácil, como puedes ver...*

No puedo.

Claro que puedes. Te he oído cantar a las mil maravillas, en la iglesia.

Pero siempre lo he hecho al mismo tiempo que los otros.

¿Quieres decir que no puedes soportarme, sola? Lo siento.

Dudoso, voy a quejarme de ti al director.

Lo siento, Shamus.

Menos sentirlo y más prestar atención.

Shamus canta unos versos comparando los pechos de Helen con las mellizas colinas de Samaria. Obedien-

temente, Cassidy intenta repetirlos, pero no puede:
—Lo siento. Tú eres un artista y yo no.

Conmovido por la amusicalidad de Cassidy, Shamus, el moreno, le da un abrazo y le besa en las mejillas y en los labios, pasando después los dedos por el pelo de Cassidy, peinado al consuetudinario modo heterosexual. Cassidy no experimenta sensación alguna al recibir el impacto oral, pero sí se siente un poco avergonzado por ir sin afeitar. Cuando se dispone a pedir disculpas a Shamus, que parece haberse dormido con la cabeza apoyada en su pecho, el estudiante de Oxford oye el tañido de las campanas llamándole. Tal como Shamus explicó después, no se trata de un lejano tañido, sino de campanadas formidables, como truenos, producidas por la airada mano de Flaherty, campanadas que parecen descender sobre los tejados y rodar por los patios interiores, produciendo un caos, infligiendo sonoras torturas reservadas, por lo general, a los habitantes de Sodoma. Aterrorizado, Shamus se tapa los oídos con las manos, y grita:

—¡Basta! ¡Basta! ¡Nos arrepentimos! ¡Haremos penitencia! ¡Flaherty, déjanos en paz! ¡Muchacho, mira, mira lo que nos pasa por tu culpa!

—¡Tú empezaste! —protesta Cassidy. Pero el gran escritor ha iniciado ya la huida, y el discípulo le sigue.

Corren. Shamus va delante, con las manos todavía en los oídos, corriendo en zigzag para que las campanadas no le caigan encima, con los faldones de la cumplida chaqueta al viento.

—¡No mires atrás, insensato! ¿Por qué nos has llevado a esta iglesia, idiota? ¡Flaherty, confieso que vives! ¡Maldita sea!

Cassidy está en el suelo.

Cassidy ha caído, probablemente cuan largo es, golpeándose la rodilla contra el borde de un parisiense cubo de basura, y oyendo con gran claridad el sonido de la tapa saltando de su sitio y rodando por el suelo hasta llegar al otro lado de la calle. Shamus le pone en pie. El caballo les contempla, mientras quitan el

freno del coche. Caballo de cierta edad, tiene la cara gris, y negros círculos rodean sus ojos.
Las campanas ya no suenan.

Satisfecho, Shamus dice:
—¿No te lo dije?
Antes, había dicho al caballo: «¡Al Sur! ¡Allí lucirá el Sol!»
Shamus pone la manta sobre las piernas de Cassidy y le arrebuja en ella, invitándole a reclinarse en los almohadones de cuero del *fiacre*.
—Anda, muchacho, dame un beso.
Una capa de salado sudor une los rostros de los dos amantes, y el pelo mal afeitado de las mejillas del viejo Hugo es testigo del empeño de una vida entera. Shamus afirma:
—Odio esta ciudad. No sé cómo se nos ha ocurrido venir.
Cassidy responde:
—También yo la odio. Es un lío.

—¿Y es bueno tu niño? —pregunta Shamus.
A lo que Cassidy replica:
—Más que bueno. Los dos lo son.
—Sí, pero no puedes llevarlos contigo porque los críos también quieren vivir, y no tardan en querer lo que tú tienes. Quieren divertirse, reírse, fornicar, beber...
—Quizás así lo pasarían mejor.
—No sé... Nosotros tampoco lo pasamos mejor, así. ¿No te parece?
Pero Cassidy no contesta. Se ha dormido. Ya no hay conversación. Shamus también duerme. Sólo el caballo da signos de vida, y sigue avanzando hacia el Sur.

Sin embargo, la verdad es que Cassidy estaba despierto, alerta, pensando muy de prisa y con gran agudeza. Tenía el cuerpo rígido y dolorido, pero no se atrevía a moverse porque llevaba en brazos a Hugo dormido, y sólo el sueño podía curar la herida que el niño tenía en la rodilla.

Mentalmente, Cassidy decía: Es un coche arrastrado por un caballo, Hug, arrastrado por un magnífico caballo gris, un caballo como sólo los hay en Sainte-Angèle, aun cuando en Sainte-Angèle en vez de coches tienen trineos.

Los coches tienen ruedas, Hug. Son ruedas de madera, ruedas que se bambolean, y el caballo es aquel corcel que me ofrecieron en Haverdown, un pura sangre de gran docilidad, enviado por Dios para que nos alejáramos de la hedionda ciudad.

Medio dormido, Hugo preguntó:

—Papá, ¿cuánto dinero tienes? ¿Cuánto dinero tienes en total?

—Depende de las fluctuaciones del mercado —repuso Cassidy.

Y añadió:

—De todos modos, tengo el dinero suficiente.

Pensando acto seguido: ¿Y quién quiere el dinero suficiente?

Cassidy se desperezó, liberando antes de su abrazo al niño Shamus. Se arrellanó en busca de comodidad en el asiento, y se remangó la pernera del pantalón para examinar cautelosamente la rodilla herida. La rodilla seguía en su lugar habitual, pero no había en ella marca alguna. Aceptando la botella, Cassidy pensó que la lesión seguramente era interna. Sí, la hemorragia seguramente era interna. Roció con whisky la parte afectada. Preocupado todavía por el tema del dinero, Shamus preguntó:

—¿Lo tienes todo invertido en cochecitos para niños?

—¡Ni hablar! Lo tengo en diversas inversiones.

—En cierta ocasión, fui rico.

Descendían por el ancho sendero de Haverdown, interminable avenida bordeada de altos árboles. Pero no avanzaban hacia el Sur, sino hacia el Este. Al término, se veía el sol rojo, y el suelo también tenía una líquida tonalidad roja.

Shamus lanzó la botella vacía al suelo, y repitió:

—En cierta ocasión, fui rico.

Cassidy, imitando al maestro, dijo:

—Miaaau... Sentir lástima hacia uno mismo me revienta.

—Me parece perfecto —dijo Shamus en tono de aprobación, y, acto seguido, empujó a Cassidy, lanzándole fuera del coche. Sin embargo, Cassidy, gracias al adiestramiento recibido en el ejército, aterrizó sin sufrir daño.

—¿Muchacho?

—¿Qué?

—¿Vale la pena Montecarlo?

Cassidy, quien jamás había estado allí, contestó:

—Por una o dos noches, sí.

—Magnífico. Vayamos a Montecarlo.

Y dieron nuevas instrucciones al caballo.

Shamus leyó en voz alta:

—Aterrorizado de todo cuanto la vida representa, salvo de su perpetuación. ¿Qué te parece? Lo he escrito pensando en ti. Me he propuesto que nuestra relación sea duradera.

Confía en las ruedas de madera. Es como un carro cargado de municiones. Aristócratas camino de la ejecución. Miss Mawdray, por favor, llame al garaje y que reparen las ruedas inmediatamente.

Dormitando otra vez, Cassidy iba ahora con el viejo Hugo, su padre, y corría la noche en que los dos fueron en tren a Torquay para comprar el «Hotel Imperial». El viejo Hugo, pese a que su situación económica no era tan mala como lo había sido antes y como lo sería después, seguía la costumbre de detenerse ante las puertas, y dejar que fuera su hijo quien llamara, y consiguiera se las abriesen. Acordaron que efectuarían primero una expedición de reconocimiento, y que después abordarían el aspecto financiero del asunto, entrando probablemente en relación con alguien importante, como Charles Clore o el Aga Khan, es decir, con alguien que les mereciera confianza. En el tren, mientras esperaban la hora de la cena, el padre comenzó a llorar. Cassidy, que jamás había oído sus lloriqueos, pensó, al principio, que su padre se ahogaba, por cuanto los sollozos parecían un agudo estertor, semejante al de las perras de Sandra cuando se atragantaban con un hueso.

—Toma —dijo Cassidy entregando un pañuelo a su padre, y volviendo a centrar su atención en el periódico.

Entonces pensó que el viejo Hugo no estaba royendo un hueso, por lo que no podía haberse atragantado, como no fuera de vergüenza. Cassidy bajó el periódico y miró a su padre, miró el cuerpo doblado y encogido, para que cupiera en el reducido asiento, con los grandes hombros sacudidos por el sentimiento de soledad, y la calva moteada en rojo.

¿Era aconsejable que volviera a levantar el periódico? ¿O quizá sería mejor socorrer a su padre?

—Voy a buscar una copa.

Fue corriendo al bar, se coló, pasando delante de todos los que esperaban que les sirvieran, y compró un botellín. Cuando volvió, encontró a su padre erguido. Estaba leyendo las páginas del *Standard* dedicadas a las carreras de galgos. El padre dijo:

—Parece que te lo has tomado con calma.

Miró el botellín, y preguntó:

—¿Qué es esto?

—Whisky.

Mientras miraba la botellita que sostenía en la palma de su formidable mano, el padre dijo:

—Siempre te he dicho que, cuando compres whisky, compres una marca decente o si no nada.

Cassidy repuso:

—Lo siento, me había olvidado.

—¿Muchacho...?

—Sí, Shamus.

Había transcurrido una hora, quizás un día. El sol había desaparecido, el camino estaba oscuro, y los árboles destacaban en negro contra el cielo desierto.

—Mírame. Mírame fijamente. ¿Me miras?

—Claro que sí —repuso Cassidy, con los ojos cerrados, contra el hombro del viejo Hugo.

—¿Me miras profundamente, hasta penetrar en lo más íntimo de mis irresistibles ojos?

—Más aún.

—Pues bien, mientras contemplas este cuadro, millones de células cerebrales mueren viejas. ¿Todavía miras?

—Sí —contestó Cassidy, mientras pensaba: «Esta conversación ha tenido lugar antes, en realidad, y ésta es la razón por la que me he acordado de mi padre.»

—*Ahora, ahora...* ¡Bang, bang! ¿Lo ves? Mueren a miles. Mueren ahí, en el campo de batalla cerebral. Tosiendo, rinden sus pequeñas vidas.

Cassidy le consoló:

—No te preocupes, seguirás existiendo eternamente.

Largo abrazo, bajo las cálidas mantas. Shamus le besó y dijo:

—No hablaba de mí, hablaba de ti. Mis células lo están pasando bomba. Son las tuyas las que me preocupan. Esto también lo escribiré, si me acuerdo.

Cassidy pensó que, en gran parte, aquél era un viaje interior. El terrícola Aldo Cassidy, camino de Montecarlo, vuelve a vivir su vida, en compañía de su amigo nómada.

—Muchacho.

—Sí...

—Nunca volveremos a París, ¿verdad?

En la voz de Shamus hay un filo de angustia. No todo son risas en este viaje.

—Nunca.

—¿Me lo prometes?

—Lo prometo.

—Embustero.

Cassidy recobra la friadad y analiza la pregunta de Shamus:

—Dime, Shamus, ¿se puede saber por qué razón no quieres volver nunca más a París?

—Bueno, como sea que no vamos a volver, las razones poco importan.

Pero el viaje también era, tal como se ha consignado, en gran parte exterior, ya que, cuando se despertaron, descubrieron que la Policía les disputaba ávidamente la posesión del caballo.

Se encontraban muy cerca de un campo de aviación privado, y el coche de caballos estaba entre dos furgonetas azules. Un pequeño biplano volaba trazando círculos, a la espera de aterrizar. Todos hablaban, pero el cochero, que había llegado en bicicleta, era el que lo hacía en voz más alta. Era un viejo de pelo gris, con pantalones de marinero y un largo abrigo de los tiempos de la guerra. Se dedicaba a atizar patadas a las patas delanteras del caballo gris y a maldecirle por su infidelidad. El cochero, que creía, juntamente con los policías, que Shamus no tenía ninguna responsabilidad en el asunto, no estaba dispuesto a aceptar el cheque de viajero de Cassidy, por lo que no les quedó más remedio que acudir al Banco, en donde Cassidy firmó unas diez veces en otros tantos formularios.

¿He cobrado alguna vez un cheque al alba?

Pensando en Bloburg, Meale y en las cartas procedentes de Abalone Crescent, Cassidy dijo:

—Shamus, ¿no crees que ha llegado el momento de regresar?

—Sopla —contestó Shamus.

Y soplaron. De la pila de ramas surgió una débil columna de humo, pero la llama no brotó. Los vestidos descansaban a su lado, en el suelo, como amigos fallecidos. Más allá corría el riachuelo en el que se habían bañado. Y más allá del río se extendían los campos, después de los campos había un bosque, después los raíles del ferrocarril, y en último plano un cielo flamenco que no se acababa jamás. Cassidy tenía frío y la borrachera casi se le había pasado. En son de crítica dijo:

—Sin papel, nunca conseguirás encender la leña.

Luego añadió:

—Si me dejaras vestirme, avisaría a un taxi.

Por el viaducto pasó un tren. Iba vacío, pero con las luces encendidas.

—No quiero un taxi.

—¿Por qué no?

—Porque no y basta. No quiero ir a París, y, por lo tanto, no quiero un taxi.

Temblando, Shamus volvió a soplar. Añadió:

—Y si intentas vestirte, te mataré.

—Bueno, pues por lo menos deja que vaya a buscar papel.

—No.

—¿Por qué?

—¡Cállate! ¡Pesado! ¡Cállate!

Cassidy dijo:

—Miaaau...

Habían vaciado la última botella, por lo que la pusieron en un palo y la rompieron con fuego de artillería, diez piedras cada uno, alternativamente disparadas. Y, entonces, apareció el muchacho. Tenía la edad de Mark, pero parecía más joven por la expresión del rostro. Llevaba una caña de pescar y un morral, e iba montado en una bicicleta de fabricación holandesa, de cuya marca Cassidy era representante en exclusiva en el Reino Unido de la Gran Bretaña. Primeramente, el muchacho comparó los atributos de uno y otro hombre, que tan sólo se diferenciaban por el color —moreno y rubio, respectivamente—, y luego arrojó una piedra al palo en el que antes estuvo la botella.

Cassidy escribió una lista de cosas que comprar, que dio al muchacho juntamente con veinte empapados francos. Le advirtió:

—Ten cuidado al cruzar la carretera.

Mientras arrancaba el tapón con los dientes —el muchacho, persona prevenida, había logrado que el tendero dejara el tapón a mitad de recorrido, en el cuello de la botella—, Cassidy dijo con cautela:

—Bueno, la verdad es que, *en mi opinión*, si llamásemos a un taxi...

Shamus le interrumpió:

—Muchacho.

—Sí.

Estimuladas por varios números de la Prensa diaria parisiense, las ramas ardían con entusiasmo. A lo lejos, en el arroyo, el muchacho intentaba pescar.

—Muchacho, ¿tú crees que la presente situación no es más que un choque de egos?

—No.

—¿De subconscientes?

—Tampoco.

—¿De egos con almas? Así, a lo Ibsen...

—Aquí no hay choque de nada. Yo quiero volver y tú no, y esto es todo. Yo necesito tomarme un baño y vestirme, y tú prefieres vivir como un troglodita durante el resto de tus días.

La piedra le dio en un lado de la cabeza, concretamente el izquierdo, detrás de la oreja. En todo momento supo que se trataba de una piedra, la vio venir, y vio el mapa dibujado en ella, parecido al de los Alpes suizos, con el *massif* de Angelhorn en primer plano. La distancia que recorrió hasta llegar al suelo le pareció más larga de lo que creía. Antes de aterrizar, tuvo tiempo de echar la botella a un lado, y también tuvo tiempo de poner el antebrazo junto a la cabeza, para protegerla del choque con el suelo. Después se encontró en brazos de Shamus, quien le besaba, le escanciaba vino entre los dientes, le pedía perdón, perdón, perdón, lloraba y parecía atragantado, como el viejo Hugo en el tren, y el chico extraía del río un pez de color castaño, un pez de niño, propio de una caña de pescar de niño.

Cassidy preguntó:

—¿Se puede saber por qué lo has hecho?

Shamus estaba sentado lejos de Cassidy, convertido en un paria voluntario, con la boina casi tapándole los ojos, para demostrar los remordimientos que sentía, y con una raya, formada por la sucia agua del río al secarse, dividiéndole en dos la desnuda espalda. Shamus guardó silencio. Cassidy dijo:

—Tu comportamiento me ha parecido muy extraño, sobre todo teniendo en cuenta que eres un maestro en el manejo del idioma.

El muchacho arrojó el pez al agua. O bien no había sido testigo del incidente, o bien había presenciado tantos de este tipo que la visión de la sangre ya no le impresionaba. Irritado, Cassidy exclamó:

—¡Por el amor de Dios, Shamus, deja ya de golpearte con esta piedra! Dime por qué lo has hecho, y basta. Te he obedecido en todo. Me he helado bañándome en el río para percibir nuestras identidades, hemos estropeado para siempre nuestros trajes nuevos, hemos cogido una pulmonía cada uno, y, ahora, vas y me tiras una piedra. ¿Por qué?

Silencio. La boina se desplaza un poco hacia atrás.

—De acuerdo, ya me lo has dicho: no quieres volver a París. No tengo nada que objetar. Ahora bien, incluso los grandes amantes son incapaces de pasarse la vida acampados junto a un riachuelo. ¿Por qué no quieres volver? ¿Es que no te gusta el hotel? ¿Es que han dejado de gustarte las ciudades?

Hizo una pausa. Y volvió a hablar:

—¿Es por algo referente a Dale? ¿Por tu libro, quizá?

En esta ocasión la boina no se mueve, sino que se queda quieta, como suele hacer Sandra bajo el dintel, cuando está enfadada por no ser Cassidy el hombre cósmico, por no proporcionarle los grandes dramas que ella tanto ama.

—Shamus, por el amor de Dios, hay momentos en que falta poco para que seamos compañeros del alma para siempre, y en el instante siguiente vas e intentas matarme. ¿Se puede saber qué te pasa?

Como agitado por el viento, la espalda desnuda se balancea. Por fin, el penitente levanta la botella y bebe. Cassidy, en cuclillas junto a Shamus, dice:

—Anda, dame un poco.

Y alarga la mano, pero en vez de recibir la botella, Shamus le entrega el mustio clavel que había llevado en la solapa del traje nuevo. Entonces, Cassidy advierte que Shamus ha estado llorando, y le dice con dulzura:

—Olvídalo. No me has hecho daño, te lo aseguro. Es más, ya lo he olvidado, como si no lo hubieras hecho. Fíjate, no tengo chichón, ni nada. Vamos, pon la mano y te darás cuenta.

Cogió la mano de Shamus sucia de tierra, y la puso en su cabeza. Volviendo a llorar, Shamus musitó:

—Tienes que quererme, muchacho. Lo necesito. Te lo digo muy en serio. Y esto no es nada, comparado con lo que te haré si no me quieres.

La mano de Shamus, leve y temblorosa, tocando pletórica de sentimiento el cuero cabelludo de Cassidy, fue como una segunda confirmación. Shamus dijo:

—Tienes que entregarte por entero a mí. *Por entero.* Esto es lo que yo hago contigo. Sí. Te he dado un cheque en blanco. De veras.

Cassidy le prometió:

—Haré cuanto esté en mi mano para comprenderlo, pero necesito que me digas por qué lo has hecho.

Desesperado, Shamus exclamó:

—¡Maldito pequeño burgués inaguantable! ¡Jamás lo lograrás!

Dejando la mano de Cassidy, Shamus dio un salto:

—¡Mi identidad! ¡Ha quedado totalmente destrozada!

Señalaba una zona de hierba requemada en la que yacía su pasaporte, boca abajo y abierto, como una mariposa muerta, con las alas desplegadas, como si pretendiera inútilmente alzar el vuelo. El tinte azul manchaba la hierba. Alzando las dos manos, Shamus musitó:

—Se está desangrando. Muchacho, llama a una ambulancia.

Totalmente vestidos, compraron un sobre francés en la oficina de correos del pueblo y en él mandaron sus claveles a Helen. La goma tenía sabor de pipermint, y los claveles habían perdido su lozanía.

También compraron un par de planeadores para acercarse más a Flaherty, y una cometa para mandar oraciones a lo alto.

Y compraron asimismo una libreta, por cuanto Shamus pensaba aprovechar el viaje de vuelta a París para comenzar una nueva novela sobre el tema de David y Jonatán. Shamus había perdido su anterior libreta en el río y no quería mantener vínculo alguno con su pasado literario.

Cassidy escribió en su particular Baedecker, con la florida prosa que era otro de los adornos de la personalidad del viejo Hugo:

> «Los caminos a París son largos y varios y, a menudo, retorcidos. Algunos de ellos avanzan por entre grandes colinas desde las que bien se puede hacer volar planeadores y cometas, e impetrar favores a los dioses de Irlanda, algunos por entre fábricas repletas de tristes proletarios y gentes de la Mayoría-demasiado-mayoría montadas en bicicletas sin frenos, algunos otros caminos lo hacen entre paradores en los que rameras expulsadas de las ciudades proporcionan a los grandes escritores mediocres visiones del infinito. Pero todos estos caminos son lentos caminos, hechos para arrastrarse por ellos a pie. Y así es por cuanto París ha dejado de ser amado, ya que está amenazado por el misterio de Dale.»

Medio tumbado en la butaca del barbero, cubierto de blanco como un monaguillo, el fatigado cronista del viaje cayó dormido mientras le afeitaban, y soñó con Helen desnuda, de pie en la playa de Dover, con dos claveles muertos en los senos, dedicada a botar minúsculas naves de vela para que hicieran una carrera alrededor del mundo. Cuando despertó, el barbero le estaba cortando el pelo.

—¡Shamus, no quiero que me corten el pelo!

Shamus estaba sentado en un banco, escribiendo en la libreta recién adquirida. Sin alzar la vista, murmuró vagamente:

—Te conviene, muchacho. Has de comenzar como un monje tu nueva vida. Mucho me temo que el sacrificio de tu pelo es necesario.

Empujando al barbero, Cassidy gritó:

—¡No...! *¡No, no, no!*

Shamus siguió escribiendo, pero dijo al barbero, con quien había trabado íntima amistad:

—Quiere el pelo más largo. *Il le veut plus long.*

—¿En qué crees, Shamus?

En el último confín del mundo, el rojo sol salía o se ponía detrás de las hinchadas líneas de parrilla de una fábrica. En los campos yacían luces, y el rocío había humedecido los planeadores.

—¿Qué es aquella luz, allí, al final del muelle?

Tras pensarlo mucho, Shamus contestó:

—Tiempo hubo en que creí en una ramera que cultivaba el campo de cricket del Señor. Jamás he conocido a nadie a quien le gustara tanto este juego. Esta ramera conservaba en el bolso todos los datos estadísticos de las jugadas de cricket.

—¿Y en qué más?

Dijo que odiaba a los clérigos. Los odiaba con pasión de fanático.

—¿Y en qué más?

Dijo que odiaba el pasado, que odiaba los convencionalismos, la ciega aceptación de las limitaciones en el comportamiento y el voluntario encarcelamiento del alma. Por fin, Cassidy dijo:

—¿No son un poco negativas tus convicciones?

—Sí, también odio todo lo positivo.

Ahora iban en bicicleta, y Cassidy tenía un lado de

la cabeza mucho más caliente que el otro. Shamus dijo que *esto*, precisamente, era el problema de Cassidy.

Miaaau.

19

Mientras observaba a Shamus escribiendo en el parador, Cassidy se preguntó quién era aquel hombre.

Ahora no estaban lejos de la ciudad, y quizás a esto se debía el que Shamus escribiera, o sea, para defenderse de lo que le amenazaba en París, fuera lo que fuese. Al término de la avenida había un rosáceo resplandor, y el aire de la tarde murmuraba como agua hirviendo en una olla. Estaban sentados en una mesa junto a la carretera, bajo un parasol que anunciaba la «Coca-Cola», y bebiendo pernod para aclarar un poco la cabeza. El taxi les esperaba en el aparcamiento, y el taxista se entretenía leyendo pornografía.

¿Quién era aquel hombre capaz de convivir con el ángel encargado de contar sus pecados y sus méritos, de vivir así constantemente, mientras el ángel registraba sus hechos, los deformaba, los rectificaba, y efectuaba un balance de ellos? ¿Quién era aquel hombre que a diario escribía la crónica de su realidad? Siempre atacando a la vida, sin aceptarla jamás, siempre en movimiento, sin jamás asentarse...

Cassidy le preguntó:

—¿Será realmente una novela? ¿Una novela larga, igual que las otras?

—Quizás.

—¿Y de qué trata?

—Ya te lo dije. De la amistad.

—Léemela.

Shamus leyó:

—La realidad era lo que les separaba, y la realidad

era lo que les unía. Jonatán, sabedor de que la realidad existía, huía de ella, pero David dudaba y por esto buscaba todos los días la realidad.

—¿Es como un cuento de hadas?

—Quizás.

—¿Quién de nosotros dos es David?

—Tú, imbécil, que por algo eres rubio. David *era* un gran escéptico, ya que amaba el mundo terreno y todas sus riquezas. Jonatán maldecía al mundo, y, en consecuencia, era como un profeta que anunciaba un mundo mejor. Pero David carecía de la inteligencia suficiente para comprender esto, y Jonatán era demasiado orgulloso para revelárselo. En el mundo de David, los ideales del rebaño se convertían en realidad, debido a que David era miembro del rebaño, era el mejor de la Mayoría-demasiado-mayoría. Jonatán tenía un corazón ingenuo, pero David tenía alma rococó...

—¿Qué significa esto, Shamus?

—Pues significa que necesitas tomarte una copa, o de lo contrario me veré obligado a tirarte otra piedra, por hereje.

Para planchar un pasaporte —necesidad que Cassidy jamás hubiera pensado podía darse— se necesita una ramera, ya que las rameras son los seres con mayor sensibilidad en los dedos. Shamus explicó:

—Son las mejores planchadoras del mundo. Tienen fama por su arte de planchar.

Luego, con el orgullo de un entendido en la materia, añadió:

—Y cuando la fulana ha planchado el pasaporte, puedes acostarte con ella. Sí, entonces llega el momento de perder el himen.

Por lo tanto, fueron a la Gare du Nord, estación extremadamente atractiva, en busca de un par de manos.

Su regreso a la ciudad no fue, y quizá no podía serlo, tan triunfal como su huida de ella. Cassidy había supuesto que irían directamente al «St. Jacques». E incluso había ideado un plan para entrar en el hotel sin tener que cruzar el vestíbulo —después de dar la correspondiente propina al portero, entrarían por la puerta de servicio, como corresponde al hijo de un hotelero—, ya que sus trajes, si bien relativamente secos, habían quedado algo encogidos, y en modo alguno cabía calificarlos de elegantes. Cassidy estaba preocupado por la marcha de la Feria, por el correro y las llamadas telefónicas.

Pero Shamus dijo que no. La ciudad le había ensombrecido el ánimo, y su humor era cortante y en manera alguna amable.

—Estoy hasta las narices del maldito «St. Jacques». Es como una cárcel para condenados a muerte. Está lleno de obispos. ¡Me consta!

—Pero, Shamus, antes te gustaba...

—¡Lo odio! ¡Y cállate ya!

De repente, Cassidy comprendió que Shamus quería huir, y se dijo: Es fácil notarlo en su mirada, es como mi mirada cuando quiero huir. Poco faltó para que le preguntara: «¿Qué temes?», pero la prudencia le aconsejó abstenerse de formular este interrogante. En consecuencia, fueron a un hotel que se le ocurrió a Shamus, situado cerca de la rue du Bac, que se hallaba en una casa con patio pintado de blanco, muy cerca de una Embajada. En la calle había gran número de coches con matrícula del cuerpo diplomático. Quizás inspirado por la presencia de estos coches, Shamus insistió en que debían inscribirse con los nombres de Burgess y Maclean.

—¿Estás seguro, Shamus?

Naturalmente que lo estaba. A fin de cuentas, la disyuntiva de Cassidy era ocuparse de su maldito negocio o dedicarse a lo otro, ¿no es eso?

Sí, claro.

Las buenas manos no abundan en la Gare du Nord, ni tan siquiera en las horas punta de una tarde soleada. Hay manos dedicadas a transportar equipajes, manos que sostienen paraguas, y tiernas manos unidas a otras manos amadas, que no quieren separarse de éstas. Fatigados por tantos esfuerzos, los dos amigos se sentaron en un charco, y hurgaron en los bolsillos de sus arrugados pantalones para buscar migas de pan con las que alimentar a las palomas francesas. Shamus, taciturno, apenas hablaba. Y Cassidy sentía un agudo dolor en la cabeza, en tanto que la rótula, hasta aquel momento un tanto calmada, volvía a darle la lata, debido quizás a los esfuerzos ciclistas llevados a cabo. Cuando Cassidy le comunicó a Shamus sus dolores, éste dijo:

—Me alegro.

Para evitar la tristeza que comenzaba a invadirle, Cassidy se puso a cantar. En realidad antes era un ronroneo que una canción. Se trataba de unos versos de la propia cosecha de Cassidy, expresados en un monótono acento francés, con ciertos altibajos, constituyendo, en líneas generales, una muy aceptable imitación de Maurice Chevalier.

Y de esta manera encontraron a Elise, aquella combinación de letras tan conocida, gracias a Elise.

Los pajaritos de París
gozan de la vida,
gozan de la vida,
hasta que la nieve les quita el paaan...
Hasta que la nieve les quita el paaan...

Saliendo de su melancólico estado, Shamus miró asombrado a Cassidy. Era la primera vez que Cassidy imitaba una voz ante Shamus, y Chevalier era uno de los personajes en que más se lucía.

—No pares, muchacho. ¡Sigue, sigue! Es maravilloso, es realmente humano. Nadie podría hacerlo mejor. ¿Por qué no me dijiste que eras capaz de cantar así?

—Bueno, es que tus imitaciones de voces y acentos son mucho mejores, y claro...

—¡Tonterías! ¡Sigue, so loco, sigue! *¡Canta!*

Por tanto, Cassidy prosiguió:

Agitan las plumas,
agitan las lindas colas,
saltan y aman y cantan su cancioncilla...
Hasta que la nieve, la nieve cruel,
les quita el paaan...

—¡Más, muchacho, más! ¡Eres maravilloso! ¡Escuchad, escuchad todos a Cassidy!

Dando saltos, Shamus se disponía a congregar a una multitud alrededor de Cassidy, cuando vieron a la muchacha de pie, sonriéndoles. Iba con un elegante abrigo de pieles y un bolso rojo y brillante, como los que llevan los cobradores de los trenecillos suizos que ascienden hasta el Angelhorn.

Era joven, alta y llevaba el cabello muy corto, a lo garçon. Esbelta y rubia, su piel tersa formaba hoyuelos en las mejillas cuando sonreía. Estaba con los pies juntos —dedos y talones—, y sus piernas, pese a que carecían de importancia para la recuperación de la identidad de Shamus, eran rectas, aunque no delgadas, en realidad recordaban las de Angie Mawdray, y quedaban de manifiesto en la misma generosa cuantía. Shamus dijo en tono autoritario a Cassidy:

—Dile que te enseñe las manos.

La muchacha le sonreía a Cassidy, no a Shamus, como si considerase que éste era su tipo. Cassidy objetó:

—Lleva los guantes puestos.

—¡Pues dile que se los quite, animal!

Cassidy le preguntó a la muchacha:

—¿Habla inglés?

Meneó la cabeza y repuso:

—No.

—¡Por el amor de Dios, muchacho, esto no tiene ninguna importancia! ¡Insiste!

Cassidy dijo:

—*Vos mains. Nous voulons voir...*

Muy educado, Cassidy ofreció su asiento a la muchacha.

—¿Quiere sentarse?

Tímidamente, sin dejar de sonreír, la muchacha se sentó en el banco entre los dos. Cassidy le cogió la mano derecha, se la levantó y le quitó delicadamente el guante. El guante era de nilón blanco y salió suavemente, como si de una media de seda se tratara. La mano era suave y tersa. Se arqueó de un modo natural, en la palma de Cassidy. Shamus dijo:

—Y, ahora, pregúntale si sabe planchar pasaportes.

Cassidy afirmó:

—Estoy seguro de que sí sabe.

—En este caso, pregúntale cuánto cobra por planchar un pasaporte y acostarse. Pídele el precio total, impuestos, servicio y todo lo demás incluido.

—Shamus, por favor, no te preocupes, que yo me encargaré de pagar el precio que sea.

Dirigiéndose a la muchacha, Cassidy dijo:

—*Je m'appelle Burgess. Mon ami est l'escrivain Maclean.*

Elise, mientras sus manos temblaban delicadamente, como dos pajaritos, en las de Cassidy, dijo con mucha educación:

—*Bonjour, Maclean. Et moi je m'appelle Elise.*

En el mostrador del hotel situado en la casa del patio blanco, Shamus consiguió una plancha, una plancha negra de 1870, aproximadamente, como aquella que Sandra guardaba en la cocina y que prefería a la de Morphy Richards. El recepcionista era un muchacho argelino, fatigado y remiso a la complicidad. Sin embargo, la visión de Elise le animó en gran manera y pareció infundirle esperanza. Shamus dijo:

—También necesitará papel secante, para que pueda ponerlo entre las páginas.

El entusiasmo que Shamus había experimentado poco antes parecía haberle abandonado. Cassidy dijo:

—Bueno, de acuerdo.

Los corredores eran estrechos y oscuros. Al otro lado de uno de los tabiques lloraba un niño. Cassidy ayudó a Elise a despojarse del abrigo, la invitó a sentarse en una silla y le sirvió un vaso de vino para que se sintiera a sus anchas. Poco después hablaban fluidamente de lugares comunes tales como el tiempo que hacía y las características del hotel. Elise dijo que vivía con su familia, lo cual no siempre resultaba cómodo, pero sí económico, y además tenía la ventaja de evitar la soledad. Cassidy dijo que también vivía con su familia, que su padre era hotelero, y que el trato con los clientes de los hoteles a veces es muy pesado. Entretanto, Shamus, sin el menor interés en estos corteses formulismos, se había dirigido derechamente a una ventana y había puesto la mesa en el centro de la habitación. Sobre la mesa colocó el hornillo eléctrico, y sobre éste la plancha.

Al ver que Shamus salía del dormitorio con una manta en la mano, Elise dijo:

—*Ah, vous avez deux chambres! Ça c'est commode, alors!*

Cassidy le dijo que era una *suite* y se la enseñó. En el patio vieron una parra y una fuente; las paredes del baño estaban cubiertas con planchas de viejo mármol. Elise dijo que esto último era muy romántico, pero que seguramente debía costar mucho calentar el cuarto. Shamus gritó:

—¡Por el amor de Dios! ¿Supongo que la chica no ha venido con la intención de comprar el hotel? ¡Dile que venga de una maldita vez y que me planche el pasaporte!

Cassidy dijo:

—Por favor, Shamus, está en el lavabo lavándose las manos...

—¡Y un cuerno lavándose las manos! ¡Está desinfectándose, poniéndose insecticida abajo, que es lo que hacen todas! En cuanto se descuidan, son capaces de pegarte cualquier porquería... Anda, toma un franco y vete a comprar papel secante.

Cassidy, ahora bastante irritado, gritó:

—¿Por qué tanta prisa? La plancha aún no está caliente. Cálmate.

—*¡Ve a buscar el papel secante, he dicho!*

Súbitamente receloso, Cassidy dijo:

—Parece que quieres quedarte solo con la chica, ¿verdad?

—Me gustaría saber qué clase de ilusiones te has hecho... ¿Es que no te das cuenta de que este angelito, en un día laboral cualquiera se come vivos a unos diez tipos como tú y como yo? Esta chica no cumple, no está obligada a cumplir, las prioridades y las obligaciones propias de las muchachas de la clase media inglesa. En cuanto a ella respecta...

El ruido del agua del retrete interrumpió a Shamus. Acto seguido Elise salió del dormitorio. Shamus continuó:

—Pues como decía, en cuanto respecta a ella podemos hacer lo que nos dé la gana con su cuerpo, podemos jugar al fútbol con él, si nos da por ahí, siempre y cuando la dejemos en la calle en condiciones de encontrar a un par de tipos más.

Arrojó el pasaporte a la chica. Cassidy dijo:

—Shamus, no creo que esta chica sea una prostituta. Es una chica normal y corriente.

Imitando a Heather Ast, estuvo tentado de añadir: A Hugo le gustaría mucho.

Con cuidado, Elise volvió las páginas del pasaporte. Tenía dedos delgados y competentes, capaces de introducirse con gran facilidad en cualquier resquicio. Por fin, mientras comparaba el rostro de Shamus con el de la fotografía del pasaporte, dijo:

—*Mais vous ne vous appelez pas Maclean.*

Rápidamente Cassidy dijo:

—*Maclean, c'est son nom de plume.*

—*¡Ve a buscar papel secante!*

La papelería estaba en la acera de enfrente, y Cassidy recorrió corriendo el camino. Cuando regresó, sin resuello, Shamus y Elise se encontraban de pie, en uno y otro extremo de la estancia, sin mirarse. La muchacha iba despeinada y se advertía que estaba irritada. Shamus, mirando alternativamente a Elise y a Cassidy, dijo:

—Muy bien, de acuerdo, seguid adelante con vuestra cósmica relación. Que Christopher Robin y Wendy vivan su gran amor. Pero cuando regrese, quiero tener el pasaporte planchado.

—*¡Shamus...!* —gritó Cassidy cuando la puerta se había ya cerrado violentamente.

Elise dijo:

—*Il n'est pas gentil, votre ami.*

—Está preocupado —dijo Cassidy, mientras pensaba que también él lo estaba.

En el mejor francés maternal que recordaba, dijo que Shamus era un gran escritor, quizás el mejor escritor de la actualidad, y que Elise era la primera mujer que no le encontraba irresistible, que Shamus acababa de admirar su obra maestra, y que estaba preocupado por la suerte que a dicha obra aguardaba. En realidad, las preocupaciones de Shamus (Cassidy dijo que creía podía confiar este hecho confidencial a la muchacha) guardaban relación con una cuestión puramente comercial, a saber, la cesión de los derechos de la versión cinematográfica. La cesión estaba ya acordada, pero faltaba la confirmación. Sí, así era, ya que estas cuestiones son un tanto complicadillas. Posiblemente Elise había visto la película *El doctor Jivago*; pues bien, Shamus era el autor. Y también era el autor de *Adiós, Mr. Chips*.

Elise escuchó con mucha gravedad estas explicaciones, pero no se mostró demasiado convencida, pese a afirmar que admiraba la obra de Mr. Maclean. Dijo que los hombres que utilizaban dos nombres no le inspiraban confianza —y al decirlo miró el pasaporte—, y que, para colmo de males, Maclean no era un hombre bien educado. Preguntó:

—*Vous êtes aussi artiste, Burgess?*

Cassidy repuso:

—*Un peu.*

Al escuchar esta contestación, Elise sonrió con tímida complicidad, afirmó con la cabeza y dijo en un murmullo:

—*Moi aussi. Un peu artiste, mais pas... entièrement.*

Elise era una muchacha muy reposada. Desde el primer instante, Cassidy se dio cuenta del decente reposo propio de la personalidad de Elise, pero ahora, en los instantes en que la estancia comenzaba a quedar iluminada por la luz del ocaso, el reposo y la tranquilidad de la muchacha dominaba el ambiente. Planchó el pasaporte muy lentamente, con reconcentrada atención, la cabeza un poco inclinada a un lado, como si esperase el regreso de Shamus, y cuando sonaron pasos en el corredor, Elise dejó de planchar y miró hacia la puerta. Sandra, cuando planchaba, separaba las piernas y apoyaba la mano libre en la cadera, igual que su padre, el brigadier, pero Elise se mantenía muy erguida, prestando únicamente atención a su tarea. Cassidy dijo:

—He pensado que podríamos cenar juntos. Tú y yo, solos.

Elise alzó la cabeza. Cassidy no podía ver la expresión de su rostro, pero pensó que seguramente era de duda. Añadió:

—Podríamos ir a la Tour d'Argent, si quieres.

Elise planchó otra página. En voz baja, dijo:
—*No, Burgess. Pas de Tour d'Argent.*
—Bueno, pero te advierto que el dinero no es un problema para mí. *Je suis riche, Elise... vraiment.* En fin, haremos lo que quieras. Podemos ir al teatro, si lo prefieres.
—*Vous n'avez pas du théâtre à Londres, Burgess?*
—Sí, claro que tenemos teatros, montones de teatros tenemos. Pero la verdad es que voy poco al teatro.
Una vez más, Elise tardó en contestar. Oyeron los pasos de alguien que subía la escalera, pero los pasos pasaron sin detenerse ante la puerta. Además, carecían de la energía de los pasos de Shamus. Elise cerró el pasaporte, puso la plancha apuntando al techo, dobló la manta que cubría la mesa, y a continuación fue de un lado para otro, ocupada en coger los vasos utilizados y en vaciar ceniceros. Desde la pileta, preguntó:
—*Tu veux vraiment sortir, Burgess?*
—Sólo quiero que te diviertas. Te aseguro que no soy un hombre peligroso.
—*Bon* —dijo Elise.
Después esbozó una distante sonrisa, que parecía indicar que los deseos de Cassidy habían dejado de importarle, y añadió:
—*Bon, c'est comme vous voulez.*

Escribió:

> «Querido muchacho, eres una mala bestia con pésimo carácter. Me voy con Elise a su casa. Volveré a las diez y media.»

Dejó la nota junto al pasaporte recién planchado.

Cuando estaban junto a la puerta, y mientras Cassidy le ayudaba a ponerse el abrigo, Elise le dio un beso. Al principio, fue un beso de niño, como pudiera ser un beso de Mark dado bajo la ramita de muérdago. Luego, como un minúsculo pincel, la lengua de Elise recorrió la línea de unión de los labios de Cassidy y se movió hacia arriba, hacia los párpados.

Cassidy, saliendo primero al corredor, como para abrir paso a Elise, dijo:

—Podríamos ir a «Allard».

«Allard» era el restaurante que Bloburg solía recomendar. Con la mano en el brazo de Cassidy, Elise dijo:

—*Burgess...*

—*Oui?*

—*Je n'ai pas faim.*

Cassidy se echó a reír y dijo:

—Vamos, vamos... Cuando lleguemos al restaurante ya se te habrá abierto el apetito.

Entonces se le ocurrió dejar otra nota, casi idéntica a la primera, aunque terminada con las palabras «Con amor».

Mientras se encontraban en «Allard», Cassidy se ofreció a pagarle a Elise un viaje a Londres, en donde podría aprender el oficio de hostelería, ramo en el que su padre tenía inmensa influencia. Elise se mostró muy agradecida por la oferta, pero no la aceptó. Dijo que su madre no la dejaba viajar sola. Luego hablaron un poco. Elise comía más de prisa que Cassidy, y tan pronto hubo terminado pidió un taxi, que Cassidy pagó por adelantado.

Elise dijo que con mucho gusto se hubiera quedado más tiempo en compañía de Cassidy, pero que tenía que cumplir sus obligaciones familiares.

Sin embargo, pese a todo lo dicho, en una blanca casa parisiense, en un ático que dominaba las cálidas calles, sobre un patio en el que sonaban, como disparos de rifles, los golpes propinados contra alfombras, a fin de sacudirles el polvo, en una ciudad que temblaba al impulso de las energías del amor, en una ancha cama de latón, con una colcha aterciopelada en blanco por la luz lunar, en algún momento entre el ocaso y el alba, en aquella hora en la que, después de un gran esfuerzo, llega la fatiga, solo al fin en el mundo interior de sus románticos sueños, Cassidy amó a Elise.

Entró Elise por la ventana y se acercó a largos pasos hacia él, sus blancas piernas quedaban iluminadas por la rayada luz lunar que se colaba por las persianas, y se detuvo a la vera de la cama, murmurando la palabra *Burgess.* Como una blanca vela se alzaba el cuerpo de Elise de sus ropas caídas en el suelo, y sus minúsculos pezones eran rosadas manchas de cera. *Burgess, ¿estás ahí?* Sí, Elise. *Burgess, tu es tellement gentil: ¿realmente quieres casarte conmigo?* Sí, Elise. *¿Y por qué estás vestido, Burgess?* Es que iba a buscarte, Elise. Iba a recorrer todas las calles de París hasta encontrarte, y luego, llevarte al Sacré Coeur, en donde los más influyentes sacerdotes esperan el momento de celebrar la ceremonia. *Me parece muy bien, Burgess, ¿pero cómo arreglaremos el problema del dinero?* En secreto, guardé veinte mil libras esterlinas en la Banque Fédérale de los Campos Elíseos. Lo conseguí ilegalmente, fingiendo pagos de piezas francesas que nunca compré. Y Elise musitó: *Burgess...*

Elise desnudó a Cassidy con mucha seriedad, corriéndole primero el nudo de la corbata y pasándosela por la cabeza, como un gran lazo corredizo, a fin de no estropear la seda. *Burgess, mon artiste, mi inventor, mi nene, mi marido, mi salvación, ¿hay alguien más rico que tú?* No, repuso Cassidy. Pero lo mejor del caso es que mis riquezas en nada han menoscabado mi integridad. Elise repuso: *Efectivamente, así es. Eres un hombre tremendamente naturalote.* En algunos momentos, mientras le desnudaba, Elise tenía que acariciarle, para satisfacer sus propias ansias de placer. Oprimía la cabeza de Cassidy contra sus senos o su regazo, o una de sus mejillas contra el sedoso e inodoro vello entre sus muslos cerrados, y le acariciaba como una amada escultura iluminada por la luna, y alababa las proporciones de Cassidy ante invisibles amigas y le calificaba de dulce, viril, cortés, valeroso y honrado. *Venez,* murmuró al fin Elise, ofreciendo a su vista la alargada llanura de su espalda. *Sigue mi inmaculado y gracioso trasero, estos mellizos melones que arteramente ocultan la depresión del amor prohibido, la Secreta Flor del abandonado oriente.* Elise, la mejor parte de mi persona está erecta. ¿Accedes a cohabitar conmigo? Ésta es mi más alta ambición, Burgess. Le guió por el centro, rodeando su virilidad con los largos y domesticados dedos, mientras recorrían en todos los sentidos el cielo de París. *Tu aimes ça, Burgess?* ¿Te gusta? *¿Quieres que lo haga con la boca? Siento exactamente lo que tú sien-*

tes, Burgess. Mis reacciones son totalmente homosexuales. Con los dedos basta, gracias, contestó Cassidy. Los dedos son suficientes, sí. *Burgess,* ¡qué puro eres! Poco después, Cassidy preguntó: ¿Elise, quién te ayuda? Creo notar otros dedos, además de los tuyos. Desde luego, oigo la voz de Frank Sinatra cantando, y veo el humo de leña que sale de tu cabello. Pero Elise contestó: ¡*Nadie me ayuda, lo hago todo con mis manos, lo que pasa es que sueñas con otra.* Y, tras decir esto, Elise abrió las piernas de Cassidy, y con la uña del dedo índice recorrió la breve cresta que separaba la parte trasera de la frontal, la recorrió una, dos, tres veces. *¿Más, Burgess?* Un poco más, sí. Bueno, basta. ¿Y aquí?, preguntó Elise acariciando los agradecidos globos de Cassidy, consiguiendo que el vello en ellos emitiera señales, señales como vivos y minúsculos fuegos, dándole a la piel tirantez y amor. Entonces, Elise murmuró: *Y ahora te voy a dejar, dejaré tu virilidad angustiosamente suspendida en las tinieblas.* Cassidy le preguntó: No te gustaría que todo terminara estando tú aquí presente, ¿verdad? Elise repuso dulcemente: *Conozco bien las normas.* Y añadió mientras se desvanecía en la luz lunar: *Nos volveremos a ver en el Sacré Coeur.*

Cassidy gritó: No llegues tarde. No llegues tarde. Tarde, tarde.

—¿Shamus?

¿Cómo se las arreglaría para enfrentarse con tanta soledad? ¿Qué hacía Shamus a tan altas horas de la noche, fuera del hotel? ¿Estaría con los Pocos, con la Minoría? No, no estoy a su altura. Shamus necesita tratar con escritores, con gente que lee libros.

Un reloj Ormolu de imitación brillaba permanentemente a la luz de la luna y parecía haber quedado detenido a las dos y media.

Shamus, vuelve.

Por favor.

«Querida —escribió Cassidy con terrible lentitud en el vulgar papel que había comprado en la papelería. Eran las nueve de la mañana, y Shamus no había regresado—. Hasta el momento presente, las cosas no han marchado demasiado bien, y si te sirve de consuelo —lo que dudo mucho— te diré que eres afortunada por encontrarte lejos de esta gran ciudad y de sus tentaciones. Los funcionarios de nuestra Embajada, siempre fieles a las tradiciones, dejaron nuestro stand en condiciones inaceptables, sin teléfonos, y sin un compartimento aislado en el que la empresa Cassidy pudiera atender a sus invitados, por lo que todos estábamos mezclados, igual que ganado, y aun cuando nos formularon un importante pedido el primer día de la Feria, el negocio ha sido un tanto flojo. Intuyo que, tal como tú previste certeramente, la guerra del Vietnam está produciendo, por fin, una nefasta influencia. En realidad, hay poco dinero en circulación, la gente se resiste a comprar, y, cuando compra, paga tarde y mal. El pedido importante de que te he hablado —trescientos chasis— fue formulado por una señora —de mediana edad— que no me inspira confianza alguna, señora que compró mil sillitas a «Bee-Line» el año pasado y que todavía no ha terminado de pagar. McKechnie tuvo que recurrir a la institución de Garantía de Créditos para la exportación, y los individuos de este organismo se han negado a garantizar los pagos de la señora en cuestión (¡qué triste!). Sin embargo, esta venta ha sido, por el momento, el mayor triunfo conseguido por Meale, y yo no me he atrevido a rechazar el pedido, por temor a socavar la confianza de Meale en sí mismo, confianza que, dicho sea con mucha benevolencia, es como una planta de invernadero.

»También he de confesar que me siento muy solo, lo cual imagino suponías ya. Por otra parte, las formas de vencer esta soledad tampoco son demasiado atrayentes. He evitado a Lemming y compañía como si de la peste se tratara. La idea de "visitar París" con los colegas del negocio me resulta casi físicamente repelente.

»En cuanto a Bloburg debo decir que es insoportable. Me consta que, en tu opinión, todos tenemos el deber de tratar con la máxima consideración a Bloburg, pero, francamente, también la tolerancia tiene sus límites. Después de haberse trazado todo un programa, fatigoso y aburrido a más no poder, para que yo me divirtiera en París, se empeña en presentarme a amiguitas suyas, para que lo pase bien con ellas. Una de estas muchachas, una damisela llamada Elise, llegó a visitarme en mi dormitorio, provista de una nota de presentación redactada por Bloburg. Sin embargo, no tienes por qué temer. La señorita en cuestión es una de esas muchachas tímidas y con pupilas de color castaño oscuro, con ojos que jamás parpadean, de quienes tu madre, con tanta razón, asegura no son de fiar. Estoy convencido de que la tal Elise se droga, y cuando la despedí se fue por el corredor tan tranquila, como si tal cosa. Realmente, casi me sentí herido en mi orgullo de varón. Esto es cuanto puedo decirte en lo tocante al tema del vicio y la infidelidad conyugal. Cuando el incidente que te acabo de relatar ocurrió, yo estaba en compañía del pobre McKechnie —está pasando unos momentos de grave crisis conyugal, y casi lloraba—, por lo que la visita de la señorita esa tuvo para nosotros visos cómicos. Creo sinceramente que, cuando una pareja llega a la situación en que se encuentran McKechnie y su mujer, lo mejor que puede hacer es separarse. ¿No opinas igual?

»Anoche, Meale desapareció en un ataque de pundonor, después de tener una ridícula discusión con Lemming en el hotel. Parece que la disputa estuvo motivada por una plancha —dicho sea con perdón— y en quién tenía derecho a utilizarla primero. Bueno, el caso es que el buen Meale ha desaparecido, y me parece que, cuando regrese, no me quedará más remedio que decirles a los dos que son un par de tontainas.»

Mientras ponía el número cuatro en la cuarta página, Cassidy pensó que escribía debido a que nada tenía que decir. Pensó que su mujer habría preferido que él se hubiera acostado con Elise. Prosiguió:

«En los pocos momentos libres que me quedan he intentado entrar en relación con la gente que, aquí, trata con campos de deportes, pero los resultados han sido, por el momento, negativos. Ayer conseguí ir a un suburbio e inspeccionar un solar que, según me habían dicho, ofrecía ciertas posibilidades, pero estaba en el cauce de un río seco —a lo mejor en Inglaterra encuentras algo parecido— y esto me indujo a preguntarme cuál es la calidad moral de la Comisión de Rercursos Hidráulicos, capaz de vender los cauces secos. Pero lo que más me aterrorizó fue el terrible viaje en coche. Fuimos a unos ciento cincuenta por hora, sin frenos, y, desde luego, sin cinturones de seguridad.

»Incidentalmente, anoche te llamé por teléfono, y esta mañana he vuelto a hacerlo, pero el teléfono sonó y sonó, sin que nadie contestara. ¿Dónde estabas? Confío en que no te resarces de mi ausencia, y que este resarcimiento no viene concretado de un modo poco aconsejable. Me gustaría que vinieras a pasar unos días a París, tan pronto la Feria se haya clausurado —el lunes o el martes—, a fin de que pueda prestarte la atención que mereces, de que tu presencia me calme los nervios realmente excitados por esta estúpida y enloquecedora semana, y de que volvamos a tratarnos tal como nos tratábamos hace algún tiempo. Supongo que comprendes lo que quiero decir... Por favor, dale un beso de mi parte a Hug. Os he comprado unos regalos estupendos, y espero con impaciencia el momento de entregároslos.

»*Pailthorpe.*

»P.S. A propósito: ayer me pararon en plena calle y me preguntaron si yo era Guy Burgess. ¿Imaginas? Seguramente se debe a mi siniestro aspecto. ¿Cómo sigue John E.?»

Volvió a esperar, esta vez realmente angustiado.

¿Era aconsejable que telefoneara a Helen? ¿Debía llamar acaso al comisario de la Feria? Oiga, aquí Cassidy, el normando francés, sí, nos conocimos en momentos de mayor tranquilidad, ja, ja... Bueno, en realidad circula por ahí utilizando el apellido Maclean. Bueno, ya le explicaré las razones en otro momento, porque son un poco complicadas. Y yo soy Burgess, sí, señor. Bueno, en realidad, se trata de un chistecito. Tenemos problemas de identidad, ¿sabe?

Mientras esperaba, Cassidy se dedicó a ordenar sus cosas, lo cual le permitió desarrollar una actividad frenética.

20

Al salir, con gran alivio por su parte, del blanco hotel (dejando algunas notas para Shamus en manos del botones, en el dormitorio, en la sala de estar y en el hermoso cuarto de baño rococó), el presidente, director-gerente y Más Activo Miembro de la empresa Construcciones Ultramarinas Cassidy, sociedad cuyas acciones se habían comenzado a cotizar recientemente en Bolsa, y a la que se consideraba altamente esperanzadora para los inversionistas ansiosos de forrarse en un futuro próximo, se arregló el nudo de la corbata, volvió a dar al mundo la forma que antes tenía para él y procuró tapar cuantas amenazadoras grietas hubieran aparecido en su espíritu.

Camino del «Hotel St. Jacques», Cassidy se detiene en una tienda que conoció en sus anteriores viajes de negocios a París, en donde compra, con su último cheque de viajero, un impermeable barato pero pasable, que oculta el lamentable estado del traje que viste. En recepción, donde su regreso no suscita el menor comentario, se hace cargo de unas cuantas cartas comerciales carentes de interés, y pregunta, sin darle importancia a la cosa, por su colaborador y compañero de suite, monsieur (adviértase la diferencia) Shamus, y no Maclean.

La información que le dan poco revela.

Monsieur Shamus fue al hotel ayer por la tarde y recogió el correo a él dirigido. Sí, había recibido muchas cartas. Monsieur Shamus es un caballero muy distinguido. A continuación, Monsieur Shamus fue a sus habitaciones y sostuvo una conversación telefónica de dos horas con Londres, cuyo coste el gerente del hotel suponía sería satisfecho por separado, y con la mayor urgencia, puesto que, según le habían dicho, Monsieur Cassidy se ocupaba de pagar los gastos efectuados por su superior. Ante esta propuesta, el astuto comerciante dijo que estaba dispuesto a pagar, siempre y cuando le mostraran la nota de la telefonista. En dicha nota constaba cierto número de Temple Bar, que el conocido agente del servicio secreto Burgess apuntó disimuladamente al dorso del recibo, recibo que no tardó en extraviar. Después de ascender en el ascensor de Flaherty, se dirigió rápidamente al nidito del amor, en donde prosiguió la búsqueda del escritor ausente.

Éste era el lugar donde se había cometido el crimen. La estancia se encuentra en desorden. El armario en el que Cassidy había guardado sus cosas está revuelto, y faltan las mejores prendas.

Sintiéndose mucho menos preocupado por la suerte de Shamus, Cassidy se dedica a buscar pistas. Shamus ha estado tumbado en su cama, desde la que, sin la menor duda, ha efectuado su llamada telefónica, de cuarenta libras esterlinas, a Londres. Tres mensajes mecanografiados, firmados por la telefonista del hotel, proporcionan a Cassidy idéntica información: ha llamado cierto Monsieur Dale, y, al no encontrar a Shamus, ha dejado el recado de que éste le llame. Sobre el edredón hay varias postales dirigidas a Shamus, escritas y fechadas antes de que Shamus dejara Londres y firmadas por los apellidos Keats, Scardanelli y Perseo, en las que el firmante desea a Shamus un fructífero descanso y le felicita por la feliz vida que lleva. En estas postales constan listas de lugares que Shamus debe visitar, así como información acerca de ríos, fuentes públicas y hogares de famosos escritores ya muertos. En una de las postales se dan a Shamus severos consejos para evitar contraer enfermedades venéreas. En otra, firmada por Helen, se le recuerda que compre una *te-*

rrine, y se da el nombre de un establecimiento famoso por sus guisos.

En el lugar del rapto, Cassidy también encuentra un volumen (en alemán, lo cual no deja de constituir un misterio) de la obra de Schiller *Über Naive und Sentimentalische Dichtung*, un tratado debido a Flaherty sobre el tema de las herejías modernas, en el que se cita de modo muy especial al Papa y al arzobispo Ramsey, un libro de bolsillo con el título *Los platillos volantes son hostiles* (con dieciséis páginas de fotografías y los resultados de los análisis independientes de los residuos de Objetos Volantes No Identificados), y un folleto sobre prácticas místicas para la conservación de la buena salud y el optimismo, debido a la pluma del Maestro Aethesius, del Planeta Venus. Además, también hay un volumen de Poemas de John Donne, que se nota muy manoseado.

Por último, hay una botella de whisky, Glen Grant 1953, de Berry Brothers and Rudd.

Abandonando temporalmente las investigaciones sobre Shamus, Cassidy efectúa diversas llamadas telefónicas, en su mayor parte de naturaleza mercantil. En una de ellas encarga a una floristería que manden flores a Sandra. En otra, pide más fondos al Banco. Al parecer, el mundo de los negocios no se ha desintegrado totalmente durante su ausencia. En la Feria, la firma de Cassidy ha recibido buen número de pedidos, aunque el montante total no es como para caerse de espaldas. La mujer de McKechnie ha regresado a Inglaterra, llevada por un ataque de mal genio. Gracias a enfrentar hábilmente a Bloburg con Lemming, y a Faulk con Meale, Cassidy ha conseguido dar la impresión de estar, para todos, demasiado ocupado como para ocuparse de nadie. Poco antes de la hora del almuerzo, después de haberse bañado, afeitado y comido un buen plato de huevos, Cassidy acudió en taxi a la Feria e inspeccionó su stand, con gesto de grave preocupación.

Le dijo a Meale:

—La Feria tiene una importancia vital. Es mucho más importante de lo que usted puede imaginar, Meale.

Después de haber enviado generosísimos regalos a

Mark y a Hugo, Cassidy recordó una promesa hecha en broma, allí, en South Audley Street, poco antes de partir de Inglaterra, y envió un cargamento de flores a Miss Mawdray —sin *arrière pensée,* sólo con la intención de mostrarse afectuoso con el personal de la empresa—, pero estimó más oportuno pagar en dinero contante y sonante este encargo, a fin de evitar la existencia de reveladores papelitos.

Sin embargo, también se acordó de la discusión sostenida con Heather Ast, y, para evitar remordimientos de conciencia, también le mandó flores. No, Cassidy no quería que los antiguos rencores perdurasen.

Regresó al hotel a tiempo para recoger la correspondencia de la noche.

> «Querido Aldo: Me pediste que te escribiera, y así lo hago. Espero que estés bien, e imagino que no tienes ninguna gana de que me reúna contigo en París, a pesar de que así lo insinuaste al partir. La razón por la que, en el fondo, te escribo radica en que anoche mamá y yo nos dedicamos a hacer limpieza en el cuarto de los niños, y encontramos un montón de revistas y obras pornográficas que imagino compraste tú. Si me equivoco, por favor, dímelo. Ya puedes imaginar la reacción de mamá. Supongo que es inútil que te repita UNA VEZ MÁS que me importa muy poco TODO lo que hagas, siempre y cuando me lo digas. Si hubiera SABIDO que la pornografía te gusta, lo cual es PERFECTAMENTE normal en cierta clase de individuos, hubiera limpiado sola el cuarto de los niños. Si consideras que nuestro matrimonio constituye una cárcel para tu espíritu, vete. Sin embargo, debo confesar que me gustaría mucho saber lo que tu espíritu hace cuando no está encarcelado. Desde luego, no me molesta en absoluto que tengas una amante, caso de que la tengas. Y preferiría NO saber quién es. Sin embargo, caso de que me entere, poco me importará. A continuación te doy el parte del corportamiento de Mark en el colegio.
>
> »*Sandra.*

»Comportamiento.

»Mark da muestras de enfrentarse tranquilamente con la vida y sin deseos de efectuar el menor esfuerzo, rasgo típico del pueblo británico en nuestros días, es decir, con pereza y sin pretender más que pasarlo bien, y a la manera sobre todo característica de los miembros de los sindicatos laborales. Elige la actividad a desarrollar, y la abandona apenas ha comenzado. Da muestras de resentimiento cuando se le regaña, se le azota o se le aconseja. Odia la disciplina.»

Estas líneas tuvieron la virtud de inducir a Cassidy a lanzarse a la calle. Paseó durante una hora por las orillas del Sena, en busca de un lugar propicio para arrojarse a las aguas. Cuando regresó al hotel, Shamus estaba tumbado en la cama, con la boina puesta, las piernas separadas, como si nunca hubiera abandonado aquella isla.

Cassidy dijo:

—Tienes el pasaporte en el armario.

Sí, y planchado por amorosas manos. Shamus dijo:

—Algún día encontraré a una fulana de mi gusto.

Hundido, una vez más, el rostro en la almohada, Shamus dijo:

—Cassidy.

—¿Qué?

—Sigue hablándome de tu madre.

—No te hablaba de ella.

—Bueno, igual da, hombre. Háblame de ella.

En aquella celda de muerte no había un reloj «Ormolu» de imitación, pero el tiempo había permanecido inmóvil durante bastante rato. No cabía la menor duda de que se habían tomado un par de copas —Shamus se dedicaba al coñac y al agua de Perrier, aunque no había explicado la razón de este cambio—, pero éste fue el primer intento de conversación que efectuaron. Shamus hablaba con su deje de Haverdown, aunque sin enfatizar su acento irlandés. Era una voz tensa, cortante y resbaladiza, ya a un lado, ya al otro.

—Era francesa. Era una fulana. Y no podía ser otra cosa, si tenemos en cuenta el modo de ser de mi padre.

—Cuéntame cómo te abandonó. Esto es lo que más me gusta de la historia.

—Me abandonó cuando era pequeño. Tenía siete años.

—Antes me dijiste que tenías cinco.

—Bueno, pues cinco.

—¿Y qué efecto te produjo, Cassidy?

—Bueno, supongo que me convirtió en un niño solitario. En resumen, me robó la infancia. No tuve infancia.

Bruscamente, Shamus se sentó en la cama:

—¿Qué significa esto?

—¿Qué?

—¿Qué quieres decir cuando aseguras que te *robó la infancia?*

Cassidy contestó en un tartamudeo:

—Pues que no tuve un desarrollo psíquico normal... Que no me divertí... Que no hubo en mi vida un punto de referencia femenino... Que no hubo una mujer...

—Que te impidió un normal desarrollo sexual, dicho sea con otras palabras.

—Pues sí. Me encerré en mí mismo. Oye, ¿se puede saber qué te ocurre?

Shamus se cubrió el rostro con la boina y volvió a adoptar la posición supina.

—Cassidy, no hablábamos de *mí,* sino de ti. Estábamos hablando de un hombre en quien la carencia de amor maternal ha producido ciertos síntomas negativos. Y diría que estos síntomas son: primero, timidez. ¿De acuerdo?

—Sí.

—Segundo, sentimiento de culpabilidad, culpabilidad surgida del convencimiento de que Cassidy fue quien, en realidad, expulsó a su madre del hogar familiar. ¿Es posible?

—Sí, sí, desde luego —afirmó Cassidy, siempre dispuesto a mostrarse de acuerdo, cuando el tema de la conversación versaba acerca de él.

—Tercero, inseguridad. El sexo femenino, representado por mamá, rechazó a Cassidy en un momento crucial de su vida. Y, desde entonces, Cassidy se ha sentido rechazado. Por lo que, indirectamente, ha intentado siempre reconquistar el amor de su madre. Entre estos medios indirectos se cuentan el de ganar dinero y el de engendrar hijos. ¿De acuerdo?

Muy confuso, Cassidy dijo:

—No lo sé. No estoy seguro.

—En consecuencia, las relaciones de Cassidy con las mujeres tienen cierto carácter vergonzante, morboso, y, a menudo, infantil. Están condenadas al fracaso. Y precisamente esto es la esencia de tus quejas. ¿Qué tal estaba la fulana?

—¿Cuál?

—Elise.

—Bien.

—¿Te acostaste con ella?

—Claro.

—¿Era satisfactoria? ¿Se comportó así, de un modo misterioso? ¿Te azotó con alambre de espino?

—Shamus, ¿qué te ocurre? ¿Qué es lo que te tiene preocupado?

—Nada. Sólo intento hacer un diagnóstico.

Shamus dio un cuarto de vuelta sobre sí mismo, cogió la botella de coñac y se amorró a ella. Con acento irlandés, dijo:

—Esto es todo, muchacho.

Bruscamente, esbozó una gran sonrisa.

—Son ganas de dar nombre al diablo, y nada más. De todos modos, también es cierto que no podemos prescribir remedios antes de haber diagnosticado la enfermedad, ¿no crees?

Cassidy sentía grandes deseos de preguntarle a Shamus con quién había hablado en su conferencia telefónica con Londres, pero sabía que a Shamus no le gustaba que le formularan preguntas, por lo que Cassidy tomó la prudente decisión de abstenerse. En un tono más bien festivo, dijo:

—Tú eres mi tratamiento. A propósito, ¿dónde cenamos?

Después de la cena, que transcurrió casi en un silencio absoluto, Shamus volvió a abordar el tema de la madre francesa.

Mientras caminaba a grandes zancadas junto a Cassidy, y a lo largo de oscuras callejas, Shamus le preguntó qué aspecto tenía su madre, cuáles eran sus primeros recuerdos de ella y cuáles los últimos, cómo se llamaba, y si Cassidy se acordaba del nombre y apellidos de su madre.

Cassidy repuso:

—Se llamaba Ella.

Con buen humor, pero sin abandonar el acento irlandés, Shamus inquirió:

—¿Tenía Ella alguna seña que la identificara, como por ejemplo, una nube en un ojo?

Penetraron en un calleja lateral. Riendo, Cassidy contestó:

—Que yo recuerde, no.

—¿Tenía algún hábito característico? En realidad, Cassidy, intento formarme una imagen de tu madre, ¿sabes?, ya que al fin y al cabo soy escritor, y un escritor bastante destacado, por lo que mi principal tema es el ser humano, en toda su rica variedad y complejidad. Lo que te preguntaba es si tenía alguna costumbre o algo que la distinguiera, como, por ejemplo, el vicio de hurgarse la nariz con el dedo.

—Llevaba jerseys de cachemira. Recuerdo que le gustaban de color de rosa, preferentemente. Oye, Shamus, ¿por qué no dejamos en paz a mi madre? Te aseguro que el tema me fatiga.

Al parecer, Shamus no oyó estas palabras. Ahora caminaban más de prisa. Shamus iba delante, aceleraba más y más el paso, y dirigía la mirada hacia lo alto, a las placas de las calles.

—Shamus, ¿adónde vamos?

Cruzaron una calle principal y volvieron a meterse en un laberinto de callejas.

Un cartel luminoso, sobre una puerta, decía: BAR. Entraron. Primero, Shamus.

En un banco en forma de herradura había varias muchachas sentadas, mirándose en los espejos, estudiando sus cuerpos en ellos reflejados, como fantasmas. También había unos cuantos chulos, unos pocos clientes y una máquina de píldoras para dejar de fumar.

Shamus agarró por la muñeca a Cassidy y, mientras le arrastraba, gritó:

—¡Siguiendo la pista de la señora Cassidy!

Tenía Shamus la mano húmeda, pero agarraba a Cassidy con la fuerza habitual en él. Añadió:

—¡Su hijo la busca!

Varios rostros en el bar se volvieron hacia ellos.

—¿Está en la casa la señora Cassidy?

Se volvió hacia Cassidy.

—¿Ves por ahí a tu mamá, Edipo?

—Shamus, por favor...

Señalando a una señora de origen sudasiático, Shamus le preguntó a Cassidy:

—¿No sería china tu madre? No china del continente, sino de las islitas esas que hay por allí.

—Shamus, me voy.

—¿No crees que hubieras debido pensarlo antes? Yo no soy una especie de invitado en tu vida, muchacho. o soy un factor permanente. Conste que te lo dije.

—Por el amor de Dios, Shamus, esa gente nos va a despedazar.

—En fin, que no tenía sangre china. La señora era pura raza caucasiana. De acuerdo, me voy a fiar de tu palabra, Cassidy. Oye, ¿quieres hacer el favor de dejar de temblequear y quieres prestar un poco de atención? ¿O quizá necesitas tomarte un trago?

Después de decir estas palabras, Shamus arrastró a Cassidy hacia el bar. Allí dos altas y bastante hermosas señoras de media edad daban de beber al sediento. Cassidy se preguntó si serían hermanas.

—No quiero beber.

—Oiga, señorita, por favor, dénos dos whiskys homosexuales, uno de ellos con azúcar y leche.

Había taburetes desocupados, pero Cassidy prefirió permanecer de pie. Dirigiéndose a las hermanas, Shamus prosiguió:

—Oigan, ¿han visto ustedes por aquí a una señora de pelo gris, de unos setenta y cinco años de edad, y un metro setenta de estatura, de aspecto frágil, de raza aria, con jersey de color de rosa, llamada Ella?

Las hermanas, hombro contra hombro, sonreían generosamente a los dos. Cassidy advirtió que coleccionaban botellas en miniatura de diversas bebidas. En las

estanterías, con espejo al fondo, había varios millares de botellitas. El viejo Hugo, fanático coleccionista de lo mismo, se sentiría encantado en aquel bar.
Una de las hermanas le preguntó a Cassidy:
—*Tu es hollandais?*
—*Anglais.*
Formando bocina con las manos, como un marinero extraviado, Shamus aulló:
—¡Ella! ¡Ella!
—*Y a pas d'Ella* —le aseguró una de las hermanas.

Con la mano libre, Cassidy pagó las bebidas. Le costaron como diez francos cada una, y dio diez francos de propina. Tan pronto como Cassidy hubo cumplido con este deber, Shamus se acercó a él, y en voz baja le aconsejó:
—No creas ni media palabra de lo que estas mujeres digan. La tienen escondida en el altillo.
Shamus bebió un trago y, orgullosamente, anunció:
—*Mon ami s'appelle Rex.*
Las hermanas dijeron:
—*Il est très beau, Rex.*
—*Il veut dormir avec sa mère.*
Muy complacidas, las hermanas gritaron:
—*Ah, bon! Elle est ici sa mère?*
Y miraron por la estancia en busca de una probable candidata. Hablándole al oído, Shamus le preguntó a Cassidy:
—¿Estuvo tu madre al frente de una taberna alguna vez en su vida? Te lo pregunto porque este par de lesbianas me recuerdan mucho...
—Por favor, cállate. Cállate y larguémonos.
Se abrieron las cortinas que ocultaban la puerta de la calle. Entraron tres hombres tan morenos como Shamus, pero más bajos, y se sentaron en una mesa. Las muchachas sentadas ante el bar no se movieron. Las hermanas sonreían más expansivamente que en cualquier otro instante, Shamus les dijo:
—Formáis una parejita muy simpática.
Y después de beber con mucho cuidado el whisky que le quedaba, arrojó el vaso al suelo. Atrayendo a Cas-

sidy más cerca, hasta el punto de que sus rostros entraron en contacto, Shamus murmuró a su oído:
—Oye, propongo que lo tomemos con calma, con mucha calma, así sin correr, ni saltar, ni dramatizar...
—¿Por qué no nos vamos? Oye, yo creo que no hay necesidad de que sigamos con este par de mujeres y que no se ofenderán si les damos dinero en vez de quedarnos con ellas.
—Sé muy bien lo que este par quieren. Fíjate en sus caras, malditas lesbianas... ¿Sabes qué son? ¡Delincuentes dedicadas a la industria del rapto! La han *transformado*, gracias a la *cirugía plástica*, ¿comprendes? Sí, con diabólica astucia han transformado a nuestra Ella en una persona de aspecto totalmente distinto.
Como en una plegaria, Cassidy dijo:
—Shamus.
—No te preocupes, seremos todavía más astutos que ellas. He cometido un terrible error al venir aquí y manifestar abiertamente las razones de nuestra presencia. Y ahora no digas ni media palabra.
Retorció la muñeca de Cassidy, sirviéndose de las dos manos, y comenzó a pasear siguiendo la fila de muchachas, rozando sus desnudas espaldas, mientras examinaba sus blancos rostros, reflejados en el espejo. En el mismo murmullo de conspirador, Shamus murmuró:
—Drogadas. Míralas, drogadas todas hasta los tuétanos.
Agarró una de las cabezas y tiró de ella, para que Cassidy pudiera verla mejor. La muchacha parecía alemana, tenía grandes dientes y ojos azules. Shamus la tenía agarrada por el pelo, y el consiguiente dolor había obligado a la muchacha a entreabrir los labios. Como si el silencio de la muchacha fuese corroboración de su teoría, Shamus dijo:
—¿Ves? Ni me oye. Está drogada hasta la misma raíz del pelo.
Soltó a la muchacha. Se inclinó hacia el espejo. Dijo:
—Nos enfrentamos, en el fondo, con un problema del tipo del de la bella durmiente.
La muchacha tenía ante sí un vaso con algo blancuzco, probablemente un cóctel, quizás un cóctel con coco, bebida que también gozó del entusiasta favor del viejo Hugo en cierto período de su carrera. Shamus se lo be-

bió. En el tono propio de un académico dublinés, declaró:

—Mujeres, mujeres cuyas naturales tendencias amorosas han quedado anuladas por las fuertes pociones que ingieren. Pero no te preocupes, que todavía podemos conseguir nuestro objetivo, ya que ¿acaso hay en el mundo una sola madre que no pueda reconocer el beso de su amadísimo hijo? Acaso no abrirá los ojos, y gritará...

Para imitar la voz de mujer, Shamus tuvo que alzar mucho la voz.

—¡Mi Rex! ¡Mi cerdito! ¡Mi pasión!

Shamus cogió la mano de la muchacha y la ofreció a Cassidy. La fuerza con que Shamus agarró a la muchacha obligó a ésta a acercarse a Cassidy.

Shamus habló:

—¡Tómala! Cassidy, ¿acaso no te gustaría gozar de las caricias de sus fatigados dedos?

Dos pupilas sin expresión, con los párpados pintados de negro, les miraron fijamente, primero a Cassidy, en petición de auxilio, y después a Shamus para que la informara de lo que ocurría. La muchacha preguntó:

—*Tu veux?*

Shamus ordenó:

—¡Ahora, Cassidy! ¡Bésala! ¡Bésala y llámala madre! Aldo, aquí está Ella. Rex acaba de encontrar a la señora Edipo.

Shamus se inclinó bruscamente y colocó la cabeza sobre el desnudo hombro de mujer, formando una imagen en blanco y negro, como un anuncio.

Durante unos instantes pareció que la muchacha estuviera dispuesta a aceptarle. Inclinada hacia delante, con una mano levantada para tocar a Shamus, contemplaba curiosa cómo éste pastaba en su hombro. Pero, de repente, el cuerpo de la muchacha se envaró. Con un esfuerzo, se liberó de Shamus, lanzó un grito de dolor, cogió a Shamus por el pelo y, con la mano —Cassidy observó que sus uñas estaban reducidas a una mínima porción, por el constante mordisqueo—, le golpeó el rostro, produciéndole una brecha en un labio. Shamus gritó:

—¡Ha dado resultado! ¡Hemos producido un *impacto*, Cassidy! ¡Ha habido reacción!

Dio un paso atrás y, conteniendo con un dedo la sangre que manaba del labio, observó orgullosamente a su agresora:

—¡Es ella! ¡Sí, es Ella! Te quiere a ti, y no a mí. ¡Quiere a su Aldo! ¡Adelante, muchacho!

Se apagaron las luces, tres linternas eléctricas les enfocaron, y un individuo les habló, muy cortésmente, en francés. Cassidy explicó:

—Quieren que sigamos el camino que nos indican con las linternas.

El taxi les esperaba junto a la acera. Les ayudaron a subir, primero a Shamus, y luego a Cassidy, quien les dio cien francos. Shamus gritó:

—¡Es indignante! ¡No nos han atizado siquiera!

Cassidy pensó que aquél era un lugar muy agradable y con gente muy amable, el lugar más agradable en que había estado en su vida. Y además se propuso volver allí, si conseguía enterarse de las señas, y ofrecer su chalet a las dos hermanas. Para consolar a Shamus.

—Bueno, a fin de cuentas, la muchacha te ha pegado.

—¡Qué importa que a uno le pegue una mujer!

—Shamus, por favor, ¿quieres decirme qué diablos te ocurre?

—Conozco un lugar llamado «Lipp», en el que me atizarán sin la menor duda. Es el paraíso de los escritores.

Con la mirada fija en la radio del taxi, Shamus dijo al conductor:

—A «Lipp».

—Shamus, *por favor*.

—Cállate.

—Creo que todo se debe a Dale. Has estado horas hablando con él por teléfono. He visto las notas y todo.

Con el pañuelo de Cassidy en la boca, y en el tono más frío y distante que quepa imaginar, Shamus dijo:

—Si quisiera, podría matarte. ¿Supongo que te das cuenta?

Desesperado, Cassidy dijo al chófer:
—A la «Brasserie Lipp», por favor.
—Si permito que sigas vivo, ello se debe a una sola razón, y esta razón es que eres un lector. Supongo que te darás cuenta. Eres un desdichado. pero también eres la zona de influencia de mi genialidad. ¿Sabes lo que dijo Lutero?
Con acento de cansancio, Cassidy dijo:
—¿Qué dijo Lutero?
—Si yo fuera Cristo y el mundo me hiciera lo que le hizo a Él, mandaría al mundo al cuerno de un puntapié.
Cuando Shamus pareció un poco más calmado, Cassidy le dijo dulcemente:
—¿Qué mal te ha hecho el mundo, Shamus?
Shamus pareció dispuesto a decir algo en serio. Miró a Cassidy, luego el pañuelo manchado de sangre, después las luces de la calle. Abrió la boca, como si se dispusiera a hablar. La cerró y exhaló un suspiro. Por fin dijo:
—El mundo está repleto de tipos de media casta como tú.
Aquella noche ya habían comido, pero Shamus parecía haberse olvidado de ello, y Cassidy no tenía los ánimos suficientes para recordárselo. Por ser hijo de hotelero y de innumerables madres, Cassidy sabía muy bien que no hay mejor sedante que la comida sencilla y apetitosa, sobre todo si se sirve caliente.

Durante la cena en la «Brasserie Lipp», Shamus estuvo calmo y conciliador. Acarició el brazo de Cassidy, le dirigió breves y extrañas sonrisas, obsequió al camarero con diez francos que sacó de la cartera de Cassidy y, en términos generales, dio muestras, con sus palabras y sus actos, de haber recobrado su humor ligero y afectuoso. Al observar estos síntomas, Cassidy consideró llegado el momento de tomar el mando de la conversación, hasta que el buen borgoña y el ambiente viejo estilo del restaurante culminaran su proceso de recuperación.
Cassidy echó una ojeada en torno y dijo:
—¿Conque el paraíso de los escritores? No me sor-

prende. Es un lugar ideal para que nadie le reconozca a uno. ¿Has identificado a alguno? ¿No hay nadie de tu oficio por aquí?

Shamus miró alrededor. Un hombre y una mujer, gruesos, de mediana edad, que comían lentamente y al parecer, sin ayuda de utensilio alguno, miraron a Shamus. Una linda muchacha, acompañada de un joven galán, se sonrojó, y el chico miró a Shamus con el ceño fruncido, lo cual provocó que Shamus se llevara el pulgar a la punta de la nariz y extendiera la mano, en un ademán de burla. Shamus repitió:

—Gente de mi oficio. No, me parece que no. Allí, en aquel rincón, tenemos a Sartre...

Tras decir estas palabras, Shamus se levantó y se inclinó ceremoniosamente hacia un enano y arrugado caballero, de unos ochenta y cinco años. Dijo:

—De todos modos, creo que mi categoría es muy superior a la de Jean-Paul.

Dirigiéndose al camarero, preguntó:

—¿No ha llegado todavía Monsieur Homero?

—*Monsieur...?*

—Homero, sí, un viejo griego con luenga barba blanca que se parece a Papá Noel, y es bastante marica...

El camarero contestó en tono lastimero:

—*Non, Monsieur... Pas ce soir.*

Y la sombra de una sonrisa, tan leve que ni siquiera rozaba la falta de respeto, animó el viejo rostro del camarero. Shamus sacudió con resignación la cabeza y, en tono complacido, dijo:

—Ya ves... Quizá sea demasiado tarde y se hayan acostado todos.

Haciendo un esfuerzo para observar estrictamente su política de conversación ligera, Cassidy dijo:

—Shamus, háblame de mi alma.

—Pensaba que la habías liquidado...

De la cocina llegó ruido de grandes carcajadas. Shamus habló:

—No, ahora te voy a hablar verdaderamente en serio, muchacho. Siempre he considerado que puedo redimirme. ¿No crees? Quiero decir que, desde que te conozco, me considero redimible. La redención me parece, ahora, un empeño posible. Sin embargo, me consta que soy remiso a emprenderlo. Sí, tengo muchas malas costumbres, pero tú me has enseñado el camino, ¿verdad, muchacho?

Cassidy no contestó, y Shamus dijo:

—Bueno, al fin y al cabo, algo ha de haber en esta cosa de la redención... Algo...

Shamus jugaba con la jarra de agua. Metía el dedo dentro, lo sacaba y contemplaba cómo caían las gotas. Dijo:

—Yo soy la luz. Soy la luz y el camino. Sígueme, y verás cómo te caes de narices.

Cogió la cabeza de Cassidy y orientó su cara hacia arriba y a un lado, como si quisiera examinarla muy atentamente. Cassidy farfulló:

—Shamus, no...

—Ya sabes lo que irradias, ¿verdad? Irradias la repulsiva expresión de lo absoluto ignoto. Todo imbécil que te conoce imagina que es tu primer amigo. Pero nadie se da cuenta de que naciste con las piernas cruzadas.

Soltando bruscamente la cabeza de Cassidy, terminó:

—La penetración jamás puede tener lugar en tu caso.

Un providencial camarero les sirvió comida. Mientras servía verduras a Shamus y le llenaba el vaso, en un desesperado intento de que saliera de su agresivo estado de ánimo, Cassidy dijo:

—Creo que nunca te he dicho que los escritores me fascinan desde mis tiempos de estudiante de secundaria. En la cama, cuando apagaban las luces del dormitorio, escribía relatos breves e incluso gané algún premio. ¿Qué te parece?

Con valeroso entusiasmo, aun cuando un poco afectado, añadió:

—¿Por qué no me animas un poco, hombre? Di que tengo el deber de abandonar mis negocios, de dejar a Sandra, de renunciar al dinero, de morirme de hambre en una barraca, como Renoir...

—No fue Renoir. Fue Gauguin.

—Quizá conseguiría algo... Quizás el hambre sacaría a flote mi talento literario...

Shamus había vuelto a meter el dedo en la jarra de agua y con el dedo trazaba rayas sobre el mantel. Un poco resentido, y empleando una argumentación esgrimida ante Sandra hacía poco, Cassidy dijo:

—Bien, pues si soy un individuo tan vacío, ¿por qué pierdes el tiempo conmigo?

Muy serio, mientras levantaba la jarra, dejándola a un par de centímetros de la mesa, Shamus dijo:

—Dime, muchacho, ¿esta sonrisa que luces es realmente impermeable?

Shamus se levantó, y comenzó a verter lentamente el agua en la cabeza de Cassidy. Primero fue un leve chorrito que caía en la coronilla de Cassidy, y luego el chorrito fue aumentando al compás del incremento de las energías psíquicas de Shamus. Cassidy permaneció quieto, muy quieto, con el pensamiento muy despejado, aunque sin pensar en nada. Y así era por cuanto nada es también un concepto, puesto que no es un lugar ni una persona, pero es un vacío, y una ayuda tremenda en los momentos de apuro. Sin embargo, Cassidy se dio perfecta cuenta de que el agua se deslizaba por el cuello y la espalda de su persona. También se daba cuenta de que le mojaba el pecho, el estómago y el vientre. Tenía los oídos llenos de agua, y le constaba que, en el restaurante, todas las conversaciones habían quedado interrumpidas, ya que oía la voz de Shamus y ninguna otra, y el acento irlandés de éste era muy fuerte.

—Cassidy el Salteador, hijo de Dale, en virtud de haber renunciado ardientemente a tus modales de patán, y de tus promesas de seguir siempre la senda de la verdad, la experiencia y el amor, te bautizo en el nombre de...

Dejó de verter agua. Creyendo que la jarra estaba ya vacía, Cassidy alzó el rostro. Pero Shamus aún la tenía alzada, y la jarra estaba medio llena. Shamus dijo:

—¡Adelante, Cassidy el Salteador, atízame con el bolso!

Cassidy dijo:

—Por favor, no me eches más agua.

Cassidy comenzaba a estar muy irritado, pero no se le ocurría nada que hacer para expresar su irritación. La exhortación de Cassidy sólo sirvió para que Shamus quedara invadido por una oleada de furiosa ira. Vertiendo el resto del agua sobre Cassidy, en un chorro grueso y constante, aulló:

—¡Por el amor de Dios! ¡Crece, hierbajo! *¡Crece!*

El camarero, hombre viejo y de dulce carácter, tenía ya la cuenta preparada. Cassidy guardaba el dinero en el bolsillo trasero, que había quedado mojado, y los billetes estaban pegados, lo cual no motivó la menor queja del camarero, ya que Cassidy le dio una gran cantidad de billetes.

En un rincón había un trasto de cobre, en forma de tubo, para poner en él paraguas y bastones. Shamus cogió un bastón con empuñadura de plata y comenzó a fingir que soplaba por un extremo del bastón, mientras movía las caderas, como un encantador de serpientes, y soltaba un lastimero sonido por la nariz. Todos esperaban los resultados, pero no apareció serpiente alguna. Shamus, en un arrebato de furia, golpeó el paragüero con el bastón, y gritó:

—¡De acuerdo, cabrón! ¡Sigue, sigue sin hacerme caso!

Una vez fuera, dijo:

—¡Muchacho, Dios mío, Dios mío, perdóname!

Sacudió la cabeza, cogió una mano de Cassidy, se la llevó a una mejilla mojada por las lágrimas y añadió:

—¡Muchacho, muchacho, perdóname!

21

—*¡Shamus, quiero saberlo! ¡Dímelo, por favor! ¿Qué te ocurre? ¿Qué te ha pasado? ¿Quién diablos es Dale?*

Shamus repuso:

—Es el tipo que lanzó la bomba sobre Hiroshima.

Shamus borracho.

No animado, ni mareadillo, ni cualquier otra palabra

bonita, no, señor, sino terrible y asquerosamente borracho. Sudaba intensamente, se tambaleaba, eructaba, se agarraba a Cassidy, se negaba a ir a cualquier sitio, pero se empeñaba en seguir adelante, moviéndose. Y vomitaba. Iba diciendo:

—*Vaga*, judío, *vaga. Vaga.*

Shamus mantenía el brazo alrededor del cuello de Cassidy y dudaba entre darle un abrazo o matarle. Dos veces habían caído los dos, por culpa del férreo agarrón de Shamus, y Cassidy llevaba una pernera del pantalón rasgada desde la rodilla hasta el tobillo. Somos los únicos supervivientes de un ejército, todos los demás han muerto. La noche también ha muerto, y el alba cojea siguiendo a los dos. Vuelven a encontrarse en una plaza, pero ya no bailan porque el baile ha terminado, y tampoco hay caballos, sino tan sólo una antigua perra de Sandra, muerta años ha, que les contempla desde un portal.

Shamus vuelve a vomitar y acompaña sus espasmos con aullidos de ira. Grita:

—¡Jodido cuerpo! ¡Haz lo que se te ordena! ¿Cómo diablos puedo cumplir mis promesas, cuando mi cuerpo no funciona? ¡Díselo, muchacho, díselo! Shamus ha de cumplir sus promesas. *¡Dile al cuerpo que me lleve!*

Cassidy intenta sostener el apestoso peso del cuerpo de Shamus, y dice:

—¡Vamos, cuerpo, vamos! Shamus ha de cumplir sus promesas.

—Ya que tengo promesas que cumplir...

Shamus intenta poner música a estas palabras. En la poco ilustrada opinión musical de Cassidy, Shamus canta muy bien. Es una canción muy acorde con el modo de ser de Shamus, una canción en parte hablada y en parte tarareada, pero de gran calidad, aun cuando (tal como el atento Cassidy sospecha certeramente) Shamus desafina un poco. De repente, Shamus dice:

—Dale. Jesús. La noche es her-mo-sa, oscura y profunda. Canta, cretino, Dale, canta. La noche-es-hermosa-oscura-y-profunda... ¡Canta!

Shamus se inclina hacia delante, perdiendo el equilibrio. Cassidy le coge y dice:

—No sé la letra, Shamus. Además, no soy Dale, pero a pesar de todo cantaría si supiera la letra, te lo juro.

Shamus calló de repente. Por fin dijo:

—¿Y quién no lo juraría? ¿Quién?

Cogió con las dos manos el rostro de Cassidy y lo puso frente al suyo.

—Lo que más emociona es cantar sin saber la letra, muchacho.

—Pero tú, sí la sabes.

—¡No! ¡Qué va...! Eso es lo que tú imaginas, Dale. Te amo, muchacho. ¿Qué más se puede pedir? El aullar de los palurdos junto a la puerta, los clics de las cámaras fotográficas... Esto es lo que todos queremos. ¡Sálvanos, sálvanos a todos, Flaherty!

Proyectando todo su peso en la espalda de Cassidy, Shamus le obliga a tumbarse en la acera, y con acento irlandés dice:

—Y, ahora, Dale, hijo mío, descansa cómodamente, mientras el tío Shamus te explica el secreto del Universo.

Después de extraer del bolsillo de Cassidy la botella de whisky y de tomar un par de tragos, Shamus se quedó totalmente sereno, pero no por ello deshizo la presa con la que cernía el cuello de Cassidy, no fuera que echara a correr.

Pacientemente, Cassidy dijo:

—No soy Dale. Soy tu muchacho. Soy Cassidy.

A grandes voces, Shamus dijo:

—En este caso, te llamaré Cassidy. ¿Qué tenemos tú, Cassidy, y yo en común? *¡Adivínalo,* Cassidy! ¡Adivínalo, antes de que vuelva a convertirte en Dale, asqueroso gusano!

Al lado de la calle se abrió una ventana. Con acento norteamericano, una voz preguntó:

—¿Es usted norteamericano, quizá?

—¡Vete a la mierda! —aulló Shamus, quien, dirigiéndose a Cassidy, insistió—: ¿Vamos, di?

Sirviéndose, a modo de guía, de lo dicho en un anterior diálogo, Cassidy aventuró:

—*Amor* es lo que tenemos en común. Nos amamos, Shamus.

—¡Y un cuerno! —dijo Shamus, enjugándose una lágrima, y remató—: Y una mierda, pura y simple mierda romántica, si me disculpas la expresión, lo cual sin duda alguna harás, tal como siempre haces.

A pocos metros había dos rameras. Una de ellas llevaba un pan, que iba comiéndose a mordiscos. Shamus dijo:

—Me parece que la hambrienta es tu madre.

Cansado, Cassidy dijo:

—Creo que a ésta, ya se lo hemos preguntado.

Shamus preguntó a la mujer:

—*Êtes-vous la mère de mon ami?*

Las dos mujeres fruncieron el ceño y se fueron sin decir palabra, cansadas de la reiterada broma.

—Quizá la solución radique en que somos maricas —dijo Cassidy, en la falsa creencia de que más valía insistir en los temas suscitados por Shamus y hablar de ellos como si fuera él mismo quien los hubiera abordado.

Shamus dijo:

—Ni hablar. ¿He metido siquiera el dedo meñique por debajo de tus falditas? ¿Sí o no?

—No. Nunca —repuso Cassidy, mientras Shamus le ponía rudamente en pie. Cassidy se sentía mortalmente fatigado, más que en cualquier otro instante de su vida.

—En este caso, ¿quieres hacer el favor de escucharme, muchacho? ¿Y quieres hacerme el favor de dejar de aventurar estupideces?

A Cassidy no le quedaba otro remedio que acceder, ya que Shamus le tenía sujeto en un cruel abrazo y sus rostros estaban juntos, basta mejilla contra basta mejilla.

—¿Y quieres hacerme el favor de prestarme toda tu atención, Dale? Lo que tenemos en común es un pesimismo horrendo, desesperado, jodido e insoportable. ¿De acuerdo?

—Bueno.

—Y otra cosa que tenemos en común es una mediocridad horrenda, desesperada, jodida e insoportable.

Cassidy se sintió dominado por una oleada de auténtico miedo, de miedo irrazonable. Dijo:

—No, Shamus. No es verdad. Tú eres un hombre diferente, y eso lo sabemos todos.

—¿Sí? ¿Lo sabes?

La presa se hizo más dura.

—Sí, lo sé. Y Helen también lo sabe. Todos lo sabemos...

Cassidy estaba aterrorizado, y luchaba para sobrevivir. El «Bentley» se estaba hundiendo en el río: Abalone Crescent caía de rodillas. Dijo:

—¡No seas estúpido, Shamus! Basta con que entres en una habitación, que cuentes una historia, que digas cualquier cosa, para que todos sepamos que tú eres tú, que eres Shamus. Eres nuestro cronista Shamus, nuestro re-creador. Tienes todo lo que nosotros deseamos, tienes la verdad, los sueños, los redaños. De acuerdo, eres intratable, pero eres el súmmum. Conviertes nuestros sueños en realidad, y todos sabemos lo grande que eres.

—¿De veras?

Ahora Shamus agarraba el brazo izquierdo de Cassidy. Le había puesto el antebrazo bajo el sobaco, y el dolor se extendía por el cuerpo de Cassidy tal como antes se había extendido el agua, en «Lipp». Cassidy le advirtió a Shamus:

—Me vas a romper el brazo de un momento a otro.

—Pues dejemos que se rompa. ¿De veras has creído las memeces que te he dicho? Oye, soy el embustero más increíble y mala bestia que hay en este triste mundo, y tú vas y te crees todas mis mentiras. Nietzsche. Schiller. Flaherty. En mi vida he leído las obras de estos tipos. Son todos ellos unos inútiles, unos latosos, unos insoportables. Por la mañana, a la hora del desayuno, los saco de la cloaca, os hablo de ellos, y vosotros, pobres desdichados, imagináis que son una maravilla. *Soy un pordiosero.* Y lo que tú quieres, vendedor de cochecitos para niños, es engañarme. Eso es lo que quieres. ¡No trabajo, no escribo, no existo! ¡El maldito público es quien cumple la función de mago, y no yo! *Soy un estafador.* ¿Comprendes? Un delincuente. Un frustrado aspirante a mago, que actúa ante un público formado por una sola persona.

Cassidy aulló:

—¡No! ¡No, no, no!

Las lágrimas afluyeron a los ojos de Shamus, quien soltó a Cassidy que se vio obligado a tumbarse a su lado, en parte para oír las palabras de su amigo, y, en parte, para no quedarse sin brazo. Shamus decía:

—Crees que soy tu amigo. Pues bien, yo no quiero tener un amigo. Ni siquiera sé cómo tratar a un amigo. Lo que necesito es un arqueólogo. Esto es lo que necesito. Yo soy Troya, y no un empleado de Banca. En mí hay nueve ciudades enterradas, y cada una de ellas está más podrida que la siguiente. Esto es lo que soy, pero vas tú, ¿y qué haces? Te quedas ahí, como un turista, con la boca abierta, y balas: *¡No, no, Shamus, no!* Sí, Cassidy, sí. Shamus es un pordiosero. Huelo mal. ¿Y sabes qué es este olor? ¡El olor del fracaso!

Con voz tranquila, Cassidy dijo:

—Shamus, cambiaría mi fortuna por tu talento.

Las lágrimas afluyeron a los ojos de Shamus, quien soltó a Cassidy, y dijo:

—De acuerdo, muchacho, de acuerdo. Pero, si tan maravilloso soy, ¿por qué rechazaste mi novela?

El mundo de Cassidy se balanceó y, luego, se quedó quieto. Shamus volvió a cogerle el brazo, se lo retorció más violentamente y susurró:

—No te preocupes, muchacho. Recuerda que soy tu amigo.

Cassidy miró las turbadas pupilas, rebosantes de brusquedad y caos, miró la cara férrea y selvática, la cara de tensas mejillas y boca temeraria, y se preguntó, casi con frialdad, cómo era posible que en un cuerpo hubiera tanto contenido y que el cuerpo no se desmembrara. Mientras Shamus se ponía lentamente en pie, sin soltar el brazo de Cassidy, parecía que sus ansias de autodestrucción tuvieran naturaleza cósmica. Parecía que, sabiendo que el genio creador de la Humanidad era también la causa de su ruina, Shamus hubiera decidido dar a esta verdad un carácter personal, incorporarla a su individualidad. Sonriendo entre lágrimas, Shamus dijo:

—Y también has rechazado la última.

Soltó el brazo de Cassidy, y se dejó caer de espaldas, en la calle empedrada.

22

Aldo Cassidy, ex alumno de Sherbone, ex alumno de un oscuro *college* de Oxford, conservador y amante de la vida, teniente Cassidy durante algún tiempo, subalterno en un poco conocido regimiento inglés de infantería, secreto apaciguador de los implacables sufrimientos mundanales, clandestino titular de cuentas corrientes en países extranjeros, utilizó en aquellos instantes unos recursos de actuación directa olvidados ya por considerarlos inútiles.

Cogiendo a su amigo Shamus por el cuello de la chaqueta-mortaja lo arrastró hasta un banco municipal. Puso la húmeda y ardiente cabeza de Shamus entre sus separadas y varoniles rodillas, y mantuvo inclinada hacia abajo la húmeda y no afeitada cara, mientras el rechazado escritor volvía a vomitar sobre el parisiense empedrado. Aflojó la corbata del rechazado escritor, con el propósito de impedir su muerte por estrangulamiento, y después de inclinarse sobre él, apoyando a este efecto una rodilla en el banco, y volviendo a oprimir hacia abajo la cabeza, penetró en una cabina telefónica, situada al otro lado de la plaza, encontró las monedas que precisaba, así como el correspondiente número de teléfono, e intentó llamar a un taxi. Pero, al no poder, por no funcionar el teléfono, volvió al lado de Shamus, lo alzó en vilo hasta ponerlo en pie —la vitalidad del pobre escritor, por no decir ya su vida, yacía a sus pies, al igual que el lechoso mapa de aquella Irlanda en la que no había nacido— y lo condujo hasta una fuente de la que no manaba agua. En el curso de este breve trayecto, descubrió que Shamus estaba inconsciente, y rápidamente diagnosticó que ello se debía a los muy veloces latidos de su corazón, sospechando asimismo la incidencia de intoxicación alcohólica. Con la ayuda de un policía que por allí pasaba, a quien dio inmediatamente cien francos —7,26 libras, al actual cambio devaluado, pero plenamente deducibles de su generosa cuenta de gastos—, el director gerente y fundador de la firma Cassidy consiguió medio de transporte, que resultó ser un verde coche patrulla de la Policía, provisto de una luz azul que daba vueltas y más vueltas, al parecer tanto dentro del coche como en la parte externa de su techo. Reclinado en el compartimento trasero, separado del asiento del conductor por medio de una reja de escaparate de joyería, Shamus volvió a vomitar, y Cassidy logró, en los breves instantes de clarividencia subsiguientes al vómito, que le dijera el nombre del blanco hotel en el que, tal como el competente segundo teniente Cassidy recordaba, dos desaparecidos diplomáticos británicos no sólo no habían pagado, sino que no habían dejado las habitaciones.

Cassidy dio cien francos más al conductor y a su compañero, quien prudentemente se quedó en el asiento delantero, y quienes no manifestaron tendencias a ejercer el derecho de crítica, y les pidió excusas por el deplorable estado en que estaba quedando el asiento trasero. Les dijo que su amigo había estado bebiendo, a fin de consolarse de una gran pérdida personal. Los dos individuos contemplaron el hermoso perfil que se encontraba en el asiento trasero, y preguntaron si se trataba de una cuestión de amores. Cassidy, el protector, confesó arteramente que sí, que bien podía considerarse una pérdida amorosa. *Et bien,* su deber era atender a su amigo y vigilar su convalecencia. Con hombres como aquél, la tarea era dura y difícil. Cassidy prometió hacer cuanto estuviera en su mano.

El muchacho argelino que vigilaba el mostrador de recepción a través de la puerta abierta de un dormitorio sin ventanas, lugar en el que se recuperaba de los esfuerzos sexuales realizados con un colega que no presentó a los recién llegados, recibió cien francos más por el trabajo de ponerse el pijama, abrir la puerta de entrada al hotel, entregar la llave y llamar al ascensor, anticuada jaula en la que Shamus intentó en vano volver a vomitar. En la sala de estar de la suite, la pequeña mesa había sido colocada de nuevo en su debido lugar, junto a la ventana, pero todavía quedaban rastros del módico perfume de Elise en los desgastados almohadones *ancien régime*. Allí, Shamus, que se encontraba ya en el grupo de los heridos que pueden moverse por sus propios medios, insistió en ir solo al cuarto de baño, en donde Cassidy, el protector, no tardó en encontrarle dormido en el suelo. Con un último esfuerzo heroico, Cassidy, el aceptable delantero centro, quitó las sucias ropas que cubrían el cuerpo de su heterosexual amigo, cogió el desnudo cuerpo, tras pasarle someramente una esponja, y lo llevó a la cama matrimonial, en donde el transportado no tardó en recuperarse lo suficiente como para incorporarse y solicitar un trago de whisky.

Shamus dio una palmada y, con expresión de gran felicidad, dijo:

—¡Muchacho, qué inteligente eres! ¡Lo has hecho todo solito!

Pocas horas, pocas vidas, después, el mismo protector se dedicó intensamente a la urgente tarea de devolver a la desnuda figura que yacía en la revuelta cama los ideales, los valores y la gloria de que gozaba poco antes.

Para Cassidy, el mundo había dado muchas vueltas. Cuando despertó oyó el rugido de una galerna y los gemidos del hotel, como los de un barco, por lo que creyó que torrenciales aguas corrían por las calles, y que las maternales prostitutas estarían subidas a las farolas para proteger su pellejo. La tormenta, de shakesperiana oportunidad, si tenemos en cuenta la turbulencia de la inmortal alma de Cassidy, despertó también a Shamus, a quien Cassidy vio en la ventana, inclinado hacia fuera y abajo, a una altura de tres pisos, con el patio al fondo. Sin excitarse, Cassidy se acercó a Shamus y puso su brazo sobre los poderosos hombros.

Shamus dijo:

—Se me ha caído el cigarrillo.

Veinte metros más abajo ardía milagrosamente, bajo la lluvia saltarina, un puntito rojo. Shamus dijo:

—Esto es lo que todos somos: pequeños destellos en una gran oscuridad.

Gracias a su notoria habilidad mecánica, Cassidy consiguió cerrar el anticuado aparato de latón que, por medio de ganchos y vástagos, unía difícilmente los bordes de las dos hojas de la ventana. Después, Cassidy devolvió a Shamus a la cama y se encaramó en ella.

Sin embargo, no durmió.

La tormenta terminó tan bruscamente como había comenzado y fue sustituida por un dominical silencio que traía a la memoria a la casa de Abalone Crescent, en las raras ocasiones en que los operarios no trabajaban en ella.

Por fin el gran escritor se había dormido, junto al desnudo, vendedor de cochecitos para niños.

Cassidy pensó: «Paz al fin; Sandra se ha ido al piso superior.»

Sin mirarle, Shamus dijo:

—¡Gran noche, pardiez!

—Sí, gran noche.

Cama matrimonial. Huevos y café servido todo por el argelino, y sol en el edredón.

—Ha sido una noche de amistad, cultura y cultivo de la inteligencia. Oye, dame un empleo.

—No.

—Oye, vendí los cochecitos esos, ¿sí o no? Además, prometo escribir unos folletos preciosos. Palabra, muchacho.

—No.

—Oye, he escrito el borrador de un folleto, ¿quieres que te lo lea?

—No.

—Oye, seré tu hombre de confianza, cargaré con tus maletas, contestaré el teléfono... Soy mil veces mejor que esa secretaria de culo estrecho que tienes. Me cambiaré de nombre y apellidos, seguiré una conducta intachable...

Cassidy dijo:

—No.

Mientras Shamus dormitaba, Cassidy efectuó varias llamadas telefónicas que le pusieron en contacto con su mundo exterior. De vez en cuando, al oír que Cassidy pronunciaba una cifra o palabras comerciales —cinco o diez mil, amparado con un crédito, entrega en fabrica— Shamus gemía o se cubría el rostro con las manos. A veces lloraba. Por la tarde, estando todavía en cama, pero ya recuperado, tranquilo, y con su habitual humor, Shamus dio su oscura versión de la nefasta personalidad de Dale.

Dale era un espía, disfrazado de miembro del grupo de los Pocos, pero que en realidad había jurado defender a la Mayoría-demasiado-mayoría. So pretexto de ser uno de los Pocos, aceptaba sobornos de obispos y propietarios de «Jaguar», y era fiel a su frustrada esposa. *Moon* había proporcionado dinero, pero las otras no. Los adelantos de los derechos de autor en ediciones de bolsillo habían dejado de existir... Habló Shamus, con gran conocimiento de causa, de opciones, derechos de autor y otras cosas que Cassidy, por ser buen conocedor de la ley de propiedad intelectual, comprendió, por lo menos en su sentido más amplio. Le dijo Shamus que Dale quería que volviera a escribir la parte central, y que sólo si él accedía, volvería a considerar la posibilidad de publicación de la novela. Dijo que a él —Shamus— ya no le quedaba más remedio que regresar a toda velocidad y pegarle cuatro tiros a Dale, para lo que pediría prestada la pistola a Hall. Añadió que no podía perder ni un minuto.

Sin darle importancia al asunto, Cassidy dijo:

—También tienes la posibilidad de volver a escribir la parte central de la novela.

Largo silencio.

Shamus dijo:

—También tendré que pegarle cuatro tiros.

—Bueno, la verdad es que no he leído la parte central. Ahora bien, si todo lo que escribes es perfecto, nada hay que objetar.

Ceñudo, Shamus rodó sobre sí mismo, hasta colocarse en el extremo opuesto de la cama. Sin embargo, más tarde, cuando se vestía para salir, se había recuperado ya lo suficiente como para darle a Cassidy unos cuantos útiles consejos sobre el modo en que debía desarrollar su vida privada.

—Esa vaquera.

—Sí, Shamus.

—Me parece, muchacho, que no comprendes a la señora en cuestión. Es una figura llena de significado en tu vida, es una figura estabilizadora para ti. Debes volver a estrechar tus relaciones con ella, como al principio.

—Lo intentaré.

Mrs. Harabee le decía: No digas «lo intentaré»... ¡Hazlo!

—Debes serle *fiel* y no engañarla... ¡Eres una mierda tan formidable!

—De acuerdo.

—Es mucha mujer, la tuya.

—Sí, sin duda.

—Y no leas. La lectura te está prohibida.

—Bueno, en este sentido no tendré problemas.

—Y no se te ocurra siquiera acercarte a Dostoievski. Era un asesino peligroso.

—Un maníaco.

—Muchacho, necesito bases fijas, estables. Ya estoy hasta las narices de vivir en arenas movedizas. ¿Cómo puedo escribir, si todos los palurdos se dejan melena?

—Realmente, no hay modo.

—Oye, muchacho, debes seguir siendo un frustrado. De esta manera, el orden natural de las cosas seguirá tal como debe ser. Prométemelo.

Cuando se iban, Cassidy le preguntó:

—¿Te encuentras mejor?

—Vete a la mierda. No necesito tu compasión.

Mientras caminaban por la rue de Rivoli para comprar un par de trajes más, *terrines* para Helen y un bolso para Sandra, Shamus también le aconsejó a Cassidy sobre las tácticas a seguir en el trato con las vaqueras, a fin de crear en ellas una mentalidad más generosa.

—Dile que has quebrado. Alégrala un poco. Dile que lo único que te queda en el mundo es ella.

—Bueno.

—Ha llegado la época de las vacas flacas, todo se lo ha llevado la trampa, se acabaron los abrigos de visón, los diamantes, los cuadros de Brueghel...
Cassidy añadió:
—Los aleros y cornisas, los hogares del siglo XVIII...
—No hay nada como las catástrofes para rejuvenecer en un dos por tres a una señora, para ilusionarla, para estimularla, para calentarla... ¡No lo sabré yo!
—Y, tú, por tu parte, mirarás un poquito esta parte central de tu novela, ¿verdad? Esto puede facilitarte las cosas...
—Jamás lo haré.

Para celebrar su última cena, Cassidy volvió a elegir «Allard». Mientras cenaba allí, en compañía de Elise, vio que en una mesa cercana comían un plato de pato, con gran delectación, y Cassidy pensaba probarlo, a ver qué tal.
Shamus estaba totalmente recuperado.
—Ahora bien, muchacho, lo primero que tienes que hacer, tan pronto llegues, es acostarte con Angie Mawdray, ¿comprendes? Así a lo bestia, ¿sabes?
—Me parece bien.
—¿Hay otras pájaras que te hagan ilusión?
—La Ast.
—De acuerdo. Fase número dos: asunto Ast.
—De acuerdo.
—Pero no *pidas*. ¡Toma! No vuelvas a caer en el error de andar por ahí buscando a la vaca ideal. En todas ellas hay algo de la mujer ideal, aunque poco. Lo que debes hacer es aprovechar lo bueno que cada una tiene.
—También de acuerdo.
—Y en cuanto a la bestia de tu mujer...
—¿Sí?
—Pues te diré que la odio.
—Sí, ya me lo parecía, Shamus.
—Y ella también te odia, por lo tanto, y a pesar de lo dicho, ¿por qué no la mandas al cuerno de una vez?
—Es verdad. Lo haré, lo haré, lo haré.
—Pues hazlo. No te limites a apuntártelo en la agenda: ¡hazlo!

—Te lo prometo.
En el dormitorio del «St. Jacques», ya en cama, Cassidy dijo:
—¿Sabes que hemos olvidado hacer una cosa?
—¿Cuál?
—Levantar un altar a Flaherty. Lo hemos olvidado.
—Lo haremos en otra ocasión.
—Bueno.
—Buenas noches, muchacho.
—Buenas noches, Shamus.
—Quizá retoque la parte central esa, en vez de levantar un altar a Flaherty.
—Me parece una gran idea.
Cuando comenzaban a dormirse, Shamus dijo:
—Te quiero, muchacho, y algún día te devolveré la fe, tal como tú me la has devuelto a mí.
Sonriendo en medio de la oscuridad, Cassidy tocó la mano de Shamus, quien dijo:
—Marica, vándalo, burgués.

A la clara luz del Sol, Sandra estaba muy bonita. Con una sonrisa dio la bienvenida a Cassidy, quien le dijo:
—Hola, querida.
Pobrecillo... ¡Qué mala cara! Pareces agotado.
Con una débil sonrisa, pero oliendo olores hogareños, Cassidy dijo:
—Esto se debe a las francesas.
—¿Qué tal la Feria?
—Bastante bien, teniendo en cuenta las circunstancias. Hemos recibido bastantes pedidos.
Con astucia, la vista gacha y los labios fruncidos, añadió:
—Sin embargo, la revaluación del marco nos ha ayudado mucho. Los alemanes están tropezando con muchas dificultades en sus mercados.
Llevándole hacia la sala de estar, Sandra dijo:
—Siempre tan tontainas.
La cornisa estaba ya puesta. Después de haber sido dorada parecía más bonita. Sandra dijo:
—Comenzarán a trabajar en la otra pared tan pronto el yeso se haya secado.
—Buena noticia.

Cassidy pensó que su mujer parecía otra. Parecía que las obras la hubiesen cambiado, tal como los médicos cambian la sangre de los recién nacidos. Sandra, no obstante, había cambiado, en todo menos interiormente.

Sandra dijo:

—Lamento haberte enviado aquella carta.

Pasmado, Cassidy repuso:

—No debes preocuparte por esto.

—*¡Mira! ¡Mira! ¡Mira!*

Un «mira» cada cuatro peldaños. A Hugo le habían quitado el yeso de la pierna.

LONDRES II

23

Un insólito silencio llena la casa. Los pájaros no cantan.

El piano está cerrado. La llave, fuera del alcance de las manos de Hugo, comparte el clavo del que cuelga con un cuadro debido a los pinceles de un desconocido maestro florentino, de autenticidad garantizada por el viejo Niesthal, quien sólo hace negocios de este tipo con sus amigos. Abajo, el hogar con maderas labradas, del siglo XVIII, está cubierto con lienzos como los de Haverdown, como un monumento que nunca se inaugurará. La cornisa no está terminada, ha quedado así, hasta aquí. Los operarios han sido despedidos. En las habitaciones que dan a la calle, las ventanas están cerradas, impidiendo la entrada al ruido de la calle, y las cortinas se encuentran medio corridas, como en señal de luto. Los vecinos han sido advertidos. Incluso las mujeres de la limpieza, importantes elementos en la vida social de Sandra, se comportan civilizadamente.

Hablan zumbando como abejas, detrás de las puertas cerradas, y toman el té en silencio. Sus abundantes hijos no las acompañan. La cocinera australiana ha recibido órdenes de no llorar, so pena de despido, tanto si Hugo la insulta como si no.

En cuanto a Mrs. Groat, debemos decir que se dirige a su antiguo mundo en un silbante murmullo que se oye, como reproducido en bandas sonoras de alta energía, en todos los rincones de la casa. Al mediodía suena el despertador de Mrs. Groat, quien no ha conseguido domesticarlo en más de cuarenta años. El sonido lanza a Mrs. Groat al galope, y a este aire sube los seis pisos de que consta la casa. La luz también está racionada. Los corredores se encuentran en penumbra y huelen a caldo y a humedad. Hugo juega en el sótano, y la música *pop* está prohibida. Únicamente John Elderman es bien recibido en la casa. Acude dos veces al día, con carácter puramente privado, prescindiendo de doctrinas sociales y sin reparar en el gasto.

Ante la antigua verja de hierro forjado (comprada también en Sotheby, por el precio de cuatrocientas libras esterlinas), los representantes de la Prensa esperan respetuosos.

Sandra les manda, con mucha dignidad, el siguiente recado: «Por favor, no alboroten; tan pronto haya noticias libraremos un comunicado.»

Algo Cassidy, solo con mucha fiebre, está muriéndose en el ala del caro edificio londinense destinada a los enfermos.

Sandra decía que la causa de la enfermedad de Aldo Cassidy era un virus, un virus especial que atacaba a quienes trabajaban en exceso.

Por su parte, Mrs. Groat decía que se trataba de un virus *francés,* del que había tenido noticias en África, ya que el hermano de Bunny Sleego había muerto en una hora, después de haber sido atacado por el virus en cuestión. Y los crisantemos transmitían este virus. No, jamás quiso tener crisantemos en casa, ya que su polen podía ser mortal. Además, Mrs. Groat también culpaba al agua de Londres, agua que siempre había merecido las peores críticas de su marido, el brigadier. A este respecto, Mrs. Groat decía:

—Claro que mi marido no la bebe, ya que no vive

aquí. *Nosotras* somos quienes tenemos que beberla.

Nosotras era el género femenino, género repudiado tan pronto pierde los atractivos de la juventud. Mrs. Groat añadía:

—*Él* bebe agua pura. Claro, no es de extrañar que esté fuerte como un toro.

En la práctica aplicación de su teoría, Mrs. Groat se deslizaba sigilosamente en las habitaciones de Cassidy, mientras Sandra estaba de compras, y echaba desinfectante en el retrete. Después suplicaba a su yerno:

—Por favor, no se lo digas a Wiggie.

Wiggie era el diminutivo que Mrs. Groat aplicaba a su hija. Luego le daba un nervioso beso, con sus labios marchitos, a Aldo Cassidy, y se iba a pasear a las perras por Primrose Hill, para que desfogaran su vitalidad y se mantuvieran sanas.

Snaps, la hermana menor de Sandra, aunque mujer sexualmente mucho más madura que ésta, dijo en tono admirativo:

—Aldo está agotado de tanta juerga, y esto es todo.

Snaps había venido desde Newcastle y ocupaba uno de los pisos vacíos de la casa, en el que ponía discos provocativos a altas horas de la noche. Era una muchacha alegre y rolliza, y esto alegraba un poco el apagado espíritu de Cassidy. Mrs. Groat le preguntaba a su hija en un aterrorizado murmullo, sacando la cabeza por una puerta entreabierta:

—Hija mía, estás bien, ¿verdad?

Palabras que tanto podían significar, «¿estás embarazada?», como «¿no estás embarazada?», por cuanto si bien Mrs. Groat carecía de elementos de juicio para sospechar, también era cierto que siempre relacionaba la personalidad de su hija con estos interrogantes. En los últimos años, Snaps tuvo varios embarazos. Y en estos casos, o bien llamaba por teléfono a Cassidy y le pedía cien libras, o bien se iba a una clínica reservada para madres solteras, situada en Bournemouth, mientras Sandra emprendía una campaña de alcance nacional, en busca del presunto padre. Estos intentos casi nunca daban el apetecido resultado, y en los pocos casos en que Sandra triunfaba en su empeño, el padre no era digno de los esfuerzos realizados.

Sentada en el borde de la cama, mientras leía un tebeo, Snaps preguntó directamente a Cassidy:

—¿Conque de juerga en París? ¡Vaya, vaya...! Jamás hubiera imaginado que el pequeño Aldo fuera capaz de tanto... En cuanto me descuide intentarás acostarte conmigo, si sigues así.

—No, no creo —repuso Cassidy, quien durante años se había preguntado si acostarse con su cuñada era incesto propiamente dicho.

Las señoras de la limpieza dijeron: cáncer. ¿Tendrían que buscar trabajo en otra casa? ¿Podría la pobre viuda mantener la casa limpia y en buen orden, sola?

Hugo dijo que papá tenía cólico y que por esto no podía ir a la oficina.

—Me gusta que tengas cólico, papá.

—A mí también —repuso Cassidy.

Jugaban muy a menudo al dominó, y Hugo ganaba casi siempre.

El padre de Cassidy, quien necesitaba con toda urgencia más dinero, telefoneó desde su ático, y dijo, al conocer las noticias:

—Todo cuento. Se ha pasado la vida organizando cuentos chinos de este tipo. Es un farsante. ¡Pregúntale por los espasmos que tuvo en Cheltenham...! ¡Pregúntale por la hernia de Aberdeen! Este muchacho en su vida ha estado enfermo. Es un farsante de tomo y lomo.

Sandra repuso:

—Nadie mejor que tú para saberlo. Eres una autoridad en la materia.

Y colgó el teléfono.

Confidencialmente, John Elderman dijo que se trataba de una leve depresión nerviosa. En un susurro añadió que desde hacía tiempo temía que Cassidy fuera víctima de tal achaque, pero que él nada pudo hacer para evitarlo. Y a continuación, John Elderman hinchaba gomas puestas alrededor del brazo del enfermo.

—Tanto si lo calificamos de problema psicosomático como de cualquier otra cosa, lo cierto es que te encuentras en un momento en que la mente confina en la cama al cuerpo, y el cuerpo debe obedecer a la mente, ¿comprendes?

Con una débil sonrisa, Cassidy repuso:

—Me parece que tienes razón.

El médico, mientras leía la palabra «normal» por tercera vez consecutiva en tres días, preguntó al paciente:

—¿Has tenido algún *lío*, quizá?

—Pues sí, bastantes —confesó Cassidy, insinuando que había tenido que superar grandes dificultades y que había padecido más de una de esas tormentas mentales propias de las personalidades brillantes.

Con mucho tacto, John Elderman dejó de formular preguntas, y optó por decir:

—En fin, Sandra está a tu lado, y esto es algo de gran importancia para ti. Sandra conoce muy bien a su Aldo, ¿verdad?

Sosteniendo con la mano la de Cassidy en su regazo y contemplando con expresión de amor intemporal a su hijo adulto, Sandra dijo:

—Pobre *Pailthorpe*... Tontaina, ¿en qué líos te has metido? No es necesario que te mates de esta manera para ganar más dinero. De un modo u otro, siempre nos arreglaremos para ir tirando.

Cassidy explicó que todo se debía a la balanza de pagos. Sí, su mayor preocupación había sido contribuir con sus esfuerzos a incrementar las exportaciones nacionales. No, no lo hizo en provecho de la firma Cassidy, sino por la prosperidad de la nación. Dijo:

—Quería que la Gran Bretaña volviera a ocupar el puesto que se merece.

Sandra le dio un leve beso —leve, para no excitar al enfermo—, y dijo:

—Eres un luchador, querido... En cambio, yo soy tan átona...

Estuvo sentada a su lado durante una hora o más, estudiando su rostro en la penumbra del cuarto. La calma e inmovilidad de Sandra resultó muy confortante para Cassidy, quien, en justo pago, la amó un poco más.

La enfermedad le había atacado de sorpresa. Por la noche experimentó los primeros síntomas, y al alba Cassidy estaba ya en las garras de la afección. Primeramente, tuvo una pesadilla, y luego, a la luz del día, tuvo visiones. Eran alucinaciones y diálogos entre los muchos personajes que poblaban su mente. Y el tema central era el castigo. Paseaba Cassidy por Londres y cruzaba plazas solitarias, con el suelo cubierto de césped, arrastrando niños ingrávidos; el «Bentley», que conducía desde el techo, flotaba por la rue Rivoli; pasaba por ruidosas calles femeninas y, de repente —estuviera donde estuviere—, se encontraba ante una alta montaña alpina, cerca de Sainte-Angèle: el Angelhorn. No había entrada, no había desviación, no había salida. Era una montaña de retorcidos picos, con la nieve revuelta por Wilde; una montaña de mareantes senderos e incalculables dificultades, en la que prostitutas, hoteleros, inspectores de Hacienda, jefes de la Policía y cocheros espiaban y gesticulaban desde cavernas saturadas de vapor o se abrazaban junto a riachuelos casi secos. A veces, Cassidy se acercaba muy nervioso a los riscos más bajos, sintiendo por anticipado las oleadas del vértigo, y se veía abriendo un ejemplar del *Daily Express*, en cuyas páginas eruditas leía: «¿Es el fabricante de cochecitos para niño el cuarto hombre?» «¿Está también mezclado en el asunto el escritor anarquista?» «Un portero argelino revela detalles de una orgía celebrada en plena tormenta.» Una pareja en viaje de novios afirma: «Les oímos a través del tabique.» «La esposa del escritor es totalmente inocente.»

En las páginas interiores, iluminadas con una verdusca luz de burdel, Cassidy leía un artículo acerca de su quiebra: «¿Son papel mojado las acciones de la Cassidy?» «¿Se acabó la industria de cochecitos para niños?» «El hijo del ex miembro del Parlamento contesta, en ocasión de la investigación oficial: "Me gasté el capital en propinas; mi pecado ha sido la generosidad."»

El desdichado pecador gritaba lastimeramente, dirigiéndose a las prostitutas: «¡Consoladme! ¡Mirad en qué me he convertido!» Pero antes de que Cassidy pudiera quitarse el sayal —era un pecador con cierto aire de monje— las prostitutas corrían exhibiendo sus blancos traseros, hacia la hondonada en donde ya las esperaba Shamus, armado y libre, para gozar de ellas.

Esta visión no era únicamente fruto de la inventiva de Cassidy. El modelo en que se inspiraba se encontraba en las siempre iluminadas estancias de la infancia de Cassidy, en los días en que a Dios todavía le complacía que el viejo Hugo alimentara la mente, en la cocina azul de la primera madre de Cassidy, en donde ésta suspiraba y planchaba las sobrepellices ideadas por su propio marido, en las que píos artistas habían representado un alto monte, policromado por primitivos métodos y enmarcado con leños llameantes. Al pie del monte se representaban los horrores que los niños de corta edad desean cometer: el robo y el hurto, la caza y la oculta obscenidad. En la temible cumbre del monte, negros ángeles quemaban a los pecadores.

Cuando la Ast le agradeció las flores, Cassidy recordó el tormento antes descrito.

La Ast le visitó vestida de color amarillo cosecha, y el vestido suelto en los lugares sueltos.

Con dulce voz, Heather le preguntó:

—¿Fuiste sincero cuando lo escribiste?

Sandra había salido a comprar pies de cerdo para hacer caldo con el que sobrealimentar a Cassidy. Heather recitó:

—«Con todo mi amor y todo mi dolor.» Aldo, ésta es una frase que difícilmente se te podía ocurrir. Y la escribiste en París, mientras trabajabas como un león.

Heather tenía la mano de Cassidy entre las suyas, y éstas se encontraban en la almohadillada parte alta de sus muslos, en un punto de su persona equivalente a aquel punto de la persona de Cassidy a que su mano había llegado, durante la cena en casa de los Elderman. Primero, Heather había cerrado la puerta para evitar inoportunas interrupciones. Heather musitó:

—¡Cuánta razón tuviste cuando te burlaste de mí! No hice más que decir solemnes nimiedades... ¿verdad?

Y aquellas visiones iban acompañadas de realidades físicas: súbitos e intensos sudores con aceleradas palpitaciones, inflamación de la garganta y los oídos, ardiente sequedad en los ojos, y cálculos escritos de Sandra para reducir los grados Fahrenheit a centígrados.

En la segunda visita de John Elderman, Sandra le dijo a éste:

—Está a ciento cuatro.

En la tercera, le aseguró:

—Está *kilómetros* por debajo.

Luego, Sandra y John Elderman comentaban el estado de Cassidy mientras cenaban en la planta baja, ya que el médico acudía a las siete, cuando ya había atendido al resto del mundo.

Durante cierto tiempo, cuando aún se encontraba al borde de la tumba, y cuando proclamaba que era inocente de los muchos crímenes de que la otra porción de su mente le acusaba, Cassidy decidió que Shamus era un mito. Se decía: «Shamus jamás ha existido.» Acto seguido se subía el embozo hasta las narices, e imaginaba que viajaba en trineo.

Aterrorizado por el recuerdo de extrañas herejías en el Sacré Coeur, Cassidy recurrió a la amplia colección de biografías de santos que Sandra tenía en su biblioteca, y, en el curso de largas y placenteras horas en el retrete, decidió seguir el ejemplo dado por los aludidos biografiados. Dijo a Sandra:

—He madurado mucho. Me gustaría volver a las prácticas religiosas. Para mí, esto significaría encontrarme de nuevo a mí mismo.

Y luego dijo:

—Salgamos de esta ratonera, y pasemos una temporada en un lugar en el que podamos pensar.

Sandra propuso Oxford, ya que, según dijo, allí habían sido felices. Añadió:

—También podríamos ir a Escocia. Allí, los perros serían felices.

—Sí, no estaría mal ir a Escocia.

Por el teléfono que tenía junto a la cama, Cassidy hizo las oportunas reservas, pero las hizo tan sólo en su imaginación, ya que Escocia no ejercía en él atractivo alguno. Allí no encontraría la clase de amistades que le gustaban.

Obedeciendo las instrucciones del paciente, Angie Mawdray acudió al lado de éste. Trajo el correo y doce pequeñas rosas, envueltas en un blanco papel de seda. En voz baja, Angie Mawdray dijo:

—Para corresponder a las que me mandó desde París.

Buscó en el interior de su bolso griego y sacó una carta remitida desde un pueblo, que ocultó bajo las sábanas. Lo hizo sin mirar a Cassidy y manteniendo en el rostro una expresión que no invitaba a dirigirle la palabra.

Para explicar la presencia de las tiernas flores, Cassidy le dijo a Sandra:

—Me las ha enviado Faulk. Solamente a Faulk se le podría ocurrir la idea.

Magnánima, mientras olisqueaba el evanescente aroma, Sandra dijo:

—Todos te quieren, todos te quieren mucho.

—Eso parece.

Sandra insistió:

—Todos te queremos mucho.

Acto seguido se calmó, y reanudó su impertérrita adoración.

Durante su convalecencia, Cassidy lució una bata azul, de Cachemira, que Sandra adquirió ex profeso en Harrods. La enfermedad representaba un caso de emergencia que justificaba el gasto. Al principio, Cassidy almorzaba en la cama y se levantaba durante una hora tan sólo, para jugar con Hugo.

Despreciativamente, Hugo se quejó:

—¡Así no se juega al billar!

Y, ante Sandra, acusó a su padre de incurrir en prácticas heterodoxas. Sandra con serena benevolencia le dijo:

—Querido Hugo, si a tu padre le gusta jugar al billar con una vela, esto significa que al billar se puede jugar así.

Muy orgulloso, Hugo dijo:

—Y además, seguramente es la mejor manera de jugar al billar, ¿verdad, papá?

Cassidy explicó:

—A esta modalidad se la llama «la polilla». En el ejército jugábamos de esta manera, para matar el tiempo.

A la mañana siguiente, al examinar la mesa, Sandra se enojó mucho:

—¿Se puede saber cómo diablos me las voy a arreglar para quitar la cera?

Hugo explicó a su padre:

—Está enfadada contigo porque te has levantado. Prefiere que te quedes en cama.

Cassidy repuso:

—Tonterías.

Prosiguiendo su cauteloso retorno al normal vivir, el convaleciente tomó todo género de medidas para evitar situaciones embarazosas. Por ejemplo, para llamar por teléfono a Helen, en el pueblo en que se encontraba, utilizó su carta de crédito telefónico, y de este modo no aparecieron en la factura delatoras menciones. Para hablar con Miss Mawdray, en South Audley Street, aprovechó los momentos en que Sandra salía de compras. Pese a estas precauciones, Cassidy tenía que salvar momentos de graves dificultades. Helen, quien aún no era carne, pero sí una excelente personalidad telefónica, algo así como un ángel, insistía:

—Pero, Cassidy, por favor, me parece un gasto excesivo...

—Helen, por el amor de Dios, piensa un momento en la verdadera finalidad del dinero...

—Pero, Cassidy, piensa en lo que te va a costar.

—Helen, presta atención. ¿Qué harías tú en mi lugar, y si le quisieras del modo como yo le quiero?

Derrotada, Helen exclamaba:

—¡Cassidy!

Por las mismas razones, los señores Grimble y Outhwhaite, de Mount Street W., habían recibido inquebrantables órdenes de no llamar por teléfono a la mansión de Cassidy, quien les había dicho que se dirigieran exclusivamente a Miss Mawdray. Esta señorita era quien sabía cuanto hacía falta saber.

Sin embargo, era el propio Cassidy quien mantenía a los agentes inmobiliarios al pie del cañón. Desde la cama, con la cabeza bajo la manta, Cassidy decía al viejo Grimble:

—¡Agua!

La casa, pese a ser sólida, tenía extrañas características acústicas. Las chimeneas, en especial, eran peligrosos conductores de sonidos. Decía Cassidy:

—Están próximas al agua. De acuerdo, utilice subcontratistas. Sí, claro, naturalmente, pagaré doble comisión. ¡Al fin y al cabo se trata de un piso de la empresa! ¿No? Pague lo que sea y presente la factura a Lemming. Es que realmente no se puede tolerar.

Estas conversaciones daban a Cassidy clara conciencia de que aún no se había repuesto totalmente, ya que le producían violentas reacciones de las que después se arrepentía. A veces, después de dejarse caer sobre el montón de almohadas, con el corazón latiendo agitadamente a causa de la ira, sudorosa y roja la cara, Cassidy lloraba ante el espejo. En la ciudad no quedaba ni un solo hombre en su sano juicio, y todos estaban en contra de él.

Con voz cansada, después de haber dedicado todo el día a la búsqueda, Angie le dijo:

—El de Chiswick no está mal, siempre y cuando Chiswick no le moleste. Es de una tristeza fabulosa, y da al río.

—¿Ruidoso?

—Depende. Es decir, depende de lo que usted considere ruidoso.

—Oiga, ¿usted podría trabajar en esa casa? Quiero decir que si podría llevar a cabo un trabajo de creación, uno de esos trabajos que exigen inspiración.

Aquél era el tercer día que Angie pasaba en la calle, por lo que su paciencia comenzaba a agotarse.

—¿Qué sé yo...? No puedo medir los decibelios, así, de oído. Dígale a esa señorita que vaya y que escuche por sí misma.

Enfurruñada encendió un cigarrillo que sacó de una

cajetilla de diez. *In mente,* Cassidy se dijo: «Esa señorita»... ¡Qué idea tan ridícula y desagradable! Dios mío, Angie Mawdray imagina que yo... Con gran firmeza, Cassidy dijo:

—No hay tal señorita. Se trata de un señor, de un escritor del que seguramente ha oído usted hablar. Es un hombre casado y necesita ayuda, ya que se encuentra en un momento crítico de su carrera. No se trata solamente de ayuda moral, sino también de ayuda material. Acaba de sufrir un revés profesional que puede afectarle muy seriamente... ¿Se puede saber de qué diablos se ríe?

No era risa sino sonrisa lo que había en el rostro de Angie Mawdray. Era una sonrisa agradable, que invitaba a sonreír.

—Es que me siento feliz, así, de repente. Ya sé que soy muy tonta, pero no lo puedo negar, y tampoco puedo evitarlo. Imaginé que estaba usted montando un piso a una zorra calculadora, con cabellera roja y pieles de leopardo... «Martinis» secos...

Tan divertida y complacida estaba que tuvo que coger la mano de su encamado jefe, a fin de recobrar la serenidad, y para coger, de prestado, el pañuelo de Cassidy, debajo de la almohada, a fin de secarse las lágrimas con él. Luego tuvo que devolver el pañuelo a su sitio. Y se despidió de su jefe sin el menor formulismo, tal como la situación exigía. En realidad se despidió con un afectuoso beso, un beso seco, suave, muy dulce, como el que las hijas dan a sus padres cuando regresan a casa.

Refiriéndose a Angie, quien todavía estaba en el vestíbulo, retrasando adrede su partida, como si le doliera irse, Hugo dijo:

—Esta señora me gusta. Se pasa todo el rato besándome y abrazándome, papá.

—Sí, Hugo.

—¿Te parece más simpática que Heather?

—Quizá.

—¿Más que Snaps?

—Quizá.

—¿Más que mamá?

—No, no... Más que mamá no, Hugo.
Con gran lealtad, Hugo dijo:
—Es lo que me parecía.
El día siguiente, a primera hora de la mañana, un ruidoso martilleo estremeció la casa de Abalone Crescent. El aire del vestíbulo y de la sala de estar vibraba al ritmo de unos pocos clásicos cantares masculinos, a menudo con letra improvisada. Los obreros habían vuelto a sus taladradoras eléctricas.

24

Externamente, Helen no había cambiado.
Para el observador de la realidad exterior, Helen era la misma, era Anna Karenina con botas, aunque ahora un tanto más deslucidas, y con el largo abrigo castaño, ahora más desgastado. No obstante, para Cassidy, estos síntomas de pobreza tan sólo servían para realzar las virtudes de Helen. Fue la primera en pisar el andén. Sostenía con las dos manos un paquete envuelto en papel, como si fuera un regalo para Cassidy, y en su porte se advertía aquella gravedad, aquella esencial seriedad, que Cassidy exigía por igual a las madres y a las hermanas. Su pelo también seguía igual, lo que gustó mucho a Cassidy, hombre a quien los cambios le ponían nervioso, puesto que los consideraba fraudulentos.
Sin embargo, Helen parecía mucho más baja de lo que Cassidy imaginaba, y la nueva iluminación de la estación de Euston le quitaba aquella mágica luminosidad que las velas y el fuego del hogar suelen dar. También era cierto que la figura de Helen, que, según recordaba Cassidy, tenía las características de nobleza y flexibilidad, cuando la muchacha iba ataviada con la sencilla bata, en Haverdown, ofrecía ahora cierto matiz hu-

mano, allí entre la Mayoría-demasiado-mayoría con la quc se había visto obligada a viajar. Pero en su voz y en su abrazo, mientras besaba a Cassidy, por encima del paquete, en su nerviosa risa, al tiempo que miraba hacia atrás, Cassidy advirtió en seguida una nueva intensidad. Helen dijo:

—Está entusiasmado contigo.

En su sonora voz, echando a Helen a un lado tal como solía hacer en Haverdown, Shamus dijo:

—Da gusto verte... ¡Qué elegante!

Audazmente, Cassidy comentó:

—Es que no sabía que fuerais a venir.

En la visión que de Shamus tuvo Cassidy, antes del abrazo, pensó que aquello era el cuello alzado de una levita. Pero después recordó, mientras los fuertes brazos le cogían en un abrazo, que las levitas no tienen cuello o que, caso de tenerlo, se trata tan sólo de unas solapitas que no pueden alzarse hasta tan alto. Entonces pensó que seguramente se trataba de un pájaro, de un pájaro alpino, negro, que se acercaba a él con la intención de sacarle los ojos a picotazos. Después recibió los pinchazos de la muralla de minúsculos alfileres, que se abrió, y Cassidy pensó: *Es Jonatán porque es moreno y lleva barba para ser como Dios.*

Mientras esperaba a que los dos hombres terminaran, Helen dijo:

—Shamus pensó que tenía la mandíbula deprimida.

—¿Te gusta, muchacho?

—Formidable, maravillosa. ¿Le gusta a Helen?

Recorrieron en taxi el corto trayecto. Cassidy había decidido que el «Bentley» era demasiado ostentoso. Más valía coger un taxi londinense, normal y corriente, que no les creara dificultades.

Como no podía dejar de ocurrir, después de la gran excitación que acometió Cassidy ante la llegada de sus amigos, sin hablar ya de los innumerables preparativos de orden administrativo y doméstico —¿estarían las cortinas colocadas?, ¿no habría Fortnum equivocado las señas?—, como no podía dejar de ser, decíamos, aquel primer día resultó un tanto insípido. Cassidy sabía que Helen, después de efectuar tantas llamadas clandestinas en defensa de los intereses de Shamus, tendría que decirle muchas cosas. También sabía que estaba primordialmente obligado para con Shamus, quien era la razón y el motivo de aquel encuentro.

Pero Shamus abusó desmedidamente de la paciencia de los otros dos.

Después de obligar a Helen a sentarse en la banqueta, a fin de que Cassidy y él pudieran permanecer con las manos cogidas, cómodamente, Shamus procedió a instruir a Cassidy acerca del modo como debía acariciarle la barba, es decir, siempre de arriba abajo, y jamás a contrapelo... A continuación efectuó una minuciosa inspección del aspecto físico de Cassidy, mirando muy detenidamente piernas y brazos, en busca de rastros de lesiones, pasándole las palmas de las manos por el pelo y examinando después las palmas, etcétera. Satisfecho al fin, volvió a admirar el traje de Cassidy, que era de *tweed* y de color oscuro, apto para ocasiones casi solemnes. Shamus preguntó si el traje era francés y si era impermeable.

Con la esperanza de lograr desviar la conversación, Cassidy le preguntó:

—¿Cómo va el trabajo?

Shamus repuso:

—No lo sé.

Helen terció:

—Va de maravilla. Con todo lo que nos ha ocurrido, no podía ser de otra manera. ¿Verdad, Shamus? De veras, Cassidy, ha trabajado maravillosamente bien desde que volvió. ¿Verdad, Shamus? Cuatro y cinco horas diarias, y a veces más. Es algo fantástico.

La marida de Helen decía más. Decía: Y todo te lo debemos a ti, porque tú le has convertido en otro hombre, en un hombre nuevo.

Mientras Shamus, después de lamer la punta de su pañuelo, limpiaba un tiznón en la mejilla de Cassidy, éste dijo:

—Me parece magnífico.

Helen afirmó que la mejor noticia era que Dale les había visitado, abandonando Londres ex profeso, y que Shamus y Dale se trataron con gran cordialidad durante todo el día. Con una sonrisa, mientras se hurtaba suavemente a los abrazos de Shamus, Cassidy dijo:

—Formidable.

Ansiosamente, Shamus le preguntó:

—¿No sientes celos, muchacho? ¿No te sientes postergado? ¿De veras, muchacho? ¿De veras?

Dirigiendo una mirada inteligente a Helen, Cassidy dijo:

—Creo que podré soportarlo.

Helen dijo:

—Bueno, en realidad Dale ha dejado de ser Dale. Ahora es Michaelovitsch, un judío. Todos los buenos editores son judíos, ¿verdad, Shamus? Y es natural, ya que todos los judíos tienen un gran gusto en materia de arte, literatura y todo. Shamus tiene razón, siempre lo dice.

Pensando en los Niesthal, y al tiempo que recordaba algo dicho recientemente por Sandra, Cassidy afirmó:

—Es una *gran* verdad.

Contento de que se hubiera abordado un tema en el que podía lucirse, Cassidy prosiguió:

—Una gran verdad. Y ello se debe a que, tal como ha quedado históricamente comprobado, a los judíos no se les permitía poseer tierras, prohibición que se extendió prácticamente a toda Europa, y prácticamente durante toda la Edad Media. Los holandeses se portaron maravillosamente con ellos, pero la verdad es que los holandeses siempre se han portado maravillosamente, y para ello bastará que recordemos cómo resistieron a los alemanes en la última guerra. Y entonces, ¿qué ocurrió? Pues que los judíos tuvieron que especializarse en cuanto tuviera un valor *internacional.* En cosas como los diamantes, los cuadros, la música, y todo lo que pudieran llevarse, en caso de persecución.

Shamus dijo:

—Muchacho.

—¿Sí?

—¡Cierra el pico de una maldita vez!

Haciendo un esfuerzo para no reír, Cassidy le dijo a Helen:

—Por favor, sigue con lo de Dale. ¿Cuándo publica

el libro? Esto es lo más importante. ¿Cuándo podremos comenzar a consultar las listas de los libros más vendidos?

Helen no pudo contestar debido a que un agudo relincho estremeció el ámbito del taxi, sobresaltando violentamente a Helen y a Cassidy. Shamus acababa de hacer funcionar un aparato de la risa, fabricado en el Japón. Cuando lo ponía en marcha, el aparato soltaba una seca carcajada que, si se manejaban los mandos debidamente, se convertía poco a poco en una ahogada tos de tuberculoso.

—La llama Keats —dijo Helen en un tono que reveló a Cassidy que incluso la paciencia de los ángeles con espíritu maternal tiene su límite.

Al recobrarse de la alarma, Cassidy dijo:

—Es un sonido fantástico. Sin alegría, pero bien imitado.

Dirigiéndose al conductor, añadió:

—No, no pasa nada. Reíamos y esto es todo.

Corrió el vidrio que comunicaba a los pasajeros con el compartimiento del taxista, y sonriéndole serenamente a Helen dijo:

—No tardaremos en llegar.

Pensó que Helen estaría cansada después del viaje, ya que Shamus seguramente no habría parado ni un momento.

Nadie mencionó la estancia en París.

Era una vivienda aislada, situada encima de un almacén, con una escalera de hierro, exterior, que conducía a una puerta roja. El edificio bien podía calificarse de náutico. Se encontraba junto al río, y desde allí se veían dos centrales eléctricas y un campo de deportes. Cassidy había alquilado el piso con muebles, por una cantidad elevadísima, y después había cambiado el mobiliario, ya que el originario le parecía excesivamente vulgar. En la cocina había flores, en el dormitorio más flores, y en el armario trastero una caja con botellas de whisky, marca «Talisker '54,», de Berry Brothers and Rudd. En la pared había un timón en forma de rueda, y en vez de barandilla, en la escalera, un cable. Pero lo que más llamaba la atención era la luz, la luz invertida, puesto que llegaba del río e iluminaba el techo, en vez de iluminar el suelo.

Al hacer las pertinentes demostraciones de los exquisitos útiles hogareños —la nueva lavadora «Colston», el refrigerador con congelador y estanterías «Iroko», los extractores de aire viciado, el sistema de calefacción por aire, los cubiertos de acero inoxidable escandinavo y, sobre todo, los cierres de las ventanas, totalmente de bronce, por él mismo ideados— Cassidy sintió el orgullo del padre que da a un hijo recién casado todo lo preciso para que inicie felizmente su vida matrimonial. Esto es lo que el viejo Hugo hubiera hecho, pensaba Cassidy, en beneficio de Sandra y suyo, si no hubiese estado «acogotado por un negociejo». En fin, sólo cabía esperar que Helen y Shamus fueran dignos de tanta generosidad.

—Cassidy, *mira,* incluso hay azúcar cande para el café... ¡Y servilletas, Shamus! Mira, hilo irlandés... ¡Dios mío, oh, no, no...!

Cassidy preguntó:

—¿Hay algo que esté mal, quizá?

Casi llorando de alegría ante su descubrimiento, Helen dijo:

—¡Y ha puesto nuestras iniciales!

Decidió mostrarles el dormitorio en último lugar. Estaba, sobre todo, orgulloso de él. Cassidy lo quiso verde. Azul le había recomendado encarecidamente Angie Mawdray. ¿No era el azul un color un poco *frío*?, objetó Cassidy empleando palabras de Sandra. En Harrods les dieron la respuesta: leves flores azules sobre un palidísimo fondo verde, con el mismísimo dibujo que tenía el papel del dormitorio de Hugo, y que durante años había deleitado a Cassidy, en la casa de Abalone Crescent. Angie, con femenina simpatía hacia Helen, insistió:

—Empapelaremos también el techo, para que puedan fijar la mirada en algo, cuando estén tumbados boca arriba.

Seleccionaron una colcha que hiciera juego con el papel, en Casa Pupo, y compraron la colcha más grande que encontraron, a fin de cubrir con ella la más amplia cama que encontraron. Y sábanas con una fabulosa muestra azul, y fabulosas fundas de almohada, también con esta muestra. Y cortinas blancas con orla verde azulenca.

En un susurro, Helen dijo:

—Cassidy, ésta es la mayor cama que hemos tenido en la vida.

Y se ruborizó, tal como correspondía a su sentido del pudor. Cassidy dijo:

—Y el baño está aquí.

Pero en esta ocasión se dirigió principalmente a Shamus, con entonación de hombre práctico, como si los cuartos de baño fueran más cosa de hombres que de mujeres. Shamus, mirando fijamene la cama, dijo:

—Caben tres perfectamente.

Estaban de pie, junto a la ventana, contemplando las barcazas, Helen a un lado de Cassidy, y Shamus al otro. Helen dijo:

—Es el piso más bonito que he visto en mi vida. Es el piso más bonito que hemos tenido y que tendremos en los días que nos quedan.

Cassidy, quitando importancia al piso, para facilitar a la pareja la tarea de aceptarlo sin rubores, dijo:

—Me gustan las *vistas*. En realidad es lo que primero me llamó la atención.

Comprendiendo la postura de Cassidy, Helen dijo:

—Y el agua.

Un largo convoy de barcazas se deslizaba lentamente. Las embarcaciones no avanzaban a la misma velocidad, e iban rebasándose unas a otras, al pasar ante la ventana, para volver a formar una fila, más allá. Cassidy dijo:

—De todos modos, creo que podréis vivir en este piso, al menos por el momento.

Con voz tranquila, Shamus le recordó:

—Nosotros no queremos simplemente poder vivir... Nunca nos ha interesado y nunca nos interesará. Nosotros necesitamos el sol, y no la asquerosa luz crepuscular.

Optimista, y dirigiendo una mirada de compresión a Cassidy, Helen dijo:

—Pero en esta casa forzosamente ha de haber mucha luz. Me encantan las grandes ventanas apaisadas. Son tan modernas...

Cassidy dijo:

—Y ofrecen un espectáculo gratis.

Helen aseveró:

—Exactamente.

Shamus dijo:

—Yo necesito acción.

Pensando que Shamus se refería al río y que acababa de intervenir en la conversación mediante una objeción de carácter estético, Cassidy inclinó la cabeza a un lado, y dijo:

—¿Sí? ¿Tú consideras que...?

Shamus dijo:

—Nosotros tres. O de lo contrario, Helen y yo volveremos al arroyo.

Se volvió hacia Cassidy y le abrazó. Con dulce voz dijo:

—Querido muchacho, cuánta inocencia, cuánto amor. Te quiero. Perdóname.

Por encima del hombro de Shamus, Cassidy vio que Helen encogía los hombros, y que su sonrisa decía: «Nada, está en uno de esos momentos extraños, y pronto se le pasará. Helen se acercó y besó a Cassidy, quien se encontraba en los brazos de Shamus.

Después de beber una botella de champaña, que había dejado previamente en el refrigerador de gas de alta velocidad, Cassidy, muy diplomáticamente, se excusó y anunció que se iba, a fin de que el matrimonio deshiciera las maletas. Con el mismo tacto, Helen dejó que los dos amigos se despidieran. Shamus bajó las escaleras con Cassidy. Con la mirada fija en el campo de deportes, dijo:

—Supongo que no sabes dónde podría comprar una pelota de fútbol, ¿no?

Era un día triste y oscuro. El césped era muy verde, y, detrás de la central eléctrica se veía una amplia mancha rosácea, ya que los muros de ladrillo habían teñido el cielo. Un grupo de niños negros jugaban a la pelota. Un poco descontento, al darse cuenta de que había olvidado algo, Cassidy dijo:

—Yo iría a los almacenes «Army and Navy»... Oye, Shamus, ¿crees que hay algo que esté mal, que no...?

—¿Es que estás pidiéndome un juicio moral?

Sabedor de las reglas del juego, Cassidy repuso:

—¡No, Dios mío!

Shamus volvió a guardar silencio. Por fin, sonriente, dijo:

—A Dios le costó seis días. Ni siquiera Cassidy el Salteador puede hacerlo en una mañana.

Se acercaba un taxi. Con el deseo de terminar la conversación con un rasgo edificante, Cassidy preguntó:

—¿Y realmente les has metido mano a esas páginas centrales de tu novela?

—Lo hice por ti. En estos días soy un amante obediente. Nada de bebida, nada de rameras. Pregúntaselo a Helen.

Imprudentemente, Cassidy dijo:

—Sí, ya me lo ha dicho.

—Adiós, muchacho. Bonita cuadra la que nos has proporcionado. Que el Señor te bendiga. A propósito, ¿cómo está la vaquera? Cualquier día la voy a llamar por teléfono.

—No está en casa. Se ha ido a vivir con su madre, durante una temporada.

Desde el balcón, Helen contempló cómo los dos se abrazaban. Parecía una princesa en su torre, tras el ancho foso. Al irse Cassidy vio que Shamus jugaba a la pelota con los niños negros. Ésta fue la última visión que de él tuvo aquel día.

En el hogar de Cassidy, contrariamente a lo que éste decía con artística libertad, todo era felicidad y dicha. El estado de Cassidy había mejorado considerablemente; se decía que había salido fortalecido de su enfermedad; John Elderman era un genio; Aldo come que da gusto, la mirada de Aldo es más vivaz, y su voluntad e iniciativa son más firmes. Estas noticias pasaron de boca en boca femeninas, juntamente con alabanzas a la vida doméstica en general. Las mujeres de la limpieza juntaron dinero y le regalaron un respaldo supletorio adosable al asiento del Pentle; los perros le reconocían; Hugo hizo dibujos felicitando a su padre, y los iluminó con lápices acuarelas; Heather Ast acudía todos los días para ser testigo de la recuperación de Cassidy, y comentaba con Sandra el problema de la rehabilitación de los alcohólicos.

A las dos mujeres les gustaba el tiempo veraniego, y coincidieron en que debían alquilar una casa en el campo, a fin de que en ella los alcohólicos «se secaran» al sol.

Esta súbita mejora de las perspectivas domésticas de Cassidy no fue gratuita ni mucho menos. Y así era por cuanto Cassidy había descubierto su verdadera vocación, vocación que entusiasmaba a Sandra, de un modo muy particular. Sandra decía que los campos de deportes sólo proporcionaban frustraciones, ya que uno podía pasar años y años buscando uno, sin resultado; además, los ayuntamientos estaban todos corrompidos.

Sandra decía:

—Es exactamente lo que necesitas. Esto despertará en ti un genuino interés.

Afirmaba que era la solución ideal: una combinación de iglesia y comercio.

Cassidy le confesó:

—Se me ocurrió mientras estaba enfermo. Entonces tuve la terrible sensación de que estaba malgastando gran parte de mi vida. Mientras yacía en cama pensaba: ¿quién eres?, ¿por qué eres?, ¿qué dirán de ti cuando hayas muerto?

Y añadía:

—Pero decidí no decirte nada hasta tener la seguridad de que realmente quería hacerlo.

—¡Querido! —exclamó Sandra, un poco avergonzada, tal como reconoció ante Heather, de no haber percibido con más agudeza las torturas espirituales de su marido.

Sin embargo, a título previsor, Sandra se lo consultó a John Elderman. ¿No sería demasiado esfuerzo para Cassidy? ¿No produciría en él un agotamiento parecido al que le había producido su visita a París? Tendría que viajar mucho, y pasar muchas noches de soledad en horrendos hoteles del Norte. ¿Tenía John la absoluta seguridad de que la psique de Cassidy lo resistiría? Después de considerar largamente estas cuestiones, John Elderman le dio luz verde. Recomendó a Sandra:

—Pero vigila al pajarraco de tu marido. En cuanto veas el menor síntoma que pueda resultar sospechoso, avísame. No me ocultes nada, ¿comprendes?

Por conocer bien a su Aldo, Sandra dijo:

—Será él quien me ocultará los síntomas, si puede.

—¡Pues vigílale!

Animados por un profundo sentido de sacrificio pusieron manos a la obra con gran entusiasmo. Lo primero que había que hacer era elegir partido. Sandra no tenía la menor duda al respecto, pero Cassidy, con su mayor experiencia y su famoso conocimiento de las debilidades de la carne en el mundo de los negocios, todavía no había tomado una decisión. Sandra estimaba que era de suma importancia no influir en modo alguno en su marido, por lo que (tal como le recordó más adelante) fue silencioso testigo del diálogo entre la conciencia de Cassidy y su bolsa. Cassidy dijo:

—No sé, pero no creo que pueda ser, al mismo tiempo, socialista y rico. Son dos cosas que no ligan.

Sandra le consoló:

—Tampoco eres tan rico como para eso.

—No, no. Realmente soy rico. Y seguiré siéndolo, si el mercado se sostiene.

Muy secamente, Sandra le dio la solución:

—En este caso, renuncia a tus riquezas. El problema tiene fácil solución.

Sin embargo, Cassidy estimó que la renuncia no era imprescindible. La víspera de la llegada de Helen y Shamus, mientras cenaba con Sandra, Cassidy le dijo:

—Lo siento, Sandra, pero renunciar al dinero significa una huida. He de hacer frente a la realidad, aceptar mi modo de ser. Al fin y al cabo, la política debe reflejar la realidad.

—Antes decías que se nos juzga por lo que buscamos.

Rápido como una centella, Cassidy repuso:

—En la política no es así.

—Entonces, ¿por qué no te afilias al partido liberal?

Hay *montones* de liberales ricos. Acuérdate de los Niesthal.

Cassidy objetó:

—Pero los liberales nunca llegan al poder.

Y añadió que más valía ser un independiente libre que un liberal. Reaccionando, como de costumbre, igual que el ángel custodio de la honestidad de su marido, Sandra le preguntó:

—¿Con eso no querrás decir que tan sólo te interesa apoyar a los vencedores?

—Bueno, tampoco es exactamente así... Lo que ocurre es que los liberales expresan demasiadas opiniones, tienen demasiados portavoces que no siempre coinciden.

Sandra dijo que los conservadores odiaban a los pobres, que no tenían la menor simpatía hacia el paria. Además, los conservadores eran estúpidos, lo cual le constaba, ya que su padre lo había sido, y si Cassidy se acercaba siquiera al partido conservador, Sandra le abandonaría *inmediatamente.*

—Antes el infierno que aceptar ser la esposa de un miembro del Parlamento por el partido Tory. Salvo si representas a un distrito rural. En el campo la cosa cambia, es más tradicional.

Para calmarla un poco, Cassidy explicó su plan para desarrollar su campaña política. Lo hizo con gran cautela, revelándole poco a poco un complejo y delicado secreto. ¿Le prometía Sandra no decir absolutamente nada a nadie?

Sí, se lo prometía.

¿Seguro?

Sí, seguro.

Desde luego, a Cassidy no le importaba que Sandra revelara dicho secreto a Heather, a los Elderman y a las mujeres de la limpieza, ya que, de todos modos, lo averiguarían. Sí, y también podía comunicarlo a los Niesthal, caso de que le formularan preguntas, pero no en caso contrario.

Sandra se mostró de acuerdo.

Pues bien, Cassidy había conseguido quedar libre de trabajo en la oficina. Había comenzado la temporada de marasmo, no se efectuaban transacciones de importancia, a partir del ajetreo de la Feria de París, y gran parte del personal estaba de vacaciones. En estas circunstancias, Cassidy había entrado en contacto con los sindicatos laborales.

Muy excitada, Sandra repitió:

—Los sindicatos... ¿No me dirás qué pretendes?

Cassidy repitió pacientemente:

—Sí, los sindicatos... Pero, por favor, déjame terminar.

Sandra se mostró dispuesta a ello, ya que en modo alguno había tenido la intención de interrumpirle.

Pues sí, se habían celebrado conversaciones. ¿Recordaba Sandra aquel miércoles en que Cassidy tuvo que ir a Middlesborough, y en el que Beth Elderman dijo que le había visto en Harrods?

Sandra recordaba muy claramente aquel miércoles.

Pues bien, fue el día en que se iniciaron las conversaciones.

Sandra dio muestras de arrepentimiento.

A raíz de estas conversaciones, que, por cierto, duraron varias semanas, los sindicatos le habían invitado a efectuar un concienzudo examen de toda la organización del movimiento laboral, desde el punto de vista de un hombre de negocios.

Sandra exclamó entre dientes:

—¡Dios mío! ¡Esto es pura dinamita!

En realidad (y eso era estrictamente confidencial) se trataba de un análisis de eficiencia en los negocios. Tan pronto Cassidy terminara sus investigaciones presentaría un informe, y si Cassidy seguía en buenas relaciones con los sindicatos... Pues bien, sí, en este caso no le sería demasiado difícil conseguir un puesto...

Mientras se desnudaban para acostarse, Sandra, todavía muy excitada, dijo:

—Y es muy posible que publiquen este informe. En cuyo caso, también serías *escritor*. Sí: el Informe Cassidy. ¿Cuándo empiezas?

Mostrando todas sus cartas, Cassidy repuso:

—Mañana comienzo la primera parte.

Sandra le advirtió:

—Debes ser absolutamente honesto. No digas ni media palabra para complacer a esa gente. Los sindicalistas son una auténtica peste.

—Lo procuraré.
Hugo dijo:
—¡Buena suerte, papá!
Sandra volvió a advertirle:
—Te lo he dicho totalmente en serio. Ten cuidadito, pues.

En el ático, cuando el viejo Hugo recibió la quincenal visita secreta de su hijo, así como el quincenal cheque, dijo:
—¡Y una mierda, la política! No tienes riñones para dedicarte a la política, puedes estar seguro. En nuestros días hay que tenerlos como un león, para dedicarse a la política. ¡Por éstas!
Invitada temporalmente, en la casa vivía una tal Mrs. Bluebridge, asesora femenina del viejo Hugo y duradera madre para Cassidy, en los días de su infancia. Esta señora había puesto una máquina de escribir en la mesa de la sala de estar —éste era su modo de crear cierto ambiente de respetabilidad— y su instrumental de belleza en un cuarto de baño independiente, instrumental que Cassidy vio cuando fue a este baño para limpiarse los dientes. Cassidy solía preguntar a su padre:
—¿Quién es la Bluebridge esa? ¿Tu esposa? ¿Tu secretaria? ¿Tu hermana?
En una ocasión, y a título de trampa, le habló en francés, pero la Bluebridge no mostró la menor señal de inquietud. La Bluebridge se limitó a contestar:
—Bueno, pues en *mi opinión,* Aldo...
Y pasó a abordar el tema de la comprensión de las necesidades de los jóvenes en la época presente.
Un leve acento escocés distinguía a la Bluebridge de sus compañeras de equipo. Tenía la boca exactamente en el centro de sus labios pintados, y la boca era una leve y ondulada línea negra que se abría y cerraba como una grieta sometida a presión. Cassidy pensó que su padre seguramente debía dinero a la Bluebridge, que no se lo devolvía y que la compensaba dándole amor. La Bluebridge no tardaría en recurrir a él, como hacían todas. Le visitaría en la oficina de South Audley Street, un lunes por la mañana, después de haber pla-

neado la operación durante toda la semana anterior, y se sentaría en el profundo sillón de cuero, ante la taza de café preparada por Angie Mawdray, manoseando viejos sobres repletos de promesas incumplidas: No quiero decir nada en contra de tu padre, Aldo. Tu padre es un hombre excelente, en todos los aspectos...

La mayor preocupación de la Bluebridge seguía siendo la gente joven. Después de haberle expuesto a Cassidy sus razones, la Bluebridge procedió a anunciarle sus conclusiones:

—Sexo, sexo, sexo, sexo en todo momento. Realmente, los jóvenes sólo piensan en esto. Sí, únicamente piensan en política y en chicas, que, a fin de cuentas, es lo mismo. Toda la vida he visto lo mismo, y también yo he sido así.

El viejo Hugo, muy animado, indicó con la mano la distante silueta de Westminster:

—Un semillero. Un semillero de vicio, ambición y presiones, esto es la política. No lo olvides jamás, hijo. Escucha con atención las palabras de Blue, esa mujer que tanto mundo ha visto en su vida.

La de la grieta en los labios dijo:

—En el fondo, ¿no estás de acuerdo con lo que te decimos, Aldo? De todos modos, Hugo, no olvides que Aldo también ha visto mundo. Ya no es un niño.

La Bluebridge acompañó a Aldo hasta la puerta y, oprimiéndole la mano, le deseó buena suerte. En un susurro le dijo:

—No sabes lo contenta que estoy de que seas conservador. Pero, por favor, no lo seas a escondidas de tu padre. Tu padre acaba por descubrirlo todo.

Refiriéndose al viejo Hugo, y contento de haber complacido a la pareja, Cassidy le preguntó a la Bluebridge:

—¿Era conservador mi padre?

La Blue contestó:

—Chiiist...

Y con su aliento, al olfato de Cassidy llegó un fuerte aroma a tortas de avena.

También en la oficina de South Audley Street todo marchó de maravilla. Meale había pedido tres semanas seguidas de vacaciones y se había retirado a un monasterio, en Leeds. Lemming se encontraba de vacaciones en las islas Scilly. Faulk había alquilado una casita de campo en Selsey, y vivía un feliz idilio, ampliamente comentado, con un policía municipal de Londres. Del *entourage* de Cassidy únicamente Miss Mawdray había tenido la lealtad de no pedir vacaciones para quedarse al lado del jefe. Miss Mawdray empleaba la mayor parte de la jornada en ir de compras. Cuando no compraba libros lujosamente encuadernados que trataran de la revolución, los problemas sanitarios de los municipios y del Mercado Común (libros que mandaba a Abalone Crescent o que colocaba a modo de adorno en la sala de espera), se encargaba de los numerosos pequeños recados imprescindibles para procurar el máximo bienestar a los protegidos del jefe. Miss Mawdray hizo lo necesario para que éstos pudieran comprar libros con facilidades en Harrods, y firmó suscripciones a diversos periódicos y revistas. También consiguió una tarjeta de crédito para comprar entradas de teatro, dando instrucciones para que las facturas se presentaran al cobro en la empresa. Todo lo hizo siguiendo las instrucciones que, con gran aplomo, Cassidy le dio. Compró papel y material de escritorio en Henningham y Hollis, y fue a una agencia de Pimlico para que tuvieran prevenidas a unas cuantas mecanógrafas, en caso de emergencia.

Cassidy, después de haber convencido a Helen (sin que Shamus se enterara) de que aceptara una modesta pensión, para sufragar los pequeños gastos que tuvieran hasta el momento de publicación del libro, decidió también que Helen debía tener una carta de crédito, y Angie Mawdray, después de superar muchas dificultades y de actuar con gran insistencia, logró que Helen aceptara que Angie la presentara —y garantizase— a una de las más importantes compañías. Con una risita, Angie dijo:

—Dios mío, si estuviera en el lugar de esa muchacha, le arruinaría, Mr. Aldo.

La moral de Angie Mawdray jamás había sido tan elevada. En otros tiempos, se resistía a engañar a Sandra en pequeños detalles, tales como el de decirle si Cassidy estaba en Londres o en Manchester, o si se encontraba todavía en París. Pero ahora carecía de escrúpulos, y aun cuando Cassidy no le había revelado sus proyectos de actividades sindicales, Angie sabía lo suficiente e intuía lo suficiente como para proteger los intereses de Cassidy, cuando las circunstancias lo exigían. Los pechos de Angie, muy a menudo sin sostén, seguían turgentes, a pesar del calor veraniego; sus faldas de verano, nunca demasiado largas, se habían acortada gozosamente, y la muchacha se movía de una manera que antes atraía que inhibía la mirada de Cassidy.

En una ocasión, y para premiar sus esfuerzos y sacrificios, Cassidy la llevó al cine, en donde Angie le cogió sumisamente la mano, y se dedicó a mirar al director gerente, en vez de mirar la pantalla, mientras su rostro se encendía y se apagaba, a la luz azulenca.

En cuanto hacía referencia a la relación entre Cassidy, por una parte, y Helen y Shamus, por otra, Angie no mostró curiosidad ni escándalo. A este respecto, dijo:

—Usted les tiene simpatía, y, para mí, esto basta y sobra. Shamus es un escritor de narices. Es tan bueno como Henry Miller, digan lo que digan los cabrones de los críticos.

Poco después de la llegada de Helen y Shamus, Angie ya reconocía sus voces por teléfono, y les ponía en comunicación con Cassidy, sin formularles la menor pregunta sobre su identidad. Una vez, Shamus, utilizando su acento ruso, le pidió a Angie que se acostara con él. Dijo, Shamus, que era el reverendo Rasputín, y que ya estaba hasta el gorro de acostarse con princesas. Cassidy se echó a reír, y le dijo a Angie:

—Le advierto que a poco que se lo permita, se acuesta con usted.

Un poco picada, Angie dijo:

—¿Por qué se ríe? ¿Tan gracioso le parece?

Sin embargo, por lo general, Shamus decía ser Flaherty, un fanático irlandés en busca de moderación.

25

Shamus dijo que había que ir a ver a Hall.

Iban en busca de Impacto, que era mucho mejor que el agua. También iban en busca de Abstinencia, nueva manía de Shamus, que pretendía, de esta manera, mantenerse en forma y conservarse hasta alcanzar una edad digna del Antiguo Testamento. Fueron en autobús, sentados en los asientos delanteros del imperial, pasadas las seis, cuando los autobuses que se dirigían al Este iban casi vacíos. Y así llegaban a un almacén construido con ladrillos negros, detrás de Cable Street, con cuerdas colgando de las traviesas, un viejo trampolín sobre el suelo de cemento, y un cuadrilátero de boxeo, con sus doce cuerdas, bajo unos focos, y con la lona manchada de sangre. Cassidy iba con una camisa deportiva, en la que lucía un minúsculo laurel sobre la tetilla izquierda, en tanto que Shamus insistía en llevar su mortuoria levita y se negaba a vestir las prendas adecuadas para el Impacto. Hall iba con calzones cortos, con perneras tan anchas como la cintura, y camiseta de algodón. Hall era un hombre bajo, rechoncho, desdentado, con ojos de castañas pupilas y rápido mirar, puños veloces como el rayo, y piel con almohadillados rectángulos, como un edredón. A Cassidy le pareció que Hall presentaba muchos de los rasgos propios de un capellán de la Armada, ya que tenía idéntica filosofía acerca de cómo mantenerse en forma, bebía con aire pío y estrechaba la mano de uno igual que un capellán, mirando por encima del hombro de uno, en busca de Dios.

A Shamus le llamaba «majo».

Utilizaba Hall la palabra «majo», referida a Shamus, como si fuera su nombre de pila. *Le beau*, pensó Cassidy cuando lo oyó por vez primera. Antes del Impacto, contemplaron cómo Hall la Esperanza Blanca, se entrenaba un poquito, saltaba en el trampolín y pedaleaba en la anclada bicicleta. Después del Impacto, fueron a casa de Sal, lo cual significaba ir al lugar en que Hall vivía, ya que así lo denominaba. Sal era la fulana de Hall, era el cuerpo de Hall, y éste la amaba más que a su propia vida. Tenía Sal diecinueve años, y era prostituta de profesión, aun cuando retirada debido a la insistente petición de Hall.

Por esta razón, Hall rara vez la dejaba salir de casa, sino que la tenía trincada. Cassidy preguntó:

—*¿Trincada?*

Muy orgullosamente, Shamus le dijo que «trincar» significaba encerrar a alguien en la celda, en términos carcelarios. Por la noche, los presos quedan trincados en sus celdas.

Acordándose del viejo Hugo, Cassidy pensó que esto explicaba los rasgos religiosos de la personalidad de Hall. Por lo visto, había familiarizado con la religiosidad que inspiran los muros de granito.

En busca del Impacto, Shamus boxeaba con Hall, aun cuando únicamente lo hacía si en el gimnasio se encontraban tan sólo Cassidy y un individuo llamado Ming, hombre sordo como una tapia y encargado de la tarea de enjugar la sangre.

Hall tan sólo complacía a Shamus, cuando el gimnasio estaba desierto. Ésta era la norma, y el orgullo de Hall, quien tenía ideas muy firmes en lo que respecta a lo que debe ser un gimnasio bien dirigido, y aplicaba esta norma debido a que Shamus carecía en absoluto de arte y jamás lo aprendería.

Hall cerraba las puertas, y decía con gran firmeza:

—*Espera.* ¡Te he dicho que esperes, majo!

Y, acto seguido, se colaba por entre las cuerdas, entrando así en el ring, antes de que Shamus pudiera atacarle.

El ataque de Shamus se basaba únicamente en la técnica de la embestida. Embestida con furia, agitando los brazos a diestro y siniestro, y gritando:

—¡Hijo de la gran perra, marica, desgraciado!

Y si Shamus conseguía llegar junto a su enemigo,

le abrazaba fuertemente, con la idea de quebrarle las costillas, y le mordía hasta que Hall se veía obligado a quitárselo de encima a puñetazos. A veces, Shamus adoptaba el estilo japonés e intentaba dar patadas a Hall, pero éste siempre le cogía el pie y le derribaba de espaldas.

Hall, interpretando muy mal las intenciones de Shamus, le decía:

—Calma, majo, calma... Ten cuidadito, que no quiero hacerte daño.

Muy de vez en cuando, Hall, con la paciencia agotada, golpeaba a Shamus en la mejilla, a fin de frenar una embestida de éste, y los golpes solían ser reveses. Entonces, Shamus se apartaba, muy pálido, frunciendo el ceño y sonriendo a un tiempo, dolorido, y frotándose la mejilla con la negra manga. Decía:

—¡Guá...! Oye, hazle esto a Cassidy. Cassidy, es una sensación fantástica...

Cassidy sonreía:

—Me lo imagino. Muchas gracias, Hall, pero no lo necesito.

En casa de Sal, mientras bebían whisky «Talisker», del que Cassidy llevaba siempre una botella en el maletín, Hall decía:

—Podría ser un gran boxeador. Lástima que su juego de piernas sea realmente inmundo. Le deja indefenso, ¿no te has dado cuenta todavía, majo? Sin embargo, el tipo es un fajador del carajo.

—Es simpático —aseguraba Sal, muchacha muy modosa, si tenemos en cuenta su edad, y que, no obstante, rara vez decía algo que no fuera esta frase.

A Hall le gustaba tomarse el whisky a palo seco. Llenaba el vaso hasta los bordes, y el whisky parecía pálida y quieta cerveza. Un día, mientras volvían al lado de Helen, Shamus le explicó a Cassidy:

—Así es como debiéramos beber el whisky.

Sandra le dijo a John Elderman, estando presente Heather, lo cual permitió que ésta se lo dijera a Cassidy:

—Debo reconocer que Aldo se mantiene en plena forma. En una semana ha perdido cuatro libras.

John Elderman, que conocía bien las costumbres de la clase obrera, dijo:

—Seguramente se debe a la comida de los Sindicatos Laborales.

Sandra, con una sonrisa insólita (lo cual Heather también comunicó a Cassidy) añadió:

—También hace mucho ejercicio.

Observar era el nombre que Helen le daba.

Era idea de Helen. La expresó una mañana, mientras Cassidy estaba sentado en el extremo de la cama azul, dando cuenta de las tostadas, en un plato de Michael Truscott. Había llegado a primera hora, cuando se dirigía a South Audley Street. Era la temporada de vacaciones y el mundo de los negocios estaba casi totalmente paralizado.

Las tazas también eran de Truscott, sencillas, lo cual pensó Cassidy tendría que gustar forzosamente a Helen, y muy delicadas.

Helen dijo:

—Sinceramente, Shamus, yo creo que Cassidy no ha vivido. Se ha pasado toda la vida en Londres, y no sabe nada de Londres. Sinceramente, pregúntale cualquier cosa, o cuándo se construyó algo, o, sinceramente... bueno, cualquier cosa, y me juego lo que quieras a que no sabe la respuesta. Cassidy, ¿has estado alguna vez en la Tate? Escucha, Shamus, escucha. ¿Vamos, contesta, Cassidy?

En consecuencia, aquella tarde, mientras Shamus trabajaba, fueron a la Tate, y, en el camino, se detuvieron para que Helen se comprara unos zapatos decentes. Encontraron la Tate cerrada, y fueron a tomar el té a Fortnum, y luego, Helen insistió en que debían visitar el Departamento de Cochecitos para niños, a fin de ver los productos de Cassidy. El dependiente se comportó con extremado respeto, y, sin saber que se dirigía al mismísimo Cassidy, cantó las excelencias de sus invenciones. Presumió que Helen y Cassidy formaban un matrimonio, y que Helen estaba embarazada, lo que motivó que los dos intercambiaran confidenciales risitas, se dirigieran miradas de complicidad y se dieran apretones de manos. Después, Helen dijo que podía darse muy bien el caso de que tuviera mellizos, ya que los partos dobles eran frecuentes en la familia, especialmente en la suya.

—Mi padre es mellizo, y mi abuelo y mi bisabuelo...

Cassidy comentó:

—Sí, y esto provocó muchos problemas en la cuestión de la herencia del título...

En consecuencia, el dependiente les mostró un Dos-en-uno marca Cassidy, con una toldilla. Quema-no, también Cassidy. Helen empujó muy solemnemente, sobre la alfombra, el cochecito hasta que le dio un ataque de risa, y Cassidy tuvo que quitárselo de las manos.

En el parque zoológico, Helen se dirigió directamente hacia el lugar en que estaban los buitres, y los contempló con gravedad y sin dar la menor muestra de temor. Los gibones de Hugo le gustaron de modo especial, y la hicieron reír a grandes carcajadas. Cassidy, con mucho seriedad, tuvo que aclararle a Helen que los gibones no hacían el amor en el aire, sino que aquella escena se debía a que los pequeños se colgaban de la parte baja del cuerpo de la madre, de un modo muy parecido al de los canguros.

—No digas tonterías, Cassidy... Eres demasiado pudibundo. ¿No ves que realmente...?

Con gran firmeza, Cassidy dijo:

—Lo siento, pero no hacen el amor.

En las instalaciones destinadas a los animales nocturnos vieron a los tejones trabajando, a los murciélagos limpiándose las orejas, y a minúsculos roedores apretujados contra el vidrio. En contestación a la misma pregunta que Helen le había hecho anteriormente, Cassidy repuso que no, que se subían los unos a la espalda de los otros, para ascender formando una escalera natural. En el oscuro corredor, observados por una multitud de pálidos niños, Helen le dio un beso a Cassidy, para agradecerle lo mucho que había hecho éste en beneficio de Shamus, y le juró que le amaba, que le amaba a su manera, tan fielmente como amaba a Shamus, y que Cassidy tendría siempre un hogar en su casa, con los dos, en el que hurtarse a la sordidez de su vida.

Y por fin, después de entrar en diversos bares y tabernas, llegaron al piso, y encontraron a Shamus trabajando todavía, con la boina puesta, agazapado junto a la ventana que daba al río. Le contaron todo lo que habían observado y lo mucho que se habían divertido. Se lo contaron todo, salvo el beso, debido a que el beso había sido una cosa íntima, como los actos de ciertos animales, que se prestaban a interpretaciones erróneas.

Después de haber escuchado atentamente, Shamus dijo con voz serena:

—Magnífico, magnífico.

Abrazó afectuosamente a los dos, y volvió a sentarse ante la mesa.

Pocos días después, los dos fueron a casa de Hall, en busca de Impacto, y Shamus logró atizarle un doloroso tortazo a Hall en el ojo. En justa reciprocidad, Hall le dio un fuerte puñetazo en el estómago, exactamente debajo de las costillas, en ese lugar al que los boxeadores llaman «la cocina», y Shamus se puso blanco, vomitó y quedó más silencioso de lo normal en él.

Shamus vivía totalmente entregado al trabajo, a la abstinencia y a la contemplación, lo cual condujo inevitablemente a que Helen y Cassidy dedicaran mucho tiempo a la observación. Ya en su mortuoria chaqueta, ya desnudo como un lagarto, sentado junto a la ventana, con la boina hacia delante, cubriéndose la morena frente, Shamus pasaba horas y horas inclinado sobre el papel, escribiendo y escribiendo. Helen dijo que ni siquiera cuando escribía *Luna* había dado muestras Shamus de tanto celo y aplicación.

—Y esto te lo debe a ti, querido Cassidy.

Mientras almorzaba con Helen en «Boulestin's», Cassidy le preguntó:

—¿Y se limita a corregir lo escrito? Yo diría que está escribiendo otra novela, de cabo a rabo.

Helen dijo que no, que tenía la seguridad de que Shamus se limitaba a volver a escribir lo ya escrito. Así se lo había prometido a Cassidy y así se lo había prometido a Dale. Shamus cumplía siempre, siempre, siempre, sus promesas.

—Siempre paga sus deudas. Jamás he conocido a nadie tan puntilloso en cuestiones de honor.

Helen dijo estas palabras sin el menor acento dramático, como una observación referente a una persona amada por los dos. Y Cassidy se dio cuenta de que era una gran verdad, un hecho indiscutible.

Londres era la ciudad de Helen.

París era la ciudad de Shamus. Lo céltico, lo nómada, lo ensoñado, lo práctico, todo coincidía en el insondable genio artístico de París. Pero Helen era Londres, y esto agradaba mucho a Cassidy. A Helen le gustaban la dignidad, la sórdida pompa y la vulgar tristeza de Londres. Los dos opinaban, lo mismo que Shamus, que no valía la pena comentar el pasado, pero esto no era óbice para que Cassidy se hubiera esforzado lo suficiente para enterarse de que Helen había vivido casi toda su vida en Londres.

Helen se había convertido en el guía de Cassidy.

Le guiaba a lo largo de los muelles, le llevaba a viejas casuchas en las que se ejercían los más extraños comercios, como la importación de bastones, la venta de productos de la ballena, la moltura de *curry*... Le llevaba a peligrosas callejas dickensianas, iluminadas con luz de gas, en las que durante unos segundos experimentaban la emoción de sentirse jóvenes, bien vestidos, y blanco de gentes malvadas. Le enseñó iglesias situadas en el centro de la ciudad antigua, con dentado perfil de sello de correos. Le llevó a sinagogas y mezquitas. Le cogió la mano cuando se encontraron en el rincón de Westminster Abbey donde están enterrados los poetas. Le mostró vacíos mercados en los que pardos perros comían coles de Bruselas a la luz de los faroles, y le enseñó la estatua de Mussolini, en el Imperial Museo de la Guerra. Le llevó al Anchor, y le dijo que se pusiera en una plataforma de madera y contemplara, al otro lado del agua, la silueta de St. Paul iluminada por el Sol. Le pidió que consiguiera el puesto de alcalde, para que se ataviara con pieles y se adornara con cadenas, a fin de que ella pudiera visitarle y comer carne asada a la luz de las velas. Y Cassidy comprendía que le enseñaba. Que ni siquiera había visto la Torre de Londres y Piccadilly Circus.

Su tema de conversación era Shamus. Shamus, su hijo, su padre, su amante, su protector. Decían que le amaban más que a sí mismos, que Shamus era el vínculo que les unía, que tenían la obligación de proteger su talento artístico, que era la dádiva que ofrecerían al mundo. Y que causarle daño sería un delito imperdonable.

Entretanto, Shamus se había retocado la barba, de modo que terminaba en línea cuadrada, a fin de adquirir aspecto de rabino. Sin dejar de escribir, dijo:

—Es ideal para el Antiguo Testamento.

En la casa de Abalone Crescent, Sandra se mostraba extremadamente impresionada por la descripción que Cassidy le había hecho del ambiente portuario. Sandra preguntó:

—Pero, ¿cuándo se dará cuenta la gente de que lo que realmente importa es el *modo* de vida, y no el dinero que se gana?

Snaps comentó:

—¡Jesús, qué cosas dice esta mujer!

Mrs. Groat, quien recientemente llevaba el brazo en cabestrillo, so pretexto de que le dolía cuando lo tenía caído, dijo:

—Sí, claro, pero un poco de dinero nunca sienta mal.

Sandra repuso:

—¡Tonterías! El dinero es sólo un símbolo. Lo que importa es la felicidad, ¿verdad, Aldo?

Para resarcirse de las prolongadas ausencias de Cassidy, Sandra tuvo la precaución de interesarse en un nuevo problema. Un día preguntó:

—¿Qué sistema de control de natalidad siguen los portuarios?

¿Había centros asesores a los que las esposas pudieran acudir? Si no era así, Heather y ella podían abrir uno de estos centros, inmediatamente. ¿O quizá no sería mejor —prudente idea— esperar hasta que Cassidy hubiera conseguido su escaño? Después de pensarlo un poco, Cassidy contestó con mucha astucia:

—Creo que lo mejor será a que esperes ver cómo termina todo.

Cuando se produjo, el cambio experimentado por Shamus apenas se pudo distinguir del agotamiento propio de llevar a cabo una durísima tarea cotidiana, y pareció muy remotamente vinculado a aconteceres exteriores. Hall tuvo mucho que ver con este cambio, aun cuando su influencia, a fin de cuentas, antes fue ambiental que directamente causal.

Durante varias semanas, Helen, Cassidy y Shamus habían gozado de insólita felicidad. A Cassidy le parecía que su propia felicidad, en aquel ambiente de perfecto compañerismo, iba creciendo a la par que aumentaba el ordenado montón de folios que Shamus iba escribiendo. Por lo general, Cassidy llegaba después del almuerzo, después de que Helen hubiera terminado casi todas sus tareas domésticas. A veces, Helen todavía lavaba los platos —no había aprendido a manejar la máquina lavaplatos, pese a su simplicidad—, y Cassidy iba secando lo que Helen le daba, mientras trazaban planes para pasar juntos la tarde. A menudo, consultaban a Shamus: ¿Creía Shamus que llovería? ¿Qué opinaba de la oportunidad de ir a Hampton Court? ¿Les aconsejaba que salieran con el «Bentley» o que alquilaran un coche? Y, después, al regresar, se sentaban a la mesa, y mientras se tomaban un vaso de «Talisker» o una botella de champaña, le contaban sus muchas aventuras e impresiones.

De vez en cuando, en justa compensación, Shamus les leía unas cuantas páginas manuscritas, y aun cuando Cassidy provocaba deliberadamente en su ánimo una especie de vértigo que le causaba únicamente una amplia impresión de genialidad literaria, no tenía inconveniente alguno en reconocer que lo escrito por Shamus superaba la prosa de Tolstoy, que era todavía mejor que *Luna*, y que Dale podía considerarse el más afortunado editor de los tiempos presentes.

También de vez en cuando, Shamus callaba, se balanceaba en la silla, y dejaba que Keats riera, en su lugar, cuando la situación parecía divertida.

Sin embargo, cuando Cassidy no había pasado la noche con sus amigos, les visitaba por la mañana, a tiempo para compartir con ellos el desayuno, en el dormitorio con florecillas azules, y a la fresca temperatura propia de la hora, comentaba con ellos los problemas del mundo, y, lo que era todavía mejor, los problemas que les afectaban a los tres. Eran, éstos, momentos de excepcional franqueza en cuanto hacía referencia a sus colectivas relaciones. Por ejemplo, la vida amorosa de Helen y Shamus carecía de secretos. Pese a que nunca hablaron de París —hasta el punto de que, a veces, Cassidy se preguntaba si realmente habían estado—, Helen dejó claramente sentado que también ella había conocido a Shamus en el estado de ánimo que le embargó en París, y que Cassidy nada ocultaba capaz de producirle dolor. Tampoco era insólito que Shamus o Helen hicieran referencia a una reciente relación sexual, relación que solían relatar en tono jocoso.

Un día, cuando se levantaban de la mesa, después de un largo almuerzo en el «Silver Grull», Helen le dijo a Cassidy:

—¡Dios, Shamus casi me ha deslomado!

Le dijo que habían estado leyendo el *Kama Sutra* y que habían seguido uno de sus más ambiciosos consejos. Por otras confesiones efectuadas casualmente en el curso de las conversaciones, Cassidy supo que, a los fines antes señalados, Shamus y Helen utilizaban cabinas telefónicas y otras instalaciones de carácter público, y que su mayor logro había tenido lugar en una «Lambretta» aparcada en una calleja, junto al palacio de Buckingham. Cassidy tampoco pudo dejar de observar (ya que muy a menudo dormía en el cuarto contiguo) que sus amigos intercambiaban puntos de vista por lo menos una vez al día, y que no era raro que lo hicieran dos y tres veces.

El primer síntoma de fisura en estas perfectas relaciones se puso de manifiesto en ocasión de una visita a Greenwich. Como sea que los esplendorosos días de verano se sucedían sin interrupción, era muy natural que Helen y Cassidy, en sus expediciones en busca de placeres e información, se alejaran más y más. Al principio, se contentaban yendo a los principales parques londinenses, en donde hacían volar cometas y planeadores, y arrojaban barquitos de juguete al lago. Pero los parques estaban atestados de individuos de la Mayoría-demasiado-mayoría y de proletarios en celo, con mujeres de bragas de color de rosa, y Helen y Cassidy coincidieron en que Shamus prefería que fueran a un lugar más acorde con la manera de ser de los dos, incluso en el caso de que tuvieran que alejarse de Londres. En consecuencia, fueron a Greenwich, con el «Bentley», y mientras estaban allí, contemplaron el botecillo en que Sir Francis Chichester había dado, solo, la vuelta al mundo. Esta barquichuela no estaba en el agua, sino en el cemento, embalsamada para siempre, a muy poca distancia de las aguas.

Estuvieron un rato en silencio.

En el fondo, Cassidy ignoraba cómo debía reaccionar. ¿Debía decir que la barquita tenía una línea soberbia, y que, Dios mío, mira qué proporciones? ¿Que era una verdadera lástima que un bote en perfecto estado no se utilizara, y que era un mal modo de malgastar el dinero público? ¿O quizá debía decir que su mayor deseo era realizar un viaje, los tres juntos, en aquella embarcación, preferentemente rumbo a una isla? De repente, Helen dijo:

—Es el caso más triste que he visto en mi vida.

Cassidy dijo:

—Yo también.

—Pensar que en otro tiempo era *libre*..., como un ser vivo..., como un animal salvaje...

Inmediatamente, Cassidy explotó a fondo la línea de pensamiento marcada por Helen. Sí, era una visión trágica y conmovedora, y tan pronto regresara a la oficina, escribiría una carta al Municipio, en este sentido.

Emocionados por su hermandad de sentimientos regresaron a toda prisa a casita, para compartir sus emociones con Shamus. Cassidy propuso:

—¡Vayamos los tres, con pico y pala, de noche, y liberemos la barca!

—¡Sí, sí!

Shamus dijo:

—¡Cristo!

Y si fue al lavabo, a vomitar, casi con toda seguridad.

Luego, Shamus pidió excusas. Dijo que había tenido un pensamiento indigno, y le pidió a Cassidy que le perdonara. Sí, Shamus había tenido una visión de Christopher Robin, lo cual estaba mal, muy mal.

Pero cuando Cassidy bajaba la escalera de hierro para emprender el camino hacia su casa, recibió una ducha de agua que tan sólo podía provenir de la ventana del dormitorio. Y se acordó del restaurante «Lipp», de París, lugar en que había trabado conocimiento con la violencia de Shamus.

Pareció que la nube hubiera pasado hasta un día —una o dos semanas después— en que se cerró el gimnasio de Hall. Un lunes, Cassidy y Shamus fueron allá, y encontraron la puerta de hierro cerrada, impidiéndoles la entrada. No vieron luces tras la ventana. Shamus dijo:

—Seguramente estarán celebrando un combate.

Y se fueron a jugar al fútbol.

Volvieron allá el jueves siguiente, y encontraron la puerta igualmente cerrada, ahora con el añadido de un pasador, y con un curioso candado oficial, con una tira de papel sellado. Cassidy, acordándose de Angie Mawdray, quien el día anterior había partido para pasar unas vacaciones en Grecia, con los gastos pagados por la empresa, dijo:

—Seguramente está de vacaciones.

Por lo tanto, fueron al parque de Battersea y jugaron al escondite.

La tercera vez vieron un cartelito que decía «Cerrado». En consecuencia fueron a casa de Sal, y pulsaron el timbre insistentemente, hasta que Sal abrió. Muy asustada, Sal dijo que Hall se encontraba en dificultades, ya que había atizado una paliza a un norteamericano importante, por propasarse, y estaba cumpliendo tres meses en la cárcel de Scrubs. Sal tenía un ojo amoratado e iba con una mano vendada. Tan pronto les hubo comunicado las novedades, les cerró la puerta en las narices. Pero de la sala de estar les llegó el aroma de un cigarro y del dormitorio el sonido de una radio, por lo que intuyeron que el importante norteamericano no había sufrido irreparables lesiones.

Estas noticias produjeron en Shamus un curioso efecto. Al principio se indignó, y como el Shamus de antaño, trazó complicados planos para liberar a su amigo. Por ejemplo, podían raptar al embajador de Estados Unidos o apoderarse del barco del importante norteamericano. *In mente,* ideó un arsenal de armas secretas, tales como nudos corredizos de alambre, diversas piezas de bicicleta unidas a una empuñadura de madera, etcétera. Proyectaba liberar a todos los reclusos.

Este agresivo humor fue sustituido por un estado de profunda melancolía y frustración. ¿Por qué había permitido Hall que le capturaran? Shamus estaba dispuesto a cometer un grave delito, a fin de que le mandaran al lado de Hall. La cárcel era el único lugar en que los escritores podían vivir, y mencionó los conocidos ejemplos de Dostoievski y Voltaire.

Pero a medida que las semanas pasaban sin que Hall saliera de la cárcel, Shamus habló menos y menos de su amigo. Pareció adentrarse en un mundo de ensueños del que ni siquiera los relatos que Cassidy le hacía de las hazañas de Helen bastaban para sacarle. Sin embargo, esto no significaba que Shamus estuviera olvidándose de Hall, sino, al contrario, se acercaba más y más, a él, desarrollando, de un modo que Cassidy no alcanzaba a comprender, una secreta unión con él, un cierto modo de convivencia. Shamus sufría juntamente con Hall, esperando la llegada de cierto día.

Shamus se pasaba horas y horas encerrado en la cárcel de su novela, y Cassidy advirtió, con la agudeza que le distinguía, que su amigo había adquirido una palidez carcelaria, así como cierto comportamiento propio de los presidiarios, que se advertía en la languidez de sus hombros y de sus pies, en la furtiva gula que demostraba en la mesa, en el inatento servilismo con que reaccionaba cuando se le hablaba, y en el modo como seguía con la mirada a Cassidy y a Helen, cuando iban de una habitación a otra. Cuando conseguían que hablara, Shamus hacía incongruentes referencias al arrepentimiento, al contrato social y a la fidelidad a las propias normas de comportamiento. Y, en una desdichada ocasión, efectuó una demoledora comparación entre la sublime Helen y Sal, la pájara de Hall.

Ocurrió a última hora de la noche.

A propuesta de Cassidy, habían ido al cine —a Shamus también le gustaba el teatro, pero tenía la mala costumbre de insultar a los actores, gritando mucho—, y habían visto una película del Oeste interpretada por Paul Newman, actor cuyos rasgos faciales Helen había comparado recientemente con los de Cassidy. Al regresar a casa, pasando por un par de bares, anduvieron los tres cogidos del brazo, como tenían por costumbre, con Helen en medio. De repente, Shamus interrumpió el brillante análisis que Cassidy efectuaba de la escena clave de la película, gritando:

—¡Mirad! ¡Ahí va Sal!

Siguieron la dirección de la mirada de Shamus, y al otro lado de la calle vieron a una mujer de mediana edad, parada sola, en la esquina, bajo un farol, en la postura clásica de la prostituta callejera de preguerra. Irritada por las miradas de los tres, la mujer frunció el ceño y dio unos cuantos pasos ridículos por la acera. Helen dijo:

—No, hombre, es demasiado vieja.

—Y tú no, ¿verdad? No, claro, tú naciste ayer, ¿no es eso?

Durante unos instantes, todos guardaron silencio. Se había detenido y estaban, aún cogidos del brazo, junto a un edificio que seguramente era el hospital de Chelsea. En las ventanas sin visillos ni cortinas había luz. Pasaban pálidas sombras formando un móvil y complejo dibujo. Cassidy sintió que el brazo de Helen se envaraba y que su mano se quedaba fría.

Helen preguntó:

—¿Qué significa esto?

Shamus murmuró:

—Dios... Dios...
Se separó de los dos, se metió a todo correr en una calleja lateral, y regresó a casa, tarde, pálido y desmadejado.
Musitó:
—Perdona, muchacho, perdona...
Dio las buenas noches y un beso a Cassidy, puso el brazo alrededor de la cintura de Helen, y, con seguridad y reverencia, se la llevó al dormitorio.

El día siguiente ocurrió el incidente del fútbol.
Para los dos fue concluyente. Shamus había trabajado demasiado, la abstinencia se había prolongado en exceso.

A falta de Impacto, el fútbol se había convertido en su principal distracción. Jugaban dos veces por semana, martes y viernes, siempre a las cuatro de la tarde. Cuando sonaban las campanadas, Cassidy se remangaba los pantalones hasta la rodilla, arrojaba la chaqueta sobre la cama azul, se despedía de Helen con un beso, y corría al campo situado junto a la casa, para ocupar la portería. Poco después, Shamus, con su inevitable chaqueta mortuoria, descendía los peldaños de hierro y, luego de efectuar una serie de ejercicios físicos para desentumecerse, ocupaba su posición, ya como portero, ya como delantero, según fuera su humor. Aplicaban un rígido sistema de puntuación, y Shamus guardaba en su escritorio puntual crónica de su actuación, en la que hacía constar incluso las complicadas maniobras que solía poner en práctica. Hasta hablaba de publicar un libro sobre metodología futbolística. Sí, pensaba proponerle la publicación de dicha obra al cabrón de Dale. Por lo general, Shamus destacaba más en el ataque que en defensa. Sus patadas al balón tenían una calidad selvática, indisciplinada y brillante, calidad que era causa de que a veces la pelota volara por encima de la portería, yendo a parar incluso, en cierta ocasión, al río, hazaña que, según manifestó Shamus en una conversación con Helen, bien merecía un premio especial. En sus actuaciones como portero, Shamus se basaba principalmente en la guerra de nervios, que llevaba a efecto mediante gritos de guerra japoneses, así como multitud de obscenas injurias sobre el burgués carácter de su enemigo, es decir, Cassidy.

El día a que nos referíamos, a Shamus le tocaba ocupar el puesto de ataque. Situó la pelota muy cerca de la portería, formó un montoncito de tierra, puso la pelota encima, y retrocedió lentamente para lanzar un penalty que había tenido la generosidad de otorgarse a sí mismo. Como sea que la pelota se encontraba a unos cinco metros de Cassidy, quien tuvo la impresión de que Shamus se disponía a dispararársela a la cabeza, Cassidy decidió despejar la pelota, sin agarrarla, maniobra que efectuó sin grandes dificultades, y a consecuencia de lo cual el balón fue a parar al otro extremo del campo, en donde fue interceptado por un anciano, que la devolvió a su punto de origen, de un excelente punterazo. Pero, cuando Cassidy menos lo esperaba, Shamus le atizó un puñetazo en la nariz, un puñetazo muy fuerte, y la sangre comenzó a correr por sus labios y barbilla, mientras se le saltaban las lágrimas. Limpiándose la cara con un pañuelo, Cassidy protestó:

—¡Al fútbol se juega así! ¡No he hecho nada malo! ¡He seguido el reglamento!

Furioso, Shamus gritó:

—¡Cómprate una pelota, y no toques la mía, hijo de mala madre!

Serenamente, mientras se tomaban unas copas de «Talisker», Helen brindó:

—¡Por un fútbol sin reglamento!

Shamus, que aún estaba ofendido, contestó:

—¡Por un fútbol según mi reglamento!

Cassidy, todavía dolorido, dijo:

—En fin, me gustaría saber qué dice tu reglamento.

Cuando Shamus se fue, Helen le dijo a Cassidy:

—Todo se debe al libro. Está a punto de terminarlo, y cuando se encuentra en esta etapa siempre se comporta así.

Con las pupilas brillantes de excitación, mientras le curaba la herida a Cassidy, Sandra dijo, aquella misma noche:

—Me parece maravilloso. ¿Supongo que no le habías hecho mucho daño al tipo ese?

Irritado, Cassidy repuso:

—Si le he hecho daño, que se aguante. Además, si a esa gente le gusta la violencia en la política, violencia tendrá.

Al día siguiente, Helen y Shamus desaparecieron.

26

Otra vez la espera.

Un día en que Cassidy se disponía a visitar Birmingham, para hablar del Mercado Común con los más destacados miembros del Partido Liberal de la localidad, Cassidy cenó, en Soho, con Angie Mawdray, quien tenía aún la piel sazonada por los soles de Grecia. Cassidy le preguntó a Angie:

—¿Sabes qué exijo a las mujeres?

—¿Qué?

—¡Que vivan con plenitud!

—¡Sopla! ¿Y cómo se hace eso?

—Pues sin justificarse ante nada, sin arrepentirse de nada, bebiendo cuantos néctares la vida ofrece, tomando cuanto se les ofrece, sin pensar jamás en el precio.

Habían bebido abundantemente. Con suavidad, Angie le preguntó a Cassidy:

—¿Y por qué no se aplica usted el cuento?

La noche siguiente, la correspondiente al martes, Cassidy, tras regresar de Birmingham, pasando por Hull, le dijo a Heather, en Quaglino:

—Quiero *compartir*. ¿Amar, ser amado? ¡Igual da!

Pero jamás viviré, gracias a un segundo estómago, como una vaca. Vislumbres del infinito, esto es lo que quiero. Si lo consigo, moriré feliz. Ya sabes lo que dicen los italianos: vivir un día como un león vale más que toda una vida de ratón.

En voz baja, la Ast dijo:

—¡Pobre Sandra! ¡Jamás podrá comprenderte!

Cassidy insistió:

—En esto estriba la virtud, la única virtud, la única libertad, la única vida. Sí, todo consiste en convertir el *deseo* en la justificación de todo.

La Ast puso sentimentalmente su mano sobre la de Cassidy, y dijo:

—¡Aldo, qué largo viaje...! ¡Qué solitario viaje...!

El miércoles, mientras regresaba a casa, a lo largo de desiertas calles, tras una cena tardía, Cassidy dijo a Sandra:

—Las horas ordinarias no bastan. Ya estoy cansado de ir siempre en busca de lo que basta, de lo que tan sólo resulta bastante. Y no estoy dispuesto a que los convencionalismos se conviertan en una excusa para aburrirme.

Sandra le preguntó:

—¿No querrás decir que te has cansado de mí?

—¡Cristo, no!

—No uses el nombre de Dios en vano.

Desde el asiento trasero, la madre de Sandra dijo:

—Estoy segura de que Aldo no tenía la menor intención de usar el nombre de Dios en vano. Todos los hombres emplean estas exclamaciones.

Cuando subía las escaleras para acostarse, siguiendo la norma «las señoras primero», Snaps murmuró al oído de Cassidy:

—¿Se puede saber qué te ha dado, así, de repente? Pareces una perra salida.

Helen le llamó por teléfono a la oficina:

—Hemos regresado. ¿Nos has echado mucho de menos?

—En ningún momento. Tengo muchos sustitutos.

—Embustero —repuso Helen, quien le mandó un beso por teléfono.

Hall estaba en libertad. Y esto les deparaba una ocasión magnífica. No había escapado de la cárcel, tal como Shamus deseaba, no había sido canjeado por el embajador de Estados Unidos, sino que le habían concedido la libertad, con todos los honores, con la total anuencia de las autoridades del penal de Wormwood Scrubs, y aplicándole la gracia de remisión de pena por buena conducta. La liberación de Hall había coincidido con el retorno de Helen y Shamus, de manera que había dos motivos para celebrarlo.

¿En el Savoy quizá?

No. En una de las viejas tabernas que tanto gustaban a Helen, al otro lado del río, en «Battersea» o en «Clapham». Pero no en el «Savoy», ya que según las normas de comportamiento de Cassidy, no era éste el lugar adecuado para tal tipo de celebraciones.

¿Acaso fue una idea de Helen? Cassidy lo dudaba.

Eso parecía. Muy animado por su viaje al campo —Helen dijo con cierta vaguedad que Shamus había tenido un breve período de desaliento y que estaba un poco agobiado por su obra—, Shamus regresó rebosante de ideas acerca del modo como debían celebrar el reencuentro. Su primera idea consistía en un castillo de fuegos artificiales en un muelle, un castillo que sería el mayor que jamás hubieran visto los londinenses, mucho mayor que el de la Gran Exposición. Cassidy tendría que invertir todo su capital en estos fuegos de artificio. Pero Cassidy dijo que recordaba haber visto varios petroleros en Egg Wharf, por lo que se abandonó la idea de los fuegos artificiales y fue sustituida por la de un baile. No un baile cualquiera, sino un gran *ballet*, con libreto escrito por Shamus, en el que se ensalzarían las virtudes del delito pasional. Todos intervendrían en dicho *ballet*, que se celebraría en el Albert Hall, prohibiéndose la entrada a las gentes de Gerrard Cross.

Helen formuló muy graves objeciones a este plan. Dijo que Shamus debía terminar la nueva redacción de las páginas centrales de su novela, incluso antes que pensar en escribir otra cosa. Además, Shamus ignoraba todo lo referente a la coreografía. Y si Shamus quería bailar, ¿por qué no iban a algún sitio donde todo estuviera ya dispuesto para bailar? De ahí que todos se mostraran más o menos de acuerdo en ir al «Savoy».

En consecuencia, lo más probable era que Shamus fuera quien hubiera iniciado el movimiento en pro del «Savoy» y que, como ocurría tan a menudo, Helen y Cassidy se hubieran adherido.

Tan pronto se hubieron puesto de acuerdo, llevar a la práctica la idea se convirtió en su principal, en realidad única, preocupación. La excitación de los preparativos anuló cuantas reservas mentales hubieran podido tener Helen y Cassidy. Trazaron planes y vivieron absortos en ello. Mientras el ingenuo Shamus, con la boina y desnudo, permanecía sentado ante la ventana abierta, los miembros del club sentimental se refugiaron en la cocina, y allí redactaron el menú y planearon los lugares en que se sentarían los invitados.

—Cassidy, ha de ser una cena excepcional, absolutamente excepcional. ¿Habrá caviar? ¿Verdad que sí? ¡Oh Cassidy!

El agente literario de Shamus les comunicó una noticia que constituía una razón más para celebrar una gran fiesta. A Shamus le habían ofrecido un lucrativo, cuando no glorioso, contrato que comportaba visitar Lowestoft, permanecer allí durante tres semanas y escribir un reportaje sobre el modo de vivir de los pescadores de rastreo, por cuenta de la Oficina Central de Información. Esta oficina pagaría los gastos, así como unos honorarios de doscientas libras esterlinas. Helen estaba entusiasmada. El clima marítimo era exactamente lo que Shamus más necesitaba en aquellos momentos.

—¿Y tú nos visitarás de vez en cuando, Cassidy?

—Claro que sí.

Partirían a primera hora de la mañana, después de la gran fiesta, y se aposentarían durante el fin de semana, de modo que Shamus pudiera comenzar su trabajo el lunes siguiente. A este encargo Shamus lo llamaba «el asunto del bacalao», y dejaba que Helen se encargara de todos los detalles de carácter práctico.

Muy intrigado, Cassidy preguntó:

—¿Pero este trabajo no será un obstáculo para terminar tu novela?

Helen mostró una extraña indiferencia ante esta pregunta.

—No creo. De todos modos tengo ganas de ir a este

sitio, y, por una vez en la vida, no está mal que Shamus me complazca.

Entonces se les planteó una cuestión de vital importancia, a saber, el vestido que Helen llevaría. A este respecto, Helen dijo:

—No tiene importancia. Pediré prestada *cualquier cosa* a mamá.

—Helen...

—Cassidy, *por favor*.

En consecuencia, una tarde, mientras Shamus seguía enfrascado en su trabajo, Helen y Cassidy fueron a Fortnum, lugar en el que, en cierto sentido, habían comenzado. La tarea de elegir resultó absurda, ya que Helen confería elegancia a cuanto se probaba.

—Anda, decide, Cassidy. Al fin y al cabo, eres tú quien pagas.

Sin dudarlo un instante, Cassidy dijo:

—El blanco, con la espalda al aire.

—Pero, Cassidy, si vale una burrada...

Impaciente, Cassidy dijo:

—Helen, por favor.

—Pues este vestido es precisamente el que más me gusta.

Desde Piccadilly fueron al «Savoy», en donde reservaron una mesa para cinco y encargaron un pastel especial, con las palabras «Bien venido al hogar, Hall.» Era un pastel helado, con fruta, debido a que Helen dijo que esta clase de pasteles se conservan, lo que les permitiría llevarse a casa las sobras. Cuando se encontraron de nuevo en el taxi, Helen dijo con mucha solemnidad:

—Es preciso que Shamus no se entere, que jamás lo sepa. ¿Me lo prometes, Cassidy?

—¿Que no sepa qué?

—Lo de esta tarde. Lo del vestido. Todo lo que tú y yo hemos hecho. Lo mucho que nos hemos divertido, lo que nos hemos reído. Tus amabilidades. ¡Prométemelo!

Cassidy protestó:

—¡Pero si no es más que amistad! ¡*Nuestra* amistad! Hoy, todo ha sido entre tú y yo. Hubiera podido ser entre Shamus y yo, o entre...

—De todos modos, quiero que me lo prometas.

Y Cassidy, plegándose al criterio de una mentalidad superior, se lo prometió, preguntando después a Helen:

—¿Cómo explicarás la compra del vestido?

Helen se echó a reír.

—¡Por Dios, Cassidy! ¿No creerás que Shamus se fija en cosas de este tipo?

Avergonzado de su vulgaridad, Cassidy dijo:

—Desde luego, no.

27

El viernes llegó muy de prisa. Con el «Bentley» se dirigían hacia la entrada que da al río.

La noche era tan cálida como las de París; en la mesa había velas encendidas, esperándoles; en la orilla del río relucían blancas joyas que se reflejaban débilmente en el agua rígida y negra. Cassidy murmuró al oído de Shamus:

—Fíjate, Shamus. ¿Recuerdas?

Shamus dijo:

—Miaaau...

Se dice que el placer precedente es muy superior al placer actual. Sin embargo, mientras Cassidy se sentaba a la izquierda de Helen, situación extremadamente favorable para admirar las flores que había enviado a la muchacha aquella mañana, así como para gozar del perfume que le había regalado el día anterior, y para estudiar con fraternal reverencia el largo y blanco cuello de suaves líneas, así como la discreta curva de sus pechos también blancos, y para admirar, con sólo mover un poco la cabeza, el hermoso perfil de su amado Shamus, experimentó aquella sobrenatural alegría, aquel inaprehensible éxtasis, breve, por cierto, como siempre lo sería, que se había convertido, desde su visita a Haverdown, en el propósito de todos sus empeños, y de vez en cuando en su correspondiente premio. Pensó: «Éste es el gran momento ahora, en un mismo encantamiento, se reúnen todos los elementos, ya que aquí hay lo que en París faltaba.»

Sal daba la impresión de haber acudido en contra de su voluntad. Se sentó muy cerca de Hall, y comió con ademanes temblorosos. Iba vestida de verde pálido, y llevaba un anillo de plata. Todos menos Hall, se dirigían a Sal. En estos momentos, Sal daba vueltas y más vueltas al anillo, con la intención de resultar encantadora, aunque sin conseguirlo.

Con una voz pletórica de alegría, Cassidy le dijo a Sal:

—¿Es que no quieres beber a la salud de Hall?

Sal se encogió de hombros y bebió a la salud de su hombre, aunque sin levantar la mirada de la mesa.

Sin embargo, Hall adoraba a Sal. Estaba sentado a su lado, con posesiva expresión de orgullo, sosteniendo en una y otra mano cuchillo y tenedor, igual que si agarrara un manillar de bicicleta, y sonreía cada vez que miraba a la muchacha. El *smoking* en nada cambiaba a Hall. Hall era boxeador. Fue un boxeador en la cárcel, y, ahora, era boxeador en *smoking*. Únicamente las chispitas que brillaban en sus ojillos revelaban que se había apartado temporalmente del ejercicio de sus funciones profesionales.

—¿Qué, te diviertes, Hall?

Del puño de Hall surgió un pulgar que apuntó al techo:

—¡Bomba, muchacho!

En cuanto a Shamus, aquella cena quizá se celebraba demasiado tarde. La tensión del viaje que mañana emprendería, así como la interrupción, aunque sólo fuera por dos semanas, de la segunda redacción de su novela, le había dejado malhumorado. Tenía expresión de reserva y preocupación. La liberación de Hall había dejado de interesarle, por cuanto era ya un hecho. Sin embargo, miraba con indudable benevolencia a sus compañeros de mesa. Fijó la mirada en los ojos de Cassidy, y le contempló con pupilas carentes de expresión. Le-

vantó el vaso y murmuró, esbozando una brusca sonrisa cariñosa:
—Gran cena, muchacho. Gran cena. Que el Señor te la pague.
Cassidy murmuró:
—Amén.
De todos modos, a Cassidy le hubiera gustado que Shamus hubiese comparecido de *smoking*. Cassidy incluso habló reservadamente del asunto a Shamus, y le ofreció regalarle un *smoking* el día anterior, pero Shamus rechazó la oferta, diciendo:
—Estoy obligado a ir de uniforme. He de honrar a mi regimiento.
El uniforme era su mortuoria chaqueta, corbata de lazo de una tela rarísima, y un cinturón que parecía proceder de un vestido negro de Helen.
Por lo tanto, el peso de la conversación recayó en Helen y Cassidy. Y cumplieron noblemente con ese deber. Helen ofrecía aceitunas, sonreía a los atentos camareros y hablaba de teatro, con gran brillantez.
—¿Cómo es posible que el teatro perviva? ¿Cuánta gente hay que *comprenda* a Pinter. ¿Cuánta?
Audazmente, Cassidy dijo:
—Desde luego, yo no. Voy al teatro, me siento, espero que levanten el telón, y pienso: ¿Estoy realmente a la altura de este espectáculo?
Con la intención de que Hall y Sal entraran en la conversación, Helen dijo:
—Lástima que no se expresen con más claridad. Al fin y al cabo, Shakespeare supo llegar a las masas. Y no olvidemos que todos somos masa, cuando de arte se trata. Con esto quiero decir que todo lo bueno ha de ser universal. Por lo tanto, me pregunto: ¿Por qué no son universales estos autores?
Cassidy dijo:
—Como *Luna. Luna* fue universal.
Al ver que estas sutiles observaciones no producían el efecto de atraer la atención de Shamus y sus invitados de honor, Helen pasó prudentemente a otro tema. Mientras comían el salmón, se dirigió a Hall:
—Cuéntanos tu mejor combate, el combate que recuerdas con más agrado.
Hall dijo:

—Bueno, la verdad es que no sé cuál es.
Shamus aventuró:
—Quizá fue aquel en que le quitaste las bragas a Sal.
Dirigiéndose al camarero encargado de servir los vinos, cuya constante presencia había irritado a Shamus, éste dijo:
—Oye, sirve de una maldita vez una botella de vino a cada cual, y vete a hacer puñetas.
Helen terció velozmente, alzando su copa de champaña:
—¡Brindemos por Hall y Sal!
Todos dijeron al unísono:
—¡Por Hall y Sal!
Obediente, Shamus vació la copa. La orquesta interpretaba un numerito rápido, con la intención de animar al público.

Procurando que Hall no le oyera, Cassidy preguntó:
—¿Le pasa algo malo?
Helen repuso:
—Dale ha llamado.
—¡Cristo! ¿Para preguntar por la nueva redacción?
—No es tan vulgar como para eso, a pesar de todo.
—¡Odio a ese individuo! ¡Realmente, le odio!
—¡Cassidy, qué leal eres!
—¡Comparado contigo, apenas puedo hablar de lealtad!
Shamus y Sal bailaban. Sal bailaba con la espalda muy erguida, tal como se baila en los barcos, alejada de Shamus, y mirando a las otras parejas, como si quisiera imitar sus actitudes. Por el contrario, el estilo de Shamus era exclusivamente personal. Habiendo conseguido llegar al centro de la pista, se dedicó a defender su privilegiada posición, empleando al efecto violentos giros, mientras Sal esperaba pacientemente el momento de volver a la mesa. Helen explicó:
—Shamus tiene complejo territorial. Ansía poseer territorio. En cierta ocasión compró un campo, en Dorset. Cuando estaba de mal humor, íbamos a pasear a este campo.
—¿Y qué pasó con este campo?
—No lo sé.

La pregunta había desconcertado a Helen, ya que frunció el ceño y desvió la mirada. Añadió:

—Supongo que sigue donde estaba.

Cassidy esperó en silencio. Helen dijo:

—Había una casita. Pensábamos acondicionarla para vivir en ella. Y esto es todo.

—Helen.

—Sí.

—¿Iréis a vivir al chalet? ¿Aceptaréis mi invitación?

Helen esbozó una fatigada sonrisa. Cassidy insistió:

—Oye, puedo prestar, fíjate bien, prestar a Shamus lo del dinero para el viaje y para que viváis allí. Luego, tan pronto cobre lo del asunto del bacalao, me lo devuelve.

—Bueno, este dinero ya está gastado. Lo debemos íntegramente.

—Helen, por favor... No sabes cuánto me gustaría que fuerais. Aquellas montañas os encantarán...

La música había cesado, pero Shamus y Sal estaban abrazados en la pista, bajo las luces. Sal no se resistía ni cooperaba. Shamus le besaba la nuca, en un largo beso, como si pastara, lo cual llamó la atención de los músicos, y recordó al mismo tiempo a Cassidy la búsqueda de la señorita Edipo.

Cuando por fin regresaron, Hall dijo:

—A Sal le gusta bailar.

Por la expresión del rostro de Hall no había modo de averiguar si estaba contento o no. Hacía ya largos años que el rostro de Hall había quedado cuajado en aquella expresión, y, por otra parte, la cárcel no le había añadido expresividad. Cassidy dijo:

—A mí también.

La música volvía a sonar. Inmediatamente, Helen volvió a arrastrar a Cassidy a la pista. Cassidy le preguntó:

—¿Tú crees que debo bailar con Sal?

Sin mirarle, Helen repuso:

—Sal es la chica de Hall.

Cassidy sintió un estremecimiento y se acordó del norteamericano. Dijo:

—Bueno, parece que Shamus está más animadillo.

Pero, excepcionalmente, Helen no reaccionó de modo favorable. Cassidy bailaba con la mujer de Shamus mucho mejor de lo que había bailado con Shamus en París, y suscitaba menos críticas. En Haverdown la había tenido en sus brazos, cuando Helen fue hacia él, envuelta en humo de leña, y así la había tenido, entonces, sin música. Cassidy recordaba la sensación que le causaron los senos de Helen contra la pechera de su camisa, y recordaba haber percibido la desnudez de la muchacha, a través de la bata.

Helen dijo:

—No me has contado lo que hicisteis en París, ¿por qué?

—Pensé que más valía que te lo explicara Shamus.

Helen sonrió con cierta tristeza.

—Sabía que me contestarías eso. Parece que has aprendido las reglas del juego, ¿verdad, Cassidy?

Helen oprimió a Cassidy contra su cuerpo, en un maduro y fraternal abrazo. Dijo:

—*Muchacho*. Te llama muchacho. Para él eres digno de toda confianza.

Cautelosamente, Cassidy dio un giro. Jamás había bailado tan bien. Sabía que era un mal bailarín, y ninguna necesidad tuvo de que así se lo comunicaran los ángeles de Kensal Rise. Sabía que la música no le entraba y que tenía pies torpones. En secreto, también creía que padecía una extraña deformación de la pelvis que le impedía efectuar los más elementales pasos de baile. Sin embargo, advirtió con asombro que Helen le infundía seguridad de consumado bailarín. Cassidy retrocedía, avanzaba, giraba sobre sí mismo, y, a pesar de ello, Helen no se sobresaltaba ni gritaba, sino que le seguía en suave obediencia, de manera que Cassidy se sorprendía de su propia destreza. Helen dijo:

—¿Cómo podremos agradecerte cuanto has hecho por nosotros, *querido* Cassidy?

Cassidy, que había efectuado someras comparaciones, dijo:

—Eres la chica más guapa que hay bajo este techo.

—¿Sabes qué es lo que más me gustaría? A ver si lo adivinas.

Cassidy lo intentó, pero no triunfó en el empeño.

—Pues que pudiéramos hacerte *realmente* feliz. Eres un hombre tan solitario... A veces, te miramos, y nos damos cuenta de que tienes virtudes que nosotros jamás

podremos tener. Por ejemplo, la entereza. El músculo...
Le tocó la mejilla, y siguió:
—Este músculo con el que mantienes la sonrisa, Cassidy.
—¿Qué?
—¿Cómo te va tu costilla?
En un tono que parecía ocultar gran parte de sus desdichas, Cassidy repuso:
—Nuestras relaciones son grises, muy grises.
—Esto es lo peor: la grisura. Contra esto ha luchado Shamus toda su vida.
—Y tú también.
Helen sonrió como si su carácter fuera un recuerdo, en vez de una realidad presente.
—¿De veras? Shamus dice que temes a tu mujer.
Secamente, Cassidy replicó:
—Y una mierda.
—Esto es lo que yo dije. Cassidy, quiero que me digas una cosa...
Dieron otro giro, en esta ocasión por iniciativa de Helen. Sin embargo, Helen le llevaba de una manera tan suave, tan sencilla, tan diferente a la manera de Sandra, que a Cassidy no le molestaba en lo más mínimo. Helen volvió a empezar.
—Quiero que me digas una cosa. ¿Se acostó Shamus con muchas chicas, en París?
—Helen, *por Dios...*
Helen volvía a sonreír, complacida de haber tropezado con las firmes fronteras de la amistad entre varones. Manteniendo a Cassidy alejado de ella, pero con las enguantadas manos en la parte más recia de sus brazos, Helen dijo:
—Querido Cassidy, no tienes por qué contestar a esta pregunta. En fin, sólo espero que esas muchachas hicieran feliz a Shamus.
Volvió a acercarse a Cassidy y apoyó la mejilla en la pechera de la camisa de éste. Ensoñada, mirando hacia la mesa, Helen preguntó:
—¿Verdad que Hall es un tipo estupendo?
—Fabuloso.
Sin embargo, Hall había desaparecido del mapa. Shamus estaba sentado solo, entre botellas. Apoyaba un brazo en el respaldo de la silla de Cassidy, fumaba

un cigarro y llevaba la boina calada, de manera que le tapaba las orejas y la nariz, por lo que forzosamente tenía que encontrarse en una oscuridad total. Tenía los pies sobre la mesa, y el humo del cigarro le salía de la boca, de tal manera que parecía que Shamus se estuviera incendiando por dentro. Cassidy dijo:

—Quizá que volvamos a la mesa.

Cassidy dijo:

—Hola.

Shamus preguntó:

—¿Quién es?

Con acento mimoso, Helen dijo:

—Tu muchacho.

Shamus se levantó la boina.

—Adelante. ¿Os habéis divertido, bailando?

—Sí. ¿Dónde están?

Vagamente, Shamus repuso:

—Pausa para mear.

Cassidy dijo:

—Anda, baila con Helen.

—Gracias, muchas gracias, pero no.

Y se volvió a bajar la boina.

Cassidy y Helen esperaron un rato, a ver si Shamus decidía salir de la boina, pero al ver que no lo hacía, volvieron a la pista, sólo para hacer algo así, animado.

Cassidy, que dudaba si sería oportuno ir en busca de Sal y Hall, dijo:

—Es una meada muy larga. ¿No crees que esta pareja a lo mejor...?

—¿A lo mejor qué?

—Bueno, pues nada, que la situación resulta un poco violenta para ellos...

—Tonterías. Se adoran, e incluso en el caso de que no...

En el rostro de Helen había ahora una expresión muy dura. Si fuera el rostro de Sandra, esta expresión indicaría enojo, pero Helen estaba por encima del enojo. En Sandra, esta expresión revelaría decidido propósito, súbito deseo de afirmar su personalidad frente a un mundo opresivo aunque apático. Sin embargo,

Cassidy tenía la certeza de que Helen vivía en paz y armonía con el mundo.

Iba Cassidy a inquirir sobre tan imprevisto cambio de humor —casi un estallido, en comparación con la optimista satisfacción que le había precedido—, cuando la música se interrumpió a mitad de una melodía, y oyeron los aullidos de Shamus.

Cassidy giró sobre sí mismo, para mirar a Shamus, y se encontró al lado del matrimonio Niesthal. La vieja iba de negro, quizá con mantilla. Tenía a su marido cogido del brazo, y los dos estaban con el pescuezo torcido, para ver de dónde salían los gritos. Ambos cónyuges lucían la expresión, triste y experimentada, propia de quienes han tenido ocasión de escuchar muchos aullidos en su vida. Advirtiendo la presencia de Cassidy, Mrs. Niesthal dijo:

—Mira, aquí está Aldo, el marido de esa señora a quien tanto le gusta la música.

Cassidy dijo:

—Hola.

El viejo Niesthal, refiriéndose a Shamus, dijo:

—¡Pobrecillo...!

Shamus estaba de pie sobre una mesa situada al fondo de la sala, y que no era la suya. Se había despojado de la chaqueta. Lucía un pedazo de tela roja sobre su camiseta de manga corta, como las que se usan para jugar a tenis, pedazo de tela que seguramente era una faja para ponerse con el *smoking* y que llevaba cruzada en el pecho, como una banda militar. Bailaba una extraña danza entre los cuchillos y tenedores. Helen, aterrorizada, dijo:

—¡Dios mío!

El mantel se había enroscado alrededor de un tobillo de Shamus, quien parecía fuera a caerse de un momento a otro. Tenía el rostro lívido, y palmoteaba con las manos levantadas por encima de la cabeza. Cuando Cassidy llegó a la mesa, varios camareros avanzaban hacia ella, y Hall y Sal no habían reaparecido. Cassidy gritó, dirigiendo la voz a lo alto, desde el borde de la mesa:

—¡Shamus! ¡Muchacho!

Shamus dejó de bailar. En sus ojos había aquella

expresión desesperada que Cassidy había visto en «Lipp». Cassidy dijo:

—Déjame probar.

Shamus dijo:

—¿Qué?

Ahora todos observaban a Cassidy, consciente de que tenía en su mano la solución del problema. Incluso los camareros le observaban con respeto. Cassidy dijo:

—¡Quiero bailar la danza de los puñales!

Shamus sacudió negativamente la cabeza y dijo:

—¡Tú no sabes bailar este puñetero baile! ¡Te caerías de narices en la puñetera mesa!

—Quiero intentarlo.

Shamus esbozó una súbita sonrisa amorosa, se inclinó hacia delante y abrazó a Cassidy por el cuello.

—Pues inténtalo, inténtalo, por favor.

Cassidy le ayudó a bajar de la mesa, y dijo:

—No es necesario que me lo pidas por favor, hombre.

Un hombre se había acercado hasta ellos. Era el viejo Niesthal, individuo familiarizado con todo género de catástrofes. Alguien entregaba a Helen la chaqueta mortuoria. Cassidy le susurró a Helen:

—Recoge tus cosas. Nos encontraremos en la puerta.

Una vez más, Cassidy tuvo ocasión de comprobar la gran fortaleza física de Shamus. Arrastrándole en un abrazo, lo llevó al vestíbulo. Shamus dijo:

—Necesito una fulana.

Cassidy comentó:

—Magnífica idea.

Y añadió dirigiéndose a Helen:

—Cógele la cabeza.

El pálido submaître les acompañó al ascensor. Dijo que en el piso catorce había un dormitorio vacío, por pura casualidad. Cassidy conocía bien al tipo, a quien había ofrecido su chalet, en cierta ocasión. Era un hombre tierno y paciente que se había dado cuenta de cuán humildes eran los ricos en sus exigencias. Al abrir la puerta, preguntó:

—¿Quiere que avise al médico?

Helen le recordó a Cassidy:

—Shamus no cree en los médicos.

Cassidy contestó:

—No, es verdad. Gracias.

Y, pensando en John Elderman, aunque sin saber exactamente por qué, añadió:

—Yo tampoco.

Shamus tartajeó:

—Embustero de mierda... Eres incapaz de bailar la danza de los puñales.

La *suite* daba al río, en el cuenco de fruta había, entre otros frutos, melocotones y uvas negras, pero no contenía la tarjetita con las palabras *Monsieur et Madame*. Había teléfonos en el cuarto de baño. Shamus se negó a que le llevaran a la cama, por lo que le dejaron en el sofá, y, entre los dos, desnudaron a aquel hijo que tenían en común. En el dormitorio, Cassidy encontró un edredón con el que cubrió el tembloroso cuerpo de su amigo. Vació de fruta el cuenco y lo dejó en el suelo al lado de Shamus, por si vomitaba. Helen le contempló sentado en una silla, como agazapada. Y en esa postura dijo:

—Tengo frío.

Por lo que Cassidy fue a buscar una manta, y con ella envolvió a Helen, que estaba doblada sobre sí misma y decía que el estómago le dolía. Cassidy humedeció una toalla, y con ella lavó el rostro de Shamus. Luego le cogió la mano. Shamus preguntó:

—¿Dónde está Helen?

—Aquí.

—¡Cristo...! ¡Oh Cristo...!

Sonó el teléfono. Era Niesthal. Dijo que había encontrado a un médico, un excelente amigo suyo, retirado ya de la profesión, y muy, pero que muy discreto... ¿Subían? Cassidy contestó:

—Gracias, muchas gracias, pero ya se encuentra bien.

Poco le faltó para añadir: Estoy en Bristol. Pero no tuvo el valor necesario. Mañana llamaría por teléfono al viejo Niesthal, y quizá le invitara a almorzar.

Helen, todavía paralizada, dijo:

—¿Podrías pedir una copa?

Cassidy pidió dos whiskys, sí, grandes, muchas gracias. Sin saber exactamente la razón, pensó que sería más prudente incluir a Shamus. Volvió a llamar: que sean tres.

Le preguntó a Helen:
—¿Tienes cinco chelines?
—No.
Y le dio al camarero una propina de una libra.

—¿Agua?
—No.
—¿Hielo?
—No.

Bebieron el whisky a sorbitos, mientras observaban a Shamus. Yacía tal como le habían dejado, con un brazo desnudo sobre la colcha de color azafrán, la cabeza orientada hacia ellos, y los ojos cerrados. Cassidy dijo:
—Duerme.
Helen calló, limitándose a beber whisky a sorbitos, y a mover la cabeza afirmativamente, en dirección al vaso, como un pájaro. Helen seguía muy compuesta, más preparada para salir de casa que para estar ya de regreso a ella.
Cassidy cerró las luces colgantes del techo. Con la oscuridad llegó el silencio. Shamus yacía absolutamente inmóvil, demasiado joven para morir. Tan sólo se le movía el pecho, al compás de su aliento corto y rápido. Helen dijo:
—Igual que en París, ¿verdad?
—Sí, a veces era así.
Con tristeza, observó:
—No me extraña que te tenga afecto. Antes, esto le divertía. Hacer guerra, decía que era. No *armar* guerra, sino *hacer*. Uno hace la paz y hace la guerra. A veces en un mismo sitio, las dos cosas a la vez. El caso es hacer *algo*. A veces, aunque sólo sea durante un instante, deseo que no haga nada. Seguramente me estoy convirtiendo en una mujer de mediana edad.
Lealmente, Cassidy observó:
—Si no armase guerra, no escribiría libros.
—Otros escritores hay que se las arreglan para escribirlos sin armar guerra.

—Sí, de acuerdo, pero fíjate cómo escriben.

—Cassidy, tú no sabes cómo escriben. No, porque no lees. Y yo tampoco. Por lo que nosotros sabemos, igual hay cientos de escritores casados y padres de familia que escriben libros fabulosos, a régimen de limonada.

—Vamos, vamos, tampoco puedes jurarlo.

En el río se hallaba una solitaria barcaza que hizo sonar la bocina. Helen dijo:

—Bueno, al fin vuelve a estar cerca del agua.

Y los dos rieron.

De repente, Helen preguntó:

—¿Por qué?

—¿Por qué qué?

—¿Por qué ha tocado la bocina? No hay niebla. ¿A santo de qué ha tocado la bocina una barcaza, a las once y media de la noche, en pleno verano y con un tiempo excelente?

—No lo sé.

Con el vaso en la mano, Helen se acercó a la ventana y miró afuera. Sus hombros desnudos quedaban nítidamente recortados en negro contra la luz nocturna de Londres. Dijo:

—Ni siquiera la veo. El aire le sienta mal. El aire es demasiado suave para él, ¿no lo sabías? No le produce el impacto suficiente.

—Lo mismo que el Nuevo Testamento.

—Exactamente igual que el Nuevo Testamento, masoquista, impregnado de sentimientos de culpabilidad...

Terminando la frase de Shamus, Cassidy dijo:

—Y escrito con el espíritu.

—Shamus admira a un hombre que tenía la manía de bañarse en las fuentes. ¿No te ha hablado de ese tipo?

—No lo recuerdo.

—Sí, era un poeta alemán. Se llamaba Schink o Schunk, o algo así. *El impacto confirma la forma,* esto es lo que el tipo decía, o lo que dice Shamus, no sé cuál de los dos. ¿Tú crees que Shamus inventa a esa gente a la que cita?

—En realidad, carece de importancia. En cierta ocasión dijo que se me había inventado.

En tono acusador, Helen dijo:

—Ha vuelto a tocar la bocina.

—Quizás ha sido una lechuza.

—O un ruiseñor.

—O un ruiseñor —dijo Helen, siempre dispuesta a dar muestras de sus conocimientos.

Sacándola de su ensueño, Cassidy dijo:

—Krump, Krump se llamaba el poeta al que te has referido.

—*El impacto confirma la forma*, y ésta es la razón por la que estamos obligados a luchar constantemente. Sí, para confirmar la forma. Para *sentir* nuestros filos.

Bebió. Siguió adelante.

—Lo malo es que si uno recibe demasiado impacto acaba perdiendo la forma. La hace cisco, sí. Y entonces ya no hay nada que confirmar.

Con severidad, Cassidy dijo:

—Esto nunca le ocurrirá a Shamus. No, siempre y cuando nosotros estemos a su lado.

Tras una larga reflexión, Helen se mostró de acuerdo:

—No, no. No debe ocurrir. Me gustaría que supieras cantar. Me gustaría cantar contigo.

—Pero no sé.

Como las nadadoras, Helen levantó los brazos hasta dejarlos a la altura de sus hombros, primero al frente y, luego, lateralmente, y se puso de puntillas, igual que si se dispusiera a tirarse al agua, por la ventana. Dijo:

—Resulta divertido pensar en la gente que baila abajo, dormir mientras los otros bailan. Shamus y yo no éramos así, antes.

Inesperadamente, la voz de Helen cambió:

—Cassidy, ¿por qué soy tan desdichada?

Cassidy aventuró:

—¿Por reacción? ¿Por el shock?

—Soy terriblemente desdichada, soy una desdichada vaca de mediana edad.

Sopló y husmeó el aliento, para saber si olía a alcohol. Se afianzó en su opinión.

—Una desdichada vaca de mediana edad, borracha. ¡Dios, qué estúpida soy!

—Helen...

Helen había hablado en voz muy alta, demasiado alta, lo bastante alta como para despertar a Shamus.

—Aquí estoy, en el elegante «Savoy», con un elegante vestido blanco, ¿y qué hago?

Cassidy, demasiado tarde, intentó frenarla.

—¡Helen!

Pero Helen se estaba quitando ya los zapatos. Decía:

—Y todo porque mi maldito marido agarra una trompa. Baila conmigo.

—Helen, por favor, le vamos a despertar...

Los brazos de Helen ya estaban alrededor del cuerpo de Cassidy, una mano buscaba su mano, y la otra se apoyaba en su hombro. Leve y dubitativamente, con la mirada fija en la supina figura de su dormido profeta, los dos discípulos siguieron el lejano ritmo de la orquesta. La alfombra era muy gruesa y no hacía ningún ruido al bailar. Helen murmuró:

—¡Cassidy, qué poco me ha faltado para portarme como una loca!

Apoyaba la mejilla en el rostro de Cassidy, su cabello estaba a la altura de los ojos de éste, y su cuerpo se balanceaba y estremecía a la par que el de Cassidy. Helen observó:

—A fin de cuentas, esto es lo que le gustaría que hiciéramos, si estuviera despierto.

El caso es que sin saber exactamente cómo —llevados por una común voluntad en modo alguno suscitada por el amor—, se encontraron en el dormitorio. La puerta probablemente estaba abierta, aunque Cassidy no lo sabía, ya que tenía los ojos cerrados. Y al salir del trance, Cassidy descubrió que la angelical Helen estaba en sus brazos, y que la cama temiblemente grande estaba a la espalda de Helen, y que la colcha de color azafrán había sido retirada, y advirtió que también Helen tenía los ojos cerrados. Por lo cual la responsabilidad debía atribuirse a los hados, sin imputarla a persona humana alguna.

Helen anunció:

—Borracha. ¿Eres tú, Cassidy?

Y para confirmar la identificación puso la mano en el rostro de Cassidy, dejándola en ella, a modo de bozal. Acto seguido, Helen dijo:

—Ladra.

Cassidy contestó:
—No sé.
Helen buscó mejor acomodo entre los brazos de Cassidy, y, cogiéndole las orejas, entre índice y pulgar, se las acarició.
—*Querido* Cassidy, qué piel tan suave tienes... Bésame.
—No.
—Sedúceme.
—No. De ninguna manera. No —dijo Cassidy.
Y volvió a cerrar los ojos.

Pareció que el beso viniera de muy lejos. Comenzó su viaje en lo más alto del río, cerca de sus fuentes, entre los negros bosques de acero del muelle de la India Oriental, pasó bajo los rígidos puentes del Embankment, se deslizó por la suave superficie de las aguas afectadas por la marea, y su resplandor fue creciendo, adquiriendo más luz y más audacia, hasta que, en parte líquido, en parte calor, en parte luz, subió los catorce inmóviles pisos del «Savoy», y encontró lugar donde aposentarse en las ardientes entrañas de Cassidy y en las de la esposa de su mejor amigo.

En tono severo, Helen dijo:
—Cassidy, suéltame.
Y empujando suavemente a Cassidy, Helen se dedicó a la hogareña tarea de darle a la cama un aspecto respetable, mientras Cassidy iba al cuarto de baño, no fuera que llevara marcas de lápiz de labios.
Sin dejar de palmotear las almohadas para que recuperaran su compostura, Helen dijo:
—Me gustaría dedicarme a la prostitución. Estoy segura de que lo haría mucho mejor que Sal. ¿Por qué? ¿Por qué no puedo ser una furcia? Cassidy, este hotel me gusta. Me gusta la comida que dan, me gustan las bebidas, y me gusta la gente que aquí hay. Todo me gusta *mucho.* Por otra parte, tengo un cuerpo *fabuloso.* Un cuerpo sólido, flexible, eficaz... Entonces, ¿por qué no puedo dedicarme a fulana?
Cassidy repuso:

—Porque amas a Shamus.

—Bueno, pero esto no constituye obstáculo alguno para él. A fin de cuentas, anda acostándose con mujeres, por ahí, por toda Europa, por lo que no veo razón alguna para que no haga yo lo mismo.

—Voy a ver cómo está, y según como esté nos iremos a casa.

Cassidy volvía a encontrarse en el dormitorio, aunque solamente de paso, camino de la seguridad de la sala de estar, cuando Helen, con gran alarma por parte de Cassidy, dio un salto en el aire y aterrizó, a gatas, en la cama. Exasperada, y cubriéndose el rostro con el pelo dijo:

—¡Que se vaya a la mierda! Yo, Helen, digo que Shamus se vaya a la mierda. Sí, señor. ¡A la mierda, a la mierda, a la mierda! Es un reaccionario. ¿No te has dado cuenta, Cassidy? Un asqueroso y pomposo victoriano. Aplica una ley a los demás y otra a sí mismo. Shamus nos está tomando el pelo, Cassidy. Shamus es el mayor impostor del mundo, el mayor impostor que jamás haya existido... Shamus odia los convencionalismos. Éste es el mensaje. Sí, pero nosotros no tenemos derecho a odiar los convencionalismos, según él. No, no no... Nosotros tenemos el deber de amarlos.

Se echó el cabello hacia atrás, y dijo:

—Tengo hambre. Y, además, Shamus nos ha estropeado la cena, nuestra cena, Cassidy. Sí, nos la ha hecho cisco.

Arrodillado y jadeante, Cassidy dijo:

—Shamus, despierta, por favor, despierta.

Y sacudió violentamente el dormido cuerpo de Shamus. En el dormitorio, Helen dijo:

—La venda ha caído de mis ojos. Se ha producido una revolución, una revolución llevada a cabo por una sola persona: yo. Libertad por libertad. Si él es libre, también lo voy a ser yo. Y las consecuencias me importan un pito.

Cassidy insistía:

—Shamus, por el amor de Dios... ¡Te necesitamos!

Pero Shamus se negaba terminantemente a despertar. Yacía boca abajo, ajeno al mundanal vivir. La colcha había resbalado, yendo a parar al suelo, y el sudor relucía en la espalda de Shamus.

Helen gritó:

—Cassidy, ¿es verdad que las viejas señoras verdes se acuestan con los camareros de los hoteles? ¿Es verdad que se tumban en la cama boca arriba, cuando vienen sus Horlicks, solamente cubiertas con sus diáfanos camisones, mostrando sus irresistibles encantos?

Cassidy dijo:

—Trae una toalla y cállate. Muchacho, escucha, despierta, tenemos que irnos de aquí.

Una húmeda toalla fue a caer a sus pies.

—Por favor, escucha... Te he hecho muchos favores... Te he sacado del arroyo, en donde estabas tirado, te he regalado vestidos, te he dado de comer, te he cuidado cuando has estado enfermo... Creo en ti, de veras, creo en ti. O por lo menos lo intento. Shamus, estás en deuda conmigo. ¡Despierta!

Todavía en el dormitorio, Helen gritó:

—Audaz. Sí, esta noche has estado audaz, Cassidy. Audaz, firme y resuelto. El *temerario* Cassidy. Esta noche has tenido *garra.* Me gustan los hombres con garra.

Siguió hablando, aunque ahora por teléfono.

—Buenas noches. Aquí la *suite* treinta y ocho. ¿Podrían subir algo de comer, un bocadillo o cualquier cosa por el estilo? Dos bistecs, una botella de...

Y Helen siguió pidiendo comida, en cantidad suficiente para alimentarse durante una semana. Cassidy le gritó:

—No pidas nada para mí. No tengo apetito. *¡Shamus!*

Dio media vuelta al cuerpo de Shamus y le puso la toalla mojada en la cara, oprimiéndola con gran fuerza. Helen preguntaba:

—¿Tienen ustedes petardos?

A los oídos de Cassidy llegó el frufrú producido por los roces del vestido de Helen contra las sábanas, al cambiar ésta de postura en la cama.

—Cassidy, ¿eres moreno? No sé, pero siempre te he imaginado dorado. El trasero blanco, desde luego, pero el resto dorado.

Más ruido de frufrú. Helen dijo:

—Estoy en un trineo, envuelta en pieles, *suish, suish*, en plena Siberia, rodeada de lobos.
Lanzó un aullido de lobo.
—Uuuuh... Se vive bien en Siberia, Cassidy.
—Sí.
—Pero no me protegerás, ¿verdad, Cassidy? Sólo verte, los lobos...
Perdió el hilo de la narración. Volvió a hablar:
—Bosques atestados de lobos. Esto parece una estación de ferrocarril. Cassidy, ¿qué prefieres, que te violen los cosacos o que los lobos te hagan trizas?
—Ni lo uno ni lo otro.
Helen, dócilmente, se mostró de acuerdo.
—Igual que yo. ¿Sabías que los gorilas violan? No me gustaría ni un pelo. ¿Cassidy?
—¿Qué?
—¿Tienes pelo en el pecho? Tener pelo es muy viril, ¿verdad?
—Eso dicen.
—Los niños pequeños, pequeños, incluso los niños de teta, tienen erecciones. Es curioso, ¿verdad? ¿Cassidy?
—¿Qué?
—Me siento muy *ingenua*. ¿Y tú?
Silencio. Helen otra vez:
—¿No te sentirás solamente sentimental?
Shamus abrió los ojos y dijo:
—Hola, muchacho.

Cassidy le cogió por los hombros y se puso a trabajar, dándole palmaditas en las mejillas, sentándole en el diván y esforzándose en recordar cuanto hacen los segundos de los boxeadores para conseguir que sigan pegándose en el asalto siguiente.
—Shamus, presta atención, escucha, muchacho. Helen está pensando en cometer las mayores barbaridades que puedas imaginar. Debes sacarla de aquí, debes...
—¿Dónde está Hall?
—Ha desaparecido. Oye, ¿por qué no nos lanzamos a la calle, a ver si le encontramos? Vayamos a Cable Street. Seguramente se ha emborrachado y, para variar, habrá atizado a uno o dos tipos... ¡Vamos, rápido! ¡A

Cable Street! Aquello sí que es una casa en la que uno puede vivir, y no esto tan higiénico y limpito...

—¿Por qué no me atizó?

—¿A santo de qué? Hall te quiere. Es amigo tuyo. A los amigos no se les atiza, uno sólo atiza a los enemigos.

Recordando, súbitamente, con gran claridad, Shamus dijo:

—Sal se lo dijo, así, sin tapujos. Le dijo: Hall, Shamus me ha ofrecido cinco libras por acostarme con él, y quiero irme a casa. Entonces, Hall me miró, sin decir nada, sin hacer nada. ¿Por qué se ha portado así? Si hubiese querido, me hubiera matado con una sola mano. Recuerdas lo que le hizo al norteamericano. Lo dejó inútil para el resto de sus días. ¿Qué diablos me pasa? ¡Un boxeador! ¡Dios, si ni siquiera un boxeador me pega, no habrá quien me atice!

Al no recibir respuesta a estos interrogantes, y al ver el rostro de Cassidy, limpio y reluciente, le dirigió un puñetazo, aunque no dio en el blanco. Gritó:

—¡Dios! ¿Es que nadie quiere pegarme?

Se dejó caer de espaldas y cerró los ojos, dolorido.

Helen gritó:

—¡Cassidy!

—¿Sí?

—¿Me has oído?

—No lo sé. Mejor dicho, no.

—He dejado de ser fulana.

—Enhorabuena.

Shamus frunció el ceño.

—Por la voz, parece Helen.

—Lo es. Se está bañando.

Cassidy aguzó el oído y oyó el ruido del agua corriendo en la bañera, y música de baile salida de una radio nacida en el espacio, música de la escuela Frank Sinatra.

Con enojo, Shamus preguntó:

—¿Se puede saber qué diablos hace Helen en París?

—No estamos en París, sino en Londres.

Y tras decir estas palabras, Cassidy concluyó:

—Lo cual no deja de ser un problema. En París todo

resultaría más tolerable. En Londres no lo era. No, no, señor.

El ruido del agua cesó. Helen volvió a gritar:

—¡Cassidy!

—¿Qué?

Con la profunda satisfacción de quienes se encuentran desnudos y sumergidos en agua caliente, Helen dijo:

—Nada. Sólo quería decir tu nombre. Es un nombre bonito, ¿sabes? Y lo digo por esto, porque es bonito.

Cassidy dijo:

—Me alegro.

—Es mucha mujer, muchacho —dijo Shamus.

Y después dio un cuarto de vuelta sobre sí mismo y volvió a dormirse. Helen gritaba:

—Cassidy. Cassidy. Cassidy. Cassidy.

A esto, en Sherborne, querido Shamus, lo llamábamos abuso, abusar de los demás.

No teníamos una opinión demasiado favorable de nosotros mismos —ni tampoco se nos animaba a tenerla, ya que se consideraba vanidad—, pero creo que respetábamos al prójimo. Por lo menos esto era lo que hacían los mejores alumnos. Y éste es el rasgo definitorio, querido Shamus, de las personas decentes y razonables. A la persona razonable y decente le importa muy poco lo que le hagas, pero, en cambio, le importa mucho lo que hagas a los demás. Lo siento, pero no me he expresado con claridad. En fin, no te preocupes que lo conseguiré, poco a poco lo conseguiré. Soy así, un poco explorador. Me temo que no soy rápido, como tú.

Siéntate, ¿quieres?

Shamus, creo que debo explicarte unas cuantas cosas, ya que en muchos aspectos eres como un recién nacido, un hombre totalmente nuevo, y no perteneces a la clase a que yo pertenezco. Un abusón era el tipo que se cebaba en aquellos que eran más débiles que él. Y no se trata de debilidad física tan solo, sino también de debilidad moral, e incluso emocional. Un abusón suele cometer actos brutales en perjuicio de aquellos que no pueden defenderse. En nuestro código, los abusones están proscritos. Por ejemplo, los banderines de los regimientos que hay en la abadía no quedaron deshilachados en injustas batallas, debido a que nuestros antepasados no atacaban ciudades abiertas e indefensas. Bueno, quizá lo hicieron alguna vez, pero no muy a menudo. De todos modos, *ahora* no lo harían.

Por esto, mucho me temo, Shamus, que no estoy totalmente de acuerdo contigo. Es posible que Sal sea una cualquiera. Lo acepto. Pero Hall es, o era, amigo tuyo. Te quería, y también quería a Sal, y ésta es la razón por la que no te ha atizado.

Y es posible que también quisiera a Helen, de un modo así, espiritual.

Helen decía:

—Cassidy. *Cassidí.* Cassidy.

Ensayaba distintos modos de pronunciar el nombre. La segunda vez lo hizo imitando inconscientemente a Elise. Y la tercera en un zureo a lo Frank Sinatra. Dijo:

—Cassidy, ¿cómo sigue el paciente?

—Aguantando.

—¿Vivirá?

—Quizá.

Fíjate, Shamus, Hall estaba con nosotros gracias a una doble confianza. Supongo que habrás leído *Macbeth,* lectura obligatoria en primer curso de lengua y literatura inglesas... Hall era pariente y súbdito suyo, o como quiera que se diga. Le conferiste la calidad de miembro del grupo de los Pocos, aun cuando no fuera miembro activo. Y lo hiciste pese a que los individuos que pertenecen a este grupo ingresan en él por propia iniciativa, sin necesidad de nombramientos. Le diste alas para que volara, y luego le derribaste de un disparo. Y esto te convierte, Shamus, en un ser rastrero y mezquino, ¿no crees?

Mucho me temo que ésta es la razón por la que mereces que te aticen. Ésta es la razón por la que dentro de unos minutos te ordenaré que metas tu hermosa morena cabeza en el tercer lavabo, comenzando por la izquierda, que agarres firmemente los grifos y que ofrezcas un obediente blanco a mi palmeta y a la de mis celadores de estudios. ¿Comprendes, Shamus? ¿Quieres decir algo en tu descargo?

Y ten en cuenta que, en este preciso instante, estoy predispuesto a odiarte. Más que predispuesto, ansioso.

Aunque no en voz alta, Shamus dijo:
—Claro que tengo algo que decir, muchacho, aunque sólo sean excusas tontas, claro.
¿Preparado? ¿En posición?

Shamus, el gran santón hindú, habla:
Nunca te arrepientas, nunca pidas excusas. Así es como se portan las clases superiores.
Hay que vivir sin prestar atención a las consecuencias de nuestros actos; vivir íntegra y totalmente hoy, sin pensar en mañana, esto también es propio de las clases superiores.
Vivir un día como un león vale más que vivir toda la vida como un ratón; esto también es propio de las clases superiores.
Nunca te arrepientas, nunca pidas disculpas. Así es como se portan las clases superiores. Seamos fieles al Antiguo Testamento, muchacho. El Antiguo Testamento es para las clases superiores, el Nuevo para los que siempre están dispuestos a pactar.
Hay que encontrar una nueva inocencia, muchacho, porque la vieja está ya marchita.
Quienes aman conquistan el mundo; quienes temen dictan leyes.
Toda relación ha de desarrollarse hasta sus últimas consecuencias, y entonces se encuentra la Flor Azul.
La inmoralidad, muchacho, es requisito sine qua non *para crear nuevos valores... Cuando hago el amor, me rebelo... Cuando duermo, asiento.*
Muchacho, nunca te fijes en los motivos de tus actos, nunca. Primero actúa y, después, descubre los motivos, éste es mi consejo.
Los actos son verdad, muchacho. El resto es basura.
Y, por fin, muchacho, debo decirte que eres el más asqueroso embustero que he conocido en mi vida, tratas a tu mujer con cerduna indiferencia, y eres absolutamente incapaz de vencer a nadie. Acuérdate del retrato que te hice, después de tu visita a Haverdown. Adiós, que lo pases bien.

En el cuarto de baño, Helen dijo:

—Yo no tengo la piel morena. La tengo blanca.

Cassidy, todavía junto a Shamus, dijo:

—Ya lo sabía. Me di cuenta en Haverdown. A propósito, ¿cómo te las arreglabas para calentar el agua del baño?

—Con ollas. Primero preparábamos el baño, pero cuando terminábamos de hacer el amor, el agua ya estaba fría, por lo que teníamos que calentarla de nuevo. Ésta es la razón por la que había fuego en el hogar cuando llegaste.

—Sí, claro, comprendo.

—Todo tiene su explicación, querido.

Cassidy cogió la mano de Shamus y acercó la boca a su oreja, musitando:

—*¡Shamus!* ¡Despierta, muchacho!

Shamus, no eres más que una formidable mierda de individuo, pero también eres nuestro sacerdote y, si no andas con tiento, acabarás casándonos.

Shamus, te amo y tú también me amas. Sí, esto es algo que comprendo con toda claridad, incluso en los momentos en que me odias. Vivo o muerto, desnudo o con tu mortuoria chaqueta, fornicando en un burdel o llevando velas en el Sacré Coeur, eres nuestro genio, nuestro padre y nuestro creador. Por lo tanto, si me amas, despierta, y libérame de esta extraña situación en que me encuentro.

—¡Shamus, despierta!

Yo no soy como tú, Shamus, yo no soy emotivo, yo no soy dominante. Soy el hijo de un industrial hotelero. Soy esto y sólo esto. Soy pragmático, y me gustan las cosas que me favorecen. Yo no amo a la gente, sino que amo la transacción y la ortodoxia. Puedes muy bien calificarme de víctima arquetípica del juego de «la bragueta». Soy un propietario de «Jaguar», un nativo de Gerrard Cross, un médico, un obispo revestido de pontifical. Amo mucho el pasado, y si supiera cuál es el lugar del que procedo, volvería a él, con la velocidad del rayo. Y, tienes toda la razón, también soy un jodido hijo de mala madre.

Y, ahora, Shamus, después de haberme demostrado fehacientemente todo lo anterior, ¿quieres hacer el favor de despertar y sacarme de este atolladero?

—¿Cassidy? *Ici parle Helen. Bonjour.*
—*Bonjour* —repuso cortésmente Cassidy.

No hubiera debido arrojarme agua, en «Lipp».
No hubiera debido pegarme, cuando jugábamos al fútbol.
No hubiera debido proponer a Sal acostarse con ella, sólo porque necesitaba una colisión.
—Perdóname, muchacho, perdóname. Por favor, perdóname.
Sin abrir los ojos, Shamus cogió la mano de Cassidy y la puso sobre su ardiente mejilla. Cassidy musitó:
—No hay nada que perdonar.
Cassidy se levantó, para encender las luces colgantes del techo, y en aquel momento, Shamus habló en voz muy reacia:
—Mucho hay, mucho que perdonar.
—¿Qué?
—Le he prestado el «Bentley» a Hall, ¿sabes? Y el tipo estaba borracho como una cuba. Pero, a fin de cuentas, debemos considerar que el pobre no iba a ir en taxi a su casa... Tenía que regresar así, con toda la elegancia posible. Supongo que no te habrás enfadado por esto, ¿verdad, muchacho?
—¿Y por qué habría de enfadarme?
—¿No tienes ganas de atizarme?
—Anda, duerme.
En el cuarto de baño, Helen anunció:
—*Je m'appele Hélène.*
Recientemente, Helen había comenzado a estudiar francés en una academia de Chester Street.
—*Hélène est mon nom. Hourrah pour Hélène. Hélène est beau. Belle.* ¡A la mierda, a la mierda el *bo* y el *bel!* ¡A la mierda!
Estaba sentado a oscuras. Había apagado la lámpara que estaba junto al sofá, y la única luz que allí llegaba era la del dormitorio, a través de la puerta abierta del cuarto de baño.
—Cassidy, estoy segura de que estás escuchando.
Suerte tuve de comprar el establecimiento, ya que ahora tengo que vivir en él. El viejo Hugo siempre

habla de los factores básicos de la vida: comida, bebida, y esto. Suerte tuve de pillar desprevenido al mercado. Oyó el suave chapoteo del agua de la bañera, y la voz de Helen:

—¿Te acostaste con muchas chicas, en París?

—No.

—¿Ni siquiera con una o dos?

—No.

—¿Por qué?

—No lo sé.

—Si fuera hombre, yo me hubiera acostado con bastantes. Sí, me acostaría con todas: ¡bang, bang, bang, bang! Somos tan *hermosas*... Sin súplicas, ni excusas, ni nada. ¡Mierda!

Sin duda, se había golpeado con algo.

—¿Se puede saber por qué diablos ponen manecillas en las puertas?

Cassidy dijo:

—Por desidia.

—Con esto quería decir que, por ejemplo, tomemos a Sal. Cretina. Del todo. Entonces, ¿por qué no dedicarse una a fulana? Es divertido y da dinero. Quiero decir que siempre es meritorio saber hacer bien algo. ¿No estás de acuerdo, Cassidy? ¡Cassidy!

Desde donde estaba, Cassidy vio una pierna y luego otra. Oyó el frotamiento de la toalla.

—¿Qué?

—¿Qué es lo que más deseas en el mundo?

—A ti.

Alguien golpeó con el puño la puerta. Entró un camarero empujando un carrito. Era un hombre de mediana edad, extremadamente cortés. Fingiendo no ver la figura yacente en el sofá, preguntó a Cassidy:

—¿Aquí, señor?

—Sí.

Dejó el carrito en posición paralela al sofá en que estaba tumbado Shamus. Parecía un carrito de instrumental médico, en espera de la llegada del cirujano. Cassidy firmó la nota y dio al camarero un billete de cinco libras, diciéndole:

—Con esto quedan cubiertos todos nuestros gastos, gastos de propina, claro está.

El camarero no pareció demasiado contento:

—Tengo cambio, señor.
Cassidy decidió llegar a un acuerdo transaccional:
—De acuerdo, déme tres libras. ¿Sigue el baile abajo?
—Sí, sí, señor.
—¿A qué hora deja usted el servicio?
—A las siete de la mañana, señor. Soy el camarero del turno de noche.
—Molesto para su esposa, ¿verdad?
—Está acostumbrada, señor.
—¿Tiene hijos?
—Una niña, señor.
—¿Y qué hace su hija?
—Estudia en Oxford.
—Magnífico. Yo también estudié en Oxford. ¿En qué College está?
—En el Somerville, señor. Estudia zoología.

Por un instante, Cassidy estuvo a punto de pedirle al camarero que se quedara, que se sentara y que compartiera con él una larga cena, que compartiera el vino, los bistecs y conversar con él de sus respectivas familias y de los intrincados problemas que la industria hotelera plantea. Sentía Cassidy deseos de hablar con el camarero de la pierna de Hugo y de la música de Mark. Quería hacerle preguntas acerca del viejo Hugo y la Blue, quería saber si en el mundo de la hostelería todavía se recordaba el nombre del viejo Hugo.
—¿Descorcho la botella, señor? ¿O prefiere descorcharla el señor?
En el cuarto de baño, Helen gritó:
—¿Tienes un cepillo para los dientes, Cassidy? Supongo que nos proporcionarán uno, ¿verdad?, teniendo en cuenta nuestra categoría...
Cassidy dijo:
—Deje el sacacorchos aquí, por favor.
Y abrió la puerta, para que el camarero saliera. El camarero dijo:
—En conserjería hay cepillos para los dientes. Si el señor lo desea, puedo decir que suban uno.
—Da igual, déjelo.
La población mundial aumenta setenta millones por

año. Habrá mucha gente a la que dar propina, muchacho. Mucha.

Helen preguntó:

—¿Está duro, el tuyo?

—No. Está bien.

—El mío también.

Estaban sentados a uno y otro lado de la cama, comiendo sendos bistecs. Helen iba envuelta en una toalla de baño, y Cassidy vestido de *smoking*. La toalla era muy grande, de pálido color verde, y de muy tupido rizo. Helen se había peinado. Sin maquillaje, sus facciones eran aniñadas. Su piel tenía aquella luminosa inocencia que ciertas mujeres adquieren juntamente con sus primeras experiencias en la desnudez. Olía a jabón, a un jabón de aroma varonil, a la clase de jabón que Sandra solía regalarle por Navidad. Estaba sentada en la misma postura que adoptó en Haverdown, a la luz del amanecer, en el diván «Chesterfield». Helen dijo:

—¿Al decir *deseo* te refieres a *amor*?

—No lo sé. Al fin y al cabo, tú has sido quien lo ha preguntado, no yo.

Con el fin de ayudarle un poco, Helen insistió:

—Vamos a ver, ¿qué síntomas notas? Prescindiendo de la lujuria, claro está, ya que si bien es una sensación muy agradable, siempre resulta poco duradera.

Cassidy sirvió más vino. Helen preguntó:

—¿Es clarete o Borgoña?

—Borgoña. Se identifica por la forma. El vino con hombros cuadrados es clarete, el de hombros redondeados es Borgoña. Bueno, pues tú representas todo lo que deseo. Eres ingeniosa, hermosa y comprensiva... Y, además, te gustan mucho los hombres.

Helen le preguntó:

—¿Quieres decir con esto que tenemos los mismos gustos?

Cassidy deseaba ardientemente que Shamus pudiera estar a su lado, para poder explicar lo que quería decir. Helen es nuestra virtud. Sí, esto lo recordaba Cassidy muy bien y, además, lo creía a pies juntillas. Helen seguirá siempre los impulsos de su corazón, ésta es la única verdad que conoce. Helen es nuestro territorio...

Helen es... También había una fórmula. Shamus la había escrito en la pared, para que él la viera, sí, lo hizo mientras bebían, en Pimlico, la noche en que le habló del lobo estepario, de aquel hombre que en los amplios espacios de su soledad de lobo amaba la vida del pequeño burgués. En la fórmula había un quebrado. ¿Cómo era posible que él, Aldo Cassidy, el inventor de tantos instrumentos mecánicos, no lo recordara? *Cassidy dividido por Shamus igual a Helen.* ¿O quizás era al revés? *¿Helen multiplicada por Cassidy igual a Shamus?* Probemos otra vez. *Cassidy multiplicado por Helen...*

En algún apartado de la ley de la dinámica humana formulada por Shamus aparecía de un modo inevitable su amor hacia Helen, pero, ¿en qué punto?

—Cassidy, sigues amando a Shamus, ¿verdad? Conste que únicamente pretendo llegar a un diagnóstico. Y que no voy a prescribir nada.

—Sí, también le amo.

—¿No te ha defraudado?

—No.

Muy satisfecha, Helen concluyó:

—Lo que quiere decir que los dos le amamos. Excelente. Debieran darnos un premio. ¿Sabes una cosa, Cassidy? El único amante que he tenido en mi vida es Shamus. Y a ti te pasa lo mismo, ¿verdad?

—Sí.

—En consecuencia, creo oportuno que meditemos un poco al respecto. ¿Es café, eso?

Cassidy le sirvió el café, al que añadió crema líquida, aunque sin poner azúcar. Sirvió la crema como lo hacía Sandra, poniendo la cucharilla boca abajo, para no salpicar.

Helen dijo:

—Veamos. ¿Crees que sería válido utilizar el criterio basado en averiguar qué seríamos capaces de dar y a qué seríamos capaces de renunciar? Por ejemplo, ¿sería yo capaz de renunciar a Shamus? ¿Renunciarías tú a tu mujer y a los dos chavales? Como puedes ver, Cassidy, no sólo hablamos de amor, sino de catástrofes.

De repente, Cassidy tuvo conciencia de sentir con gran cautela, cierto impulso protector. Helen hablaba de catástrofes tal como un niño hablaría de la economía mundial. Y esta manera de hablar producía en el ánimo de Cassidy una sensación de paz semejante a la que produce un armisticio, tras una larga guerra. Advertía en Helen una potencial capacidad de auténtico compañerismo que, hasta el presente momento, en sus solitarios vagabundeos, en sus intentos de valerse por sí mismo, había juzgado imposible. Las risas que había compartido con Shamus no habían desaparecido, pero con Helen podía poseer las risas, confiar en ellas, prescindir de la violencia. Helen le sonreía, y a Cassidy le constaba que también él sonreía. Mirándola, Cassidy también se dio cuenta de que las catástrofes pertenecían al pasado, no al futuro. Y vio las vacías ciudades otoñales, los almacenes alquitranados, la desierta carretera ante la capota de su coche, y para él estas imágenes tan sólo representaban lugares en los que había buscado en vano a Helen.

Cassidy dijo:

—Te quiero.

Muy satisfecha, Helen dijo:

—¡Excelente! ¡A mí me ocurre lo mismo!

Cuando Helen lo empujó, el carrito lanzó un gemido. Helen se apretó la toalla y empujó el trasto hacia la sala de estar.

Sentado a solas en la cama, mientras esperaba el regreso de Helen, Cassidy fue víctima de encontrados estados de ánimo, aunque todos ellos le encaminaban hacia el terror.

Primeramente, el viejo Hugo se dirigió a su Divino Patrono. Desde el púlpito de madera de pino, en algún lugar de Inglaterra, alegremente, con sus formidables manos juntas, en expresión de atlética devoción, dijo: *Muy buenos días, Señor. ¿Cómo estás? Este que está ante ti es Hugo Cassidy, al frente de su rebaño, en el tabernáculo de Sion, en East Grinstead, Sussex, para ofrecerte las preces de nuestro corazón en esta hermosa medianoche del viernes. Señor, te ruego encarecidamente que ejerzas tu bondadosa providencia en la persona del joven*

Aldo. En los presentes momentos, el joven Aldo duda entre el pecado y la virtud, y su mente está muy confusa. En mi modesta opinión, Señor, el joven Aldo ha metido la mano en un nido de víboras, aunque solamente Tú, Señor, en tu infinita sabiduría, puedes ver la verdad. Así sea.

Todavía podía hacerlo. Si sabía jugar debidamente sus cartas, si retrocedía un poco, si alegaba una enfermedad o una pequeña dolencia, como, por ejemplo, dolor de cabeza o desórdenes gástricos, podía salir fácilmente del atolladero. También podía organizar un buen lío verbal —arte en el que siempre había destacado—, acompañado de un breve besuqueo amistoso, para después vestirse, estrecharle la mano y, pasado cierto tiempo, reír juntamente con ella, al recordar el tonto error que estuvieron a punto de cometer.

Nunca te arrepientas, nunca pidas excusas, nunca expliques...

¿Volvería Helen? Sintió súbitas esperanzas que atenuaron su tensión. Helen se le había escapado. Le había mirado, se había sentido culpable y decidió finalmente salir corriendo...

¿Envuelta en una toalla?

Cassidy pensó: La lógica es mi peor enemigo; jamás hubiera debido estudiarla.

Oyó el ruido de la puerta al cerrarse suavemente y el del pestillo deslizándose. Helen había regresado al cuarto de baño y seguramente estaba dejando la toalla en su sitio, ya que era una chica ordenada. De repente, una oleada de terror invadió a Cassidy. Imaginó la posibilidad de un fracaso total. Vio a otro Cassidy retorciéndose, encorvándose, luchando con su lacia virilidad; oyó la risa de Shamus al otro lado del tabique, y el gruñido de Helen —idéntico al de Sandra— irritada ante su incapacidad.

No somos nosotros quienes tomamos las grandes decisiones; yo nada tengo que ver con esto. Nado, pero ningún efecto produzco en las corrientes.

La luz del cuarto de baño se había apagado; Helen la había apagado. Cassidy vio cómo, en la pared de enfrente, se extinguía el pálido rectángulo. Ahorro. Dios mío, ¿imagina Helen que pago la electricidad que consumo en el hotel? A fin de cuentas, no es cierto que lo haya comprado.

Sandra, o Helen, o como sea que te llames, he de decirte algo importante: tengo miedo. Carezco en absoluto de experiencia. Si imaginas que puedo hacer, en tu provecho, algo que Shamus no puede hacer, pues bien (tal como Sandra diría), bueno, el caso es que no sé cómo terminar la frase. Ignoro cómo eres, ésa es la pura verdad, ignoro cómo sois. No tengo la menor idea de vuestro modo de ser, ni de lo que os gusta y satisface. ¿Puedo extenderme un poco, en este punto?

Helen estaba en la cama. Cassidy no se había movido, ni mirado. Cassidy estaba preparando el discurso que pronunciaría en la Junta Anual Previa.

«Muchos de ustedes han venido aquí animados de las mejores esperanzas. Sí, esto es algo que me consta. Hace muchos años, también yo acudía a este acto con idéntica disposición de ánimo. Sin embargo, son muchas las cosas que ustedes ignoran y que deben saber, por lo que, a fin de evitarles pérdidas de tiempo y molestias, les hablaré con toda franqueza. En cuanto a amante, vuestro presidente es hombre que *no se pone en marcha.* Le falla el motor. Lo siento infinitamente, pero así es. Las relaciones sexuales con su esposa han sido siempre de carácter meramente formal, limitadas a lo que, en la terminología empleada en el ramo, se denomina posición del misionero inglés. En muchos casos, estas relaciones han sido, por así decirlo, esquemáticas. Vuestro presidente, señores, sabe muy bien que es preciso bajar de nivel, a fin de hallar un punto de penetración. Y también es plenamente consciente de que todo intento de penetración por encima o por debajo de dicho nivel, puede dar lugar a severas críticas y a situaciones molestas. La práctica para nada le ha servido a fin de adquirir mayores conocimientos. Creo oportuno que todos sepan que, tras quince años de esporádicas juntas con la señora Cassidy, vuestro presidente aún comete el error de causar a dicha señora dolores injustificados, al intentar llegar a ella por un conducto que no es el adecuado, por lo que la señora Cassidy ha manifestado, en no pocas ocasiones, su indignación a grandes voces, y ha tenido que arreglar la situación, con modales poco amorosos. A continuación, la señora Cassidy se ha visto en el caso de tener que morderse la lengua y aceptar la torpeza de vuestro presidente, tal como suelen hacer muchas mujeres casadas del ramo.»

Pausa. Y ahora es preciso utilizar un tono más íntimo.

«Me doy perfecta cuenta de las deficiencias antes apuntadas. En el curso de mi vida he leído muchos libros, he estudiado detalladas fotografías, he trazado dibujos en el bloc de notas y, durante el servicio militar, acudí a numerosas conferencias en las que se trató el tema. E incluso puedo decir que, en raros momentos de mutua franqueza entre la señora Cassidy y yo, he introducido subrepticiamente los dedos entre pliegues que me han desorientado. Sin embargo, éste es un territorio en el que siempre me he extraviado. En mi imaginación, lo veo con las circunvalaciones y extraños caminos que presentan las huellas digitales. Los folletos dicen que no hay dos ejemplos que presenten las mismas líneas y estructuras. También me consta que aquí, en esta materia, se dan interpretaciones psicológicas contradictorias —el doctor John Elderman, nuestro asesor médico, les proporcionará gustosamente un manual que trata del asunto—, y yo he luchado encarnizadamente, *durante años*, con la colaboración de los restantes directores de la firma, a fin de hallar unas normas más claras de orientación. Todo ha sido en vano. Quizás ustedes piensen que un hombre más joven y menos inhibido —creo que éste es el término actualmente de moda, ¿no es así, Mr. Meale?— podría rendirles mejor servicio que yo. Si así es, tengan ustedes la seguridad, señores, de que encontrarán en sus pretensiones la plena y cordial colaboración del consejo de administración, y que los sentimientos mezquinos no serán obstáculo en el camino de una más *saludable y satisfactoria...*»

Estaba Cassidy todavía en pie ante un público extremadamente atento, aunque ausente —en realidad, la alfombrilla junto a la cama—, cuando sintió la mirada de Helen fija en su persona, y percibió el silencio que acompañaba a la contemplación. Con voz tranquila, Helen dijo:

—No sabes hacerlo demasiado bien, ¿verdad Cassidy?

—No.

—Bueno, será cuestión de que tú y yo trabajemos de firme en el asunto.

—Sí, eso creo.

Cassidy se desnudó. Helen dijo:

—Y, ahora, lo primero que debes hacer es besarme...

La besó inclinándose sobre ella, de modo que sus labios quedaron cruzados en ángulo recto. Helen dijo:

—Mucho me temo que tendrás que acercarte un poco más.

Y, como si de pronto se le hubiera ocurrido una brillante idea, Helen añadió:

—Oye, ¿por qué no te metes en la cama y te pones a mi lado?

Cassidy penetró en la cama. Helen le explicó:

—A esto se le llama prolegómenos. Luego viene lo que se llama consumación.

Y en el mismo tono empleado para elegir los platos en el restaurante, concluyó:

—Y después viene el esplendor del ocaso.

Sueca.

Sí, una anécdota sueca. Probablemente ni tan siquiera tiene conciencia de estar desnuda. En estos tiempos, es mucha la gente que no da la menor importancia a la desnudez, que apenas se fija en si va vestida o desnuda. En realidad, ésta era una de las cosas que más le gustaban de las películas que veía en el Cinefone. Allí, uno podía contemplar a los hombres y a las mujeres en *estado natural*. Sería cuestión de pasar mañana por el Cinefone, a ver qué daban.

Dubitativamente, con el oído atento a los sonidos que pudieran producirse tras la puerta, Cassidy efectuó su primera exploración del terreno. Advirtió que la piel de Helen tenía una curiosa calidad fláccida, una cierta obediencia a la presión del tacto, que, al instante, le pareció poco atractiva. Sus pechos, que por cierto revestían la forma apetecible y que cubiertos tenían aspecto sumamente distinguido, cedían demasiado dócilmente a la presión de sus manos, y daban lugar a que Cassidy percibiera el duro hueso debajo de ellos. Por otra parte, era excesivamente blanca, con una blancura antes vegetal que luminosa, y además parecía tratarse de un vegetal que se hubiera desarrollado en un sótano y que en modo alguno suscitara el apetito de Cassidy. Momentáneamente asqueado por aquel cuerpo tan carente de sombras, tan obscena y blancamente desnudo, Cassidy se apartó de Helen y comenzó a efectuar extrañas maniobras a fin de encender la luz de la mesilla de noche, mientras se esforzaba en encontrar algo que decir.

En aquel mismo tono seco que tan vívidamente había evocado a Sandra en la mente de Cassidy, Helen dijo:

—¿No estás haciendo comedia?

—No, no, en modo alguno.

Y se dijo que la reacción de Helen estaba motivada por la pureza de la muchacha. Esto es lo que a uno le ocurre cuando se acuesta con una mujer íntegra. En tono comprensivo, Helen dijo:

—Estás pensando, ¿verdad?

—Sí.

—¿En qué?

—En el amor, en la vida..., quizás en nosotros —repuso cautamente Cassidy, y volvió a apoyar la cabeza en la almohada, lanzando un suspiro medio simulado.

Con la esperanza de suscitar vergüenza en Helen, Cassidy dijo:

—Y en Shamus.

—¿Te sentirías más a tus anchas si le odiara?

—Bueno, si así fuera todo estaría más de acuerdo con el Antiguo Testamento, ¿no crees?

—Eso es lo que Shamus pensaría. Pero, ¿tú qué piensas?

—Pues... Pues que no.

—¿No tendrás remordimientos de conciencia, debido a que Shamus es amigo tuyo y, al mismo tiempo, mi marido?

No podemos decir que Cassidy fuera hombre capaz de comprenderlo todo, pero a pesar de ello no ignoraba que, ante Shamus y Helen, los escrúpulos de conciencia carecían de validez. Dijo:

—Claro que no.

—Entonces, ¿qué diablos te ocurre? Tócame.

—Ya lo he hecho.

—Pues vuelve a tocarme.

—Lo estoy haciendo.

—Sí, pero sólo me tocas la mano.

Permitiendo que en sus palabras hubiera un tonillo indicativo de que tan sólo expresaban una faceta de su razonamiento interior, Cassidy dijo:

—Te quiero, Helen.

—Pero no me deseas. Tus sentimientos han cambiado. Y han cambiado en el peor momento.

Cassidy esbozó una sonrisa y dio a la conversación un toque, algo frustrado, de mundanal fatiga.

—Si supieras, Helen...

—¿Tan difícil te resulta tomar, después de las lecciones que Shamus y yo te hemos dado?

Al no recibir respuesta, Helen decidió renunciar a sus iniciativas y guardó silencio durante largo rato, mientras Cassidy procuraba seguir los consejos de su más íntimos familiares.

—Papá.

—Sí, Hugo.

—¿Sabes una cosa, papá?

—¿Qué?

—Esta señora me gusta.

—¡Vaya...! ¡Me alegro, hombre!

—Pero me gusta más Heather.

—Bueno, lo que pasa es que conoces más a Heather, y Heather te conoce más a ti.

—Heather no es tan besucona.

—No, Hugo.

—Angie me gusta más.

—Sí, Hugo.

—¿Te ha visto el pipí, Angie?

—¡No, no, qué va, Hugo! ¿Y por qué diablos tiene que haberlo visto?

—Mamá te lo ha visto.
—Mamá es diferente.
—¿Y Snaps, te lo ha visto?
—No.
—Quiero mucho a mamá. Buenas noches.
—Buenas noches, Hugo.

De pie bajo el dintel y lanzando fuertes suspiros para despertarle, Sandra dijo:
—Mucha gente lo hace. Y me parece perfectamente natural. El hecho de que no te guste no significa que no guste a nadie.
—Sí, ya lo sabía.
—Bueno, anda, habla de una vez.
—Pues creo que todo se debe, pura y simplemente, a que soy impotente.
—¡Tonterías! Lo que te pasa es que eres un vago y que comes demasiado. Todo se debe a estas ridículas cenas patrocinadas por el Partido Conservador. No es de extrañar que estés atontado. Los socialistas no cenan. Toman té y bocadillos, y van que chutan.
—Y me parece que también soy marica.
—Tonterías también. Cuando éramos jóvenes lo hacíamos igual que todos los demás, y nos gustaba. Lo que pasa es que soy aburrida. Lo siento, pero no creo que pueda remediarlo.
—Sandra, te quiero.
Largo silencio. Por fin, Sandra dijo:
—Yo también. Sin embargo...

Cualquier imbécil puede dar. Lo importante es tomar en esta vida, muchacho.

Cassidy insinuó:
—¿No sería conveniente que le echara un vistazo a Shamus?
—¿Para que te dé su bendición?
—Estoy seguro de que ya se ha despertado.
Helen se sentó bruscamente en la cama, realmente irritada:
—¡Dios mío! ¡Qué repugnante! ¿No te das cuenta de que si se enterara te mataría? Lo que Hall hizo a ese

americano serían tortas y pan pintado en comparación con lo que Shamus te haría.

Cassidy se mostró de acuerdo.

—Me parece que sí.

—Si supiera que tú y yo estamos desnudos y en la misma cama, como *amantes*...

La indignación le impidió proseguir. Exclamó:

—¡Cristo!

Y se dejó caer de espaldas en la cama. Cautelosamente, Cassidy dijo:

—Pero no somos amantes... Por lo menos, todavía no lo somos.

Con lo que quería decir que la penetración aún no había tenido efecto, con lo que los abogados tendrían un buen argumento a esgrimir, si se terciaba. Sí, la señora me obligó. Desesperada, Helen se volvió hacia Cassidy.

—¿Crees que a Shamus le importa lo que hacemos? Lo que importa es lo que *sentimos*. Y creo que sentimos, Cassidy. ¿O no? Cassidy, quiero saberlo de una vez: ¿Qué significa esto para ti?

—Todo —contestó Cassidy, después de hacer un breve repaso a todo lo que contribuía a su felicidad: Hugo, Mark, el «Bentley», el departamento de animales nocturnos del zoológico, y Sandra cuando estaba de buen humor.

De repente, se encontró besando a Helen, *tomándola*. Era el amo y señor de Helen, la había poseído y estaba en ella. Y Helen, su frágil y aliada Helen, su moribunda Helen, era el compendio de todos sus sueños. El tacto de Helen nada le quitaba a Cassidy. Helen giraba y danzaba, yacía pasivamente, jineteada sobre Cassidy. Sin embargo, Helen solamente daba, y durante todo el tiempo parecía seguirle, estudiarle para contestar sí o no, según procediera, comprobando sus limitaciones, comprobando hasta dónde podía llegar, creando en él, gracias a su obediencia, una más y más fuerte obligación de amarla, en justa compensación.

Con la vista fija en las pupilas de Cassidy, yacente a su lado, Helen musitó:

—Ha sido natural. Eres un amante audaz.

—No me hagas reír.

Con la pasión temblando en su sonrisa, Helen susurró:

—Tendré que apuntarlo en mi historial.

—Te quiero.

—Sigue, sigue así.

Elise y Mrs. Bluebridge flotaban en el aire, cogidas de la mano, entonando dulces frases del mejor repertorio del viejo Hugo. Respetuosos camareros le palmoteaban la espalda rítmicamente, al unísono. Pecadores y amargados luchadores contra las adversidades, subiendo fatigosamente la colina del Señor, le contemplaban con aprobadora expresión. Las voces del coro se multiplicaban. *Oui, Burgess, oui. Ça te fait plaisir? Beaucoup de plaisir, Elise.* En Kensal Rise, las verdes luces se encendían y se apagaban alegremente, mientras la orquesta interpretaba una canción de Sherborne: *Vivat rex Edwardus Sextus! ¡Vivat!* Y las muchachas le observaban, sin bailar, estudiando respetuosamente la fácil técnica del maestro. Ahora, entre la multitud aparecieron madres con cochecitos de niño, agitando la mano, dándole las gracias, ofreciéndole sus hijitos.

En un grito de bienvenida, Cassidy dijo:

—¡Sandra!

Con ella iban los borrachos arrepentidos: con zapatos de piel de cocodrilo, vestidos como para ir a la iglesia, limpios y afeitados. Y él les decía, deteniendo su marcha:

—¡Muchachos! ¡Mirad, mirad, que os gustará! ¡Tomad ejemplo de mí!

—Sí, será una gran lección para ellos —decía Sandra aquiescente, y, a continuación, lanzaba un suspiro igual que aquellos que exhalaba cuando arrojaba la ropa sucia de Cassidy en el cesto en que no debía arrojarla.

Crece, hierbajo, crece.

¡Estoy creciendo! Créeme, muchacho, créeme, estoy creciendo. Tú me enseñaste la ira, tú prendiste la llama en mí, en lo más profundo de mi ser, y el fuego se extiende hasta mis raíces, un fuego rápido y voraz que no hay agua capaz de apagar, muchacho; llevo en mí lo mejor de tu persona, muchacho; estoy empapado y sigo bañándome, soy mejor que lo mejor que hay en ti, actúa en tu hogar, en tu caverna, en tu horno, despierta, si quieres, despierta. ¿Y cómo puedes dormir, muchacho, mientras se comete este delito?

Helen le decía:

—¡Eres el mejor! ¡El mejor, Cassidy! ¡Oh, Cassidy, mi amor! ¡Oh, Dios!

Las luces le deslumbraban, y a su espalda el movimiento era pequeño y doliente. Helen invocaba a Dios, a Cassidy, a Shamus y a su padre. Tenía las piernas en la posición de las de Buda, se movía en lento trance, acariciando sus costados con las rodillas. Capitán, ¿duermes, ahí, en lo más hondo? Me gustaría estar contigo, Shamus. Helen ha ido a reunirse con la oscura gente de su raza, está lejos, con quienes sienten profundamente. De veras, Shamus, necesito que vuelvas.

Estaba consumado. Un erguir la espalda, dos gatos sobre una plancha ardiente. Estaba consumado. Adelante con los faroles, y al cuerno todo: satisfactorio final de la espera, evacuación del espíritu mientras Helen le dejaba agonizar en su interior, con el cuerpo quieto para que fuese bebiendo. Cortés, Cassidy se quedó allí, esperando el paso de los años, esperando que el cuerpo surgiera a la superficie de las aguas. Pensaba en el «Bentley». ¿Había oído Helen el sonido del choque? Pensaba en Shamus. ¿Les estaría contemplando, junto a la puerta? Pensaba en ser Jesucristo entre los dos ladrones. Pensaba en ser ladrón entre dos Jesucristos. Pensaba en ser un niño durmiendo junto a sus padres. Pensaba en ser un padre durmiendo con sus hijos. Pensaba en necesitar a tres, y pensaba en los signos del Zodíaco de Angie Mawdray, quien decía «Siete y tres; éstos son los números mágicos». Pensaba en los niños de Biafra que gritaban sobre el piano, en la nueva hucha en el casi terminado vestíbulo de su casa, situada a la derecha, según se entra. Pensaba en la nueva mesa Sheraton de seiscientas guineas. Una hucha de papel, distribuida por la asociación, con una pequeña ranura para echar peniques en ella.

Cassidy se preguntó: «¿Por qué no puede ser una sola persona? ¿Por qué han de ser tantas, en una sola matriz?»

Liberado de Helen, mientras cumplía el deber de padre atento, al coger con la suya la mano de Helen, quien estaba llorando, Cassidy dirigió la palabra al consejo de administración, por última vez, en su calidad de presidente del mismo:

«Caballeros, consideremos el aspecto aritmético de esta insólita situación (Miss Mawdray, por favor, sirva un poco más de café a Mr. Meale, parece fatigado). Como es natural, todos ustedes han leído a Nietzsche. Y quienes no lo hayan leído, recordarán sin duda alguna, a Nosecuantos, el poeta alemán. Estos hombres, señores, formularon explicaciones muy notables sobre comportamiento humano. En ellas, nos disponen a todos como las estrellas de un horóscopo. Contemplémonos. En la disposición perfectamente paralela de nuestros tres cuerpos, vemos un claro ejemplo. Y ésta es precisamente la posición que, en nuestra mística ascensión, nos encontramos en el firmamento. Formando fila, y con los pies apuntando a Oriente. Y ahí tenemos, sin *smoking,* tumbado en una cama de su propio hotel, a un burgués que sacrificó la vida en pos de un sueño. Esta noche le clasificaré, siguiendo el conocido sistema de la guía «Michelin», como amante de dos estrellas. Sí, es un buen amante, pero no tanto como para justificar un largo viaje. A mi izquierda, separado de mí por su esposa y por un tabique afortunadamente insonorizado, reposa un artista destrozado por la fuerza de su propia genialidad, un hombre como una galaxia, aunque muy poco organizado.»

Y entre nosotros dos, muchacho, entre nosotros dos, yace la verdad. La verdad desnuda y cansada, llorando como una niña.

Dejándola dormida, Cassidy abrió la puerta —cerrada con llave— y entró de puntillas en la sala de estar. La colcha había caído al suelo. Shamus yacía todavía más desnudo que Helen, todavía más infantil, todavía más joven. ¿Tenía los ojos abiertos o cerrados? La escasa luz no permitía discernirlo. Inclinándose sobre Shamus, Cassidy acercó cuanto pudo la cabeza al pecho desnudo, y oyó el inquieto y desigual latir del corazón.

Cúbrele con la manta, pero sólo hasta el cuello. Siéntate en una silla y contémplale, Jonatán, mi amigo. Ve en busca de una toalla y limpia su cuerpo.

¿Quién escribió estas palabras? ¿Son de mi libro o del suyo?

Duerme.

A través de la ventana vio brillar una estrella, pero no estaba allí Elise ni había fantasía alguna que le diera la bienvenida. Desde Kensal Rise a Abalone Crescent, desde South Audley Street a aquel punto del río en cuyas inmediaciones se encuentra Pimlico, no había un alma que no pensara en el alba.

«Querido Cassidy.»

El sobre estaba cubierto de verdes sellos con palmeras y micos. La fecha del matasellos correspondía a varios meses atrás. Cassidy seguramente se había metido la carta en el bolsillo y se había olvidado de ella. La caligrafía era infantil pero reticente, como la de Sandra.

Mientras se vestía en el cuarto de baño, Cassidy leyó:

> «Querido Cassidy: He recibido el cheque que me mandas todos los meses, lo que te agradezco. Mi hija me dice que has decidido meterte en política y que coqueteas con las izquierdas, inclusive los comunistas y los revoltosos portuarios. No lo hagas. Tu obligación no es más que ser atento y caballeroso para con tu esposa e hijos, en todo momento, y no en andar zascandileando con marxistas mariquitas educados en Balliol, y tampoco en tratar a tu madre política como si fuera una cretina. Estoy en constante contacto con Mrs. Groat, en cuanto concierne al asunto y espero recibir noticias en las que me diga que tu comportamiento con respecto a ella ha mejorado, tal como debe ser, si piensas que está más ciega que un murciélago.»

La misiva terminaba, cosa insólita, con las palabras «P. Groat, Brigadier (Rdo.).» En la posdata le encargaba a Cassidy que cuidara la raqueta de tenis del remitente, terminando:

«Y haz el dichoso favor de procurar que esté tensa W. G. (Brig. Rdo.)»

El «Bentley» estaba en el aparcamiento en que lo había dejado. El vigilante le dijo, mientras le entregaba jovialmente las llaves, que no, que nadie se lo había llevado, desde luego. Sin consentimiento de Mr. Cassidy, no lo hubiera tolerado, no, señor.

[illegible] [illegible] [illegible] [illegible]
[illegible] [illegible]

[illegible] [illegible] [illegible] [illegible] [illegible]
[illegible]

[illegible] [illegible] [illegible] [illegible] [illegible]
[illegible] [illegible] [illegible] [illegible] [illegible]
[illegible] [illegible] [illegible] [illegible]

[illegible] 19

[illegible] [illegible] [illegible] [illegible] [illegible]
[illegible] [illegible] [illegible] importante [illegible]
plenos [illegible] [illegible] de [illegible] espacio [illegible]
[illegible] [illegible] [illegible] [illegible] [illegible]
más [illegible] [illegible] [illegible] [illegible] [illegible]
[illegible] [illegible] [illegible] [illegible] [illegible]
[illegible] [illegible] [illegible]

[illegible]

—Te [illegible] [illegible] en [illegible] [illegible] [illegible]
estaban [illegible] nuevos.

Frank [illegible] [illegible] [illegible] acompañado [illegible] [illegible]
algo.

—Sí [illegible] [illegible] un piso, dinero, [illegible] [illegible]

LONDRES III

28

El descenso de Cassidy a los infiernos coincidió con una temporada en la que la temperatura descendió, soplaron vientos impropios de la estación y cayeron lluvias. Durante el fin de semana en su hogar, Cassidy apenas habló. Pese a que se mostró tierno con su hijo y notoriamente protector con su esposa, sus modales fueron distantes y preocupados.

Dijo a Sandra:

—Tengo problemas con mi Informe. Los sindicatos están que muerden.

Preocupada, Sandra le acompañó hasta el coche. Le dijo:

—Si puedo ayudarte en algo, dímelo, por favor. A veces, la presencia de una mujer resulta milagrosa.

—Así lo haré —dijo Cassidy, quien abrazó cariñosamente, aunque con lejanía, a su mujer.

Solo en su «Bentley», el siniestro delincuente recorría las calles de Londres, evitando las calles principales, así como las inquisitivas miradas de las fuerzas del orden público. Conducía distraído, examinando con odio sus ojos de farsante, reflejados en el espejo retrovisor, ribeteados de rojo, ensombrecidos por la crápula. Aldo Cassidy, recompensa de cincuenta mil libras a quien lo encuentre, orden de busca y captura por el delito de inocencia. Y Cassidy pensó que si se hubiera lucido más, habría sido todavía más despreciable.

Cuando estaban delante de su casa, Helen le dijo, atravesándole con la mirada:

—Nos llamarás pronto, ¿verdad?

Shamus, adelantándose, inició el ascenso por la escalera de hierro y farfulló:

—Sí, eso, llama cuanto antes. Ven y jugaremos al fútbol.

—Así lo haré.

—¿Y por qué no jugamos ahora?

—He de dedicar algunas horas a mi costilla.

Mientras abría la puerta de la cocina, Shamus dijo:

—Me jugaría cualquier cosa a que estas señoras con mal genio son tremendas en la cama. Helen es demasiado afectada. Lo que le pasa es que es demasiado feliz, y de ahí viene todo. Oye, Helen, será cuestión de que pasemos una temporada infernal, a ver si la cosa mejora.

Sonriente, Helen dijo:

—Adiós, Cassidy.

Cassidy dijo:

—Que tengáis suerte en el asunto del bacalao.

Helen dijo:

—Te escribiremos.

Shamus se volvió hacia ella.

—¿De veras? ¿Eres capaz de escribir una carta? En este caso quizá mejor que te encargues tú del asunto del bacalao.

Shamus se quitó la chaqueta para que Helen se la planchara.

Se sintió atraído por un aeropuerto, posiblemente el de Heathrow. Habiendo aparcado el coche no muy lejos de las pistas, el gran pecador contempló cómo los gigantescos reactores despegaban y se perdían en la protectora niebla. Si tuviera el pasaporte en el bolsillo... Telefonea a la oficina. La Mawdray te lo puede traer en taxi. Durante un rato avanzó por la carretera, pasando por delante de estaciones de gasolina y moteles, en busca de una cabina telefónica oculta. Pero, por fin, renunció a encontrarla. No, no valía la pena, seguramente interceptarían la llamada y le detendrían en el momento de presentar el pasaporte a la Policía. *Marido Infiel del West End Detenido en el Aeropuerto*.

Windsor. La bandera de San Jorge húmeda sobre históricas piedras. El sucio sátiro pasa avergonzado, sin que nadie se fije en él, contemplando a las gentes que van de compras, envidiando su mediocridad. Tradición. ¿Qué tradiciones había en la vida de Cassidy? ¿Dónde estaba ahora Cromwell Cassidy, el valeroso combatiente puritano? En el hotel «Savoy», si no le molesta, con diez libras de propina para el servicio, y manden la cuenta a la empresa, acostado con la esposa de su mejor amigo.

¿Cómo era posible que un rayo no le fulminara? ¿Cómo era posible que aquel camión que avanzaba hacia él por el estrecho puente no aplastara la capota del «Bentley» e hiciera añicos el parabrisas de su inmunidad contranatural? Quizá debería asesinar a alguien. Sí, quizás en eso radicaba la solución. Por ejemplo, podía matar a un solitario ciclista que se dirigiera a trabajar honradamente la tierra, que pedaleara agotado para llegar a la cima de la cuesta, con el pensamiento puesto en la tierra y en sus hijos.

Movió Cassidy la espalda para acomodarse mejor en el asiento y permitió que su imaginación forjara el epílogo de sus desdichas: la iglesia de granito, la triste y pobre tumba, el trágico grupo de gente enlutada, bajo la lluvia. Cassidy, macilento y sin afeitar, pone su mano en el brazo de la enlutada mujer y le suplica:

«*Mande sus hijos a Harrow. Soy amigo del director. Me ocuparé de ellos como si fueran míos.*»

La viuda no llora. Se limita a sacudir la cabeza, y dice:

«*Devuélvame a mi Harry. Sólo quiero esto.*»

Desde luego, nunca superaría el golpe. La vida, tal como la había vivido hasta aquel instante, había terminado para él. No, no haría nada espectacular o dramático, sino que se iría retirando gradualmente de cuanto le había atraído hasta entonces. Vendería sus acciones, el coche, los cuadros, se daría de baja en el «Club de los Estrambóticos», visitaría quizás a uno o dos amigos de vez en cuando, haría un par de donaciones, y luego desaparecería, dedicándose a dirigir una obra de beneficencia en favor de niños de corta edad o fundaría una biblioteca en Botswana. Su aspecto físico también cambiaría, sí, era algo inevitable. Vestiría descuidadamente, después de regalar todos sus trajes y ropas a penados recién salidos de presidio. A partir de ahora, tendría que viajar con poco equipaje, viviría en constante huida, siempre inseguro, en busca de la remisión de sus pecados. Dentro de pocos meses, en su cabellera aparecerían grises mechones, se le encorvaría la espalda, y en su rostro, de agradables facciones, se dibujaría la expresión del hombre que ha visto mucho mundo, de un hombre fatigado, veinte años mayor. Sólo muy de vez en cuando, por casualidad, y en lejanas tierras tropicales, alguien le reconocería, y con palabras henchidas de comprensión daría noticias de él, en la lejana patria: «Nunca se recuperará del golpe; ha perdido quince kilos por lo menos.» O bien: «Quedó destrozado para siempre.»

La mayor pega es que conduzco con demasiada cautela.

En Aylesbury, una hermosa ciudad con mercado, rara vez frecuentada por maridos infieles, el repulsivo vicioso compró para su esposa un bolso de piel de cocodrilo y redactó, mientras tomaba café en un bar junto a la carretera, una carta dirigida a su antiguo amigo Shamus, el conocido profeta, en la que venía a despedirse de él.

> «Me proporcionaste los medios necesarios para amar, y yo he abusado groseramente de tu generosidad, convirtiéndola en arma de traición, de traición a mí mismo. No hay palabras que puedan expresar mis sufrimientos. He caído desde la altura a que tú me elevaste. Te mando un cheque de cinco mil libras para liquidar cuantas reclamaciones contra mí puedas formular. Por favor, quédate con mi smoking y con cuanto dejé en tu piso. Mi Banco se encargará de pagar el alquiler.
>
> »Quien en otros tiempos fue tu amigo, y tu eterno admirador,
>
> »*A. Cassidy.*»

Tras meditarlo un poco, añadió la siguiente y cautelosa posdata:

> «Creo que hubiera debido confesarte, hace ya mucho tiempo, que padezco ataques epilépticos, con muy extrañas características. Cuando los sufro, pierdo toda mi capacidad de resistirme a las tentaciones, y no puedo responsabilizarme de mis actos. Si no me crees, te ruego se lo preguntes al doctor John Elderman, de Abalone Crescent, a quien he cursado instrucciones a fin de que te informe de cuanto sea preciso. Hasta el presente momento, tan sólo dicho médico y Sandra conocen esta secreta dolencia que me afecta. Te ruego que consideres esta información como estrictamente confidencial.»

Después de cerrar el sobre y ponerle el correspondiente sello, pidió más tostadas, que se zampó con negra desesperación. Pensó: «Ahora ya todos lo sabéis; haced conmigo lo que queráis.»

Al salir del bar, arrojó la carta a una papelera pú-

blica. Se dijo: «Olvida el asunto; además, nunca te comprometas por escrito.»
No, no, no se comprometió.

«Nunca han existido —se dijo—. Me los he inventado. Vamos, vamos, sé honrado: ¿acaso soy capaz de llevar una doble vida durante tanto tiempo, sin que nadie se entere?»

Fue al Sindicato de Transportes y, en el mostrador, preguntó qué tenía que hacer para solicitar la inscripción como candidato en las próximas elecciones. La muchacha le dijo que no lo sabía, pero que lo preguntaría. Un poco dubitativa, con la mirada fija en el «Bentley» recién lavado, preguntó:
—¿Por el Partido Laborista, claro?
—Efectivamente —repuso Cassidy, dejando su tarjeta en el mostrador.

No ha ocurrido. Olvídalo.

Shamus ha muerto.
Helen ha muerto.
Nunca han existido.
Son obra de mis sueños.
Son nada, nada. No son.

Y, sin embargo, en el fondo del pozo de su angustia, de sus sentimientos de culpabilidad, de sus remordimientos, de su dolor y arrepentimiento, el hierbajo —como diría Shamus— crecía. Y así era, por cuanto en su angustia también un ardiente deseo de vivir, resultado de la influencia de ciertos innominados amigos, a la que seguía vinculado. El día siguiente, al regresar de un debate que duró toda la noche en el cuartel general de los portuarios, hizo honor a la invitación de sentarse a su mesa que le había formulado John Elderman, y allí se ganó la admiración de todos los presentes. Dijo que sí, que efectivamente el informe era altamente confidencial, y que no podía decir gran cosa respecto a su contenido. Pues sí, sería llamado «Informe Cassidy». ¿Alcance del informe? Pues, prácticamente su alcance era total, ya que cubría desde el proceso de recepción e ingreso en el sindicato hasta la organización de distracciones en los almacenes del puerto. ¿Términos de referencia? Pues más o menos los que la Prensa publicó (esto fue un buen golpe, ya que nadie se atrevió a confesar que la noticia había escapado a su atención), con unas cuantas adiciones que él había solicitado, para protegerse.

En la cama, con una virilidad sacada a la superficie por sus aceradas angustias —y quizás estimulada por ciertos detallados recuerdos de hechos que no habían ocurrido—, asombró a su esposa con una larga serie de logradas hazañas sexuales. Le dijo:

—Y, además, quiero que mandes a tu madre a hacer gárgaras. Estoy hasta las narices de tenerla en casa.

Sandra repuso:

—Así lo haré, querido.

—Te quiero íntegramente dedicada a mí.

Sandra también se mostró de acuerdo.

—Sí, esto es lo único importante, *querido Pailthorpe.*

El hierbajo creció, echó brotes e incluso, sin que quepa explicarlo, floreció.

Y, entre otras muchas emociones contradictorias —tales como el terror, por ejemplo, tales como el odio hacia Helen, la ramera escarlata, tales como la profunda simpatía hacia el ala de extrema derecha del Partido Conservador, consagrada a defender a los hombres cabales contra los brutales ataques de escritores muertos de hambre y de sus desaprensivas esposas—, sintió la que produce aquella especial superioridad que tan sólo tienen los que viven con la mirada fija en su destino, como los alpinistas, los mortalmente enfermos y los muchos héroes de la guerra que Cassidy no pudo hacer. Por fin, el hierbajo había penetrado en el grupo que realmente le correspondía, es decir, en la *elite.* Ahora comprendía la razón por la que Shamus y Helen hablaban tan a menudo de la mortalidad. La muerte es el patrimonio de los vivos, quienes deben estudiarla constantemente.

Además, el hierbajo dormía menos, comía menos y trabajaba más y mejor.

Después de comprobar, al finalizar aquellos quince días, que no había contraído lepra ni había sido detenido por la Policía, y que tampoco había recibido aquellas temidas notificaciones que suele mandar Hacienda, y que no había tenido la menor noticia de Shamus y Helen, y que no había hecho el menor intento de establecer contacto con ellos, y, en consecuencia, habiendo presumido que habían desaparecido, primero, y habiéndoles dado muerte, después, decidió que podía, sin arriesgarse demasiado, avanzar un poco más, con cautela, desde luego, en el excitante camino de tomar.

29

Tiempo perdido, tiempo de prestado. Pasado no vivido, imaginado durante demasiado tiempo, convertido en realidad demasiado tarde, cobrado antes de la liquidación final, ascenso en la escala de emociones, reclamación de lo que en derecho le pertenecía, renovada búsqueda de la flor azul... Todo ello, ¿qué importaba? Cassidy, desnudo, se encontraba en la taza de la fuente, y sentía los afilados contornos de su existencia.

—¿Sabes qué me gustaría, Aldo?

—¿Qué?

—Que todas las estrellas fuesen personas, y todas las personas fueran estrellas.

—¿Y qué conseguirías con ello?

—Es que, entonces, nuestro rostro estaría siempre iluminado por una sonrisa. Brillaríamos siempre, cada cual para los demás, y dejaríamos de ser desgraciados.

Con gran firmeza, Cassidy dijo:

—No soy desgraciado. Soy feliz.

—Y los hombres y las mujeres que no nos gustan serían seres situados a millones de kilómetros de distancia, porque estarían en el cielo, en el lugar de las estrellas.

—Tenemos toda la noche por delante, y no me siento cansado ni nada. No. Me siento feliz.

Angie dijo:

—Te quiero mucho. Me gustaría que sonrieras.

—Pues hazme sonreír.

—No puedo. No soy lo bastante inteligente, y jamás lo seré.

Angie Mawdray besó a Cassidy, con plácida y experta sensualidad. Cassidy sonrió:

—¿Qué tal lo hago?

—No está mal, teniendo en cuenta que eres un principiante.

Con el sabor de la salsa de ajo con que habían acompañado los caracoles en el «Epicure», contemplados por un perro blanco llamado *Lettice,* yacían desnudos en el estrecho lecho del dormitorio de Angie Mawdray, en un ático de Kensington, cerca de las estrellas. *Lettice* había nacido bajo el signo de Sagitario, y, según Angie, éste era el más sexual de los signos. A este efecto, Angie explicó:

—Julie me dijo que era un signo eminentemente fálico. ¿Tú qué opinas?

—Bueno, pues quizá sí.

En una de las paredes colgaba un cartel con la foto del Che Guevara, al lado de un tapiz tejido por campesinos de Creta. Angie dijo:

—*Lettice* también te quiere.

—Me parece simpático.

—Simpática, tonto, simpática.

Ayer, Cassidy nada sabía de Angie, y hoy ya lo sabía completamente todo.

Creía en los espíritus y llevaba abalorios de místicas cuentas junto a sus desnudos y extremadamente hermosos senos. Creía en Dios y, al igual que Shamus, hablaba peor del clero que de cualquier otra cosa. Era vegetariana, pero consideraba que podía comer caracoles debido a que carecían de sensibilidad y a que, además, también los pájaros se los comían. Amaba a Cassidy desde el día en que fue aceptada en la empresa. Amaba a Cassidy, y a nadie más. Meale era un memo medio marica. Había identificado las estrellas que determinaban el futuro de Cassidy, y todas las noches las miraba. Tenía muslos gruesos y duros, y el pelo púbico apuntaba hacia abajo, comenzando en una línea muy claramente marcada, y ella lo denominaba «mi barba». Le gustaba que pusiera la mano allí, y no quería que la apartara en momento alguno. Su seno izquierdo tenía propiedades erógenas. Era contraria al aborto. Amaba a los niños y odiaba a su maldito padre. Cassidy detestaba, por norma general, que las mujeres emplearan palabras gruesas, y tenía esperanzas de que se le terciara la oportunidad de moderar un poco el vocabulario de Angie. Sin embargo, los tacos de Angie estaban escindidos de su significado, y parecían desinfectados.

Tenía veintitrés años, adoraba a Fidel Castro, y el único pesar de su vida era no haberse acostado con el Che Guevara. Por esta razón tenía su retrato junto a la cama. Grecia era fabulosa, y un día, cuando tuviera mucho dinero, volvería a Grecia y se quedaría a vivir allí, y tendría muchos hijos.

—Los tendré yo, yo solita, Aldo. Serán morenos y jugarán desnudos en la playa.

A Cassidy le constaba que Angie Mawdray, desnuda, era muy hermosa, y que no se sentía inhibida ni atemorizada. Cassidy se asombraba al pensar que Angie había vivido durante tanto tiempo, en sus inmediaciones, totalmente vestida, sin que a él se le ocurriera la idea de desnudarla. Ni siquiera podía comprenderlo.

—¿Escuchas lo que digo?

—Claro que sí. Sigue, sigue.

—Piscis, ¿verdad? Esto es latín. Son dos peces, unidos por el cordón umbilical astrológico, uno nadando contra corriente y el otro a favor de corriente.

Humildemente Cassidy insinuó:
—Como nosotros.
—Como *nosotros* no, tontaina. Como yo. Tengo una doble personalidad. Esto significa que dentro de la cabeza llevo a dos personas totalmente diferentes. Yo no soy un pez, sino dos peces. Ahí está la cabronada.
Siguió leyendo:
—Esta semana ocurrirán hechos decisivos para usted. Su mayor deseo quedará al alcance de su mano. No retroceda. Aproveche la oportunidad, pero no lo haga hasta pasado el día quince o el día nueve. ¡Mierda! ¿Qué día es hoy?
Cassidy pensó: «Te quiero. Me gusta cómo asoman las orejas por entre tu cabello castaño. Me gusta tu espontaneidad, la agilidad y flexibilidad de tu cuerpo joven. Me gustaría casarme contigo y compartir las playas griegas, juntamente con tus hijos.» Cassidy miró su reloj-calendario, y repuso:
—Trece.
Muy resuelta, Angie dijo:
—Me da igual. No siempre aciertan, así es que mierda.
Se quedó quieta, tumbada boca arriba, pensativa, mirando fijamente la imagen de Che Guevara. Mirando las altaneras pupilas del gran revolucionario, Angie exclamó ferozmente:
—¡No me importa, no me importa, *no me importa una puñetera mierda*! Sólo es una nube. Un día cualquiera, el viento la barrerá, y seguirá importándome un pito. ¿Lo haces con frecuencia, Aldo? ¿Te acuestas con muchas chicas?
—Bueno, yo no tengo la culpa. Soy así.
Y tras decir estas palabras, Cassidy soltó un suspiro de viajero, un suspiro suscitado por la desolada carretera, por los que por ella pasaban, por los raros momentos de consuelo. Angie dijo:
—¡Basta de hacerte la Greta Garbo!
Desnuda, le preparó una infusión. Parecía una diosa de labios carnosos, manejando cacharros en la minúscula cocina. Era como una niña, iluminada por el anaranjado resplandor que entraba por la ventana, preparando golosinas para sus compañeras de colegio. Luego prometió a Cassidy que volverían a acostarse. Le dijo que le amaba y que, por lo tanto, se acostaría con él

siempre que a él le diera la gana. Cuando caminaba, sus pechos no se movían ni tanto así; su cintura tenía dignidad de estatua. Se sentó sobre Cassidy, le acarició y dijo:

—Mi padre era un perfecto imbécil, pero tus hijos te quieren, ¿verdad, Aldo?

—Y yo te quiero *a ti* —dijo Cassidy, sin encontrar la menor dificultad, por primera vez en su vida, en hacer esta manifestación.

La Ast, dama bastante mayor, que superaba en tres años a Cassidy, pero que en modo alguno cabía calificarla de inválida, vivía más cerca de la calle, pero con más desahogo económico. En la cama, la Ast parecía muy grande, y, según los cálculos de Cassidy, daba la impresión de pesar el doble de lo que aparentaba cuando iba vestida. Tenía la virtud de traer a la mente de Cassidy vagos recuerdos de Cassius Clay. Cuando la Ast se ponía de costado para hablar con Cassidy, clavaba su potente codo en el colchón, y Cassidy se hundía.

Las paredes del cuarto de la Ast estaban adornadas con cuadros sin marco, debidos a pintores que aún no habían alcanzado las cumbres de la gloria. Las ventanas daban a un museo. Y el interés que la Ast demostró hacia Cassidy, después del primer asalto, era de naturaleza primordialmente histórica. Con voz que daba a entender que el amor puede aislarse gracias a metódicas investigaciones, la Ast preguntó:

—¿Cuándo te diste cuenta? Francamente, Aldo, ¿cuándo tuviste el primer vislumbre?

Cassidy pensó: «Francamente, nunca.» Con la finalidad de estimular la memoria de Cassidy, la Ast insinuó:

—¿Fue quizás aquella noche del concierto en casa de los Niesthal? Recuerdo que me miraste fijamente. Dos veces. Probablemente ni siquiera te acuerdas.

Cortésmente, Cassidy dijo:

—Claro que me acuerdo.

—Fue en octubre, en aquel maravilloso mes de octubre.

La Ast lanzó un suspiro, y prosiguió:

—¡Dios mío, qué tonterías dice una cuando está enamorada! Recuerdo que te califiqué de aburrido... Lascivo... Mercachifle...

En silencio, Cassidy participaba del goce que estas

erróneas calificaciones producían a la Ast.

—¡Cuán equivocada! ¡Cuán terriblemente equivocada estaba!

Largo y significativo silencio. Después:

—¿Te gusta la música, verdad Aldo?

—Es lo que más me gusta en el mundo —repuso Cassidy.

—Sí, se te nota, Aldo. ¿Por qué no vas a los conciertos con *Sandra*? Tiene mucho interés por poder llegar a comprender el espíritu de la música. Debes ayudarla. Sin ti, Sandra no es nada. Nada.

De repente, el significado de sus propias palabras aterrorizó a la Ast:

—¡Dios mío, qué he dicho! ¡Perdóname, Aldo!

Cassidy la tranquilizó:

—No tengo nada que perdonarte.

—¡*Dios,* qué he dicho!

Y rodó sobre sí misma, hasta quedar encima de Cassidy.

—Aldo, por favor, ayúdame. Perdóname. Di: «Te perdono.»

—Te perdono.

Volvió a reinar la paz.

—Y, luego me atacaste en casa de los Elderman. Realmente apenas lo pude creer. Hacía meses que nadie me hablaba tal como tú me hablaste. Fuiste tan elocuente... Estuviste tan seguro de ti mismo... Me sentí como una niña, como una niña pequeñita, pequeñita...

La Ast rió ante tan placentero recuerdo. Siguió:

—Y nosotras, pobres mujeres estúpidas, tan sólo pudimos poner cara de ofendidas, mientras tú nos dabas una lección. Quedé con la boca seca, el corazón me dio un vuelco, y pensé: ¡Cuánto le importa el arte!

Con desdén, exclamó:

—*¡Los editores!* ¿Qué saben los editores?

Pensando en Dale, Cassidy dijo:

—Nada.

—Y en cuanto a aquellas flores... ¡Nunca había tenido tantas flores! ¿Cassidy?

—¿Qué?

—¿Por qué me la mandaste?

Poéticamente, Cassidy contestó:

—París... De repente... te eché de menos. Sí, te bus-

qué por todas partes... Pero no estabas.
En silencio, yacían el uno al lado del otro, y entre los dos mediaba un ancho y hondo abismo.

La nueva cornisa estaba ya colocada, pero los blancos lienzos aún cubrían el suelo en un ángulo y las sábanas desprendían un fuerte olor a aceite de linaza. Cassidy dijo:
—Quedará magnífico cuando esté terminado. Parecerá un palacio o algo así.
Refiriéndose a Mr. Monk, el albañil, Sandra dijo:
—Me gustaría que le vieras trabajar. No para. Y, además, es un hombre honrado a carta cabal. Estuvo en una unidad de zapadores durante la guerra.
—Los zapadores eran gente magnífica —observó con expresión de penetrante agudeza Cassidy, el especialista de la casa en asuntos militares.
—Mr. Monk cree recordar a papá. No está seguro, pero cree que sí, que le conoció. Ya sabes que papá estuvo en una unidad de pontoneros durante una temporada. Fue en el treinta y nueve, en Bolton.
Como si hubiera estado pensando en el asunto, Cassidy dijo:
—Ahora no recuerdo cuál era la unidad acantonada en Bolton...
Recientemente, habían visto *Patton* y *Ansias de gloria,* por lo que Cassidy todavía gozaba de cierto prestigio reflejo. En tono de aprobación, Sandra dijo:
—Y, además, Mr. Monk sabe hacerse obedecer por sus empleados... Por cierto, uno de ellos ha estado coqueteando con Snaps...
Muy secamente, Cassidy la interrumpió:
—¡No lo toleraré!
Sandra levantó la mirada hacia el techo, frunció la frente con expresión de conspirador y dijo:
—Chiiist...
Cassidy dijo:
—Bueno, la verdad es que con la pinta de zorra que tiene tu hermana...
—¡Aldo!
Y Sandra procedió a hacerle callar, dándole numerosos besitos. Dijo:

—*Rudo Pailthorpe... Aldo...* Son cosas de la edad... Ya verás cómo se le pasa... De todos modos, ahora tiene otro novio, es un vidente que se llama Mel.

Los dos emitieron unas risitas ahogadas. Cassidy dijo:

—¡Dios! ¿Tendremos que aguantar videntes, ahora?

Más besitos. Cassidy preguntó:

—¿Y cómo ha reaccionado tu madre, ante la noticia?

—¡Qué importa mi madre!

Permanecieron quietos, escuchando la lenta música fornicaria de uno de los discos de Snaps. En un repentino impulso, Cassidy preguntó:

—¿No estará arriba el vidente en cuestión?

Cassidy se había incorporado. Sandra repuso:

—¡No, hombre, ni hablar!

Y le contuvo.

Cassidy volvió a tumbarse, aplacado, custodio de ciertas normas morales, a pesar de todo.

Pocos días después, para celebrar los éxitos de Cassidy, éste y su esposa cenaron en el «White Tower». Angie se encargó de reservar la mesa. Dos para las ocho.

Lo que más le gustó fue el pato.

Se lo sirvieron crujiente y lo acompañaron con un Borgoña cuyo nombre había conseguido Cassidy grabar en su memoria. Bajo la influencia de la carne y el vino, recrearon, durante unos breves minutos, la ilusión de su mutuo amor. Primeramente, como viejos amigos que vuelven a encontrarse, se intercambiaron noticias de sus respectivos mandos. Sandra dijo que Mark había pedido un nuevo violín. El profesor de música le había escrito diciéndole que el niño no destacaba demasiado por su talento musical, pero que, sin duda alguna, el violín que a la sazón utilizaba era demasiado pequeño. Esta conversación, pese a su carácter estrictamente familiar, tuvo el efecto de producir cierta confusión en la mente de Cassidy, debido a que últimamente había vuelto a perder la noción del tiempo. A Cassidy le constaba que Mark había pasado en casa el último fin de semana, pero no podía recordar si el niño venía del colegio o de otra parte. Cassidy propuso:

—Creo que valdrá más que le compremos un violín más grande.

Y Sandra asintió con una sonrisa, añadiendo, al recordar sus recientes experiencias como aprendiza de pianista:

—Quizás esto le levante la moral. Los primeros instrumentos que uno toca siempre resultan antipáticos.

—Sería maravilloso que Mark y tú pudierais tocar juntos, él con el violín y tú al piano.

Tras una pausa, añadió:

—Y Hugo.

En su imaginación se dibujó un placentero cuadro. En la sala de estar, Sandra tocaba un piano mucho más pequeño que el actual, mientras los jóvenes Haydns tocaban el violín y la flauta, para deleite de su padre. Dijo:

—Estoy seguro de que algún día aprenderé a gozar de la música.

—Claro. Lo único que te hace falta es escuchar más y más música. John Elderman asegura que las personas absolutamente carentes de sentido musical no existen.

En la agenda del señor presidente del Consejo de Administración figuraba como punto urgente, a continuación del abordado ahora con su esposa, el ya viejo proyecto de ampliación de la casa. La presente fase de su reconstrucción estaba prácticamente terminada y había llegado el momento de comenzar a pensar en la próxima. La ampliación de la casa resultaba imprescindible, con más razón si Heather iba a vivir en ella, tal como habían planeado. Cassidy prefería una ampliación vertical que dejaría intacto el jardín, pero Sandra aseguraba que entonces en el jardín habría demasiada sombra.

—¿De qué sirven los parterres, si no les da el sol?

También tenían la posibilidad de adecentar el sótano. Cassidy propuso:

—¿Y si pusiéramos una sauna?

La insinuación no fue bien acogida. Las saunas no eran más que un juguete de ricos, afirmó severamente Sandra. Las saunas eran para los hombres que no hacían ejercicio físico y que se abstenían de hacer el amor. Acordaron volver a pensar en el asunto. Meditativamente, Sandra dijo:

—Y tampoco estaría mal construir una piscina, por si tenemos más hijos.

Cassidy, amparándose en las ideas de Sandra acerca de sus planes de descendencia, observó rápidamente:

—Los hijos han de tenerse por propia voluntad.

Y tras esta objeción siguió un silencio.

Ahora, los padres hablan de un grave probema. Se trata de los últimos informes sobre la conducta de Mark en el colegio. ¿Deben tomarlos seriamente y castigar al niño. Éste era un terreno muy peligroso. Sandra creía en el castigo, tal como creía en el infierno. Por su parte, Cassidy había sido bastante escéptico con respecto a los dos, hasta hacía poco tiempo. Cautelosamente, Cassidy comenzó:

—Bueno, la verdad es que no sé exactamente qué hay de malo en el comportamiento de Mark.

—No coopera.

Y cerró firmemente la boca. Pero, como sea que aquella noche era noche de concordia, Cassidy prefirió prestar oídos sordos e insinuó, quitándole importancia al asunto:

—Démosle otro trimestre, para que se habitúe.

Para desviar la conversación, Cassidy habló a Sandra de los últimos acontecimientos ocurridos en la oficina. Dijo:

—He decidido meter en cintura a todos los empleados.

—Hubiera debido hacerlo mucho antes.

—Desde la Feria de París están totalmente salidos de madre. Parece que todo les importe un pito... No sé cómo decirlo... Carecen de sentido de la responsabilidad..., de lealtad a la empresa... Y esto a pesar de que participan de los beneficios. ¿Por qué diablos no trabajan y colaboran? Lo único que pido es esto..., ¡entrega a la empresa!

Mientras se servía más *crudités*, Sandra dijo:

—Y, metido en harina, igual puedes despedir a esa secretaria con pinta de zorra.

Secamente, Cassidy dijo:

—¡Por favor!

—Lo siento.

Esbozó Sandra una sonrisa de muchachita traviesa, y dejó el nabo que tenía entre los dedos, para poner la mano sobre la de Cassidy y calibrar su ira.

El aspecto positivo. Pese a la amenaza que la general apatía significaba, Cassidy consideraba que el esfuerzo en pro de la exportación era digno de ser tenido en cuenta, y que comenzaba a dar resultados. La Feria de París, contrariamente a lo que Cassidy estimó en un principio, comenzaba a rendir beneficios. Además, había sido un medio excelente para ampliar los horizontes mentales de sus colaboradores y empleados. Por último, tampoco se podía echar en saco roto el hecho de que la economía naciónal necesitaba dinero con urgencia. Sandra observó:

—Deberían gastar menos en armamento.

Sospechando vagamente que ya habían discutido este tema con anterioridad, y alarmado ante la perspectiva de otro debate centrado en la política de defensa de la Gran Bretaña, Cassidy volvió a entrar rápidamente en el tema de la dirección del personal, siempre más fácil.

Faulk estaba insoportable, se pasaba el día amenazando con presentar la dimisión o con cortarse las venas. Era un auténtico drama de Reina de los Mares. Severamente, Sandra advirtió:

—No debes discriminar a los homosexuales.

—No lo hago.

—La homosexualidad es algo perfectamente natural.

—Me consta.

Meale también era un dolor de cabeza. Era un hombre de humor voluble, brillante y de trato imposible. ¿Qué cabía hacer con semejante tipo? Con voz alegre, Sandra dijo:

—¡Oh, Meale...! ¡Éste es un intelectual de la cabeza a los pies...!

Para no contradecir a Sandra, Cassidy se limitó a decir, en tono conciliador:

—Sólo lleva nueve meses con nosotros y quizá se adapte.

—¡Ja, ja...! —exclamó Sandra furiosa.

Y bebió más vino, manchándose la cara. Cassidy dijo:

—De todos modos, tienes razón. Es duro de pelar y lo será siempre, por mucho tiempo que esté en la empresa. Jamás he conocido a nadie tan temperamental. ¿Sabes que pasó las vacaciones en un *monasterio*?

Aún con el ceño fruncido, Sandra engulló un pedazo de pato.

—¿Te molesta que tenga espíritu religioso?

—No, si esto le hace feliz. Pero no es así. Al salir del monasterio, Meale estaba peor que al entrar.

—Probablemente todo se debe a que esta secretaria que tienes le ha estado torturando. Ya sabes qué reacciones producen esta clase de asuntos.

—Tonterías —dijo secamente Cassidy, quien volvió a abordar el tema de la política.

Dijo que la personalidad de Harold Wilson le había impresionado grandemente. La carga de responsabilidad que pesaba sobre sus espaldas le había envejecido, ciertamente, como a todos nosotros nos envejece, pero no había marchitado su intelecto. En resumen, Cassidy consideraba a Wilson inteligente, sincero y bien informado, pese a que era un poco así, como la gente de Gerrad Cross. También estimaba que Wilson le había tratado con bastante respeto. En fin, que durante la entrevista se llevaron bien.

Con la copa alzada, Sandra frunció el ceño, con expresión perpleja y divertida:

—¿Gerrard Cross? Es una expresión muy rara. ¿De dónde la has sacado?

—La emplean mucho en el Sindicato de Transportes. Significa burgués acomodado o burguesía acomodada.

—¿Gente como nosotros?

—No.

—Lo he dicho en broma.

—Lo siento.

Por otra parte, Barber resultó para Cassidy hombre de muy difícil trato. Era un individuo tremendamente agradable que no soltaba prenda jamás, lo cual era un excelente medio para contestar I. Pes. (con lo cual Cassidy quería decir «interpelaciones parlamentarias»), pero poco idóneo para las reuniones no oficiales con gente importante, a fin de resolver problemas. Sandra dijo:

—En este caso lo que tienes que hacer es romper esta cáscara protectora en la que Barber se esconde.

—Sí, sí, claro... Pero es que el tipo es tan...
—Supongo que no miente...
—No del todo. En realidad da unas contestaciones vagas, amables, que no hay modo de contradecir, de explotarlas...

Y entonces, misteriosamente, mientras tomaban, baklava, Sandra le abandonó.

Cassidy forzó la marcha, dio lo mejor que llevaba dentro, pero Sandra siguió alejándose y alejándose. Quedó envuelta en un denso silencio nacido de su interior, su rostro envejeció repentinamente, se entristeció, sus ojos buscaron un objeto situado a su izquierda y sus manos se unieron, como dos amigos preocupados ante un peligro común.
Cassidy intentó hacerla reír. Imitó voces y acentos. Pobló el Sindicato de Transportes de carnavalescas y extrañas personalidades. Dijo que fulano de tal no era más que una especie de Hemingway de Carnaby Street, que fingía ser duro y que asistía a los partos de su mujer, pero que, en el fondo, era un ser más infeliz que un cubo, a quien Cassidy caló al instante. De otro dijo que se pasaba el día sacando a escondidas té de la cantina. Las secretarias vivían aterrorizadas por mengano, quien tenía la costumbre de pellizcarles el trasero y acorralarlas en rincones. Intentó preocupar a Sandra, y le dijo que, en realidad, poca gente sabía cuán grave era la situación que el país atravesaba. ¿Lo comunicaría el Gobierno al pueblo? Lo dudaba, ya que siempre llegaba el momento en que decir la verdad da a ésta un carácter más real y horrendo.
—Con esto quiero decir que *todos* conocemos la existencia del problema que tenemos planteado.
Sin abandonar las tinieblas en que se había sumido, Sandra dijo:
—Sí, todos lo sabemos.

Aún ausente, Sandra preguntó:
—¿Y qué tal la gente de provincias? ¿Los hombres

del Norte, o del sitio ese adonde fuiste? ¿También son un hatajo de imbéciles y de pillos?

—¿Los caciques sindicales? ¡Éstos son duros de veras! Realmente, me hicieron comprender la triste realidad. Con esto quiero decir que si te gusta el realismo, trata con estos tipos y verás lo que es bueno.

Sin mirarle, Sandra dijo:

—Me alegra que haya gente con sentido de la realidad. Pensaba que ya todos lo habrían perdido.

Tan sólo le faltaba recurrir a las promesas. Dijo:

—Oye, ahora ya está hecho, terminado...

—¿Qué?

—El informe. Ya no está en mis manos. Creo que te lo dije ya. Y ésta es la razón por la que nos encontramos aquí.

—Sí, sí, me lo dijiste.

—Y he pensado que nos hemos ganado unas vacaciones. Que lo mejor es dejar a los chicos con los Elderman, y largarnos. Iremos a donde tú quieras. Aprovechemos la ocasión, ahora que todavía somos jóvenes.

A sus propios oídos, estas palabras sonaron como propaganda de televisión, pero, ¿cómo habían sonado a los oídos de Sandra? Realmente, no lo sabía. Añadió:

—Tú y yo, solos.

Y consiguió que Sandra regresara.

No del todo, pero sí recorrió un buen trecho. Lentamente y por etapas, las sombras se retiraron de su rostro, y una coquetuela y amable sonrisa tomó posesión de su rostro. Se le escapó una risita con la que tan sólo pareció burlarse de sí misma, y estrechó la mano de Cassidy. En realidad, no la estrechó, sino que paseó las yemas de dos dedos por el dorso de la mano. Sandra propuso:

—Podríamos alquilar un castillo en España...

Y entonces, ante la alarma y preocupación de Cassidy, quien no estaba de humor para discutir temas importantes, Sandra añadió:

—Eres como un dios, ¿verdad, Aldo? Al fin y al cabo, si no creemos en ti, ¿en qué vamos a creer?

—Escucha. Primero daremos una fiesta. Sí, la daremos tan pronto esté la sala de estar terminada. Y, luego, nos iremos. Sí, al día siguiente. Veamos, ¿cuándo han dicho que estaría terminada la sala?

Era cuestión de ir en busca de detalles, porque los detalles dan impresión de realidad. Invitarían solamente a gente que les cayera simpática, a nadie con cargos oficiales, y menos aún a individuos del mundo de la política o de los sindicatos. Quizá fuera conveniente invitar a unos cuantos amigos de Heather, para que animaran la reunión. Desde luego, invitarían a los Elderman, en cuyo caso quizá sería oportuno preparar una estancia especial para encerrar a sus hijos... Sí, dijo Sandra, no estaría mal que al mismo tiempo se celebrara una fiesta infantil.

Y en cuanto a las vacaciones, en sí mismas, primer punto: ¿adónde vamos? De acuerdo, si a Sandra había dejado de gustarle Tito, podían ir a las Bahamas, e incluso podían permitirse el lujo de llegarse hasta las Bermudas.

Con mucha cautela, Sandra pasó revista a sus compromisos y los fue cancelando, uno tras otro.

Cassidy tenía más proyectos *in mente*. Sandra y él tenían que hacer más cosas juntos. Dijo:

—Quizá sea mejor que pensemos en ese asunto mientras estemos de vacaciones.

En realidad, ya había hablado de ello con Lacon y Ollier, la agencia que le surtía de entradas para el teatro, y lo hizo precisamente ayer. Casi como si estuviera pensando en otra cosa, Sandra dijo:

—Pensaba que ayer habías estado en Leeds.

Sí, claro, claro. Es que Cassidy habló por teléfono con la mencionada agencia, precisamente para la organización de un viaje, y acto seguido pasaron a hablar de teatro. Entonces les preguntó si había algo digno de verse. Cassidy prosiguió:

—Bueno, pues lo que yo quería decirte era que...

—Perdona...

—¿Qué?

—Que haya dudado de ti.

Cassidy se quedó cortado. Y miró a Sandra para ver si había hablado en serio. En el rostro de Sandra no había ironía ni ninguna otra señal de rebelión. Cassidy tan sólo percibió aquella tristeza interior, que regresaba al rostro de Sandra, tal como un adolescente regresa a la que pasó la niñez.

—Pues lo que te iba a decir es lo siguiente: ¿por qué no vamos al teatro una vez a la semana así, rutinariamente con el único propósito de tragarnos cuatro obras al mes e irnos poniendo al corriente? Por lo menos, tendremos algo de que hablar.

Acordaron que irían al teatro todos los miércoles. Cassidy dijo:

—Y también me gustaría volver a frecuentar la iglesia.

—¿Lo dices por mí?

—Bueno, por ti y por los chicos. Incluso en el caso de que luego se aparten de las prácticas religiosas, creo que ahora es conveniente que vayan a la iglesia.

Otra vez muy pensativa, Sandra dijo:

—Sí. En este caso, la religión formará siempre parte de sus vidas, tanto si después la rechazan como si no.

Cassidy pensaba que Sandra había ya terminado sus consideraciones, pero se equivocaba:

—Al fin y al cabo, cuando se vive un sueño, y este sueño dura lo suficiente, el sueño acaba por adquirir cierta realidad, ¿no es cierto?

Desesperado, Cassidy buscó nuevos remedios en su imaginación. El viejo Niesthal le había dicho que en «Christie» iban a efectuar una sensacional venta la semana siguiente y que a ella no acudirían los marchantes, debido a las vacaciones. ¿Por qué no ir?

—Al parecer, hay una fabulosa colección de piezas de cristal del siglo XVIII. Siempre has tenido pasión por las piezas de cristal antiguas, Sandra.

—¿Sí?

Cassidy habló del chalet de Sainte-Angèle. Quizá fuera aconsejable que lo visitaran, al ir a las Bermudas, para ver qué tal se conservaba. Recordó Cassidy lo mucho que los niños se habían divertido allí, el invierno pasado, pero se preguntó si acaso no era mejor pasar las Navidades en casa. Sandra repuso:

—Haremos lo que tú quieras. Pasaremos la Navidad en donde te dé la gana.

Cassidy pensó en hablar más extensamente acerca de Suiza, ya que tenía muchas cosas que decir al respecto. También estuvo a punto de proponer que la familia se retirara allí, ya que era un excelente país en el que morir, puesto que la eternidad de las montañas no dejaba de ser un consuelo constante para el que los contemplaba. También estuvo tentado de arrastrar a Sandra a discutir un punto puramente teórico: ¿las montañas existían más en el tiempo que en el espacio o viceversa? ¿Lo que es gigantesco por definición es también por definición más duradero? Pero fue Sandra la primera en hablar, y sus palabras surgirían de pensamientos escondidos en las más profundas capas de su ser.

—Aldo.

—¿Sí?

—Estás seguro de que te quiero, ¿verdad?

—Sí, claro, desde luego.

Sandra frunció el ceño.

—Lo digo totalmente en serio. Realmente te quiero. Es como una obsesión. Una obsesión que no permite...

No era Sandra mujer naturalmente elocuente, por lo que encontró dificultades en terminar la frase, y, en consecuencia, se levantó y fue al lavabo de señoras. Cassidy pagó la cuenta y pidió que avisaran a un taxi. Aquella misma noche, Cassidy y Sandra se hicieron el amor. Por razones que ella sabía, Sandra fue muy lenta. Por fin, allí en las tinieblas, Sandra emitió un grito. Pero Cassidy ya no estaba en situación de determinar si fue un grito de dolor o de goce.

Por la mañana, Sandra volvió a llorar, y Cassidy no osó preguntarle los motivos del llanto.

30

Quizás al día siguiente, quizás, en otoño, ya que Cassidy había perdido su confianza en la noción del tiempo, Angie Mawdray dijo:

—Está aquí. *Ella* está aquí.

A Cassidy se le ocurrieron diversas posibilidades, y sólo excluyó las más probables, tales como Heather Ast, quien, camino de la peluquería, había pasado por allí y había decidido entrar para saludarle, o la Bluebridge, necesitada de dinero y dispuesta a organizar la ineludible escena, o su suegra con Snaps, para hablarle de un nuevo embarazo de ésta, o Heather Ast, otra vez, para hablarle de algún problema de Sandra...

Con sonrisa tolerante, Cassidy preguntó:

—¿Y quién es *ella*?

El rostro de Angie, por lo general todo sonrisas y destellos en las pupilas, tenía el color de la ceniza. Musitó:

—No me habías dicho que era muy bonita.

La recepcionista, amiguita de Lemming, también había quedado muy impresionada, ya que guiñó el ojo a Cassidy cuando éste pasó por delante de ella, camino de la sala de espera, y Cassidy tomó nota mentalmente de retrasar un poco el despido de la muchacha. Recordó Cassidy un incidente, ocurrido en el anual partido de cricket del año pasado —fue una historia de una caseta cerrada a cal y canto, y de un jugador que no aparecía por ningún lado—, por el que la recepcionista todavía no había recibido su merecido. El guiño calmó un poco a Cassidy.

La puerta de la sala de espera estaba entornada. Se encontraba sentada en el sillón más hondo, con el tronco echado hacia atrás y las rodillas algo separadas. Tenía los ojos cerrados, y sonreía. Ordenó:

—¡Gruñe como hacen los cerdos!

Cassidy soltó unos cuantos gruñidos.

—¡Gruñe como un perezoso cerdo que no llama por teléfono, que no escribe y que se pasa la vida revolcándose en el barro!

Cassidy volvió a gruñir.

—Sí, estos gruñidos ya son auténticos —reconoció la muchacha.

Luego abrió los ojos, se besaron y fueron a tomar el té a «Fortnum», ya que la chica tenía un hambre atroz después de la charla.

Ella está aquí.

Cassidy pensó que había vuelto tal como llegan a la mente los recuerdos, y recordó los agradables momentos, las risas, los cuerpos unidos. Había recorrido kilómetros, desde la tierra del bacalao a South Audley Street, calzando sus ya muy deterioradas botas de Anna Karenina. Había hecho auto-stop, viajando en un maravilloso camión conducido por un muchacho llamado Mason. Y Mason había detenido el vehículo para permitir que ella bajara y cogiera aquellas flores azules, la había invitado a té, había envuelto las flores azules en un ejemplar del *Evening Standard* —todavía conservaba las flores, allí en su regazo, y las pondría en la mesilla de noche, hoy, al acostarse—, y le había propuesto acostarse con ella.

—Pero no lo he hecho, Cassidy, te lo juro. Sólo le he dado un beso, y le he dicho: Mason, yo no soy una chica de ésas; de todos modos, muchas gracias.

—Muy encomiable. Incluso ejemplar —dijo Cassidy, quien acto seguido pidió otra ración de huevos, la segunda, para Helen.

—Querido muchacho, ¿eres feliz? ¿Puedo besarte aquí, o crees que llamarán a los lirios? Mason los llamaba así: los lirios. Se refería a la Policía. Cassidy, te quiero terriblemente. Sí, ésta es la primera gran noticia que quería darte. Y tú, Cassidy, ¿me quieres?

—Sí, mucho.

—¡Dios, qué alivio! Se lo he dicho a Mason. Le he dicho: si el tipo me manda al cuerno, no me quedará más remedio que acostarme contigo, tanto si te gusta como si no. Es un imperativo territorial. ¿Se dice así? Como lo de Schiller. Sí, para curar las heridas de mi orgullo.

Se inclinó hacia delante, pletórica portadora de importantes noticias.

—Cassidy, tú has abierto mi alma. Hasta que te conocí, no era más que un renacuajo, un lacayo, una burguesa bestia hogareña. Y tú me has convertido en una sufragista de cuerpo entero. No, no es broma. Cassidy, di que me quieres.

—Te quiero.

Helen le comunicó a la camarera:

—Me quiere. Este señor, mi marido y un camionero llamado Mason me quieren.

—¡Sopla...! —exclamó la camarera, y los tres se echaron a reír.

—Cassidy, eres un cerdo. Eres un cerdo porque no me has llamado, ni me has mandado telegramas, ni nada. Shamus se sentía francamente defraudado. ¿Dónde está mi muchacho? ¿Por qué no llama por teléfono mi muchacho? Estaba noche y día así, hasta que me cansé... Sí, sí, siempre andaba diciendo: Cassidy es mi amante, y no el tuyo... Sí, se lo dije...

—Helen, ¿no te referirás...?

—Y me pasaba el día mirando la carretera, a ver si veía el «Bentley». Sí, se lo dije a Mason. Le dije, si ves el «Bentley» de Cassidy tienes que frenar en seco, porque Cassidy y yo somos amantes, y... ¡Cassidy, dame un beso! ¡Eres un cerdo!

Habiendo satisfecho por el momento las necesidades de Helen, Cassidy le dijo:

—De todos modos, también hubieras podido llamarme tú...

—¡Lo hice, Cassidy! Me pasé todo el fin de semana llamándote, y tú no hiciste más que escuchar el ring, ring, ring, sin dignarte coger el aparato. Te quedaste quieto, como si tal cosa, con la vista fija en tus zapatillas de felpa.

Barras de hierro oprimían el pecho de Cassidy, cuando preguntó:

—¿Durante el fin de semana, has dicho?

—Sí, señor. ¡Pero siempre contestaba tu mujer! En fin, supongo que era tu mujer porque estaba de un humor de mil diablos.

Helen puso cara de vaca y dijo:

—Si tiene usted la bondad de decirme su nombre, le diré a mi marido que ha llamado.

Pronunció estas palabras en una excelente, aunque un tanto molesta, imitación del acento de Sandra. Cassidy dijo:

—Pensaba que me llamarías a la oficina. Quedamos en esto.

—Cassidy, ¡era fin de semana!

Observando cómo Helen se comía el salmón ahumado, Cassidy preguntó:

—¿Cómo está Shamus?

—Está magníficamente bien, te quiere mucho, y el asunto del bacalao marchó como una seda. Cassidy, este muchacho triunfará. Ya lo verás. En fin, tanto él como yo somos felices. Y esto a ti lo debemos.

¿Qué le había ocurrido a Helen? ¿Qué era lo que la había liberado? ¿He sido yo la causa?

Helen cambió su acento, para proseguir lo que Cassidy consideró una imitación del habla de las gentes de Lowestoft.

—Uno de ellos me dijo: «¿Qué, nena?, ¿vamos al catre?» Y tuve que explicarle, Cassidy, que soy mujer con obligaciones. Le dije que tengo un amante muy rico, que es nada menos que el inventor del freno de discos, y que me vigila como si fuera un eunuco. ¿Te gusta que te llame eunuco, Cassidy?

Sin la menor transición, pasó a otro tema:

—Y además, le pagan. De ahí que te haya dicho que el asunto del bacalao marchó como una seda. No tiene que volverlo a escribir, no hay Dales de por medio, nada.

Con cierta vergüenza, señaló el abrigo nuevo que llevaba.

—En realidad, estoy llevando los honorarios. Pero no te preocupes, Cassidy...

Se inclinó ávidamente hacia delante.

—¡No te preocupes, muchacho! ¡Debajo del abrigo no llevo nada! ¡Voy desnuda!

—Helen, por favor. Escucha un momento. Estás totalmente salida de madre. ¿Qué te ocurre? ¿Estás borracha o qué?

Con ciertos filos de sequedad, Helen repuso:

—¡Es el amor! ¡Y el amor nada tiene que ver con el alcohol!

Una maniquí caminaba lentamente a su alrededor. Era una muchacha esquelética y melancólica, de escaso atractivo.

—Estoy mejor que ella, de todos modos.

Cassidy dijo:

—¡Y tanto!

—Habla siempre de ti y te echa terriblemente de menos. Se pasaba el día diciendo: «¿Tú crees que estará bien? ¿Por qué no le llamas?» ¡A mí! ¡A mí me lo decía! Sí, debe conservar la fe que depositó en ti, ya que te ama, y esta fe se la diste tú, y esto debe ser conservado eternamente.

Bajó la voz.

—Y está terriblemente avergonzado de lo que pasó en el «Savoy», Cassidy.

—Bueno, no creo que tenga ningún motivo para estarlo.

—Ha vuelto otra vez al sacrificio. No bebe, no hace el amor, en fin, nada de nada. No sabes cuánto te echa de menos, Cassidy. Decía que sólo quería oír tu voz, y la elegancia con que estructuras tus frases cuando estás en el estado mental propio de las sesiones del Consejo de Administración.

Helen miró a su alrededor, para averiguar si alguien escuchaba sus palabras, y dijo:

—Se lo ha imaginado, ¿sabes? Todo. ¿Verdad que es inteligente? Igual que si nos hubiera estado observando. Fíjate en las flores. ¡Qué azul!

«El ministro de Trabajo», le dijo a Sandra. Sí, era una extraña convocatoria. Y Cassidy se preguntaba si acaso la entrevista no haría referencia a lo que él estaba empeñado en conseguir. Sí, le habían hablado de unos escaños vacantes en las circunscripciones del este de Inglaterra. Sandra dijo:

—Supongo que esta reunión durará toda la noche.

Cassidy reconoció:

—Me temo que sí. Nos reuniremos en Lowestoft. Salgo dentro de cinco minutos.

Mientras avanzaban a lo largo del Embankment, Cassidy le preguntó a Helen:

—¿Qué querías decir con las palabras «se lo ha imaginado todo»? ¿A qué te referías exactamente?

—Pues a nuestra situación, a ti y a mí en cuanto amantes, y a él en cuanto a marido. Éste es el tema de su nuevo libro, y te aseguro que es un libro fabuloso, Cassidy, de veras. Está mil veces mejor que el último que escribió. Tendrás que leerlo. ¡Es *revulsivo*!

Muy sinceramente, Cassidy dijo:

—¡Maravilloso! A propósito, ¿qué ocurrió con la novela que redactó por segunda vez?

—Bueno, está en un cajón, con la palabra «fragmento» en la cubierta. Será cuestión de publicarla en el volumen de sus escritos póstumos. Tú te encargarás de esto. Shamus dice que vivirás varias décadas más que él. Estoy segura de que así será. Eres tan escurridizo... Dale está loco de entusiasmo.

—Es natural.

—Bueno, la verdad es que este libro ya puede darse por acabado. Tiene toda la estructura planeada y muchos fragmentos completos. Lo único que falta es soldar los fragmentos. Con esto quiero decir que incluso tú podrías aunar el libro, tal como está ahora. Pero, ya sabes cómo es Shamus... Su plan consiste en hacer un rápido viaje a Suiza, registrar la fugaz visión del país, regresar a Inglaterra y triunfar. A propósito, me parece que vamos a necesitar tu chalet. Shamus dice que las montañas le van a sentar de maravilla. Me ha dicho que me des la llave.

—¿Sí?

—Francamente, Cassidy, ¿no imaginarás que Shamus cree que haré el viaje a Londres y que una vez en Londres no veré a mi amante?

—¿Qué dice el libro?

El *contenido* no le había preocupado hasta el momento presente. En realidad, el contenido había servido de natural obstáculo en el camino del celestial y puro goce de las nunca leídas obras de Shamus. Pero ahora, por razones muy íntimas, aun cuando no del todo definidas —la excitación de Helen, quizá la inminencia de una muerte cierta—, Cassidy quería saber con la mayor claridad qué se decía en el libro.

—Pues, mira, al final, hay el más fabuloso asesinato que puedas imaginar. Pasa en Dublín, ¿sabes? Shamus va y se compra una pistola, y luego enloquece, y pasa un montón de cosas, y todo es fabuloso...

Al ver la expresión del rostro de Cassidy, Helen soltó una risita ahogada y dijo:

—No te preocupes, no tienes nada que temer. Además matas a Shamus. Tú eres quien le mata a él, ¿sabes? Cassidy, soy feliz, ¿y tú?

—Claro que sí.

—¿Cómo está tu mujer?

—Bien, gracias.

—¿No sospecha?

—¿Quién?

—Tu mujer.

—No, no.

—Quiero que todo el mundo sea feliz, tú, Shamus, tu mujer... Quiero que compartan nuestro amor, y...

Cassidy se echó a reír bruscamente. Dijo:

—Dios mío, quizá sí que llegue el día...

Sin embargo, abrazó a Helen —estaban en plena calle, no muy lejos del obelisco de Cleopatra—, y se alegró al comprobar que no había amigo alguno por los alrededores, ni tan siquiera los Niesthal.

En el taxi, cogiendo con ambas manos el brazo de Cassidy, Helen prosiguió:

—Y entonces, cuando tú ya has matado a Shamus, te mandan a un presidio irlandés para que cumplas la condena de cadena perpetua, y allí escribes una gran novela, de miles y miles de páginas. Y esta novela es *su* novela. ¿Qué tal son las cárceles irlandesas, Cassidy?

—Con aspecto de cervecería, supongo.

—Y con *muy* poca vigilancia. En fin, supongo que me acompañarás el día que visite una de esas cárceles. Shamus quiere que te encierren en la prisión principal de Dublín. Yo me encargaré de proporcionarle todos los datos. Se lo he prometido, ya que la cárcel que Shamus describa ha de ser un vivo retrato de la realidad. Ya ha escrito la dedicatoria. Me dedica el libro con las palabras más fabulosas que puedas imaginar. Bueno, la verdad es que nos lo dedica a los dos, a ti y a mí.

—Maravilloso.

Mientras besaba a Cassidy con extrema generosidad, Helen dijo:

—Bueno, pero conste que sólo lo ha imaginado. No le he dicho ni media palabra de lo que tú y yo hicimos, ¿sabes? Porque fuiste tú, ¿verdad, Cassidy? No fue un camarero, supongo. Ahora no recuerdo si lo hicimos a oscuras o con la luz encendida.

Cassidy dijo:

—Con la luz encendida.

—¿Y yo debajo?

—En efecto.

—Bueno, pues el caso es que, para sobrevivir, no te queda más remedio que pegarle un tiro, ¿comprendes? Al menos ésta es la conclusión a que Shamus ha llegado. Para conservar tu dominio y soberanía, debes pegarle cuatro tiros. Shamus dice que él es el ser original y que tú eres la imitación. Por lo tanto, si te lo cargas, tú te conviertes en el original, por derecho propio. En realidad, el razonamiento es terriblemente clásico. Con esto, tu talento queda liberado, pero tú quedas encerrado en presidio, de manera que no puedes desperdiciar a base de borracheras tu talento, y, por otra parte, vivirás sometido a una maravillosa disciplina que lo mejorará...

—No tengo talento. No soy más que un bufón. Tengo las manos y los pies grandes, y...

—No te preocupes, Shamus te transfiere parte de su talento. Al fin y al cabo, para que un tipo se acueste conmigo forzosamente ha de ser un genio, ¿verdad? Por lo menos, esto es lo que ocurre en el libro de Shamus. Con esto quiero decir que no puede ser una cosa así, sórdida y de la clase media, y sin arte... Oye, Cassidy, te escribí una carta.

Helen abrió el bolso, le dio la carta y esperó a que Cassidy la leyera. En el sobre había las palabras: Para el muchacho. La hoja era rayada y procedía de uno de los blocs de Shamus.

«En una sola noche me has dado más de lo que cualquier otro me daría en toda una vida.

»*Helen.*»

Mientras contemplaba a Cassidy leyendo la carta, Helen dijo:

—Creo que en esta carta hay cierto ritmo. Está muy pensada. Quería que Shamus la viera para que me diera su opinión, pero pensé que más valía que no. Al fin y al cabo, tampoco soy su esclava, ¿verdad?

Entre risas, Cassidy dijo:

—¡No, Dios mío, no! En todo caso será al revés.

—Cassidy no quiero que patees a Shamus.

—No le pateaba.

—Bueno, más vale dejarlo. Y no olvides que es amigo tuyo.

—Helen...

—Debemos protegerle con todas nuestras fuerzas. Sí, porque si alguna vez descubre la verdad, quedará destrozado para siempre. Sí, totalmente destrozado.

En el campo de fútbol no había un alma. Los niños habían desaparecido. También el río estaba casi desierto. Sería fiesta o día de oraciones.

Nada había cambiado, pero la casa pertenecía ya al pasado. La chaqueta del smoking de Cassidy colgaba todavía en la habitación de los invitados. Una leve capa de polvo, humano o mineral, daba un color grisáceo a las hombreras. La cocina olía a verduras. Helen había olvidado vaciar el cubo de la basura. Los cristales de la ventana estaban grisáceos. La mesa escritorio se encontraba exactamente en el mismo estado en que el gran escritor la había dejado, con la única salvedad del polvo que la cubría, y de la calidad amarillenta y quemada de las cuartillas. La boina colgaba del respaldo de la silla. Y Keats reposaba sobre un papel secante.

Se abrazaron y se abrazaron y se besaron, a la grisácea luz del día, primero en los labios, y después con la lengua. Cassidy acarició a Helen, principalmente en la espalda, y recorrió su espina dorsal hasta el punto en que terminaba, preguntándose si Helen se molestaría si él seguía su exploración. «El lápiz de labios tiene un sabor diferente a la luz del día», pensó Cassidy. Era más cálido y pegajoso.

Helen murmuró:

—Cassidy, oh, Cassidy...

Cogió la mano de Cassidy y le besó los dedos, y puso la mano en sus pechos, dirigió la mirada al dormitorio, luego miró a Cassidy y después exhaló un suspiro. Dijo:

—Cassidy.

Habían dejado la cama deshecha, con las sábanas a airear y las almohadas amontonadas como para que en ellas apoyara la cabeza una sola persona. La colcha de «Casa Pupo» yacía en el suelo, como si hubiera sido arrojada allí en un momento de prisa, y las cortinas cubrían únicamente aquella parte de la ventana que permitía a los vecinos ver el interior del cuarto. A la escasa luz, el azul era muy oscuro, más negro o gris que azul, y el papel floreado tenía cierta calidad otoñal que nunca había adquirido en el cuarto de los niños de Cassidy. Pisando la colcha, Cassidy se acercó a la ventana y corrió las cortinas. Dijo:

—Hubiera debido mandar a alguien para que pusiera la casa en orden. Realmente me he portado como un idiota.

Mientras le hacía el amor a Helen, al olfato de Cassidy llegó el conocido olor del sudor de Shamus y oyó el sonido de los golpes contra las alfombras, en el patio del blanco hotel.

Luego bebieron «Talisker» en la sala de estar, y Helen comenzó a temblar, sin razón alguna, lo mismo que hacía Sandra cuando Cassidy le hablaba de política. Helen le preguntó:

—No tendrás otro nidito de amor, ¿verdad, Cassidy?

Mientras almorzaba en «Boulestin», recobrado ya el optimismo, trazaron un plan maravilloso. A partir de ahora, tan sólo utilizarían sórdidas pensiones, tal como corresponde a auténticos amantes sin derecho a serlo.

En su secreto Baedecker, Cassidy escribió:

> «El "Hotel Adastras", cerca de la estación de Paddington, puede muy bien compararse con cierto blanco hotel parisiense que los cronistas aún no han podido localizar... Tiene la misma gracia antigua y modesta, y hermosas plantas de avanzada edad, conservadas durante largos años por la dirección del establecimiento. Los fanáticos de las estaciones encontrarán en este hotel un verdadero paraíso; los dormitorios dan directamente a los cobertizos en que se mantienen apartados los vagones, y desde sus ventanas se puede contemplar, durante toda la noche, el espectáculo de un poco conocido aspecto del servicio de transporte y comunicaciones de la Gran Bretaña. El hotel goza principalmente de las preferencias de los amantes que han de ocultarse a la faz del mundo. Los hermosos y húmedos frisos del siglo XIX, los hogares con repisa de mármol y amarillento papel en vez de fuego, para no hablar ya de los camareros indignamente impertinentes que atienden a la clientela que acude allí para satisfacer sus necesidades sexuales, forman un ambiente de desolación e incongruencia, excepcionalmente favorable para las grandes actuaciones.»

—Shamus era un latoso. Me había convertido en una cursi. *Observar.* ¿Es que hay alguien a quien le guste observar? No, señor, Shamus no es un maestro de escuela, y yo no soy una párvula en su clase. Estas bobadas se han terminado para siempre, y Shamus tendrá que aceptarlo. ¡Y basta!

—¡Y basta!

—¡Uf...!

—¡Uf...!

—Miaaau...

—Miaaau...
—Cassidy, eres un oso. Un oso grande, grande, y quiero que este oso me viole.
Cassidy pensó: «Sí, soy el oso *Pailthorpe.*»

Cheeribye, el empleado que les había acompañado hasta el dormitorio, les había dicho: Bueno, pues que amorticen el precio...

¿Es que nunca duermen las estaciones de ferrocarril?, se preguntó Cassidy. Clang, clang, clang... Vosotros debéis bailar, pero yo debo dormir.

Esta noche has de portarte como un león, muchacho, porque pronto llegará el momento en que tendrás que ser un ratón de nuevo.

—¿Cassidy?
—Sí.
—Te quiero.
—Te quiero.
—¿De verdad?
—De verdad.
—Podría hacerte el hombre más feliz del mundo.
—Ya lo soy.

—Más, Cassidy.
—No puedo. He llegado al límite, palabra de honor.
—Tonterías. Si te lo propones puedes lograr cualquier cosa. Tienes el defecto de no convertir en realidad tus enormes posibilidades.

Por los altavoces anunciaban la salida de un tren nocturno. Partidas a medianoche, Cassidy pensó. Sí, algo más que medianoche. Los párpados se le cerraban. Claras rayas de luz procedente de la estación se reflejaban en el techo empapelado. Helen dijo:
—¿Prometido?

—Prometido.
—¿Para siempre, siempre, siempre?
—Siempre, siempre, siempre.
—¿Es una promesa?
—Es una promesa.
Como no tenían sangre a su disposición, bebieron «Talisker».
—¿Y qué más dice el libro?
—Ya te lo he contado. Escribes una gran novela en presidio.
—Pero, ¿cómo se entera?
—¿De qué?
—De que tú y yo somos amantes.
Con mucha gravedad, Helen dijo:
—Me ha leído estas páginas. Fue un asunto espectral.
—¿Qué quieres decir con eso?
—Que no llegó a dramatizarse. Que, simplemente, ocurrió.
—¿Cómo?
—En el libro, se llama Balog. Shamus se llama Balog, ¿sabes? *Gradualmente, Balog llega a sospechar lo que ya sabe. Es decir, sospecha que su fuerza ha pasado a su amigo, y que su amigo se ha convertido en el amante de Sandra.*
En aquel instante, Cassidy descubrió que aún le quedaban fuerzas, ya que se irguió, sentándose bruscamente en la cama. Repitió:
—¿Sandra?
—Sí, es un nombre que a Shamus le gusta mucho. Y dice que me sienta muy bien.
—Pero esto es realmente asqueroso... Todos pensarán...
Pero se contuvo a tiempo. Más valía que hablara del asunto con Shamus. Realmente, era demasiado. En fin, resulta que llevo al tipo de viaje a París, le visto, le pongo piso, y entonces el tipo va y me quita a la mujer, dejándola, además, públicamente en ridículo. En un frío y desagradable tonillo profesoral, Cassidy dijo:
—Me gustaría saber cómo es posible que alguien sospeche lo que ya sabe con certeza.
Hubo un largo silencio. Al fin, Helen dijo con firme acento:

—Si algo hay que Shamus domine a la perfección, este algo es la estructura de la novela.
—Pues en mi opinión es ridículo. ¡Compararte con Sandra! ¡Insultante!
—El arte es así —repuso Helen, quien, después de decir estas palabras, le dio la espalda a Cassidy y se quedó quieta, lejos de él. Cassidy insinuó:
—¿No crees que sería conveniente que llamaras a Lowestoft, no sea que Shamus haya regresado?
Desdeñosamente, Helen dijo:
—¿Y qué haríamos si hubiera regresado? ¿Invitarle a que viniera aquí, con nosotros? Cassidy, ¿no tendrás miedo de Shamus?
—No es miedo, sino preocupación, interés por él. Sabes que le quiero.
—Los dos le queremos.
Suavemente, Helen comenzó a besarle. Musitó:
—Oso, osazo, león feroz...
Por los altavoces anunciaron la partida de un tren con destino a Oxford. Último aviso, última ocasión.
Pero, en aquellos instantes, Helen había decidido que Cassidy necesitaba los últimos consuelos.

El sol salió muy despacio, fue un alba íntima, un alba de amarillenta niebla de creciente luminosidad, bajo las ennegrecidas cúpulas de la estación. Al principio, mirando a través de la ventana, Cassidy creyó que se trataba del vapor de una locomotora. Luego recordó que las locomotoras ya no funcionaban a vapor, y se dio cuenta de que era niebla, densa y venenosa niebla. Helen dormía, aislada de él por la íntima paz que manaba de la fe. Su rostro no se contorsionaba ante el recuerdo del diabólico Dale ni de su garganta escapaban gritos de angustia. Era un reposo profundo, el reposo que premia a la virtud.
Helen es nuestra virtud. Helen es eterna.
Helen puede dormir.

Se levantaron tarde, y dedicaron el día a visitar sus lugares favoritos. Pero a los gibones no les gustaba la niebla, y el busto de Mussolini había sido retirado, para proceder a su limpieza.

—Probablemente lo han robado los fascistas de Gerrard Cross.

Cassidy se mostró de acuerdo.

—Seguro.

No fueron a Greenwich.

Por la tarde vieron una película francesa que calificaron, unánimemente, de fabulosa, y luego regresaron al «Adastras» para intercambiar una vez más puntos de vista íntimos.

Después, en la intimidad del reposo compartido, Helen le dijo, en un arrebato, a Cassidy que Shamus y ella se habían separado.

—Y ha sido muy fácil, ¿sabes? Yo le dije: «Me parece que voy a Londres para comprar unas cosillas, ver cómo está Sal, limpiar y ordenar el piso, hacer una visita a Dale, ver al muchacho, y demás.» Y Shamus dijo que de acuerdo, que no tenía nada que objetar. En fin, ¿si él lo hace, por qué no puedo hacerlo yo? De todos modos, no pareció molestarse ni nada. Le dije que le llamaría por teléfono, y contestó que no valía la pena que me molestara. Me preguntó que cuántos días estaría fuera, y le dije que una semana, y él me dijo que le parecía muy bien. Y esto fue todo.

Cassidy dijo:

—Perfecto, sí, perfecto. ¿Lo has hecho alguna otra vez?

Rápidamente, Helen preguntó:

—¿He hecho qué?

—Ir de compras, a Londres. Ir a ver a Sal y a todos los demás, tú sola.

Antes de contestar, Helen pensó durante bastante rato:

—Cassidy, debes procurar comprender. De mi persona sólo hay una edición, una y sólo una. Y esta edición te pertenece. Ahora bien, también es verdad que en parte pertenezco a Shamus. Pero tu parte no pertenece a Shamus. ¿Comprendes? ¿Alguna otra pregunta?

—Ninguna pregunta.

Para que Cassidy quedara contento, Helen llamó a Lowestoft, pero nadie contestó la llamada.

Contrariamente, Sandra cogió el teléfono inmediatamente. Cassidy le dijo:

—Me han ofrecido el escaño de Lowestoft.

—Ah...

—¿No estás contenta?

—Claro. Mucho.

—¿Cómo va el asunto de las invitaciones?

Las invitaciones a la fiesta.

Había enviado cien invitaciones y, por el momento, veinte invitados habían aceptado. Añadió:

—Todos tenemos grandes esperanzas de que asistas, querido.

Tomándolo a la ligera, Cassidy dijo:

—Muchas gracias. Yo también.

31

Durante este agotador período de la vida de Cassidy —la mañana siguiente quizá, o quizá la siguiente a la siguiente— se produjo un pequeño hecho que muy escasa relevancia tuvo en el destino del gran amante, pero que, sin embargo, puso de relieve, con desagradable énfasis, que, poco a poco, una sensación de que tendría que rendir cuentas iba dominando su ánimo. Hacia el mediodía, al llegar a la oficina, en una de las raras ocasiones en que Cassidy abandonaba el mayor escenario en el que había decidido actuar —le dijo a Helen que se trataba de un compromiso sagrado, de un asunto de naturaleza política y de nivel bastante alto—, advirtió que la recepcionista le dirigía una insolente mirada y luego encontró un sobre de color malva, dirigido a él, con la letra de Angie Mawdray.

La encontró en la cama, con mucha fiebre, *Lettice* encima de ella, y Che Guevara en la pared.

Teniendo la mano de Angie entre las suyas, Cassidy insistió:

—¿Y cómo lo sabes?

—Lo siento, y eso es todo.

—Pero, ¿qué es lo que sientes?

—Siento que me crece en la barriga. Se parece mucho a tener ganas de ir al retrete. Y si estoy quieta, muy quieta, siento cómo late su corazón.

—Escucha, Angie, mi amor, ¿has llamado al médico?

—¡Eso jamás lo haré!

—Sólo para que te vea, querida.

—Sentir es conocer. Tú mismo me lo dijiste. Cuando se siente algo, lo que se siente es verdad. Además, también lo dice mi horóscopo. Dice que entregaré mi corazón a un desconocido. Y si llevo un niño dentro es evidente que le entrego un corazón, así es que mierda.

Cassidy, ahora con voz tensa, dijo:

—¿Has vomitado?

—No.

—¿Has... has...?

Se esforzó en buscar un eufemismo:

—¿Has tenido tus días malos?

—No lo sé.

—¡Claro que lo sabes!

—A veces, apenas tengo.

Soltó una risita ahogada, y metió la mano bajo la sábana. Dijo:

—Tengo un poco, y, luego, puf, se acaba. Aldo, ¿es verdaderamente tu amante? Dime la verdad, Aldo.

Cassidy dijo:

—Vamos, vamos, no seas tontaina...

Angie musitó:

—Más arriba. Ahí, eso... Ahora... Es que te quiero, Aldo, y no me gusta que andes por ahí acostándote con otras señoras.

—Lo sé. Y nunca lo haré.

—No me importa que lo hagas con tu mujer, si es que no tienes más remedio. Pero me molesta que te acuestes con monadas como ésta. No me parece honrado.

—Angie, por favor, créeme.

Después de muchas discusiones, Cassidy logró convencer a Angie —¿al cabo de un día?, ¿al cabo de dos días?— de que debía permitirle mandar una muestra de su orina a una dirección de Portsmouth que salía en los anuncios de la última página del *New Stateman* de Sandra. Angie dijo que mandaría sólo un poquito, una pequeña muestra, y se negó a revelar cómo la había metido en la botella. Cassidy mandó la muestra, con los sellos que representaban el precio del análisis, y un sobre a él dirigido, con las señas de la fábrica. Este sobre jamás volvió a manos de Cassidy, quizá no había enviado suficiente cantidad de orina o quizás —horrenda visión— la botella se había roto durante el trayecto. Durante cierto tiempo, una parte de la mente de Cassidy vivió bajo la obsesión de este asunto. Buscaba entre las cartas el sobre en el que constaba su nombre, escrito por su propia mano, registraba los compartimentos de recepción de paquetes, so pretexto de haber perdido el reloj. Pero, poco a poco, el peligro fue alejándose.

Cassidy le dijo a Angie: «Esa gente sólo contesta cuando el resultado es positivo.» Y los dos acordaron que probablemente no había embarazo.

Pero de vez en cuando, Cassidy se sorprendía a sí mismo, en los momentos de gran pasión en otros lugares, imaginando cómo la patética ofrenda de Angie se oscurecía lentamente en la estantería de un sórdido laboratorio, o bien la veía, con su etiqueta de color limón, flotando en el mar, junto al yate del duque de Edimburgo.

32

Helen dijo:

—Piensa en todo instante que las cosas bellas tienen algún día su fin.

—¿Qué ha pasado?

Se encontraban en Bond Street, de compras. Helen necesitaba guantes.

—Shamus ha llamado.

—¿Que ha llamado? ¿Adónde? ¿Cómo ha logrado encontrarte?

Repuso vagamente: un amigo. Llamó a casa de un amigo, y resultó que ella estaba allí, de visita.

—Me parece muy raro.

Con expresión fatigada, Helen dijo:

—Cassidy, que no soy una espía rusa, por favor.

—¿Dónde está?

—En Marsella. Acumulando material. Irá a Sainte-Angèle, luego. Y me reuniré con él, este fin de semana.

—Pero me dijiste que estaba en Lowestoft...

—Viajó en auto-stop.

—¡A Marsella! ¡No seas ridícula!

Irritada por estas palabras, Helen centró toda su atención en el contenido de un escaparate. Cassidy dijo:

—Mil perdones. ¿Y qué más ha pasado?

—Shamus ha decidido situar la acción de su libro en África. Pensaba incluso irse directamente a África, ya. Pero, en el último instante, cambió de parecer y decidió ir a tu chalet.

Dentro de la tienda, la dependienta medía la incomparable mano de Helen.

—¿Dijo algo de mí?

Poniendo la mano sobre el guante, Helen repuso:

—Muchos recuerdos.

—¿Y cómo estaba? ¿Qué impresión te ha causado?

—Buena. Parecía sereno y dueño de sí mismo.

Cautelosamente, Helen metió los dedos en la negra boca. Cassidy dijo:

—Magnífico... Seguramente trabaja mucho en su novela. ¿Y qué más?

—Ha dicho que le regales una bata. Sí, una bata negra con solapas rojas. Así es que, si te parece, podemos comprarla ahora.

Cassidy dijo a la dependienta:

—Nos llevamos los guantes.

Y entregó la carta de crédito.

Poco más añadió a lo dicho, cuando de nuevo estuvieron en la calle. No, por lo general, Shamus no iba de viaje al extranjero, sin decírselo antes a ella. De todos modos, también había que tener en cuenta que Shamus no era un hombre vulgar, con reacciones previsibles. No, no había dicho nada que indicara que hubiera concebido sospechas. Insistió mucho en que Helen debía divertirse cuanto pudiera en Londres. Pero, en fin, la semana iba a terminar pronto y Helen debía acudir al lado de Shamus.

—Bueno, parece que mi ración de Cassidy se ha terminado. ¿Te molesta que vayamos a una tienda que se llama «Alderton», en Jermyn Street? Oye, ¿no pensarás retirar tu inversión?

Ahora iba en taxi.

—¿Mi inversión en qué?

—¡En mí!

—Claro que no. ¿Por qué?

—Pues porque me gustaría que me dieras un beso.

En «Alderton», los dos, silenciosos, eligieron una bata, y Cassidy accedió a probársela. Helen dijo:

—Es que tiene exactamente las mismas medidas que mi marido.

Juntos, subieron una escalera metálica, de caracol. El probador se encontraba tras una cortina en un cuarto que parecía una sala de estar. Había un marchito retrato de Eduardo VII. Helen abrazó suavemente a Cassidy, apoyó su cuerpo en el de éste, y bajó la cabeza, tal como había hecho en Haverdown y en el «Savoy», tal como Sandra bailaba con él, años atrás, en Oxford. De repente, a través de la tela de la bata, Cassidy advirtió que el cuerpo de Helen era muy débil y que la pasión de Helen había dejado de ser su enemiga. Helen cogió las manos de Cassidy, las juntó y las puso sobre su pecho. Por fin le besó largamente, con los labios cerrados. Oyeron los pasos del dependiente subiendo la escalera, y Cassidy pensó en la cárcel. Nada tenía que decir, salvo: Todavía nos quedan cinco minutos.

En el aeropuerto, Helen preguntó:

—¿Te di?

—¿Qué?

—Fe.

—Me diste amor.

Llorando en sus brazos, Helen preguntó:

—Pero, ¿creíste? ¡Deja de darme palmaditas! ¡No soy un perro!

Se apartó de Cassidy.

—Di, ¿creíste en ello? ¿Qué le debo decir a Shamus, si me lo pregunta?

—Sí, creí, y sigo creyendo.

La azafata ayudó a Helen a llegar hasta la puerta. Para ello utilizó los dos brazos, poniendo el derecho alrededor de la cintura de Helen y procurando, con la mano derecha, mantenerla vertical. Al llegar a la barrera, Helen la cruzó sin volver la mirada atrás ni despedirse agitando la mano. Volvió a mezclarse con la multitud, dejando que ésta se la llevara.

La fiesta fue silenciosa. «Como si la reina hubiera muerto», pensó Cassidy, como si fuera una muestra del desaliento nacional. En el último piso, cerradas las puertas, Snaps, algo ligera de ropas, ponía discos de melancólica música a unos cuantos amigos selectos. Snaps hacía acto de presencia muy de vez en cuando, sólo para proveerse de champaña, y regresaba en silencio a su privada diversión. En la cocina, Sandra y Heather, demasiado ocupadas para estar presentes, preparaban canapés calientes que no podían ser repartidos, mientras los niños, a quienes se habían entregado caros instrumentos musicales, no los tocaran en el sótano al que se les había confinado.

La Ast le aconsejó con aquella sensatez que sólo tienen quienes carecen de hijos:

—Déjalos solos. Ya verás cómo se divierten.

Los Elderman se mantenían apartados del resto de los invitados. Las fiestas a las que acudía mucha gente eran contrarias a sus principios, debido a que no propiciaban las conversaciones íntimas.

Los invitados permanecían en el centro de la habitación, como víctimas de un ascensor estropeado, a la espera de subir o de bajar.

Al pasar junto a Cassidy, cargada con una bandeja, Sandra le dijo entre dientes:

—Les has dado demasiadas bebidas algo pronto, y, como de costumbre, ya están todos borrachos. ¡Míralos, míralos!

Por encima del hombro, Heather le dirigió una enfática sonrisa. Cuando Sandra se hubo ido, Heather le aseguró:

—Es maravilloso.

Le cogió el hombro, y repitió:

—¡Maravilloso!

Habían llegado ya varios amigos de Heather, casi todos ellos ocupados en tareas editoriales. Se distinguían por sus coloridas ropas, y habían tomado al asalto el cuarto de los niños, en donde admiraban las pinturas de Hugo. En el curso de sus rápidas visitas al lugar, Heather les daba explicaciones. Sí, efectivamente, Hugo era un niño maravilloso, y muy adelantado. Mark también. Sí, esperaba con ansia el momento de tenerles en casa, cuando Sandra y Aldo se fueran de vacaciones. Mientras Heather hablaba, su abogado se acercó a Cassidy, era el abogado que se había ocupado de su divorcio. Se llamaba nada menos que Pitt, y Oxford le había infundido sabiduría. Le dijo a Cassidy:

—¡Cuán afortunado es usted de tener a Heather a su lado!

Sin embargo, el grupo más numeroso era el que rodeaba a Mrs. Groat, que se había emborrachado con bitter. En la parte baja de sus mejillas habían aparecido las conocidas manchas rosáceas, y sus ojos giraban como enloquecidos, tras los azulencos cristales de las gafas. Estaba sentada en un silloncito «Regencia», con aire desmadejado, y se cogía con ambas manos una rodilla alzada, mientras dirigía sus palabras a la nueva cornisa con la que había trabado ya coqueta amistad. Apoyado en el sillón tenía un bastón negro. En su pie llevaba un vendaje para prevenir calambres. Hablaba de la lujuria de los hombres y de los ataques que habían dirigido a su misteriosamente invencible virtud. El peor de todos los hombres que había conocido era Colly, amigo de la infancia, con quien recientemente había pasado un fin de semana.

—Bueno, el caso es que Colly tenía un «Hillman Minx», aunque no consigo ni siquiera imaginar por qué le dio por comprarse un «Hillman», aun cuando tampoco debemos olvidar que vuestro padre tenía un «Hillman» y que Colly siempre quiso estar a la altura de vuestro padre.

Mrs. Groat dirigía sus palabras a sus hijas, pese a que ninguna de ellas estaba presente.

—Y con esto no quiero decir que vuestro padre estuviera a gran altura en nada, no, señor, nada de eso... Bueno, el caso es que estábamos pasando un fin de semana en Faulkland Saint Mary, y, aunque en realidad no era un fin de semana maravilloso, pero era lo mejor que cabía esperar, teniendo en cuenta las circunstancias, y estábamos en un hotel al que su madre le había llevado cuando era pequeño, que en realidad no era un hotel, sino tan sólo una especie de taberna con dormitorios en el piso superior. El caso es que Colly se estaba portando como de costumbre, aburrido pero amable, y habíamos cenado *bastante* bien, no como en el «Claridge», claro está, y yo me había ido a mi dormitorio para escribir una carta a Snaps, y entonces, Colly, entra la mar de alegre y contento en mi dormitorio, y, con muchas sonrisas, me pregunta si tengo calor. Y yo dentro, en bata, lista ya para meterme en la cama. Y Colly con una gran bata que le llegaba hasta los pies, con un aspecto igual que el de vuestro padre o que el de Noel Coward, pero avergonzado de tenerlo. Y yo que voy y le digo: «¿Qué quieres decir con eso de si tengo calor? Estamos en pleno verano y me estoy asfixiando.» Colly ya sabes que odio el calor. Y se queda así, sin saber qué hacer, resoplando y pateando. Y va y dice: «Pues quería decir que si estás caliente, ya sabes...» Y con el dedo señala abajo, a través de la bata, señala la cosa, igual que un soldado enloquecido o que un vagabundo. Y dice: «Caliente aquí, abajo.» Estaba borracho como una cuba, y yo lo noté por la forma en que me miraba, pese a lo mal que tengo la vista. Bueno, la verdad es que la actitud de Colly no me hubiera importado, si Colly hubiese sido capaz de hacer algo, sí, porque entonces todo habría sido diferente. En esto estoy plenamente de acuerdo con las jóvenes generaciones. No, no estoy en todo de acuerdo con ellas, pero en esto sí.

La sorprendente franqueza de esta narración no provocó comentario alguno. Sólo Storm, el contable de Cassidy, se atrevió a decir:

—¡*Maravillosa* mujer! ¡Como la Dietrich, pero mejor!

Cassidy dijo:

—Sí.

—Cassidy, querido, ¿cómo sigue su pobre amigo?

Era el viejo Niesthal. Su esposa, vestida elegantemente de negro, movía coquetonamente la cabeza en signo afirmativo, tras el hombro del viejo Niesthal. El largo y amable rostro del viejo Niesthal aparecía surcado por las arrugas de la preocupación.

Previendo el ataque de Sandra, Mrs. Groat decía:

—Querida, les estaba hablando de Colly, y no creas que estoy alardeando de virtuosa, ya que, al fin y al cabo, soy de carne y hueso, y es justo que tenga también mi propia vida. Querida, ¿no estará eso demasiado caliente? Sabes que nunca me han gustado los platos demasiado calientes. Bueno, el caso es que Colly se me declaró, y quería que abandonara a tu padre y que huyera con él.

Ahora se dirigió a todos los presentes:

—Pero, naturalmente, yo no podía hacer eso. ¿Verdad que no podía? Tenía que cumplir con mis deberes con Snaps y Sandy.

—No sabe qué preocupados nos dejó aquel pobre muchacho, Cassidy.

Su esposa añadió, también muy preocupada:

—Por la cara que ponía, parecía un salvaje.

Se volvió hacia Sandra, y aceptó un buñuelo. Con expresión de lástima en las pupilas, Mrs. Niesthal dijo a Sandra:

—Bailando encima de la mesa, lanzando gritos y aullidos como si le estuvieran asesinando, y los camareros sin saber qué hacer... Pero su marido se portó con gran valentía, igual que un policía...

La Ast dijo:

—Al teléfono.

Cassidy dijo:

—Gracias.

Sin acento alguno, como si no fuera el suyo, tan fascinante, Shamus dijo:

—¡Dios mío, muchacho! Parece que la amistad nada significa para ti.

En la estancia contigua, los niños habían comenzado a tocar el tambor.

SAINTE-ANGÈLE

33

La identificación de una parte de la personalidad de Aldo Cassidy —por no hablar ya de la identificación de una parte de su fortuna, que rendía ilícitamente un cuatro por ciento libre de impuestos, en territorio suizo— con el remoto, pero en plena boga, pueblecito helvético de Sainte-Angèle, hubiera sido tema sobre el que Cassidy habría hablado con deleite, si no hubiesen corrido para él días tan turbulentos. Con fatigada sonrisa de hombre de mundo, a Cassidy le hubiera gustado decir: «Es el lugar donde puedo gozar de la soledad, es mi capricho.» Y, a continuación, pintaría un conmovedor cuadro del modo de vivir del presidente con consejo de administración y director general (¿era aún gerente, además? No lo recordaba), en fin, el modo de vivir de Cassidy, vestido con sufridas ropas alpinas, pegándose grandes caminatas de valle en valle, charlando con pastores, hablando confidencialmente con guías, adentrándose más y más en europeos parajes que no constan en mapa alguno, en pos del aislamiento del complejo y agitado mundo de los grandes negocios. «Allí es donde tengo mis libros», añadiría, creando en la imaginación de sus oyentes un paisaje de empalizadas con vacas y un rústico chalet en el que Cassidy, el hombre de letras *manqué*, volvía a rozarse con sus amados filósofos griegos.

Ante Helen, mientras ésta estaba tumbada a su lado, en el cómodo y lujoso «Hotel Adastras», Cassidy había puesto de relieve los atractivos culturales e históricos de aquella zona alpina por él elegida. Citando una frase leída en el folleto destinado a alabar la sabiduría de su inversión, Cassidy afirmó que la belleza de Sainte-Angèle era *legendaria*. No, él no era poeta ni tampoco miembro del grupo de los Pocos, pero no podía negar que había experimentado profundas inquietudes poéticas al contemplar aquellos incomparables picos, aquellos vertiginosos abismos y aquellos ejemplos de la ruda y noble arquitectura de la región. Byron, Tennyson, Carlyle y Goethe, sólo para nombrar a algunos, se quedaron maravillados, sin aliento, y pensando tan sólo en cantar las alabanzas de los apocalípticos abismos, los riscos y los valles. Shamus no sería una excepción.

—Pero, ¿es *peligroso*, Cassidy?

—No, si sabes el terreno que pisas. Hay que tener cierta experiencia, ¿sabes?

—¿Y no se puede ir en bicicleta o algo por el estilo?

Cassidy le aseguró a Helen que en aquella zona apenas se conocían las plagas con que los modernos adelantos atormentan al hombre de nuestros días, Situado cerca de los altos collados del gran macizo, el pueblecito de Sainte-Angèle sólo es accesible mediante un funicular. No hay carretera. Los «Jaguar» y los «Bentley» deben dejarse en la estación inferior.

—En cierto modo, esto no deja de tener valor simbólico. Uno deja las preocupaciones en el valle. Y cuando uno llega arriba, se siente liberado. El mundo deja de importar.

—Y pensar que *nos* dejas el chalet... —dijo Helen

entre suspiros, recordándole que debía cancelar la invitación formulada a los Elderman, o de lo contrario coincidirían con ellos. Después, Helen preguntó—: ¿Y cómo nos las arreglaremos para comer y comprar cosas...? ¿Se vive sólo de queso, allí...?

—Frau Anni solucionará estos problemas —contestó alegremente Cassidy, olvidando mencionar, en esta evocación de la fiel doméstica extranjera, las diez o doce tiendas de comestibles que abastecían a los cincuenta y tantos hoteles y a los innumerables turistas que, durante los cuatro meses de invierno, atestaban las bien iluminadas calles, en busca de los *souvenirs* que no encontraban en las ciudades.

En momentos no tan románticos —cuando comía solo por ejemplo, o cuando iba a realizar una gestión secreta con el «Bentley»— Cassidy reconocía que tenía razones más concretas que le vinculaban a Suiza. Recordaba que el mismo día que logró sustanciosos beneficios en una brillante operación de Bolsa, el viejo Outwhaite, de Mount Street, W., le dijo que él y su socio, Grimble, tenían en venta una casita suiza, excelente para un comprador que no residiera en la Confederación Helvética, por el precio de veinticinco mil, más hipoteca. Pocos minutos después, Cassidy llamaba por teléfono a sus banqueros y adquiría dólares de ocasión, a dieciocho, dólares que en una semana subieron a cuarenta. Animado por su propio relato mental, Cassidy revivía el instante en que llegó al pueblecito suizo para inspeccionar su adquisición. Recordaba la pesada y larga ascensión por la ladera de la gran montaña nevada y el instante mágico en que vio su casa recortada contra el Angelhorn. Después, sentado en el balcón, con la vista alzada, contemplando los altos picos y agujas de los Alpes, advirtió, por primera vez en su vida, que un poco de ambiente extranjero sentaba bien a su personalidad. Y se preguntó si, a fin de cuentas, no habría en su corazón un rinconcito que también fuera extranjero, y si acaso su madre no era suiza. Incluso en aquella plácida tarde, las montañas de Sainte-Angèle eran terribles. Cumplían también la función de escudo, ya que colocaban a la Naturaleza entre Cassidy y el prójimo, recordándole que a más altos empeños tendía su corazón.

Las conversaciones que al día siguiente sostuvo con diversos profesionales, tales como abogados, directores de Banco y demás, le revelaron otra extraordinaria característica de la vida de alta montaña. ¡Los suizos reverenciaban a los triunfadores comerciales! Sí, les admiraban. Consideraban que el éxito comercial era una valiosa partida del haber de los *gentlemen*. Y, más raro todavía, no consideraban que la opulencia fuera motivo de vergüenza, y, además, la estimaban deseable, incluso moralmente hablando. En la opinión, carente de prejuicios, de aquella gente, el éxito mercantil era un deber social, en beneficio de un mundo con insuficientes capitales. Para los suizos, un Cassidy rico era mucho más admirable que un Cassidy pobre, postura que, en los círculos ingleses que Cassidy frecuentaba, suscitaba burlas.

Intrigado, Cassidy decidió quedarse durante el fin de semana, so pretexto de ciertas dificultades administrativas. Como sea que el chalet aún no estaba dispuesto para su inmediata ocupación, Cassidy reservó habitaciones en el «Angèle-Kulm». En su soledad, hizo más descubrimientos. Descubrió que en Sainte-Angèle no había vagabundos borrachos que perturbaran la paz de la conciencia de los ricos, y descubrió que en la sala de estar del chalet no había espacio para un gran piano. También descubrió que, en Sainte-Angèle, cuando un hombre pagaba las facturas que le presentaban al cobro y daba propinas al servicio, ya no tenía que luchar más para escalar alturas sociales, y que inmediatamente su personalidad sería saludada y bien recibida como la del tradicional turista inglés, cliente de los Alpes, que de vez en cuando recordaba las relaciones entre el Imperio y Suiza.

En consecuencia, Cassidy no alquiló la casita a terceros, como había planeado —una rentita exenta de impuestos, en la Europa continental, no puede irle mal a nadie—, sino que la dejó vacía. El martes en que partió, diligentes carpinteros montaban estanterías de oloroso pino en los dormitorios; compró muebles en Berna y lencería en Interlaken; contrató a un ama de llaves y colocó placas con nombres en las puertas, este aposento para Mark, y éste para Hugo. A partir de aquel día, todos los inviernos y todas las primaveras, cuando Sandra accedía, iba con su familia a Sainte-Angèle, y al atardecer paseaba por la calle principal en compañía de sus hijos, a los que compraba botas alpinas y obsequiaba con *fondue*. Al principio, Sandra no fue a Suiza de buena gana. Suiza era el parque de atracciones de los millonarios, y, allí, la mujer no tenía voto. Pero poco a poco, Sandra y Cassidy llegaron, en aquel territorio neutral, a establecer un pacto de coexistencia. Cassidy notó que en Sainte-Angèle, en donde se pasaba la mayor parte del día al lado de Sandra, los sufrimientos del mundo afectaban menos a ésta. Además, el frío mejoraba el rostro de Sandra, de lo cual ella se daba perfecta cuenta al mirarse al espejo.

Por fin, Cassidy descubrió, aunque tardó uno o dos años, que Sainte-Angèle era un pueblo inglés. Estaba administrado por un gobierno de ingleses exiliados, la mayoría de ellos procedentes de Gerrard Cross, gobierno en el que coincidían los poderes legislativos y ejecutivos, que se reunía todos los días en una mesa, previamente reservada, del bar más popular, bar denominado el «Club», para quejarse de la absoluta falta de cortesía de los nativos y de la constante y escandalosa subida del franco suizo. Por su espíritu, el Gobierno era militar, colonial, imperial, y nombrado por propia autoridad. Los más veteranos miembros de este Gobierno lucían medallas y condecoraciones ganadas en diversas guerras; sus más jóvenes miembros iban con los jerseys del uniforme de los regimientos británicos. Esa gente tomaba decisiones de enorme importancia. Cierto era que los gobernados no siempre tenían conciencia de la existencia de los gobernantes. Cierto era que los buenos suizos seguían viviendo tan tranquilos, con la dulce ilusión de que gobernaban su propia comunidad y que los ingleses eran simples turistas, igual que los de las restantes nacionalidades, aunque un poco más vocingleros y un poco menos ricos. Sin embargo, desde el punto de vista histórico, cuantos supieran leer y se tomaran la molestia de hacerlo podían percatarse de que la habilidad y fuerza que otrora había dominado a la India, África y la América del Norte, uniendo estos territorios en un solo Imperio, había encontrado un último enclave en aquel hermoso y minúsculo pueblecito alpino. Sainte-Angèle era la postrera demostración de la grandeza administrativa británica, de la superraza de funcionarios y comerciantes. Todos los años iban a Sainte-Angèle para portarse como dueños del pueblo y pronunciar mal su nombre. Y poco a poco, Cassidy consiguió penetrar en el grupo gubernamental. No, no fue un ingreso brusco ni tampoco anunciado a toque de corneta. Los deseos que Cassidy tenía de no armar ruido, su poco inglesa deferencia hacia los nativos, su manifiesto deseo de no entrar en polémicas, todo aconsejaba que desempeñara unas funciones ocultas, y así fue. En la lista de dignatarios, en los honores y recompensas que anualmente se otorgaban, el nombre de Cassidy no aparecía, o bien aparecía calificado con un grado que le dejaba casi en la sombra: *honorario, suplente, vice.* En los martes de reunión del Senado, en los miércoles del Consejo, los jueves del Presidium, las reuniones amistosas del sábado y las funciones religiosas británicas del domingo, la influencia de Cassidy apenas se notaba. Tan sólo cuando se planteaba un problema de extrema importancia, como la admisión de un nuevo socio, el aumento de las tarifas de los anuncios en la revista del club o la adquisición de un mueble para la elegantemente anacrónica sala principal del club, un reducido grupo de miembros del gabinete, protegiéndose del frío con abrigos y bufandas, ascendía la estrecha senda que conducía al chalet de Cassidy, para tomar ponche y pedir sus sabios consejos.

De Cassidy se decía: «Es terriblemente generoso, y un excelente individuo para formar parte de comisiones.» Muchos miembros eran señoras, y éstas decían: «Es riquísimo.» Y mencionaban enormes donativos en francos.

En los salones de té y en las salas en que se bailaba al atardecer, en el pequeño grupo que se apiñaba ante el tablón de anuncios en inglés, después de la jornada de esquí, se admiraba con deferencia las proezas del alpinista de Cassidy. De él se decía: «Es un hombre del Renacimiento, un excelente cultivador de todos los deportes alpinos...» Había escalado el Matterhorn en pleno invierno, había ganado el Quatre Pistes en Val d'Isère, había igualado el récord de *bobsleigh* en St. Moritz, vestido de smoking, había participado en un concurso nocturno de saltos de esquí y había derrotado a todos los suizos. Estas hazañas no estaban homolagadas y, por otra parte, Cassidy era demasiado modesto para atribuírselas oficialmente. Pero, al paso de los años, con o sin humildad, Cassidy se había convertido en un pequeño monumento dedicado a la colectiva grandeza de los británicos de Sainte-Angèle. Y si bien es cierto que no se había subido al pedestal por propia iniciativa, tampoco cabe negar que, por el momento, no había encontrado razón alguna para apearse.

Así era el extranjero refugio de Aldo Cassidy. Era, para él, como una auteridad de alta montaña que, por su elevada altura y baja temperatura, conservaba muchas de las inofensivas ilusiones que alimentaban su ambiciosa alma inglesa; era como una vida suplementaria, no muy diferente de la que llevaba en Inglaterra, a la que la grandeza del escenario en que se desarrollaba le otorgaba un sesgo de inocencia. Sin embargo, en aquella fría y blanca mañana de un mes sin nombre y sin sol, acurrucado en el último compartimento del trenecillo, Cassidy no experimentó placer alguno ante la perspectiva de volver a visitar la montaña de su personalidad.

Fuera, el escenario era blanco e inatento. Lo que no era blanco era negro, o sombreado por las nubes o rayado por la sucia nieve tras la ventana por la que miraba Cassidy. La niebla había borrado los colores de la montaña. Y algo desconocido había dejado, asimismo, descolorido a Cassidy, había aniquilado el optimismo que hasta el presente momento dominara sus restantes sentimientos. Se élevaba porque le llevaban, pero su cuerpo carecía de movimiento, allí dibujado en gris contra el alto y blanco desierto dc cielo y montañas. A veces, como si obedeciera una orden no escuchada, musitaba una nota musical, y, al descubrir que lo hacía, bajaba la vista y fruncía la frente. Llevaba guantes. Llevaba el billete en la palma de la mano izquierda, hábito que le había contagiado una de sus madres, cuando viajaba en trolebús, en ciudades costeras. Se había afeitado a primera hora, probablemente en Berna, y, a su juicio, se le había pegado el olor de los individuos de la Mayoría-demasiado-mayoría, que habían pasado con él la noche en el tren nocturno de Ostende.

34

¿Dónde había estado?, ¿cuánto tiempo?, ¿cuándo?

Una y otra vez se había formulado estos interrogantes durante el viaje. No, no eran una obsesión; sin embargo, allí había muchos puntos oscuros, y Cassidy tenía la desagradable impresión, que le acometía sobre todo antes de comer, de que igual estaba ya muerto. En la blanca pantalla de la ventana, mientras el tren le transportaba indiferente hacia lo alto, un conjunto de visiones informes se movía ante su vista, carente, en gran parte, de espíritu crítico. Aquellas imágenes eran su mente. La memoria había dejado de ser útil y se había confundido con sus temores. Pensó: «Estoy fuera de los límites de mi experiencia y la contemplo a través de la ventana.» Un vagón llamado Cassidy, poblado de asientos vacíos. Fuera de mí está el desierto, mi destino. Míralo. ¡Ah!

Está sentado rígidamente. ¿Quién es? Es el director de la escuela de Mark, con su horrible traje cubierto por un impermeable del Ejército. Un gorro ruso se cierne sobre su rostro demacrado, y así viaja bamboleándose por entre heladas nieblas. En su cuerpo resbalan las gotas de la lluvia como sobre un monumento militar y rodean sus ojos de fanático, dibujando líneas más suaves sobre el bronce de su piel de guerrero. También tú me enseñaste, gritó Cassidy, y en aquellos tiempos ya eras tan viejo como ahora.

—Duro equipo el de Marazion. Siempre lo ha sido. Lástima que su chico no juegue.

Habituado a las confusiones, Cassidy dijo:

—Sí, juego. Yo soy Cassidy, el hijo de Mark.

Lo quiso decir al revés, pero se confundió.

Aquí nieve, allí lluvia. Bélica lluvia cayendo sobre el campo de fútbol en nubes heladas y sin dirección, lluvia que no caía, sino que envolvía. Únicamente podía ver a los jugadores más cercanos, jadeantes, moviéndose a tientas en el ataque de gases. A las diecinueve dieciséis suena el silbato. Poneos las máscaras antigas, que los alemanes vienen desde lo alto. Muchachos, las manos en los hombros, y seguidme.

El profesor aullaba:

—Fijaos en el imbécil de Meadows. Sí, Meadows, eres un imbécil, un cretino. ¡Un imbécil! ¿No será usted Meadows, por casualidad?

Cassidy dijo:

—No, yo soy Cassidy, el padre de Mark.

Un niño obeso, con una camiseta cubierta de barro, daba salvajes patadas a una siniestra pelota. Este niño, dispuesto a morir por su coronel, grita:

—¡Lo siento, señor!

Y un balazo le atraviesa el corazón. Cae muerto.

Con frenética ira, en modo alguno fingida, el profesor grita:

—¡Utilízala! ¡Por Dios, Nuestro Señor, no le des patadas, utilízala, quédatela! ¡Oh Dios, Dios, Dios!

En algún lugar ignoto sonó el pito de alarma de gases, y un débil tableteo de aplausos alabó húmedamente nada.

Cassidy preguntó:

—¿Ha sido gol?

Y avanzó la cabeza para demostrar entusiasmo, mientras un chorrito de agua le bajaba por el cuello hacia la espalda. Añadió:

—Apenas puedo verlo.

Durante cierto tiempo, tan sólo tuvo la respuesta de un angustiado suspiro. El profesor se volvió hacia él y le miró fijamente, con la mirada desorbitada por el dolor de la derrota.

—Siempre se lo digo. No, no me comprenden, pero no por esto dejo de decírselo. Jamás podrán ganar sin

Dios. El portero, el árbitro, el delantero, todos necesitan a Dios. Desde luego, no lo comprenden. Pero tengo la certeza de que algún día se darán cuenta. ¿No opina usted igual?

Cassidy le aseguró:

—Creo en sus palabras. Antes me decía lo mismo, y yo le creía. Oiga, soy Cassidy, el padre de Mark, y me gustaría hablar con usted, aunque sólo sea un minuto, acerca de mi hijo.

Pero el profesor vuelve a aullar desesperadamente, pidiendo la ayuda de Dios, mientras de la niebla surgen los tristes embates del frío, las palmadas de húmedas manos, una vez más.

—¿Quién ha hecho esto? ¿Quién ha lanzado la pelota directamente a los delanteros? ¿Quién ha sido?

Alguien dice:

—Cassidy.

Cassidy afirma:

—Es que es más pequeño que los demás, a esto se debe todo. Cuando sea mayor jugará mejor. Estoy totalmente convencido de ello. Oiga, me voy un instante, volveré. ¿Puedo llevarme al niño conmigo, para que se tome una taza de té?

—¡Duro, muchachos! ¡Duro! ¡Atacad, atacad! ¡Payasos! ¡Estúpidos simios!

Una vez más los ojos de hundidas cuencas miraron a Cassidy, buscando inútilmente en él síntomas de divinidad. Por fin, el profesor le aconsejó:

—Mande a su niño a Bryanston. Es el mejor colegio para niños procedentes de hogares destrozados.

Y dándole la espalda, su larga y flaca espalda, solitario desapareció el profesor en la niebla.

Y nosotros, los Cassidy, y esto es una invariable norma de comportamiento en nuestra familia, siempre viajamos en primera. Más allá de la ventana, de la niebla surgió bruscamente un grupo de pinos de Haverdown. A sus pies se alzaba una triste pagoda pintada de color pardoscuro y empolvada de vieja nieve.

En voz alta, Cassidy leyó:

—Unterwald.

Dos estaciones más.

Y se vio a sí mismo, encerrado en el vestuario, fumando para compensar el mal olor, y también vio la avejentada y vívida cara de un muchacho de diez años que acababa de vivir un largo día de lucha.

Mark.

Muchacho de la Europa continental, aquel Cassidy, muchacho confiado y sensible a las emociones, al que le gustaba mucho tocar a las personas con quienes hablaba. Mark, querido muchacho.

Mientras con ateridos dedos se desataba los cordones de las botas, Mark murmuró:

—Si fuera portero, podría llevar guantes.

Al verle de nuevo, tras tan larga ausencia, Cassidy quedó asombrado de lo pequeño que era el muchacho, de lo frágiles que eran sus muñecas. Los otros muchachos miraban despreciativamente, intentando oír las palabras del traidor.

—Odio el fútbol. ¿Por qué he de jugar al fútbol, si lo odio? ¿Por qué no me dejan hacer algo más elegante?

Para animar al muchacho, Cassidy dijo:

—También yo lo odio. Siempre lo he odiado. Sí, lo odié en todas las escuelas a las que fui.

—Entonces, ¿por qué me obligan a jugar al fútbol?

Mientras seguía a su hijo desnudo en dirección hacia las duchas, Cassidy pensó: «Solamente el olor es cálido.» Era el fétido y agrio olor propio de los vestuarios de fútbol, del barro de Somerset, de prendas de guerra secándose al sol de la mañana. Mark era mucho más delgado que los restantes muchachos y sus órganos genitales estaban menos desarrollados. Tenía un sexo frío, encogido y muy arrugado. Los muchachos se apiñaron, todos juntos, como prisioneros, todo el equipo, bajo una misma lamentable ducha.

Mientras tomaban el té en Spinning Wheel, Mark dijo:

—Mamá dice que no me ha dado bastante amor.

Cassidy dijo:

—Bueno, esto no es más que una tontería que Heather le dijo a tu mamá, ¿sabes?
El muchacho comió en silencio. Cassidy dijo:
—Me voy a Suiza.
—¿Con Heather?
—Solo.
—¿Por qué?
Por decir algo, Cassidy dijo:
—Me parece que intentaré escribir un libro.
—¿Cuánto tiempo estarás fuera?
—Unas cuantas semanas, pocas.
—No echo en falta a mamá. A ti sí.
—Nos echas en falta a los dos, Mark.
De repente, como si ya supiera la respuesta a su pregunta, Mark inquirió:
—¿De qué se trata?
—¿Qué?
—El libro.
—Es una novela.
—¿Una historia?
—Sí.
—Cuéntamela.
—Cuando seas mayor podrás leerla.
En el salón de té vendían dulces, dulces de pasta y de chocolate. Cassidy dio diez chelines a Mark para que se comprara lo que quisiera. Desesperado, Mark le devolvió cinco chelines, diciéndole:
—Es demasiado dinero.
El muchacho se quedó de pie junto al portalón, flaca figura inestable, abrigada con el jersey gris con el que parecía protegerse, mientras contemplaba cómo el cálido «Bentley» se deslizaba hacia él, acercándosele. Cassidy bajó el cristal eléctricamente accionado, y Mark le besó, posando sus labios menudos y carnosos sobre los labios de su padre, con restos de la comida tomada con el té, y fríos por la espera en el aire del atardecer. Mark dijo:
—Esta clase de educación no me va. No soy un muchacho duro y, por otra parte, las brutalidades no sirven para mejorar mi manera de ser.
—Tampoco a mí me iba.
—Entonces, sácame de aquí. Es inútil que siga en este colegio.

«Mark tiene tan sólo una reducida cantidad de valor», pensó Cassidy. Y ahora yo la estoy gastando, de modo que cuando el chico sea mayor ya no tendrá ni un ápice de valor para emplearlo en su propio provecho.

—Toma, te lo regalo.

Y Cassidy le dio su lapicero de oro —sesenta guineas en Asprey—, capricho particular tenido en otra vida.

—¿Y tú, con qué escribirás, papá?

—Con una pluma o cualquier otra cosa. Igual da —dijo Cassidy, dejando al niño en el portalón, pensativo, con su rubia cabeza inclinada.

Pensando en una vida ya muerta, Cassidy se dijo que, a veces, no podía soportar la visión de aquel rostro. Era un rostro demasiado marcado por la angustia, demasiado amarillento por el dolor y el esfuerzo de intentar comprender. Y, en consecuencia, le ofrecía regalos para apartar de mí su rostro. Le daba dinero u oro, o algo minúsculo, para que inclinara la cabeza.

«O quizá —pensó Cassidy experimentando cierto consuelo, mientras limpiaba las lágrimas de la ventana—, quizás aquel niño no era Mark.»

Y, como sea que la sinceridad en los momentos de crisis seguía siendo la principal virtud del señor director gerente, quizás aquel niño era el propio Aldo, en sus tiempos de Sherborne, el día en que el viejo Hugo le visitó, camino de Torquay, el día en que Aldo participó en la Gran Carrera de Bicicletas, con un premio de una libra para el vencedor, y otro de diez chelines para el segundo clasificado.

Mientras proseguía la ascensión de la montaña, a esta visión de su despedida, visión moderadamente coherente, moderadamente terrenal, Cassidy sumó otras más fragmentarias y menos comprobables. Y mientras tal cosa hacía se formuló preguntas de naturaleza claramente metafísica.

Por ejemplo, ¿habían pasado ya las Navidades? A veces, una sombra cruzaba la blanca y estéril ventana, descendiendo desde el ángulo izquierdo, como una gota de sangre, en su campo visual, y a su olfato llegaba el olor de las tardes invernales, acercándose más y más, y percibía el espectral perfil de un pino helado iluminado por el ocaso, muy parecido a los árboles de Navidad que crecían en las ventanas de Crescent. Mientras aún intentaba resolver esta interrogante, en Unterwald, no se sorprendió en lo más mínimo al advertir que el rostro demacrado e insomne de la abuelita Groat aparecía ante él, lo cual interpretó como demostración de que la gran fiesta había pasado ya, debido a que tan sólo la Navidad podía dejar tan agotada a la abuelita Groat. La cabeza de la abuelita no estaba debidamente centrada —sin que Cassidy supiera exactamente la razón, la cabeza no estaba donde debía—, y la abuelita esperaba en el lado contrario de las vías, de manera que Cassidy sintió su presencia a sus espaldas y tuvo que volver la cabeza para identificar a la mujer. Los ojos de la abuelita Groat, grandes y carentes de ingenio, vulnerables y teñidos de azul por los azulencos cristales, brillaban asustados. Sin embargo, los adornos de piel en el cuello y el colorete de las mejillas indicaban claramente que se dirigía a la iglesia.

También llevaba un petardo en la nerviosa mano.

Sí, ¿pero a qué ceremonia iba?

Por ejemplo, ¿va de negro? Los chinos hacen estallar petardos en honor a sus muertos, como es bien sabido.

El tren se puso en marcha, y la Groat desapareció.

Bueno, tampoco era tan improbable, igual podía estar muerto, al fin y al cabo son muchos los que están muertos. Esta explicación había estado flotando en el aire durante varios días y muchísimas noches. Son muchísimos los que están muertos, y esto resulta perfectamente natural. Sí, pero... Y la causa de la muerte podía adivinarse sin demasiado esfuerzo. ¿Acaso no era posible que, contrariamente a lo que Cassidy había creído, la verde bomba de mano del viejo Hugo hubiera explotado y le hubiese mandado al otro mundo?

¿A *este* mundo, en realidad?

¿Y acaso no era posible que en vez de limitarse a ir hacia Sainte-Angèle, estuviera ascendiendo hacia el cielo, y que los empleados del ferrocarril fueran ángeles, de lo cual procedía el nombre del pueblecito en cuestión?

Momentáneamente optimista por esta pequeña esperanza de no existencia, Cassidy cerró sus ardientes ojos y dejó que sus manos se tocaran, percibiendo sus respectivos límites. Un profesor realizando experimentos con su propio cuerpo, en la tradición de Haldane, pese a que todavía no me han concedido un título nobiliario. Luego, con un movimiento ascendente del rostro —semejante al que se suele hacer al lavarse, movimiento muy a menudo realizado por los hombres en movimiento—, juntó las dos manos y, así, localizó la nariz, las anchas cejas, la punta de la lengua, el juvenil tupé, confirmado, si es que aún necesitaba confirmación, que aun cuando quizá su espíritu estuviera ascendiendo, seguía unido a su terrenal soporte.

Y que la verde granada de mano del viejo Hugo, pese a sus estentóreas afirmaciones, había sido, lo mismo que el resto de su arsenal, un farol.

El incidente referente a los explosivos del Ministerio de Defensa no apareció, debido a razones de seguridad, en la blanca pantalla, sino que fue comunicado a Cassidy por el íntimo aroma del trébol húmedo, mientras Cassidy yacía en un campo de algún lugar de Inglaterra, boca abajo. También hubiera podido ser —solamente *hubiera podido*— un sueño. Sí, vuestro presidente del Consejo está plenamente dispuesto a admitir esta responsabilidad, pero no más Mr. Lemming, anote lo dicho.

Reconstrucción: esta granada es un regalo, y no hay padre que pueda llegar a más. Esta granada, le aseguró el viejo Hugo mientras la extraía de los grasientos harapos en que estaba envuelta y la acercaba a la más luminosa ventana del ático, esta granada tan mal pintada, pintada de este triste verde que se pela incluso con la protección de los harapos grasientos, esta granada no sólo es un regalo, un maravilloso regalo, sino que también es una de las mejores granadas que jamás se hayan fabricado.

—En nuestros días ya no se hacen granadas como ésta. Busca en todo Londres, revuelve la ciudad de arriba abajo, y te juro, Aldo, que no encontrarás una granada como ésta. ¿No es cierto, Blue?

Y la granada también es la suma y cumbre de los muchos beneficios con que un padre obsequia a su hijo.

—Esta granada te otorgará la libertad definitiva, ¿oyes, Aldo? Fíjate bien en lo que te digo, muchacho: me debes la vida y la muerte. Y esto representa el más formidable sacrificio que un padre puede hacer por su hijo. Éste, precisamente éste, es el sacrificio que yo he hecho por ti. ¿No es así, Blue?

Pero, como de costumbre, surge la clásica frustración de los Cassidy, la maldición que sobre todos ellos pesa. Los Cassidy triunfan en todo, salvo en la consumación. El alambre del seguro de la granada está enmohecido y se ha pegado a las piezas metálicas que lo sujetan. El débil muchacho no puede sacar el seguro de la granada.

—¡Tira, Dios mío! ¡Tira, cabrón, tira con todas tus fuerzas! ¡Blue, fíjate! ¡Después de todos los sacrificios que por él he hecho, mira, mira al desgraciado! *¡Ni tan siquiera puede quitar el seguro de la granada!*

Dando la botella al viejo Hugo, la Bluebridge dice:

—Bueno, pero es que el muchacho tampoco es un *león.* No, el chico no es como tú. ¡Adelante, Aldo! ¡Duro con el seguro!

Y acercándose a Cassidy, la Bluebridge le dice al oído:

—¡Por favor, Aldo, inténtalo! ¡Hazlo por tu padre! ¡Inténtalo!

—Lo estoy intentando —responde jadeante Cassidy, sin que todavía se produzca el apocalipsis.

Profundamente defraudada, la familia regresa a casa de mal humor, sin decir ni media palabra hasta el instante de llegar al ático.

Con gran alivio por su parte, durante un rato no pensó en nada. El tren se detuvo en ciertas estaciones de paso, se pronunció el nombre a gritos y nadie hizo caso. En estas estaciones no subieron pasajeros y, en justa compensación, tampoco bajaron. Eran finales de etapa intermedios, formalidades en el religioso avance del trenecillo, en su pegrinaje hacia lo alto de la blanca montaña.

Al llegar a una altiplanicie, la máquina dejó de esforzarse, y una sensación de comodidad sustituyó al frenético jadeo. Cassidy pensó: «Estoy en el "Bentley".»

El «super-cochecito-de-niño».

Es el «Bentley» lo que ha dominado el ruidoso traqueteo, lo que ha absorbido las agudas vibraciones de los muelles de los almohadones de delgado terciopelo. La británica calma del «Bentley» ha anulado la histeria de los guardias extranjeros.

Soy inviolable.

Sin embargo, tan pronto hubo formulado este placentero pensamiento, la sensación de seguridad quedó destruida, hecha añicos, por la aparición del pequeño Hugo, quien, sin hacer el menor caso del alto precio de los instrumentos de cierre que su padre había puesto en las puertas, violentó una de ellas y se sentó al lado de su padre. Pero éste lo cogió, lo sacó del «Bentley» y lo llevó a casita.

Hugo tiene el rostro blanco, pero no llora. Firmemente agarrado, lleva una bolsa de la «Panamerican» y, en ella, las pocas cosas que necesita, a saber: un disco de gramófono y un cordel nuevo para su cometa.

Hugo tiene los sobacos ardientes en el momento en que se abrazan, una vez más, ante la puerta.

Hugo está blanco, pero no llora.

Mrs. Groat dice:

—Vamos, vamos, Hug. Tu mamá te necesita.

En el quinto piso, ahora el de Sandra, la silueta de John Elderman. «Valium» para un corazón destrozado.

Heather Ast golpeó el cristal de la ventanilla. Cassidy le asegura:

—No quiero escucharte. No, no quiero. No quiero volverte a ver en mi vida. No, y basta.

Pero el cristal es tan grueso que Heather nada oye.

Dentro de diez años serás una Groat cualquiera. Todas seréis Groats. El polvo regresa al polvo, y las Groats a las Groats, éste es el destino de las mujeres. No tienen otro.

Afortunadamente, Cassidy ha penetrado en un túnel, y este cambio le distrae de sus pensamientos. Cuando salga del túnel, dentro de cinco minutos, pasarán por Oberwald, el bosque superior. Y después de Oberwald viene Sainte-Angèle de los Picos. Entre Oberwald y Sainte-Angèle no hay paradas.

Al entrar en el túnel se produce un momento de oscuridad, hasta que se encienden las luces. Largas piezas de madera, pintadas de barato color amarillo por las bombillas que cuelgan en lo alto, ocupan la ventana otrora blanca, y pasan veloces en sorprendente línea curva, como los cortados dedos de una mano destrozada que se agitara diciéndole adiós, ante un pasivo rostro. En la larga caverna los sonidos quedan amplificados. La Historia, la Geología, así como los infinitos textos de las facultades medievales de Oxford, ahondan e intensifican la experiencia subterránea. Minotauros, ermitaños, mártires y mineros, encarcelados desde las primeras construcciones, aúllan y hacen ruidos con sus cadenas, ya que este lugar es subterráneo, y los lugares subterráneos son aquellos en los que los hombres han cavado en busca del conocimiento, del oro y de la muerte. Una vez, hace de esto pocos años, mientras a través de esta misma ventana Cassidy contemplaba estos tristes maderos, se sorprendió con la mirada fija en los negros y pacientes ojos de una gamuza prietamente arrimada a la pared del túnel. Tan pronto llegó al pueblo, Cassidy fue en busca del jefe de estación para darle la noticia, a fin de que la vida salvaje del país recibiera la debida protección. Pero el jefe de estación le dijo que ya nada se podía hacer, debido a que la gamuza llevaba varios días muerta.

Esta luz amarillenta es triste. Me da sueño.

¿Cuánto tiempo hacía que no dormía?

¿Se mantenía estadística de las noches de insomnio? Mr. Lemming, por favor, consulte los archivos.

¿O se trataba de *una sola noche* pasada en diferentes camas y diferentes pisos? ¿Los gritos, los alaridos

—seamos precisos—, cuando ocurrieron exactamente, mientras Sandra, mi esposa durante tantos años, me tenía agarrado por el pie, para que no saliera del dormitorio? Sí, ¿cuando Sandra sostenía mi pie junto a su cabeza, tumbada cuan larga era sobre la elegante colcha, y humedeciendo el tobillo de Cristo con sus lágrimas? ¿Fue esto un incidente de una noche muy movida, y fue toda una noche, en sí mismo? Dicho sea de otro modo, según el lenguaje militar de Sandra: *¿Quién rompió el reloj?* Sí, el reloj del abuelo. *¿Quién se lo cargó? ¡Un magnífico reloj con incrustaciones, del siglo XVI, y que valía cuatrocientas del ala, derribado al suelo! ¡Sé valiente, da la cara de una vez! ¡Es perfectamente natural cargarse un reloj de vez en cuando! ¡Yo sólo quiero saber quién se lo ha cargado! Contaré hasta cinco, y si el culpable no aparece...*

Uno...

El primer sospechoso, ya que están estrechamente relacionados la condición social y el delito, es el libidinoso pretendiente de Snaps, ese hombre que predica el amor libre, apoyado en la barandilla de la escalera, con su vestido de pana clara. El resentido individuo dio un empujón al reloj, y de esta manera pretendió tender un puente sobre el abismo generacional.

Pero, alto ahí, Snaps ha abandonado el hogar, llevándose consigo al pretendiente. Se ha escondido en Bournemouth, para ocultar su preñez, ya que prefiere tenerlos junto al mar, puesto que el agua es siempre mejor que el aire.

Dos...

—¿Quién más? ¡Vamos, de prisa! ¿Quién más?

La abuelita Groat, suegra putativa, a veces madre del acusado, mientras andaba a tientas por el corredor, a fin de ahorrar electricidad...

No, no es culpable. La abuelita Groat es incapaz de hechos contundentes, y ni siquiera puede cometerlos por error.

Tres. Y conste que os he advertido...

Muy bien, pues tú lo hiciste. Sí, la propia Sandra, con el rostro humedecido por las lágrimas, sin fuerzas siquiera para dormir, Sandra, en su último agotamiento, se acercó al reloj y lo derribó instantes antes de caer ella al suelo. ¿O no?

Inocente. Sandra confesaría, daría la cara.

Cuatro...

¡Socorro! ¡Acuso al viejo Hugo, practicante de ritos satánicos, hombre con capacidad para producir mal de ojo, brujo malévolo!

Mientras miraba por la ventana de su ático, tomándose sorbitos de un excelente coñac, el viejo brujo trazó un signo en el aire y emitió ondas que se transmitieron hasta la casa de Abalone Crescent, destruyendo el instrumento temporal.

—Padre, necesito una cama.

—Pues en este caso, vete a tu casa, allí tienes tu cama.

—Padre, te lo suplico, una cama.

—¡A casa! ¡Te convertirás en un delincuente, si no vuelves a casarte con la mala zorra de tu mujer! ¡Fuera de aquí! ¡Fuera, fuera, fuera!

El túnel seguía. Bailar, sí, pero dormir, no.

—Angie, necesito una cama.

Angie Mawdray, en pie en la puerta de su casa, vestía un ligero salto de cama que dejaba al descubierto uno de los costados de su cuerpo. Repuso:

—Es inútil, Aldo. Te lo digo muy sinceramente.

—Angie, te lo juro, sólo quiero dormir.

—En este caso, vete a un hotel, Aldo. Sabes muy bien que no puedes venir a esta casa. No, ahora, no puedes venir.

—Angie...

No sin severidad, Angie le recordó:

—Soy una mujer casada, Aldo. Recuérdalo, tú mismo dispusiste mi matrimonio.

—Sí, sí, lo reconozco, y lo siento infinitamente. Buenas noches, querido Meale, ¿qué tal, cómo va todo?

Bajo la indómita mirada de Che Guevara, el pálido rostro de Meale se inclinó respetuosamente al ver a su amo. Sin duda alguna, de buena gana se hubiera Meale puesto en pie, pero su desnudez se lo impedía.

—Buenas noches, Mr. Aldo, entre, señor, entre. Siento mucho que el piso esté desordenado.

Angie le dijo al oído:
—Ven cualquier tarde. Como sabes, sólo trabajo por la mañana. ¿Verdad que vendrás, pillín?
¿Fue a casa de Kurt? ¿O acaso, a fin de cuentas, se quedó en casa de Angie? Sin duda alguna sentía cierto lacio cansancio en los lomos, tenía una sensación de *después,* y no de *antes.* ¿Gozó acaso de los extremadamente expertos abrazos de Miss Mawdray, la conocida secretaria de dirección, mientras la humilde mirada de Meale se fijaba en otras cosas, durante el curso de la visita del señor presidente del Consejo de Administración?
—Se ha portado usted muy bien con nosotros, Mr. Aldo, y realmente no sabemos cómo agradecerle su bondad.
—De nada, muchachos. La gente joven necesita siempre ayuda —repuso el veterano tronera, cómodamente recostado en el tibio apoyo.
Un pitido de la máquina. ¿Estaba cerca el alba? No era así en las grises e incómodas estancias de Kurt. Incluso los cristales de las ventanas eran opacos, para evitar el esplendor del sol.

—Kurt, necesito una cama.
A nadie tenía Kurt en su casa. No tenía a Angie Mawdray, ni a Lemming, ni a Snaps, ni a la Blue, ni a Faulk, ni siquiera a Meale. Iba con una bata suiza gris, de la mejor seda suiza, y tan pronto Cassidy quedó peligrosamente aposentado en la siempre dispuesta habitación de invitados, Kurt le visitó para ofrecerle un gran tazón de Ovomaltina.
—No, Kurt, gracias, pero no.
—Pero, Cassidy, mi querido amigo, tú eres de los nuestros. Escucha, tú eres uno de los nuestros, y prefieres siempre la compañía masculina, ¿no es verdad, mi querido amigo?
—Sí, es verdad, pero...
—*En segundo lugar,* tus relaciones físicas con las mujeres han sido siempre insatisfactorias. Cassidy, date cuenta, si esto es algo que se te ve en los ojos. Yo lo veo, y cualquiera puede verlo. *En tercer lugar...*
—Kurt, sinceramente, si ahora tuviera ganas de ha-

cerlo, lo haría, puedes estar seguro. Ha dejado de darme vergüenza. Cuando iba al colegio quería hacerlo, pero allí se debía a que no había chicas. Ésta es la pura verdad. Creo que en el fondo lo que me pasa es que tengo demasiado sentido del humor, y te imagino tumbado aquí, desnudito, y sólo pensarlo me echo a reír. ¿Comprendes lo que quiero decir?

—Buenas noches, Cassidy.

—Buenas noches, Kurt. Y muchas gracias.

—Oye, el día que quieras escalaremos el Eiger, ¿te parece?

—Perfecto.

Medio dormido, se preguntó si Kurt volvería. El cansancio no sólo debilita la moral, sino también el sentido del humor. Pero Kurt no volvió. Por lo que Cassidy se dedicó a escuchar el sonido del tránsito en la calle, mientras pensaba: «¿Qué hace Kurt? ¿Duerme o sueña conmigo?»

Ya había salido el sol. Oyó otro silbido de la pequeña e incorruptible máquina: El tren se ha parado, las puertas rechinan y se abren. El revisor grita: ¡Sainte-Angèle!

El revisor había gritado el nombre del pueblecito en el dialecto de la zona, e igual hubiera podido gritar Michelangelo o Inglaterra. El grito fue muy potente, superando el doblar en tres tonos de la campana montañera. Fue un grito de canción de una Navidad pasada o venidera, en una voz de viril dominio que resonó en la vacía estación. El grito le fue dirigido directamente a Cassidy y le llegó a través de la blanca ventana del vagón de primera en que viajaba. Sí, y si quería proseguir viaje, tendría que hacer transbordo. Pronunció el nombre como si fuera el de Cassidy. Era su último grito, en su última estación. El maletero llevaba barba y lucía en la blusa la insignia de su oficio. La negra sombra de la visera de la gorra y sus espesas cejas negras le camuflaban los ojos. Obediente a la llamada, Cassidy se puso en pie y pisó el vacío andén, balanceando en su fuerte mano el maletín de viaje.

Sin duda para consolarle, el maletero le dijo:

—Mañana habrá nevada gorda.

Cassidy, siempre dispuesto a pronunciar una frase ingeniosa, repuso:

—Pero mañana no siempre llega, ¿verdad?

El tiempo que encontró Cassidy en Sainte-Angèle era una meteorológica proyección de la confusión que últimamente había imperado en su mente. También los mejores lugares de recreo tienen sus temporadas malas, y ni tan siquiera Sainte-Angèle, pueblecito famoso por su naturaleza moderada y digna de toda confianza, es ajeno a las inmutables leyes de la Naturaleza. Por lo general, en invierno, la nevada calle principal del pueblo es un jubiloso carnaval de gorritos de punto, trineos arrastrados por caballos y brillantes escaparates, en donde los más opulentos cerdos de Europa se rozan con las muchachas de Kensal Rise, y también es cierto que en los cercanos bosques se cierran muchos insinceros contratos de amor. En verano, gente de edad más avanzada que la que se ve en invierno pasea vigorosamente por las floridas laderas y toma el fresco a orillas de riachuelos amados por Goethe, mientras los niños vestidos con prendas tradicionales cantan viejas canciones en alabanza de la castidad y del ganado vacuno. La primavera hace su aparición de un modo brusco y muy hermoso, y por entre las últimas nieves brotan impacientes las flores. Y el otoño trae consigo las primeras nieves y las olvidadas horas de eclesial silencio, las horas que median entre las bulliciosas estaciones.

Pero hay días, como muy bien sabe todo conocedor de los Alpes, en que el agradable cuadro que acabamos de dibujar queda violentamente alterado, sin razón aparente que lo justifique. Estos días amanecen cuando las estaciones se cansan súbitamente del lugar que ocupan en el ciclo de la Naturaleza y, utilizando todas las armas de su arsenal, libran violenta batalla hasta quedar exhaustas. Desaparece la magia invernal y el pueblo es víctima de las lluvias lentas y constantes y de las frías noches, mientras el trueno alterna con el aguanieve, y no hay sol ni estrellas cuya luz traspase la capa de grises nubes móviles. Y también cabe la posibilidad, lo cual todavía es peor, de que venga el *foehn*, el mal viento del Sur que como una plaga ataca a las montañas, desprendiendo gigantescas masas de nieve y poniendo de humor negro tanto a los nativos del pueblo como a los visitantes. Y cuando, por fin, este viento cesa, las pardas porciones de tierra en las laderas parecen cadáveres, el cielo está blanco y vacío, y los pájaros se han ido. El *foehn* es la maldición de las montañas y no hay lugar que esté libre de él.

Los primeros síntomas son externos: cae el agua lentamente, sin que se sepa de dónde. Misteriosamente desaparece el color y el aire se va. Cuando de esta manera se vacía la atmósfera, se produce también el vaciado gradual de las energías humanas, y comienza a imperar cierta indiferencia moral, parecida a un estreñimiento de las facultades mentales, que se extiende lentamente por la totalidad del cuerpo psíquico, bloqueando todas sus salidas. En estas ocasiones, mientras espera la llegada de la tormenta, es perfectamente posible que un hombre fume medio cigarrillo, mientras pasea por la calle principal del pueblo, y, al día siguiente, el humo y el olor del cigarro estén en el mismo lugar, en el aire muerto, en que se encontraba la víspera. A veces, no hay tormenta. La calma chicha termina, y el frío vuelve. O bien se desencadena un huracán, un negro y furioso *Walpurgisnacht*, con vientos de ciento o ciento veinte kilómetros por hora. La calle principal queda cubierta de ramas quebradas, por entre los claros de la nieve se ve el asfalto, y cualquiera diría que por allí ha pasado un río en la oscuridad nocturna, camino de los valles y procedente de las cumbres.

Ahora habla *foehn*.

La escena trajo a la mente de Cassidy recuerdos del campo de cricket de Lords, en un día húmedo. Los dos maleteros del pueblo estaban el uno al lado del otro, con expresión de jueces imparciales, con los brazos cruzados de modo que la blusa formaba una depresión en mitad del cuerpo, y diciendo que, efectivamente, era imposible. Sobre la cabeza de Cassidy, y muy cerca, los soberbios picos mellizos del Angelhorn colgaban del cielo como ropa sucia puesta a secar. Apenas había nieve. El reloj señalaba las diez y cuarto, pero igual se había quedado parado años atrás. Mientras se dirigía al restaurante, Cassidy pensó: «Así morimos, solos, fríos y sin aliento, suspendidos entre dos blancos lugares.»

Con voz tranquila, Shamus le dijo:

—Hola, muchacho. Parece que buscas a alguien, ¿verdad?

Cassidy repuso:

—Hola.

35

El humo de leña de Haverdown flotaba en el aire húmedo, y cabezas de ciervo surgían de las pardas paredes. Agrupados, unos cuantos obreros de oscuro rostro bebían cerveza. Lejos de ellos, en su triste lugar, la camarera leía semanarios alemanes, y todos jadeaban en secreto, víctimas del *foehn*, como pacientes en la sala de espera del médico.

Estaba sentado cerca del bar, solo, ante una gran mesa de tablero circular, bajo las escopetas cruzadas del club de cazadores de Sainte-Angèle. Una bandera de seda, bordada por las damas del pueblo, proclama la fidelidad de las gentes de Sainte-Angèle a Guillermo Tell. El lugar en que se encontraba la mesa, que formaba como una cueva en la pared, se hallaba a una media luz flamenca, hogareña y pacífica. Tomaba un *café crême*, y había perdido peso. Una raya de blanca luz procedente de la ventana recorría la mortuoria chaqueta, como una herida. No llevaba sombrero ni tampoco barba. Su rostro parecía desnudo, vulnerable y estaba muy pálido. Cassidy se le acercó, sosteniendo el maletín en brazos, tal como Hugo sostenía el cocodrilo con el que iba a la playa. Dejó caer el maletín en el banco de madera barnizada, y el maletín cayó después al suelo, produciendo un sordo ruido.

Al sentarse, vio la pistola.

Decansaba sobre los muslos de Shamus, como un lindo juguete, apuntando a Cassidy. Era un arma inequívocamente militar, probablemente de reglamento para los oficiales en los tiempos de la Primera Guerra Mundial. Sí, solamente un oficial con toda la barba podía llevar aquel trasto, ya que el cañón medía, aproximadamente, treinta centímetros. También podía ser una pistola de tiro al blanco, de los tiempos en que el tirador apoyaba el cañón en el antebrazo izquierdo, y en que el profesor de tiro gritaba: «¡Buen tiro!», cuando el deportista daba a una diana del tamaño de un hombre.

En la cocina, una radio daba la hora de acuerdo con las señales suizas, señales de naturaleza muy bélica.

Cassidy pidió un *café crême,* igual que el caballero. El camarero recordaba bien a Cassidy, el señor que daba buenas propinas. Puso un mantel limpio en la mesa y lo hizo con amorosos ademanes. Colocó también cubiertos y palillos en cajita de plata. Le preguntó a Cassidy qué tal seguían sus hijos. Y Cassidy repuso que muy bien, gracias.

¿No tenían el desagradable vicio británico de andar por ahí con pantalones cortos los hijos de Cassidy?

Cassidy contestó que no destacaban por esto.

¿Y cazaban, cazaban el zorro y la gamuza?

Cassidy le informó que, actualmente, iban a la escuela tan solo.

El camarero cerró firmemente la boca, y luego, al abrirla, dijo: *Eton.* Le habían dicho que esta escuela había descendido mucho en categoría.

Shamus dijo:

—Helen está esperando.

Emprendieron la subida.

Cassidy tiraba con todas sus fuerzas, y la cinta de plástico se le hundía en el hombro. De hecho, si no hubiese llevado su abrigo de piel de camello, se hubiera cortado en la piel. La cinta tenía unos dos metros de longitud, era de vivo color rojo, y Cassidy la agarraba con las dos manos, una de ellas a la altura del pecho y la otra a la altura de la cintura, mientras inclinado hacia delante iba avanzando penosamente. Dos veces le había pedido a Shamus que hiciera el favor de ir a pie, pero la única respuesta que obtuvo fue un impaciente movimiento de la pistola indicándole que debía seguir adelante. Ahora, Shamus iba sentado con el tronco muy erguido y tenía el maletín de Cassidy en las rodillas y abierto. De él sacaba los objetos que no le gustaban e iba arrojándolos al suelo. El cepillo de plata para el pelo ya había desaparecido, resbalando senda abajo, sobre el hielo y la nieve, y girando de vez en cuando sobre sí mismo según fueran las depresiones que encontraba en su camino. Cassidy creía que estaba en perfecta forma física, ya que no en vano practicaba el *squash* en Landsdowne y el tenis en Queens, por no hablar ya de las constantes subidas y bajadas a lo largo de la escalera de Abalone Grescent. Pero, cuando comenzó a alejarse de la vía del tren, su camisa de franela estaba ya empapada, y su corazón, poco acostumbrado a los cambios de altura, palpitaba de modo alarmante. Se dijo que estar o no estar en forma es asunto muy relativo. Al fin y al cabo, Shamus pesaba por lo menos los mismos kilos que él.

Incluso cuesta abajo, el sendero no se prestaba a la práctica del deporte de los deslizadores.

Comenzando en el chalet, el sendero dibujaba varias curvas por entre grupos de árboles, por un terreno en el que la nieve apenas cubría las grandes piedras y los troncos de árboles caídos que acechaban al despreocupado deportista. Después de cruzar una vaguada, el sendero descendía por dos pendientes muy acentuadas hasta llegar a una rampa de cemento, muy utilizada por los peatones, cubierta de arenilla que tenía la virtud de desviar el curso del deslizador. Y si bien es cierto que algunos niños osados ignoraban los peligros que acabamos de mencionar, tampoco cabe negar que los hijos de Cassidy no los desconocían, ya que una de las más frecuentes pesadillas de éste era la de presenciar un accidente de sus hijos en dicho trayecto, accidente en el que Hugo iba a parar bajo un tren y Mark se partía la crisma contra un poste, por lo que Cassidy les había prohibido que utilizaran aquel camino, bajo pena de severos castigos. Sin embargo, este camino cuesta arriba era mucho menos peligroso, aunque más desagradable todavía.

Shamus había elegido el deslizador de Mark, debido, sin duda, al excéntrico adorno de las calcomanías en forma de margarita, pegadas a su base. Sin embargo, se trataba de un excelente deslizador, de un prototipo que el corresponsal de Cassidy en Suiza le había enviado con la idea de que estudiara su posible explotación en el mercado británico. Al principio, el diseño del deslizador contribuyó grandemente a que la tarea de Cassidy no fuera demasiado pesada. Pero no tardó en llegar el momento en que la proa se clavó en la mezcla de nieve y barro que cubría el camino, lo que obligó a Cassidy a inclinarse más hacia delante, a fin de conseguir mayor fuerza de arrastre en su trayecto cuesta arriba. Sus londinenses zapatos con suela de cuero resbalaban sin cesar. De vez en cuando, Cassidy también resbalaba hacia atrás, y su cuerpo iba a parar a la proa del deslizador. Cuando esto ocurría, Shamus lanzaba un juramento en señal de desagrado y ordenaba a Cassidy que siguiera adelante. El contenido del maletín había desaparecido. Dentro nada quedaba, por lo que Shamus también arrojó a la vera del camino el maletín. Con esto, la carga del deslizador quedó un tanto aligerada. Ahora, Shamus apuntaba distraídamente con la pistola cuantos blancos se le ofrecían, tales como un pájaro en un tejado, un perro, un viandante...

—Querido amigo Cassidy, qué alegría volverle a ver...

Presentaciones. Invitación a tomar jerez el domingo, al salir de la iglesia. Shamus agita la pistola y apunta con ella aquí y allá. La mujer lanza gritos de júbilo. Es Mrs. Horegrove o Haregrave, antigua senadora del club.

—¡Qué carga tan peligrosa lleva usted, Mr. Cassidy!

Entre jadeantes sonrisas, Cassidy dijo:

—Es la pistola de Hugo. La traemos de arreglar. Ya sabe cuánto le gustan las armas a mi hijo.

—¡Dios mío! ¿Y qué diría Sandra si lo supiera?

¿Si supiera qué?, ¿si supiera lo de la pistola o lo de Shamus? Poco le faltó a Cassidy para formular estas preguntas, ya que los ojos de la mujer miraban ora a la pistola, ora a Shamus. Perdiendo súbitamente la paciencia, Shamus gritó a la mujer:

—¡Fuera de aquí! ¡Largo!

Cogió una gruesa rama que había en el suelo y la arrojó a los pies de la mujer, gritando:

—¡Burguesa! ¡Lárguate o te pego un tiro!

La dama se retiró.

Un montón de estiércol de caballo les impedía el paso. Cassidy se desvió hacia la izquierda. Shamus gritó:

—¡Tira más fuerte, inútil! ¡Arre, arre! *¡Tira!*

En el bosque, el avance fue más fácil. Protegida por los árboles, la nieve no se había fundido. En algunos trechos, el sendero incluso descendía a lo largo de cortas distancias, de modo que Cassidy tenía que correr, a fin de seguir en la línea de tiro de la pistola. En estos casos, Shamus se ponía nervioso y daba órdenes contradictorias, tales como: levanta las manos, baja las manos, ve por la izquierda, ve por la derecha... Cassidy, que había dejado de pensar, obedecía todas las órdenes y, por no pensar, ni siquiera pensaba en la posibilidad de un orificio en su espalda. Desaparecieron los árboles, y Cassidy pudo ver el pardo valle y los jirones de niebla que surgían de él como humo aceitoso. Vieron un fragmento del Angelhorn, perfectamente azul y con nieve esplendente, iluminado por los altos rayos del sol.

Se detuvieron. Con voz tranquila, Shamus dijo:

—¡Eh, tú!

—¿Sí?

—Dame un beso.

Con las manos encima de la cabeza, Cassidy retrocedió unos pasos, acercándose al deslizador, se detuvo y dio un beso en la mejilla de Shamus, quien dijo:

—Más.

Al cabo de un rato, secándose las lágrimas, Shamus dijo:

—Bueno, ya basta, muchacho, ya basta. No te preocupes, Shamus lo arreglará todo, muchacho. Los dos somos ya lo bastante mayores para poder arreglarlo.

Cassidy dijo:

—Desde luego, podemos.

—Marcaremos un hito en la Historia. Seremos grandes. Triunfaremos sobre el asqueroso sistema.

Después de darle, jadeante, unos cuantos besos y abrazos más, Cassidy dijo:

—¿Te molestaría mucho andar, ahora? Estoy algo cansado, ¿sabes?

Shamus sacudió negativamente la cabeza.

—Muchacho, tengo el deber de endurecerte un poco, y te juro que lo cumpliré. Será un curso de endurecimiento bastante intenso. Recuerda que nos comprometimos a tener fe, los dos, tú y yo.

—Sí, lo recuerdo —dijo Cassidy, cogiendo entre sus manos la cinta de plástico unida al deslizador.

Estaban rodeados de nubes. Seguramente salieron de la zona con árboles sin que él se diera cuenta, y ahora avanzaba a ciegas por entre la niebla. La falta de visión hizo que Cassidy tropezara y cayera de bruces. Ni siquiera el sendero existía, ya que los jirones de niebla ocultaban sus límites, y las manos de Cassidy tocaban la tierra de la cuesta ante él, como si de un invisible enemigo se tratara. Se levantó, y siguió su lucha por avanzar.

—¿Dónde estás?

—Aquí.

Shamus le advirtió amenazadoramente:

—Pues sigue tirando, o de lo contrario habrá tiros.

Tan súbitamente como había descendido sobre ellos, la nube se alzó, y ante su vista se irguió la casa, claramente recortada, esperándoles, en medio de la cara porción de loma en que se hallaba, es decir, a quince libras el metro cuadrado. Junto al timbre, una placa decía: «Mr. y Mrs. Cassidy», y pintado bajo el balcón se leía: «Helen, esposa de Shamus.»

Las letras estaban pintadas en la tela de la móvil niebla, en tonos mates, un poco demasiado grandes.

Desde el punto en que se encontraba, Helen parecía muy alta. Llevaba un pañuelo de Sandra en la cabeza. Apoyaba las manos en la barandilla, con el rostro violentamente inclinado hacia el sendero, sin verles, pero oyendo sus pasos en el barro y quizás el eco en zigzag de sus voces.

—¿Cassidy?

En un susurro que le llegó a Cassidy por la espalda, Shamus dijo:

—Tiene unos cuantos cardenales en las partes donde la azoté con el cinturón. En fin, lo siento, Cassidy, pero no tenía la menor intención de estropearte la mercancía.

Aun sin verles, pero adivinando su presencia por los sonidos, Helen repitió:

—¿Cassidy?

Un poco después, Helen escrutaba el sendero en busca de ambos, sin darse cuenta de que, en realidad, estaban inmediatamente debajo de ella. Esperaba, tal como las mujeres esperan, y utilizaba el cuerpo entero para oír algo. Esperaba un buque o un hijo o un amante. Esperaba erguida, tensa y vibrante.

Cassidy dijo:

—Estamos aquí debajo.

Cassidy advirtió que Helen tenía un cardenal bajo el ojo izquierdo. Shamus le había atizado un izquierdazo, probablemente un gancho. Sí, aquel cardenal se parecía al que lucía Sal la tarde en que la visitaron en Cable Street. Cuando Cassidy y Shamus hubieron abierto la puerta, Helen ya había tenido tiempo para bajar al vestíbulo. Helen cerró los ojos, el que estaba en buen estado y el otro, antes de que Cassidy la tocara, y éste oyó el murmullo:

—Cassidy...

Le oyó en el instante en que los brazos de Helen se cerraron amorosamente a su alrededor. Cassidy se dio cuenta de que Helen temblaba como si tuviera fiebre.

Atrás, Shamus gritó:

—¡En la boca! ¡Dios! ¿Dónde estamos? ¿En un convento?

En consecuencia, Cassidy la besó en la boca. Sabía un poco a sangre, como si le hubiera sacado una muela.

La sala de estar —diseñada por el propio Cassidy— era alargada y quizá demasiado estrecha para permanecer cómodamente en ella. El balcón era corrido, y desde él se contemplaban tres vistas: el valle, el pueblo y la cadena montañosa. En un extremo, cerca de la cocina, estaba la mesa en que comían, mesa que Helen había ya dispuesto para tres, colocando las mejores servilletas, así como las velas de cera natural, guardadas en el cajón superior. Shamus explicó:

—Está un poco flaca, porque la he tenido encerrada hasta que tú llegaras.

Cassidy dijo:

—Sí, ya lo suponía.

—Imagino que no me lo reprocharás, muchacho. A las princesas hay que encerrarlas en torres, ¿no es verdad? Tampoco vamos a permitir que anden pendoneando por todo el reino.

Tanto si había perdido peso como si no, lo cierto era que los ojos de Helen brillaban desafiantes, con el valor que suelen tener quienes están muy gravemente enfermos. Helen dijo:

—He conseguido comprar un pato. Creo que el pato es uno de tus platos favoritos.

Cassidy dijo:

—Sí, sí... Muchas gracias.

Ofreciéndole pastas saladas en la roja bandeja con compartimentos, en la que Sandra ponía el curry, Helen le preguntó con cierta ansiedad:

—Supongo que el pato sigue gustándote, ¿verdad?

—Pues sí.

—Pensaba que a lo mejor ya no te gustaba.

—No, no.

—Es congelado. Intenté comprar un pato fresco, pero no lo encontré.

Se quedó unos momentos sin saber qué decir, y luego añadió:

—Es muy difícil comprar por teléfono, y en un idioma extranjero... Shamus no me dejaba salir. Incluso ha quemado mi pasaporte.

—Sí, ya lo sabía.

Helen comenzó a llorar, aunque no mucho. Cassidy la cogió por el hombro y la llevó a la cocina. Helen apoyó la cabeza en el hombro de Cassidy, y respiró con profundas inhalaciones, llenándose los pulmones con la fortaleza de la presencia de Cassidy. Helen dijo:

—Hola, león.

—Hola.
—No sé cómo, pero el caso es que Shamus se enteró. No, no lo sospechó, ni lo adivinó, ni nada por el estilo, no, señor, sino que lo supo con toda certeza. ¿Cómo se llama esa cosa consistente en absorber líquido por los poros?
—Osmosis.
—Bueno, pues Shamus tiene osmosis, osmosis doble. Y si lloro es porque estoy cansada. No estoy triste, no. Estoy cansada.
—Lo comprendo.
—¿Y tú, no estás cansado, Cassidy?
—Un poco.
—Shamus no me dejaba dormir en la cama. Tenía que dormir de pie. Igual que un caballo.
Ahora Helen lloraba copiosamente. Cassidy pensó que seguramente había llorado durante varios días, de modo que había adquirido el hábito de llorar, y seguramente lloraba cuando el viento cambiaba, cuando el viento cesaba, o cuando volvía a soplar, y ahora tenían *foehn*, con lo que el viento cambiaba sin cesar.
—Cassidy.
—Sí.
—De todos modos hubieras venido, ¿verdad? ¿Tanto si Shamus te lo decía como si no?
—Claro que sí.
—Shamus se reía. Cada día que pasaba sin que tú vinieras, Shamus se reía, y decía que no vendrías. Pero durante la espera, entre risas y risas, se entristecía mucho, y decía: «Ven, muchacho, ven, ven, ¿dónde diablos estás ahora?» Luego hacía el amor conmigo, y me decía que rezara por ti.
—No me ha sido fácil venir.
—¿Cómo ha reaccionado tu mujer?
A través de las lágrimas de Helen, Cassidy oyó los gritos de Sandra en la escalera, despertando ecos que viajaban de abajo arriba y viceversa. Dijo:
—Bien. No me creó ningún problema. En realidad se alegró mucho... Sí, se alegró al saberlo.
—Bueno, pues yo tampoco he tenido grandes problemas... No los he tenido desde que Shamus ha comprendido que te amaba.
—Más valdrá que vuelva a la sala de estar.

—Sí, Shamus te necesita.

Y, para animarle, Helen le propinó una palmadita de ánimo en la espalda.

Shamus estaba junto a la gran ventana. Había encontrado los prismáticos de Cassidy e intentaba ver con ellos el interior de los dormitorios de un lejano hotel. Aburrido, los arrojó al suelo y se dirigió a la librería. Llevaba la pistola al cinco. Distraídamente, observó:

—Parece que en esta casa ha vivido alguien aficionado a Ibsen.

—Sandra.

—Me resulta simpática esa tía. Siempre me lo ha resultado. Parece mucho mejor que Helen, desde luego.

Mientras Helen guisaba, los dos hombres jugaron al juego del ratón, al que Mark solía jugar. El ratón era de plástico. Se colocaba en una pista, corría por la pista, saltaba por encima de una depresión, pasaba por varios hoyos, entraba en una estrecha jaula, en cuyo momento sonaba una campana, se cerraba la puerta de la jaula y el ratón quedaba atrapado. No era un juego competitivo, ya que en él no había modo de perder y, en consecuencia, nadie podía ganar; a pesar de ello, teniendo en cuenta las presentes circunstancias, resultaba un juego excelente, debido a que permitía a Shamus mantener constantemente una mano junto a la pistola. Sin embargo, cuando llevaban algún tiempo jugando, Shamus se cansó del juego y, después de agarrar el atizador que reposaba en el hogar, rompió con él un extremo de la caja, el ratón escapó, Shamus volvió a dar muestras de equilibrio psíquico, e incluso sonrió y le dio unas palmaditas en la espalda a Cassidy, como si quisiera levantarle los ánimos.

—Te quiero, muchacho.

Cassidy dijo:

—Yo también.

Helen salió de la cocina, con un plato en las manos, y también con el fin de animar la conversación, dijo:

—Shamus ha recorrido toda Europa. ¿Verdad, Shamus? Ha estado en Marsella, en Milán, en Roma...

Helen pronunció los nombres de estas ciudades, como si el hecho de oírlos pudiera estimular a Shamus, como si, al pronunciarlos, Helen cantara las alabanzas de su niño mimado y melancólico. Pero Shamus permaneció impasible.

—Y, además, su libro marcha de maravilla. *Ha estado escribiendo hasta el preciso instante en que has llegado*, ¿verdad que sí, Shamus? Se pasa el día escribiendo, escribiendo, hasta el anochecer.

Shamus dijo:

—¡Trae de una vez esa mierda de pato, y cállate!

Con una discreta sonrisa, Helen recordó a Cassidy:

—¿El vino? Supongo que debemos tomar vino tinto, con el pato.

—Voy a buscarlo —dijo Cassidy dirigiéndose a la puerta.

—¡Toma! —gritó Shamus, arrojándole las llaves.

Y se las tiró con tanta fuerza que fueron a estrellarse contra la madera de la puerta, a dos dedos de la cabeza de Cassidy, y de rebote chocaron, todavía con violencia, contra el suelo, también de madera.

Al cogerlas, Cassidy se dio cuenta de que muchas llaves estaban repetidas. Shamus seguramente cogió cuantas llaves encontró cuando encerró a Helen en la buhardilla.

El principal problema radicaba en el horno. Helen aseguraba que aquel horno no calentaba como los hornos ingleses y que al girar el mando no se encendía ninguna llama en el interior. Cassidy dijo:

—Es de rayos infrarrojos.

Y le enseñó cómo funcionaba.

A pesar de todo, el pato salió crudo. Helen dijo:

—¡Dios mío...! Lo volveré a meter en el horno.

Cassidy protestó: tonterías, los patos debían quedar siempre un poco crudos, así era, precisamente, como a él le gustaba el pato.

Shamus también protestó, aunque por diferentes razones. Dijo que más le valdría a Helen no volver a meter el pato en el horno, ya que si Shamus iba a hacer historia, estaba dispuesto a comenzar a hacerla lo antes posible, sin más dilaciones, y menos aún si éstas se debían a un pato a medio cocer.

Una vez más, Cassidy, el hombre de refinado instinto social tuvo que tomar sobre sí la carga principal de la conversación durante el almuerzo. Después de elegir un tema al azar —hacía varios años que no había leído un periódico inglés —oyó cómo su propia voz desarrollaba el tema de la creciente oleada de violencia que barría Inglaterra, refiriéndose de un modo muy especial al indignante atentado, mediante una bomba, contra un ministro conservador. Dijo que no podía tolerar a los nihilistas. Cuando alguien estaba resentido, lo que tenía que hacer era expresar verbalmente su resentimiento. Sí, y Cassidy sería el primero en escuchar con atención la queja. Al fin y al cabo, ¿de qué servía el sistema parlamentario, si cualquier individuo con opiniones contrarias a las nuestras podía coaccionarnos?

—Con esto quiero decir, ¿qué diablos pretende conseguir esta gente, por esos medios? La destrucción de la sociedad, claro está, pero, ¿qué más? Ésa, ésa es la pregunta que ninguno de ellos es capaz de contestar. Bueno, pues yo les diría: «Muy bien, de acuerdo, vuestro es el mundo, ahora, hacedme el favor de decirme qué vais a hacer con él, cómo vais a curar a los enfermos, a mantener a los viejos y a defendernos contra esa China loca.» En fin, yo creo que todos estamos de acuerdo, ¿no creéis?

Preguntó, mientras pensaba si sería correcto dejar el resto de pato que le quedaba en el plato. Helen y Shamus se habían acercado el uno al otro, estaban ahora muy juntos, y Helen besaba a Shamus, como si quisiera consolarle, y le alisaba el pelo, y le pasaba la mano por la frente. Por encima del hombro, Helen dijo:

—La verdad es que no estamos muy al corriente de lo que ocurre en Inglaterra.

Helen cortaba el pato de Shamus, para que éste pudiera tener una mano siempre junto a la culata de la pistola. Helen añadió:

—Shamus intentó poner en marcha tu radio, Cassidy, pero mucho me temo que se la cargó, ¿verdad, querido?

Cassidy dijo generosamente:

—No tiene la menor importancia.

Ofreció puré de patata a Helen y Shamus, pero éstos

declinaron el ofrecimiento. Shamus, con el humor muy mejorado por los cuidados de Helen, dijo:

—¿Qué, Cassidy? ¿Qué te parece el arte culinario de Helen?

—Bueno. A juzgar por el pato, me parece excelente. Sin embargo, también en Londres tuve ocasión de comprobarlo.

—Mejor que el de tu costilla, ¿verdad?

Cassidy mintió, con gran énfasis:

—Mucho mejor.

Mientras Helen levantaba la mesa, Shamus se metió la mano en el bolsillo, y sacó un volumen encuadernado en cuero, que abrió sobre sus rodillas. Tenía el tamaño de esas libretas en que se llevan los Diarios, pero era mucho más grueso y con cantos dorados. Mientras lo leía, Shamus dio la impresión de encontrar párrafos particularmente interesantes, ya que los señalaba con tinta; sobre las páginas ponía la pistola, a fin de que no se levantaran. Cassidy preguntó, intentando dar a su entonación un aire casual, lo más trivial que las circunstancias permitían:

—¿Está cargada?

Muy orgullosa, desde la cocina, Helen dijo:

—¡Claro que lo está! Shamus es incapaz de llevar una pistola descargada.

Cassidy pensó que seguramente se debía al vino el que Shamus estuviera más calmado. Cassidy había escogido un fuerte borgoña, que valía veintiocho francos la botella y que gozaba de merecido prestigio por sus cualidades soporíferas.

Mientras esperaban una vez más a Helen, los dos hombres salieron al balcón para practicar el tiro. La munición no era problema, ya que los bolsillos de la chaqueta mortuoria estaban repletos de balas de diversos calibres, algunas de ellas evidentemente demasiado grandes, pero otras perfectamente adecuadas.

Primeramente, y a instancias de Shamus, Cassidy le enseñó cómo funcionaba el seguro. Cassidy dijo:

—¿Ves? Es esto. Y debes ponerlo así.

—¿Disparará ahora?

—No. Con el seguro puesto no dispara.

—¿Estaba puesto, pues?
—Sí.
Apuntando a la cabeza de Cassidy, Shamus oprimió el gatillo, y nada ocurrió. Preguntó:
—¿Y si lo pongo así...?
—Entonces dispara, Shamus. Oye, ¿no crees que más valdría que esperásemos a que la niebla se disipara?
En realidad, la niebla era ahora más densa. Más allá de la niebla llovía, ya que el sonido de la lluvia llegaba a los oídos de Cassidy, juntamente con el misterioso murmullo de maquinaria agrícola que siempre oía en los días de insólito silencio. Mientras Cassidy y Shamus estaban allí, pasaron dos esquiadores, abrigados cual dos fantasmas abades, y descendieron por el sendero camino de la estación de esquí. Se desvanecieron, dejando tras sí el sonido de los esquís sobre la aguada nieve. Shamus, quien les estaba apuntando en el instante en que se perdieron de vista, bajó la pistola, lanzó una exclamación de disgusto y desplegó la vista, en busca de otras piezas. Preguntó:
—A propósito, ¿qué alcance tiene este trasto?
—Tiene un alcance eficaz de treinta y seis metros y medio. A esta distancia, puede matar.
—No sirve para el tiro rápido, supongo.
—No.
—Intenté comprar balas dumdum, pero no tenían.
Volvió a apuntar esta vez a una chimenea, al otro lado del sendero. Dijo:
—Helen te quiere de mala manera, muchacho.
—Sí, ya lo sé.
—Y tú la quieres con pasión. Languideces cuando no la estás viendo. Tienes prisa en dormirte para soñar con ella. Prisa en despertar para venir corriendo y arrancármela de los brazos. Tu esposa, tus negocios, tu «Bentley», todo carece de importancia comparado con tu avasalladora, agotadora y dignísima pasión, ¿no es eso?
Shamus volvió la cabeza y miró a Cassidy, por encima de la pistola que sostenía en alto. Siguió:
—¡Pobre muchacho! ¿Qué otra cosa podíamos hacer? ¿Acaso podíamos dejarte solo, fuera, para que te murieras de frío? No, no podíamos hacerlo, después de haber pasado toda nuestra maldita vida buscando pre-

cisamente esto que ahora hemos encontrado... Con esto quiero decir, ¿viste acaso hombre capaz de emplear veinte años de su vida buscando oro, y de rechazarlo cuando por fin lo encuentra? ¿Qué crees tú?

—No, no existe un hombre capaz de eso.

Shamus seguía mirándole fijamente. Cassidy repitió:

—No, no existe un hombre así.

—¡Muy bien, muchacho! —exclamó Shamus dirigiéndole una radiante sonrisa. Luego le cogió del brazo y le llevó a la sala de estar. Allí, sin soltar el brazo de Cassidy, gritó:

—¡Helen! ¡A ver si terminas tus preparativos de una vez, so vaca!

Dirigiéndose a Cassidy, musitó:

—¡*Valor,* muchacho...! Ahora tendrás que portarte como un valeroso soldado.

Cassidy afirmó con la cabeza. Shamus dijo:

—De lo contrario, papá te pegará un tiro.

Volvió a afirmar con la cabeza. Desde el dormitorio, Helen gritó:

—En cinco minutos termino.

Shamus y Cassidy se dirigieron hacia la mesa, situada en el centro de la estancia.

Desde la cocina, Shamus dijo:

—Necesitamos *testigos.* ¿Cómo diablos puedo ser la comadrona de la Historia, sin testigos?

Shamus salió de la cocina con un mantel blanco que Sandra había aportado al matrimonio, juntamente con su *trousseau.* Mirando con crítica expresión los zapatos de Cassidy, en los que se veían los rastros de su caminata desde la estación, Shamus dijo:

—¡Dios, no les vendría mal unos buenos restregones!

Miró los calzones de Cassidy:

—¿Y qué diablos significan estos pantalones de linóleo?, ¿de dónde los has sacado?

—Son de la misma tela de sarga con que se hacen los pantalones de los oficiales de caballería. Es lo mejor, para vivir aquí.

Con un suspiro, Shamus dijo:

—También me gustaría tener todas las prendas adecuadas.

Helen iba con un vestido gris. Era uno de los vestidos que Sandra había comprado en Berna, el año anterior, para asistir a los cócteles del club. Se trataba de un vestido un poco anticuado para el gusto de algunas mujeres, pero muy correcto, con ribetes verdes en la parte superior, y un pañuelo, que hacía juego, para el cuello. Helen llegó caminando despacio, con los ojos muy brillantes. Se había vuelto a poner polvos en el morado, y en la mano llevaba un ramillete de artanitas que había conseguido en la planta que había en la cocina. Tenía los labios distendidos, probablemente en una sonrisa. Las flores tremolaban, y Helen estaba nerviosa.

Como si de repente se hubiera quedado ciego, Shamus preguntó:

—¿Es ella?

Shamus tenía la vista fija en la ventana, y se encontraba de espaldas a Helen y Cassidy; estaba con los hombros muy altos. Ni Helen ni Cassidy podían ver su rostro, pero sí podían oír su lento y llano tarareo.

36

Shamus había mudado de color.

No se había ruborizado ni empalidecido, del blanco al rojo, del rojo al blanco, de acuerdo con las supuestas leyes de la balada medieval, sino que, sencillamente, toda su persona parecía haber tomado los oscuros y tormentosos colores de su ardiente humor. Contemplándole, Cassidy tuvo clara conciencia de lo que siempre había sabido, aunque sin comprenderlo hasta el presente momento. Shamus carecía de equilibrio físico, carecía de forma y perfil que se pudieran recordar, era tan cambiante como el cielo que se veía por la ventana, tan tormentoso, tan calmo, tan luminoso, tan tenebroso, tan móvil, tan quieto, como aquel cielo, y Cassidy había malgastado demasiado tiempo en intentar definir a Shamus, confundiendo su presencia por cierto tipo de conocimiento, de familiarización. Igual hubiera podido Cassidy intentar amar al viento. Sí, tan inútil como esto era intentar domesticar a aquel hombre a fin de que supiera desarrollarse en las estancias en que Cassidy se encontraba a sus anchas. Había conocido a un Shamus de dos metros de altura, ágil como un bailarín; le había conocido chaparro y violento, con hombros de luchador de lucha libre; le había conocido hembra y le había conocido macho, hombre y niño, amante y verdugo. Sin embargo, jamás podría conocerlo como un solo hombre. Cassidy pensó que ésta era la razón por la que Shamus escribía situándose ya en el pasado. Ésta era la única manera de convertir todo aquel ejército en una sola persona. Y ésta era la razón por la que Shamus sentía celos de Dios: Dios tiene un reino y puede aceptar a todos; Dios se goza en la variedad de todas sus imágenes; Dios tiene catedrales que contienen sus infinitas semejanzas. Pero Shamus sólo tiene este único cuerpo, y está obligado a arrastrarse por el mundo, fingiendo que es una sola persona, y ésta es la pena que conlleva el ser Shamus, la pena de jamás identificarse con un lugar o con una mujer.

Shamus también tenía problemas con la pistola.

Su nueva bata negra, que Helen le había traído de Londres, le sentaba a la perfección, pero el cinturón no era lo bastante fuerte para sostener la pesada arma. Habiendo intentado, sin éxito, colgársela a un lado de la cintura, ordenó a Helen que se la colgara del hombro. Pero la pistola se balanceaba, impidiéndole a Shamus leer con la debida comodidad su libro de cantos dorados, y, por fin, arrojó violentamente la pistola sobre la mesa, en donde quedó entre los dos candelabros.

Indicando el sofá, Shamus le ordenó a Cassidy:

—¡Siéntate ahí! Más cerca. Eso. Cogeos las manos y guardad silencio. Sí, los dos.

Iba Shamus a proseguir, cuando se dio cuenta de la beatífica sonrisa de Helen, lo que le hizo montar en cólera.

—¡Basta ya de sonreír como una idiota!

—No sonreía como una idiota, sino que te estaba amando.

Shamus volvió a coger la pistola y se puso el mantel, que había doblado en sentido longitudinal, alrededor del cuello, de modo que parecía una larguísima bufanda cuyos extremos colgaban en la parte delantera del cuerpo de Shamus, quien, mirando hacia la ventana, musitó:

—¿Qué diablos significan estos ruidos?

—Es la calefacción central. Se enciende y se apaga automáticamente. El viento del Sur altera el funcionamiento del termostato.

Shamus dijo:

—Y, ahora, prestad atención, porque voy a definir el amor.

Tenía el librito, cerrado, en la mano izquierda, con los cantos dorados hacia arriba. Mientras nerviosamente se disponían a guardar silencio, Shamus proclamó:

—El amor es el puente entre lo que somos y lo que podemos llegar a ser.

Miró a Helen.

—El amor es la medida de nuestra potencia. ¡Te he dicho que dejes de sonreír!

Con cierto patetismo, Helen insistió:

—Son los nervios. El día que nos casamos estaba igual, ¿te acuerdas?

Suavemente, Helen dijo:

—Shamus, Shamus.

Shamus miraba fijamente la larga ventana, ahora totalmente cegada por la niebla. En los cristales florecían gotas de lluvia, que parecían el resultado de un proceso interior del vidrio, salidas de la nada, fijas allí, sin deslizarse.

Sin mirarlos, con la rapidez de los ciegos, Shamus dijo:

—¿Muchacho?

—Sí.

—¿Por qué razón David y Jonatán se separaron?

—Pensaba que lo sabías.

Sin dejar de mirar la ventana, Shamus dijo:

—Ya te lo dije, jamás he leído la cosa esa.

—Creo que por razones de estado. En fin, esto fue lo que les dividió.

—Por un quítame allá cuatro peniques de impuestos.

—Algo así, Shamus.

—*¿Las circunstancias?*

—Sí, resumiendo, sí.

—¿No fue una pelea por una concubina de tercera?

—Shamus, si quieres puedes callarte ya. No es necesario que celebres un oficio.

—¿Que no es necesario?

—Quiero decir que no necesitamos ningún formulismo. Ninguno de nosotros tiene espíritu religioso.

Shamus no parecía haber oído estas palabras. Aún tenía la vista fija en la niebla, en las quietas gotas de lluvia, heladas en el vidrio. Por fin dijo:

—No hay circunstancias. Sólo hay gente.

Tras una pausa, prosiguió con voz de ama de casa norteamericana del Oeste medio:

—Gente amable y buena. *Y si todos fuéramos amables y buenos, no habría más guerras, ¿no es así, queridos?* Ni siquiera en sueños he pensado que tú fueras capaz de organizar una guerra, Cassidy. Te lo juro. No, jamás se me ha ocurrido que fueras capaz. No sé, me parece que me estoy convirtiendo en un cínico. Estoy muy contento de que me hayas redimido, muchacho, y no te guardo el menor rencor. A fin de cuentas, ¿cuántas veces llegamos a conocer el verdadero y total amor? Si tenemos suerte, una vez en la vida. Y dos veces, si somos Helen.

Volvió la cabeza y estudió a Helen, con lejana mirada, pero la figura de Shamus se recortaba en un negro tan intenso contra la ventana, que Cassidy no hubiera podido decir, si no lo hubiese sabido, si Shamus estaba de cara o de espaldas a ellos. En el extraordinario silencio, Shamus dijo:

—¡Dios mío! ¡Este ojo, Helen, qué repulsivo resulta! ¿Por qué no te pones un bistec encima o haces algo? Ya sabes que Cassidy es muy delicado, en estas materias.

En ese instante sonó el timbre. Fueron tres encadenados campanillazos en tres diferentes tonos, como una campana tocando alegremente a oración. Shamus murmuró:

—Gracias a Dios, ahí llega Flaherty.

Al abrir la puerta a punta de pistola —la puerta con impecable cerradura, manecilla perfectamente torneada y bisagras especiales—, Cassidy vio a muchos hombres y mujeres, todos ellos conocidos, desde Mark y Hugo, que habían efectuado el viaje por su cuenta y riesgo, hasta McKechine, de la «Bee-Line», y el jefe de la Policía suiza. Pero la visión de los Elderman, la visión física y no imaginaria, cargados de paquetes, cansados por el trayecto a pie desde la estación, a lo largo del empinado sendero, con nieve en las cejas, le sorprendió muy considerablemente.

Pensó: «Estoy seguro de que les dije que vinieran.» Sí, Cassidy les había telefoneado: *John, muchacho, no sabes cuánto lo lamento, pero creo que sería mejor que pospusieras tu viaje a Sainte-Angèle, siempre y cuando tus chicos no se mueran del disgusto...* Y, después, le había escrito una carta: *El chalet ha sido destruido por el fuego, puedes imaginar mi pesar.* Y, después, le mandó un telegrama: *Chalet destruido en incendio forestal.* Pero, al parecer, no había telefoneado, ni había mandado la carta, ni el telegrama. Sí, así era puesto que los Elderman, toda la tribu, estaban allí, en la puerta, todos ellos con idéntico gorrito de lana, como una familia de fanáticos del mismo equipo de fútbol, las cuatro niñas con la cara manchada de chocolate, y los padres con el equipaje a cuestas. Iluminados por la luz exterior, sonreían como si Cassidy les fuera a fotografiar, y las doce mejillas estaban coloradotas de frío. John Elderman dijo:

—¡Querido Aldo!

La esposa, otra vez sin nombre, confesó:

—Por la luz hemos sabido que estabas en casa.

Y añadió, utilizando el rudo vocabulario que la ponía a la misma altura que los HOMBRES:

—Por esto hemos venido echando leches.

Una de las niñas, que había visto a Shamus, dijo:

—Este señor tiene una pistola en la mano. ¿Nos deja jugar con ella, señor?

Estaban todavía en el vestíbulo, y todo anfitrión tiene sus deberes.

—Entrad, por favor —dijo Cassidy con fingida cordialidad, y, acto seguido, cargó con el equipaje.

Detrás de Cassidy, rebasándole por una cabeza, junto a la escalera, arrinconado, Shamus cubría a su amigo, trazando en el aire arcos con la pistola y sin dejar de observar el menor movimiento de los recién llegados. Todos los Elderman estaban apretujados, como si así quisieran recobrarse del frío. Samus preguntó:

—¿Quiénes son?

Cassidy, olvidando en su atolondramiento que Shamus odiaba a los médicos, dijo:

—Un médico y su familia. Son amigos míos.

Y cogió las maletas que aún llevaba la esposa. Shamus dijo:

—¿Amigos tuyos?

—Bueno, de Sandra.

Sonriéndole jovialmente, Mrs. Elderman le dijo a Shamus:

—¿Qué tal? Su pistola es preciosa. ¿Celebran una fiesta infantil?

Al fijarse en el atuendo de Shamus, bata y estola, Mrs. Elderman dijo:

—Parece usted el Dalai Lama.

Y soltó una imprudente carcajada, Shamus dijo:

—¡Largo de aquí!

Cassidy dijo:

—Os presento a Shamus, que también vive aquí.

Y se ocupó de amontonar las cajas atadas con cuerdas y los demás medios de transporte de equipaje que suelen utilizar las gentes extremadamente tacañas. Mientras salía del formidable abrigo, John Elderman gritó muy alegremente:

—¡Hola, amigo!

Mrs. Elderman aún miraba a Shamus, y los dos permanecían absolutamente inmóviles. En un aparte, Cassidy dijo a John Elderman:

—La casa apenas basta para acomodar a todos los que estamos aquí. ¿Supongo que no os molestará alojaros en el piso superior, al menos por esta noche, y mañana ya se nos ocurrirá alguna solución?

La voz totalmente carente de emociones de Mrs. Elderman interrumpió la conversación.

—Querido, esta pistola es de verdad.

Y todos miraron a Shamus.

Cassidy dijo:

—Mucho me temo que sí.

Las niñas, expertas en armas, también se habían dado cuenta de la autenticidad de aquella que Shamus esgrimía. Ahora formaban un grupo de admiradores alrededor de Shamus. Con gesto de repulsión, Shamus esgrimió la pistola en ademán intimidatorio para que las niñas retrocedieran, y, de espaldas, subió otro peldaño. Musitó:

—Son repugnantes, absolutamente repulsivos.

Intimidado, Cassidy dijo:

—Vamos, vamos, no hay para tanto...

—Nos matarán a todos, muchacho. Muchacho, ¿cómo es posible que seas capaz de hablar con esta gente?

Cassidy explicó a los recién llegados:

—Estábamos celebrando una especie de matrimonio. Y ésta es la razón por la que Shamus viste así.

Como un eco, Mrs. Elderman, en cuyos hombros siempre recaía la carga de formular preguntas de contestación evidente, dijo:

—¿Un matrimonio? ¿Aquí? ¿A esta hora?

Y antes de que Cassidy hubiera tenido tiempo de contestar, caso de que lo hubiera deseado, Mrs. Elderman dijo:

—¡Tonterías! ¿Y quién es el que se casa?

Indicando a Cassidy, Shamus dijo:

—Él. Se casa con mi esposa.

John Elderman se sacó la pipa de la boca y dibujó en su rostro infantil una torcida sonrisa que no produjo la menor arruga. Tras un largo silencio, John Elderman objetó:

—Pero, oiga usted, querido amigo, Aldo está casado. ¿No es verdad, Aldo, amigo mío?

Mrs. Elderman, mirando acusadoramente a Shamus, remachó:

—Y casado con Sandra, que es mucho más grave.

Aldo, ¿no te habrá raptado este individuo? Tiene cara de loco.

Una de las niñas mayores dijo:

—Hugo dice que papá y mamá están divorciados.

Y ofreció a Cassidy un caramelo a medio chupar. La madre dijo:

—¡Niña, cállate!

Y levantó la mano como si se dispusiera a darle un cachete. Si Shamus hubiera conocido el miedo, ahora lo experimentaría, y la causa y la razón del mismo sería aquella familia. Pálido y con los nervios destrozados, Shamus se había colocado en una situación extremadamente defensiva, agazapado en lo alto de la escalera, arrebujado con su bata y el mantel enroscado en el cuello. Todos le miraban esperando que les diera órdenes, pero pasó largo tiempo antes de que la atención que aquella gente le prestaba indujera a Shamus a actuar. De repente se puso en pie —llevaba las piernas desnudas, eran piernas de Haverdown, y en las sombras más altas no había ni siquiera un matiz blanco—, y con un movimiento de la pistola indicó las habitaciones del piso superior.

—¡De acuerdo! ¡Todos arriba! ¡De uno en uno! ¡Con las manos levantadas por encima de la cabeza! *¡Tú!* ¡En marcha!

Con una terrible sonrisa, John Elderman dijo:

—¿Yo?

—¡Tira esa repugnante pipa! ¡No permitiré que fumes en la iglesia!

Y de este modo, Shamus los encerró a todos, padres, hijos y equipaje, en la sala de estar del piso superior, en cosa de pocos segundos. Y lo consiguió no sólo gracias a la pistola, sino también a que, al parecer, conocía perfectamente su manera de ser. Sabía darles órdenes, sabía hacerles callar, y sabía la clase de alimentos que tenía que dar a las niñas. Al cabo de pocos minutos, el equipaje estaba ordenadamente amontonado junto a la pared; las niñas habían comido, bebido y orinado, y la familia entera estaba sentada en el sofá, por orden decreciente de altura, en el primer banco ante el altar.

Dirigiendo una mirada de agudísima crítica a Helen, Mrs. Elderman dijo:

—Es realmente vergonzoso. ¿Qué le ha pasado en este ojo? John...

Shamus le ordenó:

—¡Cállate! ¡Desdichada! ¡Eres testigo y no juez!

John Elderman, que estaba en la línea de fuego de la pistola, parecía poco dispuesto, pese a la invitación que su esposa le acababa de dirigir, a hacer uso de la palabra. Pero, en el tono de quien hace una interesante observación antropológica, dijo:

—Muy raro, muy raro. Explica muchas cosas.

Y se guardó la pipa en el bolsillo.

Entretanto Helen, a quien nadie hacía caso, cambió de postura. Se sentó donde antes estaba, con una deslumbrante sonrisa nupcial, como si viera, en las flores que llevaba en la mano, los dulces estremecimientos pasionales que el próximo futuro le reservaba. Tenía la otra mano quieta y abierta, esperando el regreso del novio. Cuando los Elderman entraron, Helen se levantó con expresión ausente, como si quisiera darles de este modo la bienvenida. Sin embargo, su talante era altivo y reservado, tal como le correspondía en aquel Gran Día.

Al oír el apellido de los Elderman, Helen dijo:

—Sí, Aldo me había hablado de ustedes.

Dejó que su marido se ocupara de indicar a los invitados los asientos que debían ocupar. Únicamente la visión de las niñas alteró la expresión del rostro de Helen, quien, dirigiéndose a la madre, dijo:

—¡Qué lindas...!

37

La presencia de un público más numeroso, produjo un curioso efecto en Shamus. La imprevista invasión llevada a cabo por el enemigo, por aquel enemigo declarado y arquetípico, tuvo la virtud de eliminar todos los misterios y oscuridades de la mente de Shamus. Parecía que, hasta el presente momento, sus deberes pastorales hubieran sido una pesada carga para Shamus. Momentos hubo en que dio la impresión de poner en duda su fe. Y, por otra parte, las ilógicas variaciones de su comportamiento, así como el frecuente recurso a la pistola, habían disminuido mucho el efecto de sus palabras. Ahora, ya no era así. Ahora, Shamus desarrollaba una febril actividad. Satanás había entrado en la casa. Shamus necesitaba hierbas, y a este efecto buscó en la cocina, hasta encontrar una caja de tomillo, tomillo que esparció generosamente sobre el altar. El Maligno atacaba con fuerza, y Shamus necesitaba luz para tenerle a raya. Rápidamente, mientras los Elderman contemplaban pasmados la escena, el contenido de una caja de velas —compradas por Sandra en caso de apagones— fue distribuido a los presentes. No tardó en llegar el momento en que el olor de la cera llenó la estancia. Y la mesa del comedor se había convertido en una barrera luminosa, tras la que Shamus se protegía de los terrores y contagios de la mediocridad burguesa.

Beth Elderman dijo:

—Este hombre está loco.

Nervioso, su marido le aconsejó:

—Silencio, querida. Quizá se trata tan sólo de tensión nerviosa.

Shamus gritó:

—¡A callar! ¡Diles que se callen! ¡Tú conoces su idioma!

Muy cortésmente, Cassidy les dijo:

—Silencio, por favor. Oíros le pone nervioso.

Fuera, la niebla había desaparecido temporalmente. En el cielo, que iba oscureciéndose por momentos, los desvelados picos del Angelhorn brillaban como gigantescos diamantes. En el pueblo se encendían las primeras luces. Pero el sol aún daba en los picachos, que destellaban a la incongruente luz, sobre la penumbra que cubría los valles.

Los débiles sonidos de la campanilla para avisar a la servidumbre anunciaron el inicio de la ceremonia.

Shamus comenzó:

—Antes de *reanudar* la ceremonia, quisiera decir previamente una o dos cosas.

Agitó la pistola y gritó a una de las niñas:

—¡Estáte quieta! ¡Deja ya de moverte y de hacer el ganso!

Mrs. Elderman dio un tirón al brazo de la niña, que se quedó inmóvil. Luego, Mrs. Elderman miró a Shamus, no sin haber adoptado antes una postura todavía más erguida. En el tono untuoso y seudointelectual de moda entre los eclesiásticos del West End, Shamus prosiguió:

—En primer lugar, permitidme expresar lo mucho que me alegra el poder dar la bienvenida a los niños que asisten a esta ceremonia. Una de las más hermosas manifestaciones del poder de la religión estriba en el hecho de que los padres lleven a sus hijos a lugares como éste. Esto es algo que enaltece a los padres tanto como a los hijos.

Shamus dirigió una paternalista sonrisa a los Elderman. Luego miró un papel que llevaba en la mano.

—A continuación, he de dar una triste noticia que quizá sorprenda a algunos que aún la ignoran, referente a un triste holocausto ocurrido cerca de Tailandia. Anoche, y a causa de una negligencia en una de las bases estratégicas norteamericanas, fueron liquidados cuatro millones de asiáticos.

Ahora, Shamus esperaba, con una batea en una mano y la pistola en la otra. El breve y expectante silencio fue roto por el tintineo de una moneda, en el momento en que Mrs. Elderman abría el bolso y distribuía calderilla a las niñas.

—Se acepta toda clase de monedas. Muchas gracias. Muchas gracias, se ve que es usted una cristiana de veras. ¿De veras lo es? —murmuró Shamus dirigiéndose a Mrs. Elderman, mientras aceptaba su limosna. Mrs. Elderman contestó:

—En realidad, soy *humanista*. Mucho me temo que tanto mi marido como yo nos sentimos totalmente incapaces de aceptar la existencia de Dios.

Adelantó la mandíbula, y terminó:

—No, no podemos aceptarla, desde el punto de vista científico y psicológico.

Con benevolencia, Shamus dijo:
—Parece que tienen ustedes opiniones muy *modernas*...
No sin ingenio, Mrs. Elderman observó:
—Evidentemente, no son tan modernas como las suyas.
—¿Cuánto tiempo hace que conoce al novio?
Bromeando nerviosamente acerca de su propia edad —que era de treinta años—, Mrs. Elderman dijo con acento lastimoso:
—Mucho más de lo que quisiera.
Dirigiéndose a la pareja nupcial, Shamus dijo:
—Bien, bien, bien, bien... Y la segunda cosa que he anunciado se refiere a vuestro viaje de novios. Hay un tren a las nueve cuarenta que permite transbordar al expreso nocturno que sale de Spiez. Así es que hacedme el dichoso favor de no perder este tren. ¿Comprendido, Cassidy?
—Sí, claro.
—¡Todos en pie!
Helen y Cassidy se sentaban en el sillón tapizado en cuero que Shamus había puesto en el centro de la estancia, a fin de dejar sitio a los recién llegados. Helen se sentaba en uno de los brazos del sillón, y Cassidy en el asiento, por lo que la diferencia de niveles les dificultaba la comunicación. Sin embargo, esta posición no molestaba a Cassidy. La sombra que sobre su cuerpo proyectaba el de Helen, la oportunidad de imaginar que se encontraba en otros lugares, le infundía cierta tranquilidad temporal de la que ahora se vio privado, ya que la mano de Helen le invitó a levantarse. Shamus dijo:
—Aldo.
—Sí.
—Helen.
—Sí.
—Antes de uniros, a ti, Aldo, y a ti, Helen, en el sagrado vínculo del matrimonio, considero que es mi deber hacer una o dos observaciones de carácter general acerca del acto que vais a presenciar.
Shamus dirigió una sonrisa a los Elderman. En los sencillos términos propios de un breve sermón, Shamus explicó a los recién llegados la diferencia que me-

dia entre un matrimonio de carácter social, que era el matrimonio contraído por los Elderman, y el adecuado a los miembros de la Mayoría-demasiado-mayoría, y un matrimonio real, cosa muy poco frecuente y que ninguna relación guardaba con el anteriormente mencionado. Les habló de Flaherty, y de la divinidad por propio nombramiento, y también les explicó la diferencia entre el deseo de morir juntos, que era propio del matrimonio del Nuevo Testamento, y el deseo de vivir juntos, que era propio del matrimonio del Antiguo Testamento. A continuación entonó unas cuantas frases del *Nunc diuritis*, e hizo varias reverencias durante el canto.

Luego, con fuerte acento irlandés, afirmó, citando una frase del folleto de Flaherty (o así lo sospechó Cassidy):

—La pasión absoluta exige el sacrificio absoluto.

Iba a continuar cuando fue interrumpido por la palabra «amén», musitada por Beth Elderman, y seguida de los «amenes» de sus numerosas hijas. Procurando dominar su ira, Shamus gritó:

—¡Cállate! ¡Si no te callas te pegaré un tiro! Muchacho, esta mujer...

Cassidy dijo:

—Lo ha hecho con buena intención.

Shamus cogió el libro de oraciones, abierto y con la pistola sobre las páginas, y leyó en voz alta:

—*Os exhorto a los dos que contestéis tal como contestaréis en el terrible día del juicio, cuando los secretos de todos los corazones se manifiesten*, que es precisamente *ahora*, ahora, muchacho, y no mañana ni pasado mañana, y no es la tierra de Christopher Robin..., en fin, que sí o no.

Helen dijo:

—Sí.

—No te lo preguntaba a ti, sino a él. Ya sé lo que piensas, mala zorra, así es que cállate o te atizaré otra vez. Él, és es quien debe contestar. Él, Cassidy, Cassidy, nuestro amante. ¿Aceptas o no aceptas a esta mujer como ilegítima esposa, en la enfermedad, en la borrachera, en la mutilación y la imbecilidad, y por mucho que ande pendoneando por ahí? ¿La aceptas, prescindiendo de tu costilla, de los chavales, del «Bentley» y también de mí, muchacho, sí, porque también yo quedo incluido?

Al decir estas últimas palabras, Shamus había dejado el libro y había hablado en voz baja. Helen tenía cogida la mano de Cassidy. A su espalda, Cassidy oyó la persistente tos de su madre francesa y el gemido de los eclesiales bancos elevándose hacia las altas bóvedas. Pensó: «Esos niños, la hembra Elderman, ¿por qué no hacen algo? Al fin y al cabo son amigos míos, no suyos.»

—Muchacho.

—Sí.

—Esta pistola es para matar a quienes huyen, no a quienes aman.

—Sí, lo sabía.

—Y si contestas que no, te pego un tiro, como dos y dos son cuatro, porque te odio bastante. Y a esto se le llama celos, y los celos son una emoción, como sabes. ¿De acuerdo? Pero si dices que sí, sin querer a Helen, bueno... Francamente te diré que será algo intolerable...

Helen estaba mirando a Cassidy, y éste sabía cuál era la expresión de Helen y el modo cómo le miraba, porque aquella mirada era la mirada de Sandra, y lo abarcaba todo, abarcaba íntegramente el contrato de vivir y de morir. Shamus decía:

—Y el aspecto importante del asunto, muchacho, estriba que tan pronto como arrastres a esta mujer a tu caverna, muchacho, tu papaíto no estará contigo para ayudarte. Si quieres, puedes llevártela. Pero a partir del instante en que te la lleves, tendrás que buscar y encontrar tú solito las razones de vivir. Nada podré hacer por ti, y nada podrás hacer por mí.

—No.

Helen soltó la mano de Cassidy, y gritó:

—¿Qué diablos significa este *no*?

—Quería decir que Shamus ya no podrá hacer nada por mí. Estoy de acuerdo.

Shamus explicó:

—Bueno, la verdad es que a pesar de que Helen es una estúpida zorruela no por esto he dejado de quererla. Lo sabe, y por esto se porta con tanta caradura. Nos tiene cogidos a los dos. Ésta es la razón por la que te estoy ofreciendo cuanto tengo y cuanto no tengo, y, como es natural, quedaré muy defraudado si rechazas mi oferta. Sin embargo, debes tomar una decisión. No dejes que esta mala zorra te domine. Te quiero, muchacho, te quiero.

Automáticamente, Cassidy dijo:

—Te quiero.

Durante esta escena, Shamus había contemplado muy fijamente a Cassidy, por entre las velas, y el sudor que cubría su rostro se deslizaba ahora como si de lágrimas se tratara, por sus mejillas sin afeitar, pero la mirada de sus negras pupilas era firme, como el dolor y el ardor de la tortura que padecía no produjera ningún efecto en sus palabras. A la izquierda de Cassidy, Helen murmuraba palabras de exigencia y de queja, pero Cassidy solamente oía a Shamus. Sí, era Shamus quien había conseguido absorber su atención.

—¡Di que sí, idiota! —gritó Beth Elderman, y Shamus levantó la pistola, y seguramente le hubiera pegado un tiro, si Helen no hubiese intervenido. En vez de pegar un tiro a la Elderman, Shamus salió de detrás del altar, cogió a Cassidy del brazo y le llevó a un rincón de la habitación, a aquel rincón en que se encontraba la mesa antes de su traslado, a un rincón oscuro, en el que los demás apenas podían oír sus palabras. Shamus murmuró:

—Muchacho, esa chica come mucho. Vas a recibir tremendas facturas del colmado. Y además, quiere coches, vestidos... Gasta mucho, la chica, ¿sabes?

Furiosa, Helen gritó:

—*¡Cassidy!*

Leal, Cassidy dijo:

—¡Tendrá todo lo que quiera!

—Oye, ¿por qué no te limitas a darle dinero y que se apañe por su cuenta, y así no tendrás que aguantarla? Creo que con cinco mil del ala bastará.

Después de dirigir una rápida mirada de traidor a la feligresía, Shamus atrajo hacia sí a Cassidy, de manera que los labios de Shamus quedaron junto al oído de Cassidy, y la parte baja de la mejilla junto al temporal. Al quedar, bruscamente, tan cerca de Shamus, Cassidy sintió una vez más el olor de París, de bebidas alcohólicas y de basura en las calles. Percibió el aroma de humo de leña prendido en la bata de Shamus, y el olor del sudor que cubría permanentemente su cuerpo. Y cuanta independencia de criterio hubiera podido tener Cassidy se esfumó, debido a que aquel hombre era Shamus, era el hombre que había representado la libertad de Cassidy, el hombre a quien había amado, el hombre que le había necesitado y que se había apoyado en él, descansado en él, en su desesperada búsqueda, que había jugado con él en el río.

Shamus insistió:

—¡Por el amor de Dios, muchacho! ¿A santo de qué destruir una amistad como la nuestra, por una hembra?

Los labios de Shamus seguían allí, y su aliento hacía vibrar las membranas del oído de Cassidy. El mentón de Shamus tocaba la cabeza de Cassidy, y sus manos estaban alrededor del cuello de éste. Por fin, apartando suavemente a Cassidy, Shamus le dirigió aquella mirada tan suya, mirada que leía toda la vida de Cassidy (así le parecía a éste), con todas sus paradojas, sus evasiones y sus insolubles colisiones. Durante un instante, desaparecieron las nubes en el cielo de Cassidy, y vio la colina en cuya cumbre hicieron volar cometas. Pensó: «Volvamos allá, desde la cumbre de la colina lo comprendo todo.»

Entonces, Shamus sonrió, dibujó la ancha y poco digna de confianza sonrisa de los triunfadores.

—¿Bien?

Cassidv dijo:

—Es inútil. No hay razón que baste.

—¿Qué quieres decir con esto? ¿Que no hay razón? ¡Estás aquí debido precisamente a que hay una razón! ¡Forzosamente ha de haber una razón! Tú eras mío, y yo te entrego a ella. Ella era mía, y la entrego a ti.

—Quería decir que es inútil que intetes convencerme de que desista de mis propósitos. La quiero.

Muy tranquilo, Shamus preguntó:

—¿Qué has dicho?

—He dicho que la quería.

—¿Y sigues queriéndola?

—Sí. Más que a ti.

—¿La quieres más de lo que me quieres, y más de lo que la quiero?

Cassidy murmuró:

—Sí.

Shamus le cogió y le exigió:

—Vuelve a decirlo.

—La quiero.

—¡Dilo gritando, y diciendo su nombre!

—¡Quiero a Helen!

—¡Aldo quiere a Helen!

—¡Yo, Aldo, quiero a Helen! ¡Yo, Aldo, quiero a Helen! ¡Yo, Aldo, quiero a Helen!

Repentinamente, sin que Cassidy supiera por qué, quedó atrapado por el ritmo de las palabras. Cuanto más gritaba Cassidy, más radiante era la sonrisa de Shamus. Cuanto más gritaba, más amplia era la estancia, más la llenaban los gritos y más ecos despertaban. Shamus le estaba arrojando agua encima, tal como lo hizo en «Lipp», purificándole en el nombre de los Pocos, y Helen le besaba, preguntándose por qué había tardado tanto en decidirse. Entonces creció el bullicio. Las niñas batían palmas y una de ellas lloraba. En su imaginación, Cassidy vio su propio cuerpo estúpido, mojado, erguido en una charca de agua bendita, gritando su amor a un mundo que se reía a carcajadas.

—¡Yo, Aldo, quiero a Helen! ¡Yo, Aldo, quiero a Helen! ¡Yo, Aldo, quiero a Helen! ¿Lo oís todos?

John Elderman estaba en pie, aplaudiendo. Su mujer, con los guantes en la nariz, lloraba y reía. John Elderman gritó:

—¡Así se hace, sí, señor! ¡Dios, qué grande es esto! ¡Nunca, nunca, podré aspirar a tanto!

Mrs. Elderman gritó:

—¡Lástima que no lo vea más gente!

Cassidy gritó que sí, que había más gente viéndolo. ¿Por qué no vuelves la cabeza, gran estúpida? Toda la familia de Sandra estaba en los bancos detrás de la Elderman. Allí estaba Mrs. Groat, vestida de flores y fruta, con todas sus hermanas y primas. Allí estaba Snaps, con vestido de terciopelo castaño, y un gran escote que dejaba inútilmente al descubierto gran parte de sus senos. Y, desde el otro lado del pasillo, a los oídos de Cassidy llegaba la llorosa tos de la *Abando-*

nada y los sollozos sencillos del viejo Hugo, junto al vacío lugar que hubiera debido ocupar A. L. Rowes. Los sones del órgano estremecían el aire. «Amadme y obedecedme, hijos» y «Tranquilo puede pacer el rebaño» eran los himnos.

—¡Yo, Aldo, quiero a Helen! ¡Yo, Aldo, quiero a Helen! ¡Yo, Aldo, quiero a Helen!

—¡Oh amor, amor...! —sollozaba Helen, mientras con un trapo de cocina secaba a Cassidy.

El morado en el ojo volvía a destacar, ya que las lágrimas se habían llevado los polvos. Entre sollozos, Helen dijo:

—¡Y no nos ha puesto inconveniente alguno! ¡Shamus, querido!

Shamus le explicó a Cassidy:

—Eres el único que he tenido en la vida. Con esto quiero decir que Cristo tuvo doce, once de ellos buenos, y uno malo. Pero yo sólo te tenía a ti, a uno, y por esto forzosamente tenías que ser bueno.

Las velas estaban apagadas. Shamus servía «Talisker» a todos. Helen, muy serena y orgullosa, del brazo de Cassidy, recibía los parabienes de los invitados. Helen decía que, efectivamente, Cassidy y ella se habían conocido en la parte occidental de Inglaterra, hacía aproximadamente un año, y que se habían enamorado inmediatamente, aunque lo mantuvieron en secreto por respeto a Shamus. Los discursos fueron breves y oportunos. Nadie fue aburrido o inoportuno. Shamus, que bebía con gran entusiasmo y tenía las mejillas coloradas, era el alma de la fiesta. Dijo que si Cassidy y Helen tenían hijos, debían educarlos en la fe católica. Sí, era la única condición que les imponía.

Con el rostro resplandeciente de orgullo maternal, Beth Elderman decía a sus hijas:

—Este señor es *escritor*. Los escritores son personas muy especiales, que saben cómo es el mundo. Y vosotras, niñas, recordad que jamás, jamás, debéis pactar con el enemigo, aceptar lo que sabéis es erróneo. ¿Sally, has escuchado lo que mamá acaba de decir?

John Elderman, con la reaparecida pipa entre los dientes, dijo con aire de inteligente suficiencia:

—Veo tantos casos... Todos los días tengo ocasión de tratar a dos o tres, e incluso cuatro, todos ellos lamentables...

Confidencialmente, añadió, dirigiéndose a Shamus:

—Y muchos de ellos podrían evitarse, con sólo un poco de ayuda.

Beth Elderman decía a cuantos quisieran escucharla:

—¡Y cómo toleró a la otra! ¡Años y años la aguantó! ¡Aquello era un desastre!

38

Los invitados se habían agrupado ante la puerta, los niños delante y los mayores detrás. El alegre deslizador, el de Mark otra vez, estaba dispuesto. John Elderman y Shamus pusieron el equipaje en la parte delantera del aparato. Había comenzado a soplar viento del Norte, seco y ligero. La niebla había desaparecido para siempre, la lluvia se había convertido en nieve fina y dura que ya estaba cuajando en los alféizares de las ventanas.

Para el viaje, la recién casada se había puesto un ceñido chaquetón de piel que había encontrado en el armario de Sandra y un gracioso gorro de piel al que Mark llamaba las orejas de conejo de mamá. Satisfecha, Helen dijo:

—Es gracioso, ¿verdad? Todo es de mi medida.

Llevaba botas de piel de foca, pese a que siempre se opuso a la caza de la foca. Besó con gran entusiasmo a las niñas y les dijo que fueran buenas y dulces, para que, cuando fueran mayorcitas, pudiesen ser esposas ejemplares. Llorando un poquito, afirmó:

—Sí, para que seáis esposas ejemplares, y estoy segura de que lo seréis.

Dio a Beth Elderman unos cuantos consejos de carácter doméstico. La cocina era de muy difícil manejo, y lo mejor era tirarla.

—En la nevera encontrarás pato frío, y en la alacena hay leche. Por lo que más quieras, no se te ocurra comprar la mantequilla en la cooperativa, no es más barata que en los otros sitios y es realmente vomitiva.

Beth dijo:

—Todos nosotros creemos que has hecho lo que debías.

El marido de Beth remachó:

—Efectivamente.

Shamus dijo:

—Hasta la vista.

Se había colocado, modestamente, al final de la hilera, a la sombra de los demás. Llevaba una antorcha en una mano y un vaso en la otra. Iba descalzo, y los faldones de la bata parecían una cortina que Shamus hubiera arrancado de cualquier ventana. Por fin, Helen le dijo a Shamus:

—¿Y esto es todo lo que se te ocurre? *¿Hasta la vista?*

—Tened cuidado con los baches.

Helen dijo:

—Me gustaría darte un beso.

Con acento de Somerset, acento que Cassidy no le había oído jamás, Shamus dijo:

—Besar no dura, guisar sí.

No sin cierta expresión desesperada, Helen miró a John Elderman. Y el gran psiquiatra dijo:

—No te preocupes. Ya nos encargaremos de él.

Alzándose con indudable torpeza las faldas, y después de dirigir una última mirada a Shamus, Helen subió al deslizador y se sentó en la parte delantera, junto al equipaje, para que Cassidy pudiera ocupar el lugar de mayor responsabilidad, es decir, la parte trasera. Una de las niñas preguntó:

—¿Vais a divorciaros?

Beth Elderman aulló:

—¡Niña, cállate!

Y la niña dijo:

—Hugo dice que su papá está divorciado.

Con sonrisa roqueña, Beth Elderman dijo:

—Aldo, llámanos por teléfono, ya sabes, estamos en el listín.

Dio un beso a Cassidy, a cuyo olfato llegó un leve olor de éter. Beth Elderman añadió:

—Recuerda que no sólo eres un amigo, sino también un paciente.

El marido estrechó virilmente la mano de Cassidy.

—Buen viaje, Aldo. Corre, pero no demasiado. Te admiramos.

Se disponía Cassidy a despedirse de Shamus, cuando pareció recordar algo. En tono amuchachado, Cassidy dijo:

—¡Vaya! ¡Esperad un momento!

Y entró corriendo en la casa.

En el dormitorio de Hugo hacía mucho frío. Tocó el radiador. Funcionaba, pero estaba tibio. Seguramente le pasaba algo a la calefacción. Los juguetes estaban guardados. En un colgador había un anorak rojo, que parecía la prenda de un muñeco.

Las paredes del dormitorio de Mark estaban adornadas con fotografías recortadas de semanarios, casi todas publicitarias. La mayor de ella era una doble página en la que se veía a una familia entera sonriendo a la cámara, mientras sus miembros cargaban un completo equipo de pesca en un «Land-Rover». Cassidy pensó, mientras observaba las despreocupadas facciones del padre: Así quería que fuésemos, el señor y la señora Inglaterra, haciendo deporte junto al río.

Desde la puerta, y ofreciéndole un vaso de whisky, Shamus le preguntó:

—¿Te dejabas algo?

Parecía muy tranquilo. Llevaba la pistola entre el antebrazo y el costado, como si fuera una escopeta. Cassidy contestó:

—El reloj. Seguramente lo he dejado en el cuarto de baño.

Y vació el vaso.

—Muchacho.

—Sí.

—Oye..., estoy seguro de que le vas a dar a Helen una vida al estilo de la que tú llevas. Ahora bien... Bueno... En fin, no dejes que maneje demasiado dinero... En fin, ya sabes...

Buscaron en los dos cuartos de baño, pero no encontraron el reloj.

—Y, además, hay otra cosa...

—¿Qué?

—La otra cosa, ¿sabes?

Y se golpeó la pelvis. Siguió:

—Lo que hicimos en París, ¿recuerdas? Vigila a Helen. Esta mujer es capaz de cualquier cosa con tal de quedar preñada. Cuando teníamos aquel piso en Durhaam vinieron los obreros a hacer obras, ¿sabes? Y Helen probó con todos, a ver si tenía suerte. Con todos, pintores, albañiles, fontaneros. Todos.

Cassidy dijo:

—No es verdad.

Volvieron a la puerta de entrada.

—No me has creído, pero tampoco me has pegado.

Tras un largo silencio, Cassidy le preguntó:

—¿Y qué piensas hacer ahora?

—Emborracharme. O sea, tomar unos copetines en compañía de los Elderberries.

Helen gritó:

—¡Date prisa, que vamos a perder el tren!

Oyeron a Beth Elderman.

—No conseguirás hacerle cambiar, querida. Siempre ha sido muy tardón. Sandra se desesperaba.

Shamus decía:

—¡Grandes tipos esos Elderberry! ¡Los amo, los amo a todos! ¡De verdad! Jugaré a «la bragueta» con ellos. Sí, les enseñaré el juego a las niñas.

—¿Y cómo va tu nuevo libro?

Inexpresivo el rostro, Shamus contestó:

—Terminado. Trata íntegramente de ti. Y también de la inmortalidad. Sí, trata de la eterna supervivencia de Aldo Cassidy.

—Me alegra haberte proporcionado el tema.

—Sí, a mí también me alegra.

Helen, muy enojada, gritó:

—*¡Cassidy!*

Comprendiendo la reacción de Helen, Cassidy dijo:

—Y ahora, debo irme, o de lo contrario perderemos el tren.

—¡Valor, muchacho!

—Adiós.

Con voz de marica, Shamus dijo:

—Besitos al «Bentley», muchacho.

—Se los daré.

—Bueno, no quiero que pierdas el tren, pero me gustaría decirte una cosa... La camarera del bar de la estación, la de las tetas...

Automáticamente, Cassidy dijo:

—María.

—Bueno, pues sí, ésa. Oye, quiero que me informes: ¿se acuesta fácilmente? Ayer, cuando pagué el café, tuve la clara impresión de que quería cogerme la mano, ¿sabes?

—Bueno, la verdad es que se dice que es demasiado facilona incluso.

—¿Cuánto cobra?

—No sé. Cincuenta francos, quizá más.

La mano de Shamus estaba ya extendida, con palma al cielo. Dijo:

—Es para cuando me quede solo. Entonces, necesitaré distraerme un poco.

Cassidy le dio cien francos.

—Gracia, muchas gracias. No te preocupes, te los devolveré, muchacho.

—No te preocupes.

—Y... Bueno... En cuanto al tema general...

—¿Cuál? —preguntó Cassidy, olvidándose ya definitivamente del tren, tren que *definitivamente* quería coger.

¿Se trataría acaso del tema general de Dios? ¿O de la unión de las almas? ¿O de la muerte de Keats? ¿O de tomar y no dar? ¿O de las cometas, Schiller y la amenaza que la China de Mao representaba para la industria de cochecitos de niño? ¿O de algo más personal, como el lento proceso de atrofia de un alma amante tan desgastada que ha quedado reducida a una minúscula porción de alma?

Shamus dijo:

—Dinero.

Al principio, Cassidy no reconoció la sonrisa. Era

una sonrisa que correspondía a otros rostros, a rostros que, hasta aquel instante, no habían estado presentes en los mundos que Shamus y él habían explorado juntos. Eran rostros debilitados por las necesidades, el fracaso y la subordinación. Era una sonrisa acusadora, incluso en el instante en que suplicaba, una sonrisa que acosaba, desde el instante en que quedaba esbozada, expresando a un tiempo fidelidad y desprecio, una sonrisa como la que dirige el perdedor al vencedor, cuando los dos han luchado en la misma guerra financiera. Aquella sonrisa decía: «Aldo, muchacho, Cassidy, viejo amigo, con mil libras me arreglaré.» Una sonrisa insegura, propia para dibujarla llevando un excelente traje avejentado y una camisa de seda con el cuello deshilachado: Al fin y al cabo, muchacho, tú y yo éramos carne y uña, hasta el momento en que tuviste esa racha de buena suerte.

Cassidy preguntó:

—¿Cuánto necesitas?

Hasta el presente momento Cassidy había seguido el método de establecer la suma mínima, y dar la mitad. Añadió:

—Vamos, que tengo prisa, Shamus.

—¿Un par de miles? —dijo Shamus como si esta suma careciera de importancia para los dos como si se tratara de una bagatela de la que los dos se olvidarían.

Cassidy dijo:

—Bueno, digamos cinco.

Y rápidamente, por lo del tren, extendió un cheque. Le entregó el cheque a Shamus, sin mirarle, debido a que se sentía avergonzado. Por esto no supo qué hizo Shamus con el cheque, no supo si lo dobló tal como solía hacer Kurt, como si se tratara de un pañuelo limpio, o si lo leyó, al estilo del viejo Hugo, de fecha a firma, y viceversa, por si las moscas. Pero oyó que Shamus pronunciaba la palabra que Cassidy más temía, la palabra que Cassidy había pedido a Dios que no permitiera pronunciar a Shamus:

—Gracias.

Entonces, Cassidy supo que, por primera vez en su vida, había visto un muerto, y aquel muerto era más horrible que cuanto le quedaba por ver: sueños muertos, vidas acabadas, vidas sin sentido. Dirigiéndose a Helen, Cassidy gritó:

—Voy en seguida.

—Algún día te devolveré este dinero, muchacho.

—No corre prisa —contestó Cassidy, pese a que realmente tenía prisa, ya que los trenes suizos son puntuales.

Cassidy subió al deslizador. Refiriéndose al reloj, Shamus gritó:

—¡Lo llevas en la muñeca!

Sin embargo, Shamus no podía saber si llevaba o no el reloj en la muñeca, ya que Cassidy se había bajado los puños del abrigo.

Helen le preguntó:

—¿Se puede saber qué diablos has estado haciendo? Te he esperado sentada qué sé yo cuánto tiempo. Estoy helada. Mira, mira mi pelo.

Una de las niñas había encontrado un saquito de arroz, y ahora arrojaba puñados a los recién casados. Nevaba intensamente. Los copos eran más grandes ahora.

—He perdido el reloj.

—Si tenemos en cuenta que hemos perdido el tren por culpa del reloj, parece que el trasto no sirve para gran cosa.

En aquel instante una docena de manos pletóricas de buena voluntad los empujaron hacia la oscuridad, y los alegres gritos de las niñas deseándoles buena suerte se fueron alejando, y la feliz pareja se deslizaba más y más velozmente cuesta abajo, ya cegada por las heladas cortinas de los copos de nieve en rápida caída.

La estación estaba vacía. Hacía mucho frío. Y el tren se había ido, irremediablemente. El jefe de estación dijo que era probable que el próximo tren se retrasara, ya que nevaba mucho.

Cassidy dijo jovialmente:

—Sí, ya se nota, ya.

Y comenzó a sacudirse la nieve, a sacudirse también los sentimientos de culpabilidad por haberse retrasado, mientras el jefe de estación le miraba gravemente, de un modo que ponía de relieve que no tenía los menores deseos de conversar y que no era hombre que aceptara propinas. Era un tipo corpulento y de rudo aspecto, algo parecido a aquel Alastair que existió mil años atrás, aunque, a diferencia de éste, el rostro del jefe de estación tenía expresión roqueña, ajena a todo género de bromas. Helen le dijo a Cassidy:

—Pregúntale cuánto se puede retrasar el próximo tren.

Cassidy se lo preguntó, en francés. El jefe de estación no hizo el menor gesto indicativo de que fuera a contestar o de que se negara a hacerlo. Después de mirar largo rato a Helen, cerró en silencio la ventanilla y, desde dentro, echó la llave. Aporreando la puertecilla con los puños, Helen gritó:

—¿Cuándo pasará el próximo tren? *¿Cuándo?* ¡Será mala bestia, el tipo!

Durante el trayecto en el deslizador habían caído varias veces. Cinco, según la cuenta de Cassidy. La primera vez, los dos dijeron que había sido muy gracioso. La segunda vez, la maleta se abrió, y Cassidy tuvo que andar tambaleándose bajo la nieve, como un explorador del Ártico, para recoger las prendas de Sandra. La caída no resultó divertida, ni mucho menos. Helen dijo que aquel deslizador era una birria. Y Cassidy observó que tampoco se podía atribuir toda la culpabilidad al aparato. Entonces, Helen dijo que había *creído* que Cassidy sabía conducir deslizadores, ya que, de lo contrario, ni en sueños hubiera consentido en utilizarlo. Sí, porque prefería ir a pie, sin mojarse. Advirtió que los verdaderos deslizadores eran de madera y que aquél era de plástico, por lo que se notaba que era un deslizador de niño.

Helen volvió a golpear la ventanilla y gritó, dirigiendo la voz por el resquicio al interior:

—¡Hijo de la gran perra!

Por lo que Cassidy propuso tomar una copa y volver a insistir dentro de un ratito. Añadió:

—Siempre nos queda el recurso de irnos a Bristol.

—*¿Adónde?*

—Era una broma.

Con gran desprecio, Helen dijo:

—¡Qué manera de *perder el tiempo*! ¡Son ganas de llegar tarde! ¡Si realmente hubieses *querido* irte conmigo, no hubieras perdido el tiempo de este modo! En fin...

En el bar de la estación, alrededor de la mesa inglesa, se sentaba un grupo de damas inglesas, con jerseys a rayas azules. Al ver entrar a Helen y a Cassidy, una hermosa y flaca dama, con un aparatito de sorda en un oído, les hizo señas para que se acercaran. Cogiendo con su flaca y seca mano la muñeca de Cassidy, la dama dijo alegremente:

—¡Ah, diablillo! ¡Ni siquiera nos dijo que iba a venir!

Y como si el sordo fuera Cassidy, y no ella, repitió:

—¡Diablillo!

Se dirigió a Helen:

—¿Qué tal Sandra, querida? Tienes aspecto de estar helada.

Sin embargo, la dama prefería hablar con hombres. Confidencialmente, le preguntó a Cassidy:

—Querido, ¿te has enterado de lo que Arnie piensa hacer en los campeonatos de este año?

Roja de ira, Helen aceptó un vaso de vino caliente y se lo bebió despacio, con la mirada fija en el reloj.

—Pues piensa organizar un slalom gigante en Murren. ¿Te lo imaginas? Bueno, supongo que recordarás lo que ocurrió la última vez que fuimos a Murren...

Cuando consiguió apartarse del grupo de damas inglesas, Cassidy fue a la ventanilla. Seguía cerrada, no había nadie por los alrededores y nevaba mucho más. La nieve ocultaba a ratos las luces del pueblo y cubría de silencio el blanco mundo.

—Dice que el tren pasará dentro de media hora —aseguró Cassidy a Helen, quien se había trasladado a una mesa desocupada.

Por no parecerle oportuno dar malas noticias a Helen, Cassidy se había inventado una pequeña esperanza.

—Están trabajando para despejar la vía, pero, por el momento, les resulta muy difícil.

Pidió más vino. Con la intención de distraer a Helen, le preguntó:

—¿Tienes el pasaporte en regla?

—¡Claro que no! ¡Shamus lo quemó!

—Oh...

—¿Qué significa este «Oh...»? ¿No sabes que se puede obtener un duplicado? ¿Que en cualquier Consulado o legación me darán un duplicado? Podemos ir a Berna, tan pronto llegue el tren, si es que llega.

Cassidy le prometió:

—Mañana iremos a pedir un duplicado.

—Necesito más ropas. Lo que llevo está empapado.

Se cubrió el rostro con las manos y se puso a llorar. Cassidy murmuró a su oído:

—Oh, no, no... ¡Por favor, Helen...!

—¿Qué haremos, Cassidy, qué haremos?

Galante, Cassidy repuso:

—¿Qué haremos? Pues haremos exactamente lo que hemos proyectado hacer. En primer lugar gozaremos de unas agradables vacaciones, después me dedicaré a la política, y no tardarás en ser esposa de un miembro del Parlamento, y...

En la mesa inglesa, la hermosa dama les miraba con gran compasión. Con dulce acento, la dama preguntó:

—¿No esperará un niño? Esto es algo que pone muy raras a las mujeres.

Cassidy fingió no haberla oído. Cogió la mano de Helen y se esforzó en esbozar una sonrisa.

—Es una reacción natural, Helen... Lo siento, no sabes cuánto lo siento. Pero en fin, estoy completamente seguro que no lloras de tristeza, ¿verdad?

Helen atizó una patada al suelo.

—¡No te *disculpes*! ¡Tú no tienes la culpa!

Cassidy insistió:

—En cierto modo, sí, la tengo. Al fin y al cabo, soy yo quien te ha metido en este lío.

—No. Nadie tiene la culpa del amor. El amor es algo que ocurre y basta. Y cuando ocurre, hay que dejarse llevar. Siempre hay quien gana y quien pierde. En todo pasa lo mismo. Y nosotros hemos ganado, a pesar de que hayamos perdido el tren.

Cassidy se mostró de acuerdo.

—Sí, ya lo sé. Hemos tenido mucha suerte.

Y puso un pañuelo en la palma de la mano de Helen.

—No, señor, tampoco se trata de suerte.

—Entonces, ¿de qué se trata?
—Qué sé yo... Oye, ¿y por qué has tardado tanto?
—¿En qué?
—En decir sí. Ha sido lo mismo que perder el tren. Allí estábamos todos, esperando, y tú eras el ardiente enamorado y qué sé yo cuántas cosas más, y Shamus absolutamente dispuesto a ayudarnos, y, entonces, lo único que se te ocurre es hacerte el remolón, mientras yo esperaba, y quedar como un perfecto idiota delante de un médico, nada menos que de un *médico*, y de su inteligente esposa. ¿Cómo es que tienes amigos tan inteligentes?
Mientras se secaba los ojos, Helen vio al jefe de estación, sentado a una mesa, tomando café y aguardiente. Helen preguntó:
—¿Qué diablos hace este individuo aquí? ¡Su deber es esperar la llegada del tren!
Fuera de servicio, el empleado era un ser totalmente diferente. Alzó el vaso y dijo:
—¡Hola! ¡A su salud! ¡Felicidades! *Ja Bonjour.*
Cassidy dijo:
—¡A su salud! Habla inglés, ¿verdad? Excelente inglés, por cierto. *Très bon.*
Con gran satisfacción, sin dejar de beber, el jefe de estación dijo:
—No hay tren. Demasiada nieve.
Volvió a beber, dando la impresión de que creyera que un poco más de lo mismo ningún daño pudiera hacerle. Bebiendo, se acercó a Helen y Cassidy, dispuesto a pegar la hebra. Era enorme y parecía estar muy borracho. Miraba a Helen y no prestaba la menor atención a Cassidy. Por esto, cuando sonó el disparo de pistola, casi fue un alivio.

No hubo otro ruido. Ni uno. Y no había la menor posibilidad de confundir aquel estampido con otros más o menos parecidos, como un portazo, la falsa explosión del motor de un coche, la caída de una teja del techo de la estación... La nieve había formado una densa capa que lo cubría todo, y solamente las pistolas se habían hurtado a ella. Además, el disparo fue muy cercano. No, no fue en el bar, pero muy cerca, y fue seguido por un chillido, mitad de dolor y mitad de rabia, un largo aullido parecido a los que, según larga tradición, se oyen en las desiertas tierras pantanosas, y que terminan (como terminó el aullido en cuestión) con un ahogado sollozo que acaba muriendo en el silencio. Fue un aullido capaz de helar la sangre en las venas de cualquiera y de dejar al jefe de estación inmóvil, a mitad de un gesto.

Poniendo especial énfasis en el posesivo, el jefe de estación exclamó:

—*¡Dios mío!* Me parece que le han pegado un tiro a la ramera.

El jefe de estación todavía se reía de su propia frase, de corte norteamericano, cuando Cassidy pasó corriendo junto a él, camino del lugar donde había sonado el disparo.

La nieve rusa caía enloquecida cruzando los haces de luz de los focos de la estación. Las vías estaban cubiertas. Un camino, un sendero, una valla, una casa... Todo iba siendo cubierto por nuevas generaciones. Soy Troya. Hay siete desventuradas civilizaciones enterradas en mi persona, y cada una de ellas está más podrida que la siguiente. Incluso los más cercanos edificios se estaban hundiendo. El quiosco de periódicos se había postrado de rodillas, los ojos del Angelhorn estaban cerrados y sangraban, en la calle mayor ni una tienda ni una iglesia, ni un palacio de hielo, sino tan sólo la implacable nieve llamando a las puertas, borrando las techumbres, jugueteando en los jardines delanteros. Desconcertado, formando visera con la mano, Cassidy miraba alrededor. Pensó: «Huellas de pasos, busca huellas de pasos. Y sólo veía las suyas.»

A grandes gritos, pronunció el nombre:

—¡Shamus!

Y repitió:

—¡Shamus!

Recurriendo demasiado tarde a su inteligencia, miró hacia atrás, a la ventana del bar de la estación, esforzándose en averiguar de dónde había procedido el estampido que allí dentro había oído. Helen avanzaba tambaleándose hacia él, envuelta en el chaquetón de piel. Cassidy pensó: «Dios, se lo ha puesto antes de salir en su busca!» Detrás de Helen, sin atreverse a avanzar demasiado, el jefe de estación, todavía uniformado, con el vaso en la mano, escrutaba el paraje.

Indicando una calleja en la que un jeep muy viejo se iba hundiendo más y más en el suelo, el hombre dijo:

—Allí, mire allí, busque huellas y llámele.

Helen musitó:

—¿Qué ha hecho? Cassidy, ¿qué ha hecho?

Detrás del jefe de estación había una inglesa, que preguntó:

—¿Ha ocurrido algo? Me pareció oír un disparo.

Otra dijo:

—Sí. ¿Has oído también el ruido?

Helen permanecía quieta. Tenía los brazos cruzados como si abrazara el chaquetón. Cassidy dijo:

—¡Ve allí y mira!

Estaba aterrorizada, por esto se había puesto el chaquetón, para demorar un poco más el instante de salir. La cogió por los hombros y la sacudió. La cabeza de Helen se bamboleó estúpidamente a uno y otro lado.

Una vieja inglesa dijo:

—Está pegándole.

La sorda comentó:

—Pobre chica, está embarazada.

Y las dos avanzaron. Helen musitó:

—Lo he matado.

La dejó y echó a correr hacia la calleja, gritando el nombre de Shamus. Iba corriendo contra la nieve, embistiéndola, y tenía que inclinar la cabeza hacia abajo para ver un poco.

Había penetrado en un remolino, la nieve entraba en sus pantalones, le entraba por el cuello, nieve más fría que el agua, más fría que el miedo. Tenía los pies insensibles. Avanzaba hundiendo los pies a cada paso; llegó hasta un montón de troncos apoyados en una pared que terminaba en una techumbre de zinc, y allí, en la nieve, se veían las huellas dejadas por alguien que había ascendido arañando. Al principio, pensó que eran huellas de manos, con el rastro dejado por cada dedo, y tuvo una loca visión de Shamus caminando cabeza abajo e intentando pegarse un tiro para quedar cabeza arriba. Entonces recordó que Shamus iba descalzo y que le gustaba el impacto y un poquito de dolor. Y, en aquel instante, le vio sentado a horcajadas en la techumbre de la estación, abrazado al reloj como si fuera su mejor amigo, y apuntándole muy cuidadosamente, en un tiro muy difícil, por ser de arriba abajo, que afortunadamente no dio en el blanco.

Shamus dijo:

—¡Salvas! ¡Salvas!

Cassidy estuvo de acuerdo.

—Sí, salvas.

Helen se agarró al brazo de Cassidy, y gritó:

—¡He oído un disparo! ¡Otro disparo! ¡Cassidy, por favor, ve en busca de alguien que pueda hacer algo!

Cassidy indicó con la mano hacia arriba.

—Está ahí, disparando contra mí.

La bala pasó muy cerca de Cassidy, quien sintió el viento provocado por el proyectil, o algo parecido, pero la nieve daba a todo un carácter irreal. Cassidy estaba helado, pero no le importaba.

El jefe de estación avanzaba, alejándose de la puerta del bar, y gritaba en maternal francés. Disparar contra la estación estaba estrictamente prohibido, decía, y doblemente prohibido si los tiradores eran extranjeros.

Una dama británica dijo al jefe de estación:

—Pues tenga cuidado, porque igual le pega un tiro a usted.

Helen se encaramaba en el montón de leños. Cassidy dijo, de un modo automático, ofreciéndole la mano:

—Deja que te ayude.

Pero Shamus ya descendía. Llevaba la bata enrollada a la cintura y resbalaba apoyándose en las desnudas nalgas.

Como un solo hombre, las damas británicas se retiraron.

—Lo siento, muchacho, pero no puedo recordar el nombre de la tía de las tetas.

Cassidy dijo:

—María.

—Eso, María. Es que necesitaba una fulana, ¿sabes?
Cassidy dijo:
—Lo comprendo.
El jefe de estación aún gritaba. Irritado, Shamus disparó una racha de tiros a los pies del individuo, quien corrió a refugiarse en el bar, reuniéndose con las madres de Cassidy, en la puerta del mismo.

Los tres estaban en el vestíbulo de la estación. Shamus, envuelto en la bata, temblaba. Sin embargo, la nevada era tan fuerte que hubieran podido estar en cualquier otro sitio, en París, en Haverdown o aquí. Shamus dijo:
—Algún día he de hacer Historia.
—Eso. Sí, señor.
Helen preguntó:
—¿Qué quieres decir con eso?
Cassidy se creyó en la obligación de explicárselo.
—Pues muy fácil. Significa que el eje principal está en vosotros dos...
Volvió a empezar la explicación.
—Bueno, quizás esté en nosotros dos, y con esto quiero decir Shamus y yo...
Reflexionó durante unos instantes, y, totalmente perdido, observó:
—Sólo que Shamus...
—Di, muchacho, di...
—No puedo decirlo, no encuentro las palabras. Bueno, aquí el escritor eres tú, así es que explícaselo.
—Lo siento, muchacho. Has aniquilado tu mundo.
Dirigiéndose a Cassidy, Helen dijo:
—¿Esto quiere decir que no me quieres?
Cassidy repuso:
—No, no es exactamente eso.
—¡Quieres a tu mujer!
—Tampoco. No es un problema de opciones y disyuntivas...
Sencillamente, Shamus explicó:
—Me quiere a mí. Pero ahora que se aparta de mí, tú, Helen, ya no le sirves para nada.
Rompió el cheque y arrojó los pedazos sobre la nieve. Explicó:

—Dinero... Cassidy se metió de lleno en el mundo del dinero, con los ojos cerrados de par en par.

Galantemente, Shamus ofreció a Helen:

—Si quieres, le pego un tiro.

Cassidy dijo:

—Puedes hacerlo. Me da igual.

Shamus afirmó:

—¿Ves? Le da igual.

Helen gritó:

—¡Cassidy!

Shamus dijo:

—Se suspende el partido a causa de la lluvia. Y tú, Cassidy, deja ya de portarte como un gusano, o te voy a dar una patada en el trasero. Yo soy quien tiene la culpa de todo. Estaba totalmente dispuesto a dejar que os fuerais. Lo tenía todo estudiado. Y había decidido hacerme médico. El viejo Elderberry dijo que me enseñaría todos los trucos. Luego, el cabrón dijo que tardaría unos diez años. Y, francamente, muchacho, no creo que tenga diez años a mi disposición. ¿Qué crees tú?

—Creo que no.

—Y, entonces, el Elderberry ese se pasó qué sé yo cuánto tiempo explicándome lo mala bestia que era tu mujer. Ese Elderberry de las narices es un auténtico cretino, uno de los peores tipos que he conocido.

—Yo también le tenía antipatía.

—Y su mujer es una bestia repugnante. No puedo aguantar a la gente propensa a gritar. Siempre guá, guá, guá... Igual que los jefes de estación suizos.

Cassidy afirmó con la cabeza:

—Sí, conozco a esta clase de gente.

Shamus le entregó el revólver a Cassidy.

—Toma, un *souvenir*. A lo mejor llega el día en que lo necesitas.

—Muchas gracias.

Shamus se miró las piernas desnudas, en gran parte hundidas en la nieve. Llevaba blanca corona y una línea blanca en las cejas. Musitó:

—Dios, qué lejos estamos de casa...

—Sí, estamos muy lejos.

—Lo siento, muchacho, casi lo conseguiste.

Cogió a Helen, la sacudió sin amor y le dijo:

—Vamos, mala zorra. Comienzo a tener frío.

Cassidy le dijo a Helen:

—No, no tienes la culpa. Por favor, no sientas remordimientos. Yo soy el culpable.

—Muchacho, cállate, cállate. Es hora de ir a la cama.

Shamus se adelantó y besó a Cassidy por última vez. Cuando el beso hubo terminado, Shamus dio media vuelta. Helen estaba cogida a él. Shamus se puso enérgicamente en marcha, arrastrando a Helen, y llegaron a la cuesta sin chistar. Llorando, Helen dijo:

—Durante un tiempo te afectó mucho, sí, te afectó...

—Claro que me afectó. Y no durante un tiempo, sino en todo momento.

—Sí, pero no estabas afectado por mi causa, sino por la tuya, por ti, porque habías atribuido un valor a tu persona.

—Helen, por favor, no llores.

—¡Calla y escucha! Te atribuiste un valor. Y esto es algo que nunca habías hecho.

Shamus la arrastraba. Helen cayó y se volvió a levantar. Gritaba:

—¡Por el amor de Dios, vuélvelo a hacer! ¡Encuentra a alguien! ¡No te quedes en las tinieblas!

Shamus asintió, con un último movimiento afirmativo de la cabeza, distraídamente:

—Eso, insiste, insiste. Nunca te arrepientas de nada, nunca pidas excusas.

La nieve casi le impedía verlos. Durante breves instantes les veía, y en otros nada veía. En cierto momento, a través de un claro, distinguió dos formas, una erguida y la otra encorvada, que tanto podían ser un par de postes como dos personas apoyándose la una en la otra para avanzar por la nieve. Pero, cuando por fin se desvanecieron en aquella nada que había más allá de la nieve, Cassidy creyó oír —aunque no estaba seguro de ello— la voz de Helen diciendo: «¡Adiós, Cassidy!» Le pareció que lo decía en un largo suspiro, como si se despidiera del año viejo, como si se despidiera de una década o de toda una vida, y, por fin, las lágrimas cubrieron los ojos de Cassidy, quien bajó la cabeza. Y, al hacerlo, tuvo la impresión de que los dos avanzaban hacia él, como dos viandantes bajo la lluvia, ante la capota de su coche de hombre rico.

EPÍLOGO

Cuando Mr. Aldo Cassidy, el fundador, presidente del Consejo de Administración, director general y accionista mayoritario de la empresa «Cassidy», se retiró de la vida de los negocios, ello fue comentado con interés y cierta admiración por la Prensa en su sección de economía y finanzas. Los periodistas dijeron que era un bonito ejemplo, el ejemplo de aquel joven y brillante hombre de negocios que había aportado mucho al mundo mercantil y que también había sacado mucho de él, y que ahora se retiraba para gozar de los frutos de su actividad. ¿Llegaría el momento en que el señuelo de los negocios le llevaría de nuevo a la palestra? ¿Se cansaría el joven mago de las finanzas de los encantos de la vida rural? Eso, sólo la Historia lo decidiría, aseguraban.

Quienes le conocían mejor hablaban con admiración del gran amor que Cassidy sentía por el campo. Un conocido agente de la propiedad inmobiliaria afirmó:

—Es un hombre exigente a más no poder. Sólo le ofrecíamos lo mejor que la Gran Bretaña tiene en venta.

Se sabía que, desde hacía tiempo, Aldo Cassidy tenía el ojo puesto en la señorial mansión de Haverdown, en el Somerset, y que entre las razones que abonaban tal actitud no era la menor su familiar vinculación a dicha finca. Sí, un lejano antepasado de Mr. Cassidy había pernoctado en Haverdown, con un destacamento de la caballería de Cromwell.

—Los Cassidy siempre hemos sido luchadores —recordó el señor presidente del Consejo de Administración entre las carcajadas y aplausos de los accionistas, cuando les notificó su decisión. Después, con lágrimas en los ojos, aceptó una hermosa ensaladera de plata, comprada por suscripción.

Desde hacía mucho tiempo, se había rumoreado la fusión de la empresa de Cassidy con su rival, la «Bee-Line». Los periodistas especializados manifestaron su confianza en que las inevitables modificaciones, poda y puesta en línea que la fusión exigía serían beneficiosas para los accionistas, a largo plazo, claro está. La personalidad del nuevo señor presidente del consejo de administración, Mr. Meale, sólo alabanzas suscitó. Era el típico universitario, al duro estilo de Cassidy, dijeron. Sí, un hombre al que no se debía perder de vista.

La venta de la casa de Abalone Crescent también fue objeto de comentarios en las columnas dedicadas a transacciones inmobiliarias. Uno de los artículos se titulaba: «Un sueño inacabado.» Los enterados mencionaron la suma de cuarenta y dos mil libras.

¿Y cómo vivieron, allí, Sandra y Aldo el resto de sus vidas naturales? ¿Fue feliz el matrimonio? Al principio hablaron con gran franqueza de sus problemas. El doctor Elderman y su esposa fueron valiosísimos colaboradores, que les visitaban con frecuencia y permanecían en la casa largo tiempo. Sandra reconoció que Cassidy había sufrido una muerte espiritual, pero, por amor de los hijos, estaba dispuesta a fingir que lo había olvidado. Sandra concluía:

—Aldo no hubiera debido ser rico jamás. Si hubiese sido pobre, no hubiera podido sufragar su infelicidad.

Para no estar tan solo, propusieron a Heather que

fijara permanentemente su residencia en Haverdown, y Heather, pese a que se preguntaba si los Cassidy, al hacerle esta oferta, tan sólo habían querido demostrarle su ternura y amabilidad hacia ella, aceptó al fin una ala desocupada. Cuando Sandra preparaba mermelada, Heather preparaba mermelada. Cuando Sandra preparaba paté de hígado, Heather también lo hacía. Cuando Sandra acudía a las subastas que se efectuaban en el condado, Heather la ayudaba a no perder la cabeza. Y cuando Sandra iba a Londres para ver qué tal marchaba la clínica, Heather y Cassidy se acostaban en el mismo lecho, y hablaban de lo limitada que era Sandra. Sandra ignoraba esta última costumbre, y si se hubiese enterado de ella, se hubiera enojado mucho, mucho.

Para matar el tiempo, Cassidy acudía a la biblioteca de la localidad, a la que también iban jóvenes muchachitas al salir de la escuela. También iba a Bristol, alegando cualquier pretexto, en donde visitaba un sórdido cine, en una especie de túnel de tren, en el que se exhibían tórridas películas a un público de ansiosos campesinos, muy necesitados de ello. En los primeros tiempos de fijar su residencia en Haverdown, atraído por la aparente felicidad compartida, Cassidy coqueteó con algún matrimonio. El cura había importado del Norte, recientemente, una rolliza esposa, y una pareja de anticuarios, ex alumnos de Eton, abrieron una tienda. Sin embargo, los intentos de Cassidy muy poco fruto dieron, por lo que abandonó sus empeños.

Los tres partidos políticos de Gran Bretaña tuvieron en consideración la posibilidad de que Cassidy ocupara un puesto en la Administración Local, pero nunca le formularon propuesta alguna.

Se convirtió en predicador seglar, pero rara vez sus servicios fueron solicitados, pese a que se reconocía unánimemente que tenía buena voz y pía naturaleza.

Compró Cassidy palomas torcaces, pero a los muchachos no les gustaron, y, un buen día, las vendió a un gitano.

De vez en cuando, en las largas horas de ocio que pasaba en su biblioteca, Cassidy intentó escribir. En aquella época estaban de moda las novelas de espías, y pensó que quizá valía la pena explotar un poco el mercado. Durante una temporada incluso elaboró una trama muy aceptable —la idea consistía en agarrar a un asesino profesional y congelarlo, para soltarlo en otra época, a fin de que asesinara a los dirigentes políticos del momento—, pero poco a poco el proyecto fue muriendo en su ánimo, y al fin lo abandonó. Además, en el oficio de escribir había algo que le inquietaba. Sí, sus pensamientos se orientaban en direcciones poco agradables. Por ejemplo, escribir le recordaba ciertos hechos que Cassidy se había visto obligado a exiliar de su memoria consciente. O, peor todavía, Cassidy formulaba posibilidades en las que más valía no pensar. También se daba cuenta de que escribir era una actividad terriblemente solitaria, aparentemente muy fácil y, al mismo tiempo, agotadoramente resbaladiza. Entonces, Cassidy dejaba la pluma e iba a la cocina, en donde Sandra se dedicaba a preparar mermelada. Y Cassidy abrazaba a Sandra, en silencio y, generalmente, por detrás.

Igual que si Cassidy hubiera podido pillar una enfermedad, Sandra le preguntaba:

—¿Te pasa algo malo?

—Te echaba en falta.

Sandra dormía mucho. A veces hasta doce horas seguidas.

Malas lenguas aseguraban que los trabajos de reparación de Haverdown jamás terminarían. Pocos meses después de que el matrimonio Cassidy se aposentara en la mansión, ésta quedó encorsetada en el metálico andamiaje que, anteriormente, se había formado alrededor de la casa de Abalone Crescent. Decidieron que todo lo que no pudiera ser debidamente restaurado debía ser derribado y construido de nuevo, a fin de que durara más tiempo. A veces, los Cassidy afirmaban que se sentían obligados para con el pasado, y otras veces para con el futuro. Del presente no hablaban ni por equivocación. Un perito agrícola contratado en Cheltenham, a fin de que juzgara la calidad de la tierra de Haverdown, afirmó que era ácido y recomendó dulzura. Otro dijo que era dulce, y recomendó cal. Había muchas cosas en las que pensar.

El viejo Hugo fue enterrado con plenos honores parlamentarios. Un pastor baptista pronunció un largo sermón refiriéndose a aquella vida tan fecundamente consagrada al servicio del Señor. Pero Cassidy no quedó convencido. Años después, supo que se había inaugurado un nuevo hotel en Invernes Road, llamado «Estrella Ideal», y que estaba dirigido por una tal Mrs. Bluebridge.

Se sabía que Cassidy sentía profunda aversión a la nieve. De la casa en Suiza nadie hablaba. Probablemente la había vendido.

Mark y Hugo fueron creciendo y distanciándose de sus padres. Llegó el día en que se enamoraron y, entonces, sus respectivas personalidades suscitaron reparos paternos.

¿Pensó alguna vez Cassidy en Helen y Shamus? ¿Pensó en ellos de un modo específico y dándoles sus verdaderos nombres?

Al principio se enteró de noticias fragmentarias, pese a que no las buscó. Angie Meale, *née* Mawdray, con la que de vez en cuando cohabitaba, so pretexto de acudir a la consulta de un cardiólogo, le dijo que en el teatro «Royal Court» se representaba una obra teatral de *avantgarde*, debida a la pluma de Shamus. Sin embargo,

Cassidy no obtuvo ratificación oficial de la noticia, ya que la obra teatral en cuestión no se anunciaba en los periódicos ni fue objeto de crítica. En el mismo período, a Haverdown llegó una caja de botellas de champaña y un ejemplar de una novela titulada *Tres en la carretera*. Parecía que ambos obsequios habían sido enviados por Shamus. Cassidy no leyó la novela y, cuando llegó la Navidad, envió la caja de champaña al puesto de Policía, en previsión de posibles persecuciones.

Se supo que el jefe de la Policía local había dicho:

—¿Conocen al joven Cassidy de Haverdown? ¡Un hombre muy interesante! Dejó un floreciente negocio en Londres, renunció a todo, vino a vivir aquí, y nos manda champaña por Navidad...

En invierno, cuando el fuego ardía en el hogar familiar, quizás a la hora de cenar, cuando estaba aislado de Sandra y Heather, gracias a las masas de plata antigua y hermosa vajilla, Cassidy imaginaba alguna que otra vez a Helen, de pie en el robledal, con sus botas de Anna Karenina, contemplando, al término de la avenida bordeada de árboles, las iluminadas ventanas de la mansión. O cuando Sandra interpretaba al piano composiciones de Beethoven —ahora sólo obras de Beethoven tocaba—, Cassidy recordaba, gracias a su escaso oído musical, el sonido del radiotransistor en el bolsillo de la bata casera de Helen, y veía a ésta bajando las escaleras, aquella primera mañana, para servirle el desayuno en el sofá «Chesterfield». En otras ocasiones, después de estos instantes de rememoración, le asaltaban pesadillas: le daban un latigazo en la cabeza, le obligaban a beber gasolina de muchísimos octanos o se encontraba en las calles de París, y estas calles se abrían bajo sus pies.

Las bebidas alcohólicas de nada servían para disipar estas visiones, que a nadie comunicaba. Y tampoco servían de nada las constantes protestas de inocencia de los crímenes de que su conciencia le acusaba.

Esto, en cuanto hace referencia a Helen.

Por lo que respecta a Shamus, debemos decir que Cassidy le había olvidado totalmente.

Olvidar a Shamus fue, al principio, un ejercicio, y después un logro.

Shamus no existía.

Ni siquiera en los solitarios viajes de vuelta a casa, en el coche, a través de las tierras pantanosas, cuando los jirones de niebla se le venían encima, resbalando sobre la capota del «Bentley», ni siquiera cuando el nombre de Shamus era específicamente mencionado en el curso de una cena por las damas del condado interesadas en las Artes, confesaba Cassidy haber conocido a Shamus, el hombre que le había desafiado y que le había quitado la vida.

Y así era, por cuanto en este mundo, o en las partes habitables que de él quedaban, Aldo Cassidy no se atrevía a recordar el amor.